AUSWAHLBÜCHER

Die Kurzfassungen in diesem Buch erscheinen
mit Genehmigung der Autoren und Verleger

041352 (309)
Printed in Germany
ISBN: 978-3-89915-960-8

READER'S DIGEST

Auswahlbücher

Reader's Digest

DEUTSCHLAND · SCHWEIZ · ÖSTERREICH

Sam Bourne Seite 6

Der Gewählte

Maggie Costello, außenpolitische Beraterin des neuen US-Präsidenten Stephen Baker, setzt wie Millionen Wähler große Hoffnungen in den außergewöhnlich charismatischen Politiker. Umso schockierter reagiert die Öffentlichkeit, als ein Mann namens Vic Forbes dramatische Enthüllungen über den Präsidenten ankündigt. Kurz darauf wird Forbes tot aufgefunden und Baker gerät unter Verdacht: Hat er den Mord befohlen? Unversehens ist es an Maggie, die Wahrheit ans Licht zu bringen, auch wenn sie dabei in höchste Gefahr gerät.

Petra Durst-Benning Seite 168

Solang die Welt noch schläft

Josefine, Tochter eines Berliner Hufschmieds, lernt 1890 auf einer Reise in den Schwarzwald das Radfahren kennen und ist fasziniert von dieser neuen Fortbewegungsart, die für Frauen als unangemessen und unsittlich gilt. Zurück in Berlin, steckt sie mit ihrer Begeisterung ihre Freundinnen Clara und Isabelle an. Ein heimlicher Radausflug endet jedoch in einer Katastrophe: Nach einem Unfall muss Josefine eine Gefängnisstrafe verbüßen. Aber auch dieser Rückschlag kann sie nicht von ihrer Leidenschaft abbringen…

Dick & Felix Francis Seite 348

Kreuzfeuer

Bei einem Einsatz in Afghanistan verliert der Soldat Tom Forsyth sein rechtes Bein. Nach seinem Krankenhausaufenthalt kehrt er nach England zurück, um sich im Haus seiner Kindheit zu erholen. Dort stellt Tom fest, dass seine Mutter, eine erfolgreiche Rennpferdetrainerin, in ernsten Schwierigkeiten steckt. Er beschließt, ihr zu helfen, und stößt auf üble Machenschaften im hart umkämpften Pferdegeschäft. Es geht um viel Geld – und die Gegner kennen keine Skrupel, wie Tom bald am eigenen Leib erfahren muss.

Helen Brown Seite 490

Cleo

Als das Kätzchen Cleo bei Familie Brown einzieht, ist es zunächst wenig willkommen. Im Haus herrscht große Trauer: Sam, einer der beiden Söhne, ist kurz vor seinem neunten Geburtstag bei einem Verkehrsunfall ums Leben gekommen und Cleo war sein heiß ersehntes Geburtstagsgeschenk. Aber Cleo schnurrt sich in alle Herzen und es geschehen tausend kleine Wunder… Berührend, humorvoll und ehrlich erzählt Helen Brown, wie ihre Familie mithilfe einer kleinen Katze wieder zum Leben zurückfand.

DER GEWÄHLTE

Sam Bourne

Könntest Du Deinem Dad, unserem Präsidenten, etwas von mir ausrichten? Sag ihm, ich habe noch mehr Geschichten zu erzählen. Die nächste kommt morgen früh. Und wenn die sein hübsches Köpfchen nicht in tausend Stücke zerspringen lässt, dann verspreche ich Dir: Die nächste wird es tun. Damit das klar ist: Ich werde ihn vernichten.

PROLOG

New Orleans, Dienstag, 21. März, 23.35 Uhr Central Standard Time (CST)

Er wählte nicht sie, sondern sie wählte ihn. Zumindest sah es so aus. Aber vielleicht war das auch Teil ihrer Schauspielkunst.

Er hatte sie nicht angestarrt, sie nicht fixiert mit diesem festen Blick, von dem er wusste, dass er die Frauen kirre machte. Er wollte niemandem Unbehagen bereiten. Also tat er wie einer dieser Typen von außerhalb, cool und ungeniert. Auf Geschäftsreise, und in einem Striptease-Klub nur, damit sie sagen konnten, sie hätten eine Kostprobe von New Orleans genossen, davon, wie es wirklich sei. Sich ein bisschen amüsiert, an verbotenen Früchten genascht. Die Stadt hatte nichts gegen diese Typen. Verflixt, New Orleans lebte von ihnen.

Also tat er sein Bestes und gab sich uninteressiert; er schaute sogar auf sein BlackBerry hinunter und warf nur gelegentlich einen verstohlenen Blick auf die Bühne. Das war allerdings nicht das richtige Wort für den „Auftrittsbereich". Dieser war kaum mehr als eine kleine Mole, die zwischen den matt beleuchteten Tischen herausragte. Sie bot gerade genug Platz für ein Mädchen, um das Bikini-Top herunterzuschälen, mit dem Silikon in seinen Brüsten zu wackeln und sich zu bücken, um seinen mit dem G-String verzierten Hintern zu zeigen, bevor es den Männern, die einen Zwanziger unter seinen Strapsgürtel geschoben hatten, ein paar Kusshände zuwarf.

Der Reiz dieser Lokale hätte für ihn schon vor langer Zeit verflogen sein müssen, aber aus irgendeinem Grund kam er immer wieder zurück: Dieser Laden war eine feste Gewohnheit, einmal in der Woche, seit Jahren schon. Es ging eigentlich nicht um den Sex. Was ihm gefiel, war die Dunkelheit, die Anonymität. Er wollte nicht, dass man ihn erkannte. Er wollte nicht plaudern. Er musste nachdenken.

Bleib ruhig, sagte er sich. Die Sache läuft. Er hatte den Köder ausgelegt, und sie hatten ihn geschluckt. Noch hatte er nichts gehört – na und? Es brauchte seine Zeit. Er starrte in sein Glas, hob es an die Lippen und leerte den Bourbon in einem Zug. Es brannte.

Er warf wieder einen Blick zur Bühne. Ein neues Mädchen, das er noch nie gesehen hatte. Ihr Haar war länger, ihre Haut nicht ganz so enthaart und glatt wie die der anderen. Und ihre Brüste sahen echt aus. Sie schaute ihn geradewegs an. Hatte sie ihn erkannt, vielleicht aus dem Fernsehen?

Er fummelte wieder mit seinem BlackBerry herum, und das Gerät war glitschig von der Feuchtigkeit seiner Handfläche. Er kämpfte den Drang zum Aufschauen nieder, aber ein paar Sekunden später gab er ihm doch nach. Sie sah ihn immer noch unverwandt an. Ohne die gespielte Geilheit, zur Vollendung gebracht von den Mädchen, die wussten, wie man einem kahlköpfigen, betrunkenen Kerl weismachte, er wäre ein Traumtyp. Das hier war echt, beinahe freundlich.

Ihr Auftritt war vorbei, und sie verschwand mit dem obligaten Schwenken ihres Hinterns. Selbst damit schien sie in seine Richtung zu zielen.

Zu seiner Erleichterung vibrierte das BlackBerry in seiner Hand und zwang ihn, sich mit ihm zu beschäftigen. Eine neue Nachricht. Er las die erste Zeile. Wieder eine Presseanfrage. Nicht das, worauf er wartete. Er scrollte durch die restlichen E-Mails des Tages.

„Sie wissen doch, Arbeit allein –"

„Macht stumpfsinnige Knaben."

Er unterbrach sie, ehe er ihr Gesicht gesehen hatte. Sie hatte sich einen Stuhl an den kleinen Tisch gezogen, den er in Besitz genommen hatte. Obwohl er sie noch nie hatte sprechen hören, wusste er schon bei der ersten Silbe, dass sie es war.

„Sie sehen aber nicht aus wie ein stumpfsinniger Knabe."

„Und Sie sehen nicht aus wie eine Stripperin."

„Ach nein? Sie finden, meine Ausstattung reicht nicht für –"

„Das habe ich nicht gesagt. Ich habe gesagt –"

Sie legte eine Hand auf seine und brachte ihn damit zum Schweigen. Die Wärme, die er in ihrem Blick auf der Bühne gesehen hatte, war noch da. Ihre Ponyfrisur fiel offen auf die Schultern. Sie konnte nicht älter als fünfundzwanzig sein – in etwa halb so alt wie er, und doch strahlte sie eine seltsame … was war es, was sie ausstrahlte? Reife. Oder so etwas Ähnliches.

„In welcher Branche arbeiten Sie?" Ihrem Akzent nach kam sie nicht aus den Südstaaten. Vielleicht aus dem Mittleren Westen, vielleicht aus Kalifornien. Die Frage löste eine warme Woge der Erleichterung aus. Sie hatte ihn nicht erkannt.

„Ich bin so was wie ein Berater. Ich berate –"

„Wissen Sie was?" Ihre Hand lag immer noch auf seiner, und ihr Blick wanderte zur Tür. „Es ist mir zu stickig hier drin. Gehen wir ein Stück."

Er sagte nichts, als sie ihn auf die Claiborne Avenue hinausführte. Trotz der späten Stunde herrschte immer noch starker Verkehr. Er fragte sich, ob sie durch die Berührung seiner Hand fühlen konnte, wie sein Puls raste.

Sie bogen in eine unbeleuchtete Seitenstraße ein. Nach ein paar Schritten schwenkte sie nach links in den Durchgang zwischen zwei Häusern, der zur Rückseite einer Bar führte. Er hörte, dass drinnen eine Party im Gange war.

Sie blieb stehen, drehte sich zu ihm um und flüsterte ihm ins Ohr: „Ich hab's gern hier draußen."

Schon rauschte das Blut in seine Lenden. Bei dem Klang ihrer Stimme und dem Hauch ihres Atems an seinem Ohr durchströmte ihn das Verlangen.

Er drängte sie hart gegen die Wand und griff sofort nach ihrem Rocksaum. Sie drückte ihren Mund auf seinen und küsste ihn eindringlich. Ihre Hände wanderten zu seinem Gesicht hinauf. Sie berührte ihn mit sanften Fingern, die zu seinem Hals hinunterstrichen und plötzlich fest zudrückten.

„Du hast es gern grob", murmelte er.

„O ja", erwiderte sie. Daumen und Zeigefinger ihrer rechten Hand lagen fest an seiner Luftröhre.

Er hörte sich röcheln. Er wollte ihre Finger von seiner Kehle wegbiegen, aber es ging nicht. Sie war bemerkenswert stark.

„He, ich kriege keine Luft –", krächzte er.

„Ich weiß", sagte sie, und ihre linke Hand schloss sich mit der rechten vollständig um seinen Hals, als sie ihm das Leben aus dem Leib presste. Unhörbar fiel er zu Boden.

Sie zog ihren Rock glatt, bückte sich und zog das BlackBerry aus der Jackentasche des Toten, dann verschwand sie in der Nacht.

1

Einen Tag vorher: Washington, D. C., Montag, 20. März, 07.21 Uhr Eastern Standard Time (EST)

Maggie Costello drehte ihr Handgelenk, um noch einmal auf die Uhr zu sehen. Es war nicht zu ändern: Sie würde zu spät kommen. Aber das war okay. Es ging ja nur um ein Vieraugengespräch mit dem Stabschef des Weißen Hauses.

Sie trat wie wild in die Pedale und spürte die Anspannung in den Waden und den schweren Druck auf der Lunge. Niemand hatte ihr gesagt, dass Radfahren so anstrengend war. So viel zum Neuanfang. Ein neuer Job, eine neue Lebensweise, hatte sie sich gesagt. Gesunde Ernährung, mehr Bewegung, Schluss mit der Raucherei und den langen Nächten. Wenn es einen

Vorteil hatte, unversehens Single zu sein, dann war es sicher der, dass sie jeden Morgen früh und frisch auf den Beinen sein konnte.

Das war jedenfalls der Plan gewesen. Vielleicht lag es daran, dass sie in Dublin geboren und aufgewachsen und erst als Erwachsene nach Amerika gekommen war, aber sie passte nicht hierher. Was immer die Erklärung sein mochte, Maggie kam allmählich zu dem Schluss, dass sie mit diesen munteren, strahlenden Washingtonern mit ihrer makellosen Selbstdisziplin nicht harmonieren konnte. Sosehr sie sich auch bemühte, den hier üblichen Lebensstil anzunehmen, das Aufstehen im Morgengrauen erschien ihr immer noch wie eine grausame Strafe.

Und so sauste sie jetzt in mörderischem Tempo die Connecticut Avenue hinunter und versuchte, mit der Kraft ihres Willens zu bewirken, dass der Dupont Circle in Sicht kam, aber sie wusste, selbst wenn er es endlich täte, wäre sie immer noch mindestens drei bis fünf Minuten vom Weißen Haus entfernt, und dann müsste sie ihr Fahrrad anketten, durch die Sicherheitskontrolle gehen, auf die Damentoilette flitzen, sich das T-Shirt herunterreißen, die Achseln trocken tupfen, sich in die Washingtoner Standard-Uniform – eine unwesentlich weiblichere Variante eines Herrenanzugs mit Oberhemd – zwängen und ihr Äußeres so verwandeln, dass aus der unausgeschlafenen Vogelscheuche ein Mitglied des Nationalen Sicherheitsrates und die geschätzte außenpolitische Beraterin des Präsidenten der Vereinigten Staaten wurde.

Es war 7.37 Uhr, als sie atemlos und immer noch rot im Gesicht vor Patricia stand, Magnus Longleys Sekretärin, die sie zu diesem Termin bestellt hatte.

„Er wartet auf Sie." Patricia spähte über ihre Brille hinweg, und ihr Blick dauerte gerade lange genug, um scharfe Missbilligung zum Ausdruck zu bringen – natürlich wegen der Verspätung, aber auch aus noch anderen Gründen. Mit einem kurzen, kalten Eidechsenblick erfasste sie Maggies Äußeres von Kopf bis Fuß und fand es jämmerlich unzureichend.

Maggie schaute nach unten und erkannte entsetzt, dass die Hose, die sie am Abend zuvor noch so sorgfältig gebügelt hatte, schrecklich zerknittert und außerdem in Knöchelhöhe mit Fahrradschmiere verschmutzt war. Und natürlich war da ihr herbstlich rotes Haar, das sie lang und zerzaust trug – in einer Stadt, in der Frauen geschäftsmäßige Kurzhaarfrisuren bevorzugten. Maggie fuhr sich in einem vergeblichen Versuch, ein wenig Ordnung herzustellen, noch einmal durch das Haar und ging hinein.

Magnus Longley war ein erfahrener Troubleshooter, der seit der Carter-Ära im Kongress, im Senat oder im Weißen Haus Dienst tat. Er war der erforderliche Graubart, der die Jugend und die mangelnde Washington-Erfahrung des Präsidenten ausgleichen und alle diesbezüglichen Befürchtungen zerstreuen sollte.

Er hatte den hageren alten Schädel mit dem weißen, aber immer noch vollen Haar gesenkt, als Maggie hereinkam, und brütete mit einem Stift in der Hand über einem Stapel Papier. Er kritzelte eine Bemerkung auf den Rand, bevor er aufblickte und ihr sein Gesicht zuwandte, dessen Züge jederzeit ruhig und leidenschaftslos wirkten.

„Mr Longley", sagte Maggie, „bitte entschuldigen Sie meine Verspätung. Ich war –"

„Sie halten den Verteidigungsminister also für ein Arschloch. Ist das richtig, Ms Costello?"

Maggies Kehle wurde trocken.

„Soll ich meine Frage wiederholen?"

„Ich habe die Frage gehört. Aber ich verstehe sie nicht. Ich habe nie –"

„Wir haben keine Zeit für Spielchen, Ms Costello. Nicht in diesem Büro. Und keine Zeit für ein infantiles Benehmen wie *das* hier." Ein lautes Schnippen seiner Finger auf einem einzelnen Blatt Papier unterstrich das Wort.

„Was ist das?"

„Es ist eine E-Mail, die Sie an einen Kollegen im Außenministerium geschrieben haben."

Langsam dämmerte eine Erinnerung herauf. Vor zwei Tagen hatte sie abends noch spät gearbeitet und an Rob geschrieben, der im Außenministerium in der Südasien-Abteilung arbeitete. Er war eins der wenigen vertrauten Gesichter hier, wie sie ein Veteran in der Arbeit von Hilfsorganisationen und UN-Friedensmissionen in furchtbaren, vergessenen Winkeln der Welt.

Longley räusperte sich dramatisch. „‚Die Erkenntnisse über AfPak legen eine enge Zusammenarbeit mit Islamabad nahe, aber das alles scheint nicht bis zu den Arschlöchern im Pentagon durchzudringen – besonders nicht zu dem Oberarschloch, Dr. Anthony Arschloch persönlich.'" Er legte das Blatt auf den Tisch und sah sie mit eisigem Blick an.

Maggie rutschte das Herz in die Hose.

„Wie Sie sich vorstellen können, ist der Verteidigungsminister nicht allzu glücklich darüber, von einer Mitarbeiterin des Weißen Hauses mit solchen Begriffen belegt zu werden."

„Aber wie um alles in der Welt hat er –"

„Weil –" Magnus Longley beugte sich vor. „Weil, Ms Costello, Ihr Freund Ihren Vorschlag hinsichtlich einer nachrichtendienstlichen Zusammenarbeit mit Pakistan an die Kollegen im Pentagon weitergeleitet hat. Aber er hat vergessen, die wichtigste Taste an diesen gottverdammten Maschinen zu benutzen." Er deutete unbestimmt auf seinen Desktop-Computer. „Nämlich die Löschtaste."

„Nein." Maggies entsetzte Antwort war nur noch ein Flüstern.

„O doch." Er reichte ihr den Ausdruck.

Mit einem Blick sah sie die Liste der leitenden Pentagon-Beamten durch, die als Adressaten einer Kopie aufgeführt waren. Wie um alles in der Welt hatte Rob einen so elementaren Fehler begehen können? Und wie sie selbst?

„Dr. Adams will, dass Sie verschwinden. Noch heute Morgen."

„Es war doch nur ein Wort in einer E-Mail. Bürogeschwätz." Sie hörte die Verzweiflung in ihrer Stimme.

„Lesen Sie eigentlich Zeitungen, Ms Costello? Oder bevorzugen Sie vielleicht Blogs?" Er sprach das Wort aus, als habe er soeben an einem schmutzigen Spüllappen geschnuppert.

Dies, dachte Maggie, gehörte zu Longleys Masche. Er spielte den alten Knacker. Er konnte in Wirklichkeit nicht so weltfremd sein, wie er gern tat, nicht wenn er sich in Washington so lange an der Spitze gehalten hatte.

„Sie könnten durch die Medien mitbekommen haben, dass unser Verteidigungsminister – wie sollen wir es ausdrücken? – nicht zu den ganz besonders loyalen Anhängern des Präsidenten gehört."

„Das weiß ich selbstverständlich. Adams hat bei der Nominierung gegen ihn kandidiert."

„Sie sind tatsächlich gut informiert. Ja. Der Präsident hat etwas geschaffen, das man bewundernd als ‚Team von Rivalen' bezeichnet. Dabei handelt es sich, wie schon Präsident Lincoln wusste, vielleicht um ein Team, aber eben auch um Rivalen. Dr. Adams möchte seine Muskeln spielen lassen und zeigen, dass sein Einfluss über das Pentagon hinausreicht."

„Und deshalb will er meine Entlassung."

Der Stabschef stand auf. „So sieht es aus. Die letzte Entscheidung liegt natürlich nicht bei Dr. Adams, sondern hier in diesem Gebäude."

Was zum Teufel sollte denn das bedeuten? *In diesem Gebäude.* Wollte Longley damit sagen, er werde darüber entscheiden? Oder würde die Frage, ob Maggie ihren Job behielt oder nicht, vom Präsidenten persönlich entschieden werden?

„Weiß der Präsident davon?"

„Anscheinend haben Sie vergessen, dass Stephen Baker der Präsident der Vereinigten Staaten ist. Er ist kein Human Resources Manager." Es sah aus, als schrecke sein Mund vor diesem Begriff zurück, als könne ein so neumodischer, absurder Ausdruck seine Lippen besudeln. „Ms Costello, hier gibt es Hunderte von Leuten, die für den Präsidenten arbeiten. Ihr Rang ist nicht so hoch, dass Ihre Beschäftigung von Interesse für ihn wäre."

Mit anderen Worten, die letzte Entscheidung lag bei Longley. Sie war erledigt.

„Jemand wartet auf mich, Ms Costello. Wir werden uns zweifellos bald noch einmal sprechen."

MAGGIE wartete, bis sie in ihrem Kaninchenbau-ähnlichen Büro stand, erst dann atmete sie richtig aus.

Würde das die Geschichte dieses Jahres werden? Eine magische Chance, zum Greifen nah und dann grandios vergeigt? Nicht dass Adams kein Arschloch wäre – er war eins, sogar eins erster Klasse. Aber es war wirklich absolut naiv, so etwas in eine Mail zu schreiben. Wie alt war sie denn? Fast vierzig, Herrgott! Wann würde sie es lernen? Für eine Frau, die sich einen Namen als geschickte Diplomatin gemacht hatte, als gewiefte Vermittlerin bei Friedensverhandlungen, mit aller Sensibilität und Diskretion, die dazugehörte, war sie wirklich eine Idiotin.

Nach ihrer Rückkehr aus Jerusalem vor fast drei Jahren – bejubelt als die Frau, die endlich einen Durchbruch im Nahost-Friedensprozess zustande gebracht hatte – war sie mit Jobangeboten überschüttet worden; Zeitungen, Nachrichtensender und Universitäten hatten sie einstellen wollen. Und sehr zu ihrem Erstaunen hatte es mit Uri – einem israelischen Dokumentarfilmer, der in New York lebte – funktioniert. Sie hatten einander in einer überaus denkwürdigen Woche in Jerusalem kennengelernt. Schon vor langer Zeit hatte sie sich angewöhnt, Beziehungen zu misstrauen, die unterwegs zustande kamen, vor allem wenn die dauernde Atmosphäre von Gefahr und Todesnähe ihnen zusätzlich Glanz und Bedeutung verlieh. Liebe im Bombenhagel fühlte sich betörend an, erwies sich aber als nur selten von Dauer. Dennoch, als Uri sie eingeladen hatte, sein Apartment in New York mit ihm zu teilen, hatte sie nicht Nein gesagt. Zugegeben, sie hatte ihre Wohnung in Washington behalten und vorgehabt, abwechselnd an beiden Orten zu wohnen. Aber es zeigte sich schnell, dass sie und Uri beide großen Wert darauf legten, so viele Nächte wie möglich zusammen in derselben Stadt – und im selben Bett – zu verbringen.

Eigentlich hätte es immer so weitergehen können. Aber vor wenigen Wochen hatte sie unversehens auf den Stufen des Lincoln Memorial gesessen und auf das glänzende Washington hinausgeschaut, das herausgeputzt und bereit für die Amtseinführung des neuen Präsidenten war, als Uri neben ihr mit brüchiger Stimme erklärt hatte, der gemeinsame Weg sei zu Ende.

Er liebe sie immer noch, aber es funktioniere nicht mehr. „Das Fazit ist, Maggie, dass Stephen Baker dir mehr bedeutet als unsere Beziehung."

Und obwohl ihr die Tränen über die Wangen gelaufen waren, hatte sie nicht widersprechen können. Er hatte recht gehabt; das vergangene Jahr hatte sie darauf verwandt, Stephen Baker zu helfen, der mächtigste Mann der Welt zu werden – gegen alle Erwartungen. Irgendwo im Hinterkopf hatte sie angenommen, wenn sich alles wieder normalisierte, könnte sie sich darauf konzentrieren, ein gemeinsames Leben mit Uri aufzubauen. Aber plötzlich war es zu spät gewesen: Er hatte seinen Entschluss gefasst, und für sie gab es nichts mehr zu sagen.

Und so hatte sie wieder einmal eine Beziehung offiziell vermasselt und stand nun kurz davor, den Job zu verlieren, der dafür verantwortlich war. Sie ließ den Kopf in die Hände sinken und murmelte immer wieder: „Idiotin. Idiotin. Idiotin."

Ein Vibrieren an ihrem Oberschenkel unterbrach diesen Anfall von Selbsthass. Sie wühlte ihr Handy aus der Tasche. Anstelle der Anrufernummer stand auf dem Display: ANONYM.

Eine Stimme, die sie nicht kannte, fragte, ohne Hallo zu sagen: „Ist da Maggie Costello?"

„Ja."

„Bitte kommen Sie unverzüglich in die Residenz. Der Präsident möchte Sie sprechen."

SIE MARSCHIERTE, so schnell es ging, ohne einen Sicherheitsalarm auszulösen, durch den Pressekonferenzraum und draußen durch die Kolonnade zum Wohnbereich des Weißen Hauses, wo seit etwas mehr als zwei Monaten Stephen Baker mit seiner Frau Kimberley, ihrer dreizehnjährigen Tochter Katie und dem achtjährigen Sohn Josh zu Hause war.

Die Secret-Service-Agenten ließen sie herein, ohne eine Frage zu stellen; offensichtlich wurde sie erwartet. Und was sie dann sah, war ein x-beliebiger amerikanischer Haushalt morgens früh um zehn nach acht. Cornflakes-Schachteln standen auf dem Tisch, Schultaschen lagen auf dem Boden, und der Raum war erfüllt von Kindergeplapper. Abgesehen von den bewaffneten Agenten vor der Tür sah es hier aus wie im Haus einer normalen Familie.

Stephen Baker stand in Hemdsärmeln mitten in der Küche und hielt einen Apfel in der Hand. Ihm gegenüber, drei Schritte weit entfernt, stand sein Sohn Josh mit einem Baseballschläger und starrte ihn konzentriert an.

„Okay", flüsterte der Präsident. „Fertig?"

Der kleine Junge nickte.

„Pass auf. Eins, zwei, drei.“ Baker warf den Apfel langsam und genau in der richtigen Höhe für den Schläger des kleinen Jungen. Josh traf die Frucht perfekt, und sie flog an der Hand des Präsidenten vorbei und zerspritzte hinter ihm an der Wand.

Aus dem Nachbarzimmer kam eine sehr laute Stimme: „Josh! Was habe ich über Ballspiele im Zimmer gesagt?“

Der Präsident sah seinen Sohn gespielt sorgenvoll an und legte verschwörerisch den Finger an die Lippen. Dann rief er: „Alles unter Kontrolle, mein Schatz!“ Er hob den Apfel vom Boden auf und wischte den Fruchtbrei von der Wand.

Er war ein beeindruckender Mann. Eins achtundachtzig groß und mit dichtem braunem Haar, war er immer der Erste, den man in einem Raum bemerkte. Er war schlank und hatte feine, scharf geschnittene Gesichtszüge. Aber was einen wirklich fesselte, waren seine Augen. Sie waren von einem tiefen, durchdringenden Grün, und selbst wenn er sich lebhaft und agil benahm, schienen sie einem langsameren Tempo zu folgen. Ihr Ausdruck war fest und stetig.

Jetzt schauten diese Augen zu Maggie herüber. „He Josh, sieh mal, wer da ist. Deine irische Lieblingstante.“

„Hi Joshie. Wie ist die neue Schule?“

„Hi Maggie. Ganz okay. Ich spiele Baseball, und das ist cool.“

„Das ist wirklich cool.“ Maggie strahlte. Josh Baker hatte gute Chancen, den Titel des süßesten Jungen Amerikas zu gewinnen, und da sie ihn schon seit fast zwei Jahren kannte, hatte sie das Gefühl, sie habe ihn aufwachsen gesehen.

Die erste Begegnung hatte in Iowa stattgefunden, an einem Samstag im Sommer, auf der State Fair, dem großen Jahrmarkt in Des Moines. Stephen Baker war mit seiner Familie da gewesen, um sich als Präsidentschaftskandidat bei den Bewohnern von Iowa beliebt zu machen. Baker war damals ein krasser Außenseiter bei den Demokraten gewesen, der kaum bekannte Gouverneur des Staates Washington.

Aber Rob – Maggies alter Freund aus Afrika-Zeiten, der im Außenministerium gelandet war und ihrer aufkeimenden Karriere soeben den Todesstoß versetzt hatte – hatte gesagt: „Geh einfach hin. Er ist anders. Er ist etwas Besonderes.“

Sie hatte sich gesträubt. Maggie Costello sollte für einen Politiker arbeiten? Sie hatte Ideale, und Ideale hatten keinen Platz in der Natterngrube der modernen Politik. Zuerst als Nothelferin und später auch als Diplomatin hinter den Kulissen hatte sie gesehen, was Politiker in Afrika, auf dem

Balkan und im Nahen Osten angerichtet hatten. Für Maggie gab es nur eine Mission, die wichtig war: den Versuch, die Welt zu einem besseren Ort zu machen, besonders für diejenigen, die unmittelbar von Krieg, Krankheit und Armut betroffen waren. Soweit sie es erkennen konnte, gerieten Politiker dabei immer nur in den Weg. Und überhaupt, was verstand sie denn von amerikanischer Präsidentschaftspolitik?

Rob war beharrlich geblieben. „Lerne ihn kennen, und du wirst sehen, was ich meine."

Also war sie nach Iowa gefahren und hatte Baker in Aktion erlebt. Man brauchte nicht lange, um zu sehen, dass er ein Naturtalent war. Er benahm sich entspannt, sein Interesse an den Menschen wirkte echt und war frei von der synthetischen Aufrichtigkeit von Politikern mit Föhnfrisur, die gemeinhin als Präsidentenmaterial galten. Was immer es sein mochte, womit er Rob für sich gewonnen hatte, es schien auch bei den Leuten von Des Moines zu wirken. Baker schlug die Menge in seinen Bann: Die Leute beobachteten ihn eifrig und reflektierten die Wärme, die sie von ihm empfingen. Und anders als viele Kandidaten, die bei solchen Veranstaltungen den Eindruck machten, als wären sie mit dem Fallschirm von einem fremden Planeten abgesprungen, stellte er einen echten menschlichen Kontakt mit den Leuten um sich herum her.

Schließlich ging sie auf ihn zu und sagte Hallo.

„Sie sind also die Frau, die dem Heiligen Land Frieden gebracht hat", sagte er. „Freut mich, Sie kennenzulernen."

„Fast", antwortete sie. „Fast den Frieden gebracht."

„Naja, ‚fast' ist um einiges mehr, als irgendjemand je geschafft hat."

Während sie sich unterhielten, schüttelte er zwischendurch immer wieder Hände, lächelte für die Kameras oder flachste mit einem Lokalreporter. Schließlich lud er Maggie ein, in den Wagen zu steigen, der sie zur nächsten Veranstaltung bringen würde. Kimberley und die Kids würden hinten sitzen, und sie könne den Beifahrersitz haben. Als sie ihn verwirrt anschaute und wissen wollte, wo denn dann noch Platz für ihn sei, lächelte er. „Ich habe den wichtigsten Job in der Kampagne ‚Baker for President'. Ich bin der Fahrer."

Sie redeten während der ganzen zweistündigen Fahrt miteinander. Die drei Bakers auf dem Rücksitz schliefen fest. Er wollte wissen, wie sie angefangen hatte, und erkundigte sich eingehender nach ihrer Arbeit als freiwillige Helferin in Afrika unmittelbar nach ihrem Examen und dann auch nach der hochkarätigen Shuttle-Diplomatie, mit der sie sich in Jerusalem einen Namen gemacht hatte.

„Darüber wollen Sie gar nichts wissen“, sagte sie schließlich und winkte verlegen ab.

„Doch, das will ich. Ich sage Ihnen auch, warum. Wissen Sie, wer ich in diesem Wahlkampf sein werde? Ich werde der Hinterwäldler sein. ‚Der Holzfällersohn aus Aberdeen, Washington‘. Ich muss Georgetown und die *New York Times* und den Rat für Auswärtige Beziehungen – die ganze Bande – davon überzeugen, dass ich nicht zu provinziell bin, um Präsident zu werden.“

Wenig später erzählte er ihr, wie er mit einem Stipendium an die Harvard University gekommen war und dort Leute kennengelernt hatte, die ihre Ferien in London oder Paris verbrachten. Er selbst war in den Semesterferien nach Aberdeen zurückgekehrt und hatte im Schichtdienst im Sägewerk gearbeitet, um Geld zu verdienen.

„Irgendwann konnte ich dann auch verreisen. Ich bin nach Afrika gefahren. Genau wie Sie. Ich war im Kongo. Mein Gott, ich habe ein paar schreckliche Dinge gesehen. Einfach schrecklich. Und es ist immer noch im Gange, wenn nicht dort, dann anderswo. Ruanda, Sierra Leone, Darfur. Brennende Dörfer, Vergewaltigungen, die Kinder verwaist oder Schlimmeres.“ Er sah sie an. „Ich glaube, ich kann diese Wahl gewinnen, Maggie. Und wenn ich es schaffe, will ich einen Teil der enormen Ressourcen dieses Landes darauf verwenden, all diesem Töten ein Ende zu machen. Ich rede nicht davon, unsere Armee irgendwo einmarschieren zu lassen. Das haben wir schon versucht. Es hat nicht so gut geklappt. Wir müssen uns andere Möglichkeiten einfallen lassen. Und deshalb brauche ich Sie.“ Er ließ den Satz in der Luft hängen, und sie starrte ihn ungläubig an. „Etwas sagt mir, dass Sie nie vergessen haben, was Sie mit einundzwanzig gesehen haben. Deshalb arbeiten Sie so hart, selbst jetzt noch, nach all den Jahren. Hab ich recht?“

Maggie schaute aus dem Fenster und sah die endlosen Konferenzen und Meetings, aus denen ihr Leben heute bestand. Sie hatte das Gefühl, sich jeden Tag weiter von dieser Einundzwanzigjährigen zu entfernen, die sie einmal gewesen war. Aber er hatte recht. Was sie antrieb, waren immer noch die Wut, die sie damals angesichts der Gewalt und Ungerechtigkeit in der Welt empfunden hatte, und die Entschlossenheit, etwas dagegen zu unternehmen. Sie sah ihn an und nickte.

„Und so geht es mir auch. Ich werde nie vergessen, was ich dort gesehen habe. Und in ungefähr achtzehn Monaten werde ich die Chance haben, etwas dagegen zu tun. Etwas Großes. Werden Sie dabei sein, Maggie Costello?“

JETZT, fast zwei Jahre später, griff der Präsident mit der einen Hand nach einer Lunchbox aus rotem Plastik und öffnete mit der anderen den Kühlschrank. „Was soll's sein, Junior? Apfel oder Birne?"

„Apfel."

Stephen Baker legte den Apfel in die Lunchbox, klappte den Deckel zu und gab sie dem Jungen. Dann beugte er sich hinunter und drückte ihm einen Kuss auf die Stirn. „Okay, junger Mann, und jetzt los!"

In diesem Moment kam Kimberley Baker mit einer prallvollen Sporttasche herein. Sie war blond und auf eine hübsche Art pummelig. Die politischen Experten waren zu dem Schluss gekommen, Kimberley Baker sei ein gewaltiger Aktivposten für ihren Mann. Speziell den weiblichen Wählern gefiel, was die Tatsache, dass seine Ehefrau eine handfeste und keine künstlich makellose Frau war, über Stephen Baker aussagte. Dass sie aus Georgia stammte und ihn dadurch mit dem stimmenmächtigen Süden verband, war ein zusätzlicher Bonus.

Kimberley hatte es von Anfang an Sorgen bereitet, dass ein achtjähriger Junge und ein dreizehnjähriges Mädchen vor den Augen der ganzen Welt in die verwundbarste Phase ihres Lebens eintreten sollten. Während des Wahlkampfs erzielte Stephen Baker immer einen Lacher, wenn er scherzhaft erzählte, die beiden einzigen Menschen, die sich ehrlich wünschten, er möge die Wahl verlieren, seien sein Gegenkandidat und seine Frau. Aber Kimberley tat ihr Bestes, schon um der Kinder willen.

Jetzt trieb sie Josh und ihre schüchterne, linkische, hübsche Teenager-Tochter zur Tür hinaus und in die Obhut einer salopp gekleideten Frau in den Zwanzigern, die aussah wie ein Au-pair-Mädchen. Sie hieß Zoe Galfano und gehörte in Wirklichkeit einer Secret-Service-Einheit an, deren einzige Aufgabe es war, die Baker-Kinder zu beschützen.

„Maggie, etwas zu trinken? Kaffee, Tee, Saft?"

„Nein danke, Mr President. Ich möchte nichts."

Er sah auf die Uhr. „Ich möchte über Afrika sprechen. Ich habe Ihr Paper gesehen. Das Morden im Sudan ist immer noch im Gange, noch immer sind Hunderttausende in Darfur in Gefahr. Ich möchte, dass Sie eine Option entwickeln."

Maggies Verstand lief auf Hochtouren. Magnus Longley würde ihr den Job wegnehmen, das stand so gut wie fest, und jetzt bot ihr der Präsident hier die Gelegenheit, von der sie immer geträumt hatte.

Sie wollte eben antworten, als ein Kopf im Türrahmen erschien. Stuart Goldstein, Chefberater des Präsidenten: der Architekt seines Wahlkampfs, der Mann, der die begehrteste Immobilie im Weißen Haus bewohnte, nämlich das Zimmer neben dem Oval Office. Der Mann, der zwar einen keuchenden, krankhaft fetten Körper, aber zugleich ein phänomenales Gehirn besaß, das eine Million Informationen über die Politik der Vereinigten Staaten gespeichert hatte.

„Mr President, wir müssen hinüber in den Roosevelt Room. Sie werden in zwei Minuten das GgF unterzeichnen." Eine leichte Drehung des Kopfes. „Hi Maggie."

Baker nahm sein Jackett von der Lehne eines Küchenstuhls und schob die Arme hinein. „Begleiten Sie mich, Maggie."

Zwei Agenten folgten ihnen im Abstand von drei Schritten.

„An welche Art von Option haben Sie gedacht, Mr President?"

„Ich will etwas, das Wirkung zeigt. Eine Region von der Größe Frankreichs ist zu einem Schlachthaus geworden. Am Boden kann da niemand für Ordnung sorgen."

„Sie denken also an einen Einsatz aus der Luft?"

Baker sah Maggie an, und das kühle, tiefe Grün seiner Augen fixierte sie. Jetzt hatte sie begriffen.

„Wollen Sie vorschlagen, dass wir die Afrikanische Union mit amerikanischen Hubschraubern ausrüsten, Mr President? Genug, um die ganze Region Darfur aus der Luft zu überwachen?"

„Es ist so, wie Sie immer gesagt haben, Maggie. Die Verbrecher kommen davon, weil sie immer denken, niemand schaut hin. Und es schaut tatsächlich niemand hin."

Sie sprach langsam und nachdenklich. „Aber wenn die AU über Apache-Helikopter verfügte, die mit Nacht- und Infrarotsichtgeräten und hochauflösenden Kameras ausgerüstet sind, dann könnte man genau sehen, wer Dörfer niederbrennt und Zivilisten ermordet. Die Täter könnten sich nirgendwo mehr verstecken."

„Und wenn sie wissen, dass sie beobachtet werden, benehmen sie sich."

Maggie hatte plötzlich rasendes Herzklopfen. Genau darum hatte jeder, der die Massaker in Darfur gesehen hatte, jahrelang gebetet: um ein „Auge am Himmel", das dem Töten ein Ende machen könnte.

Baker lächelte. „Entwickeln Sie mir ein paar Optionen, Maggie."

Inzwischen waren sie im Westflügel angekommen und standen im Korridor vor dem Roosevelt Room. Ein Referent betupfte Bakers Gesicht wegen der Fernsehkameras mit einer Puderquaste. Jemand fragte, ob er bereit sei, und er nickte.

Die Flügeltür öffnete sich, und ein unsichtbarer Tenor rief: „Ladies und Gentlemen, der Präsident der Vereinigten Staaten!"

Maggie schlich sich im Schatten des Gefolges diskret mit hinein und sah, wie die dicht gedrängten Leute im Roosevelt Room sich erhoben. Jetzt applaudierten sie ihm, ein Raum voll mit einigen der hochrangigsten Politiker des Landes. Die meisten lächelten breit und zufrieden. Verstreut sah Maggie ein paar Gesichter, die sie nicht kannte – Frauen, die allerdings nicht die maßgeschneiderten Kostüme trugen, die ihre Washingtoner Schwestern bevorzugten. Maggie brauchte einen Moment, um zu begreifen, wer sie waren. Natürlich. Die Opfer.

Mit lauter Stimme – der Applaus hatte noch nicht aufgehört – wies der Präsident die Leute in der ersten Reihe an, sich hinter ihm zu versammeln. Sie kannten die Übung und bildeten einen Halbkreis, als er sich an den Schreibtisch setzte. Maggie erkannte die Hauptpersonen: die Vorsitzenden der Mehrheits- und Minderheitsfraktionen des Senats, parlamentarische Geschäftsführer und Ausschussvorsitzende aus dem Repräsentantenhaus sowie die Vertreter der Antragsteller aus beiden Häusern.

„Meine amerikanischen Landsleute“, begann der Präsident. „Wir sind heute zusammengekommen, damit das neue Gesetz gegen Gewalt gegen Frauen in Kraft treten kann. Ich bin stolz, es unterzeichnen zu dürfen. Ich bin stolz, hier mit den Männern und Frauen zusammen zu sein, die dafür gestimmt haben. Und vor allem bin ich stolz, an der Seite derjenigen Frauen zu sein, die mutig ihre Stimme erhoben haben, damit es dazu kommen konnte.“

Wieder gab es Beifall. Maggie warf einen Blick auf die Leute um sie herum, die in einer Reihe an der Wand bei der Tür standen – im traditionellen Aufenthaltsbereich der leitenden Referenten. Maggie sah den Pressesprecher an, Doug Sanchez, jung und so gut aussehend, dass er das Interesse der Promi-Illustrierten geweckt hatte. Mit gesenktem Kopf stand er da und achtete kaum auf das, was um ihn herum vorging; stattdessen scrollte er durch eine E-Mail-Nachricht auf seinem iPhone. Als er merkte, dass Maggie ihn beobachtete, blickte er auf und lächelte ihr zu.

Baker griff nach einem Federhalter, der auf dem Schreibtisch vor ihm lag, und schrieb seinen Namen unter das Dokument. „So. Es ist vollbracht.“

Die Gäste hatten sich wieder erhoben, und die Fotokameras klickten lautstark. Der Präsident kam um seinen Schreibtisch herum nach vorn, um denen, die gekommen waren, um Zeugen dieses Augenblicks zu werden, die Hand zu schütteln.

Dann begannen die Referenten den Präsidenten zum Pult zu bugsieren, wo er die Fragen der Presse entgegennehmen sollte. Das war eine Neuerung, auf der Baker selbst bestanden hatte. Traditionell stellte sich ein Präsident der Presse nur selten zur Verfügung, auf gelegentlichen, vorher festgelegten Pressekonferenzen. Baker beabsichtigte, alle seine öffentlichen Auftritte mit ein paar entspannten Frageminuten zu beenden. Washingtoner Expertenkreise billigten dieser neuen Transparenz eine Lebenserwartung von ungefähr zwei Wochen zu.

„Terry, was gibt's?"

„Mr President, manche sagen, dies könnte der erste und letzte legislative Erfolg des Präsidenten Baker sein. Es sei das Einzige, auf das Sie und der Kongress sich einigen konnten. Müssen wir danach nicht mit Stillstand rechnen?"

„Nein, Terry, und ich sage Ihnen, warum nicht."

Maggie sah zu, wie der Präsident sein inzwischen vertrautes Lied anstimmte und erklärte, seine Mehrheiten in Senat und Repräsentantenhaus seien zwar hauchdünn, es gebe aber jede Menge gutwillige Leute, die um des amerikanischen Volkes willen Fortschritte ermöglichen wollten.

Dann nahm er die nächste Frage an, diesmal zu diplomatischen Bemühungen im Nahen Osten. Maggie war plötzlich beunruhigt, aber dieses Gefühl war ein Überbleibsel aus Wahlkampfzeiten, als sie die Aufgabe gehabt hatte, dafür zu sorgen, dass er auf dem Gebiet der Außenpolitik nicht ins Stolpern kam. Jetzt war diese Sorge unnötig.

Sanchez schaltete sich ein. „Eine letzte Frage."

Baker gab dem Reporter vom Nachrichtensender MSNBC das Wort.

„Mr President, haben Sie das amerikanische Volk in Ihrem Wahlkampf getäuscht, indem Sie es unterlassen haben, einen entscheidenden Aspekt Ihrer eigenen medizinischen Vergangenheit zu erwähnen – nämlich die Tatsache, dass Sie einmal wegen einer psychischen Störung in Behandlung waren?"

Zwei Sekunden lang herrschte eisige Stille, als die Frage durch die Luft schnitt wie eine Granate vor dem Einschlag. Alle Blicke im Raum richteten sich auf Stephen Baker. Seine Haltung blieb unverändert, aber Maggie sah, dass er das Pult so fest umklammerte, dass seine Fingerknöchel weiß wurden, so weiß wie sein Gesicht, aus dem alles Blut gewichen war.

Er fing an zu sprechen. „Wie jeder andere Kandidat für dieses Amt habe ich während des Wahlkampfs eine medizinische Zusammenfassung veröffentlicht. Sie enthielt alle Details, die mein Arzt –" Baker zögerte und schaute auf das Pult, als suche er ein Manuskript, das nicht da war. Dann blickte er wieder auf. „Die mein Arzt für relevant hielt. Und ich glaube, jetzt ist es Zeit, mich wieder um die Interessen des amerikanischen Volkes zu kümmern." Mit diesen Worten wandte er sich ab und ging zur Tür, gefolgt von einer langen Schlange von Referenten. Hinter ihnen erhob sich ein lauter Chor von Stimmen. Alle Reporter riefen ihm weitere Fragen nach.

Der Stab lief in alle Himmelsrichtungen auseinander. Auf dem Weg zu ihrem Büro blieb Maggie kurz vor dem Büro des Pressesprechers stehen und schaute zu den Leuten hinein, die für den Kontakt zu den Medien zuständig waren. Es war eine hektische Szene: Jeder telefonierte und hämmerte gleichzeitig auf eine Computertastatur ein. Sie sah, wie Tara MacDonald, die Chefin der Kommunikationsabteilung, und Sanchez eindringlich miteinander sprachen. Bevor Maggie weiterging, warf sie noch einen Blick auf den Fernseher.

In dem Schriftband am unteren Rand lief nur ein einzelner, verheerender Satz: MSNBC ERFÄHRT AUS SICHERER QUELLE: PRÄSIDENT BAKER WAR WEGEN DEPRESSIONEN IN PSYCHIATRISCHER BEHANDLUNG.

Das Wort „psychiatrisch" roch nach einem politischen Todesstoß. Untereinander tolerierten die Amerikaner alle möglichen Schwächen, aber ihr Präsident musste über allem stehen und stärker sein als sie. Eine solche Nachricht würde die Wähler immer nervös machen, ganz gleich, wer gerade im Weißen Haus saß; das wusste Maggie. Aber Stephen Baker war gefeiert worden, seit er in Iowa mit seinem Wahlkampf begonnen hatte. Es hatte sich herumgesprochen, dass endlich ein Politiker anderer Art auf der Bildfläche erschienen war, einer, der wirklich geradlinig war.

Bald war Baker für die Presse mehr als ein gewöhnlicher Politiker. Er war ein Mann, der die Wahrheit sagte, und ihm war es bestimmt, das amerikanische Volk aus einem dunklen Augenblick seiner Geschichte hinauszuführen. Aber jetzt warf man ihm vor, etwas verheimlicht zu haben, und statt diesen Vorwurf zurückzuweisen, war er blass geworden.

Maggie betrat eben ihr Büro, als sie sah, wie Stuart Goldstein vom Oval Office zum Presseraum ging. Ungeachtet dessen, dass er in der Washingtoner Hackordnung hoch über ihr stand, betrachtete sie Stu als einen der eindeutig freundlichen Menschen in ihrer Umgebung. Viele Stunden lang hatten sie während des Wahlkampfs zusammen im Flugzeug gesessen und miteinander geredet. Wenn also jemand wusste, ob an der MSNBC-Story etwas Wahres dran war, dann war es Stuart – der Mann, der von Anfang an mit Stephen Baker zusammengearbeitet hatte.

Sie ging den Korridor hinunter, fing ihn auf halbem Weg ab und kam sofort zur Sache. „Wir sind ins Klo gespült worden, was?"

„Yep. Irgendwo zwischen Krümmer und Fallrohr." Er blieb nicht stehen. Angesichts seiner Körpermasse kam er ziemlich schnell voran.

„Wie schlimm wird es werden?"

„Na ja, wie die Leute damals sagten, als Richard Nixon sein Amt benutzte, um Konfetti aus der Verfassung zu machen: ‚Es ist nicht das Verbrechen, sondern die Vertuschung, was uns stört.' Die meisten Leute hätten nichts dagegen, wenn der Präsident meschugge wäre, vorausgesetzt, sie erfahren es, bevor sie ihre Stimme abgeben."

„Sie werden wütend sein, weil er im Wahlkampf nichts davon gesagt hat."

„Darauf kannst du wetten", erwiderte er bitter.

Sie konnte nicht erkennen, ob Stuart wütend war, weil etwas an die Öffentlichkeit gekommen war, das er längst gewusst hatte, oder ob er enttäuscht war, weil der Präsident ihm etwas verheimlicht hatte.

Jetzt fiel es ihr wieder ein – eine kurze Aufregung während des Wahlkampfs damals. Es war um medizinische Unterlagen gegangen. Mark Chester, Bakers erheblich älterer Gegenkandidat, hatte sich geweigert, seine zu veröffentlichen, und stattdessen eine knappe „Zusammenfassung" seines Arztes an die Presse gegeben. Die meisten hatten damit gerechnet, dass Baker die Gelegenheit ergreifen und seine vollständigen Krankenakten präsentieren würde, um Chester mit einem einwandfreien Gesundheitszeugnis vor dem Gesicht herumzuwedeln. Aber Baker hatte darauf verzichtet und stattdessen ebenfalls eine Zusammenfassung seines Arztes herausgegeben. Alle hatten es ihm zugutegehalten: Er habe Mitgefühl gezeigt und den älteren Mann nicht in Verlegenheit bringen wollen.

Maggie hatte nie in Betracht gezogen, dass Baker die Gelegenheit nicht ergriffen hatte, weil er sich selbst eine Peinlichkeit ersparen wollte. Aber jetzt würden das alle annehmen. MSNBC müsste sich entweder komplett irren, oder Baker brauchte eine verdammt gute Erklärung dafür, dass er die Wahrheit verschwiegen hatte.

Sie ging in ihr Büro, setzte sich an den Computer. In den Blogs gab es nur noch dieses eine Thema. Sie ging auf die Website des Journalisten und Bloggers Andrew Sullivan:

> Dies könnte ein prägender Augenblick für die Republik sein: Geistige Erkrankung ist eins der letzten großen Tabus, und dennoch ist einer von drei Amerikanern davon betroffen. Stephen Baker sollte jetzt den Mut haben, die Wahrheit zu sagen und dem Vorurteil ein Ende zu machen.

Als Nächstes ging sie zum Sprachrohr des rechten Flügels, zu *The Corner*:

> Normalerweise dauert es ein paar Jahre, bis ein demokratischer Politiker auseinanderfällt. Baker muss man zugutehalten, dass er den Prozess beschleunigt hat.

Maggie lehnte sich zurück. Sie wusste, es wäre riskant, ja beinahe selbstmörderisch, wenn ein Kandidat mitten im Präsidentschaftswahlkampf anfinge, von seiner Zeit auf der Couch eines Psychiaters zu erzählen. Sie wusste, warum Baker den Wählern gegenüber nicht offen hatte sein können. Aber er hätte *ihr* gegenüber offen sein sollen.

Sie hatte ihren Job aufgegeben, um für ihn zu arbeiten; damals hatte sein ganzer Stab in einen Minibus gepasst. Sie hatten Zigtausende Flugmeilen zusammen zurückgelegt. Sie hatte in seinem Haus gegessen, mit seinen Kindern gespielt und mit seiner Frau geplaudert. Sie hatte ihr Vertrauen in ihn gesetzt. Und das Land hatte es auch getan.

Wieder blinkte eine Eilmeldung auf dem Bildschirm. Maggie streckte die Hand nach dem Lautstärkeregler aus. „Wie wir hier bei CNN soeben erfahren, ist der Präsident im Begriff, eine dringende Erklärung abzugeben."

AUF SANCHEZ' EINLADUNG HIN sah sie sich die Erklärung im Presseraum an.

„Meine amerikanischen Landsleute", begann Baker. Seine Stimme klang fest, und sein Blick war ruhig und geschäftsmäßig. „Ich bin nicht hier, um zu leugnen, was Sie heute gehört haben. Ich bin hier, um Ihnen zu sagen, was geschehen ist. Vor langer Zeit, als ich Anfang zwanzig war, gab es eine schwierige Phase in meinem Leben. Ich habe bisher nicht darüber gesprochen, weil die Ursache meines Unglücks noch eine zweite Person betrifft. Wie Sie wissen, ist meine Mutter vor einigen Monaten – genauer gesagt in der allerletzten Woche des Wahlkampfs – gestorben , und so kann ich nun leichter darüber reden, obwohl ich auch jetzt, da ich im Begriff stehe, die Worte auszusprechen, erschaudere bei dem Gedanken, ich könnte ihr Andenken entehren. Aber Sie haben ein Recht auf die Wahrheit.

Als Teenager befürchtete ich, meine Mutter könne Alkoholikerin sein. Ich brauchte einige Zeit, um auf diesen Verdacht zu kommen. Aber als ich aufs College kam, wusste ich es mit Sicherheit. Dieses Wissen begann mich zu plagen. War es mein Schicksal, ihr auf diesem Weg zu folgen? Würde auch ich alkoholsüchtig werden? Diese Gedanken bedrückten mich. Und, jawohl, irgendwann suchte ich professionelle Hilfe. Die Hilfe eines Psychiaters.

Aber nicht der Arzt befreite mich aus dieser finsteren Grube. Als meine Mutter erfuhr, dass ich Hilfe gesucht hatte, war das, als hätte man sie wachgerüttelt. Sie ging zu den Anonymen Alkoholikern und wurde trocken. Als sie verstarb, hatte sie seit vierundzwanzig Jahren keinen Alkohol mehr getrunken. Das war eine große Leistung. Ich bin deshalb genauso stolz auf sie, wie sie es auf mich war, weil ich auf der Schwelle zum Präsidentenamt stand. Aber es war eine Privatsache. Und ich entschied mich dafür, dies zu respektieren.

Vielleicht war das ein Fehler. Aber ich hoffe, Sie verstehen jetzt, warum ich Hilfe in Anspruch nahm und warum ich Ihnen, dem amerikanischen Volk, nicht sofort alles darüber erzählen wollte. Ich kann nicht wissen, wie Sie diese Neuigkeit aufnehmen werden. Aber ich hoffe, Sie werden reagieren, wie es so viele amerikanische Familien tun, wenn sie mit enttäuschenden Neuigkeiten konfrontiert werden: in dem großzügigen Geist, der uns zu einer großen Nation macht. Ich danke Ihnen."

Maggie stand da und wagte kaum zu atmen. In der Stille ertönte das Klatschen eines einzelnen Händepaars. Ein zweites kam dazu und dann noch weitere, und schließlich brandete der Applaus auf, laut und anhaltend. Maggie hörte, wie Tara MacDonald einen Jauchzer von sich gab.

Sanchez reichte Maggie sein iPhone. Andrew Sullivans Blog leuchtete auf dem Display. Sie brauchte nur den ersten Satz zu lesen:

> Stephen Baker hat das amerikanische Volk soeben daran erinnert, warum es ihn im letzten Herbst zum Präsidenten gewählt hat.

„Okay, Leute!", rief Tara und brachte die letzten Klatscher zur Ruhe. „Wir sind noch nicht aus dem Schneider. Fox News und die anderen werden den ganzen Abend von irgendwelchen Fragen schwätzen, ‚die noch beantwortet werden müssen'. Darauf müssen wir vorbereitet sein. Ich will in spätestens zehn Minuten eine Liste von Politexperten haben, die bereit sind, Präsident Stephen Baker vor laufender Kamera mit Lob zu überschütten – für seine Ehrlichkeit und dafür, dass er ein so treuer Sohn ist. Macht euch an die Arbeit!"

Tara MacDonald hatte recht mit ihrer Vorsicht, aber Maggie lebte lange genug in Amerika, um zu wissen, dass der Öffentlichkeit gefallen würde, was sie gesehen hatte. Niemand würde einen neuen, jungen Präsidenten aus dem Amt jagen, weil er das Verbrechen begangen hatte, seine Mutter zu lieben und sich wegen des Erbes Sorgen zu machen, das sie ihm vielleicht hinterlassen hatte.

Maggie lag richtig. Die Fernsehsender reagierten freundlich und veranstalteten Diskussionen über die Frage, ob Alkoholismus erblich sei, und über die Nützlichkeit von Psychotherapien. Im Weißen Haus war man sich einig, dass Präsident Baker davongekommen war. Die Erleichterung hielt bis zum folgenden Tag an – nur nicht in der Familie Baker, wo sie auf die grausamste Art beendet wurde, die man sich vorstellen kann.

Washington, D. C., Montag, 20. März, 19.16 Uhr EST

Jen, diese neuen Turnschuhe sind COOL!

Katie Baker las die Nachrichten an der Facebook-Pinnwand ihrer neuen Freundin Jennifer und wollte eben selbst eine hinterlassen, aber dann verharrten ihre Finger über der Tastatur. Ihre Mum hatte ihr gesagt, sie müsse dreifach vorsichtig sein: „Vergiss nicht, Schätzchen: keine Namen, keine Bilder, auf denen du, dein Bruder oder deine besten Freundinnen zu sehen sind. Und nichts, was euch identifizieren könnte."

Warum musste sie diejenige sein, die anders war? Weil ihr Vater der Präsident der Vereinigten Staaten war, darum. Was ja cool war, ohne Zweifel. Sie hatte schon mehrere ihrer Lieblingsstars kennengelernt, und sie war in *People* abgebildet worden.

Sie klickte sich von Jens Facebook-Seite zurück zu ihrer eigenen. Da war eine Nachricht von ihrer Freundin Alexis.

Hi K, hoffe, es geht dir gut heute Abend. Sorry, dass heute ein so harter Tag war. Aber anscheinend hast du es ganz gut weggesteckt. Du bist ein zähes Luder!

Katie las die Nachricht noch einmal und überprüfte auch den Absender. Sie war eindeutig von Alexis, aber das ergab keinen Sinn. Alexis war heute nicht in der Schule gewesen. Woher konnte Alexis wissen, wie sie was weggesteckt hatte? Sie tippte eine Antwort.

Ich verstehe dich nicht! Bist du nicht im Bett mit diesem fiesen Bazillus?!!

Sie wollte eben ein neues Fenster öffnen, als jemand leise an die Tür klopfte. Ihre Agentin, Zoe, streckte den Kopf herein. „Deine Mom sagt, es ist Zeit, dass du zum Essen kommst."

„Okay. Bin gleich da."

Zoe verschwand, und Katie wollte gerade Facebook schließen, als sie das Signal hörte, das ihr die Antwort von Alexis meldete. Sie warf einen Blick zur Tür. Es dauerte bestimmt nur eine Minute.

DIE FIRST LADY schaute zu ihrem Mann hinüber, der Knoblauch für eine Tomatensauce hackte. Er saß ohne Krawatte und Schuhe auf einem Hocker vor der Frühstückstheke. Wenn sie bedauerte, dass ihr Mann sich für diese Laufbahn entschieden hatte, tröstete sie sich immer wieder mit einem Satz, den sie in mindestens einem Dutzend Interviews von ihm gehört hatte: „Zumindest kann ich über dem Laden wohnen." Und so versuchte sie, diese kleine häusliche Szene zu genießen – sie alle vier beim gemeinsamen Abendessen.

Tatsächlich waren sie erst zu dritt. Katie war noch nicht heruntergekommen, obwohl Zoe sie gerufen hatte. Kimberley wollte ihre Tochter eben lautstark zu Tisch rufen, als die Tür aufging.

Das Mädchen blickte starr geradeaus. Aus ihrem Gesicht war jeder Tropfen Blut entwichen.

„Katie, was ist?", rief Kimberley. „Katie!"

Instinktiv warf Stephen Baker einen Blick zur Tür. War jemand in den Wohntrakt eingedrungen?

Zoe, die hinter ihrem Schützling lautlos hereingekommen war, deutete seinen Blick richtig und schüttelte den Kopf: *Wir haben nichts gesehen.*

Als er sprach, lag die ruhige Festigkeit in seiner Stimme, mit der er die Leute schon vor der Wahl für sich eingenommen hatte. „War da was im Computer?"

Katie nickte.

„Hat eine von deinen Freundinnen etwas Gemeines geschrieben?"

„Das dachte ich. Zuerst."

Der Präsident und seine Frau wechselten einen Blick.

„Was hat sie geschrieben?"

„Das möchte ich nicht sagen."

Der Präsident gab Zoe einen Wink. Sofort verließ sie die Küche und war nach wenigen Augenblicken mit einem aufgeklappten Laptop wieder da. Auf dem Deckel loderten psychedelische Wirbel. Teenagerkram.

Kimberley nahm Zoe das Gerät ab und schaute auf den Monitor. Sie sah die Facebook-Seite ihrer Tochter. Katie hatte gefleht und gebettelt, sie behalten zu dürfen, und ihre Eltern hatten schließlich nachgegeben, unter strengen Bedingungen: keine echten Namen, keine Kontaktdaten und eine durch die Kommunikationsabteilung des Weißen Hauses bereitgestellte IP-Adresse, der lediglich zu entnehmen war, dass sie in den Vereinigten Staaten war, aber nicht in welcher Stadt. Nur Katies allerbeste Freundinnen wussten, dass „Sunshine12" in Wahrheit die Tochter des amerikanischen Präsidenten war.

Stephen Bakers Blick wanderte über den Bildschirm und suchte zwischen den geöffneten Fenstern, Banneranzeigen und Vorschaufotos nach dem, was seine Tochter so erschreckt hatte.

Dann fand er es: eine Nachricht von Katies Schulfreundin Alexis.

> Nein, ich bin nicht krank. Und in Wirklichkeit bin ich auch gar nicht Alexis. Aber das mit Deinem Dad tut mir leid. Muss ein Schock für Dich gewesen sein zu erfahren, dass Deine Grandma eine Säuferin war und dass er zum

Kopfklempner gehen musste, weil er nicht mehr ganz richtig tickte. Tut mir leid, dass ich mich da verplappert habe. Ups. Ich Dummi. Aber könntest Du vielleicht ein Schatz sein und ihm etwas von mir ausrichten? Sag ihm, ich habe noch mehr Geschichten zu erzählen. Die nächste kommt morgen früh. Und wenn die sein hübsches Köpfchen nicht in tausend Stücke zerspringen lässt, dann verspreche ich Dir eins: Die nächste wird es tun. Damit das klar ist: Ich werde ihn vernichten.

2

Washington, D. C., Dienstag, 21. März, 05.59 Uhr EST

Es war noch nicht sechs Uhr, als Maggies Telefon klingelte. Stuart Goldstein klang wie im Koffeinrausch. „Schalte MSNBC ein. Jetzt gleich."

Sie tastete neben dem Bett nach der Fernbedienung und fummelte an den Tasten herum, bis der Bildschirm aufleuchtete.

„Da läuft Werbung für eine Autoversicherung, Stu."

„Warte. Man hat uns etwas angekündigt."

Mit ominöser Fanfare erschien das Senderlogo, dann die Moderatorin der Morgensendung. Über ihrer Schulter sah man ein Foto des Präsidenten, und auf dem Schriftband am unteren Bildschirmrand erschien das Wort EILMELDUNG.

„Unterlagen, die MSNBC vorliegen, lassen den Schluss zu, dass Stephen Baker Wahlkampfmittel empfangen hat, die auf indirektem Wege, über einen Bürger des Landes, von der Regierung des Iran stammten. Noch sind nur wenige Einzelheiten bekannt, aber die Annahme einer solchen Spende wäre ein schwerwiegender Verstoß gegen Bundesgesetze, die den Präsidentschaftskandidaten verbieten, Geldmittel aus ausländischen Quellen zu verwenden, erst recht wenn sie von einer Regierung stammen, die den Vereinigten Staaten feindlich gesinnt ist. Wir schalten jetzt zu …"

Iran? Das konnte nicht ernst gemeint sein. Hier war etwas wirklich Bizarres im Gange. Bizarr und unheimlich. „Was zum Teufel geht hier vor, Stu?"

„Zwei Storys, an zwei Tagen hintereinander, auf demselben Sender – das passiert nicht zufällig. Das bedeutet, sie haben eine Quelle. Jemanden, der sich vorgenommen hat, diese Präsidentschaft zu torpedieren."

Maggie war inzwischen aufgestanden und unterwegs zur Dusche. „Ich bin froh, dass du mich angerufen hast, aber warum mich? Solltest du nicht mit Tara sprechen?"

„Das habe ich schon vor einer halben Stunde getan. Iran. Du bist unsere Nahost-Expertin. Du musst für mich über die verschiedenen Perspektiven nachdenken. Wenn die Sache sich nicht als vollkommener Blödsinn erweist, wer könnte dann dahinterstecken? Die Regierung oder ein Einzelgänger? Und warum jetzt? Verdammter Mist."

Stuarts Handy klingelte. Offenbar hatte er den Lautsprecher des Telefons eingeschaltet, denn Maggie hörte eine Stimme. Sie verstand nicht jedes Wort, aber es klang dringend.

„... vor dem Capitol und verlangte einen Sonderstaatsanwalt."

Stuart antwortete sofort und wütend. „Dieses Arschloch! War er allein oder mit Kollegen?"

„Da war noch einer", sagte die Stimme. „Vincenzi. Sie wissen schon, dieser überparteiliche Quatsch: ein Republikaner, ein Demokrat."

Maggie wollte sich verabschieden, aber es war klar, dass Stuart nicht zuhörte. Er war ganz in dieses neue Gespräch vertieft und schien vergessen zu haben, dass er den Telefonhörer noch in der Hand hielt. Sie legte auf.

Ihr war klar, dass die Krise jetzt eine neue Ebene erreicht hatte. Wenn ein Demokrat einen unabhängigen Ermittler verlangte, der eine Untersuchung gegen einen demokratischen Präsidenten einleitete, dann gab es keine Gegenwehr. Baker würde sich einverstanden erklären müssen. Innerhalb weniger Wochen wäre aus dem „heiligen Stephen" – so hatte eine britische Illustrierte einen Artikel über den neuen Präsidenten betitelt – ein Richard Nixon geworden, gegen den ermittelt wurde.

Sie waren alle so euphorisch gewesen an jenem Abend im November, als Baker gewonnen hatte. Maggie hatte sich auch mitreißen lassen und die Sticheleien von Stu und Doug Sanchez hingenommen, die sich über ihren anfänglichen Pessimismus lustig gemacht hatten. „O du Kleingläubige, Costello, die da meinte, es würde nic geschehen", hatte Sanchez gesagt, als er sie umarmt hatte.

Obwohl ihr die eigene Erfahrung sagte, dass Politik zwangsläufig im Scheitern endete, hatte sie ihre Zweifel zum Schweigen gebracht und einfach geglaubt, dass es diesmal anders sein würde. Sie hatte sich geirrt. Immer wieder würde die Politik die Hoffnung strangulieren. Es war dumm gewesen zu glauben, dass es diesmal anders sein könnte.

Mittlerweile hatte sie geduscht und stand in ein Handtuch gewickelt vor ihrem Kleiderschrank. Was zog man in einer ausgewachsenen politischen Krise an? Ein unabhängiger Ermittler, du meine Güte!

Das Handy klingelte wieder. Maggie griff danach.

„Entschuldigung, ist da Maggie Costello?" Es war eine Frauenstimme.

„Ja."

„Ich verbinde mit Magnus Longley."

Maggie hatte plötzlich einen Knoten im Bauch.

„Ms Costello? Tut mir leid, dass ich Sie so früh störe, aber ich dachte, es ist am besten, wenn ich Ihnen meine Entscheidung unverzüglich mitteile. Leider besteht Dr. Adams darauf, dass Sie von Ihrem Posten entfernt werden. Und ich sehe keine Alternative zur Erfüllung seines Wunsches."

„Aber der Präsident hat mich gestern gebeten –"

„Sie sollten heute frühzeitig kommen und Ihr Büro räumen. Und Sie müssen Ihren Ausweis bis heute Mittag um zwölf Uhr abliefern."

„Bekomme ich nicht wenigstens Gelegenheit –"

„Ich fürchte, ich habe um sechs Uhr fünfundvierzig ein Meeting, das jetzt anfängt. Leben Sie wohl, Ms Costello."

Volle fünf Sekunden stand sie reglos da, und ihre Wut schwoll an. Wie konnten sie ihr das antun? Nach allem, was sie geopfert hatte?

Sie holte aus, um das Telefon gegen die Schlafzimmerwand zu schleudern, als es wieder klingelte. Sie warf einen Blick auf das Display: ANONYM.

Sie drückte auf die grüne Taste. Wieder hörte sie eine Frauenstimme, aber eine andere. „Bitte warten Sie, ich verbinde Sie mit dem Präsidenten."

Eine Sekunde später war er am Apparat. Die Stimme war Millionen Menschen bekannt, aber den Tonfall hörte man nur selten und nur in seiner engsten Umgebung. „Maggie, ich muss Sie sprechen. Sofort."

BAKER hatte darauf bestanden, dass sie sich in der Residenz trafen: er, sie und Stuart Goldstein. Maggie hatte Stu sofort angerufen und ihm gesagt, sie sei soeben entlassen worden. „Ich muss heute Mittag um zwölf meinen Dienstausweis abliefern, Herrgott!"

„Okay", hatte er erwidert, „dann haben wir ja noch ein paar Stunden Zeit."

„Soll das witzig sein?"

„Nein. Und komm vorher in mein Büro. Ich muss dich informieren, bevor wir hinübergehen."

Zwanzig Minuten später war sie da. Stuart ackerte sich mit rotgeränderten Augen durch ein Memo.

Sie sprach ihn von der Tür aus an. „Ist das die Akte über den Iraner?"

Er blickte nicht auf, sondern starrte weiter auf das Schriftstück auf seinem Schreibtisch. „Hierzulande bekannt als Jim Hodges, wohnhaft in Texas."

„Er ist amerikanischer Staatsbürger! Dann sind wir aus dem Schneider."

„Aber er ist auch Hossein Najafia, Bürger der Islamischen Republik Iran.

Und zufällig außerdem ein Veteran der Armee der Wächter der Islamischen Revolution, besser bekannt als Revolutionsgarden."

„Aber gespendet hat er als Jim Hodges. Woher sollte irgendjemand wissen, dass er in Wirklichkeit –"

„Wir haben solche Dinge zu überprüfen!" Jetzt hob Stuart den Kopf. Seine Stimme wurde laut. „Wir sind das Weiße Haus! Der Präsident der Vereinigten Staaten hat zu wissen, mit wem er sich trifft, Herrgott –"

„Er hat sich mit ihm getroffen?"

„Ja! Auf einer Spendenveranstaltung. Während der Übergangsphase."

„Dann gibt es ein Foto."

Stuart wurde leiser. „Ja."

„Und man wird fragen, warum wir nicht wussten, dass wir einen iranischen Spion in die Nähe des designierten Präsidenten kommen ließen."

„Ja. Und warum um alles in der Welt die Iraner daran interessiert sein sollten, Stephen Baker Geld zu spenden."

„Ein Albtraum."

„Aber das ist nicht der Grund, weshalb er dich sprechen will. Uns. Jedenfalls nicht ausschließlich." Stuart erzählte Maggie von der Nachricht, die Katie Baker über Facebook bekommen hatte.

„O Gott!"

„Ja." Stuart sah auf die Uhr. „Er will uns jetzt sofort sehen."

In der Residenz war der Stimmungsumschwung gegenüber dem Morgen zuvor mit Händen zu greifen. Kimberley Baker hatte die Kinder zur Schule gebracht. Der Präsident ging in der Küche auf und ab. Während des Wahlkampfs hatte Maggie gesehen, wie Stephen Baker alle möglichen schlechten Nachrichten bekommen hatte, und mit wenigen Ausnahmen war er ruhig und gelassen geblieben. Er sprach mit gedämpfter Stimme, wenn andere laut wurden; er blieb sitzen, wenn alle anderen aufsprangen. Aber jetzt tigerte er unruhig hin und her.

„Ich danke Ihnen beiden, dass Sie gekommen sind." Er deutete mit dem Kopf auf zwei Stühle, blieb aber selbst stehen. „Maggie, ich nehme an, Sie sind vollständig im Bilde?"

„Ja, Mr President."

„Der Irre, der meiner Tochter diese Nachricht geschickt hat, hat geschrieben, es werde ‚morgen früh' eine neue große Story geben. Und es gab eine. Was bedeutet, dass er kein Irrer ist."

„Zumindest", sagte Stuart, „ist er ein Irrer, der weiß, wie man sich in einen Computer hackt."

„Wir müssen herausfinden, wer der Mann ist. Und zwar schnell."

„Kann der Secret Service nicht dabei helfen?“, fragte Maggie.

„Die Agentin, die Katie zugewiesen ist, verfolgt die Nachricht zurück.“

„Gut. Wir werden sehen, was sie herausfindet.“

„Ich muss jemanden dabeihaben, dem ich vertraue, Maggie.“

„Sie können dem Secret Service vertrauen.“

„Die kümmern sich lediglich um Bedrohungen meines Lebens.“

Stuart beugte sich vor. „Aber es handelt sich nicht nur um eine physische Drohung. Es ist politisch. Jemand will diese Präsidentschaft vernichten. Darum brauchen wir jemanden von uns dabei. Eine Person, der etwas daran liegt. Und die über die nötigen Mittel verfügt, um eine – sagen wir – ungewöhnliche Arbeit zu erledigen.“

„Was heißt ‚ungewöhnlich‘?“

„Komm schon, Maggie, wir wissen, was du in Jerusalem getan hast. Drücken wir es so aus: Du hast nicht nur Positionspapiere entworfen, oder?“

„Aber ich arbeite überhaupt nicht mehr für Sie!“ Die Worte kamen lauter und wütender aus ihrem Mund, als sie wollte.

„Das tut mir leid“, erwiderte der Präsident leise.

„Longley leitet seinen eigenen Laden, das weißt du, Maggie“, sagte Stuart. „Aber das heißt nicht, dass du nicht helfen kannst. Im Gegenteil, es ist sogar besser so. Du hast Distanz.“

„Du meinst, man kann mich verleugnen.“

Der Präsident richtete sich zu voller Größe auf und sah sie an. „Ich brauche Sie, Maggie. Wir hatten gehofft, wir könnten so viel erreichen. Zusammen. Aber dazu muss ich im Amt bleiben. Und das bedeutet, wir müssen diesen Mann finden.“

Sie hielt seinem Blick ein, zwei lange Sekunden stand, während sie an das Gespräch dachte, das sie vierundzwanzig Stunden zuvor genau hier geführt hatten. Sie dachte an Darfur, an die Hubschrauber, die dieser Präsident entsenden wollte, an die Menschenleben, die sie retten würden.

„Okay“, sagte sie.

Auf dem Rückweg in den Westflügel wandte Maggie sich an Stuart. „Wir sollten zuerst eine Liste machen.“

„Eine Liste wovon?“

„Von allen, die Stephen Baker aus dem Amt jagen wollen.“

Washington, D. C., Dienstag, 21. März, 09.16 Uhr EST

Im Büro des dienstjüngeren der beiden republikanischen Senatoren aus dem Staat South Carolina war man stolz darauf zu wissen, dass ein Besucher nur über die Schwelle zu treten brauchte, um das Gefühl zu bekommen, im Alten

Süden gelandet zu sein. Die Empfangsdame war blond, unter dreißig und hatte stets ein einladendes Lächeln auf den Lippen. Den Sumpf namens Washington, D. C., betrat man auf eigenes Risiko. Aber wer hier zu Gast bei Senator Rick Franklin war, befand sich südlich der Mason-Dixon-Linie, der traditionellen Grenze zwischen Nord- und Südstaaten.

Im Wartebereich fiel der Blick des Besuchers zuerst auf die bronzene Plakette, auf der die Zehn Gebote abgebildet waren. Senator Franklin hielt nichts von den Spitzfindigkeiten der Trennung zwischen Kirche und Staat in einem öffentlichen Gebäude.

Dann würde der Besucher feststellen, dass der Fernsehapparat nicht auf CNN oder MSNBC eingestellt war, wie es bei den meisten Demokraten der Fall gewesen wäre, ja nicht einmal auf Fox News wie bei fast allen Republikanern. Hier lief das Christian Broadcasting Network. Bis zu den Zwischenwahlen mochten noch neunzehn Monate vergehen, aber Spenden mussten gesammelt werden – und es zahlte sich aus, wenn die Leute gleich den richtigen Eindruck bekamen.

Das war der äußere Bereich. Wenn der Besucher das Zimmer des Senators persönlich betreten hatte, bot sich ihm ein eher bodenständiger Blick auf die Realitäten des politischen Lebens. Hier lief Fox oder MSNBC, meistens Letzteres. „Kenne deinen Feind“, sagte Franklin immer.

In den letzten vierundzwanzig Stunden jedoch war ihm der Sender kaum wie ein Feind erschienen. Normalerweise geißelte Franklin ihn in seinen Verlautbarungen als Nachrichtensender für Liberale, aber jetzt hatte er Gewitterwolken über Bakers Präsidentschaft aufziehen lassen, und für diejenigen, die auf Franklins Seite des Zauns standen, sah das aus wie strahlender Sonnenschein. Als Erstes war der heilige Stephen als durchgeknallter Psychiatriepatient entlarvt worden. Und heute Morgen dann die Iran-Connection. Das war eisernes Gesetz für jeden Skandal: Man brauchte eine gute Schlagzeile. IRAN-CONNECTION war perfekt. Sicher, die Details schienen noch obskur, aber das machte die Sache nur besser. Die Leute würden zu dem Schluss kommen, dass der perfekte Mr President nicht mehr so rein wie frisch gefallener Schnee war.

Deshalb hatte Franklin, gleich nachdem die Meldung über den Sender gekommen war, seinen demokratischen Kollegen Vincenzi angerufen. Die Forderung nach einem unabhängigen Ermittler war ein risikoloser Schachzug. Wenn die Ermittlung nichts erbrachte, konnte Franklin behaupten, er habe der Öffentlichkeit einen Dienst erwiesen und unbegründete Gerüchte aus der Welt geschafft. Und sollte etwas herauskommen – umso besser! Er wusste, Vincenzi würde einen zuverlässigen Verbündeten abgeben.

Und Vincenzis Auftritt an seiner Seite würde Franklin den hehren, parteiübergreifenden Anstrich verleihen, dem die Medien niemals widerstehen konnten. „Hier geht es nicht mehr um Parteipolitik", hatten sie beide in ihren Stellungnahmen gesagt.

Deshalb fühlte Senator Franklin sich berechtigt, vergnügt vor sich hin zu summen, während er die Löschblattunterlage auf seinem Schreibtisch zurechtrückte. Alles lief nach Plan.

Es klopfte leise. Cindy, seine Abteilungsleiterin für Legislative Angelegenheiten, kam herein. Auf ihrem Gesicht strahlte ein Lächeln. Er sah immer gern zu, wie sie sich bewegte, das Hinterteil fest umspannt von einem Rock, der nie weiter als bis zum Knie reichte.

„Ich sehe, Sie bringen gute Nachrichten, *sweetheart*."

„Allerdings, Sir, das stimmt."

Sie spielten gern Südstaaten-Gentleman und sittsame junge Lady, mit Dialogen unterhalb des Niveaus von „Vom Winde verweht" – aber nur wenn das politische Klima freundlich genug war.

„So sprechen Sie doch."

„Ich muss Ihnen sagen, *congressman*", fuhr sie mit einem mädchenhaften Flattern der Augenlider fort, das einen Stromstoß in seine Lenden sandte, „dass die Quelle der jüngsten Jammermärchen bei MSNBC – wie sagt man gleich? – geoutet wurde."

„So schnell? Verdammt, was ist passiert?"

„Anscheinend ist irgendein liberalenfreundlicher Hacker in das System von MSNBC eingedrungen und hat die E-Mails zwischen deren Washingtoner Büro und dem Informanten gestohlen. Dann hat er sie auf seiner eigenen Website veröffentlicht."

„Und was hat man über den Informanten herausgefunden?"

„Bis jetzt nur, dass er Ende vierzig, weiß und aus New Orleans ist."

Washington, D. C., Dienstag, 21. März, 14.26 Uhr EST

„Werden die Leute nicht reden?"

„Was? Über dich und mich?"

„Ja. Über mich. Weil ich hier drin bin."

„Irgendetwas sagt mir, Maggie, die Leute haben schon vor langer Zeit begriffen, dass da nicht die geringste Chance besteht: Du bist nicht mein Typ."

Ein Lächeln breitete sich auf Stuart Goldsteins großem rotem Schwabbelgesicht aus. Maggie hatte das Gefühl, es wäre das erste Lächeln seit Wochen, aber tatsächlich waren erst sechsunddreißig Stunden vergangen.

Auf seine Bitte hin war sie in sein Büro gekommen. Er hatte sie auf die Besucherliste am Besuchereingang setzen lassen, und sie hatte ihren Pass vorzeigen müssen, um Zugang zum Weißen Haus zu bekommen.

Eine Viertelstunde zuvor hatte Stuart einen Anruf von einem Kontaktmann bei MSNBC erhalten, der ihm angekündigt hatte, der Sender werde ein Live-Interview mit der Quelle der zwei kürzlich veröffentlichten Storys über Stephen Baker bringen. Die Quelle war ein Vic Forbes aus New Orleans.

„Ich verstehe eines nicht", sagte Stuart, während sie darauf warteten, dass das Fernsehen lieferte, was es versprochen hatte. „Die Sache mit dem Psychiater. Wie hat dieser Vic Forbes davon erfahren?"

„Vielleicht hat er mit dem Psychiater gesprochen?"

„Wäre schwierig. Der ist vor fünfzehn Jahren gestorben."

„Es muss Unterlagen geben. Akten. Rechnungen."

„Nein. Gibt's nicht. Mal so gesagt: Bei Bakers Kandidatur habe ich von Anfang an dafür gesorgt, dass der Feind keine Überraschungen ausgraben konnte."

„Indem du sie als Erster ausgegraben hast."

„Genau."

„Und was ist mit dem Iran?"

„Na, das konnte während des Wahlkampfes nicht herauskommen, weil es noch nicht passiert war. Da muss mächtig gegraben worden sein. Aus irgendeinem Grund hat Forbes etwas gewusst, was wir selbst nicht wussten."

„Hat man uns reingelegt? Hat jemand Najafia alias Hodges eingesetzt, um uns in Verlegenheit zu bringen?"

„Kann sein. Vielleicht waren es die Iraner. Um Baker blöd aussehen zu lassen. Aber im Moment stört mich an Hodges nur eins: Woher weiß Forbes von ihm? Und von dem Psychiater?" Stuart starrte den Fernseher an. „Ich will wissen, wer dieser Scheißkerl ist."

Am Ende war sie enttäuscht. Vic Forbes sah nicht aus wie ein Monster oder ein Bösewicht. Bei dem per Satellit übertragenen Interview in einem Studio in New Orleans wirkte sein Gesicht nicht sehr einprägsam. Seine Nase sah zusammengedrückt aus, zu schmal an der Wurzel. Er war kahl bis auf ein paar graue Haare an den Schläfen.

Er bezeichnete sich als „Rechercheur" und bestand darauf, „keiner Partei und keiner Fraktion" anzugehören. „Ich bin ein Wahr-Sager", erklärte er. „Ich hatte diese Informationen – diese Wahrheiten –, und ich hatte Gewissensbisse, weil ich sie dem amerikanischen Volk vorenthielt. Ich glaube, das Volk hat ein Recht darauf zu wissen, wer sein Präsident wirklich ist."

„Aber woher hatten Sie diese Informationen?“, fragte die Interviewerin. „Das amerikanische Volk hat doch sicher ein Recht darauf, auch das zu wissen, oder nicht?“

„Nun … Würden Sie Ihre Quelle offenlegen, wenn Ihr Sender eine solche Story aufgetan hätte? Selbstverständlich nicht. Das ist ein Grundprinzip des Journalismus.“

„Ja, aber du bist kein Journalist, du miese Ratte!“ Stuart warf einen leeren Styroporbecher gegen den Fernseher. Da klingelte sein Telefon. Er stieß mit dem Finger auf die Lautsprechertaste. „Hey Zoe, was gibt's?“

Maggie hörte die Stimme der Agentin. „Wir sind noch in einem sehr frühen Stadium unserer Ermittlungen, Mr Goldstein.“

„Das weiß ich. Ich weiß auch, dass elektronische Daten dieser Art sehr komplex sind und dass es mehrere Wochen dauern kann, da etwas zurückzuverfolgen. Aber ich will wissen: Was haben Sie herausgefunden?“

„Okay. Wir nehmen an, dass die Person, die die Nachricht an Katie Bakers Facebook-Account geschickt hat, ein männlicher Weißer war, mit extrem guten Kenntnissen in Computertechnologie, und dass er aus New Orleans stammt, Sir.“

Er trennte die Verbindung und sah Maggie und dann den Fernseher an.

„Es ist also derselbe, nicht wahr, Stu?“

„In der Tat.“ Stuart starrte auf den Bildschirm und verfolgte Forbes' Auftritt. „Wo kommt dieser Kerl her?“

Ohne den Blick vom Bildschirm zu wenden, griff er nach der Fernbedienung und drückte auf die Pausentaste. (Eine Set-Top-Box, mit der man Livesendungen im Fernsehen anhalten und zurückspulen konnte, gehörte inzwischen zur handwerklichen Grundausstattung: Nie wieder konnte einem ein Fehler des Feindes entgehen.) Er ließ die Aufzeichnung zurücklaufen und sah sich die letzte Minute noch einmal an.

„Was suchst du?“, fragte Maggie.

„Ich weiß es nicht“, murmelte er. „Aber wenn ich es sehe, weiß ich es.“

Wieder kam Forbes mit dem Geschwätz über seine „Pflicht“, dem amerikanischen Volk die Tatsachen zur Kenntnis zu geben. Das Volk solle wissen, dass er es ernst meine, und der Präsident solle es ebenfalls wissen.

Und beim zweiten Mal sah Stuart, was er schon beim ersten Mal flüchtig wahrgenommen hatte. Und Maggie sah es auch. Eine Augenbewegung: Forbes schaute nicht mehr so, als wolle er der unsichtbaren Interviewerin ins Gesicht sehen. Stattdessen schaute er ins Publikum – und mehr als das: Er schien jemanden direkt anzusprechen.

Stuart drückte noch einmal die Pausentaste, und das Bild erstarrte in dem

Moment, als Vic Forbes den Blick hob und erkennen ließ, dass er zu einer einzigen Person sprach.

„Der Präsident soll wissen, dass ich es ernst meine. Todernst."

ZUM DRITTEN MAL in zwei Tagen befand sich Maggie in der Residenz des Weißen Hauses. Es war eine Dringlichkeitssitzung, die der Präsident einberufen hatte. Diesmal ging er nicht auf und ab; zumindest äußerlich wirkte er ruhig und kühl. Maggie sah sich um. Vier Leute waren gerufen worden: Stuart Goldstein, Tara MacDonald, Doug Sanchez und sie.

„Danke, dass Sie gekommen sind", sagte Baker mit fester Stimme. „Dies ist keine Präsidentenbesprechung. Dies ist ein Gespräch mit meinem Wahlkampfteam. Mit alten Freunden. Ich brauche Ihren Rat. Diese Präsidentschaft wird vehement attackiert." Er schwieg kurz. „Stuart, rufen Sie uns in Erinnerung, was wir wissen."

„Danke, Mr President." Stuart rückte an die Sofakante vor, damit er mit allen Anwesenden auf Augenhöhe war. „Vic Forbes aus New Orleans hat MSNBC mit zwei Storys versorgt. Beide sind geeignet, maximalen Schaden anzurichten. Gleichzeitig hat er persönlich Kontakt mit dem Weißen Haus aufgenommen. Gestern Abend hat jemand, der als Katie Bakers ‚Freundin' auftrat, ihr über Facebook eine Nachricht geschickt."

Jetzt richteten Tara und Sanchez sich auf.

Stuart redete weiter. „Im Endeffekt übernahm er in dieser Nachricht die Verantwortung für die erste und – im Voraus – auch für die zweite MSNBC-Meldung. Und er hat eine sehr direkte und persönliche Drohung gegen den Präsidenten ausgesprochen." Er las sie vor. „‚Damit das klar ist: Ich werde ihn vernichten.'"

Tara, eine vierfache Mutter, schnappte nach Luft und murmelte kopfschüttelnd: „Das arme Kind."

Stuart fuhr fort. „Agentin Galfano vom Secret Service hat diese Nachricht zu der IP-Adresse eines Computers in New Orleans zurückverfolgt. Sie hat außerdem den Datenfluss des sogenannten liberalen Bloggers, der sich so genialisch in den E-Mail-Verkehr bei MSNBC gehackt hat, überprüft und festgestellt, wo er herkam."

Tara schüttelte den Kopf. „Lassen Sie mich raten: aus New Orleans."

„Yep. Es ist derselbe Typ."

Sanchez stieß einen Pfiff aus. „Forbes hat sich selbst geoutet."

„Scheint so", bestätigte Stuart.

Sanchez legte die Stirn in Falten. „Warum sollte er das tun?"

Jetzt ergriff Maggie das Wort. „Damit wir ihm zuhören." Alle drehten sich zu ihr um. „Er hat gewusst, dass wir seine Nachricht an Katie zurückverfolgen würden. Er *wollte*, dass wir ihn als den MSNBC-Informanten identifizieren."

Stuart schloss sich ihr an. „Erste Regel für jeden Erpresser: Es reicht nicht, dass du etwas in der Hand hast. Deine Zielperson muss wissen, dass du etwas in der Hand hast."

Baker hatte genug gehört. „Danke. Leute, das ist der Hintergrund für die Entscheidung, die wir heute Abend treffen müssen. Wer spricht zuerst?"

Tara verzichtete auf das übliche höfliche Schweigen. „Ich muss wissen, worüber genau wir hier reden. Erwägen wir etwa Verhandlungen mit einem Erpresser?"

Sanchez fummelte an seiner Armbanduhr herum. „Hängt das nicht ein bisschen davon ab, was der Kerl möglicherweise in der Hand hat?"

Maggie spürte, wie alle Luft aus dem Zimmer entwich. Man musste den Burschen bewundern. Er hatte die Furchtlosigkeit der Jugend. Aber es gab nur einen in diesem Raum, der diese Frage beantworten konnte, und wer wollte sie ihm stellen?

Alle waren erleichtert, als es klopfte. Es war ein Butler. „Sir, ich habe eine dringende Nachricht von der Presseabteilung für Mrs MacDonald."

Baker winkte den Mann herein, und er überreichte Tara das Blatt. Sie setzte die Brille auf, die sie an einer Kette um den Hals trug, und las schnell. Dann räusperte sie sich. „Forbes hat soeben eine Erklärung abgegeben. Sie lautet folgendermaßen: ‚Ich möchte klarstellen, dass die Informationen über Stephen Baker, die ich noch besitze, mit seiner Vergangenheit zu tun haben. Es geht um einen Teil seiner Vergangenheit, der, wie ich glaube, viele Amerikaner schockieren wird. Um einen Teil seiner Vergangenheit, den er vielleicht nicht einmal seiner Familie offenbart hat.' "

Maggie spürte, dass die Atmosphäre im Zimmer sich veränderte. Was für ein schmähliches Geheimnis mochte der Präsident wohl vor seiner Frau verbergen? Niemand brachte es über sich, ihn anzuschauen. Maggie warf einen verstohlenen Blick zu Stuart hinüber. Sie merkte, wie dessen Verlegenheit bereits von etwas anderem überlagert wurde, das ihn weit mehr erschütterte: von politischer Panik. Wie viele Katastrophen konnte diese junge Präsidentschaft noch überstehen?

Mit trockener Stimme sagte Tara: „Es gibt noch einen letzten Absatz: ‚Ich habe nicht vor, heute sämtliche Details preiszugeben. Aber das amerikanische Volk soll wissen, dass ich sie habe. Alle, die diese Story verfolgen, besonders diejenigen, die sie aufmerksam verfolgen, sollen wissen, dass ich sie habe.'"

Diese Frechheit war atemberaubend. Vic Forbes nutzte eine Kombination aus Livefernsehen und Internet, um den Präsidenten der Vereinigten Staaten zu erpressen.

Stuart brach das Schweigen. „Was sollen wir tun, Leute?"

Tara antwortete als Erste. „Wir gehen zur Polizei und dann ins Fernsehen. Wir entlarven Forbes als das, was er ist: ein billiger, schmieriger Gauner."

„Das gefällt mir nicht", widersprach ihr Sanchez. „Die anfängliche Reaktion kann positiv ausfallen, aber wenn man einmal mit so etwas an die Öffentlichkeit geht, dann können die Leute sagen, was immer sie wollen. Dann ist alles erlaubt."

„Sagen wir nichts, wird Forbes uns immer weiter attackieren und eine Bombe nach der anderen loslassen. Versuchen wir es mit einem Bekenntnis, geht die Bombe trotzdem hoch. Okay, dann sind wir es, die auf den Zünder drücken, und das hilft. Aber wir wissen nicht, welchen Schaden es anrichten wird. Damit bleibt uns –"

„Wir haben's kapiert", unterbrach Stuart sie. „Überall Sackgassen. Irgendwie müssen wir in Forbes' Kopf eindringen. Was immer er hat –"

Aber auch er konnte seinen Satz nicht zu Ende bringen. Stephen Baker – der kühle, ruhige, unerschütterliche Mann, der in einem zweijährigen Präsidentschaftswahlkampf kaum einen falschen Schritt getan und mit sehr viel erfahreneren Konkurrenten debattiert hatte, ohne jemals ins Stolpern zu geraten – rastete völlig aus.

Er schlug mit der Faust auf den Tisch und schrie: „Vic Forbes! VIC FORBES! Ich will diesen Namen nie wieder hören! Verstanden?" Leise, beinahe zu sich selbst murmelnd, fügte er hinzu: „Ich will, dass er verschwindet."

Washington, D.C., Mittwoch, 22. März, 06.35 Uhr EST

„Maggie, hier ist Stuart. Hab ich dich geweckt?"

„Nein, überhaupt nicht." Es war eine reflexhafte Lüge. Niemand in Washington gab jemals zu, geschlafen zu haben, nicht einmal morgens um halb sieben.

„Entschuldige. Schalte deinen Fernseher ein."

„Ist das so was wie ein täglicher Service? Ich kann mich nicht erinnern, dass ich den abonniert habe."

„Mach schon."

„Moment." Sie tastete nach der Fernbedienung. Sie zielte damit auf den kleinen Fernseher in der Ecke und wartete darauf, dass er aufleuchtete. Er war auf MSNBC eingestellt. Blinzelnd starrte sie auf den Bildschirm, und dann schnappte sie nach Luft. „Das darf nicht wahr sein!"

„Genau mein Gedanke."

Sie brachte kein weiteres Wort hervor. Sie konnte einfach nicht sprechen. Sie konnte nur die Laufschrift anstarren, die über den unteren Bildschirmrand lief.

EILMELDUNG: VIC FORBES IN NEW ORLEANS TOT AUFGEFUNDEN.

3

Washington, D. C., Mittwoch, 22. März, 06.37 Uhr EST

Maggie blickte starr auf den Bildschirm, auf dem eine Straße in New Orleans zu sehen war. Vor dem Haus in der Mitte des Bildes spannte sich ein gelb-schwarzes Flatterband, worauf deutlich zu lesen war: POLIZEILICHE ABSPERRUNG – BETRETEN VERBOTEN.

Sie hörte Stuart, der geräuschvoll in den Hörer atmete und darauf wartete, dass sie etwas sagte. Sie drehte die Lautstärke des Fernsehers auf.

„... in diesem Stadium nur wenige Einzelheiten. Inoffiziell erfahren wir aus gut unterrichteten Kreisen, dass die Umstände, unter denen Mr Forbes aufgefunden wurde, bizarr waren."

„Bizarr?", wiederholte Maggie.

„Lass mich rein, und ich sag's dir", hörte sie Stuart sagen.

„Bist du hier?"

„Das Taxi hat gerade angehalten."

„Gibst du mir fünf Minuten?"

„Zwei."

Hastig zog sie eine Jeans an und suchte nach einem Pullover. Mit einem Ohr lauschte sie der Geschichte, die da aus dem Fernseher sprudelte.

Was um alles in der Welt war mit Vic Forbes passiert, dass sie die Einzelheiten nicht bekanntgeben konnten? Am Abend zuvor hatte das Team keinen gangbaren Ausweg gesehen. Wohin sie sich auch gewandt hatten, überall hatte Vic Forbes gestanden und den Weg versperrt. Und jetzt war er weg, hilfreich und gerade noch rechtzeitig fortgezaubert.

Sie hörte das Klopfen an der Tür und Stuarts unverwechselbares, atemloses Keuchen draußen im Flur. Sie öffnete und ließ ihn herein. Dann ging sie geradewegs in die Küche, um Kaffee aufzusetzen.

Er folgte ihr ungeduldig; er brannte darauf weiterzukommen. Er zog einen Stuhl hervor, der unter den kleinen Küchentisch geschoben war, und ließ sich darauf nieder. Als sie einander dicht gegenübersaßen, sprudelten die Worte aus ihm hervor. „Forbes wurde erhängt in seinem Schlafzimmer in

New Orleans aufgefunden. Er trug Frauenunterwäsche. Strümpfe, Strapse, das volle Programm."

„Ist das ein Witz?"

„Sehe ich aus, als ob ich Witze mache? Autoerotische Asphyxiation. Wenn man die Sauerstoffzufuhr zum Gehirn unterbricht, gibt's einen Rausch. Die Polizei sagt, es ist vielleicht nicht so ungewöhnlich, wie man meinen könnte. Eine Theorie wäre, sein Auftritt im Kabelfernsehen hat ihn dermaßen erregt, dass er den Erfolg seines kleinen Projekts auf seine Art feiern wollte."

„Sagt das die Polizei?"

„Nein. Die wissen nur, dass er in den letzten achtundvierzig Stunden im Fernsehen war, als Quelle von zwei Storys, die für den Präsidenten schädlich waren. Hast du irgendwelche Frühstücksflocken?"

Maggie reichte ihm eine Schachtel Cheerios. Sofort schob er die Hand tief hinein und stopfte sich die knusprigen Kringel in den Mund.

Keiner von beiden hatte bisher ausgesprochen, was sie und alle anderen im Weißen Haus denken mussten. „Ein Problem ist aber immerhin gelöst, nicht wahr, Stu?"

„Ich hatte befürchtet, dass du das sagen würdest. Weil es auch viele andere Leute sagen werden. Tatsächlich hat es schon angefangen."

„Was meinst du damit?"

„Blogs. Rechte und linke Spinner hauptsächlich. Aber so fängt es immer an. An den Rändern, und dann breitet es sich bis in die Mitte aus."

„Sie behaupten, Baker habe etwas damit zu tun?"

Stuart griff in die Tasche seines XXXL-Jacketts und holte sein iPhone hervor. Er tippte mehrmals auf das Display und las dann vor:

> „Napoleon sagte, seine Generäle sollten weder Mut noch Brillanz, sondern einfach Glück haben. Stephen Baker ist anscheinend einer der vom Glück gesegneten Generäle dieser Welt. Er steht auf der Klippe und starrt in den Abgrund, und der Kerl, der ihn über die Kante schubsen will, wacht tot auf. Eins muss man zugeben: Dieser Präsident hat jemanden da oben, der ihn mag. Allerdings heißt es ja immer: Jeder ist seines Glückes Schmied …"

„Und?"

„Ich bitte dich, Maggie. ‚Seines Glückes Schmied?' Wir wissen, worauf das hinausläuft."

Maggie schwieg. Sie verstand vollkommen. Sie goss sich einen Kaffee ein und setzte sich wieder an den Tisch.

„Sieben Senatoren haben nach einem unabhängigen Ermittler gerufen, noch bevor das da passiert ist. Jetzt wird nicht nur Rick Franklin von einem

Sonderermittler reden", sagte er bitter und stopfte sich noch eine Handvoll Cheerios in den Mund. „Dank Forbes trauen Leute dem Präsidenten nicht mehr, die ihm sonst immer vertraut haben. Sie glauben, er ist vielleicht verrückt und steht im Sold der Ayatollahs. Also werden sie jetzt auch bereitwillig glauben, er sei fähig zu einem –"

„Mord."

Stuart sah sie durchdringend an. „Du hast gehört, was er gestern Abend gesagt hat."

Maggie zögerte. „Du glaubst doch nicht etwa, jemand aus dem Team würde es nach außen dringen lassen!"

„Trotzdem ist es eine Katastrophe!" Stuarts sonst so vergnügte massige Erscheinung war wie verwandelt durch Zorn oder Trauer – Maggie konnte es nicht genau sagen. „Weißt du, wie lange eine präsidentiale Amtsperiode dauert? In Tagen?" Er wartete nicht auf ihre Antwort. „Eintausendvierhundertundsechzig Tage. Wir haben gerade mal einundsechzig Tage hinter uns. Kannst du dir vorstellen, wie er noch vierzehnhundert Tage ohne das Vertrauen seiner leitenden Berater voranstolpern soll? Wenn sie denken, was du eben gedacht hast?"

Sie starrte in ihren Kaffee und wich Stuarts Blick aus – hauptsächlich weil sie nicht bestreiten konnte, dass er mit seinen Bedenken recht hatte.

„Wir müssen die Wahrheit wissen, Maggie. Die ganze Wahrheit. Wir brauchen die Fakten. Sonst ist Stephen Bakers Präsidentschaft am Ende."

Sie sah ihn an. Ihr Tonfall klang knapp und geschäftsmäßig, als sie die Fragen durchging, die beantwortet werden mussten. „Erstens müssen wir wissen, ob es Selbstmord war. Dann müssen wir wissen, ob Forbes allein agiert hat. Falls er zu einem Team gehörte, besteht die Bedrohung weiter."

„Richtig. Und wer sind sie? Republikaner mit irgendwelchen schmutzigen Tricks? Ausländer? Jemand, an den wir noch gar nicht gedacht haben?"

„Und was für eine Bombe hatte er noch in petto? Was ist das für ein Geheimnis?"

Stuart deutete mit dem Zeigefinger auf sie – eine Geste, die er immer benutzte als Zeichen dafür, dass sie genau die richtige Frage gestellt, die richtige Feststellung getroffen hatte. „Ja, was genau haben sie in der Hand?"

Ihr Verstand lief jetzt auf Hochtouren und ratterte eine Vielzahl von Fragen herunter, von denen jede ein Dutzend neue in die Welt setzte. Genauso war sie bei den diplomatischen Verhandlungen, die ihr bisheriges berufliches Leben beherrscht hatten, vorgegangen: Man musste jeden Weg, den die Beteiligten einschlagen konnten, in Betracht ziehen und sich dann überlegen, zu welchen Abzweigen und Umleitungen er führen konnte.

„Okay", sagte sie schließlich. „Geh jetzt lieber. Ich muss los."

„Wo willst du hin?"

„Was glaubst du, wohin? Hier finde ich keine Antworten, Stu. Ich fliege nach New Orleans."

E-MAIL-TEXT, abgefangen durch die Nationale Sicherheitsagentur. Vermutlich verfasst von einem hochrangigen Anführer gewaltbereiter Dschihadisten mit unbekanntem Aufenthalt:

> Ich bezeuge, dass es keinen Gott außer Allah gibt, und Mohammed ist sein Prophet.
>
> Das Haupt der Ungläubigen weltweit hat ein neues Gesicht bekommen, aber sein verrottetes Herz ist noch dasselbe.
>
> Wir stehen jetzt in einem neuen Kampf. Wir müssen verhindern, dass naive Brüder und Schwestern sich durch das lächelnde Gesicht und die honigsüßen Worte des Betrügers Baker täuschen lassen.
>
> Möge Gott einen Weg finden, diesen Mann zu beseitigen, damit die Muslime wieder das wahre Gesicht Amerikas erkennen.

New Orleans, Mittwoch, 22. März, 18.15 Uhr CST

Die Plakattafeln am Rand des Interstate 10 verrieten ihr, dass sie sich in einem anderen Land befand. Ein ganzes Universum lag zwischen ihr und der zugeknöpften Frömmelei der Hauptstadt. Auf einer Tafel wurde eine Waffenmesse angekündigt, auf der nächsten für ein Varieté geworben.

„Sind Sie das erste Mal in *N'Awlins*?"

Maggie nickte. Sie wollte sich jetzt nicht mit dem Taxifahrer unterhalten. Sie musste nachdenken. Sie hatte ihn gebeten, sie ins French Quarter zu fahren, um so nah wie möglich an Forbes heranzukommen. Außerdem war es eine gute Tarnung. Sie würde aussehen wie eine Touristin aus Dublin, die zu naiv war, um zu wissen, wo sie sonst wohnen sollte. Oder wie eine Journalistin.

Es war eine Nachricht von Nick du Caines auf ihrem Anrufbeantworter gewesen, die sie auf diese Idee gebracht hatte. Nick war der verlotterte New-York-Korrespondent einer sehr beliebten, aber notleidenden britischen Sonntagszeitung. Wenn man Nick glauben konnte, war für einen Journalisten nichts und niemand unerreichbar.

Wenn man Nick glauben konnte, wohlgemerkt. Ein Teil seines Charmes bestand in der Grauzone, die er bewohnte, wenn es um die Wahrheit ging. Oder um *la veracité*, wie er es zweifellos mit seinem komischen französischen Akzent nennen würde, auf den er immer zurückgriff, wenn er ein womöglich heikles Thema umschiffen wollte. („Mags, es ist spät, du bist hinreißend, ich bin voller *ardeur*, also wie wär's mit einer kleinen *liaison dangereuse* oder sonst was?")

Sie hatte versucht, ihn anzurufen, bevor sie abgeflogen war. Mindestens drei Mal hatte sie sein Handy angewählt. Nach allem, was sie mitbekommen hatte, arbeitete Nick werktags überhaupt nicht; stattdessen staute er eine Art Fieber in sich auf, das am Freitagabend seinen Höhepunkt erreichte, wenn er in panischer Hast bis Samstagmorgen Tausende von Wörtern in seine Tastatur hämmerte und so mit knapper Not die mittägliche Deadline in London erreichte. Wo der Korrespondent sich also mitten in der Woche zu dieser Stunde aufhalten mochte, konnte niemand sagen. Allerdings standen die Chancen nicht schlecht für die Wette auf das Bett irgendeiner einsamen Auslandseuropäerin – der Frau des belgischen Botschafters vielleicht.

Doch als das Taxi sich jetzt durch Straßen mit unmöglichen Namen wie Abundance, Cupid und Desire schlängelte, meldete er sich endlich.

„Mags! Meine lange verschollene Kameradin! Was zum Teufel ist los im Weißen Haus? Habe eben über die alte Buschtrommel von deinem unfreiwilligen *au revoir* gehört. Mir scheint, du bist gerade noch rechtzeitig rausgekommen. Obwohl – eine Schweinerei, dich rauszuschmeißen. Kann dein Onkel Nick irgendetwas für dich tun?"

„Na ja, ehrlich gesagt, Nick, ich brauche etwas von dir."

„Ich kann dir nicht sagen, wie lange ich auf diese Worte gewartet habe, Mags, meine Liebste. Soll ich um acht kommen? Oder vielleicht schon am Nachmittag?"

„Nicht das, Nick. Ich brauche einen Rat. Über die Arbeit als Journalist. Ich kann dir jetzt nicht viel darüber sagen, aber ich verspreche dir, sobald ich es kann, hörst du es als Erster."

„Eine Story? Der Himmel segne dein kleines irisches Herz. Was musst du denn wissen?"

In den nächsten zehn Minuten verabreichte Nick ihr einen Crashkurs über die Kernelemente in der schwarzen Kunst des Journalismus. Sie vereinbarten, dass sie als Liz Costello von der *Irish Times* auftreten würde. Wenn jemand so bösartig sein sollte, sie per Google zu checken, würde er zumindest jemanden finden. Der Umstand, dass die Autorenzeile dieser Costello vor einigen Jahren unter amüsanten Berichten über das Dubliner Nachtleben zu finden war, könnte zwar ein Problem werden, aber kein unüberwindliches.

„Du kannst sagen, du schreibst jetzt für die Reisebeilage, ein Post-Katrina-Stück: ‚Rückkehr nach New Orleans'. Und denk daran: Du schreibst keinen Artikel, du sorgst dafür, dass ein journalistisches Bravourstück ins

Blatt gerückt wird. Und sichere nichts auf deinem Computer. Mein Laptop ist mal von einem langhaarigen Biker mit dem Motorrad zermalmt worden: Dreitausend Wörter waren beim Teufel. Sichere alle Dateien online, Mags. Sichere sie auf einem Googledocs-Account. Du bekommst ein Passwort und kannst sie bearbeiten, wo immer du bist, vorausgesetzt du hast einen Internetzugang."

In der Stadt werde es nach Forbes' Tod von Journalisten wimmeln, fuhr Nick fort. Sie solle das Hotel suchen, in dem alle Reporter wohnten. Es gebe immer eins, und er werde seinen Kumpel beim *Telegraph* anrufen und ihn nach dem Namen fragen.

Zwei Minuten später summte Maggies BlackBerry: MONTELEONE.

Als sie aus dem Taxi stieg, schlug ihr ein Geruch entgegen, der sie an Afrika erinnerte: ein subtropischer Hauch von Feuchtigkeit und Moder mit einem süßlichen Unterton. Sie sah sich um und war sofort überwältigt von der üppigen Blumenpracht, die anscheinend von jedem der im Pariser Stil gestalteten Balkone wallte: leuchtend violette Bougainvilleen und tiefgrüne Rankenpflanzen.

Es war noch früh, aber Nick hatte ihr geraten, trotzdem gleich in die Bar zu gehen. Dank des Zeitunterschieds seien die europäischen Schreiberlinge inzwischen alle von ihren Deadlines befreit. Die „Carousel Bar" war ein Lokal, vor dem Maggie normalerweise zurückgezuckt wäre. Sie stand – der Himmel sei ihr gnädig – unter einem Motto: „Zirkus", und es gab sogar ein prunkvoll verschnörkeltes Karussell, das sich in der Mitte der Bar drehte. Ein paar Schwarz-Weiß-Porträts von früheren Gästen, darunter Tennessee Williams, Truman Capote und William Faulkner, stimmten Maggie aber gleich wieder milder.

Ein halbes Dutzend Leute – fünf Männer, eine Frau – saßen zusammen an einem Tisch. Die Erfahrung sagte ihr, dass das die Auslandspresse war, und sie hatte recht. Ein Mann, der an einem giftig aussehenden Gebräu nippte, entsprach haargenau der Beschreibung von Nicks Kumpel beim *Telegraph*: aschblond, schlaksig, etwa zehn Jahre jünger als sie.

„Tim?", fragte sie, und der Mann stand auf und stellte gleichzeitig seinen Drink hin und streckte ihr die Hand entgegen.

„Einen Hurricane?" Lächelnd hob er sein Glas. „Anscheinend der Post-Katrina-Cocktail der Wahl."

Maggie dachte an Lektion eins in Nicks Grundkurs „Journalismus für Anfänger" und bestand darauf, diese Runde zu übernehmen. Während sie Hurricanes für den ganzen Tisch in Auftrag gab, fiel ihr Blick auf einen Mann, der allein an einem Tisch in der Ecke saß. Er war dunkelhaarig, schmalgesichtig und älter als die andern, und er hatte einen aufgeklappten Laptop vor sich. Auch ein Journalist?

Als sie zum Tisch zurückkam, hatte Tim bereits alle informiert: Das sei Liz von der *Irish Times*, eine Freundin von Nick.

„Worüber wir gerade sprachen, Ms Costello“, erklärte Francesco vom *Corriere della Sera*, ein Glatzkopf Mitte vierzig, „war die polizeiliche Erklärung, dass sie im Zusammenhang mit Forbes' Tod ‚nach niemandem fahnden‘.“

„Was bedeutet, sie behandeln den Fall als Selbstmord“, fügte Tim scharfsinnig hinzu.

„Und was halten wir davon?“, fragte Maggie und nippte an ihrem Cocktail. Er war so eklig süß, dass sie fast gewürgt hätte. Wie jemand so etwas lieber trinken konnte als ein Glas Whiskey, war ihr unbegreiflich.

„Ich wüsste nicht, was sie sonst tun können“, sagte Francesco. „Es gab keine Einbruchsspuren in der Wohnung. Und es gab keine Fingerabdrücke außer seinen eigenen.“

„Der amtliche Leichenbeschauer könnte auf Tod durch Unfall befinden.“ Das war die Frau. Offenbar war sie die New Yorker Korrespondentin des deutschen *Spiegel*. „Es ist kein Selbstmord, wenn Forbes nicht die Absicht hatte, sich umzubringen.“

„Es sieht so aus“, sagte Tim, „als wäre unser Mr Forbes so entzückt über seinen Erfolg gewesen, dass er ihn gebührend feiern wollte.“

„Und wir nehmen an, Forbes stand auf diesen ganzen Zirkus mit Auto-Asphyxiation?“, fragte Maggie.

„O ja. Wir haben einen Beitrag von unserem Medizinredakteur, der besagt, dass Forbes exakt in das Profil passt. Ein Mann mittleren Alters, ein risikofreudiger, adrenalinsüchtiger Einzelgänger. Und vergessen Sie den New-Orleans-Faktor nicht.“

„Was ist das?“

„N'Awlins!“ Tim versuchte sich an einem Südstaaten-Genäsel, aber ohne Erfolg. „Man nennt es *The Big Easy, the Big Sleazy*. Der Große Leichtsinn, der Große Schmuddel. Er wohnte in unmittelbarer Nähe der Bourbon Street. Das hier ist *Sin City*, und er saß mittendrin in der Stadt der Sünde.“

„Und das sagt morgen der *Telegraph*?“

„Das sage *ich*. ‚Zehn Hinweise darauf, dass Forbes ermordet wurde‘ – das hat die Auslandsredaktion auf Weisung des Herausgebers bei mir in Auftrag gegeben. Er hasst Baker und hat zu viele Blogs gelesen.“

„Aber das wäre ein Hammer, oder?“, sagte Maggie, und erst jetzt bemerkte sie, dass die Frau vom *Spiegel* sie anstarrte.

„Kenne ich Sie irgendwoher?"

„Ich glaube nicht. Es sei denn, Sie hätten in den Klubs an der Liffey verkehrt." Maggie ließ ihren irischen Akzent stärker durchklingen.

„Nein. Aber Sie kommen mir trotzdem total bekannt vor."

Das Gespräch nahm eine Richtung, die Maggie nicht gefiel. „Das erlebe ich oft. Ich habe so ein Allerweltsgesicht. Die Leute sagen immer, ich sehe aus wie alle möglichen anderen."

„Das muss es dann wohl sein."

Maggie lächelte – schwesterlich, wie sie hoffte. Ihr Blick fiel auf die Ansammlung von BlackBerries und Telefonen auf dem Tisch: zweimal den Namen Costello gegoogelt, und die Deutsche hätte sie überführt.

Francesco bekam einen Anruf, und der Augenblick war zum Glück vorüber. Tim nutzte die Chance und schlug ihr vor, zu zweit einen Happen essen zu gehen. „Wir könnten unsere Notizen zu den Storys abgleichen, wenn Sie möchten."

Maggie erinnerte sich an eine weitere Regel, die sie von Nick gehört hatte: Besser, man jagt in Rudeln, zumindest als Neuling. Sie musste sich jemandem anschließen, und da war es nur gut, wenn dieser Jemand scharf auf sie war. Sie stand auf, nahm die kollektive Dankbarkeit für die spendierte Runde entgegen und folgte Tim nach draußen.

Sie gingen die Iberville Street hinunter. Jazzklänge kräuselten sich wie Zigarettenrauch aus jeder Tür. Bald darauf saßen sie im „Acme Oyster House". Sie aß einen Teller gegrillte Austern, und er schlang eine pfundschwere, würzig gekochte Languste herunter.

Nach dem Essen spazierten sie über die Bourbon Street und spekulierten abwechselnd über Forbes. War er ein Südstaatler gewesen? Vielleicht in New Orleans geboren?

„Können wir da hingehen, wo er gewohnt hat?", fragte Maggie plötzlich.

„Das Haus ist versiegelt. Ein gesicherter Tatort. Die Medien haben keinen Zutritt."

„Ich will nicht hinein. Ich will es nur von außen sehen."

Tim, der im Laufe des Tages schon dort gewesen war, spielte mit Vergnügen den Reiseführer. Es ging ein paar Straßen weit in östlicher Richtung, bis sie schließlich eine baumgesäumte Wohnstraße erreichten: die Spain Street.

Die Häuser sahen ganz ordentlich aus, holzverkleidet und pastellfarben angestrichen, aber sie waren klein und ohne die verschnörkelten schmiedeeisernen Balkongeländer, die das Herz des French Quarter in ein subtropisches Paris verwandelten. Es sah aus, als sei Forbes alles andere als reich gewesen.

„Da ist es.“ Tim deutete nach vorn. Das gelb-schwarze Absperrband der Polizei spannte sich vor der Veranda und den drei Stufen, die dort hinaufführten. Auf der Straße davor parkten zwei Satelliten-Übertragungswagen.

Maggie betrachtete das Haus und versuchte sich das Leben des Mannes vorzustellen, der dort gewohnt hatte.

Plötzlich kam in der Nähe Bewegung auf. Ein Polizist näherte sich, gefolgt von einem Mann, der aussah wie ein Kollege in Zivil.

Maggie drehte sich zu Tim um. „Ist das nicht der –?“ Aber Tim plauderte mit einem der Techniker bei den Übertragungswagen.

Sie sah noch einmal hin. Er war es: der schmalgesichtige Mann aus dem „Monteleone“, der jetzt in Forbes’ Haus geführt wurde, wo die Presse keinen Zutritt hatte. Was hatte das zu bedeuten? Die einfachste Erklärung war, dass der Mann ein Polizist in Zivil war, der kurz zuvor undercover in der Bar des Monteleone gesessen hatte. Aber wieso? Er hatte doch sicher nicht die Reporter belauscht; welchen Wert sollte das gehabt haben?

Tim stand wieder bei ihr, aber Maggie sagte nichts. Sie kritzelte ein paar Zeilen in ihr Notizbuch und willigte ein, als er vorschlug, zusammen zum Monteleone zurückzuspazieren.

Wieder im Hotel, fand Maggie sich widerstrebend bereit, noch einmal in die Carousel Bar zu gehen, wo am Tisch der internationalen Presse jetzt eine leicht veränderte Besetzung saß. Diesmal bestand sie auf einem Whiskey.

Keine zwanzig Minuten später war auch der Mann mit dem schmalen Gesicht wieder da. Wieder setzte er sich an einen Tisch für sich allein und klappte den Laptop auf, als wollte er journalistische Arbeit machen.

Maggie entschuldigte sich bei ihrer Runde und ging ohne einen klaren Plan zu dem Mann hinüber. „Verzeihen Sie“, sagte sie.

„Was gibt’s?“ Ein Amerikaner, und sein Akzent klang rauer, als sie es erwartet hatte. Kein Südstaatler, eher aus New Jersey.

„Wer sind Sie?“

„Ich sag’s Ihnen, wenn Sie mir sagen, wer Sie sind.“ Er lächelte und entblößte dabei schlechte Zähne.

„Ich heiße Liz Costello. *Irish Times*.“

„Lewis Rigby. Ich schreibe für den *National Enquirer*. Als Freier.“

Damit hatte sie nicht gerechnet. „Das Supermarkt-Blättchen?“

„Ja, das Supermarkt-Blättchen, das die größte politische Story des letzten Jahres aufgetan hat. Vielen Dank.“

„Mark Chesters Kind der Liebe? Das waren Sie?“

„Nicht ich persönlich. Aber – ja. Wollen Sie sich setzen?“

Maggie zog sich einen Stuhl heran und entwarf im Licht dieser neuen

Informationen eine Strategie. „Und“, fragte sie freundlich und kollegial, „sind Sie wegen der Forbes-Sache hier?“

Er lächelte, und es sah aus, als lecke er sich bei dem Gedanken daran die Lippen. „Darauf können Sie wetten.“

„Ja“, sagte Maggie langsam, „ich habe nur heute einen Tipp bekommen: Ein Reporter des *Enquirer* habe einen Officer des New Orleans Police Department bestochen, um Zutritt zu einem Tatort zu bekommen. Sie wissen, dass das in allen fünfzig Staaten als Straftat gilt und schwer geahndet wird.“

Er wurde aschgrau. „Mein Gott.“

„Keine Sorge. Ich werde nicht quatschen. Wir müssen alle unseren Job machen.“

Er atmete tief aus.

Maggie redete weiter. „Solange Sie mit mir teilen, was Sie haben.“

„Sie machen Witze. Nie im Leben wird der *National* –“

„– *Enquirer* sich mit einer Anklage wegen Polizistenbestechung abgeben wollen. Viel zu ernst. Deshalb werden Sie Ihren Freund anrufen und noch einen Besuch in diesem Haus arrangieren. Mit mir als Ihrer Begleiterin.“

DIE FERNSEHÜBERTRAGUNGSWAGEN waren noch da, aber der eine, sagte Rigby, sei vom Lokalfernsehen und um diese Zeit nicht mehr auf Sendung, und der andere gehöre einem japanischen Sender: kein Grund zur Sorge. Trotzdem bestand Rigby darauf, auf der anderen Straßenseite zu warten; er blieb im Dunkeln stehen, wo man ihn nicht sehen konnte.

Endlich erschien der Polizist, den Maggie bei ihrem ersten Besuch gesehen hatte. Rigby trat vor und begrüßte ihn. Er deutete mit dem Kopf auf Maggie und sagte widerstrebend: „Eine Kollegin.“ Der Cop zuckte die Achseln, als wollte er sagen: „Mir scheißegal.“

Wortlos führte er sie unter dem Flatterband hindurch und die Stufen zur Veranda hinauf, als wäre dies ein ganz normales polizeiliches Vorgehen. Jeder, der zusähe, würde annehmen, hier führte ein Polizist zwei Detectives an einen Tatort.

Als sie drinnen waren, reichte er jedem der beiden ein Paar Latexhandschuhe. Er selbst zog auch welche an, dann schaltete er das Licht ein.

„Sie kennen die Regeln, aber ich sag’s noch einmal. Sie rühren nichts an, Sie nehmen nichts weg. Und Sie haben maximal fünf Minuten.“

Maggie ließ den Blick durch den Raum wandern und bemühte sich, so viele Informationen wie möglich einzufangen. Minimal möbliert. Bilder an der Wand: Drucke wie im Hotel, keine Kunst. Es sah unbewohnt aus, wie eine Firmenwohnung.

Rigby hatte das Erdgeschoss schon abgegrast und ging zu der Wendeltreppe, die hinauf ins Schlafzimmer führte; offenbar war er froh, nochmals Gelegenheit zu haben, sich alles anzusehen, auch wenn ihn das ein paar Hundert Dollar extra gekostet hatte.

Maggie folgte ihm. Mit metallischem Klappern stieg sie die schmiedeeiserne Wendeltreppe hinauf und trat oben auf einen kleinen Absatz hinaus, an dem drei Zimmer lagen: Bad, Schlafzimmer und ein kleiner Arbeitsraum.

Maggie huschte ins Badezimmer und öffnete das Medizinschränkchen: leer bis auf eine Tube Zahnpasta und eine Sprühdose Rasierschaum.

Über den Absatz hinweg sah sie Rigby, der mitten im Schlafzimmer stand und fotografierte.

Sie schaute ins Arbeitszimmer. Auf der einen Seite stand ein Glastisch, der von einem großen Computermonitor beherrscht wurde, schräg flankiert von zwei weiteren. Unter dem Tisch baumelte ein Vorhang von Kabeln ins Leere, mit nichts verbunden. Die Polizei musste die Rechner, die zu den Monitoren gehörten, abtransportiert haben.

Sie hörte ein Knarren: Rigby kam aus dem Schlafzimmer.

Auf dem Treppenabsatz ging sie an ihm vorbei. „Ich werfe nur einen kurzen Blick hinein."

„Sie sollten auf den Balken vor dem Fenster achten", sagte er. „Da ist es passiert." Er ging weiter ins Arbeitszimmer.

Auf alles gefasst, trat sie ein. Aber sie hätte sich keine Sorgen zu machen brauchen: Der Raum war seelenlos und leer wie der im Erdgeschoss. Ein Bett, ein Nachttisch, ein altmodischer Kleiderschrank. Nirgends ein Foto. Wenn hier etwas gewesen war, das Licht auf die Person Vic Forbes geworfen hätte, dann hatte die Polizei es entfernt.

Von der Treppe kam eine laute Stimme. Es war der Cop. „In den nächsten neunzig Sekunden müssen wir das Haus geräumt haben."

In diesem Augenblick hörte sie es.

Das erste Summen kam so kurz nach dem Ruf des Polizisten, dass sie annahm, es müsse etwas mit ihm zu tun haben: vielleicht ein Alarm, den er eingeschaltet hatte.

Aber beim zweiten Summen erkannte sie, dass es von sehr viel näher kam. Es war irgendwo hier in diesem Zimmer.

Sie ließ alle Zurückhaltung fahren und riss den Kleiderschrank auf. Eine Reihe Anzüge: die meisten grau. Sie hockte sich auf den Boden, tastete mit der Hand hastig den Boden des Kleiderschranks ab, nach dem Ursprung dieses Geräuschs suchend, fand aber nichts. Sie richtete sich auf, fühlte auf dem obersten Regalbord herum. Auch nichts.

Wieder hörte sie es, ein leises Summen.

„Kommen Sie!“ Rigby stand in der Tür. „Wir gehen.“

Die Schranktür stand noch offen und bildete eine Sichtschranke zwischen ihnen, sodass er ihre Hände nicht sehen konnte. Sie befühlte die Taschen der Anzüge, eine nach der anderen, und in der Tasche eines Jacketts fand sie, wonach sie suchte.

Sie drehte sich zu dem Mann vom *Enquirer* um und sah ihn, wie sie hoffte, mit ihrem wärmsten, gewinnendsten Lächeln an, während sie das kleine Gerät aus dem Jackett nahm und es in ihre eigene Tasche steckte.

Washington, D. C., Mittwoch, 22. März, 22.15 Uhr EST

„Also ist es jetzt Ihre Entscheidung. Sie haben mit Kollegen gesprochen. Sie sagen, Sie haben das ganze Gewicht der Republikanischen Partei im Kongress hinter sich.“

„Das sagen sie. Aber Sie wissen ja, wie viel eine mündliche Zusage in dieser Stadt wert ist.“

„Das weiß ich, Sir. Nicht das Papier, auf dem sie geschrieben steht.“

Das eine Wort tat seine Wirkung, wie sie es vorausgesehen hatte. *Sir*. Er spürte, wie seine Lenden sich regten. Heute Abend spielte sie ihr kleines Spiel besser denn je: die sittsame und doch kesse Südstaaten-Schönheit mit einer Andeutung von Frechheit hinter der höflichen Fassade. Sie brauchte ihn nur mit diesem entzückenden Wimpernflattern „Sir“ zu nennen, und er fühlte sich ins neunzehnte Jahrhundert zurückversetzt: Er war der Herr des Hauses, und sie beugte sich seinem Willen …

Er sah auf die Uhr: Viertel nach zehn. Er würde rasch handeln müssen. „Aber wenn das Ganze klappen soll, kommt es entscheidend auf diese Forbes-Geschichte an. Unsere Leute müssen hundertprozentig sicher sein, dass Stephen Baker den Mord an Vic Forbes veranlasst hat.“

„Wir haben nicht viele Verbündete da unten. Gouverneur Tett steht natürlich auf unserer Seite, aber er ist umzingelt von Demokraten. Die gute Nachricht ist, dass der *National Enquirer* dort herumschnüffelt.“

„Das ist wirklich eine gute Nachricht.“ Er schaute aus dem Fenster und betrachtete die funkelnden Lichter der amerikanischen Hauptstadt, die bis zum Horizont reichten. „Wenn wir alles richtig machen, ist Baker erledigt.“

„Und für Sie, Sir, wird es erst der Anfang sein.“ Wieder klapperte sie mit den Lidern und signalisierte damit ihre Rückkehr in die Rolle. „Geben Sie mir nur eine kräftige Abreibung, wenn ich mich irre.“

Das reichte – die Wallungen der Lust waren zu groß, um noch zu widerstehen. Senator Rick Franklin warf einen Blick auf das Foto auf seinem Schreibtisch: Er und seine vier Kinder lächelten freundlich in die Kamera, und seine ihm seit achtzehn Jahren angetraute Ehefrau starrte bewundernd zu ihm auf. Er legte das Bild mit der Vorderseite auf den Schreibtisch und sah auf die Uhr. Wenn sie sich beeilten, hatten sie noch Zeit.

„So, Cindy, ich werde dir jetzt den Regeln dieses Hauses gemäß die Strafe zukommen lassen, die du verdient hast."

Sie waren so geübt, der Senator und seine Referentin, dass sie das ganze Ritual innerhalb von Minuten absolvieren konnten.

Danach fühlte er sich bereit, den Schritt zu tun, von dem er wusste, dass er seine Karriere bestimmen und möglicherweise sogar den Lauf der amerikanischen Geschichte verändern würde. Er wählte die Nummer, die Cindy ihm vorgelegt hatte. Als er hörte, wie die Vermittlung sich meldete, überkam ihn mit einem Adrenalinstoß die ganze Bedeutung dessen, was er jetzt in Gang setzte.

„Hier spricht Senator Rick Franklin. Bitte verbinden Sie mich mit dem Präsidenten der Vereinigten Staaten."

New Orleans, Mittwoch, 22. März, 23.45 Uhr CST

Das Gerät, das sie gefunden hatte, brannte seit fast einer Stunde ein Loch in Maggies Tasche. Lewis Rigby hatte anschließend auf einem Drink bestanden.

Während ihrer Unterhaltung schaute Maggie ihn fest an, aber sie hörte kein Wort von dem, was der schmuddelige kleine Schreiberling sagte. Stattdessen leitete sie ihre gesamte Hirnpower in die Fingerspitzen und drehte den Gegenstand in ihrer Tasche hin und her.

Das Ding war rund und flach wie eine Scheibe. Für ein Handy war es zu dünn, selbst wenn es ein neuartiges Modell wäre. Es hatte keine Tasten und auch keine muschelartige Klappe, unter der diese verborgen sein konnten. Einen Moment lang erfasste sie Panik. Was, wenn sie in die falsche Tasche gegriffen hatte? Was, wenn sie die Chance gehabt hatte, Vic Forbes' Handy zu klauen, stattdessen aber einen Bierdeckel erwischt hatte oder was das blöde Ding sonst sein mochte?

Endlich kamen sie wieder ins Monteleone, und sie ging sofort auf ihr Zimmer. Nachdem sie die Tür hinter sich geschlossen hatte, zog sie das Ding hervor. Es war tatsächlich ein dämlicher Untersetzer. Aus der „Midnight Lounge", South Claiborne Avenue.

Sie warf das Ding auf das Bett. Was zum Teufel hatte sie hier zu suchen? Sie war Expertin für internationale Beziehungen, eine Diplomatin, Herrgott noch mal! Wozu dilettierte sie hier herum, gab sich als Journalistin aus und spielte Sherlock Holmes? Sie war bei diesem Spielchen so miserabel –

Da war es wieder. Das Summen. Das runde Ding summte.

Sie nahm es in die Hand. So ein Ding hatte sie seit Jahren nicht mehr gesehen. Das war es also, ein Pager aus einem Bumslokal: Setzen Sie sich an die Bar und trinken Sie was; wenn der Pager summt, ist Ihr Tisch frei!

Wie hatte dieses Ding der Polizei entgehen können? Aber vielleicht fing es erst spätabends an zu summen, wenn die Midnight Lounge wieder öffnete. Und wenn es immer noch summte und die Batterie noch nicht leer war, ließ das nicht vermuten, dass Forbes es erst vor kurzer Zeit bekommen hatte? Vielleicht sogar vor sehr kurzer Zeit?

Ihr Blick ging zum Bett mit seinem verlockenden Angebot der Ruhe nach einem anstrengenden Tag – und kehrte zurück zu dem Pager.

Ihr Entschluss stand fest; sie ging wieder hinunter und winkte ein Taxi heran. „Midnight Lounge in der South Claiborne Avenue, bitte. So schnell wie möglich.“

In ihrer Eile bemerkte sie den Mann auf der anderen Straßenseite nicht, der sie beobachtete. Sie bemerkte auch nicht, dass dieser Mann ebenfalls ein Taxi heranwinkte und ihr durch die Nacht von New Orleans folgte.

Washington, D. C., Mittwoch, 22. März, 22.55 Uhr EST

Als Stuart Goldstein von seinem Büro hinüber zur Residenz ging, hatte er keine Ahnung, was er bei dem spätabendlichen Gespräch zu erwarten hatte. Würde Baker so beunruhigt sein, wie er es gestern Abend gewesen war, oder wäre er jetzt erleichtert über die schlichte Tatsache, dass Forbes tatsächlich „verschwunden“ war?

Wie sich herausstellte, redete der Präsident mehr über die Stimmung der First Lady als über seine eigene. Kimberley sei dankbar, dass die Ratte, die es gewagt habe, sich an Katie heranzumachen, sie nie wieder belästigen würde.

„Und Sie? Wie denken Sie darüber?“, fragte Stuart.

„Ich denke, dass ein Problem, das bereits viel zu viel von der Zeit des Weißen Hauses in Anspruch genommen hat, uns nicht mehr stören wird.“

„Das ist eine Erleichterung, nicht wahr?“

„Ja, es ist eine Erleichterung.“ Baker gestattete sich ein Lächeln. „Diese Storys haben mir Kopfschmerzen bereitet, und es schien keine einfache Lösung zu geben.“

„Abgesehen von der, die Ihnen in den Schoß gefallen ist.“

„Ich bin nicht sicher, ob ich es so formulieren würde, Stuart."

„Nein. Natürlich nicht."

In der Stille, die jetzt eintrat, rief Stuart sich in Erinnerung, dass Baker trotz ihrer gemeinsamen Geschichte jetzt in einer anderen Sphäre lebte, in der er nicht reden konnte wie ein Kumpel, selbst wenn er es gewollt hätte. Aber Stuart wollte nicht gehen, ohne wenigstens die Frage gestellt zu haben.

„Mr President, gibt es irgendetwas, das ich über Vic Forbes und seinen Tod wissen sollte?"

„Stuart, Sie kennen mich schon lange. In meiner gesamten politischen Laufbahn haben Sie jeden meiner Schritte gekannt. Sie wissen alles, was es zu wissen gibt."

Der Präsident zog die Unterlagen heran, die neben ihm lagen, und signalisierte damit, dass die Unterredung beendet war.

Stuart war schon an der Tür, als das Telefon klingelte.

Baker schaute ihn mit hochgezogenen Brauen an. Welcher Anrufer würde um diese Zeit noch durchgestellt werden? Ein ausländischer Regierungschef? Er nahm den Hörer ab und winkte Stuart, er solle noch bleiben.

„Ja. Guten Abend, Senator."

Stuart verzog fragend das Gesicht. Wer?

Baker formte ein einziges Wort mit den Lippen: *Franklin.*

Franklin? Was zum Teufel hatte dieses Arschloch hier anzurufen, und um diese Zeit?

Stuart sah, dass sein Chef aufmerksam zuhörte, und dann ging eine Veränderung in Baker vor, wie Stuart sie noch nie gesehen hatte.

Baker beendete das Gespräch mit den Worten: „Senator, ich weiß die Freundlichkeit Ihres Anrufs zu schätzen. Gute Nacht."

Doch der Präsident der Vereinigten Staaten war totenbleich geworden.

New Orleans, Donnerstag, 23. März, 00.56 Uhr CST

Anfangs schlängelte das Taxi sich durch die Straßen in der Umgebung des Hotels, dann blieb das French Quarter zurück, und die Straßen wurden breiter und trostloser. Bald fuhren sie an Geschäften vorbei, die mit Brettern vernagelt waren, und ganze Häuserblocks sahen verlassen aus.

Maggie beugte sich vor, um mit dem Fahrer zu sprechen, einem Afroamerikaner, dessen Haar graue Spitzen hatte.

„Wo fahren wir hin?" Sie hatte gedacht, es wäre näher.

„Wo Sie hinwollten. Hier kommen nicht viele Touristen durch. Das hier ist der Neunte Bezirk."

„Ich verstehe."

Jeder in Amerika wusste, was der Neunte Bezirk von New Orleans war: der Teil der Stadt, in dem Katrina am härtesten zugeschlagen hatte. Maggie hatte die Bilder ein paar Hundert Mal in den Fernsehnachrichten gesehen, aber es war ein Schock festzustellen, dass ein so großer Teil dieser Gegend noch immer aussah, als wäre der Hurrikan eben erst durchgezogen.

Endlich tauchten wieder Lichter am Straßenrand auf – eine Tankstelle, ein Fastfood-Restaurant und dann ein eingeschossiger Bau aus grauem Wellblech, verziert mit einem senkrecht angebrachten Schild: THE MIDNIGHT LOUNGE. Die beleuchtete schwarz-weiße Abbildung einer kurvenreichen Stripperin mit dicken Lippen hatte vielleicht einmal glanzvoll gewirkt, jetzt sah sie nur noch verloren und schäbig aus.

Maggie bezahlte das Taxi, nickte dem Türsteher im Kühlschrankformat zu, als ginge sie ständig in solche Lokale, und trat ein.

Vom kümmerlichen Licht einiger Kerzen auf den Tischen abgesehen, war der Laden in tiefe Düsternis getaucht. Ein in einen violetten Nebel gehüllter Bühnenbereich vor einer Ansammlung kleiner Tische im Schutze der Dunkelheit. Ein Striplokal, der das errötende Publikum schonte, nicht aber – wenn man nach der Tänzerin urteilen konnte, die sich in diesem Moment in einem ungewöhnlichen Winkel verbog – die Mädchen auf der Bühne.

„Allein hier?"

Maggie sah eine Kellnerin, die mit zwei Streifen Stoff bekleidet war, die nirgends sonst als Rock und BH durchgegangen wären. Darin steckten zwei unbewegliche Kugeln, die nicht nur aus Fleisch zu bestehen schienen.

Maggie hatte ihre Antwort schon parat. „Ich muss mit Ihrem Geschäftsführer sprechen. Eine persönliche Angelegenheit." Nervös, aber so freundlich wie möglich.

Die menschliche Aufblaspuppe deutete mit dem Kopf auf einen Tisch bei der Bar und verdrückte sich.

Wer am Tisch des Geschäftsführers saß, konnte Maggie erst sehen, als sie bis auf ein paar Schritte herangekommen war. Es war eine Frau. Kurzes blondes Haar, Maggies Alter, bekleidet – zu Maggies Erleichterung – mit richtigen Kleidern: einer schwarzen Röhrenhose und einem Pailletten-Top.

„Kann ich Ihnen helfen?", fragte die Frau.

„Können wir uns ungestört unterhalten?"

„Hier sind wir ungestört." Die Stimme klang entschieden, aber nicht schroff.

Maggie beugte sich über den Tisch und sagte mit leiser Stimme: „Es geht um etwas Persönliches. Um etwas sehr Persönliches."

„Wenn Sie reden wollen, dann hier."

„Okay. Darf ich mich setzen?"

Die Frau deutete auf den Sessel gegenüber.

„Ich weiß, Sie haben hier feste Regeln, was die Privatsphäre angeht und so", fing Maggie an, und ihre Stimme zitterte genau so, wie sie es beabsichtigte. „Aber ich muss wissen, ob mein Mann gestern Abend hier war."

„Tut mir leid, wir haben strenge –"

„Ich wusste, dass Sie das sagen würden, aber hier liegt die Sache anders." Maggie hoffte, dass ihr Blick verzweifelt und beschwörend wirkte, und zu ihrer Überraschung sah sie in den Augen, die sie musterten, zwar keine Wärme, aber doch immerhin auch keine Kälte. Maggie spielte ihre Trumpfkarte aus: „Ich bin schwanger."

Der Gesichtsausdruck der Frau wurde sichtbar sanfter.

„Und ich muss wissen, mit was für einem Mann ich verheiratet bin. Er hat gesagt, er hätte Schluss gemacht mit all dem – mit den Striptease-Klubs, mit den Huren. Er hat es mir vor Monaten versprochen. Ich habe ihm gesagt, es ist mir wichtig, wenn wir eine Familie sein wollen."

„Aber Sie glauben, er ist trotzdem hier gewesen?"

Maggie nickte stumm und versuchte, so betrübt wie möglich auszusehen.

„Ich sage Ihnen, Schätzchen, wenn eine Frau die Männer noch nicht gehasst hat, bevor sie hier anfing … Ich würde wirklich gern helfen, aber wir fragen am Eingang nicht nach dem Namen."

„Aber Sie haben doch eine Kamera über dem Eingang; ich habe sie gesehen. Kann ich mir die Aufzeichnungen von gestern nicht ansehen? Mehr brauche ich gar nicht. Bitte …"

„Es gibt bestimmt eine Menge Gesetze, die das verbieten."

„Ich werde kein Aufsehen machen, das verspreche ich. Aber dann weiß ich wenigstens, ob ich für dumm verkauft werde oder nicht." Sie legte eine Hand auf ihren Bauch. „Lassen Sie mich nur kurz hineinschauen."

Die blonde Frau lächelte matt und weltmüde. „Kein einziger Mann in dieser Stadt würde Sie auch nur in die Nähe dieser Bänder lassen. Ich muss bescheuert sein."

Maggie seufzte erleichtert und streckte dankend die Hand über den Tisch. Die Geschäftsführerin ergriff sie und hielt sie eine oder zwei Sekunden lang fest, bevor sie aufstand.

Maggie folgte der Frau eine Treppe hinunter und durch eine Tür mit der Aufschrift: FÜR UNBEFUGTE ZUTRITT VERBOTEN. Dahinter lag ein Korridor mit drei Glastüren, offenbar Büros.

Bei der dritten blieben sie stehen. Drinnen wurde eine Seite von vier

Videomonitoren beherrscht. Der Mann, der davorsaß, schaute kaum hin, sondern konzentrierte sich lieber auf das Rätselheft, das vor ihm lag. Maggie fand, er sah aus wie ein Kollege des Kühlschranks, den sie oben vor der Tür gesehen hatte.

„Frank, die Lady ist eine Freundin von mir“, sagte die Chefin. „Sie will die Bänder von gestern Abend sehen. Gib ihr, was sie braucht.“

Bevor sie ging, sah sie Maggie noch einmal an. „Ich habe eine zwölfjährige Tochter zu Hause. Sie hat ihren Vater seit zehn Jahren nicht mehr gesehen. Sie sind klüger, als ich es war. Viel Glück.“

Frank zog einen zweiten Drehstuhl unter dem Tisch hervor und deutete mit dem Kopf darauf. Maggie setzte sich.

Als Frank die Aufzeichnungen des vergangenen Abends aufrief, zirpte Maggies BlackBerry. Eine SMS von Stuart.

> Ruf mich sofort an. Situation ernst.

„Ist was drauf, Ma'am?“

Sie zwang sich zur Konzentration. Sie sah eine Prozession von Männern: dicke Männer, dünne Männer, schwarze Männer, weiße Männer, Männer, die verstohlen aussahen, Männer, die aussahen, als verprügelten sie ihre Ehefrau – mein Gott, es war kein Wunder, dass die Geschäftsführerin mittlerweile das ganze männliche Geschlecht hasste. Und Maggie hatte vom Kundenstamm nur das gesehen, was im Laufe einer Stunde hereinkam, dazu noch mit doppelter Geschwindigkeit.

In der Mitte der zweiten Stunde fiel ihr etwas auf. Es war kein Mann, sondern eine Frau, die da herauskam. Sie war groß und trug ihr dunkles Haar in einer schicken geometrischen Ponyfrisur – und sie fiel sofort ins Auge. Ihr Gesicht konnte Maggie nicht sehen, denn sie hielt den Kopf gesenkt. Aber ihr Gang hatte Eleganz. Und noch etwas anderes: Zielstrebigkeit.

Und jetzt sah sie auch, warum. Einen Schritt hinter ihr ging ein Mann mit einer flachen Golfmütze und einem grauen Anzug. Beim Herauskommen warf er einen scharfen Blick nach links und rechts, sodass die Überwachungskamera sein Gesicht erfasste. Seine Augen quollen vor Begierde fast aus den Höhlen.

Maggie ließ das Band anhalten, um sich in aller Ruhe den Mann anzusehen, der am Abend zuvor so wissend in die Fernsehkameras geblickt hatte. Denn dieser geile Bock auf dem Videoband war niemand anderes als Vic Forbes.

So beiläufig wie möglich fragte sie den Wachmann neben sich: „Kennen Sie den?“

„Er kommt mir irgendwie bekannt vor, ja."

„Wissen Sie, wer er ist?"

„Na ja, seinen Namen könnte ich Ihnen nicht sagen, Ma'am. Wir fragen nie danach. Wir sind keine Kneipe."

„Aber Sie haben ihn schon mal gesehen? Ist er ein Stammgast?"

Der Wachmann nickte.

„Und sie?" Maggie zeigte auf das Standbild. Die Frau war am rechten Bildrand noch halb zu sehen.

„Schwer zu sagen." Der Wachmann spulte das Band zurück und spielte es mit halber Geschwindigkeit ab. „Oh. Okay, jetzt erkenne ich sie. Sie ist Tänzerin. Hat vor zwei Tagen hier angefangen, glaube ich. Aber heute ist sie nicht zur Arbeit gekommen."

„Erinnern Sie sich an ihren Namen?"

Er gestattete sich ein kleines, herablassendes Lächeln, als erklärte er einem naiven Kind, wie es zuging in der Welt. „Die Mädels haben Namen. Aber das sind erfundene Namen. Mystery, Summer und so'n Quatsch."

„Und wie hat diese sich genannt?"

Bevor er antworten konnte, ging die Tür auf. Es war die Geschäftsführerin. Sie sah Maggie an. „Haben Sie, was Sie wollten?"

„Ich würde nicht sagen, es ist das, was ich wollte."

Die Frau zeigte ernste Anteilnahme. „Nein, natürlich nicht."

Beflissen winkte Frank seine Chefin an den Bildschirm heran. „Die Lady will wissen, wer das ist. Ich habe gesagt, sie ist neu."

Die Geschäftsführerin betrachtete das Bild und sagte nach ein, zwei Sekunden: „Frank hat recht. Sie ist neu. Hat diese Woche angefangen. Sie tanzt unter dem Namen Savannah."

„Ihren richtigen Namen kennen Sie nicht?"

„Ich frage nie danach."

„Und sie hat erst diese Woche angefangen?"

„Ja. Sie kam vorgestern und wollte sofort anfangen. Schwer war die Entscheidung nicht, wenn Sie wissen, was ich meine."

„Was meinen Sie denn?"

„Ich meine, sie war …" Die Frau zögerte, wusste nicht genau, wie sie es ausdrücken sollte. „Ungewöhnlich. Für den Laden hier, meine ich. Wissen Sie, den meisten Mädels hier sieht man es sofort an, dass sie Stripperinnen sind. Ihre Fingernägel sind falsch, ihre Titten sind falsch, ihre Haare sind falsch. Die College-Jungs mögen solche Mädels unheimlich gern, aber die nobleren Gäste suchen eher das Echte. Natürliche Schönheit, sozusagen. Dafür kommen sie auch immer wieder her. Und sie war zweifellos atemberaubend." Sie sah Maggie an, die das betrübte Bild einer betrogenen Ehefrau bot. „Es tut mir leid."

Maggie fasste sich wieder. „Und wo ist sie jetzt?"

„Das weiß ich nicht. Sie ist heute nicht zur Arbeit erschienen. Ich habe sie angerufen, aber sie hat nicht abgenommen."

Maggie schaute auf ihre Hände und bemühte sich zu verdauen, was sie gehört hatte.

„Hören Sie, Schätzchen", sagte die Geschäftsführerin, „es tut mir leid, dass Sie es so erfahren mussten. Aber besser jetzt als später. Ich würde sagen, Sie wären ohne ihn besser dran. Sie und das Kind."

Maggie sammelte ihre Sachen ein und wühlte ein Papiertaschentuch aus der Handtasche, um ein paar nicht vorhandene Tränen wegzuwischen. Sie bedankte sich bei Frank und ließ sich von der Chefin hinausführen.

Draußen atmete sie tief aus; es war erfrischend, die abgestandene, unreine Luft der Midnight Lounge hinter sich zu lassen. Sie widerstand dem Drang, Stuart anzurufen. Noch nicht – die Sache hier war noch nicht ganz erledigt.

Sie schaute über die Straße. Auf der anderen Seite stand ein Wagen mit laufendem Motor. Der Fahrer sah sie an und schaute dann weg. Ein Taxi war es also nicht.

Sie ließ sich vom Türsteher ein Taxi rufen. Während sie wartete, ging sie auf und ab.

Was sie gesehen hatte, war klar, und der Zeitstempel auf der Videoaufnahme war eindeutig gewesen: 23.35 Uhr. Gestern Abend war Vic Forbes in einem Fernsehstudio gewesen, danach hatte er seine Presseerklärung abgegeben, in der er gedroht hatte, irgendetwas Schockierendes aus Stephen Bakers Vergangenheit zu enthüllen. Und dann hatte er die Midnight Lounge aufgesucht und dort ein Mädchen abgeschleppt. Nicht irgendeine Stripperin, sondern eine ungewöhnlich schöne Frau, die rein zufällig einen Tag vorher hier, wo Forbes als Stammgast bekannt war, zu arbeiten angefangen hatte und die jetzt verschwunden war. Sie waren zusammen weggegangen, und eine Stunde später hatte er an einem Seil von der Decke gebaumelt. Wie groß war die Chance, dass Forbes ganz allein zu Tode gekommen war?

Doch wenn er sie nun wirklich bloß abgeschleppt hatte? Theoretisch möglich. Vielleicht hatte er sie mit nach Hause genommen, sie hatten ein bisschen rumgespielt, etwas war schiefgegangen, und sie war in Panik geraten, hatte Angst bekommen, man könnte ihr etwas in die Schuhe schieben.

Aber Maggie erinnerte sich, dass man im ganzen Haus keine anderen als Forbes' Fingerabdrücke gefunden hatte. Wenn das Mädchen eine gewöhnliche Hure gewesen wäre, dann hätte es seine Fingerabdrücke überall hinterlassen.

Nein, es gab nur eine wirklich plausible Erklärung. Es war eine klassische Honigfalle gewesen – aber die Biene hatte einen tödlichen Stachel gehabt.

Die Polizei irrte sich. Forbes hatte sich nicht umgebracht, weder absichtlich noch aus Versehen. Victor Forbes war ermordet worden.

AUS DER ONLINE-AUSGABE des Nachrichtenmagazins *Time*, Donnerstag, 23. März, 00.03 Uhr EST:

> Impeachment! Die Republikaner beantragen heute Vormittag vor dem Justizausschuss des Repräsentantenhauses die Amtsenthebung Präsident Bakers, dem sie „Staatsverbrechen und schweres Fehlverhalten" vorwerfen. Über die weiteren Entwicklungen wird berichtet werden.

Zwanzig Minuten später aus der Kolumne „Playbook" auf *www.politico.com*:

> Wie ich höre, hat Senator Rick Franklin im Laufe der letzten Stunde im Weißen Haus angerufen und Präsident Baker persönlich von seiner Absicht in Kenntnis gesetzt, ein Impeachment-Verfahren einzuleiten. Zu so später Nachtstunde kann ich nur ein paar Spekulationen anstellen.
>
> Erstens: Dazu ist es durch Vic Forbes' Tod gekommen. Natürlich wird dieser Name nicht erwähnt werden, wenn man den Fall vor dem Justizausschuss verhandelt. Franklin und seine Freunde werden die Iran-Connection ins Zentrum ihrer Klage gegen den Präsidenten stellen. Dennoch – die Gerüchte und der angesichts des unbestreitbar günstigen Zeitpunkts von Forbes' Ableben entstandene Verdacht haben ein Klima des Misstrauens gegenüber Baker geschaffen. Und wenn Franklin es ernst meint, muss er sich ausrechnen, dass er genug konservative Demokraten auf seine Seite ziehen kann, um mit diesem Antrag durchzukommen. Seien wir ehrlich: Unter den Demokraten herrscht kein Mangel an Skeptikern, die den Präsidenten und seine idealistischen Reden von einem Amerika, das der Welt die ausgestreckte Hand und nicht die Faust zeigt, sowieso noch nie leiden konnten.
>
> Zweitens: Die demokratische Mehrheit ist so dünn, dass den Republikanern schon zwei demokratische Wackelkandidaten genügen könnten, um den Justizausschuss zu veranlassen, die Amtsenthebung gleich zu Beginn der nächsten Woche im Parlament zur Abstimmung zu stellen.

4

New Orleans, Donnerstag, 23. März, 01.22 Uhr CST

Maggie fuhr im Taxi zurück zum Hotel. In ihrem Kopf überschlugen sich die Implikationen dessen, was sie herausgefunden hatte. Entscheidend war nur die eine Frage: Wer konnte Forbes' Tod gewollt haben? Die Antwort steckte in einem einzigen Satz, den sie nicht vergessen konnte.

Ich will, dass er verschwindet.

Es war die nächstliegende Erklärung. Wer zog größeren Nutzen aus Vic Forbes' Tod als Stephen Baker?

Zum fünften Mal in zwei Minuten drückte sie auf die Wahlwiederholungstaste mit Stuarts Nummer. Immer noch besetzt. „Situation ernst", hatte er geschrieben. Was zum Teufel war da oben in Washington los?

Ihr BlackBerry, das sie inzwischen stumm geschaltet hatte, vibrierte. Hastig drückte sie auf die Annahmetaste. „Stuart? Bist du das?"

Aber das Vibrieren hatte keinen Anruf, sondern eine SMS gemeldet.

> Kann dich nicht erreichen. Hier tobt der Wahnsinn. Franklin und die Republikaner leiten morgen Impeachment gegen uns ein. Du musst schleunigst Resultate bringen. ER ist auf dich angewiesen.

Ihre Kehle war plötzlich trocken. Amtsenthebung. Wie konnten sie es wagen? Endlich, endlich tauchte aus dem Sumpf der Politik ein anständiger, guter Mann auf, und was war ihre Reaktion? Sie rissen ihn vom Sockel mit den billigsten, schmutzigsten Tricks, die sie kannten.

Ihre Aufgabe war eindeutig: Sie musste etwas finden, was den Präsidenten entlastete, damit ganz klar war, dass er kein Verbrechen begangen hatte. Sie musste zweifelsfrei beweisen, dass Forbes sich selbst umgebracht hatte. Und was hatte sie getan? Genau das Gegenteil. Sie hatte Indizien gefunden, die vermuten ließen, dass Forbes ermordet worden war.

Immer langsam! Diese Tatsache allein belastete den Präsidenten noch nicht unbedingt. Er hatte Verbündete, und natürlich auch solche, deren Interessen durch Forbes bedroht worden waren. Könnte nicht auch einer von ihnen beschlossen haben, Baker einen Gefallen zu tun? Oder könnte jemand anderes Forbes beseitigt haben – nicht um Baker zu helfen, sondern um ihn zu beschädigen, indem er ihn aussehen ließ wie einen Mafiaboss, dessen Feinde auf geheimnisvolle Weise ums Leben kamen?

Zwei Minuten nachdem sie in ihrem Hotelzimmer angekommen war, vibrierte ihr Telefon erneut. Stuart Goldstein.

„Stu, was zum Teufel ist los? Dazu kann es doch nicht kommen, oder? Ich meine, wir sind doch die Mehrheitspartei."

„Aber nur um Haaresbreite. Und es reicht, wenn zwei konservative Arschlöcher mit den Republikanern stimmen, sobald sie das Gefühl haben, dass der Wind sich dreht. Du musst etwas finden, was unserem Mann hier hilft."

Maggie schluckte. „Tja, gefunden habe ich etwas. Aber ich bin nicht sicher, dass es hilft." Ein seltsames Krachen kam durch die Leitung. „Was ist das für ein Geräusch?"

„Gewürzgurken. Ich habe ein Glas für Notfälle im Büro." Stuart kaute unangenehm hörbar weiter. „Rück schon raus damit. Ich kann es aushalten."

„Forbes war am Abend vor seinem Tod in einem Striptease-Klub und hat ihn ungefähr eine Stunde vor dem mutmaßlichen Todeszeitpunkt mit einer Frau verlassen."

„O Gott!"

„Die Frau arbeitete als Tänzerin in dem Klub, aber sie hat erst einen Tag vor seinem Tod dort angefangen. Genau um die Zeit, als Forbes an die Öffentlichkeit ging. Und danach ist sie nicht mehr aufgetaucht."

„Okay." Sie hörte, wie er kaute und dachte. Schließlich sagte er: „Die Sache ist die – und das ist ungefähr die einzige gute Nachricht, die wir hier oben haben: Das New Orleans Police Department stellt die Ermittlungen ein. Der amtliche Leichenbeschauer hat erklärt, es gebe keinen Anlass, seinen Befund von Selbstmord auf Unfalltod durch Ersticken zu ändern. Anscheinend gibt's da unten ein paar hilfsbereite Leute."

„Wer soll da hilfsbereit sein?"

„Es ist eine Demokraten-Stadt."

„Stuart, die Polizei hat Forbes' gesamte Computer-Einrichtung mitgenommen. Wir wissen, dass er alles mit dem Computer gemacht hat. Was immer ich herausfinden soll – nämlich was genau Forbes gewusst hat –, wird auf diesen Geräten zu finden sein. Wenn wir –"

„Unmöglich, Maggie. Wie würde das aussehen? Das Weiße Haus steckt seine Nase in die polizeilichen Ermittlungen? Außerdem meint Zoe, die Agentin, Forbes hat alles gar nicht auf einem Computer gespeichert, sondern im Internet."

„Ich verstehe." Maggie erinnerte sich an Nick du Caines' Geschichte von dem langhaarigen Biker.

Sie hörte Stuart immer noch kauen. Das musste jetzt die sechste Gurke nacheinander sein. „Fazit ist, Maggie: Ich bin nicht sicher, dass auf diesen Computern etwas ist, das sich zu finden lohnt. Das bedeutet, du musst einen anderen Weg suchen. Wenn Forbes ermordet wurde, musst du herausfinden, wer es getan hat.“

„Da wäre die Frau, die Forbes mitgenommen hat.“

„Was, die Stripperin? Wenn sie eine Auftragsmörderin war, dann interessieren wir uns nicht für sie, sondern für den Auftraggeber. Den müssen wir finden. Und wir müssen erfahren, was in dem Müllsack war, den Forbes über uns auskippen wollte. Und zwar dringend.“

„Ich weiß.“ Wenn er doch nur aufhören würde, ihr ständig zu sagen, unter welchem Druck sie stand! Das wusste sie doch selbst. Seit achtzehn Stunden ging ihr nichts anderes als diese Sache ununterbrochen im Kopf herum.

„Maggie?“ Seine Stimme wurde sanfter. „Wir haben gewissermaßen unser Leben für diesen Kerl aufgegeben, oder? Ich habe zwar eine Frau, aber ich verbringe mehr Zeit mit CNN als mit Nancy. Und seien wir ehrlich: Du bist mit deinem Job verheiratet.“

Etwas wie Beschämung versetzte Maggie einen Stich. Hatte Uri nicht genau das Gleiche gesagt? Wenn Bakers Präsidentschaft den Bach hinunterginge, wäre das alles umsonst gewesen.

Stuart redete weiter. „Wir dürfen nicht zulassen, dass alles so früh in Scherben geht. Er hat kaum Gelegenheit gehabt, irgendetwas von dem zu tun, wovon wir geträumt haben.“

Das war Stephen Bakers magische Wirkung: Er machte Idealismus möglich. Deshalb war er der erste Politiker, dem sie wirklich vorbehaltlos vertraut hatte.

Sie bemühte sich um einen zuversichtlichen Ton. „Wir werden es nicht zulassen. Wir werden das überleben. So wie wir alles überlebt haben. Weißt du noch, wie Chester –“

„Diesmal ist es anders. Das wissen wir beide. Gleich morgen früh werde ich anfangen, die Stimmen zu zählen. Mal sehen, ob Franklin genug Leute von uns hat – und sei es nur potenziell –, um diese Sache zu gewinnen.“

„Und wenn ja?“

„Ich habe daran gedacht, dem Präsidenten dann den Rücktritt vorzuschlagen.“

„Mein Gott, Stuart!“

„Überleg dir, was es bedeuten würde weiterzukämpfen. Durch diese Jauche zu waten. Und in den Geschichtsbüchern würde stehen, dass Baker nach weniger als zwei Monaten seines Amtes enthoben wurde. Da ist ein Rückzug in Würde doch besser. Aber dann wieder denke ich an dich und mich. Wenn er geht, was bleibt dann von uns übrig? Na ja, wenn man's genau betrachtet, von dir eine ganze Menge. Du bist gescheit, und du bist schön.“

Maggie wusste nicht, was sie sagen sollte. In ihren Augen brannten Tränen. So hatte sie Stuart noch nie reden gehört.

„Von mir dagegen würde nicht viel übrig bleiben, nicht wahr? Zwanzig Jahre lang war ich Stuart Goldstein, der Mann hinter Stephen Baker. Ohne Baker gibt es auch keinen Goldstein. Wer sonst engagiert einen dicken, fetten Juden, der Gurken aus dem Glas frisst?“

Sie ertrug es kaum noch, weiter zuzuhören. „Stuart, nicht. Wir –“

„Ich versuche, mir darüber klarzuwerden, ob ich aus reiner Selbstsucht dagegen kämpfen will. Ob ich es gar nicht für ihn tue, sondern um meinetwillen. Für ihn wäre es vielleicht das Beste, wenn wir ihn einfach davonspazieren ließen.“

„Es reicht. Schluss mit den weinerlichen Nachtgesprächen. So was kann ich auch in Irland haben.“ Sie wollte, dass er lachte, aber er tat es nicht.

„Du hast recht. Ich weiß. Ich weiß. Ich bin nur so müde, das ist alles. Wir haben so hart gearbeitet …“ Er ließ den Satz erschöpft in der Schwebe, am Rande der Kapitulation.

Maggies Herz schwoll an. „Fahr nach Hause und ruh dich aus, Stu. Ich rufe dich morgen früh an. Dann sieht alles schon viel besser aus, glaub mir.“

Washington, D. C., Donnerstag, 23. März, 07.55 Uhr EST

„Ich liebe den Duft von frischen Bagels am Morgen.“

Senator Rick Franklin und seine Abteilungsleiterin für Legislative Angelegenheiten, Cindy Hughes, traten eben aus dem Aufzug im vierten Stock des Gebäudes in der L Street, das für das unvoreingenommene Auge aussah wie ein Washingtoner Standardbürohaus aus den Siebzigerjahren, funktional und langweilig. Für den jedoch, der Bescheid wusste, war es – zumindest jeden Donnerstagmorgen um diese Zeit – das Epizentrum des amerikanischen Konservatismus’. Es war die Donnerstagsrunde, und im Konferenzraum versammelten sich die Aktivisten, Lobbyisten, Kongressmitarbeiter und Strippenzieher, die alle zusammen zu den maßgeblichen Konservativen der Washingtoner „Bewegung“ gehörten.

Am Ende des Raumes standen Kaffeekannen und Tabletts mit frischen Bagels und Schalen mit Frischkäse. Wenn man eine Viertelstunde früher da war, packte man sich einen Teller voll und setzte sich. Kam man später, musste man hinten oder sogar draußen im Korridor stehen.

Als Franklin erschien, geschah etwas, das zumindest er noch nie erlebt hatte: Ein spontaner Applaus verwandelte sich in Standing Ovations. Schon jetzt hatte ihn die Einleitung des Impeachment-Verfahrens gegen Baker de facto zum Oppositionsführer gemacht.

Er winkte ab, als man ihm einen freien Platz anbot; er war viel zu bescheiden, um solche Gesten der Ehrerbietung anzunehmen. Stattdessen blieb er neben der Tür stehen. Seine Haltung war die, mit der ein Politiker erklärt: „Ich bin zum Zuhören hier."

Matt Nylind, der Aktivist, der dieser Zusammenkunft die Bedeutung verschafft hatte, die sie heute hatte, rief die Versammlung zur Ordnung. Franklin betrachtete ihn. Der klassische Akteur hinter den Kulissen: Er sah aus wie ein in die Jahre gekommener College-Student. Sein Hemd drohte auf einer Seite immer aus dem Hosenbund zu rutschen, und seine Brille glänzte verschmiert. Schon die Tatsache, dass er überhaupt eine Brille trug – kein Politiker würde je eine Brille aufsetzen. Aber diese Typen – die Nerds, die über den Zahlen brüteten, die Leitlinien der Republikaner entwarfen und unaufhörlich daran arbeiteten, die Sache voranzubringen – konnten schrecklich aussehen. Es war gleichgültig. Männer wie Franklin mit ihren blendend weißen Zähnen, dem dichten Haar und den hübschen Frauen bildeten die Fassade, und die Gnome blieben in der Grotte versteckt und trieben dort ihr Zauberwerk.

Nylind war bei seiner Einleitung. „... über Nacht eine große Neuigkeit, aber bevor wir dazu kommen, möchte ich die anderen Punkte auf unserer Tagesordnung durchgehen. Erstens die Gouverneurswahlen in Virginia und New Jersey. Baker hat im letzten Herbst beide Staaten geholt, aber im Umfragetrend liegen wir nur noch zwei Punkte zurück. Und das war vor dem gestrigen Abend."

Triumphierendes Gelächter kam auf, und noch einmal ging vereinzelter Applaus in Franklins Richtung. Mit einer kaum merklichen Neigung des Kopfes nahm er ihn entgegen. Bescheiden.

Nylind fuhr fort. „Okay, das Bankengesetz. In diesem Punkt sind die Umfragewerte für uns entsetzlich. Irgendein Vorschlag, wie wir das drehen können?"

Sofort meldete sich jemand zu Wort. „Machen wir's wie mit der Todessteuer. Als die Demokraten von ‚Erbschaftssteuer' redeten, war sie populär. Wir haben die Bezeichnung ‚Todessteuer' eingeführt, und sie war erledigt. Mit dieser Vorlage müssen wir genauso verfahren."

„Wer ist das?", fragte Franklin Cindy flüsternd.

„Michael Strauss. Der Vorsitzende der Amerikanischen Banker-Vereinigung. Lobbyist für den gesamten Finanzdienstleistungssektor."

Nylind fragte nach alternativen Bezeichnungen für das Bankengesetz. Eine Frau, die ziemlich weit vorn saß, schlug „Antireichtumsgesetz" vor.

Nylind nickte ohne Begeisterung. „Denken wir an die zentralen Elemente des Gesetzes. Es sieht eine Obergrenze für Bonuszahlungen vor, und zwar ab sofort und bis zu dem Tag, da diese Banken der Bundesregierung den letzten Cent ihrer Schulden zurückgezahlt haben. Was Jahrzehnte dauern kann. Das wäre die größte Beschneidung von Reichtum und individueller Freiheit seit Leonid Breschnew."

„Warum nennen wir es nicht ‚Breschnew-Gesetz'?" Die Frau ließ sich nicht einschüchtern.

„Ja, das wird bei den Achtzehn- bis Vierundzwanzigjährigen hervorragend ankommen", brummte Nylind mehr zu sich selbst als zu der Versammlung. Dann hob er die Stimme wieder. „Kommen wir zum Thema des Tages. Die Republikaner im Kapitol haben in bemerkenswerter Weise die Initiative ergriffen und aggressiv auf die Iran-Connection reagiert, indem sie das Impeachment-Verfahren gegen den Präsidenten beantragt haben. Hier kommt es natürlich entscheidend auf die Zahl der Stimmen an. Gemäßigte Demokraten müssen auf unsere Seite gezogen werden. Was wiederum bedeutet, dass wir die öffentliche Meinung für uns einnehmen müssen. Ich vermute, das Klima wird weniger von technischen Details über Geldspenden aus dem Iran abhängen, sondern mehr von der allgemeinen Stimmung, die durch die Forbes-Episode hervorgerufen wurde. Wie stehen wir da? Was meinen Sie?"

Ein Mann, der Franklin direkt gegenüberstand, meldete sich zu Wort und stellte sich als Produzent der bekanntesten Radio-Talkshows vor. „An diesem Truthahn ist noch jede Menge Fleisch." Nach seinem Akzent zu urteilen, kam er aus Alabama. „Ich schätze, auch zu der Psycho-Nummer gibt es noch mehr zu sagen. Und was war das für eine Bombe, die Forbes noch platzen lassen wollte? Da sind die Leute mächtig neugierig, das kann ich Ihnen sagen."

Jetzt stand weiter hinten eine Frau auf. Franklin erkannte sie. Sie war eine ehemalige Staatsanwältin, die jetzt als Expertin im Fernsehen auftrat. „Sind wir hier zu zimperlich, um über die andere Dimension des Falles Forbes zu sprechen?"

„Die andere Dimension?" Nylind lächelte; die Sache machte ihm Spaß.

„Ja, Matthew. Das für den Präsidenten äußerst vorteilhafte Hinscheiden von Mr Forbes."

Nylind ließ den Blick über die Runde schweifen. „Wollen wir diese Richtung weiterverfolgen?"

„Es ist nicht ohne Risiko." Das war wieder der Mann vom Radio. „Wir können dabei leicht als paranoid rüberkommen."

„Es gibt noch ein Problem." Alle Augen richteten sich auf den Leitenden Referenten des Kongressabgeordneten Rice aus Louisiana. „Heute wird der gerichtsmedizinische Bericht veröffentlicht, in dem Forbes' Tod als Selbstmord eingestuft wird. Bevor ich herkam, habe ich mit dem New Orleans Police Department telefoniert. Sie werden heute Morgen bekanntgeben, dass die Ermittlungen offiziell eingestellt werden."

Mehrere Leute schnalzten mit der Zunge und schüttelten den Kopf.

„Wir wollen nicht vergessen, dass es in Louisiana viele Demokraten gibt", sagte Nylind. „Genauer gesagt, seit Hurrikan Katrina sind die meisten Staatsbeamten dort Demokraten. Das gilt auch für den Bürgermeister von N'Awlins, der den Polizeichef ernennt."

Die Juristin ergriff wieder das Wort. „Ich finde nicht, dass wir uns dadurch zum Schweigen bringen lassen sollten. Nur weil ein paar Parteigenossen den Deckel zumachen, um ihrem Kumpel Stephen Baker zu helfen. Das macht es doch allenfalls noch schlimmer."

Ein paar Hände hoben sich, aber Nylind schloss das Thema ab. Er wollte noch über den Notenbank-Vorsitz diskutieren.

Franklin sah Cindy an und deutete mit dem Kopf zur Tür.

Als sie im Taxi saßen, fragte er: „Wissen Sie, was ich denke, Cindy?"

„Was denn, Senator?"

„Ich denke, es ist doch interessant, dass die Demokraten da unten in N'Awlins die Ermittlungen so schnell einstellen. Es bedeutet, da gibt es etwas, das die Leute nicht herausfinden sollen."

„Gut kombiniert, Senator."

„Es bedeutet auch, dass dies für das Weiße Haus der Augenblick maximaler Verwundbarkeit ist. Ich glaube, es wird Zeit, dass wir Baker ernsthaft Druck machen – und denen, die für ihn arbeiten."

New Orleans, Donnerstag, 23. März, 09.12 Uhr CST

„Guten Morgen, Liz. Sie sind herzlich zu einer Beerdigung eingeladen."

„Zu einer Beerdigung? Wessen Beerdigung?"

Während Maggie das Frühstücksbüfett betrachtete, erzählte Tim vom *Telegraph* ihr aufgeregt von den Entwicklungen des Morgens.

Anscheinend hatte Forbes keinen einzigen Verwandten hinterlassen. In den meisten Städten wäre das eine trostlose, einsame Situation gewesen, aber nicht in New Orleans. In dieser Stadt gab es immer noch die Armenbegräbnis-Gesellschaft, ein Überbleibsel aus der Zeit wohltätiger Plantagenbesitzer.

„Sie haben einen Topf voll Gold hinterlassen, der für Armenbegräbnisse verwendet werden sollte. Den Fonds gibt es immer noch, und er zahlt noch heute für jeden, der auf dem Stadtgebiet von New Orleans allein verstirbt.

Wenn die Polizei keine Verwandten ausfindig machen kann, tritt die Armenbegräbnis-Gesellschaft ein.“

Maggie lächelte. „Muss ja ein ziemlich liberaler Haufen sein, wenn man bedenkt, wie Forbes geendet ist.“

„Denen ist das anscheinend egal. Die Einladung kommt aber auch nicht von ihnen.“

„Nicht?“ Maggie schwankte zwischen Grapefruit- und Orangensaft.

„Nein.“ Die meisten Städte, erklärte Tim ihr, würden die Forbes-Episode wahrscheinlich so schnell wie möglich in Vergessenheit geraten lassen, aber nach Katrina verfolgten Bürgermeister und Tourismusbehörde in New Orleans eine tollkühne Strategie: Sie hatten nichts mehr zu verlieren. Hier sahen sie eine Marketing-Chance. Warum nicht eine Show abziehen, wenn so viele Journalisten hier waren? Warum nicht der Außenwelt beweisen, dass diese Stadt immer noch die legendäre Lebensfreude in ihrem Herzen trug?

Eine Stunde später hüpfte Tim vor lauter Entzücken von einem Fuß auf den anderen. Es war eine New-Orleans-Story, wie jeder Redakteur in London sie sich wünschte.

„Liz“, sagte er zu Maggie, „das ist wirklich ein Geschenk des Himmels. Sex, Tod, Männer in Strumpfhosen – und jetzt das hier!“

Sie standen am Straßenrand, und er deutete mit weiter Gebärde auf die Prozession, die gerade in Gang kam. An der Spitze ging ein Trio – Klarinette, Banjo, Tuba – und spielte ein langsames, trauriges Spiritual. Dahinter kam eine größere Gruppe mit Posaunen, Trompeten und Saxophonen. Sie spielten noch nicht, sondern schritten graziös im Takt zur Musik. Hinter ihnen schließlich rollte der Leichenwagen.

Als sie sich der Gruppe der Journalisten näherten, sagte eine Frau mit einem Clipboard – eine PR-Mitarbeiterin der Tourismusbehörde, vermutete Maggie – ein paar leise Worte. Die Prozession hielt an.

Mehrere Männer – alles Schwarze – versammelten sich um den Leichenwagen. Nach kurzem Schieben und Zerren hatten sie den silberfarbenen Sarg herausgeholt. Die Musik wurde lauter, alle paar Takte kam eine Trompete oder ein Saxophon dazu. Und wie durch die Musik beschwingt, machten die Sargträger eine plötzliche, schnelle Bewegung und hoben den Sarg hoch über den Kopf, hielten ihn aber nicht still, sondern ließen ihn schwanken. Dann senkten sie ihn auf Hüfthöhe hinab und schaukelten ihn hin und her wie eine Wiege. Die PR-Frau erklärte, dies gehöre zur Tradition des Jazz-Begräbnisses – der Verstorbene solle noch ein letztes Mal tanzen.

Die Prozession zog die Bourbon Street hinunter in Richtung Friedhof.

Die Fernsehleute nahmen die Kameras auf die Schulter, und die Reporter beeilten sich, um sie nicht zu verlieren. Maggie schloss sich ihnen an.

Als sie auf dem Friedhof ankamen, steckte Maggie ihr Notizbuch ein und sah zu, wie die lange Menschenschlange sich am Tor in ein dichtes Gedränge verwandelte. Ein Priester sprach ein paar Begrüßungsworte und redete über New Orleans und dessen Gebräuche. Dann erwähnte er noch kurz Vic Forbes, bevor er die Menge weiter zum Grab führte.

Maggie hielt sich zurück. Sie blieb nah genug, um alles zu hören, aber weit genug weg, um nicht aufzufallen. Sie sah sich um und bemerkte erst jetzt, dass jemand neben ihr stand. Ein Mann mit schütterem weißem Haar, Mitte fünfzig, in einem grauen Anzug. Er hatte keinen Notizblock in der Hand und war nicht wie ein Tourist gekleidet. War dieser Mann vielleicht der Einzige hier, der wirklich um Vic Forbes trauerte?

Sie schaute ihn ernst und feierlich an und versuchte ihr Glück. „Hallo", flüsterte sie. „Kannten Sie ihn gut?"

Er wandte den Blick nicht von dem Priester und beantwortete ihre Frage nicht, sondern stellte eine Gegenfrage. „In welcher Branche sind Sie tätig?"

Ein Instinkt riet ihr, sich nicht als Journalistin auszugeben. Nicht jetzt. „Im Auslandsdienst."

„Haben Sie ihn bei der Company kennengelernt?"

Sie antwortete intuitiv. „Ja."

„Sind Sie als offizielle Vertreterin hier?"

Diesen Trick hatte Maggie in tausend Verhandlungen gelernt: Ganz gleich wie sehr man sich plagen musste, um neue Informationen zu verdauen – man durfte sich nichts anmerken lassen. Also verzog sie keine Miene, während sie rasch kombinierte: *Die Company ... offizielle Vertreterin.* Dann dämmerte es ihr. „Ich bin hier, um ihm im Namen der Company die letzte Ehre zu erweisen, ja."

Der Mann atmete aus, als habe er soeben den ersten von mehreren Schutzpanzern abgelegt. „Dachte ich mir schon. Bob hatte nicht viele Freunde."

Maggie nickte steif. In ihrem Kopf schwirrte ein einziges Wort herum: *Bob.*

„Aber er war gut in seinem Job. Sogar da, wo es wirklich brenzlig war. Naher Osten, Mittelamerika."

Maggie wandte ihm das Gesicht zu. Es war eine Dreivierteldrehung, die Warmherzigkeit vermitteln sollte. Sie hatte jetzt vollends kapiert. „Das waren wichtige Jobs. Das Land ist Ihnen zu Dank verpflichtet. Ihnen beiden."

„Komisch, dass er in New Orleans gelandet ist. Ich hatte keine Ahnung."

„Sie waren nicht befreundet?"

„Hatte ihn seit fast zwanzig Jahren nicht mehr zu Gesicht bekommen. Und dann sah ich ihn diese Woche überall im Fernsehen. Dachte schon, ich sollte mich mal wieder bei ihm melden – um der alten Zeiten willen. Aber ehe ich mich versehe, ist er tot."

Sie schwiegen beide und sahen zu, wie der Priester eine Handvoll Erde auf den Sarg warf. Maggie hätte den Mann am liebsten mit Fragen bombardiert, aber das durfte sie nicht. Sie musste tun, was eine offizielle Vertreterin der „Company" getan hätte. Und das bedeutete, sie musste absolut cool bleiben.

Langsam entfernten sich die ersten Leute vom Grab, und Maggie spürte, dass ihr die Chance entglitt. Sie musste es wagen. „Ich muss gestehen, wir wussten nicht so recht, was wir mit seinem letzten … Ausbruch anfangen sollten."

„So war Bob Jackson eben. Marschierte nach seinem eigenen Trommelschlag."

Bob Jackson. War Vic Forbes seine wahre Identität oder ein Alias? Um diese Frage würde sie sich später kümmern müssen. Sie unternahm noch einen Vorstoß. „Und sein Tod? Die Polizei hier sagt, es war Selbstmord."

„Ich weiß. Aber nachdem er den Präsidenten derart bedroht hat, fragt man sich natürlich, oder?"

Maggie zuckte nicht mit der Wimper. Die Kapelle spielte jetzt eine ausgelassene Version von „When the Saints Go Marchin' In", und Maggie drehte sich um, als wollte sie gehen. Hoffentlich nahm er das nicht zum Anlass, sich zu verabschieden. Aber er blieb an ihrer Seite.

„Ausschließen würde ich es nicht, wissen Sie. Bob war nicht immer der Beliebteste. Ein Einzelgänger. Irgendwie zwanghaft. Möglich, dass er sich Feinde gemacht hat, auch schon vor dieser Baker-Sache. Aber jeder, der irgendetwas über Bob Jackson wusste, dürfte auch gewusst haben, dass er tun würde, wozu wir alle ausgebildet wurden."

Im Lärm der Trompeten und Posaunen war er kaum zu verstehen. „Jetzt kann ich nicht folgen."

„Die Decke. Ist doch sinnlos, jemanden wie Bob umzubringen. Oder sonst einen von uns. Jedenfalls dann, wenn man sich Sorgen macht, weil wir vielleicht etwas wissen. Da hätte er doch seine Decke vorbereitet."

„Natürlich." Was zum Teufel ist eine Decke?, überlegte Maggie fieberhaft.

Sie waren jetzt am Friedhofstor angekommen. Sie wollte ihn weiter löchern, aber da spürte sie eine Hand auf ihrer Schulter. Sie drehte sich um und sah Tim. *Nicht jetzt*, gab sie ihm mit einem Blick zu verstehen. Er sah ein wenig gekränkt aus, aber zu ihrer Erleichterung zog er sich zurück.

Aber als sie sich wieder umwandte, stellte sie fest, dass der Mann in der Menge verschwunden war.

Sie musste auf der Stelle Stuart anrufen. Diese neuen Informationen brachten vielleicht den Durchbruch, den sie brauchten. Hastig drückte sie auf die Tasten ihres Telefons und wählte die Nummer des Apparats auf seinem Büroschreibtisch. Sofort meldete sich der Anrufbeantworter. Sie versuchte es auf seinem Handy.

Dieser Anschluss ist leider nicht mehr in Betrieb.

Verdammt! Sie rief die Vermittlung im Weißen Haus an. „Stuart Goldstein, bitte."

Die Telefonistin klang zögernd. „Darf ich fragen, wer da spricht?"

„Mein Name ist Maggie Costello. Ich habe bis vor Kurzem –"

„Ms Costello, ich bin beauftragt worden, Sie mit Mr Sanchez zu verbinden. Bitte warten Sie."

Klassische Musik füllte die endlose Pause. Endlich hörte sie Doug Sanchez' Stimme. Aber da war nichts von der gewohnten Munterkeit.

„Hallo Maggie. Leider habe ich eine sehr schlechte Nachricht. Stuart ist tot."

DIPLOMATISCHES KABEL der Botschaft der Islamischen Republik Pakistan in Washington, D. C., an die Führung der Armee der Wächter der Islamischen Revolution, Teheran:

> TOP SECRET. VERSCHLÜSSELUNG: MAXIMAL.
>
> Lage verschlechtert sich für SB. Im Nachgang zu unserer letzten Unterredung kann ich berichten, dass SB jetzt ohne den Rat seines Leitenden Referenten ist. Das Problem der „ausgestreckten Hand" wird für uns vielleicht nicht mehr lange existieren. Ende.

5

New Orleans, Donnerstag, 23. März, 11.23 Uhr CST

Mit brüchiger Stimme berichtete Doug Sanchez, zwei Jogger hätten Stuarts Leiche am Morgen um sechs im Rock Creek Park gefunden. Nach ersten Untersuchungen sei zu vermuten, er habe dreißig Tabletten Dextropropoxyphen geschluckt – ein Schmerzmittel, auf dessen Packungsbeilage von der Einnahme abgeraten werde, sofern man schon einmal unter „Depressionen mit suizidaler Neigung“ gelitten habe – und sich dann die Handgelenke aufgeschlitzt. Die Polizei werde demnächst eine Presseerklärung abgeben, in der es heiße, dass im Zusammenhang mit diesem Todesfall nach niemandem gefahndet werde.

Maggie brachte kein Wort heraus. Praktisch vom ersten Tag ihrer Bekanntschaft an hatte sie sich Sorgen um Stuarts Lebenserwartung gemacht. Oft hatte sie befürchtet, dass er mitten in irgendeiner Wahlkampfveranstaltung plötzlich mit einem schweren Herzinfarkt umkippen könnte. Aber Selbstmord? Der bloße Gedanke, dass Stu Goldstein, der das Leben herunterschlang wie sein Essen, sich umbrachte, war absurd.

Bis gestern Abend. Noch nie hatte sie Stuart so niedergeschlagen erlebt.

Was für eine Freundin war sie eigentlich? Warum hatte sie nicht erkannt, dass der Mann am Abgrund stand?

Sanchez redete immer noch. „Hör zu, Maggie. Der Präsident hat mir erzählt, woran ihr beide gearbeitet habt, du und Stuart. Er hat mich gebeten, Stuarts Arbeit fortzusetzen. Von jetzt an sollen wir beide Hand in Hand arbeiten. Mit Ausnahme von solchen Dingen, die du mit ihm direkt besprechen willst. Übrigens hat er gesagt, ich soll dich mit ihm verbinden, sobald wir miteinander gesprochen haben. Okay? Wir unterhalten uns dann später.“

„Okay.“ Es klickte, und dann hörte sie nur noch Warteschleifenmusik.

Tim und die anderen Reporter schauten jetzt zu ihr herüber. Sie sahen neugierig aus. Sie winkte ihnen, sie sollten ohne sie weitergehen. Maggie fand ein stilles Fleckchen unter einem Baum. Der Friedhof war jetzt fast leer bis auf eine Handvoll Nachzügler, unter ihnen ein Weißer in einem dunklen Anzug, der am Tor stand und ebenfalls telefonierte.

„Bitte warten Sie, ich verbinde mit dem Präsidenten“, sagte eine ferne Stimme in Maggies BlackBerry.

Es klickte noch einmal, dann hörte sie seine warmherzige Stimme. „Maggie, ich bin sehr froh, dass wir Sie erreichen konnten.“

„Ja, Mr President.“

„Das ist ein furchtbarer Schlag für uns alle. Ich weiß, wie nah Sie Stuart gestanden haben.“

„Sie aber auch, Sir.“

„Ja, das stimmt.“ Er schwieg kurz, als müsse er seine Gefühle im Zaum halten. „Er war gestern nicht er selbst, das weiß ich. Aber Stuart war keiner, der einfach kneift. Er war ein Kämpfer.“ Sein Ton veränderte sich. „Ich kann einfach nicht glauben … Selbstmord … nicht Stu –“

„Sie wollen doch nicht sagen, dass … jemand anders es getan hat?“ Ihre Stimme war jetzt kaum mehr als ein Flüstern.

„Ich sage Ihnen, was ich denke, Maggie. Ich denke, diese Präsidentschaft steht unter Beschuss. Und wir müssen uns zur Wehr setzen mit allem, was uns zur Verfügung steht. Es geht hier nicht mehr um mich als Person. Es geht um die Verfassung der Vereinigten Staaten. Wenn sie einen gewählten Präsidenten beseitigen können, dann können sie alles tun."

Maggie versuchte sich zu konzentrieren und den Gedanken an Stuart beiseitezuschieben. „Sir, es ist noch unbestätigt, aber ich habe den starken Verdacht, dass Vic Forbes in Wirklichkeit Bob Jackson hieß und ein ehemaliger Agent der CIA war."

Sie hörte, wie Baker die Luft zischend zwischen den Zähnen einsog. „O mein Gott! Woher haben Sie das?"

„Ich war eben auf seiner Beerdigung und bin dort einem früheren Kollegen von ihm begegnet, der immer wieder von der ‚Company' sprach."

Zwei oder drei Herzschläge lang war es still. „Sie wissen, was Stuart sagen würde, nicht wahr? ‚Bei Kennedy haben sie wenigstens ein paar Jahre gewartet, haben ihm eine Chance gegeben.' "

„Sie glauben doch nicht etwa –?"

„Na, wonach sieht es denn aus, Maggie? Ein Ex-CIA-Agent? Das sind die Leute, die sie benutzen, Himmel noch mal! Die benutzen sie immer. Ich kann Stuart förmlich hören. ‚Der Watergate-Einbruch? Wer waren die Klempner? Wer war die Truppe für das schmutzige Zeug? Ehemalige CIA-Agenten.' Mein Gott!"

„Sie glauben also, Forbes hat für –"

Der Präsident sprach jetzt leiser. „Stuart fehlt uns jetzt schon, nicht wahr, Maggie? Er würde sagen, die Klempner waren zwar Ex-CIA-Leute, aber sie haben nicht für die CIA gearbeitet."

„Damit bleibt die entscheidende Frage: Wer hat Forbes beauftragt?"

„Das müssen Sie herausfinden. Wann war Forbes denn bei der CIA?"

„Damals hieß er Bob Jackson. Hat vor mehreren Jahrzehnten angefangen. Da kann er noch keine dreißig gewesen sein. Er war siebenundvierzig, als er starb."

„Ich setze Sanchez darauf an. Mal sehen, ob er es bestätigen lassen kann. Und passen Sie auf sich auf, Maggie. Ich verlasse mich auf Sie."

„Danke, Mr President. Ich werde tun, was ich kann."

Ihre Hände zitterten. Sie verspürte den dringenden Wunsch, nach Hause gehen zu dürfen und all das hier hinter sich zu lassen.

Sie ging zum Straßenrand und winkte ein Taxi heran. Als sie eingestiegen war, holte sie noch einmal ihr BlackBerry aus der Tasche. Ohne nachzudenken, nur von Instinkt und Not geleitet, rief sie einen Bereich im alphabetischen Verzeichnis ihrer Kontakte auf, den sie nur selten zu betreten wagte: U – wie Uri.

Er meldete sich und sagte, ohne zu zögern: „Hi. Wie geht's meiner liebsten Mitarbeiterin im Weißen Haus?"

Sie schluckte trocken, entschlossen, sich zusammenzureißen.

„Maggie? Was ist los?"

„Stuart ist tot."

„O Gott! Das tut mir sehr leid. Was ist passiert?"

„Ich weiß es nicht. Es heißt, es war Selbstmord. Aber das kann ich einfach nicht glauben."

„Ich weiß, wie nah ihr einander gestanden habt, Maggie. Du hast immer gesagt, er hätte ein so großes Herz."

Bei diesen Worten schluchzte sie laut auf. Nach den letzten paar Tagen, das merkte sie jetzt, war sie angespannt wie eine aufgezogene Uhrfeder.

„Möchtest du, dass ich zu dir komme?"

Gern hätte sie gesagt, dass sie sich das mehr als alles andere in der Welt wünschte, aber das war unmöglich. „Ich wollte nur deine Stimme hören."

„Okay, dann rede ich." Schon sein Akzent, der nach all der Zeit in den Vereinigten Staaten immer noch fremdländisch klang, löste etwas in ihr aus – trotz allem. „Ich habe heute an dich gedacht. Ich habe alte Aufnahmen von Baker auf der Iowa State Fair gesehen …" Er lenkte das Gespräch von Stuart weg und auf festeren Boden, damit sie sich auf etwas anderes konzentrieren konnte. So war Uri: Er hatte ein Gespür für ihre Empfindungen.

Sie nahm sich zusammen und ging auf das Thema ein. „Du machst den Baker-Film?"

„Habe ich das nicht erzählt? Die Senderkette PBS will neunzig Minuten. Die komplette Lebensgeschichte."

Sie tat so begeistert wie möglich. „Wow. Das ist wirklich gut, Uri. Ein Riesenjob. Aber du solltest dich beeilen."

„Es sieht nicht gut aus, was? Ich kapiere das nicht. Der Mann war unbesiegbar, und jetzt kämpft er um sein Leben."

„Ich wünschte, ich könnte darüber reden. Aber ich habe einen Auftrag. Du weißt, da gelten die üblichen Vorschriften."

„Du weißt, ich kann stumm sein wie ein Tisch."

„Wie ein Fisch."

„Ach ja? Und wie steht's mit deinem Umgangshebräisch?"

Sie musste lächeln. Sie sah seine dunklen Locken vor sich. Wieder kamen ihr die Tränen. „Ich muss Schluss machen. Danke, Uri."

Sie drückte die rote Taste und beendete das Gespräch. Einen Augenblick später klingelte das Telefon. Sanchez.

„Wir müssen uns treffen, Maggie. Dringend. Komm zurück nach Washington. Aber nicht hierher. Ich schicke dir eine SMS mit Zeit und Ort. Ich muss dir etwas geben. Komm, so schnell du kannst."

Als sie die Verbindung trennte, hatte sie Herzklopfen. Was kam jetzt?

Und ein paar tausend Kilometer weit entfernt hörte ein Mann, dem sie noch nie begegnet war, jedes Wort mit.

Unbekannter Ort, Donnerstag, 23. März, 18.00 Uhr Greenwich Mean Time (GMT)

„Ist das eine sichere Verbindung?"

„Ja, Sir. Maximale Verschlüsselung."

„Gut." Er lehnte sich vor, stützte die Ellenbogen auf den Tisch und machte sich auf den Anfang gefasst. Die Technologie war auf dem neuesten Stand, aber diese Form der Kommunikation widerstrebte ihm trotzdem. Man mochte ihn altmodisch nennen, aber er zog es immer noch vor, einem Mann in die Augen zu blicken. Oder, wie es hier der Fall war, mehreren Männern.

Er beneidete seine Vorgänger. Sie hatten in einer Zeit gearbeitet, in der all das hier persönlich erledigt worden wäre – nicht in einem fensterlosen Raum tief unter der Erde, wo man auf eine Reihe Monitore starrte. Aber es gab keine Alternative. Die Diskussion war dringend notwendig, und sie musste auf diese Weise geführt werden.

„Meine Herren, wir haben die jüngsten Ereignisse alle verfolgt. Ich weiß, dass es einige Besorgnis wegen – wie soll ich es nennen? – wegen des Gesetzes der unbeabsichtigten Konsequenzen gibt."

Eine Stimme aus Deutschland meldete sich. „Ich befürchte, das Heilmittel könnte schlimmer sein als die Krankheit."

„Der Meinung bin ich auch." Diese Stimme kam aus New York. „Mein Kollege in Deutschland hat recht. Victor Forbes zu eliminieren hat mindestens so viele Probleme geschaffen, wie es gelöst hat."

Er sah sich genötigt, seine Autorität zu wahren. „Meine Herren, nach meiner festen Überzeugung haben wir ein Problem beseitigt, das eine absolute und unmittelbare Bedrohung dargestellt hat. Hätten wir es bestehen lassen, wäre unser gesamtes Projekt in Gefahr geraten. Ich gebe zu, nach dieser Aktion stehen wir vor neuen Herausforderungen. Aber sie alle sind zu bewältigen."

„Was war mit Goldstein?" Die Frage kam wieder aus Deutschland.

„Als Vorsitzender dieser Gruppe habe ich aufgrund aktueller Erkenntnisse gehandelt. Das Risiko, dass er unser Projekt hätte zunichte machen können, war zu groß."

„Okay", sagte die Stimme aus New York. „Ich akzeptiere die Entscheidungen, die getroffen wurden. Aber es wird Zeit, unseren Vorteil zu konsolidieren, wenn ich es so ausdrücken darf. Wir riskieren sonst, unser Ziel aus den Augen zu verlieren."

„Das ist klar. Das wird die nächste Phase unserer Arbeit sein", sagte er. „Noch ein letzter Punkt, meine Herren. Anscheinend gibt es jemanden, der sich eingehender für den Fall Forbes interessiert, als wir gehofft haben. Eine Frau. Wir wissen von ihr, und wir werden dafür sorgen, dass sie uns keine Schwierigkeiten macht."

„Tun Sie das." Die erste Meldung aus London.

„Sie haben mein Wort. Wenn nötig, wird sie beseitigt."

Washington, D. C., Donnerstag, 23. März, 19.41 Uhr EST

Doug Sanchez hatte klare Anweisungen. Die Informationen, die er ihr zu geben hatte, durften nicht per Telefon, E-Mail oder Fax übermittelt werden. Sie mussten sich von Angesicht zu Angesicht treffen. Maggie sollte die nächste Maschine nach Washington nehmen, geradewegs zur Union Station fahren und dort vor der Amtrak-Abfahrtstafel auf ihn warten. In glücklicheren Zeiten hätte sie vielleicht über dieses Intrigenspiel gelacht. Doch offenbar hatte Stephen Baker wirklich das Gefühl, er könne niemandem mehr vertrauen.

Plötzlich kam Unruhe auf; Fahrgäste, die eine ganze Weile gewartet hatten, machten sich unvermittelt eilig auf den Weg. Maggie schaute zur Abfahrtstafel hinauf und sah, dass die Gleisnummer für den Acela Express nach New York endlich angezeigt wurde. Im Gedränge stieß sie jemand an. Sie schaute nach links, und da war Doug Sanchez, wie immer gut aussehend in Regenmantel und Schal. Er schaute unverwandt hinauf zur Anzeigetafel. Also musste sie auch ein bisschen schauspielern. Sie holte ihr BlackBerry aus der Tasche und sagte lächelnd Hallo, als hätte das Gerät vibrierend einen Anruf signalisiert.

„Maggie, hör zu. Das hier ist hochexplosiv. Es ist ein Verstoß gegen das Bundesgesetz, die Identität eines CIA-Agenten preiszugeben. Selbst wenn er tot ist."

„Also hatte ich recht. Forbes war bei der CIA."

Er schaute immer noch auf die Anzeigetafel. „Ich hab mir eine Menge Scheiß anhören müssen, um es bestätigt zu bekommen, aber – ja. Die Nummer drei dort ist einer von uns. Er hat mehr getan, als nötig war. Ich habe nach einem schlichten Ja oder Nein gefragt: War Forbes bei der CIA oder nicht? Aber er hat mir eine Zusammenfassung der Personalakte geschickt."

„Und was steht drin?"

„Dass du recht hast. Jackson ist genauso alt, wie Forbes wurde. Er ist vor drei Jahren in den Ruhestand gegangen. Hat überall gedient. Naher Osten. Mittelamerika. Auch Pakistan. Ich habe nicht alles gelesen. Wir müssen in der Lage sein zu dementieren." Er schwieg einen Moment lang. „Ich hab mich schon gefragt, ob das nicht irgendein Trick ist. Man schickt es uns, um zu sehen, was wir damit machen. Es darf also keinen Beleg dafür geben, dass ich diese Informationen an dich weitergegeben habe."

„Wie wollen wir es machen?"

„Ich werde den Stapel Papiere unter meinem Arm fallen lassen, du bückst dich, um mir zu helfen, und gibst mir alles zurück bis auf den braunen Umschlag. Fertig?"

„Okay."

Er ließ alles fallen, was er unter den Arm geklemmt hatte: die *Washington Post*, zwei blaue Dokumentenmappen, einen Stapel Computerausdrucke im A4-Format. Maggie bückte sich und hockte sich Doug gegenüber hin, und dieser entschuldigte sich überschwänglich.

„Ich bin ein solcher Idiot", sagte er. „Vielen Dank."

„Ich rufe dich gleich zurück", versprach Maggie ihrer imaginären Freundin. „So, bitte", sagte sie zu Doug. Sie reichte ihm ein Bündel Papiere und hielt den braunen Umschlag fest.

Im Flüsterton sagte er: „Lass uns nicht im Stich. Wir brauchen dich. Er braucht dich." Er wandte sich ab und ging davon.

SIE FUHR mit der Metro nach Hause, und es juckte sie in allen Fingern, den Umschlag in ihrer Tasche zu öffnen. Aber sie wagte es nicht.

In ihrer Wohnung öffnete sie einen Küchenschrank und holte eine Flasche Whiskey heraus. Sie schenkte sich ein Glas ein, gab einen Spritzer Wasser dazu und trank den ersten Schluck im Stehen. Dann ließ sie sich auf das Sofa fallen. Das Blut rauschte in ihren Ohren, als sie zum Umschlag griff.

Er enthielt ein Dokument aus zwei zusammengehefteten Blättern. Das Wappen der Central Intelligence Agency, des Auslandsnachrichtendienstes, saß diskret in der rechten Ecke. Oben links war ein kleines Passfoto, das den jungen Vic Forbes zeigte. Er hatte damals noch volles Haar, braun und glatt, außerdem einen Schnauzbart und die große Brille, die Anfang der Achtzigerjahre fast alle getragen hatten. In der Mitte stand in fetten Lettern der Name ROBERT A. JACKSON.

Es begann mit einem Überblick über seinen Bildungsweg: Highschool in Washington, dann Penn State University, Hauptfach Spanisch. Drei Jahre bei der Marineinfanterie, dann von der CIA angeworben. Beinahe sofort nach Mittelamerika entsandt. Geraume Zeit war er aber auch zu Hause in der Zentrale in Langley gewesen, bis in die Neunziger hinein.

Das zweite Blatt enthielt persönliche Daten, die aber nur offenbarten, wie wenig es zu offenbaren gab.

Familienstand: ledig
Kinder: keine
Nennenswerte Verbindungen: nach Kenntnis der Agency keine

Maggie trank noch einen großen Schluck Whiskey. Meine Güte, sie hatte ja immer noch den Mantel an. Sie sollte duschen, vielleicht etwas essen. Sie rappelte sich hoch und nahm Kurs auf das Badezimmer. Unterwegs sah sie das blinkende Licht an ihrem Anrufbeantworter. Sie drückte auf PLAY.

„Hätte dir 'ne SMS oder 'ne Mail oder auch einen Tweet schicken können." Der Akzent war unverwechselbar. „Aber irgendetwas sagt mir, du möchtest eine menschliche Stimme hören, wenn du aus der versunkenen Stadt Atlantis zurückkommst. Mags, hier ist Nick, und ich muss unbedingt wissen, wie meine Musterschülerin ihr Praktikum in ‚Journalismus für Anfänger' hingekriegt hat. Granatenmäßig gut, wenn man Tim vom *Telegraph* glauben kann. Wie das Glück es will, bin ich für ein paar Tage in Washington. Ruf mich an, wenn du Lust auf ein Wiedersehen hast."

Ihre Reaktion überraschte sie. Schon so oft hatte sie Nick einen Korb gegeben. Aber heute Abend wollte sie ihn sehen. Nicht nur weil sie Gesellschaft brauchte – auch wenn das stimmte. Sie war allein, und sie brauchte Hilfe. Diese Sache war zu groß für sie; es gab zu viele Aspekte.

Nicht dass sie offen mit Nick darüber sprechen konnte, was sie in New Orleans entdeckt hatte. Er beharrte zwar immer darauf, dass er verschwiegen sei, und er mochte die besten Absichten haben, aber wenn er betrunken war oder versuchte, eine dänische Praktikantin bei der Weltbank ins Bett zu kriegen – wer weiß, was er da erzählen würde?

SIE TRAFEN SICH in der „Eighteenth Street Lounge", einem Lokal, wo die Ecken dunkel und die Sofas verschlissen genug waren, um Nicks Hemingway-Fantasien entgegenzukommen, in denen er sich als verlotterten, weltmüden ehemaligen Kriegsreporter sah. Er sprang auf, als Maggie durch die unauffällige Tür hereinkam, umarmte sie und strich mit den Händen an ihrem Rücken auf und ab. Riskierte einen Versuch, schon bevor sie den Mantel ausgezogen hatte.

Sie redeten über New Orleans. Nick drängte sie, ihre geschickte Aufnahme in die Pressemeute zu schildern und nahm alles als Kompliment für seine Fähigkeiten als Lehrer.

„Und jetzt, Mags, kannst du mir vielleicht erzählen, was das alles zu bedeuten hat, damit die geliebte, altehrwürdige Zeitung, für die ich arbeite, etwas bekommen kann, das zumindest Ähnlichkeit mit einer Story hat."

„Da gibt's noch nichts, was du verwenden könntest, aber ich kann dir tatsächlich etwas erzählen."

Ein Leuchten breitete sich auf Nicks Gesicht aus, und seine Augen weiteten sich in kindlicher Freude. „Halleluja, Ms Costello. Diese Worte habe ich von Ihren Lippen so inbrünstig ersehnt wie sonst keine – außer natürlich: ‚Nick, öffnest du bitte meinen –' "

Sie warf ihm einen Blick zu.

„Entschuldige. Ich bin ganz Ohr."

„In diesem Stadium habe ich noch keinen handfesten Beweis dafür, aber ich glaube wirklich, dass Forbes umgebracht wurde. Etwas sagt mir, dass es professionell erledigt wurde."

Er saß plötzlich kerzengerade da, und wenn er ein Hund gewesen wäre, hätte er die Ohren aufgestellt.

„Ich möchte, dass du so unauffällig wie möglich versuchst, etwas herauszufinden: Gibt es irgendeinen Hinweis auf eine Beteiligung der" – sie senkte die Stimme zu einem kaum hörbaren Flüstern – „CIA?"

„Ach du meine Güte." Er nahm einen Schluck von seinem Drink. Als er sie wieder anschaute, war sein Gesicht todernst. „Du würdest mich darum nicht bitten, wenn du nicht schon einen Hinweis hättest. Ich kann nichts unternehmen, bevor ich nicht weiß, worum es sich handelt."

Maggie lächelte. Nick hatte nicht zufällig einen ganzen Schrank voller Preise für investigativen Journalismus gewonnen. „Ich kann dir nichts zeigen. Du darfst nur wissen, dass ich Gründe habe, dir vorzuschlagen, dich in dieser Richtung umzusehen. Alles, was du findest, musst du mir bringen. Wenn du etwas vor der Zeit veröffentlichst, kommt von mir nichts mehr."

„Das ist keine besonders eindrucksvolle Drohung, Maggie. Nicht wenn die CIA einen amerikanischen Staatsbürger abmurkst, der rein zufällig kurz zuvor den Präsidenten kritisiert hat. Das ist schon für sich allein genommen ein ziemlicher Kracher."

„Aber nicht, wenn es nur die Spitze des Eisbergs ist."

„Was willst du damit sagen?"

„Ich will damit sagen, du sollst Geduld haben und warten, bis du das ganze Bild siehst."

„Mir gefällt schon, was ich im Moment sehe.“ Er leckte sich die Lippen.

Sie ließ sich von Nick nach Hause begleiten, und jahrelange Erfahrung hatte sie gelehrt, den Kopf zur Seite zu drehen und ihre Wange hinzuhalten, als er zum Gutenachtkuss ansetzte. Er sabberte, doch er biss nicht – wie immer. Er küsste ihre Hand und verschwand dann in der Nacht.

In ihrem Apartment holte sie wieder Jacksons Akte hervor. Irgendetwas daran hatte ihr den ganzen Abend keine Ruhe gelassen.

Sie nahm sich die erste Seite vor und las sie langsam noch einmal durch. Was zum Teufel war da nur? Sie betrachtete die ersten Punkte, die sie nur überflogen hatte, genauer. Geburtsdatum, Schule, College.

Die Schule. James Madison High School, Washington. Der Name kam ihr vertraut vor, aber sie wusste nicht, woher.

Sie wühlte das BlackBerry hervor und googelte. Das Ergebnis war eine Liste von Dutzenden von James Madison High Schools, manche in D. C., andere nicht weit außerhalb.

Moment mal. Was war, wenn …? Sie ging zu dem Bücherstapel auf dem Boden vor dem Regal. Es waren neue Bücher, für die auf den vollgestopften Borden kein Platz mehr gewesen war. Sie stöberte darin.

Endlich: Dr. Max Simon, „Der Kandidat – Stephen Baker, seine unersättliche Machtgier und was sie für Amerika bedeutet“.

Es war eine Schmähschrift. Liberale Blogger hatten sie in der Luft zerrissen. Maggie war nie dazu gekommen, das Buch zu lesen; nach Bakers Erdrutschsieg war es nicht mehr bedeutsam gewesen. Aber sie hatte einen Blick hineingeworfen und erinnerte sich, dass es mit einem oberflächlichen Kapitel über Bakers Kindheit zumindest den Anschein einer ordentlichen Biografie erweckt hatte. Jetzt blätterte sie hastig darin.

In jenen Tagen führte Cliff Baker ein Nomadendasein und arbeitete überall, wo er Arbeit fand …

Weiteres Füllmaterial. Sie übersprang es. Aber hier:

… Holzfällerjob im Bundesstaat Washington, und für den Teenager Stephen bedeutete das einen weiteren Umzug und eine neue Highschool. So schrieb er sich für die beiden letzten Schuljahre vor dem Studium an der Harvard University an der James Madison High School in Aberdeen, Washington, ein.

Endlich hatte sie eine Verbindung zwischen dem Präsidenten und dem Mann gefunden, der an diesem Morgen vor ihren Augen in New Orleans begraben worden war.

Stephen Baker und Vic Forbes waren zusammen zur Schule gegangen.

Washington State, Freitag, 24. März, 11.11 Uhr Pacific Standard Time (PST)

Am nächsten Morgen nahm Maggie die erste Maschine nach Seattle. Fünfunddreißig Minuten nach der Landung saß sie in einem Mietwagen und fuhr auf der I-5 in südwestlicher Richtung. Bald wäre sie in Aberdeen. Der Staat Washington lag von Washington, D. C., so weit entfernt, wie es nur ging: am anderen Ende des Landes, auf der anderen Seite des Kontinents. Die Fahrt war lang, aber so fand sie Gelegenheit zum Nachdenken. Sie konnte nicht aufhören, an Stuart Goldstein zu denken. Der erste Schock und die Trauer waren neuen Gefühlen gewichen: Zorn – und Angst.

Sie war nur allzu schnell bereit gewesen zu glauben, dass Stuart unter dem Druck zusammengebrochen und in den frühen Morgenstunden in den Park gelaufen war, um sich die Handgelenke aufzuschneiden.

Aber jetzt fragte sie sich, ob das nicht ein allzu großer Zufall war. Baker steckte in tiefen Schwierigkeiten, und Stu war sein nächster und fähigster Berater gewesen. Wenn der Präsident recht hatte – und sie es mit einem versuchten Staatsstreich zu tun hatten –, dann war es nicht ausgeschlossen, dass die Feinde es für angebracht gehalten hatten, Stuart umzubringen.

Die Vorstellung, dass Stu vielleicht ermordet worden war, machte Maggie wütend. Wer konnte ihm so etwas angetan haben? Und wenn diese Leute es darauf anlegten, Bakers Verteidigungsanstrengungen zu vereiteln, dann gab es gute Gründe, auch sie zu beseitigen. War ihre Telefon- und SMS-Korrespondenz mit Stuart abgefangen worden? Sie hatten das verschlüsselte Kommunikationssystem des Weißen Hauses benutzt. Aber wenn Stu ermordet worden war, waren Profis am Werk gewesen, und solche Leute verfügten über Mittel und Wege, jemanden zu belauschen, zu beobachten, zu verfolgen …

Sie warf einen Blick in den Rückspiegel. Hinter ihr fuhr ein Lastwagen. Und dahinter? Nicht zu sehen.

Zumindest tat die Landschaft draußen, so einförmig sie auch war, den Augen gut. Kilometer um Kilometer nur hohe Fichten, die sich in den Himmel bohrten wie spitze Bleistifte. Sie fuhr an kristallklaren Seen vorbei, an Wäldern, mit Weihnachtskartenschnee überstäubt.

Wieder schaute sie in den Rückspiegel. Immer noch der Laster. Sie versuchte den Fahrer zu erkennen, aber der Winkel war zu steil.

Sie war nach Seattle geflogen, ohne Sanchez anzurufen. Sie wusste, dass sie „Hand in Hand“ mit ihm arbeiten sollte, aber seit ihrem Treffen in der Union Station war ein offizieller Kontakt nicht ratsam. Und wenn sie ehrlich war: Sie wollte nicht, dass er versuchte, es ihr auszureden. Was hatte sie denn schon? Kaum mehr als einen bloßen Verdacht.

Hundertsechzig Kilometer nach ihrem Fahrtbeginn am Flughafen Seattle blieben die Fichtenwälder zurück, ein weiterer See zog vorüber, und ein Schild tauchte auf: WILLKOMMEN IN ABERDEEN. Ein schmales Schriftband war darunter hinzugefügt worden: HIER WAR PRÄSIDENT STEPHEN BAKER ZU HAUSE.

Maggie hatte die Postleitzahl der Highschool in das Navi eingegeben, und es führte sie geradewegs auf deren Parkplatz. Sie sah auf die Uhr. Drei Stunden Zeitunterschied und der morgendliche Flug – so war es jetzt erst früh am Nachmittag. Sie schaute sich um. Der Laster war nicht mehr zu sehen und auch kein anderer Wagen, der ihr bekannt vorkam.

Im Flur der Schule hing ein gerahmtes Foto von Stephen Baker, und daneben war ein Kunstprojekt der achten Klasse ausgestellt: „Lieber Mr President“ – Schüler der James Madison High School brachten mit Zeichnungen oder Gedichten zum Ausdruck, was sie sich von ihrem berühmtesten Ehemaligen erhofften. Ein Kloß stieg Maggie in die Kehle, als sie daran dachte, warum sie hier war.

„Kann ich Ihnen helfen?“

Maggie fuhr herum und sah eine lächelnde Frau mit langem, glattem Haar.

„Ja, ich suche das Büro des Direktors.“

„Ich bin seine Sekretärin. Er ist im Moment mit Schülern beschäftigt. Was wünschen Sie denn?“ Das Lächeln blieb unerschütterlich.

„Es geht um einen früheren Schüler dieser Schule.“

„Sind Sie Journalistin? Alle Presseanfragen gehen über –“

„Nein, ich bin keine Journalistin, und es geht nicht um den Präsidenten.“ Maggie hoffte, dass ihr Lächeln freundlich aussah. „Ich heiße Leslie Muir und komme von Alpha – der Versicherung. Ich bin hier, weil einer unserer Versicherten bedauerlicherweise verstorben ist. Er hat unzureichende Anweisungen hinsichtlich der Begünstigten hinterlassen, und ich –“

„Können Sie sich ausweisen?“

„Ich habe eine Visitenkarte.“ Maggie öffnete ihre Tasche und holte die Karte heraus, die sie bei einem Sonntagsbrunch in Chevy Chase von Leslie Muir bekommen hatte. Er hatte sie auch noch zweimal angerufen und sich mit ihr verabreden wollen. Sie hatte abgelehnt, aber jetzt war sie ihm dankbar, weil er ihr die einzige Visitenkarte in ihrer Schublade gegeben hatte, auf der eine Versicherung und ein sowohl männlicher als auch weiblicher Vorname standen.

Die Sekretärin studierte die Karte einen Augenblick lang. „Und was wollen Sie genau?“

„Ich fange hier bei null an. Deshalb wäre es eine enorme Hilfe, wenn ich die Schulakte des infrage stehenden Versicherten einsehen dürfte."

„Tja, da müssen Sie ein Formular ausfüllen, und wir müssen Ihre Anfrage bearbeiten. Und dann müsste ich Terry – unseren Hausmeister – in den Keller schicken, damit er die Akte holt. Das heißt, wenn Sie – sagen wir – am nächsten Donnerstag noch einmal wiederkommen könnten –"

Statt einer frustrierten Grimasse brachte Maggie ein um Nachsicht heischendes Lächeln zustande. „Das Problem ist leider, dass ich mein Büro in Washington, D. C., habe. Ich kann nicht eine volle Woche hierbleiben."

„Wir können sie Ihnen schicken. Wenn Sie Ihre Adresse hierlassen –"

„Leider hat die Sache eine gewisse Dringlichkeit. Das Gericht benötigt eine Mitteilung über die gesetzlichen Erben, bevor wir das Hinterlassenschaftsverfahren einleiten können." Sie sah das verdatterte Gesicht der Sekretärin und durchsuchte ihr Gedächtnis nach Fachausdrücken, die hinreichend einschüchternd wirken würden. „Das ist ein juristisches Verfahren, und die Gerichte können eine Zwangsvorladung gegen jede juristische oder natürliche Person verfügen, die dieses Verfahren behindert. Das beträfe diese Schule. Oder sogar Sie." Sie kam sich mies vor, weil sie der armen Frau so etwas antat, aber es stand zu viel auf dem Spiel, um weiter nett und freundlich zu sein.

Das Lächeln war verschwunden. „Was genau würden Sie da brauchen?"

„Nichts weiter als dass Sie mich dahin bringen, wo diese Unterlagen aufbewahrt werden, damit ich einen kurzen Blick in die Akte unseres Kunden werfen kann. Dann bin ich wieder weg."

„Das ist alles?"

„Das ist alles. Mein Beruf sind Freunde und Verwandte. Das ist es, was ich suche: Freunde und Verwandte."

Für Maggie klangen ihre eigenen Worte nach ziemlichem Schwachsinn, aber irgendwie spürte sie, dass es funktionierte.

Das Licht kam von Leuchtstoffröhren, und die Luft roch abgestanden. Auf zahllosen Reihen von Metallborden standen Hunderte Pappkartons. Jeder war mit dicken, aber verblassenden Filzstiftstrichen markiert.

Eben war die Sekretärin weggerufen worden, damit sie sich um einen Jungen mit Nasenbluten kümmerte. Maggie war allein. Sie hörte jetzt nur noch das Gurgeln der Heißwasserleitungen. Viel Zeit hatte sie nicht. Sie legte den Kopf schräg und las eilig, was auf den Seiten der alten braunen Kartons stand. 1979-80, 1978-79 … Hinter der nächsten Ecke fand sie endlich das richtige Jahr. Sie nahm den Karton aus dem Regal, stellte ihn auf den Boden und kniete sich daneben.

In ihm befand sich eine Reihe dunkelgrüner Ordner. Schnell schnippte Maggie sie von vorn nach hinten durch. Die Akte Baker war, wie die Sekretärin ihr mitgeteilt hatte, im vorigen Jahr nach oben geholt worden. Es gab ein paar unter C, viele unter D, und so ging es weiter, bis sie gefunden hatte, was sie suchte. JACKSON, ROBERT ANDREW.

Da stand eine Adresse, die Maggie hastig in ihr Notizbuch kritzelte. Eine Mutter, Catherine Jackson, aber bei „Vater" gab es eine Leerstelle. Kopien von Jacksons Zeugnissen, eine lobende Erwähnung seines Vorsitzes im Debattierklub. Gute Noten in Geschichte und Spanisch. Nicht das, was sie brauchte. Schnell blätterte sie durch die Akte und hoffte, dass ihr etwas ins Auge springen würde, etwas, das –

Was war das?

Ein Geräusch, ganz in der Nähe. Metallisch, aber nicht das Klopfen eines Leitungsrohrs. Es war ein bisschen weiter weg, aber eindeutig hier unten im Bauch des Schulgebäudes.

Im Schnellgang las sie die Akte durch. Noch einmal wurde der Debattierklub erwähnt, diesmal von einem Mr Schilling. Die Eintragung war drei Jahre jünger als die erste; Jackson müsste da siebzehn gewesen sein.

Roberts Beitrag im Debattierklub war nicht so enthusiastisch wie sonst. Ich vermute, der Verlust des Vorsitzes hat ihn ein bisschen verärgert. Wenn er eine politische Laufbahn einschlagen will, muss er lernen, dass jede Laufbahn auch Niederlagen mit sich bringt.

Eine politische Laufbahn. Maggie blätterte weiter. Ein Brief des Schulleiters an Mrs Jackson: Er schlug ein Gespräch in der Schule vor, „um die disziplinarische Angelegenheit zu klären, die wir bereits telefonisch besprochen haben". Ein Empfehlungsschreiben, das eine Bewerbung für die Harvard University begleitete. Ein Ablehnungsschreiben von Harvard.

Sie ließ die Akte auf dem Boden liegen und stellte den Karton zurück ins Regal, als sie das metallische Geräusch wieder hörte, näher jetzt. Hier im Raum. Plötzlich wurde ihr bewusst, dass sie allein in einem geschlossenen Raum unter der Erde war, und es packte sie der verzweifelte Drang zu verschwinden.

Wieder hörte sie das Geräusch, und es kam näher.

Sie fuhr herum. Eingerahmt von dem Licht, das zwischen zwei Regalreihen hereinfiel, nur wenige Schritte entfernt, sah sie die Umrisse eines Mannes. Still und unbewegt stand er da – und starrte sie an.

Washington, D. C., Freitag, 24. März, 12.00 Uhr EST

„Sind wir auf einer abhörsicheren Leitung?"

„Wie immer, Gouverneur. Wir haben unsere eigene Verschlüsselungseinrichtung hier im Büro."

„Das ist klug, Senator. Sind Sie sicher, dass Sie nicht aus Louisiana sind?"

Ein lautes Lachen dröhnte durch die Leitung. So hatten Politiker vor einem halben Jahrhundert gelacht, mit der Stimme eines großen Südstaatlers, dessen Charisma ein ganzes Zimmer ausfüllen konnte. Nach allgemeiner Ansicht existierten solche Leute heutzutage nicht mehr, aber Gouverneur Orville Tett widerlegte diese Auffassung.

„Ich möchte Ihnen dafür danken, dass Sie sich gemeldet haben, Gouverneur."

„Wie es aussieht, sind Sie die Nummer eins in dieser Baker-Oper. Sie führen die Truppen in die Schlacht."

„Ja. Ich habe diesen Kampf angefangen, und ich habe vor, ihn zu Ende zu führen."

„Na, das ist schön. Das ist der Kampfgeist, den wir in unserer Partei brauchen. Deshalb will ich helfen."

„Freut mich zu hören, Sir."

„Folgendes. Sie wissen, dass die Jauchegrube N'Awlins von Demokraten regiert wird. Was für 'ne Überraschung also, dass sie die Ermittlungen zu Forbes' Tod eingestellt haben. Aber trotz allem gibt es immer noch ein paar gute, gottesfürchtige Männer da unten. Und einer von ihnen dient mir sozusagen als Auge und Ohr. Und er hat was mächtig Interessantes entdeckt."

Franklin hörte das Rascheln von Papier.

„Warten Sie, ich brauche meine Lesebrille … Okay, es geht los. Er hat eine Frau bemerkt, die da unten herumschnüffelte. Sie hat behauptet, von der Presse zu sein. Mein Mann hat sie genau im Auge behalten. Und wie sich rausgestellt hat, ist die Frau überhaupt nicht von der Presse. In Wirklichkeit heißt sie Maggie Costello und war bis letzte Woche außenpolitische Beraterin von Stephen Baker."

„Oh, das ist gut. Das ist sehr gut", antwortete Franklin und nahm sich vor, diese Information für sich zu behalten, bis die Zeit reif wäre.

„Die Frage, die man sich stellen muss: War sie ein Staubwedel? Hat Baker sie hingeschickt, nachdem Forbes beseitigt worden war, damit sie die Spuren verwischt?"

„Natürlich, Gouverneur, könnte sich aber auch herausstellen, dass Forbes tatsächlich Selbstmord begangen hat."

„Ja, das könnte sich herausstellen. Aber dann ist es vielleicht zu spät für

Baker, und es kommt nicht mehr darauf an. Und wer immer sich diesen Schädel an seine Trophäenwand hängen kann, dürfte in drei Jahren ziemlich gut aussehen, oder?“

„Oh, darüber habe ich noch gar nicht nachgedacht, Gouverneur.“

„Sollten Sie aber, Rick. Sollten Sie. Und wenn Sie es tun, denken Sie auch an ihre guten Freunde hier unten in unserem großartigen Staat Louisiana, nicht wahr?“

„Ich werde Ihre Freundlichkeit keinesfalls vergessen, Gouverneur. Noch eine letzte Frage: Wo ist Ms Costello jetzt?“

„Wir haben sie im Auge, Rick. Denken Sie daran, ich habe überall in unserem wunderbaren Land gleichgesinnte Kollegen. Gouverneure, die ihre Augen und Ohren überall haben. Sagen wir es so: Wo auch immer Ms Costello hingeht, wird jemand sein, der sie beobachtet.“

Aberdeen, Washington, Freitag, 24. März, 15.24 Uhr PST

„Wie ich sehe, fühlen Sie sich hier schon wie zu Hause.“

Maggie hörte ihr eigenes Keuchen. „Sie haben mich erschreckt.“

„Wirklich? Tut mir leid.“ Die Stimme klang alt, aber fest.

Im Halbdunkel des Kellers konnte Maggie sein Gesicht immer noch nicht erkennen. „Ich bin Leslie Muir von der Alpha-Versicherung“, behauptete sie frech.

„Ja. Das hat Mrs Stephenson schon gesagt. Ich muss Ihnen sagen, ich hab’s nicht gern, wenn Leute hier herunterkommen. Nicht ohne mich.“

In ihrer Verzweiflung ließ sie die Höflichkeit fallen. „Wer sind Sie?“

„Mein Name ist Ray Schilling. Ich bin der Direktor dieser Schule.“

Eine Woge der Erleichterung flutete über sie hinweg. „Oh, gut. Das freut mich zu hören.“ Sie lächelte ein Lächeln von absurder Breite. „Können wir uns vielleicht in Ihrem Büro unterhalten?“

„SIE VERSTEHEN sicherlich, dass ich vorsichtig bin, Ms Muir.“

„Absolut“, sagte Maggie, die einen Kaffeebecher in der Hand hielt.

„Wir hatten nicht viele Journalisten hier im letzten Sommer – Stephen Baker war ja nur sehr kurze Zeit als Schüler bei uns. Aber die, die hier waren – verschlagene Leute, Ms Muir. Und als ich die Geschichte von Versicherungsansprüchen hörte, da dachte ich: Jetzt geht’s schon wieder los.“

„Ja, natürlich. Allerdings habe ich gar nicht nach Mr Bakers Akte gesucht.“

„Da ist jemand gestorben, wenn ich recht verstehe.“

„Richtig. Robert Jackson.“

Der Direktor lehnte sich zurück. „Robert Jackson“, wiederholte er leise.

„Ja, leider. Er dürfte vor gut dreißig Jahren hier gewesen sein.“

„Genau dreißig. Ich muss das wissen. Ich hatte sie beide. Baker und Jackson.“

„Ja, natürlich!“ Maggie lächelte. „Sie sind der Mr Schilling aus dem Zeugnis. Sie haben den Debattierklub geleitet.“

Jetzt lächelte er auch. „Das ist so lange her. Ich war damals ganz neu hier.“

„Und jetzt sind Sie der Schulleiter.“

„Seit fünfzehn Jahren. Wird bald Zeit, dass ich aufhöre. Aber es ist aufregend zu sehen, dass einer unserer Schüler so erfolgreich ist. Eines Tages wird die Schule Stephen Baker High School heißen.“

„Sie erinnern sich noch an ihn?“

„Ich erinnere mich an alle Schüler, die ich unterrichtet habe.“ Er schwieg kurz und beugte sich dann vor. „Stephen war immer etwas Besonderes. Niemand hat ihn vergessen. Das konnte man nicht.“

„Er ist auf jeden Fall sehr charismatisch. Und Robert Jackson, war der in irgendeiner Weise bemerkenswert?“

„Na ja, ich erinnere mich an ihn. Aber in Wahrheit hat das wahrscheinlich mehr mit Stephen Baker als mit ihm selbst zu tun. Wie dem auch sei, das ist sicher völlig irrelevant für Ihre Zwecke. Um einen Versicherungsanspruch geht es da, ja?“

„Ich versuche mir ein möglichst umfassendes Bild des Versicherungsnehmers zu machen. Es geht um einen hohen Geldbetrag, und anscheinend gibt es keine Begünstigten. Ich muss herausfinden, ob wir da etwas übersehen haben. Nach meiner Erfahrung können die abwegigsten Informationen manchmal nützlich sein.“

„Wie ich mich erinnere, war Jackson kein schlechter Debattierer. Er konnte scharfsinnig und präzise formulieren. Aber er wurde halt ausgestochen.“

„Ausgestochen?“

„Er war Vorsitzender des Debattierklubs. In mehreren Wettbewerben gegen andere Schulen ist er sehr weit gekommen. Aber dann kam Stephen Baker. Beide waren sehr interessiert an Politik und Geschichte. Ich erinnere mich, dass sie sich ganz gut verstanden haben.“

„Stephen Baker und Robert Jackson waren befreundet?“

„Das würde ich sagen, ja. Gleiche Klasse, gleiche Interessen. Sie fingen an, sozusagen als Zweier-Team zu debattieren. Erst gegen andere Schüler, dann gegen andere Schulen. Sie waren sehr effektiv.“

„Und was ging schief?“

„Tja, Stephen hatte echte Star-Qualitäten, schon damals. Eine ungeheure Ausstrahlung. Ich kam auf den Gedanken, dass unser Debattierklub mit ihm als Vorsitzendem vielleicht endlich eine Erfolgschance gegen all die Eliteschulen haben könnte."

„Und da haben Sie Jackson durch Baker ersetzt."

„Ja."

„Hat's funktioniert?"

Schilling lächelte. „Voll gut, wie die Schüler heute sagen würden. Die James Madison High School gewann den Staatspokal. Dazu müssen Sie wissen, was so etwas für eine Kleinstadt wie Aberdeen bedeutet. Die Lage war damals schon ziemlich finster. Und dann kommt da dieser … Star."

„Sie haben also das Talent eines künftigen Präsidenten der Vereinigten Staaten entdeckt."

„Das erzähle ich auch den Reportern, die herkommen. Aber Robert war schwer getroffen. Seine Freundschaft mit Stephen zerbrach dadurch sofort. Er zog sich in sich selbst zurück. Er wurde verbittert. Seine Abneigung gegen Stephen kippte ins Ungesunde. Heute würde man einen Schüler wie ihn genau im Auge behalten. Es sind die prägenden Jahre. Ein junger Mann kann durch das geformt werden, was ihm in diesem Alter passiert."

„Und was ist Robert Jackson passiert?"

„Ich würde sagen, er entwickelte eine Obsession. Ich bin Robert ein, zwei Jahre später noch einmal begegnet, und er hatte eine Akte bei sich. Er hat sie mir gezeigt. Es waren Ausschnitte über Stephen darin. Aus der Lokalzeitung. Säuberlich ausgeschnitten und nach Datum geordnet. Mich hat's geschaudert."

„Haben die beiden einander da noch gesehen?"

„Na ja, Stephens Vater arbeitete noch hier in der Holzbranche. Stephen kam deshalb in den Ferien immer nach Aberdeen zurück."

Maggie bemühte sich, ihre Gedanken zu ordnen. „Und Sie haben befürchtet, Jackson könnte etwas tun … etwas, das er nachher vielleicht bereut?"

„Sie haben mich eben an etwas erinnert, das ich seinerzeit zu meiner Frau gesagt habe. Ich sagte, eine solche Obsession kann nur in Zerstörung enden. Entweder wird Robert Stephen zerstören – oder sich selbst."

Clinton, Maryland, Freitag, 24. März, 13.23 Uhr EST

Es war windig und laut und ein idealer Ort, um *kein* Interview zu führen. Aber Nick du Caines' Informant hatte darauf bestanden. Sie standen mitten in einem Buschgelände vor einem hohen Drahtzaun. Um dort hinzukommen, hatte Nick von der Schnellstraße herunter auf einen Rastplatz fahren müssen, und dann war er zu Fuß durch ein Dickicht aus wucherndem Unkraut gegangen, bis er eine kleine Lichtung erreicht hatte. Der Verkehr rauschte gleichförmig laut im Hintergrund.

Sie trafen sich hier nicht etwa, weil Daniel Judd besondere Scheu vor der Öffentlichkeit empfand, sondern weil er hier arbeitete und es für Zeitverschwendung hielt, sich von dieser Stelle zu entfernen.

Nick wusste, dass er Judd besser nicht bei der Arbeit störte. Auf der anderen Seite des Drahtzauns, ungefähr zweihundert Meter entfernt, hantierte eine Bodenmannschaft in Overalls an zwei parkenden Flugzeugen. Einer fuhr mit einem kleinen Elektro-Buggy herum. Für jemanden, der hier vorbeikam, sah es aus wie ein normaler Arbeitstag auf dem kleinen Privatflughafen namens Washington Executive Airfield.

Judd hob ein Fernglas an die Augen und murmelte in seinen kleinen Digitalrekorder: „N fünf-acht-eins GD." Ohne den Blick abzuwenden, griff er nach der Spiegelreflexkamera mit dem Teleobjektiv, die an einem zweiten Riemen an seinem Hals hing, und machte Fotos von dem einen der beiden Flugzeuge.

Judd war ein Flugzeug-Spotter: einer von denen, die an Flugplätzen stehen und zusehen, wie Flugzeuge starten und landen. Anoraktträger, die in echte Erregung geraten können, wenn sie eine Seriennummer in ein Notizbuch kritzeln. Aber wie sich zeigte, war die Erregung durchaus berechtigt, denn solche Spinner gab es auf der ganzen Welt, und sie hatten das Phänomen der „außerordentlichen Überstellungen" entdeckt: der geheimen Flüge, mit denen Terrorverdächtige, die mitten in der Nacht in den Straßen von Mailand oder Stockholm aufgegriffen worden waren, nach Ägypten oder Jordanien verfrachtet wurden, in Länder, deren Geheimdienste bereit waren zu tun, was nötig war, um diese Verdachtspersonen zum Reden zu bringen.

Judd und seine Kumpel hatten die Nummer eines Flugzeugs notiert, das zuerst im irischen Shannon gelandet und dann in Schweden aufgetaucht war, bevor es schließlich seinen Zielflughafen in Syrien erreicht hatte. Die Spotter hatten sodann auf der Website der Bundesluftfahrtbehörde das Register der auf amerikanische Eigentümer zugelassenen Flugzeuge aufgerufen. Dort hatten sie nicht nur ein umfassendes Archiv mit Flugplänen für jedes registrierte Flugzeug gefunden, sondern auch den Namen des jeweiligen Eigentümers.

Die Maschine, die auf dem Weg nach Damaskus in Shannon zwischengelandet war, gehörte einer kleinen Fluggesellschaft mit Sitz in Massachusetts. Ein paar Klicks, und Judd hatte die Namen der Geschäftsleitung gekannt.

Aber diese Manager erwiesen sich als seltsam scheu: Statt einer Adresse hatte jeder nur ein Postfach angegeben. Das hatte Judds Interesse weiter angestachelt, zumal sich diese Postfächer allesamt in Nordvirginia befanden. Wo zufällig auch die Zentrale der Central Intelligence Agency ihren Sitz hat: in Langley.

Jetzt hatte Judd genug gewusst, um sicher zu sein. Bei einem Drink an einem Tisch in einer dunklen Ecke hatte er Daten, Flugpläne und Registrierungsnummern geliefert, mit denen Nick der Welt von dem Flugzeug hatte berichten können, das er und seine Sonntagszeitung „Guantánamo Bay Express“ genannt hatten. Dafür hatte er drei Preise bekommen.

„Sie haben diesen Ausdruck im Gesicht, Nick.“

„Was für einen Ausdruck?“

„Den Ausdruck, der sagt, dass Sie Ärger machen wollen.“ Judd hob das Fernglas an die Augen. „Sie kommen doch nicht an einem eiskalten Tag hierher ins Nirgendwo, nur um mein hübsches Gesicht zu sehen, oder?“

„Ehrlich gesagt, nein.“

„Also, was wollen Sie mich fragen?“

„Könnten Sie es sehen, wenn ein CIA-Team nach New Orleans fliegt?“

„Geht’s um den Typen, der den Präsidenten anschmieren wollte?“

„Mein Gott, Ihnen entgeht aber nicht viel, was? Ja, darum geht’s. Ich habe Grund zu der Annahme, dass Vic Forbes keines natürlichen Todes gestorben ist. Ich glaube, dabei ist nachgeholfen worden, wenn Sie verstehen, was ich meine.“

Judd wandte den Blick vom Maschendraht ab und sah Nick ins Gesicht. „Und warum glauben Sie, dass sie ein Flugzeug benutzt haben?“

„In Wahrheit habe ich überhaupt keinen Grund, das zu glauben. Aber Sie sind der einzige Mensch, den ich kenne, der jemals irgendetwas über die CIA herausgefunden hat, und deshalb fange ich bei Ihnen an.“

„Sie stochern im Nebel.“

„Total. Aber ich denke mir, falls sie ein Flugzeug benutzt haben sollten, dann könnten wir das herausfinden. Das heißt, *Sie* können es herausfinden.“

„Okay, ich kümmere mich darum. Aber es ist wirklich weit hergeholt. Wahrscheinlicher ist, sie sind mit dem Auto gefahren. Oder einzeln geflogen, mit Linie.“

„Ich weiß. Aber Sie kümmern sich darum? Ich bin Ihnen was schuldig, Dan.“

Nick kehrte zu seinem ramponierten Nissan zurück, der nicht alt genug war, um als retro zu gelten, sondern einfach nur als alt.

Aber wie viele, die sich selbst als Beobachter sehen, ahnten weder Daniel Judd noch Nick du Caines, dass sie in diesem Augenblick von einem langen Teleobjektiv erfasst worden waren.

Die Beobachter wurden beobachtet.

Aberdeen, Washington, Freitag, 24. März, 18.23 Uhr PST

Maggie beendete das Gespräch mit ein paar bürokratischen Fragen, wie die Versicherungsagentin Leslie Muir sie wahrscheinlich stellen würde.

„Was ist mit seinen Eltern? Leben sie noch, oder sind sie verstorben?"

„Beide tot", antwortete Schuldirektor Schilling. „Roberts Vater war schon gestorben, als der Junge hierher auf die Schule kam. Und Roberts Mutter ist schon seit mehr als zwanzig Jahren tot, glaube ich."

„Gab es neben dem Debattierklub noch etwas, wodurch Jackson sich als Schüler ausgezeichnet haben könnte?"

„Er war gescheit. Er war gut in den Fremdsprachen; Spanisch konnte er beinahe fließend. Und er war fasziniert von Computern. Damals hatte natürlich noch kein Mensch einen Computer zu Hause, aber Robert kannte sich sehr gut mit ihnen aus."

Maggie schrieb sich alles auf. „Sie waren sehr großzügig mit Ihrer Zeit."

„Ich hoffe, ich habe Ihnen helfen können, Ms Muir."

Als Maggie durch die Schwingtür ins Freie trat, dämmerte der Abend. Die Aussicht darauf, jetzt nach Seattle zurückzufahren, wie sie es ursprünglich geplant hatte, war plötzlich nicht mehr reizvoll. Sie war müde. Besser war es, sich in Aberdeen ein Motel zu suchen und morgen zurückzufahren.

Sie ging auf ihren Mietwagen zu, und dann erstarrte sie.

Im Zwielicht neben ihrem Wagen sah sie die Silhouette einer Person; ob es ein Mann oder eine Frau war, konnte sie nicht erkennen. Die Gestalt stand still da und schaute ihr entgegen. War es Stuart so ergangen? Ein Mann, der still im Schatten stand und auf den richtigen Augenblick zum Zuschlagen wartete?

Dann hallte eine Stimme über den Asphalt des leeren Parkplatzes. „Bin ich froh, Sie zu sehen!"

Eine Frau. Maggie ging auf sie zu und sah, dass sie schon älter war, schätzungsweise Anfang sechzig. Entweder eine alte Lehrerin oder die Großmutter eines Schülers, vermutete sie. Grauhaarig, bebrillt und in einem unglaublich altmodischen Mantel. Eine weniger furchterregende Person konnte man sich kaum vorstellen.

„Ich bin ja so erleichtert, ich kann's Ihnen gar nicht sagen. Meine Batterie ist leer – wieder mal! –, und ich brauche dringend jemanden, der mir hilft."

„Das mache ich selbstverständlich. Allerdings weiß ich nicht, ob ich überhaupt ein Starthilfekabel habe. Das ist ein Mietwagen."

„Ach, machen Sie sich deshalb keine Sorgen, meine Liebe. Mein Sohn hat mir alles gegeben. Es liegt im Kofferraum. Ich brauche nur ein Auto, das fährt!"

Beeindruckt sah Maggie zu, wie die Frau um ihren silbernen Saturn herumging, den Kofferraum öffnete und ein schwarz-rotes Doppelkabel herausholte. Sie klappte die Motorhaube hoch und redete dabei die ganze Zeit.

„Diesen Fehler habe ich wohl an die tausend Mal gemacht. Ich parke den Wagen, ich nehme meine Handtasche, und dann –"

„Sagen Sie's nicht." Maggie schaute ihr über die Schulter bewundernd zu, wie sie die Krokodilklemmen an den Plus- und Minus-Polen der Autobatterie befestigte. „Sie haben das Licht angelassen."

„O nein, meine Liebe." Die Frau sah ein bisschen beleidigt aus. „Das habe ich schon vor langer Zeit gelernt. Nein, ich habe den Schlüssel im Zündschloss gelassen."

„Und dann ist die Batterie leer?"

„Ja. Durch das Radio oder so – was weiß ich? Mein Sohn ist der Techniker in der Familie. Er kennt sich mit solchen Sachen aus. Ich weiß nur, dass wir jetzt Ihren Wagen an meinen heranfahren und die Haube aufmachen müssen."

Maggie fuhr in einem fast vollständigen Kreis herum, sodass ihr Wagen Nase an Nase vor dem Saturn stand. Sie stellte den Motor ab und suchte die Motorhaubenverriegelung. Sie tastete im Dunkeln unter der Lenksäule herum und fand schließlich einen kleinen Hebel. Als sie daran zog, hörte sie ein Klicken und schaute zu, wie die Frau die Haube hochklappte.

„Okay, starten Sie noch nicht! Warten Sie, bis ich es sage."

Maggie wartete.

„Okay! Los geht's!"

Maggie drehte den Zündschlüssel und hörte, wie der Motor ansprang. Sie sah zu, wie die grauhaarige Lady in ihrem Tweedmantel sich auf den Fahrersitz ihres eigenen Wagens setzte. Eine oder zwei Sekunden später heulte der Motor auf. Dann standen sie beide vor den brummenden Autos.

„Wir haben's geschafft." Maggie lächelte breit.

„Ich bin Ihnen so dankbar. Jetzt kann ich meinen Enkel vom Footballtraining abholen. Kann ich Ihnen irgendwie danken?"

„Freut mich, dass ich Ihnen behilflich sein konnte. Jetzt holen Sie Ihren Enkel ab. Und lassen Sie ja den Motor laufen!"

Maggie sah dem Saturn nach, als er geschmeidig vom Parkplatz fuhr. Dann nahm sie selbst Kurs auf den Highway, auf dem sie hergekommen war, und hielt Ausschau nach Wegweisern zur Stadtmitte. Der Verkehr war spärlich; nur wenige Lichter leuchteten in der Dunkelheit. Sie fragte sich, ob dies vielleicht eine dieser amerikanischen Kleinstädte war, die kein Zentrum hatten, sondern aus einer bloßen Aneinanderreihung von Häusern bestanden. Vielleicht sollte sie einfach so lange weiterfahren, bis das erste Motel in Sicht käme.

Links vor ihr tauchten mehrere auf. Sie wartete auf die Ausfahrt und trat leicht auf die Bremse, aber ihre Geschwindigkeit änderte sich nicht. Sie trat fester auf das Pedal, und mit einem Ruck verlangsamte der Wagen seine Fahrt. Verdammte Mietkarre. Als die Ausfahrt in Sicht kam, schwenkte sie auf die rechte Spur und trat wieder leicht auf das Bremspedal.

Der Wagen fuhr mit unvermindertem Tempo weiter.

Maggie trat noch einmal auf das Bremspedal. Wieder nichts. Der Wagen schoss rasend schnell vorwärts.

Sie stieg mit aller Kraft in die Bremse. Nichts!

Die Straße bog scharf ab. Maggie umklammerte fest das Lenkrad und schleuderte durch eine Kurve, die für die Hälfte dieses Tempos gedacht war. Endlich wurde die Straße wieder gerade, aber der Wagen fuhr immer noch zu schnell. Sie sah eine rote Ampel vor sich aufleuchten. Zwei Autos warteten schon vor der Ampel – und sie fuhr mit voller Highway-Geschwindigkeit auf sie zu.

Sie wusste, es gab nur eine Möglichkeit, aber die jagte ihr lähmende Angst ein. Erst als der Wagen vor ihr immer näher kam und seine Bremslichter vor ihr aufleuchteten, und als sie schließlich die beiden Köpfe über die Rücksitzlehne ragen sah – Kinder –, musste sie handeln.

Zähneknirschend riss sie den Wagen von der Straße und in die undurchsichtige Schwärze. Ein Baumdickicht mit seinem Astgewirr flog ihr entgegen, und der Wagen holperte und rumpelte in scheinbar rasendem Tempo darauf zu. Nur noch instinktiv griff sie nach dem Verschluss ihres Sicherheitsgurts und öffnete ihn, während die andere Hand das Lenkrad festhielt. Sie sah, was vor ihr aufragte, stieß die Wagentür auf und warf sich hinaus auf den vorüberrauschenden Boden.

Vielleicht eine halbe Sekunde vor dem Aufschlag sah sie zwei Dinge, das eine deutlicher als das andere. Weniger deutlich war der dicke Baum, gegen den ihr Wagen soeben geprallt war, sodass sich die gesamte vordere Front zusammengequetscht hatte. Viel deutlicher sah sie vor ihrem geistigen Auge das Gesicht der Frau, die sie dazu gebracht hatte, die Motorhaube zu öffnen.

Dann sah sie nichts mehr.

6

Virginia, Freitag, 24. März, 18.25 Uhr EST

Daniel Judd loggte sich in seinen E-Mail-Account ein; sein Deckname bestand aus seinem eigenen zweiten Vornamen, dem Mädchennamen seiner Frau und einem erfundenen Mittelinitial – Z –, und er hoffte, dass er damit jeden potenziellen Schnüffler von seiner Spur abbringen würde. Wenn die CIA wirklich in seinen E-Mail-Verkehr eindringen wollte, könnte sie es natürlich, aber das war kein Grund, es ihnen leicht zu machen.

Er schickte eine Nachricht an seinen Kontakt in New Orleans. Er formulierte sorgfältig. Auch wenn er viele Vorsichtsmaßnahmen traf, musste er in einer Ära bundesweiter Lauschangriffe immer annehmen, dass ihm jemand über die Schulter schaute.

Euphemismen, das war das Entscheidende. Keine Wörter benutzen, die von den Worterkennungsprogrammen der Regierung automatisch registriert werden würden.

> Ich hoffe, es geht gut, alter Freund. Hier eine Frage: Wenn unsere Freunde in der Company einen kleinen Arbeitsurlaub in N. O. einlegen wollten, was wäre dann der beste Zielflughafen? Nehme an, auf Louis Armstrong International ist zu viel Betrieb etc. Was würdest du raten?

Innerhalb von vier Minuten bekam er eine Antwort.

> Nur Touristen benutzen Louis. Sie sollten einen Ort nehmen, den sie Kennen.

Einen Ort, den sie kennen – *a place they Knew*. Clever. Das große K genügte. Judd rief die Datenbank der Bundesluftfahrtbehörde auf und wartete, bis die benötigte Seite geladen war. Dann tippte er das Wort KNEW ein. Sofort wurden diese vier Buchstaben als Rufzeichen für den Flughafen Lakefront erkannt, der nur „vier Seemeilen nordöstlich des Geschäftszentrums von New Orleans“ lag.

Er ging auf die Website des Flughafens und las die Erläuterungen: allgemeiner Flugverkehr mit besonderem Gewicht auf Charterflügen und Privatmaschinen. Ideal für eine Undercover-Operation, entschied Judd.

Er warf einen Blick auf die Daten, die Nick du Caines ihm gegeben hatte, und tippte die Details ein, die nötig waren, um die Flugpläne der Maschinen aufzurufen, die Lakefront in dieser Zeit genutzt hatten. Wie erwartet, erschien eine lange, lange Liste von amerikanischen Flugzeugkennzeichen. Er benutzte die einfache Suchfunktion seines Internet-Browsers, um festzustellen, ob eine dieser Nummern auf der Liste der dreiunddreißig Maschinen erschien, die er und seine Spotter-Kollegen der Luftflotte zugeordnet hatten, die die CIA für ihre Tarnoperationen charterte.

Nicht eine einzige.

Er musste wohl einen Umweg machen. Er beschloss, seinen Kollegen Martin anzurufen, dessen größter Vorteil darin bestand, dass er nicht durch häusliche Verpflichtungen belastet war. Martin hatte keine Frau, keine Kinder und – soweit Judd wusste – keinen Freund außer ihm.

Wie immer meldete Martin sich beim ersten Klingeln. Judd erklärte ihm das Problem, und sie einigten sich darauf, sich die Liste zu teilen. Judd wollte die Flüge überprüfen, die zwischen Sonntag, null Uhr, und Mittwoch mittag in Lakefront gelandet waren, und Martin übernahm die zweite Wochenhälfte. „Wer als Erster was findet, kriegt einen Abend lang Freibier."

Es war kurz nach elf Uhr abends, als Judd das erste leise Zupfen am Ende seiner Angelschnur spürte.

Bisher hatte sich jedes Registrierungskennzeichen auf eine normale, kommerzielle Fluglinie zurückführen lassen: mit allen Zulassungen versehen, bekannt und mit farbenprächtiger Website. Aber nun diese hier: N4808P. Sie gehörte Premier Air Executive Services in Maryland, auf der Website fanden sich nur spärliche Details, und die Namen der Geschäftsleitung wurden nicht genannt.

Judd rief das Unternehmensregister auf. In dem Eintrag für Premier Air fanden sich drei Manager. Bei der weiteren Recherche zu diesen drei Männern zeigte sich ein Muster. Ihre Sozialversicherungsnummern, die online zu finden waren, hatten sie im Alter von über fünfzig Jahren zugewiesen bekommen. Durch die Sache mit den Überstellungen hatte Judd gelernt, dass jemand, der seine Sozialversicherungsnummer im Alter von über fünfzig Jahren bekam, eine neue, falsche Identität angenommen hatte.

Aber die Angaben zu diesem Unternehmen enthielten noch ein kurioses Detail über den Ursprung von Premier Air, für das Nick du Caines sich vermutlich besonders interessieren würde. Judd griff zum Telefon.

Aberdeen, Washington, Samstag, 25. März, 10.05 Uhr PST

Als Maggie die Augen öffnete, sah sie nur eine weiße Wand. Sie konnte keine Linien erkennen, eigentlich überhaupt nichts, woran sie zweifelsfrei sehen konnte, dass es eine Wand war und nicht einfach ein leerer Raum.

Sie bewegte den Kopf, und stechender Schmerz durchzuckte ihren Hinterkopf. Offenbar hatte sie ein Geräusch gemacht, denn ein paar Augenblicke später kam eine Krankenschwester ins Zimmer gestürzt und füllte die weiße Fläche aus.

„Ja, guten Morgen!"

Maggie hörte sich antworten: „Guten Morgen." Es klang mühsam und lallend.

„Wissen Sie, wo Sie sind?"

Maggie wollte den Kopf schütteln, aber wieder schoss der Schmerz durch ihren Nacken herauf, und ein Aufschrei kam aus ihrem Mund.

„Okay. Fangen wir beim Anfang an. Wie heißen Sie?"

Mit gewaltiger Anstrengung krächzte sie: „Maggie Costello."

Die Schwester, blond und mit langen Armen, warf einen Blick auf ihre Notizen. „Gut. Wer ist der Präsident der Vereinigten Staaten?"

Vor der Antwort kam ein plötzlicher Schwall von Erinnerungen, und dann die Emotionen, die sie hervorriefen. Sie sah das Arbeitszimmer in der Residenz des Weißen Hauses vor sich. Stuart Goldstein, Stephen Baker …

„Keine Sorge, er ist noch ziemlich neu. Sein Name ist Stephen Baker. Aus wie vielen Staaten bestehen die USA?"

„Wo bin ich hier?"

„Dazu kommen wir noch. Ich muss Ihnen diese Fragen stellen, sobald Sie aufwachen. Das ist Vorschrift. Aus wie vielen –"

„Aus fünfzig. Stephen Baker wurde im letzten November mit den Stimmen von dreihundertneununddreißig Wahlmännerkollegien gewählt und siegte damit über Mark Chester. Sagen Sie mir bitte jetzt, wo ich bin?"

Die Schwester hatte die Augen weit aufgerissen, aber jetzt entspannte sich ihr Gesicht. „Sie sind im Grays Harbor Community Hospital in Aberdeen, Washington, Ms Costello. Wissen Sie, warum Sie hier sind?"

Maggie wollte den Kopf wieder auf das Kissen zurücksinken lassen, aber selbst bei dieser kleinen Bewegung zuckte sie zusammen. „Ich hatte einen Autounfall."

„Stimmt. Gestern Abend." Die Schwester sah auf die Uhr. „Vor fast sechzehn Stunden. Und Sie können von großem Glück sagen, dass Sie noch leben. Der Polizist, der Sie gefunden hat, sagt, die Vorderfront Ihres Wagens sieht aus, als wäre sie in die Schrottpresse geraten. Möchten Sie, dass wir jemanden informieren?"

„Noch nicht. Vielen Dank." Maggie bat um ein wenig Zeit zum Nachdenken und dann um ihr Telefon.

Die Schwester ging hinaus, aber nach zwei Sekunden war sie wieder da. „Sind Sie sicher, dass Sie ein Telefon bei sich hatten, Ms Costello?"

„Ja“, antwortete sie, immer noch mit schwerer Zunge. „Ich habe es immer bei mir. Es muss in meiner Tasche gewesen sein.“

„Wir haben hier eine Reisetasche. Ein Paar Ohrringe, einen Fettstift für die Lippen –“ Sie überflog so etwas wie eine Inventarliste. „Kein Telefon.“

Ein Verdacht erwachte und breitete sich aus wie ein Fleck auf dem Teppich. „Steht auf der Liste ein kleines schwarzes Notizbuch? Ein Laptop? Eine Brieftasche?“

Die Schwester überflog das Schriftstück von oben nach unten. „Nein.“ Sie schüttelte bedauernd den Kopf.

Ein leiser Schauder rieselte über Maggies Haut. „Ich muss telefonieren. Dringend.“

„Dafür haben Sie noch reichlich Zeit.“

Die Krankenschwester trat einen Schritt näher und nahm Maggies Hand. In einer Vene auf deren rechtem Handrücken steckte eine Kanüle, und ein kleines Röhrchen verband sie mit einem langen, durchsichtigen Schlauch. Die Schwester kontrollierte die Infusion und legte Maggie eine Manschette zum Blutdruckmessen an.

„Ich bin schlimm zugerichtet, was?“

„Sie sind aus einem schnell fahrenden Auto gefallen – deshalb würde ich sagen, ja. Sie haben sich zwei Rippen gebrochen, aber Arme und Beine sind unversehrt. Und Ihren Kopf werden wir im Auge behalten. Versuchen Sie ein bisschen zu schlafen.“

Die Frau auf dem Parkplatz hatte sich – hinter der Motorhaube verborgen – an der Bremsanlage zu schaffen gemacht. Sie oder ein Komplize musste Maggie auf dem Highway gefolgt sein und gesehen haben, wie sie scheinbar in ihren sicheren Tod raste, dann war sie oder er zum Wagen gestürzt und hatte die entscheidenden Dinge herausgenommen und die Flucht ergriffen, bevor die Polizei auch nur in die Nähe des Unfallortes gekommen war.

Maggie versuchte zu überlegen, welche Informationen denen, die sie umbringen wollten, in die Hände gefallen waren. Mit ihrem Telefon fing sie an. Die Liste der kürzlich angenommenen Anrufe war eine Katastrophe: Die Verbindung zum Weißen Haus wäre sofort klar. Und man würde sehen, dass sie mit Nick du Caines gesprochen hatte. Vielleicht war Uri auch noch dabei.

Auf dem Laptop war nicht viel. Aber in ihrem Notizbuch stand alles, was Schilling, der Schulleiter, ihr über die heiße Bruderfehde zwischen Jackson/Forbes und dem jungen Stephen Baker erzählt hatte. Wenn sie sich in einem Wettlauf mit diesen Leuten befand, hatte sie ihn soeben verloren.

Sie drehte sich auf die Seite und streckte, ohne auf den Schmerz zu achten, der sich in ihrer Brust ausbreitete, die Hand nach dem Nachttisch aus, auf dem ein klobiges beigefarbenes Telefon stand. Sie fuchtelte vergebens in der Luft herum. Immer noch auf der Seite liegend, rutschte sie weiter auf die Bettkante zu. Wieder streckte sie die Hand aus, und diesmal erreichte sie den Apparat. Sie hatte den Hörer in der Hand und benutzte die Schnur, um das Telefon zu sich heranzuziehen. Sie drückte die Neun, und sofort meldete sich eine Computerstimme.

„*Leider verfügen Sie nicht über ein Guthaben, das Ihnen erlaubt, über diesen Anschluss zu telefonieren. Um ein Guthaben zu erwerben, wenden Sie sich bitte an die Vermittlung. Zahlung per MasterCard, American Express …*"

Mist. Ihre Brieftasche war geklaut, mit allem, was darin war. Und natürlich kannte sie ihre Kreditkartennummer nicht auswendig. Mit großer Mühe drückte sie die Null am Telefon.

„Vermittlung. Was kann ich für Sie tun?"

„Ich brauche ein R-Gespräch, bitte."

„Wie bitte?"

Sie lallte immer noch. Beim zweiten Versuch gab sie gleich die Nummer durch. 1-202-456-1414.

Die Vermittlung im Weißen Haus hatte ihren Anruf offenbar erwartet. „Ms Costello, sind Sie das? Ich habe Anweisung, Sie sofort mit dem Präsidenten zu verbinden."

Es dauerte eine Weile. Endlich klickte es laut in der Leitung.

„Maggie? Wo sind Sie?"

„Das ist eine lange Geschichte."

„Sie klingen furchtbar. Ist etwas passiert?"

„Ich glaube, Sie hatten recht, Mr President. Wegen Stuart. Jemand hat gestern Abend die Bremsen an meinem Auto manipuliert. Ich glaube, sie wollten mich umbringen."

„O Gott! Wo sind Sie?"

„Grays Harbor Community Hospital, Aberdeen. In Ihrer alten Heimat."

„Wir müssen Sie da rausholen. Ich rufe den Gouverneur an."

„Nein, Sir. Bei allem Respekt, aber ich glaube, das ist keine gute Idee. Das würde doch nur bestätigen, dass ich für Sie arbeite. Außerdem gibt es hier eine Spur, der ich nachgehen muss."

„In Aberdeen? Was zum Teufel hat Aberdeen mit alldem zu tun?"

„Robert Jackson, Sir. Sie sind mit ihm zur Schule gegangen."

Maggie lauschte angestrengt in den Augenblick der Stille hinein, der jetzt folgte.

Endlich sprach Baker wieder. „Robert Jackson? Robert *Andrew* Jackson? Von der James Madison High? Der war das?"

„Sie haben ihn nicht wiedererkannt, als Sie ihn im Fernsehen gesehen haben?"

„Das war kaum dieselbe Person. Sind Sie ganz sicher?"

„Ich bin sicher, Sir." *Schicher, Schör.*

„In der Schule hab ich ihn immer Andrew genannt. Deshalb habe ich den Zusammenhang nicht hergestellt. Was um alles in der Welt soll das alles bedeuten, Maggie?"

„Ich wünschte, das wüsste ich, Mr President. Aber ich werde es herausfinden."

„Was brauchen Sie, Maggie?"

„Die haben meine Brieftasche und mein Telefon geklaut."

„Okay. Sanchez schickt Ihnen alles."

„Danke, Sir. Aber er soll keine Spuren hinterlassen. Sagen Sie ihm, er soll vorsichtig sein."

„Maggie, Sie sind diejenige, die vorsichtig sein muss. Ich kann es mir nicht leisten, noch einen Menschen meines Vertrauens zu verlieren. Von euch sind zu wenige übrig."

„Danke, Mr President."

OFFENBAR war sie gleich nach diesem Telefongespräch eingeschlafen. Als sie aufwachte, lag eine handschriftliche Telefonnachricht von einem Mr Doug vom Dupont Circle auf dem Nachttisch. Sie lächelte über Sanchez' Versuch, diskret zu kommunizieren.

Die Tür öffnete sich knarrend. Maggie schaute auf, aber sie hatte Mühe, klar zu sehen. Eine Krankenschwester war hereingekommen. Es war diesmal eine ältere Frau, aber im Dunkeln waren ihre Züge schwer zu erkennen.

„Was für eine unverhoffte Überraschung, Sie noch einmal wiederzusehen", sagte die Frau. „Da sind Sie ja, meine Liebe."

Meine Liebe.

Maggie ballte die Fäuste – eine sinnlose Geste bei jemandem mit zwei gebrochenen Rippen und einem Tropf am Arm, aber es war ein Reflex, das Resultat von Wut und Angst, die wie ein Stromschlag durch ihren Körper zuckten.

Die Frau näherte sich dem Bett. Sie hatte eine Injektionsspritze in der einen Hand und einen Pappbecher in der anderen.

Maggie fuhr zurück.

„Sie brauchen keine Angst zu haben, meine Liebe. Überhaupt nicht. Ich habe hier etwas, das alle Schmerzen vertreiben wird."

Maggie griff nach der immer noch heißen Tasse Kaffee, die auf ihrem Nachttisch stand. Die Frau beugte sich über sie. Wenn sie die Tasse zu fassen bekäme, könnte sie der Frau den dampfenden Kaffee ins Gesicht schleudern. Sie streckte den Arm aus …

Und in diesem Moment sah sie das Gesicht der Frau klar und deutlich. Die grauhaarige, scheinbar so freundliche Lady, die auf dem Schulparkplatz ihren Wagen sabotiert hatte.

„Es gibt wirklich überhaupt keinen Grund, Angst zu haben, meine Liebe."

„Entschuldigung", keuchte Maggie. „Ich dachte, Sie wären jemand anders."

„Man kommt leicht durcheinander, meine Liebe. Ich war in der Notaufnahme, als Sie eingeliefert wurden. Es hat Sie ziemlich erwischt. Der Arzt sagt, Sie sollen dieses Schmerzmittel bekommen. Ich kann es Ihnen intravenös geben" – sie hielt die Spritze hoch – „oder als Tabletten. Was ist Ihnen lieber?"

Maggie deutete mit dem Kopf auf die Tabletten. Sie nahm den winzigen Pappbecher in Empfang, ließ die Tabletten auf die Zunge rollen und trank einen Schluck Wasser.

„Brav, meine Liebe."

Kaum hatte die Frau die Tür hinter sich geschlossen, spuckte Maggie die beiden Tabletten, die sie in der Wange versteckt hatte, in die hohle Hand und schob sie unter das Kopfkissen.

Okay, das reichte. Sie würde keinen Augenblick länger hierbleiben. Wer immer versucht hatte sie umzubringen, würde es zweifellos wieder versuchen. Wenn sie hier läge, könnte man ihr eine Spritze geben, man könnte sie vergiften oder mit dem Kissen ersticken. Es wäre so einfach.

Mit schmerzverzerrtem Gesicht zog sie die Nadel, die in ihrer Mittelhandrückenvene steckte, langsam heraus und riss ein Papiertaschentuch aus der Schachtel neben dem Bett, um damit die Blutung zu stoppen.

Als Nächstes schlug sie die Decke zurück, und erst jetzt sah sie, dass sie ein Krankenhaushemd trug. Mit großer Anstrengung schwenkte sie erst ein Bein, dann das andere über die Bettkante und rutschte nach vorn, bis sie mit den Füßen den Boden berührte. Behutsam verlagerte sie ihr Gewicht und erkannte erleichtert, dass sie gehen konnte.

Sie durchquerte das Zimmer bis zu dem Stuhl, auf dem ihre Reisetasche lag. Sie zog den Reißverschluss auf; darin lagen eine Hose und ein Hemd. Sie brauchte fast zehn Minuten, um sich anzuziehen.

Sie nahm die Nachricht von Sanchez, die noch neben dem Bett lag, und schlurfte zur Tür. Sie erstarrte, als sie sich selbst in einem Spiegel sah.

Auf ihrer Stirn prangte ein leuchtend roter Bluterguss, und sie hatte dunkle, tiefe Ringe um beide Augen.

Sie öffnete die Tür einen Spaltbreit. Mit aller Kraft, die sie aufbringen konnte, ging sie am Schwesternzimmer vorbei und vermied es entschlossen, sich umzudrehen. Sie war nur noch wenige Schritte von der Schwingtür entfernt, die nach draußen führte, als sie eine Stimme hinter sich hörte.

„Miss? Entschuldigen Sie?"

So lässig, wie sie nur konnte, rief sie über die Schulter zurück: „Sie sieht schon viel besser aus! Danke!" Sie stieß die Tür auf und verließ die Station.

Die Wegweiser draußen waren wenig hilfreich. Geriatrie nach oben, Entbindungsstation nach unten. Und dann noch ein weiteres Schild: Studentenwohntrakt. Sie humpelte in diese Richtung davon und mit schmerzverzerrtem Gesicht zwei Treppen hinunter. Bald ging sie durch mehrere Gänge und fand schließlich ein EXIT-Schild. Ihre Vermutung war richtig gewesen: Die Medizinstudenten hatten einen eigenen Ausgang. Hoffentlich wurde er nicht von denen überwacht, die sie vielleicht beobachteten.

Der Weg zur Hauptstraße war lang und qualvoll. Mit Grauen dachte sie daran, wie leicht sie draußen im Freien von ihren Verfolgern entdeckt werden konnte. Endlich war es ihr möglich, ein Taxi heranzuwinken, und sie ließ sich auf den Rücksitz fallen.

„Wo kann ich Sie hinbringen?"

„Heron Street." Sie versuchte zu lächeln, aber sie sah, dass der Fahrer sie im Rückspiegel musterte.

„Alles okay?"

„Bald wieder." Sie zog die Nachricht von Sanchez heraus und las sie zum ersten Mal richtig.

> Es gibt einen sicheren Weg. Geh in die Heron Street. Und vergiss nicht, wir haben immer an die Einheit des Westens geglaubt.

DIE HERON STREET war breit, eher ein Highway als eine Stadtstraße, und als der Fahrer an mehreren Gebrauchtwagenhändlern vorbeifuhr, legte Maggie die Stirn in immer tiefere Falten. Wieso schickte Sanchez sie hierher?

Und dann sah sie es: das flaggenmastähnliche Schild eines Safeway-Supermarkts. *Safe way* – der sichere Weg. Sie lächelte und bat den Fahrer zu warten. Sie ahnte schon, wie das letzte Teilchen in Sanchez' Puzzlespiel aussehen würde.

Sie brauchte sich nur dreißig Sekunden lang im Supermarkt umzuschauen, dann hatte sie es entdeckt. Ein Schalter bei den Kassen, darüber das unübersehbare gelb-schwarze Leuchtschild: WESTERN UNION. Die Einheit des Westens.

Sie nannte dem jungen, vielfach gepiercten Mädchen hinter der Glasscheibe ihren Namen und wurde prompt um den Ausweis gebeten. Maggie fing an, ihr zu erklären, das sei es ja gerade: Alles sei ihr gestohlen worden –

„Moment, hier ist 'ne Mitteilung im Computer. Ich soll Ihr Gesicht hiermit vergleichen."

Das Mädchen zog einen Umschlag mit dem Wappen des Staates Washington hervor. Sie riss ihn auf, und ein kreditkartengroßes Rechteck aus glänzendem Plastik fiel heraus. Ein Führerschein mit Maggies Foto. Der gute alte Sanchez.

„Das ist Ihr Führerschein. Also kann ich Ihnen das hier geben."

Das Mädchen verschwand und kam mit einem Bündel von sauberen, glatten Geldscheinen zurück. Sie zählte fünftausend Dollar ab, und Maggie konnte gehen.

Sie bezahlte das Taxi und ging langsam weiter bis zu einem Friseursalon. Sie erwog einen radikalen Schnitt, vielleicht eine weißblond gefärbte Bürstenfrisur, aber damit würde sie zu sehr auffallen. Also begnügte sie sich mit der Hälfte: Sie bat die Friseurin, aus ihrem rotbraunen schulterlangen Haar eine mittellange Ponyfrisur mit blonden Strähnen zu machen. Begeistert war sie davon nicht, aber sie sah verändert aus, und darauf kam es an.

Ein paar Dinge musste sie noch besorgen. Oben auf ihrer Liste standen eine Klinikpackung Schmerztabletten, ein BlackBerry, ein Laptop und eine Bleibe.

Sie entschied sich für das „Olympic Motel". Es sah hinreichend heruntergekommen und anonym aus. Sie schloss die Tür zu ihrem Zimmer auf. Das Bett sah einladend aus; gern hätte sie den Rest des Tages darin verschlafen. Aber sie musste sich sofort an die Arbeit machen.

Sie nahm das glänzende neue BlackBerry in die Hand und wählte eine der wenigen Nummern, die sie neben der des Weißen Hauses auswendig kannte.

„Uri, ich bin's."

„Maggie! Ich hab versucht, dich anzurufen. Immer wieder. Was ist passiert?"

„Ich hatte einen Unfall, aber –"

„Was? Bist du –" Er klang ehrlich erschrocken.

„Das wird alles wieder." Sie hatte Mühe, mit fester Stimme zu antworten. „Ich brauche nur deine Hilfe."

„Muss ich zu dir kommen, damit –"

„Nein. Ich habe ein paar Fragen über … Geheimdienste."

Er hatte nie mehr als skizzenhafte Details preisgegeben, aber Maggie wusste, dass Uri in seiner Militärzeit in Israel beim Nachrichtendienst gewesen war. Also berichtete sie ihm jetzt schnell und in knappen Umrissen, was sie erlebt hatte.

„Meine Güte, Maggie! Du und die Gefahr. Ihr zieht einander an wie die entgegengesetzten Pole eines Magneten."

„Ich dachte, du wolltest mir helfen."

„Okay, ein andermal. Was willst du wissen?"

„Bei der Beerdigung in New Orleans hat der Mann, der früher bei der, äh, Company war, etwas gesagt, das ich nicht verstanden habe. Er hat gesagt, es hätte keinen Sinn, den Mann umzubringen, von dem wir redeten, denn er hätte bestimmt ‚seine Decke vorbereitet'."

„Das waren seine Worte?"

„Ja."

„Okay. Auf Hebräisch haben wir einen anderen Ausdruck, aber es scheint der gleiche Gedanke dahinterzustehen. Wir nennen es *karit raka*. Das bedeutet ‚weiches Kissen'. Weil es dir eine weiche Landung garantiert, wenn du in Schwierigkeiten kommst. Normalerweise benutzt du das *karit* nur im Notfall. In deinem Kissen, das sich vielleicht in deinem Stützpunkt befindet, ist dann ein Paket von Informationen, die deiner Organisation helfen können, dich zu finden und dir aus deinen Schwierigkeiten herauszuhelfen. Aber ein *karit* könnte man auch anders verwenden. Gesetzt den Fall, ich wüsste etwas Brisantes. Und ich müsste annehmen, es gibt Leute, die bereit wären, mich umzubringen, damit das, was ich weiß, geheim bleibt. Dann erstelle ich mir vielleicht ein *karit*, das ich irgendwo deponiere. Ein Bündel von Informationen, die automatisch veröffentlicht werden, wenn ich sterbe."

„Und deine potenziellen Mörder wissen das, und deshalb bringen sie dich nicht um. Denn wenn sie es täten, würde das, was sie geheim halten wollen, erst recht herauskommen."

„Genau."

Maggie versuchte, die Fragen zu ordnen, die ihr in den Sinn kamen. „Aber es hat offensichtlich nicht funktioniert. Der Mann, von dem ich spreche, ist tot. Es hat seine Mörder nicht daran gehindert, ihn auszuschalten."

„Entweder hatte er keine Decke präpariert, und das wussten seine Verfolger. Oder er hatte eine, aber sie waren zuversichtlich, dass sie sie an sich bringen könnten, bevor Informationen an die Öffentlichkeit kämen. Oder sie ist immer noch irgendwo, und sie versuchen verzweifelt, sie zu finden."

„Eine Frage, Uri: Wenn du eine Decke hättest, wo würdest du –"

„Ich bin nie bis zur *karit*-Ebene aufgestiegen. Aber mein Vater, zu seiner Zeit. Und weißt du, was er immer über alles, was mit Geheimdienstarbeit zusammenhing, sagte? Immer wieder denselben Satz, den er von irgendeinem Briten aus dem Zweiten Weltkrieg hatte: ‚Wenn du etwas geheim halten willst, verkünde es im Unterhaus.‘ “

„Versteh ich nicht.“

„Verstecke es da, wo alle Welt es sieht. Da, wo niemand suchen würde. Wenn Churchill den Geheimcode für die Landungsoperationen am D-Day weitergeben wollte, würde er es in einer Rede vor dem Parlament tun. Welcher Deutsche wäre auf die Idee gekommen, den Code da zu vermuten?“

„Also ein Versteck in aller Öffentlichkeit. Das ist gut. Danke, Uri. Für alles.“

Sie solle ihm nicht danken, sagte er, sondern sich nur darauf konzentrieren, dass sie wieder gesund werde, aber sie hörte nicht auf seine Worte. Stattdessen hörte sie aufmerksam auf die anderen Geräusche, die aus dem Telefon kamen. Sie hatte gehört, wie eine Tür geschlossen wurde und wie eine andere Person sich im Raum bewegte, und dann veränderte Uris Stimme ihre Tonlage. Das war die Bestätigung: Eine neue Freundin öffnete mit ihrem eigenen Schlüssel die Tür zu der Wohnung, die Maggie einmal als ihr Zuhause betrachtet hatte.

„Maggie, hör zu, wenn –“

„Ich muss Schluss machen. Bis bald!“ Sie nahm sich vor, die Geräusche, die sie eben gehört hatte, sofort aus ihrem Gedächtnis zu tilgen, die Geräusche einer häuslichen Intimität zwischen Uri und einer Frau, die nicht sie war.

Ein Versteck in aller Öffentlichkeit. Darauf musste sie sich konzentrieren. Sie konnte sich vorstellen, wie es bei Churchill funktioniert hatte; er war berühmt gewesen, und alles, was er getan hatte, hatte er unter den Augen der Öffentlichkeit getan. Aber was bedeutete es für Vic Forbes/Robert Jackson? Was bedeutete „in aller Öffentlichkeit“ für einen Mann, der sich beinahe zeit seines Lebens im Schatten versteckt hatte?

Eine schmerzende Müdigkeit überkam sie wie eine Woge. Langsam ließ sie sich auf das Bett sinken, und wieder zuckten Stiche durch ihren Brustkorb. Aber es tat gut, den Kopf auf das Kissen zu legen und die Augen zu schließen.

Wenn sie Uri richtig verstanden hatte, bestand der ganze Sinn einer Decke darin, dass auf die Informationen, die sie enthielt, mühelos zugegriffen werden konnte, wenn man nicht mehr lebte. Wenn sie zu gut versteckt wäre, würde es niemanden abschrecken. Das bedeutete, dass es eine Art Zeitschaltmechanismus geben musste – wie ein Schließfach, das so programmiert war, dass es sieben Tage nach dem Tod des Inhabers aufsprang. So eine Vorrichtung würde aber nur funktionieren, wenn jemand wusste, dass der, der sie erstellt hatte, gestorben war. Wie könnte das vonstattengehen?

Es könnte ein Umschlag in der Obhut eines Anwalts sein, der ihn öffnen würde, wenn sein Klient sterben sollte. Aber das erschien nicht sehr wahrscheinlich. Alles, was Forbes getan hatte, hatte er allein getan.

Außerdem, was war denn das Muster seiner Attacken gegen Präsident Baker gewesen? Informationstechnologie. Er hatte Katie Bakers Facebook-Account gehackt. Er hatte es sogar geschafft, in das System von MSNBC einzudringen.

Was hatte der Schulleiter über den jungen Jackson gesagt? *Er war fasziniert von Computern. Damals hatte natürlich noch kein Mensch einen Computer zu Hause, aber Robert kannte sich sehr gut mit ihnen aus.*

Natürlich hätte Forbes seine Decke online versteckt. Und der Timing-Mechanismus wäre dort ganz einfach. Man legte eine Website an und achtete darauf, dass man sie jeden Tag oder jede Woche einmal besuchte. Ein Computerfreak wie Forbes hätte kein Problem gehabt, die Seite so zu programmieren, dass sie irgendetwas Bestimmtes tat, wenn sie über eine festgelegte Zeit hinaus nicht von ihm besucht worden wäre. Zum Beispiel würde sie seine Decke an Leute mailen, die genau wüssten, was sie bedeutete und was sie damit anfangen sollten.

Maggie spürte neue Energie in ihren Adern. Ganz sicher hatte sie recht. Aber eine hartnäckige Frage blieb noch übrig: Wo zum Teufel befand sich diese Decke?

Sie öffnete den neuen Laptop und tippte das Nächstliegende ein, das ihr einfiel: „www.vicforbes.com".

Nichts. Auch nicht mit der Domain *.net* oder *.org*. Fehlanzeige auch bei *victorforbes*, *robertjackson*, *robertandrewjackson*, *andrewjackson* und *bobjackson*. Verflixt, wie konnte sie dahinterkommen?

Und dann fiel es ihr ein. Es gab einen Menschen, der die Antwort bestimmt kannte. Sie sah auf die Uhr. Acht Stunden Zeitunterschied, das bedeutete, dass es in Dublin jetzt schon nach Mitternacht war. Sie zögerte.

In alten Zeiten hätte sie ihre Schwester Liz mit Vergnügen auch morgens um drei angerufen; da wäre diese entweder gerade nach Hause gekommen oder im Gehen begriffen gewesen. Aber mit der Geburt des kleinen Calum vor drei Jahren war es für Liz mit dem Clubbing vorbei gewesen. Die Droge, nach der sie jetzt süchtig war, hieß Schlaf. Sie um diese Zeit anzurufen war ein hochriskantes Unternehmen.

Sie wählte die Nummer auswendig. „Liz? Maggie hier."

„Öggch? Maggie? Es ist mitten in der Nacht!"

„Ich weiß. Es tut mir wirklich leid –"

„Wo bist du? Ist was passiert?"

„Ich bin in Washington. Aber nicht in *dem* Washington. Ist eine lange Geschichte."

„Bist du betrunken? Du klingst, als stecktest du mit dem Kopf in einem Eimer."

„Nein, nicht betrunken. Ich hatte einen Unfall."

Sofort veränderte sich Liz' Tonfall, und sie entfachte einen Wirbelsturm der schwesterlichen Fürsorge: Sie bot ihre Hilfe an, wollte wissen, was der Arzt gesagt hatte, fragte, ob sie ihr etwas schicken solle. Es war ebenso rührend wie anstrengend.

„Ich brauche nichts, Liz. Jedenfalls nichts in der Art. Ich brauche deinen Grips."

Liz lachte krächzend. „Das heißt, du rufst mich nicht an, weil du ein Rezept für Kürbispüree möchtest? Schön, dass jemand sich noch an mein wahres Ich erinnern kann."

„Zu viele Kaffeekränzchen?"

„Und zu viele Spielplatzrunden."

„Du Ärmste." Maggie erklärte indirekt, was ihr Problem war.

„Was für ein Mann war das, Maggie? Was hat er gemacht?"

„Er war im Ruhestand. Aber früher war er beim amerikanischen Auslandsnachrichtendienst."

„Wann?"

„In den Achtziger- und Neunzigerjahren."

Es blieb still. Dann hörte Maggie, wie ihre Schwester sich räusperte, als wache sie jetzt vollends auf und mache sich einsatzbereit.

„Okay. Haben wir schon mal über das Dark Web gesprochen?"

„Ich glaube nicht."

„Na schön. Wenn du etwas mit Google im Internet suchst, dann glaubst du, die Suchmaschine durchsuche das gesamte Netz, ja?"

„Natürlich."

„Das glauben alle. Aber das ist ein Irrtum. Tatsächlich durchsuchst du damit nur ungefähr null Komma null drei Prozent aller Seiten im Internet."

„Und wo ist der Rest?"

„Davon rede ich gerade: Das ist das Dark Web. Man nennt es auch Deep Web. Dunkle, tief verborgene Orte. Was die meisten Leute sehen und benutzen, ist nur die Spitze eines versteckten, aber gewaltigen Eisbergs."

„Und woraus besteht der?“

„Zu einem großen Teil aus Müll. Websites, die nicht mehr funktionieren, Adressen, die nicht mehr benutzt werden, Internet-Firmen, die den Betrieb eingestellt haben. Manches ist auch aus gutem Grund da – eine Datenbank zum Beispiel, die aus Urheberrechtsgründen nicht zur Durchsuchung freigegeben ist oder weil sie heikle Unternehmensdaten enthält. Und manches davon ist abscheulich. Sogenannte schmutzige Adressenbereiche, die von Verbrechersyndikaten übernommen werden und für Leute gedacht sind, deren sexuelle Vorlieben ins Illegale reichen. Du musst es dir vorstellen wie eine riesige Unterwasserlandschaft voll mit alten Schiffswracks und Ruinen, die ins Meer gestürzt sind.“

Maggie verlagerte ihr Gewicht auf dem Bett, wodurch ihr ein stechender Schmerz durch die Rippen fuhr.

„Der Rest von dem, was du da finden kannst – das Zeug, das sozusagen auf dem Meeresgrund verstreut liegt –, sind Adressen, die ganz am Anfang, in den ersten Tagen des Internets, eingerichtet und dann wieder aufgegeben wurden. Du weißt, wer das Internet begründet hat, oder?“

„Das amerikanische Militär.“

„Yep.“

Maggie zog die Decke über sich. Plötzlich fröstelte sie. „Und gibt es eine Möglichkeit, in all dem versteckten Zeug zu suchen?“

Sie hörte zu und machte sich detaillierte Notizen, während Liz ihr eine Schritt-für-Schritt-Anleitung gab. Sie würde die Anleitung befolgen, und am nächsten Morgen würden sie wieder miteinander sprechen, aber nicht vor sechs Uhr nach Dublin-Zeit.

Maggie stemmte sich hoch, und mit ihren Notizen neben sich und dem Laptop auf dem Schoß folgte sie Anweisung Nummer eins und googelte „Freenet“.

Zwei Klicks später war sie auf einer Website, die grau und schmucklos aussah. Im Begrüßungstext hieß es, Freenet sei eine kostenlose Software, mit dren Hilfe man anonym browsen könne, „Freesites“ publizieren, die nur über Freenet zu besuchen seien, und „in Foren chatten, ohne Zensur befürchten zu müssen“. Maggie folgte der Installationsanleitung, um die Freenet-Software herunterzuladen.

Sie kam zu einem Index, der viel karger aussah als irgendetwas, das man im normalen Internet finden konnte.

Nicht lange, und sie fand das „Anarchist Cookbook“, eine 1969 aus Protest gegen den Vietnamkrieg verfasste Schrift, die auch Anleitungen zur Herstellung von Sprengstoffen enthält. Selbst als Maggie studiert hatte, war darüber noch im Flüsterton geredet worden. Noch erschreckender fand sie das „Handbuch für den Terroristen“.

Maggie ahnte, dass dieses Dark Web, das sie soeben betreten hatte, sowohl von militanten Randgruppen als auch von Geheimdienstagenten, die den Auftrag hatten, diese Militanten zur Strecke zu bringen, genutzt wurde. Es war, als sei sie in ein Labyrinth geraten, in dem sowohl Katze als auch Maus eine natürliche Heimat hatten. Und alles, was sie über Vic Forbes wusste, sagte ihr, dass er sich hier bestimmt zu Hause gefühlt hatte.

Sie gab „Vic Forbes“ in das Suchfenster ein und hatte sofort Erfolg: Sie wurde auf eine andere Seite weitergeleitet. Es dauerte eine Weile, bis die Seite geladen war. Was sie dann sah, war die Bestätigung, dass Forbes seinen eigenen Tod in Betracht gezogen und entsprechende Vorkehrungen getroffen hatte, indem er sein kostbarstes Geheimnis in den Tiefen der Internet-Unterwelt versteckt hatte.

Sie schaute noch einmal die Adresse der Website an, so einfach und so naheliegend: *victorforbes.gov.* Solange sie als Mitarbeiterin im Weißen Haus gewesen war, hatte ihre eigene E-Mail-Adresse ebenfalls mit *.gov* geendet. Zweifellos hatte Forbes zu den Pionieren gehört, die von Anfang an beim Internet dabei gewesen waren, und er hatte sich eine persönliche Domain einrichten können, als noch so gut wie niemand gewusst hatte, was das überhaupt war.

Die Startseite bestand aus einem Porträtfoto, das das ganze Display ausfüllte. Es war nicht der Vic Forbes, der in den Stunden vor seinem Tod im Fernsehen aufgetreten war, und auch nicht der junge, schnauzbärtige Robert Jackson von dem CIA-Dossier. Das hier war Forbes vor sieben oder acht Jahren, als er gerade vierzig geworden war, vermutete Maggie.

Sie klickte das Foto an und erwartete, dass es sie zu den nächsten Seiten weiterleiten würde, aber nichts passierte. An den Rändern und unten waren keine Links zu sehen. Es gab überhaupt keinen Text.

Irgendetwas fehlte hier. Aber dass dies das Versteck war, der Stahlschrank, in dem Forbes seine Decke verstaut hatte, da war sie sich jetzt ganz sicher.

Es gab nur einen Weg, da einzubrechen. Sie schaute auf die Uhr. Samstagabend, sieben Uhr, in Aberdeen, Sonntagmorgen, drei Uhr, in Dublin. Sie hatte ihrer Schwester hoch und heilig versprochen, sie in Ruhe zu lassen.

Sie schaute wieder auf Forbes' Website. Dieser Mann hatte sich vorgenommen, Präsident Baker zu vernichten. Hier, auf diesem Bildschirm, war die Landmine, die er tief vergraben hatte. Und sie war immer noch scharf.

Maggie liebte ihre Schwester. Sie liebte sie wirklich, aber es gab Dinge, die wichtiger waren als Liz' ungestörter Nachtschlaf. Sie wählte die Nummer.

Es klingelte zweimal. Dann kam ein Krächzen von bemerkenswerter Klarheit – und Feindseligkeit. „Maggie, du blöde Kuh, es ist kurz nach drei Uhr morgens!"

„Liz, es tut mir wirklich leid, aber ich bin total verzweifelt. Darf ich dich daran erinnern, dass gestern Abend jemand versucht hat, mich umzubringen? Ich glaube, es gibt da etwas, das sie rauskriegen wollen. Und ich habe nur dann eine Chance, wenn ich es vor ihnen schaffe."

„Anscheinend glaubst du, wenn du bloß rauskriegst, was immer du da nicht wissen sollst, ist alles okay. In Wahrheit ist aber genau das Gegenteil der Fall! Du steckst in diesem beschissenen Schlamassel nur, weil du schon zu viel weißt! Ich weiß von gar nichts, und niemand ist hinter mir her. Verstehst du, wie das funktioniert? Wenn man eine Million Kilometer Abstand zu diesem ganzen Scheiß hält, dann passiert auch nichts. Ganz einfach."

„Ganz so einfach ist es nicht –"

„Nein, es ist viel komplizierter. Es geht darum, dass du in deinem Leben Adrenalin brauchst, um dich davon zu überzeugen, dass dein Leben lohnend ist, nicht wahr?"

„Wovon redest du?"

„Ich rede von dir, Maggie. Ich rede von deiner wahnwitzigen Lebensweise. Immer unterwegs zum Arsch der Welt, immer im Kugelhagel. Warum tust du das, Mags?"

„Liz, ich bin erschöpft, alles tut mir weh. Ich bin allein in einem Hotel mitten im Nirgendwo. Ich brauche ein bisschen Hilfe, und deshalb wende ich mich an meine Schwester. Ist das zu viel verlangt?"

„Ich kenne diesen Mist, Maggie: ‚die Welt retten' und ‚den Kindern in Kriegsgebieten ein besseres Leben ermöglichen'. Vielleicht stimmte das früher mal, als du angefangen hast. Aber jetzt geht's um etwas anderes. Du suchst nach einem Ausgleich für das, was du nicht hast. Für den Mann und die Kinder und die Freunde, die du nicht hast. Ich glaube, du rufst mich mitten in der Nacht an, um zu zerstören, was ich habe, weil du neidisch bist."

„Das ist *nicht wahr!*", schrie Maggie, und ihre Stimme hallte von den Wänden des Motelzimmers wider. „Natürlich hätte ich gern, was du hast – einen tollen Mann, einen wundervollen Jungen. Aber aus Gründen, über die ich gerade verdammt noch mal nicht weiter reden möchte, steht mir diese Möglichkeit zur Zeit nicht offen. Ich tue, was ich tue, weil ich gut darin bin, okay?"

In der Leitung war es still; beide waren schockiert von dem, was sie gerade gehört hatten.

Maggie knickte als Erste ein. „Liz! Ich mein's ernst. Ich würde dich nicht anrufen, wenn ich nicht deine Hilfe bräuchte. Hilfst du mir jetzt, oder nicht?"

Wieder trat eine lange Pause ein. Dann klickte der Schalter einer Nachttischlampe. „Was brauchst du?"

Maggie berichtete, in welcher Sackgasse sie gelandet war. Liz antwortete mit einem gegrunzten „Hmmm". Bei jeder anderen hätte man daraus schließen können, dass die schwesterliche Wut noch nicht verraucht war. Aber Maggie war in einem Haushalt aufgewachsen, in dem die hitzigsten Streitereien so schnell vorübergingen wie ein Sommergewitter, und deshalb konnte es nur eines bedeuten: Liz stand vor einem technischen Rätsel.

Die Geräusche in der Leitung ließen darauf schließen, dass Liz ihren Computer eingeschaltet hatte. „Okay, ich bin auf der dunklen Seite. Wie war die Webadresse?" Ein paar Anschläge auf der Tastatur, und Liz murmelte wieder vor sich hin. „Sieht gespenstisch aus, der Typ. Aber hier ist nichts, Mags. Nur das Bild. Das ist eine klassische Single-Page-Website. Nur eine Flagge, die im Boden steckt. Verstehst du? Forbes hat diese Domain für sich reserviert."

„Bist du sicher? Das ist wirklich der beste Anhaltspunkt, den ich habe."

„Das ist ja das Problem mit dem Dark Web. Es ist voll von Müll. Es ist wahrscheinlich bloß eine Website, die der Kerl irgendwann angelegt und dann vergessen hat."

„Okay, angenommen, du hast recht, und das hier ist nur ein Experiment aus den Anfangstagen. Aber das Foto stammt aus jüngerer Zeit. Er war bei der CIA, Liz. Könnte er da nicht –"

„Oh, das ist so cool. Ehrlich gesagt, es ist genial. Ich hab davon gelesen, aber ich hätte nicht gedacht –"

„Wovon redest du?" Maggie hörte das rasend schnelle Tippen ihrer Schwester.

„Liz Costello, vielleicht hast du das mit dem Stillen nie richtig gemeistert, aber diesen Code hast du geknackt!"

Liz' Aufregung war ansteckend. Zum ersten Mal seit Tagen hatte Maggie ein echtes Lächeln auf den Lippen.

„Steganografie, Maggie. Die coolste Art der Verschlüsselung, die je erfunden wurde. Statt eines Codes, von dem jeder weiß, dass es ein Code ist, und den jeder deshalb sofort zu entschlüsseln versucht, verbirgt man seine Informationen so, dass niemand auf die Idee kommt, hier könnten überhaupt Informationen sein. Das weiß nur der, der sie verbirgt, und der, für den sie bestimmt sind. Sicherheit durch Obskurität. Mit Freenet geht's nicht, aber keine Sorge, es gibt noch massenhaft andere."

„Liz, ich kapiere kein Wort."

„Steganografie. Das bedeutet ‚verdecktes Schreiben'. Eine Nachricht, die aussieht, als wäre sie etwas ganz anderes. Du denkst, du siehst eine Einkaufsliste, aber die eigentliche Botschaft ist zwischen den Zeilen versteckt – in unsichtbarer Tinte."

„In diesem Bild ist also eine Nachricht versteckt? Wie zum Teufel hat er das angestellt?"

„Im Prinzip bestehen alle Pixel in einem digitalen Bild aus Farbwerten, die durch Ketten von Einsen und Nullen dargestellt werden. Wenn man eine dieser Einsen in eine Null verwandelt, ist für das ungeübte Auge nichts davon zu sehen. Das Bild sieht immer noch genauso aus. Aber alle diese kleinen Einsen und Nullen, die du verändert hast, können eine zusätzliche Information enthalten, neben den Farben dieses Fotos. Man braucht dann nur ein Programm, das alles zusammensetzt."

„Und du meinst, das hat Forbes mit diesem Bild getan?"

„Yep. In den Datenmassen dieses Bildes gibt es garantiert ein verstecktes Datenpaket. Angeblich verwendet El Kaida diese Methode. Du schickst ein Ferienfoto, jemand auf der anderen Seite lässt es von einem Programm bearbeiten, und bingo!, du bekommst Anweisungen, wie du die Freiheitsstatue in die Luft sprengen sollst."

„Und das tust du jetzt auch? Du lässt es von einem Programm bearbeiten?"

„Ja. Und ich stelle einen Fernzugriff her."

„Du stellst was?"

„Ich übernehme deinen Computer und steuere ihn von hier aus. Dann kannst du sehen, was ich sehe."

„Das kannst du?"

„Kein Problem."

Methodisch bugsierte Liz ihre Schwester auf dem Computer herum und befahl ihr, die „Systemeinstellungen" aufzurufen, im Pull-down-Menü die „Extras" anzuklicken und so weiter, einen Schritt nach dem andern.

„So", sagte Liz schließlich, und der Cursor auf Maggies Bildschirm wanderte umher wie von Geisterhand bewegt. Er verharrte über dem Foto von Vic Forbes. „Ich bin drin. Los geht's." Liz summte vor sich hin, dum-di-dum-dum, wie es Technikfreaks tun, wenn sie darauf warten, dass ein Computer irgendeine Aufgabe erledigt. Schließlich sagte sie: „Oh. Geschützt."

Ein Kasten, der sogar Maggie vertraut war, leuchtete mitten auf dem Monitor auf wie ein Pflaster, das quer auf Forbes' Nasenrücken saß. Er verlangte ein Passwort.

„Lass mich das übernehmen, Liz." Maggie gestattete sich ein zweites Lächeln. Ohne zu zögern, gab sie die zwölf Buchstaben ein, mit denen die Verschlüsselung aufgehoben werden würde.

S-T-E-P-H-E-N-B-A-K-E-R

7

Washington, D. C., Sonntag, 26. März, 08.41 Uhr EST

„Sind Sie das, Senator?"

„Ja."

„Ist mir eine Ehre, Sie sprechen zu dürfen. Verzeihen Sie, dass ich Sie am Wochenende zu Hause anrufe. Sie wollen sicher gleich zur Kirche?"

„Stimmt." Rick Franklin schüttelte den Kopf über die Absurdität der Washingtoner Etikette. Ein Wahlamt sorgte immer dafür, dass man formal mit Respekt behandelt wurde – selbst von denen, die ganz offenkundig mehr Macht besaßen. Franklin war ein Senator, der in der letzten Woche das politische Wetter bestimmt hatte. Trotzdem machte Matt Nylinds Donnerstagsrunde ihn zu einer ernst zu nehmenden Kraft in dieser Stadt. Gemessen am politischen Einfluss waren sie einander mindestens ebenbürtig. Aber nun machte Nylind zu Beginn des Gesprächs seinen Kratzfuß.

„Ich hätte da ein paar Punkte, Senator, wenn es Ihnen recht ist."

„Schießen Sie los."

„Das Bankengesetz. Die Demokraten haben bei diesem Thema Schaum vor dem Mund. Sie glauben, sie haben die Mehrheit."

„Im Repräsentantenhaus?"

„Sagen sie."

„Okay, das bedeutet also –"

„– dass wir auf den Senat umschalten müssen."

„Sie meinen, wir bekämpfen die Vorlage dort so, dass der Senat alles abschmettert, was aus dem Repräsentantenhaus kommt."

„Ganz so würde ich es nicht formulieren, Sir. Sagen wir lieber, aus dem Gremium, das die langfristigen amerikanischen Interessen im Blick hat, muss ein entschieden wachstumsförderndes ‚Wohlstandsgesetz für Amerika' kommen."

Das war es, was Nylind so genial machte. Niemals entwarf er auch nur eine Taktik, geschweige denn eine Politik, ohne gleichzeitig die Sprache zu schaffen, mit der sie verkauft werden würde.

„Ich höre, was Sie sagen", erwiderte Franklin. „Aber ich weiß, dass Sie wissen, dass ich nicht der führende Republikaner im Bankenausschuss des Senats bin."

„Wie soll ich mich ausdrücken? Ungeachtet der formalen Hierarchie betrachtet die Bewegung Sie in dieser Sache als führende Persönlichkeit."

Wenn Nylind ihm schmeicheln wollte, hatte er Erfolg. „Ich würde Unterstützung brauchen", sagte Franklin. „Mein Stab hat noch nie an einer Vorlage dieses Umfangs gearbeitet."

„Wir haben alles. Wirtschaftswissenschaftler, Juristen, Statistiker. Und wir haben sogar schon einen Entwurf!"

„Ach ja? Und woher kommt der?"

„Na, wie Sie wissen, Sir, gibt es hier in der Stadt eine Menge Leute, die ein unmittelbares Interesse daran haben, dass der Kongress in dieser Sache alles richtig macht. Und sie halten es für ratsam, Ressourcen zur Verfügung zu stellen."

Übersetzung, dachte Franklin: *Lobbyisten der Bankenindustrie haben den Gesetzesentwurf verfasst.* „Na, dann vereinbaren wir doch ein Treffen. Cindy aus meinem Büro und wen immer Sie aus Ihrem schicken wollen."

„Gut zu hören, Senator. Nächster Punkt: Ein paar von uns haben das Gefühl, unser Impeachment-Projekt hat ein bisschen an Schwung verloren."

„Wie meinen Sie das?"

„Wir haben immer noch nicht die nötigen Demokraten im Justizausschuss."

„Das muss doch Sache des Präsidiums sein!", erwiderte Franklin heftig. „Das liegt in dessen Verantwortung."

„Ganz meine Meinung, Sir. Aber damit es klappt, brauchen sie etwas mehr über Forbes."

„Wir haben aber keine stichhaltigen Beweise, die den Präsidenten im Zusammenhang mit Forbes' Tod belasten. Und solange wir die nicht haben, können derartige Unterstellungen nicht Teil des Impeachment-Verfahrens sein. Im Augenblick beziehen sich ‚Staatsverbrechen und schweres Fehlverhalten' nur auf die Iran-Connection. Mehr haben wir nicht."

„Formal gesehen stimmt das, Senator. Aber Forbes bildet dabei die musikalische Untermalung. Den Soundtrack zum Impeachment sozusagen."

„Das Dumme dabei ist", sagte Franklin im überlegenen Tonfall des Informierten, „es sieht tatsächlich so aus, als hätte man einen Staubwedel eingesetzt, um den Dreck wegzuwischen."

„Das habe ich auch gehört, Senator."

„Das haben Sie gehört?"

„Hier passiert nicht viel, ohne dass ich es erfahre."

Wie war das möglich? Franklin hatte mit niemandem außer Cindy über diese Costello gesprochen. Dieses spezielle Kleinod, das Gouverneur Orville Tett ihm über eine abhörsichere Telefonleitung anvertraut hatte, behielt er streng für sich, um es erst im Augenblick der maximalen Wirksamkeit zu verwenden.

„Was genau haben Sie gehört?"

„Es sieht so aus, als sei da eine einzelne Person in einer Recherchemission unterwegs. Eine ehemalige Mitarbeiterin des Nationalen Sicherheitsrats im Weißen Haus."

Verdammt. Er wusste es also wirklich.

„Wir befürchten nur, wenn sie den Dreck wegwischt, verringert das den Druck, den wir im Impeachment-Verfahren ausüben können. Wir brauchen diesen Dreck, Sir, und sie kommt uns in die Quere."

Jetzt war Franklin verärgert darüber, dass dieser Aktivist genauso gut, wenn nicht besser als er informiert war. „Und was wollen Sie da von mir, Matt?" *Matt*. Zeig ihm, wo sein Platz ist.

„Ich glaube, wir müssen jetzt einen Zahn zulegen. Radikale Maßnahmen ergreifen, wenn nötig."

Wenn er wüsste, dachte Franklin, aber er sagte nur: „Okay. Gibt's sonst noch etwas?"

Nachdem sie einige weitere Punkte erörtert hatten, legte Franklin auf und rieb sich die Schläfen. Alles, was dieses Telefonat beinhaltet hatte, sah nach Fortschritt aus. Man wollte ihm eine entscheidende ideologische Funktion bei dem neuen Bankengesetz anvertrauen. Man sah ihn als führenden Akteur in der Sache Forbes. Das alles war Gold für die Karriere. Und trotzdem – irgendetwas ließ ihm keine Ruhe. Es war nicht nur Nylinds scheinbare Allwissenheit, sondern vor allem, wie sich sein Benehmen im Laufe des Gesprächs gewandelt hatte – als wäre Nylind der General und er, Franklin, nur ein Untergebener, der Befehle entgegennahm.

Er musste sich unverzüglich an die Arbeit machen.

Aberdeen, Washington, Sonntag, 26. März, 08.55 Uhr PST

„Anscheinend sind wir ein ziemlich gutes Team, Mags", sagte Liz, als sie ihr Telefongespräch nach einer Stunde beendeten.

Das Passwort hatte gestimmt. Als Maggie es eingegeben hatte, hatte das Bild auf *victorforbes.gov* sich in ein dunkles, mattgraues Viereck verwandelt. Liz hatte sich schnell auf einer Website über Steganografie informiert und erfahren, dass die scheinbare Schwarzblende ein bekannter Trick war. Sie brauchte nur die Helligkeit auf Maggies Display zu erhöhen, um ein neues Bild erscheinen zu lassen.

Das heißt, ein Bild war es eigentlich nicht, sondern sechs große Ziffern in der Mitte des Bildschirms, dazwischen zwei Bindestriche. Ein Datum im amerikanischen Format. Monat, Bindestrich, Tag, Bindestrich, Jahr.

Liz arbeitete weiter und fand heraus, dass Forbes an seiner Website eine Art Timer einprogrammiert hatte. Wenn die Website über mehr als drei Tage hinweg nicht aufgerufen wurde, würde sie langsam aus dem Freenet auftauchen und im regulären Netz erscheinen.

Mittlerweile waren vier Tage vergangen, seit Forbes' Leichnam gefunden worden war, und der Seitenquelltext hatte sich so verändert, dass die Website demnächst von jedem, der den Namen Victor Forbes bei Google eingab, gefunden werden würde. Und in diesem Augenblick würde auch das Datum sichtbar werden.

Nachdem Liz sich verabschiedet hatte, saß Maggie da und starrte den Computer an. Der 15. März vor einem Vierteljahrhundert, als Robert Jackson und Stephen Baker gerade ihr College-Examen absolviert haben dürften. Plötzlich war sie sicher, dass das, was Forbes ihr noch aus dem Grab mitzuteilen hatte, etwas mit der Vergangenheit dieser beiden Männer zu tun hatte.

Weitere Nachforschungen waren nötig, und zwar sofort. Aber wo sollte sie anfangen? Bei den Lokalzeitungen aus jener Zeit ... Sie tippte „öffentliche Bibliothek Aberdeen“ in das Suchfenster des regulären Netzes ein und erfuhr, dass die Bibliothek jetzt auch sonntagmorgens geöffnet hatte. Und mehr noch, die Bibliothek besaß ein Archiv der *Daily World*, des Aberdeener Lokalblatts mit dem prachtvollen Namen.

Um zehn Uhr stand sie vor dem hübschen Bogenportal der städtischen Bibliothek in der East Market Street und wartete darauf, dass die Türen geöffnet würden. Als es so weit war, nahm sie geradewegs Kurs auf das Zeitungsarchiv.

„Gebundene Exemplare gibt's leider nicht mehr“, erklärte der Bibliothekar. „Alles auf Mikrofiche.“

Maggie erklärte, sie brauche nur drei Ausgaben eines speziellen Jahrgangs – die vom 15., 16. und 17. März. Der Bibliothekar führte sie in einen Raum im ersten Stock und kam fünf Minuten später mit kleinen Schachteln, in denen Filmrollen aufbewahrt wurden, zurück. Er legte den ersten Film in das Lesegerät ein und ließ Maggie damit allein.

Sie suchte auf Seite eins nach bedeutsamen Meldungen. Der Aufmacher handelte von der Finanzkrise in der Staatshauptstadt Olympia, und im Schulausschuss von Aberdeen war jemand zurückgetreten. Auf den nächsten Seiten wurde von Verkehrsunfällen berichtet; ein Basketballspieler hatte ein

Stipendium der Duke University bekommen, und es gab eine Rubrik mit Kochrezepten.

Maggie ließ sich nicht abschrecken. Die Logik sagte ihr, dass die Ausgabe vom 15. März nichts bringen würde. Was immer an diesem Tag passiert war, würde erst am nächsten oder übernächsten Tag in der Zeitung stehen. Sie legte den Film vom 16. März ein. Jetzt las sie langsamer. Sie suchte nach den Namen Forbes, Jackson und Baker. Sie betrachtete jedes Foto und wäre beinahe aufgesprungen, als sie auf Seite vier ein Gruppenfoto mit lächelnden jungen Leuten und der Überschrift ZU GROSSEM BESTIMMT sah. Sie waren im richtigen Alter: Studenten des Washington State College, die sich darauf vorbereiteten, ein Junior-Jahr im Ausland zu verbringen, was damals sehr ungewöhnlich gewesen war. Sie fand aber keinen Baker und keinen Jackson.

Sie nahm sich die nächste Seite vor. Fehlanzeige. Auf Seite sieben hauptsächlich Anzeigen, Leserbriefe auf acht, wieder Anzeigen auf neun. Dann eine Ratgeberkolumne, Finanztipps und schließlich Sport.

Die Zeitung vom 17. März gab ebenso wenig her. Sie drehte den Film zurück und betrachtete das, was sie gesehen hatte, noch einmal mit halber Geschwindigkeit. Dann tat sie dasselbe mit der Ausgabe vom 16. Seite eins, Nachrichten: nichts. Zwei: eine große Anzeige. Drei: Kurzmeldungen aus aller Welt. Vier: das Foto der jungen Washingtoner auf dem Weg nach Europa. Sie studierte die Gesichter. War einer von ihnen Forbes, vielleicht schon wieder unter einem anderen Namen? War Baker dabei? Aber so angestrengt sie auch hinschaute, sie konnte beide nicht entdecken.

Dann Seite sechs mit dem Vorbericht über eine Oldtimer-Rallye. Und Seite sieben mit den Anzeigen.

Sie drehte den Film zurück. Wo war Seite fünf?

Sie drehte den Knopf ganz langsam zurück und wieder vor. Kein Zweifel, nach der Vier kam die Sechs. Seite fünf gab es nicht.

Sie stöberte den Bibliothekar auf. „Sehen Sie." Maggie zeigte es ihm. „Seite vier. Dann sechs. Fünf fehlt."

„Na, das ist aber merkwürdig", sagte er. „Das habe ich noch nie gesehen. Ich werde es sofort melden müssen. Das alles ist Eigentum der Bibliothek."

„Gibt es irgendwo noch andere Exemplare der Zeitung von diesem Tag? Was glauben Sie? Wie wär's mit der Redaktion der *Daily World* selbst?"

„Die *Daily World* hat einen Teil ihres Archivs digitalisiert. Das heißt, wenn Sie wissen, was Sie suchen, können Sie ihre Datenbank durchsuchen."

„Der springende Punkt ist aber, dass ich nicht weiß, was ich suche."

Er warf ihr einen seltsamen Blick zu.

„Ich will damit sagen, ich weiß, was es ist, wenn ich es sehe. Es hat etwas mit dieser Stadt oder dieser Gegend zu tun."

Sie sah, dass sein Blick auf den Bluterguss auf ihrer Stirn fiel. „Vielleicht sollten Sie sich eine Pause gönnen und morgen noch mal –"

Maggie atmete tief durch. Natürlich sah sie aus wie ein Wrack, ja schlimmer noch: wie eine Verrückte. Aber jetzt hatte sie eine Idee. „Verzeihen Sie, dass ich so lästig bin, und vielen Dank auch für Ihre Hilfe. Möglicherweise habe ich mich mit dem Jahr vertan. Dürfte ich Sie wohl bitten, sich die Mühe zu machen und mir die Mikrofilme dieser Zeitung vom selben Datum, aber aus dem darauffolgenden Jahr zu beschaffen?"

„Wenn Sie noch einmal warten wollen."

Diesmal überprüfte sie als Erstes die Seitenzahlen. Alle drei Ausgaben waren vollständig. Sie fing mit der Zeitung vom 15. März an, ein Jahr nach dem Datum, das Victor Forbes so mühselig für die Nachwelt gesichert hatte.

Auch hier hatte die Titelseite nichts von erkennbarer Bedeutung zu bieten. Auf den folgenden Seiten weitere banale lokale Langeweile.

Vielleicht hatte Forbes doch an ein Ereignis auf nationaler oder internationaler Ebene gedacht, weit entfernt von Aberdeen und der kleinen Jackson-Baker-Seifenoper. Vielleicht sollte sie nicht in der *Daily World* aus Aberdeen suchen, sondern in der *New York Times* oder der *Washington Post*.

Sie wollte noch einen abschließenden Durchgang machen, von der letzten bis zur ersten Seite. Sport, Kummerkasten, Leserbriefe, Finanzressort, Anzeigen, ein Artikel über ein Hotel, das in der Stadt wiedereröffnet wurde …

Maggie hatte die Story beim ersten Mal nicht gründlich gelesen; sie hatte nur die Überschrift zur Kenntnis genommen und den Text nach Namen durchsucht. Aber jetzt las sie auch die Bildunterschrift.

Das Personal im „Meredith Hotel" bereitet sich auf die große Wiedereröffnung vor – auf den Tag genau ein Jahr nach dem Brand, der das Haus beinahe vollständig zerstört hatte.

MAGGIE versuchte zuerst auf dem amtlichen Weg herauszufinden, ob etwa Behörden eine Papierspur hinterlassen hatten, und dieser dann zu folgen. Sie rief bei der Aberdeener Feuerwehr an und fragte, ob sie Aufzeichnungen über ihre Einsätze aufbewahrt hätten. Der diensthabende Feuerwehrmann bestätigte ihr, dass es solche Aufzeichnungen gab; sie könnten interne Informationen jedoch nicht einfach an Privatpersonen weitergeben: Das erfordere die schriftliche Zustimmung des Polizeichefs. Bei der Polizei gab man ihr die gleiche Antwort.

Also ging sie zum Meredith Hotel und sprach mit dem Concierge, einem asiatisch-amerikanischen Mann knapp unter sechzig.

„Ich weiß, es klingt seltsam, wenn ich Sie danach frage, aber könnten Sie mir sagen, wer der dienstälteste Mitarbeiter in diesem Hotel ist?"

„Der dienstälteste? Das wäre wohl ich, Miss."

Gut. Darauf hatte sie gehofft. „Ich erforsche die Geschichte dieser Region, und dabei können Sie mir vielleicht helfen. Ich hörte, es hat hier vor vielen Jahren einmal gebrannt."

„Vor meiner Zeit, Miss."

„Aber ich dachte, Sie hätten gesagt –"

„Ich arbeite hier seit fünfzehn Jahren. Aber das war –"

„Vor fünfundzwanzig Jahren."

„Richtig."

„Und sonst gibt es niemanden, der sich an diese Nacht erinnern kann? Etwa die Eigentümer?"

„Das Haus hat vor acht Jahren den Besitzer gewechselt. Ist jetzt Teil einer Kette mit Sitz in Pennsylvania."

Offenbar war ihr die Enttäuschung anzusehen, denn er bemühte sich, ihr doch noch gefällig zu sein. „Was müssen Sie denn wissen?"

„Alles, was Sie mir erzählen können."

Er lehnte sich an sein Pult. „Ich habe gehört, es war ein sehr schlimmes Feuer. Hat das Innere des Hotels zerstört. Man sagt, es sei eine Zigarette gewesen, die einen Vorhang in Brand gesetzt habe. Im zweiten Stock."

„Aber zu Tode gekommen ist niemand."

„Woher wollen Sie das wissen?"

Maggie zog eine Kopie des *Daily-World*-Artikels über die Wiedereröffnung aus der Tasche. Todesopfer wurden nicht erwähnt. Sie sah den Concierge an. „Irre ich mich da?"

„Ich glaube, ja, Miss. Der Jahrestag war vorletzte Woche, oder?"

„Ja, stimmt." Sie lächelte. „Ich bin beeindruckt, dass Sie das wissen."

„Na, es zu vergessen wäre nicht so einfach. Die Mutter der Person, die bei dem Brand ums Leben gekommen ist, kommt zu jedem Jahrestag her. Sie legt einen Kranz vor das Hotel. Sehr höflich, bittet jedes Mal um Erlaubnis."

„Wie heißt die Familie?"

„Oh, das weiß ich nicht, Miss. Das sagen sie nie."

„Haben Sie den Kranz noch?"

„Ich hab ihn erst gestern weggeworfen."

Verdammt. Sie dankte ihm für seine Mühe, gab ihm einen Fünfer und ging hinaus.

Fünf Minuten später stand sie im Hinterhof des Hotels bei den riesigen Müllcontainern. Sie wappnete sich gegen den Gestank und klappte den Deckel des ersten Containers auf. Nichts als Glasflaschen. Ein blauer Container war voll mit Papier, und daneben stand ein großer schwarzer. Sie stemmte den Deckel auf, und eine stinkende Wolke wehte ihr entgegen. Der Container war voll mit schwarzen Müllsäcken; einige waren geplatzt und Lebensmittelreste und halb verfaulte Gemüseabfälle quollen heraus. Sie beugte sich tiefer in den Container und riss die Säcke nacheinander auf.

Sie wollte gerade aufgeben, als sie den dunkelgrünen Schimmer sah. Sie angelte den Kranz heraus. Er war in einem kläglichen Zustand; die Blumen waren verwelkt, das Grün war vertrocknet. Aber die kleine weiße Karte hing immer noch daran, feucht und wellig. Maggie betrachtete sie. Darauf stand nur ein einziges Wort, handgeschrieben in einer Tinte, die verlaufen, aber immer noch lesbar war.

Pamela.

SIE HATTE auf mehr gehofft, mindestens auf einen Nachnamen. Sie fragte sich, ob sie nicht Irrtum auf Irrtum häufte. Gesetzt den Fall, dass Forbes' Datum überhaupt nichts mit Aberdeen zu tun hatte – was dann?

Sie sah ihr Spiegelbild in einem Fenster des Hotels – die neue Frisur, den Bluterguss, und sie fragte sich, was zum Teufel sie hier eigentlich machte. Aber dann erinnerte sie sich daran, dass die reizende Lady, die ihr Auto sabotiert hatte, bereit gewesen war, gnadenlos zu morden. Und der Präsident verließ sich auf sie. Sie war es Stephen Baker schuldig, Stuart und sich selbst, herauszufinden, wer hinter alledem steckte.

Sie zog ihr BlackBerry heraus. Wenn es einen Mann gab, der auf jeden Fall dafür sorgte, dass er im örtlichen Telefonbuch stand, dann war er es. Sie rief die Auskunft an und fragte nach der Privatnummer des Schulleiters Ray Schilling.

Nachdem sie sich dafür entschuldigt hatte, dass sie ihn am Wochenende zu Hause behelligte, kam sie gleich zur Sache. „Mr Schilling, Sie haben da etwas gesagt, das mir nicht aus dem Kopf gehen will. ‚Ich erinnere mich an alle Schüler, die ich unterrichtet habe.' Darf ich Sie auf die Probe stellen?"

„Nur zu."

„Pamela."

„Da müssen Sie mir schon mehr sagen, Ms Muir."

„Einen Nachnamen weiß ich leider nicht. Ich kann höchstens noch sagen, dass sie etwa im gleichen Alter wie Robert Jackson und Stephen Baker war."

„Ich will versuchen, mir die Klasse vor Augen zu rufen. Das ist meine Methode; ich visualisiere die Klasse, wie ich sie im Unterricht vor mir hatte." Er fing an, Namen zu murmeln, als veranstaltete er einen Morgenappell, dann sagte er: „Nein. Wie ich mir schon dachte: keine Pamela. Nicht in der Klasse."

„Und was ist mit der Klasse darunter? Ein Jahr jünger?"

„Lassen Sie mich überlegen." Er murmelte wieder. „Meinen Sie Pamela Everett?"

„Ich weiß es nicht genau. Wer war sie?"

„Na, sie ragte jedenfalls heraus. Sie war sehr hübsch. Die Schüler nannten sie ‚Miss America'." Er schwieg kurz. „Schrecklich traurige Sache. Sie starb nur zwei Jahre nach ihrem Examen."

„Und wie ist sie gestorben?" Maggies Puls fing an zu rasen.

„Sie war krank. Ich habe die Einzelheiten vergessen. Aber ich glaube, es ging alles sehr schnell."

„Sie war krank? Da sind Sie sich absolut sicher?"

„Ja. Es kam sehr plötzlich. Die Eltern baten mich um eine Lesung bei ihrer Beerdigung."

Maggie dachte schnell nach. „Glauben Sie, ich könnte mit den Leuten sprechen?"

„Sie haben Aberdeen kurz nach Pamelas Tod verlassen."

„Haben Sie eine Ahnung, wohin sie gegangen sind?"

„Leider nicht."

Sie wollte das Gespräch beenden, aber etwas an der Art, wie Ray Schilling ins Telefon atmete, ließ ahnen, dass er noch etwas zu sagen hatte, aber er zögerte. Maggie schwieg, um ihn nicht einzuschüchtern. Schließlich sprach er vorsichtig weiter.

„Ms Muir, ich war nicht ganz offen zu Ihnen. Ich weiß sehr wohl, wo die Everetts sind. Wir haben die Adresse all die Jahre in der stillschweigenden Übereinkunft gespeichert, dass wir sie an niemanden weitergeben."

„Ich verstehe."

„Aber als Sie am Freitag bei mir waren, sagten Sie, es gehe um einen hohen Geldbetrag. Ich gehe davon aus, dass Sie mich nicht nach Pamela Everett befragen würden, wenn der verstorbene Robert Jackson sie nicht in seinem Testament bedacht hätte."

Maggie antwortete nicht; sie hoffte, er werde ihr Schweigen als Bestätigung auffassen.

„Ich könnte nicht guten Gewissens im Wege stehen, wenn den Everetts eine finanzielle Wohltat ins Haus stünde. Der Himmel weiß, sie hatten ein gerüttelt Maß an Leid."

„Sie sind ein guter Mensch, Mr Schilling."

„Ich hoffe, Sie haben Ihre Schneeschuhe dabei, Ms Muir. Wenn Sie glauben, Aberdeen liegt am Ende der Welt, dann warten Sie, bis Sie hören, wo die Everetts wohnen."

Unbekannter Ort, Sonntag, 26. März, 16 Uhr GMT

„Ich danke Ihnen allen, dass Sie sich die Zeit für diese Konferenzschaltung genommen haben; ich weiß, das Wochenende ist kostbar."

Zustimmendes Gemurmel kam aus dem Tischlautsprecher.

„Ich wollte Sie über die neuesten Entwicklungen in dem kürzlich besprochenen Fall in Kenntnis setzen. Zu meiner Freude kann ich Ihnen sagen, wir haben sehr erfahrene …" Er zögerte und suchte nach der angemessen behutsamen Bezeichnung für diese Art von Personal. „… Mitarbeiter entsandt, und man versichert mir, dass wir sehr bald Resultate sehen werden."

„Wie bald?" Deutschland schon wieder. Natürlich.

„Nun, sagen wir so: Wenn Sie in den nächsten vierundzwanzig Stunden gründlich Ihre Zeitungen lesen, werden Sie wohl nicht enttäuscht werden."

„Das ist gut zu hören." Manhattan.

„Können wir weitergeben, dass wir wieder auf dem richtigen Kurs sind?" Eine neue Stimme. Der Akzent deutete auf den Mittleren Osten hin.

„Noch ist nicht alles im Lot. Wie wir alle wissen, ist die Politik ein unberechenbares Geschäft."

„Aber gerade deshalb sind wir ja hier!", kam es aus Deutschland. „Um die Politik so berechenbar wie möglich zu machen – oder etwa nicht?"

8

Coeur d'Alene, Idaho, Sonntag, 26. März, 20.55 Uhr PST

Unter normalen Umständen wäre Coeur d'Alene ein hübsches Reiseziel gewesen. Nicht dass Maggie noch gewusst hätte, was normale Umstände waren. Aber ein Wochenende hier in diesem verschneiten Skistädtchen mit seinen Bergchalets und den gemütlich knisternden Kaminfeuern wäre ein Genuss gewesen. Mit der richtigen Begleitung.

Zwei kleine Flugzeuge waren nötig gewesen, um sie herzubringen – einmal für die kurze Strecke von Aberdeen nach Seattle und einmal für den längeren Anschlussflug nach Coeur d'Alene.

Maggie dachte an die bevorstehende Begegnung mit den Everetts. Sollte sie bei der Geschichte bleiben, die Mr Schilling ihr geglaubt hatte? Dass sie eine Versicherungsagentin sei, die Ansprüche auf eine lukrative Hinterlassenschaft zu überprüfen habe? Zu grausam. Also dachte sie sich etwas anderes aus. Nicht eben genial, aber es musste genügen.

Das Taxi verließ die Hauptdurchgangsstraße, und jetzt ging es auf einer gewundenen Landstraße bergauf. Sie schaute auf die Uhr: kurz vor neun. Es war verrückt, noch am Abend hier hinaufzufahren – wer öffnete in dieser Abgeschiedenheit einer Fremden, die aus dem Dunkel kam, seine Tür? –, aber die Sache war einfach zu dringend.

Die Straßenbeleuchtung hatten sie längst hinter sich gelassen, und das letzte Auto hatten sie vor zehn Minuten gesehen. Maggie blickte nach hinten. In der Ferne leuchtete noch ein Paar Scheinwerfer.

Sie fuhren weiter, und es ging immer steiler hinauf. Endlich meldete das Satelliten-Navigationsgerät, ihr Zielort liege vor ihnen auf der rechten Seite. Maggie bat den Fahrer, zwanzig Meter vor dem Haus zu halten und dort auf sie zu warten; sie würde ihn bezahlen, wenn sie wieder in Coeur d'Alene wären.

Die kalte Luft war erfrischend. Maggie blieb stehen und lauschte, und was an ihr Ohr drang, hatte sie wahrscheinlich seit Jahren nicht mehr gehört: absolute, tiefe Stille. Auch die Dunkelheit war vollkommen. Das einzige Licht in dieser Finsternis kam von den Sternen und von der Lampe über dem Eingang des Hauses, in dem hoffentlich die Everetts wohnten.

Das Haus hatte eine Holzfassade, und zwei Stufen führten zu einer Veranda, auf der zwei ordentlich zusammengerückte Gartenstühle standen. Das Licht auf der Veranda war ermutigend, aber es war schwer zu erkennen, ob auch drinnen Licht brannte. Schwere Vorhänge waren vor die Fenster gezogen. Maggie schloss kurz die Augen, dann klopfte sie an die Tür.

Dass die Frau, die ihr öffnete, Pamela Everetts Mutter sein musste, sah Maggie sofort. Der Schulleiter hatte ihr am Telefon gesagt, Pamela habe den Spitznamen „Miss America“ gehabt. Diese Frau hatte die Gesichtszüge einer Schönheitskönigin früherer Zeiten.

„Hallo“, sagte Maggie lächelnd, und sie verabscheute sich selbst für das, was sie jetzt tun würde. „Ich heiße Leslie Muir, und ich bedaure, dass ich Sie so spät am Abend noch störe. Aber ich habe einen weiten Weg gemacht, um den Wunsch eines Sterbenden zu erfüllen – den letzten Wunsch meines verstorbenen Ehemannes. Ich habe ihm versprochen, es zu tun. Sind Sie Mrs Anne Everett?“

Die Frau sah sie entsetzt an, aber sie schlug die Tür nicht zu.

Maggie redete entschlossen weiter. „Mein Mann ist vor einem Monat gestorben. In einem unserer letzten Gespräche hat er mir von seiner ersten Liebe erzählt. Von Ihrer Tochter Pamela."

Jetzt wurde die Frau blass, und plötzlich sah sie zwanzig Jahre älter aus. „Wie haben Sie mich gefunden?"

„Das war mein Mann. Monatelang hat er an seinem Computer gesessen. Ich weiß nicht, wie er es gemacht hat. Könnten wir uns vielleicht drinnen unterhalten, Mrs Everett? Ich verspreche Ihnen, es dauert nicht lange."

Anne Everett starrte sie an, als wäre sie eine Erscheinung, aber sie zog die Tür weiter auf, um sie hereinzulassen. Maggie trat zögernd ein. Mit ihrem Körper versuchte sie zu vermitteln, was sie empfand: dass sie sich mit vorsichtigen Schritten auf dünnem Eis bewegte und nicht noch mehr Schmerz in dieses Haus des Verlustes bringen wollte.

Erinnerungen waren überall: ein großes Foto von Pamela bei der Highschool-Examensfeier, mehrere kleine Fotos eines Mädchens am Strand, auf einem Schaukelpferd, an seinem Geburtstag, als es die Kerzen auf der Torte ausblies.

Anne Everett führte Maggie in ein Wohnzimmer, dessen Mittelpunkt ein einzelner Sessel vor einem Fernseher war. Maggie setzte sich auf eine Couch. Anne Everett ließ sich auf den vorderen Rand des Sessels nieder.

„Mein verstorbener Mann war in der Klasse unter Ihrer Tochter. Sie habe ihn niemals auch nur bemerkt, erzählte er mir, aber er war total in sie verschossen. Seine erste Liebe." Maggie lächelte das wehmütige Lächeln einer Witwe. „Er sagte, er habe jahrelang kaum an sie gedacht, bis er seine eigene Diagnose bekam. Da fiel ihm ‚die schöne Pamela' wieder ein und wie sie an einer plötzlichen Erkrankung gestorben war. Und es tat ihm weh, dass man denken könnte, Ihre Tochter sei inzwischen vergessen. Denn sie war nicht vergessen. Er erinnerte sich an sie. Und es war ihm so wichtig, dass Sie das wissen. Denn – und das waren seine Worte – ‚solange sich jemand an uns erinnert, lebt ein Teil von uns weiter'."

Maggie hatte sich eingeredet, das alles sei eine Notlüge, aber das verringerte nicht die Scham, die sie jetzt empfand, als sie die Träne sah, die über Anne Everetts Wange rollte. Nichts konnte so etwas rechtfertigen. Sie wollte aufstehen und setzte murmelnd zu einer Entschuldigung an.

„Bitte gehen Sie nicht!" Die Stimme der Frau klang so eindringlich, dass Maggie auf die Couch zurücksank.

Anne Everett wischte sich die Träne aus dem Gesicht, und zu Maggies großer Überraschung fing sie an zu lächeln. „Junge Lady, ich habe fünfundzwanzig Jahre lang auf den Tag gewartet, an dem jemand kommt und sagt, was Sie soeben gesagt haben. Dass meine Tochter gelebt hat. Und dass ihr Leben etwas bedeutet hat. Man hat mir nie erlaubt, es zu glauben."

„Das verstehe ich nicht."

„Natürlich nicht. Wie sollten Sie auch? Niemand hat es je gewusst. Nur ich. Und Randall." Jetzt wurde sie lebhaft und sprang auf. „Mögen Sie gern Whiskey, Mrs Muir? Ich schon", sagte sie, ohne auf Maggies Antwort zu warten. Sie holte eine zu zwei Dritteln leere Flasche und ein gebrauchtes Glas unter dem Beistelltisch hervor, goss sich einen ordentlichen Schuss ein und stürzte ihn zur Hälfte hinunter.

„Pamela war nicht krank. Wir haben das nur so gesagt. Das war die Abmachung."

„Die Abmachung?"

„Sie haben uns gezwungen, es zu sagen. Nach dem Brand."

Maggie überlief ein Schauder. „Nach welchem Brand?" Aber sie kannte die Antwort schon.

„Es gab einen Brand im Meredith Hotel in Aberdeen. Ein riesiges Feuer. Sie haben gesagt, alle hätten überlebt." Sie schwieg kurz, und ein Schatten legte sich auf ihr Gesicht. „Aber das stimmte nicht."

„Pamela war in diesem Hotel?"

Anne Everett nickte. „Wir wissen nicht, mit wem. Irgendein Junge, in den Frühjahrsferien. Hat sie benutzt, für Sex. Wir wussten nicht, dass sie in diesem Hotel war. Wir dachten, sie schläft bei einer Freundin." Sie lächelte verbittert über ihre eigene Naivität. „Am nächsten Morgen warteten wir darauf, dass sie nach Hause kam, wie sie es nach einer Samstagnacht am Sonntag immer tat. Und dann stand er vor der Tür."

„Wer?"

„Der Mann. Vom Hotel, dachte ich – zuerst jedenfalls. Er sagte, es habe ein Unglück gegeben, einen Brand. Pamela sei tot." Das letzte Wort kam krächzend aus ihrem Mund. „Verzeihen Sie."

„Lassen Sie sich Zeit."

Anne Everett goss den Rest aus der Flasche ins Glas und stürzte alles in einem Zug hinunter. „Wissen Sie, ich habe es so lange mit mir herumgeschleppt. Randall wollte nie, dass ich darüber spreche. Aber es hat mich bei lebendigem Leib aufgefressen, dieses Geheimnis. Er hat es mit ins Grab genommen, aber ihn hat es auch umgebracht."

Maggie nickte. Sie wusste, sie brauchte nichts zu sagen.

„Der Mann sagte, Pamela sei tot. Und wir könnten nichts tun, um sie wieder lebendig zu machen. Alles, was übrig sei, sei ihr Ruf. Man werde sie entweder als ‚Spaßbraut', die in irgendjemandes Bett gestorben sei, in Erinnerung behalten, oder als Pamela Everett, die Ballkönigin der James Madison High School. Das liege bei uns. Wir bräuchten den Leuten von diesem Tag an nur zu erzählen, Pamela gehe es nicht gut. Und dann, ungefähr eine Woche später, sollten wir sagen, es sei etwas Ernsteres. Sie werde nach Tacoma verlegt. Besuch könne sie nicht haben. Und eine Woche später werde man dann ihren Tod bekannt geben. Und dafür werde er uns mehr Geld bezahlen, als Randall in fünf Jahren verdiene. Um uns zu zeigen, dass er es ernst meinte, zeigte er uns einen Attachékoffer. Da war Bargeld drin. Viel Bargeld. Ich glaube, ich habe in meinem ganzen Leben noch nicht so viel Geld auf einmal gesehen. Und er versprach uns noch mehr. Natürlich hat Randall ihn rausgeworfen. Das sei Blutgeld, sagte er, und was er sich denn dabei denke? Aber der Koffer blieb da. Stunden vergingen, und wir weinten um unsere kleine Tochter. Aber wir schauten auch das Geld an. Da waren sicher fünfzigtausend Dollar in diesem Koffer."

Jetzt saß sie vorgebeugt da und schluchzte sanft und lautlos. Maggie stand auf, durchquerte den weiten Raum zwischen ihnen und legte ihr eine Hand auf die Schulter. Anne Everett griff danach und hielt sie fest. Sie hob den Kopf, und gequält heulte sie auf.

„Ich habe gesagt, wir sollten das Geld nehmen! *Ich* habe es angenommen!"

„Verstehe." Maggie war erschüttert.

„Ich habe geglaubt, was er sagte, wissen Sie. Er sagte, wir könnten das Geld benutzen, um Pamela so was wie ein Denkmal zu setzen. Vielleicht ein Stipendium stiften. Irgendetwas, das die Erinnerung an sie lebendig erhalten würde. Also haben wir Ja gesagt. Wir haben die Nummer auf der Visitenkarte angerufen. Randall hat das getan. Aber natürlich haben wir nie eine Stiftung gegründet. Wir haben uns viel zu sehr geschämt. Stellen Sie sich das vor – wir erzählten Lügen über den Tod unseres eigenen Kindes. Wir hatten es verdient, ausgestoßen zu werden. Also haben wir uns selbst verbannt, so weit weg wie möglich. Aber vor der eigenen Scham kannst du nicht weglaufen. Sie bleibt bei dir."

„Und das Geld?", fragte Maggie leise. „Hat der Mann den versprochenen Rest gezahlt?"

„O ja. Es floss aufs Konto, Monat für Monat. Natürlich bringe ich es nicht über mich, auch nur einen Penny davon auszugeben. Randall konnte es auch nicht. Das Geld ist schmutzig."

„Und woher kam es?"

„Wie gesagt, das weiß ich nicht. Wir waren zu verzweifelt, um danach zu fragen. Wahrscheinlich auch zu dumm."

Eine Frage brannte Maggie auf der Zunge. „Und dieser … Junge, mit dem sie in der Nacht zusammen war? Haben Sie je –"

Anne Everett schüttelte heftig den Kopf. „Nie. Das wollten wir nicht. Wir hätten ihn sonst mit bloßen Händen erwürgt."

„Haben Sie denn einen Verdacht?"

„Komisch, dass Sie danach fragen. In den letzten ein, zwei Jahren habe ich immer wieder damit gerechnet, dass jemand an diese Tür klopfen und nach Pamela fragen würde. Ich dachte immer, ein Journalist würde kommen."

„Warum ein Journalist?"

„Weil der Junge, den meine Pamela geliebt hat und den sie angebetet hat bis zum Tag ihres Todes, Stephen Baker war."

Die Worte durchzuckten Maggie wie ein Stromschlag.

Anne Everett beobachtete Maggies Gesicht und verfolgte ihre Reaktion. „Wenn Sie denken, dass er es war, irren Sie sich", sagte sie mit Entschiedenheit. „Pamela war in dieser Nacht im Meredith Hotel mit jemandem im Bett, aber es war nicht Stephen."

Maggie runzelte die Stirn. „Wieso sind Sie da so sicher?"

Anne Everett stand auf. „Kommen Sie mit."

Sie führte Maggie eine schmale Treppe hinauf. Oben öffnete sie eine Tür, und eine Wolke von abgestandenem Mief wehte heraus. Fröstelnd sah Maggie sich um. Poster mit Prince und Jimmy Connors an der Wand, ein Teddybär auf dem Bett.

„Aber Sie sind doch erst hierhergezogen, nachdem …" Maggie brachte den Satz nicht zu Ende.

„Das stimmt. Randall wollte auch nicht, dass ich es tue. Er meinte, der ganze Sinn dieses Umzugs bestehe darin, nach vorn zu schauen. Aber man kann nicht immer nur nach vorn schauen. Nicht jeder kann es."

Pamelas Mutter ging neben dem Bett in die Hocke, hob den Volant hoch und zog die Schublade auf, die darunter zum Vorschein kam. Darin lag ein großes Album mit schwarzem Einband. Sie nahm es heraus, dann setzte sie sich auf das Fußende des Bettes und schlug es auf. Sie klopfte mit der flachen Hand neben sich auf das Bett. „Schauen Sie", sagte sie.

Im Album klebte ein vergilbter doppelseitiger Artikel aus dem *Madisonian*, der Schulzeitung der James Madison High School. In der Mitte prangte das Schulball-Foto von Pamela.

Anne Everett blätterte weiter, und Maggie erkannte einen Ausschnitt aus der *Daily World*. GROSSFEUER IN INNENSTADTHOTEL lautete die Schlagzeile. Es war ein Artikel über den nächtlichen Brand im Meredith Hotel, über den folgenden Rettungseinsatz, bei dem alle Hotelgäste im Pyjama auf die Straße gebracht worden waren, und es wurde berichtet, dass „bei dem Inferno mehrere Stockwerke des Hotels völlig ausbrannten".

Maggies Blick wanderte zur oberen rechten Ecke des Ausschnitts. 16. März. Seite fünf. Die fehlende Seite.

„Das wollte ich Ihnen zeigen“, sagte Anne Everett leise. Sie blätterte zwei Seiten weiter.

Noch eine komplette Seite aus der *Daily World*. Und da stand ein junger, eifriger, gut aussehender Stephen Baker und drückte einem distinguierten älteren Mann mit übergroßer Brille die Hand. Die Bildunterschrift war umfangreich.

Der dienstältere US-Senator des Staates Washington, Paul Corbyn, begrüßt den ersten Studenten des Staates, der ein Rhodes-Stipendium gewonnen hat, seit es Corbyn selbst vor nahezu vierzig Jahren gelungen ist. Der glückliche junge Mann ist Stephen Baker, Absolvent der James Madison High School und – in diesem Sommer – der Harvard University. Das Foto entstand am 15. März in Senator Corbyns Büro in Washington, D. C.

Maggie sah das Datum am oberen Rand der Seite an. Der 18. März. „Dieses Foto beweist, dass er es nicht war“, sagte sie leise.

„Richtig.“ Anne Everett nickte. „Er war an diesem Tag auf der anderen Seite des Landes. Ich denke oft, wie anders alles ausgegangen wäre, wenn Stephen Baker an diesem Abend mit Pamela zusammen gewesen wäre, und nicht dieser … dieser *Dreckskerl!*“ Sie spuckte das Wort aus, giftig wie eine Frau, die niemals Schimpfwörter benutzt. „Meine Pamela würde heute noch leben. Da bin ich sicher.“

New York, Sonntag, 26. März, 23.01 Uhr EST

Die Nacht war ihm angenehm. Die beste Zeit zum Arbeiten: keine E-Mails, keine Anrufe, keine Ablenkungen.

Neben der Tastatur stand ein Glas mit bernsteinfarbenem Whiskey. Aber er hatte es kaum angerührt. Er war in seine Arbeit vertieft.

Seit einer Weile hatte er nichts mehr von Maggie gehört, aber das motivierte ihn nur noch zusätzlich. Sie war offensichtlich in Schwierigkeiten, und da war es seine Pflicht, zu tun, was er konnte, um ihr zu helfen. Außerdem war es bei Maggie niemals nur Pflicht.

Er bewegte den Cursor über den Bildschirm und klickte das 51-Sekunden-Video an, bei dem ihm endlich ein Licht aufgegangen war. Er griff nach seinem Telefon und wählte Maggies Nummer. Es klingelte und klingelte, dann schaltete sich die Mailbox ein. Schon wieder. Seufzend schob er das Telefon zurück in die Hosentasche.

Er musste sich überlegen, wie dieses Material am besten zu organisieren wäre, damit es die größtmögliche Wirkung erzielte. Wie wäre das zu erreichen? Er malte sich aus, wie er es Maggie erzählen und wie sich das Lächeln der Erkenntnis auf ihrem Gesicht ausbreiten würde, wenn sie erfasste, was er bereits begriffen hatte. Schon bei diesem Lächeln konnte ein Mann sich in Maggie Costello verlieben.

Er richtete sich auf. War da ein Geräusch gewesen? Ein gedämpftes metallisches Klingen? Wahrscheinlich nichts von Bedeutung.

Er sah auf die Uhr in der Ecke des Bildschirms. Kurz nach elf. Er griff nach dem Glas mit dem Whiskey, und dabei fiel sein Blick auf das dunkle Fenster.

Das Gesicht eines Mannes, der zu ihm hereinspähte, ließ ihn hochfahren, und er stellte sich die idiotische Frage, wie jemand vor seinem Fenster stehen konnte – hier oben in seinem Apartment im vierten Stock. Er brauchte eine halbe Sekunde, um es zu begreifen: Das Gesicht, das ihn da anstarrte, war das Spiegelbild eines Mannes, der dicht hinter ihm stand.

Aber da war es zu spät. Die Hände des Mannes lagen auf seinen Schultern, drückten ihn in den Stuhl zurück und schlossen sich dann um seinen Hals.

Er zappelte und krallte die Finger in die Hände seines Angreifers, aber dessen Kräfte waren unüberwindlich. Der Überfall, das spürte er sofort, hatte etwas Professionelles. Plötzlich und mit schrecklicher Gewissheit wusste er, dass er sterben würde.

Aber wenn sie bereit waren, ihn umzubringen, dann würden sie auch Maggie töten. Dieser Gedanke verlieh ihm Entschlossenheit. Er ließ die Hände sinken, als füge er sich in sein Schicksal, griff in seine Tasche, nahm alle Kraft zusammen und warf sich scharf nach rechts, um den Mann abzuschütteln.

Sein Angreifer taumelte zurück, und Nick japste nach Sauerstoff. Seine ganze Konzentration richtete sich auf seine linke Hand. Er war es gewohnt, mit seinem Telefon zu hantieren, ohne hinzusehen, und jetzt drückte er eine Taste nach der anderen. Die würgenden Hände waren wieder an seinem Hals und versuchten ihn zu fassen, aber er wand sich hin und her und behielt die linke Hand dabei tief in der Hosentasche, und sein Daumen suchte nach der grünen Taste, die den Anruf tätigen würde. Er wusste, er musste ein paar Sekunden warten, bis der Anrufbeantworter sich gemeldet und seinen Ansagetext abgespielt hatte.

Jetzt! Jetzt würde er es tun. Er schlug mit dem rechten Arm nach hinten und nach seinem Angreifer, und wieder musste der Mann die Hände vom Hals seines Opfers nehmen, um den Schlag abzuwehren.

„Ennnnnn!“, röchelte Nick, und es klang wie ein schmerzhaftes Ausatmen.

Der Angreifer hatte ihn jetzt vom Stuhl hinunter auf die Knie gezwungen und drückte mit seinem ganzen brutalen Gewicht auf Nicks Schultern. Irgendwie musste er die Kraft finden, noch einmal zu schreien.

„Iiiii!“

Der Angreifer nahm jetzt die Hände von seinem Hals und schlug ihm die Faust hart an den Kiefer. Aber Nick wich nicht zurück, sondern nutzte die Chance, um laut zu schreien: „Ceeeeeee!“

Irgendwie fand er immer wieder die Kraft, seinen Henker zu zwingen, die Erdrosselung zu unterbrechen, und es gelang ihm so oft, dass er schließlich fünfmal laut geschrien hatte. Aber dann verließen ihn die Kräfte. Er konnte nicht mehr auf den Mann einprügeln, der ihm das Leben aus dem Leib quetschen wollte, und so ergab er sich schließlich und lag am Ende auf dem Boden, zusammengekrümmt und leblos.

Im Hausflur waren Geräusche zu hören. Beunruhigt vom Lärm der Nachbarn, die in ihr Apartment nebenan zurückkehrten, handelte der Killer schnell: Mit dem Gerät, das man ihm gegeben hatte, löschte er alle Daten von der Festplatte des Computers. Dann fing er an, den Mann, den er ermordet hatte, zu durchsuchen, aber ein Klopfen an der Tür störte ihn.

„Hallo? Alles okay da drinnen?“ Das Klopfen hörte nicht auf. Es wurde lauter.

Der Mörder suchte hastig nach der Feuertreppe. Er fand sie in der Küche. Von dort führte die schmiedeeiserne Treppe im Zickzack an der Außenwand des Gebäudes hinunter. Er flüchtete sich hinaus und nahm immer zwei Stufen auf einmal, bis er unten angekommen war.

Vier Stockwerke über ihm krümmten sich die Finger des Toten um dessen Handy, als umklammerte er die Hand einer Geliebten.

Coeur d'Alene, Idaho, Sonntag, 26. März, 22.55 Uhr PST

Zu ihrer großen Erleichterung stand das Taxi immer noch da. Der Fahrer hatte fast zwei Stunden gewartet, und nur ein Radiosender und die Standheizung hatten ihm Gesellschaft geleistet. Aber er war noch da.

Maggie fragte ihn, wie lange die Fahrt nach Boise, der Hauptstadt Idahos, dauern würde. Er wollte Bares sehen, bevor er weiterfuhr. Maggie präsentierte fünf 100-Dollar-Scheine und einigte sich mit ihm darauf, dass dies sein Honorar für die Arbeit dieser Nacht sein würde.

Der dunkle Himmel von Idaho und die leeren Straßen erinnerten sie an zahllose Nachtflüge, die sie während des Wahlkampfs absolviert hatte. Sie hatte ins schwarze Nichts hinausgestarrt und nachgedacht, wie jetzt.

Zuerst hatte sie das Naheliegende angenommen: Vic Forbes hatte gewusst, was Pamela Everett zugestoßen war, und geglaubt, Stephen Baker sei irgendwie in ihren Tod verwickelt gewesen. Darum war dieses Datum seine Versicherungspolice gewesen. Aber diese Theorie war geplatzt, als sie das Foto von Baker mit Senator Corbyn gesehen hatte, das am Tag des Brandes auf der anderen Seite des Kontinents aufgenommen worden war. Konnte Forbes einen so fundamentalen Patzer begangen haben, indem er seine Decke auf eine nachweislich falsche Anschuldigung begründete?

Aber das war nicht das Einzige, was Maggie plagte. Warum fehlte diese eine Seite im Archiv der Bibliothek? Wer hatte sie entfernt? Und wenn es nicht Baker gewesen war, der Pamela Everett im Hotel getroffen hatte, wer dann?

Maggie musste unbedingt mit jemandem über all das reden. Mindestens zum dritten Mal rief sie Nick du Caines' Privatnummer an. Es war die einzige seiner Nummern, die sie auswendig kannte. Wieder der Anrufbeantworter. Wo steckte er bloß?

Sie sah auf die Uhr. Mitternacht in Idaho, acht Uhr morgens in London. Einen Versuch war es wert. Mit dem Browser ihres BlackBerry suchte sie die Londoner Nummer von Nicks Sonntagszeitung heraus, wählte sie und verlangte die Auslandsredaktion.

Eine Sekretärin meldete sich. „Es ist ein ungewöhnlicher Anruf", begann Maggie in ihrem höflichsten Ton und erklärte dann, sie sei eine von Nick du Caines' Kontaktpersonen in Washington und habe versucht, ihn zu erreichen, habe aber leider seine Handynummer verlegt. Sie habe eine Story, die ihn ganz sicher interessieren werde. Ob man ihr vielleicht weiterhelfen könne?

„Ich glaube, da sprechen Sie besser mit dem zuständigen Redakteur." Die Stimme der Frau hatte einen nervösen Unterton, der Maggie nicht gefiel.

Es dauerte eine Weile, dann meldete sich eine Männerstimme. „Ich höre, Sie sind eine Freundin von Nick?"

„So ist es."

„Ich fürchte, ich habe ziemlich schlechte Neuigkeiten. Wir haben es eben erst erfahren. Nick ist tot."

9

Boise, Idaho, Montag, 27. März, 04.13 Uhr PST

Die Nachricht von Nicks Tod hatte ihr einen Schock versetzt, der für Tränen keinen Platz mehr ließ; sie war betäubt bis ins Mark. Als sie im Morgengrauen am Flughafen von Boise aus dem Taxi stieg, fühlte sie sich leer und ausgehöhlt.

Der Auslandsredakteur hatte ihr erzählt, dass jemand in Nicks Apartment eingedrungen sei. Man habe Hinweise auf einen Kampf gefunden. Der Leichnam trage „sämtliche Merkmale eines Todes durch Erwürgen“. Die Polizei befrage die Nachbarn, aber bisher gebe es keine Zeugen.

Natürlich gibt es keine Zeugen, dachte Maggie. Die Leute, die Nick ermordet hatten, waren wie die, die Stuart auf dem Gewissen hatten: Sie waren Profis und hinterließen keine Spuren.

Bis zum ersten Flug des Morgens hatte sie noch ein paar Stunden Zeit, und sie wusste, sie sollte sich bemühen zu schlafen. Sie versuchte, sich auf einem der harten Plastikstühle in der Flughafenhalle zusammenzurollen, aber so erschöpft sie auch war, der Schlaf wollte nicht kommen.

Nachdenklich ging sie auf und ab und musterte jeden, der ihr begegnete. *Gehörst du dazu? Ja oder nein?*

Nach einer Weile fiel ihr ein Mann auf, der vor der Abflugtafel stand, scheinbar vertieft in den *Idaho Statesman*. Wie lange stand er schon da?

Denk nach, befahl sie sich. Sie hatte Nick gebeten, sich mit dem spezifischen Aspekt der Forbes-Story zu befassen: Gab es irgendeinen Hinweis darauf, dass Forbes’ früherer Arbeitgeber, die CIA, etwas mit seinem Tod zu tun hatte? Sie hatte diese Frage nicht für lebensbedrohlich gehalten – nicht nachdem Nick doch selbst ein ganzes Regal voller Pokale damit gewonnen hatte, dass er über das Verhalten der CIA im Kampf gegen den Terror geschrieben hatte. Aber seine letzte Recherche war offenbar anders verlaufen. Was immer er gefunden hatte, er hatte damit einen Nerv der CIA getroffen, der allzu schmerzempfindlich war.

Kurz nach halb fünf Uhr morgens vibrierte ihr BlackBerry. Eine SMS von ihrer Schwester:

> Ruf mich dringend an. Merkwürdiges passiert. Liz

Sie hatte die Dubliner Nummer zur Hälfte gewählt, als wieder eine SMS eintraf, diesmal von Sanchez.

> Polizei will dich sehen. Dringend. Nimm den nächsten Flug nach New York.

John F. Kennedy Airport, New York, Montag, 27. März, 14.41 Uhr EST

Sie erwarteten sie am Flugzeug, ein Detective in Zivil mit zwei Uniformierten, die sich im Hintergrund hielten. Sie führten sie weg von den anderen Passagieren in ein kahles Zimmer mit einem Tisch und drei Stühlen.

Der Detective stellte sich vor: Charles Bridge. Anfang vierzig, Afroamerikaner. Er lächelte nicht und kam sofort zur Sache. „Danke, dass Sie unverzüglich nach New York gekommen sind. Wir wissen das zu schätzen."

Maggie nickte. Sie hatte Herzklopfen. Was war los?

„Wir haben eine ganze Weile gebraucht, um Sie zu erreichen. Zu Hause waren Sie nicht. Ihr Handy klingelte und klingelte. Keine Antwort auf E-Mails. Sah aus, als wären Sie einfach verschwunden."

„Mein Telefon ist mir gestohlen worden. Zusammen mit meiner Brieftasche und meinem Computer."

„Tatsächlich? Wissen Sie denn, warum wir Sie so dringend sehen wollten, Ms Costello?"

„Um mir mitzuteilen, dass mein Freund Nick du Caines tot ist? Das habe ich inzwischen erfahren."

„Stimmt. Warum sonst noch?"

„Ich weiß es nicht."

„Weil Sie, Ms Costello, die letzte Person sind, die Mr du Caines angerufen hat. Er wählte Ihre Privatnummer."

„Mich? Wann?"

„Aus seinem Telefonspeicher geht hervor, dass er den Anruf letzte Nacht um drei Minuten nach elf getätigt hat. Ihr Anrufbeantworter bestätigt es. Und aufgrund dessen, was Nachbarn uns über Geräusche berichtet haben, die sie in Mr du Caines' Apartment gehört haben, nehmen wir an, dass es auch der Todeszeitpunkt war."

„Haben Sie gerade gesagt, mein Anrufbeantworter bestätigt es? Woher wissen Sie das?"

„Wir haben auf jede mögliche Weise versucht, Sie zu kontaktieren. Wir haben uns sogar bei Ihrem ehemaligen Arbeitgeber im Weißen Haus erkundigt, aber dort hatte man keine Ahnung, wie Sie zu erreichen wären. Uns blieb nichts anderes übrig, als einen Gerichtsbeschluss zu erwirken, in Ihre Wohnung einzudringen und das Gerät zu beschlagnahmen."

„Sie sind in meine Wohnung eingebrochen?"

„Unsere Kollegen in Washington haben sich auf unsere Bitte hin Zugang verschafft."

Maggies Gedanken überschlugen sich, als sie überlegte, was dort war und was sie vielleicht gesehen hatten. Hatte sie irgendeinen Hinweis auf den Fall Forbes hinterlassen? „Und, haben Sie etwas gefunden? Auf meinem Anrufbeantworter, meine ich?"

„Dazu kommen wir noch, Ms Costello. Im Augenblick frage ich mich vor allem, warum ein Mann im Todeskampf Ihre Nummer anruft. Ich meine, er hat nicht Ihre Handynummer gewählt, sondern Ihren Festnetzanschluss – fast als wäre das die einzige Möglichkeit, uns zu Ihnen zu führen."

„Sie zu mir zu führen?" Maggie fühlte, dass sie rot anlief. „Mir gefällt nicht, was Sie da andeuten, Detective. Nick du Caines war ein sehr guter Freund von mir. Und ich war am anderen Ende des Landes, als er starb."

„Ich deute nichts an, Ms Costello. Ich stelle nur Fragen."

„Ich möchte seine Nachricht hören. Er hat sie für mich hinterlassen."

„Es handelt sich um Beweismaterial in einem Mordfall, Ms Costello. Ich kann nicht –"

„Dieser Anrufbeantworter ist mein rechtmäßiges Eigentum. Und im Augenblick bin ich eine Zeugin, weiter nichts. Wenn Sie mich verhaften wollen, nur zu. Aber bevor das geschieht, habe ich das Recht zu hören, was auf dem Band ist."

Der Detective nahm sein Telefon aus der Tasche und zog sich in eine Ecke zurück, um zu telefonieren, offenbar mit einem Vorgesetzten. Mit düsterer Miene kam er zu seinem Stuhl zurück. „Wir sollen Ihnen die Nachricht vorspielen. Vielleicht können Sie Licht in die Sache bringen." Er stellte einen Laptop auf den Tisch, drückte einige Tasten und klickte eine Audiodatei an.

Aus den kleinen Lautsprechern des Computers hörte Maggie einen Piepton, dann Nick, der vor Schmerzen brüllte. *Ennnnnn!*

Es war furchtbar, das zu hören. Das Grauen war real und direkt. Trotz der Verzerrung durch die Übertragung auf den Anrufbeantworter und dann in die Audiodatei auf dem Laptop hörte sie das dumpfe Klatschen der Schläge auf Nicks Körper, gefolgt von seinen Schmerzensschreien. *Iiiii!*

Es war, als wäre sie dabei und müsste zusehen, wie Nick die Kehle zugedrückt wurde. Es dauerte noch eine ganze mörderische Minute bis zum letzten Keuchen – *Fiiii!* , dann war es endlich vorbei.

Maggie starrte mit tief gesenktem Kopf zu Boden.

Der Detective sprach als Erster. „Es ist grauenhaft, das anzuhören, ich weiß. Aber warum hat er das getan? Er hinterlässt nur eine Tonaufzeichnung seines Todes. Da ist keine Nachricht an Sie."

Ein kleiner Funke blitzte plötzlich in Maggies Trauer auf. „Können Sie es noch einmal abspielen?"

„Warum? Haben Sie etwas gehört?"

„Kann sein."

Er klickte die Datei ein zweites Mal an und behielt Maggie genau im Auge, als sie zuhörte. Nach neunzig Sekunden zog er die Brauen hoch. „Und?"

„Tut mir leid, Detective. Ich habe mich geirrt." Sie musste wegschauen, als sie ihn belog.

„Irgendeine Ahnung, warum er Sie in diesem Augenblick anrufen wollte?"

„Hören Sie, Detective. Es ist sehr persönlich. Ich habe letzten Donnerstag ein Glas mit Nick getrunken. Er war ein alter Freund, aber er wollte immer, dass es mehr würde. Letzte Woche hat er ein paar Dinge gesagt ..." Sie schaute auf, und ihre Blicke trafen sich. „Romantische Worte. Vielleicht wollte Nick sich jetzt nur verabschieden."

Der Detective schaute ihr fest in die Augen, und Maggie wandte ihre ganze Willenskraft auf, um nicht mit der Wimper zu zucken. Dann war er anscheinend zufriedengestellt; er signalisierte den Uniformierten mit einem Kopfnicken, dass die Vernehmung zu Ende war, und brachte Maggie zur Tür.

Als man sie in die Flughafenhalle zurückgebracht hatte, bemühte sie sich, so lässig wie möglich davonzugehen – für den Fall, dass die Polizisten sie weiter beobachteten. Sie zwang sich zur Geduld und fuhr mit dem Aufzug in ein anderes Stockwerk, bevor sie ihren Computer aus der Tasche zerrte, um der Information zu folgen, die Nick ihr in den letzten Augenblicken seines Lebens übermittelt hatte.

In seiner Botschaft steckte ein Hinweis, da war sie sich ganz sicher. Dieser Aufschrei – *Ennnnnn!* – war nicht nur der Ausdruck schrecklicher Qual, sondern ein Buchstabe: N. Sie sprach sich die Sequenz noch einmal vor, wie sie sie gehört hatte: „Nick vier."

Sie erinnerte sich noch genau daran, dass Nick ihr in seiner kleinen Meisterklasse über Journalismus geraten hatte, alle Dateien online zu sichern. Sie klappte den Computer auf und sah zu, wie er sich mit dem WLAN des Flughafens verband. Ein paar Tasten, und dann war sie auf der Googledocs-Website. Sie schrieb Nicks Namen ins Log-in-Fenster, in Kleinbuchstaben und ohne Zwischenräume: „nickducaines". Dann das Passwort aus den Buchstaben und der Ziffer, die er hinausgeschrien hatte: „Nick4".

Falsches Passwort

Sie versuchte es noch einmal, und diesmal schrieb sie „NICK" in Großbuchstaben.

Falsches Passwort, zu wenige Zeichen

Verdammt. Nicks ganze Anstrengung, so tapfer er dabei gewesen sein mochte, war vergebens gewesen. Er hatte nicht mehr lange genug gelebt, um die letzten paar Zeichen durchzugeben.

Sie starrte auf den Bildschirm. NICK4. Was konnte das heißen?

Eine Erinnerung an ihre Teenagerzeit erwachte. Sie hatten es alle getan, hatten es in Parkbänke und Schultische geschnitzt, und sie selbst hatte es auch einmal getan: *Maggie4Liam – Maggie für Liam*. War es möglich, dass Nick ein so weiches Herz gehabt hatte?

Sie schrieb: „NICK4MAGGIE".

Sie wollte schon die Enter-Taste drücken und ihren letzten Versuch eingeben, aber dann zögerte sie. Sie hörte Nicks Stimme: *Ich kann dir nicht sagen, wie lange ich auf diese Worte gewartet habe, Mags, meine Liebste.*

Vorsichtig löschte sie die letzten drei Buchstaben und gab das korrigierte Passwort ein: „NICK4MAGS".

Ohne weitere Umstände, als hätte man nur auf sie gewartet, erschien auf dem Bildschirm ein Verzeichnis von Dokumenten. Sie war drin. Der arme, liebe Nick. Sie hatte sein Interesse an ihr nie ernst genommen.

Auf einen Blick sah sie alle seine Storys aus jüngster Zeit. Ganz oben stand ein Dokument mit dem Namen „New Orleans". Sie klickte es auf und erwartete eine lange, detaillierte Notiz über alles, was er herausgefunden hatte. Aber da war nur eine einzige Zeile: „Daniel Judd, Luftfahrtexperte" – und eine Telefonnummer.

Maggie nahm ihr Telefon und wählte. Nach dem zweiten Klingeln meldete sich eine Stimme. Männlich, wachsam.

„Ich bin eine Freundin von Nick du Caines", begann sie. „Er hat unmittelbar vor seinem Tod eine Nachricht auf meinem Anrufbeantworter hinterlassen. Ich glaube, er –"

„Er ist tot? Nick?"

„Verzeihen Sie. Ich dachte, Sie wüssten es." Maggie erklärte, was zu ihrem Anruf geführt hatte.

Am anderen Ende blieb es lange still. Dann fragte der Mann: „Wieso soll ich Ihnen vertrauen? Woher weiß ich, dass Sie Nick nicht umgebracht haben und jetzt hinter mir her sind?"

Maggie war verdattert. „Keine Ahnung. Ich kann Ihnen nur sagen, Nick hat große Anstrengungen auf sich genommen, um mir zu sagen, wie ich Sie erreichen kann. In seinen letzten Atemzügen hat er eine Nachricht auf meinem Anrufbeantworter hinterlassen. Es war –"

„Okay, verschwinden Sie aus dieser Leitung. Rufen Sie mich in dreißig Minuten an einem Münztelefon an. Die Nummer ist …" Papier raschelte, dann nannte er ihr eine Telefonnummer. „Kaufen Sie sich unregistrierte Wegwerf-Handys, so viele, wie Sie sich leisten können, und rufen Sie mich mit einem davon an. Danach werfen Sie es weg. Benutzen Sie keins davon zweimal. Und geben Sie die Nummer niemandem!“ Er wiederholte die Nummer des Münztelefons und legte auf.

Maggie tat, was er gesagt hatte. Sie lief zu einem Handy-Shop im Terminal, kaufte fünf Telefone von ihrem allmählich schwindenden Bargeld und wählte dann die Nummer, die Judd ihr gegeben hatte.

Nach dem zweiten Klingeln nahm er ab.

„Hören Sie, Mr –“

„Keine Namen am Telefon!“

„Natürlich nicht, sorry. Hören Sie, ich war es, die – äh … unseren gemeinsamen Freund auf das, hm, Thema brachte, das er vermutlich mit Ihnen besprochen hat. Ich glaube, er wollte, dass ich weiß, was Sie ihm gesagt haben. Was immer es war.“

„Sie waten hier in einem ernst zu nehmenden Haufen Scheiße herum. Ich sage es Ihnen schnell, und ich sage es Ihnen nur einmal. Verstanden?“

„Verstanden.“

„Also gut. Am 22. März, dreißig Minuten nach Mitternacht Ortszeit, ist ein Jet mit sieben Passagieren vom Lakefront Airport, New Orleans, gestartet. Das Kennzeichen des Flugzeugs lautete November-vier-acht-zero-acht-Papa. Registrierter Eigentümer ist Premier Air Executive Services, eine Fluggesellschaft mit Sitz in Maryland. Es gibt Hinweise darauf, dass sie in der Vergangenheit von der Company benutzt wurde. Vor zwei Jahren gab es einen Eigentümerwechsel. Jetzt betreibt Premier Air seine Privatjets ausschließlich für einen einzigen Kunden – AitkenBruce.“

Maggie konnte ihre Überraschung nicht unterdrücken. „AitkenBruce? Die Bank?“

Judd hatte keine Lust auf eine Unterhaltung. Er hatte noch ein letztes Detail zu übermitteln. „Heute hat Premier einen neuen Flugplan eingereicht. Ein Gulfstream fünf-fünf-null wird um neunzehn Uhr von Teterboro, New Jersey, zum Reagan Airport in Washington fliegen. Bei allen früheren Gelegenheiten war es immer nur eine Person, die mit diesem Flugzeug auf dieser Strecke flog. Und das war der Vorstandsvorsitzende der Bank.“

Als das Telefonat beendet war, wirbelten Maggies Gedanken durcheinander. Eine Bank? Was um alles in der Welt konnte eine Bank damit zu tun haben? Das ergab keinen Sinn.

Das Telefon, das sie in Aberdeen gekauft hatte, vibrierte. Sie drückte die grüne Annahmetaste, ohne etwas zu sagen.

„Maggie? Bist du das?“

Uri. Panik durchflutete sie. Sie dachte an Stuart und Nick und sagte hastig:

„Ruf diese Nummer nicht noch einmal an! Sag mir eine Nummer, unter der ich dich erreichen kann."

Ihre Schroffheit erschreckte ihn, und er klang plötzlich sehr wachsam. „Ich bin in einem Schneideraum." Er gab ihr die Nummer durch; Maggie kritzelte sie hin und befahl ihm dann, sofort aufzulegen.

Sie warf das Telefon, mit dem sie Judd angerufen hatte, in einen Abfallbehälter und rief Uri mit einem anderen zurück.

„Maggie, was ist los?"

„Uri, jeder, der mit mir spricht, ist in Gefahr. In großer Gefahr. Erinnerst du dich an meinen Freund Nick? Er ist letzte Nacht umgebracht worden."

Einen Herzschlag lang war es still. „O Gott! Das tut mir echt leid."

„Ich möchte so gern mit dir reden, Uri. Nur einmal Gelegenheit haben, mit dir zu reden. Solange wir Lust haben."

„Wo bist du?"

Sie zögerte. Sie wusste, es war nicht gut, darüber laut zu sprechen. Aber das Telefon war nagelneu. Es konnte nicht gefährlich sein. „Am Flughafen. JFK."

„Ich komme. Bin schon unterwegs."

Sie wollte widersprechen, aber er walzte ihren Widerstand nieder, und sie beschrieb ihm, wo sie saß.

Danach wandte sie sich wieder ihrem Computer zu. Sie steuerte das Suchfenster an und schrieb: „AitkenBruce".

Natürlich hatte sie von der Bank schon gehört. Sie war berühmt für ihre Manager, die sich selbst mit großzügigen Gehältern, so lang wie Telefonnummern, und noch fetteren Bonuszahlungen belohnten. Google brachte einen langen Artikel im Magazin der *Sunday Times* ans Licht. Die Überschrift lautete: DIE WAHREN HERREN DES UNIVERSUMS: IM INNERN DER REICHSTEN BANK DER WELT. Es war eine Institution, in deren Schatullen mehr Geld lagerte als in den Haushalten vieler Staatsregierungen und deren Spitzenleute routinemäßig Positionen in den Befehlszentralen der Weltwirtschaft einnahmen: als amerikanischer oder deutscher Finanzminister oder als Chef der Europäischen Zentralbank.

Maggie scrollte weiter, suchte nach irgendeinem Hinweis auf einen Zusammenhang zwischen AitkenBruce und Vic Forbes oder gar nach einer Erklärung dafür, dass ein Firmenjet nach New Orleans entsandt worden war, um bei seiner Ermordung behilflich zu sein. Hatte Forbes nicht nur den Präsidenten, sondern auch die Bank erpresst?

Sie las langsamer, als detailliert erläutert wurde, wie AitkenBruce ihr ungeheures Vermögen gemacht hatte. Diese Bank verschwendete ihre Zeit nicht mit dem kleinen Mann. Ihre Kunden waren Regierungen, multinationale Mega-Konzerne und nur die allerreichsten Privatpersonen. Informationen waren die Geheimwaffe dieser Bank. Wenn ein Investor beispielsweise ins Holzgeschäft einsteigen wollte, konnte AitkenBruce behilflich sein, denn zu den Geschäftskunden der Bank gehörten die größten Holzkonzerne der Welt. Außerdem bezahlten wahrscheinlich auch andere Großinvestoren in dieser Branche die Bank für ihren Rat, sodass man dort wusste, was sie vorhatten. So hatte AitkenBruce jeden Aspekt abgesichert, was hilfreich war, wenn die Bank entschied, wie sie ihr eigenes Geld investieren wollte.

Maggie scrollte über ein Foto von Roger Waugh, dem Boss, hinweg – um die fünfzig, glatzköpfig – und kam zu einem Artikel, der fast ein Jahr vor Stephen Bakers Wahl geschrieben worden war:

Niemand bezweifelt, dass eine Institution wie AitkenBruce mit ihren allseitigen Zugangsmöglichkeiten einen enormen Einfluss ausübt. Ihre Verbindungen zum Weißen Haus sind solide. Und die Bank wird den bevorstehenden Präsidentschaftswahlkampf aufmerksam beobachten. Wieder einmal sichern die Herren des Geldes sich nach allen Seiten ab. AitkenBruce leistete namhafte Spenden sowohl an Demokraten als auch an Republikaner.

Maggie schob den Cursor ins Suchfenster und schrieb: „Stephen Baker + Roger Waugh“. Der erste Treffer kam aus der Rubrik „News“ und war erst wenige Stunden alt. Es war eine Seite bei *politico.com*, auf der die Termine des Präsidenten für den nächsten Tag aufgeführt waren. Für neun Uhr hieß es da: „Präsident Baker empfängt Vertreter der amerikanischen Finanzwelt“, und dann folgte eine Liste der Teilnehmer.

Deshalb also flog Waugh heute Abend nach Washington: Er würde sich mit dem Präsidenten treffen. Aber irgendwie war er auch in Forbes' Tod verstrickt. Plötzlich schrillte eine Alarmglocke in Maggies Kopf. Es wäre Wahnsinn, Waugh auch nur bis auf hundert Schritte ans Oval Office herankommen zu lassen, bevor der Präsident wusste, was hier im Gange war!

Das bedeutete, sie musste es herausfinden. In einem neuen Tab rief sie die Website des Teterboro Airport auf und erfuhr, dass es sich um einen winzigen „Ausweich“-Flughafen in New Jersey handelte, sehr beliebt bei Privat- und Firmenflugzeugen, weil er nur knapp zwanzig Kilometer von Midtown Manhattan entfernt war. Ein bisschen weiter war es vom JFK-Airport, aber sie könnte es schaffen, wenn sie gleich losführe.

In diesem Moment tippte ihr jemand auf die Schulter. Sie erstarrte.

Und dann hörte sie seine Stimme: „Ich hätte dich beinahe nicht erkannt! Was ist mit deinen Haaren?“

Sie hatte nichts geplant; sie hatte keine Ahnung gehabt, was sie in diesem Augenblick empfinden würde. Aber als sie ihn jetzt sah – in seiner typischen Kleidung, dem weißen Hemd und der dunklen Jeans, und mit seinen dichten, glänzenden, fast rabenschwarzen Haaren –, stand sie einfach auf und schloss ihn in die Arme.

So blieben sie stehen, ohne etwas zu sagen, und hielten einander mehr als eine Minute lang umarmt. Es war so lange her, dass er sie berührt hatte. Sie wollte seinen Duft einatmen, den Geruch, der sie sofort in die tausend verschiedenen Augenblicke der Liebe zurückversetzte, die sie miteinander erlebt hatten.

Es war Maggie, die sich schließlich aus der Umarmung löste. Sie trat einen Schritt zurück und betrachtete ihn. Sie lächelte. Es bereitete ihr eine kindliche Freude, dass er ihre Hand nicht losgelassen hatte. „Und was war so eilig, dass du Hals über Kopf herkommen musstest?“

Uri setzte sich auf den Stuhl neben ihr. „Dieser Film über Baker, an dem ich arbeite … Ich bin da auf etwas gestoßen – ich weiß nicht, es ist merkwürdig. Maggie, weißt du, wie Stephen Baker Gouverneur wurde?“

„Ich weiß, dass er haushoch gewonnen hat.“

„Haushoch, ja. Wolkenkratzerhoch, könnte man sagen. Hat gegen einen absoluten Nobody kandidiert, und weißt du auch, warum? Weil der Republikaner, gegen den er ursprünglich antreten sollte, drei Monate vor dem Wahltag komplett implodiert ist. Während des Wahlkampfs tauchten plötzlich seine Scheidungsdokumente auf, und es wurde bekannt, dass er den Fimmel hatte, seine Frau beim Sex mit anderen Männern mit einer Videokamera zu filmen.“

„Ich weiß wirklich nicht –“

„Aber das ist noch nicht alles. Man hat nie damit gerechnet, dass Baker der demokratische Kandidat werden könnte. Alle dachten, er würde in den Vorwahlen untergehen. Er kandidierte gegen den beliebten Bürgermeister von Seattle. Aber jemand zauberte ein Tonband hervor, auf dem der Bürgermeister in einem Telefongespräch erklärte, es gebe ‚zu viele Schlitzaugen und Spaghettis‘ in der Stadt. Die Nominierung für Baker kam danach ganz automatisch.“

„Worauf willst du hinaus, Uri?“

„Ich weiß es nicht. Mir scheint bloß, dass es – jedenfalls bis zu dieser Impeachment-Geschichte – jemanden gab, der Baker mächtig unterstützte.“

Früher hätte sie Uri gesagt, er solle aufhören zu spinnen. Aber jetzt war sie bereit, sich alles anzuhören, was die bizarre Kette der tödlichen Ereignisse erklären könnte, die sich in der vergangenen Woche abgespielt hatten. Sie wusste nur immer noch nicht, wie das alles zusammenpasste. „Uri, ich muss jetzt verschwinden. Wenn ich dich erreichen muss – wo bist du?“

„Im Schneideraum. Zu Hause kann ich im Moment nicht arbeiten. Meine Schwester aus Tel Aviv ist zu Besuch gekommen.“

Ein neues Zahnrädchen in Maggies Verstand setzte sich in Bewegung. „Deine Schwester?“ Das also war die Frau gewesen, die sie bei ihrem Anruf in der New Yorker Wohnung im Hintergrund gehört hatte. Keine neue Freundin. Ein Knoten tief in ihrem Innern – der ihr bis zu diesem Augenblick nur undeutlich bewusst gewesen war – lockerte sich unvermittelt.

„Bist du sicher, dass ich nicht mitkommen kann – wo auch immer du jetzt hingehst? Ich könnte doch nützlich sein.“

„Ich weiß, Uri. Und ich bin dir wirklich dankbar. Aber ich habe schon zu viele Leute in diesen Schlamassel hineingezogen.“

„Okay. Aber pass auf dich auf, Maggie.“ Sie standen jetzt dicht voreinander, zögernd, wie sie es früher vor einem bevorstehenden Abschied immer getan hatten. „Ich mein’s ernst.“ Er beugte sich vor und küsste sie auf den Scheitel. Dann wandte er sich ab und ging davon.

Sie schaute auf die Uhr. Sie musste jetzt wirklich los, wenn sie noch rechtzeitig in Teterboro sein wollte. Aber sie wurde das lästige Gefühl nicht los, dass sie irgendeine Aufgabe noch nicht erfüllt hatte. Eben wollte sie den Computer ausschalten, als es ihr einfiel: Liz anrufen! Ihre Schwester hatte ihr schon vor Stunden eine SMS mit dieser Bitte geschickt.

Sie nahm eins der unbenutzten Wegwerftelefone und rief Liz’ Nummer an.

„Dem Himmel sei Dank!“

„Liz, was ist los?“

„Mein Gott, Maggie – ich hab mir Sorgen um dich gemacht!“ Das Weinen eines Kindes kam durch das Telefon. „Oh, es ist alles gut, Calum, Schätzchen.“ Maggie hörte Geraschel und Schniefen. „So ist’s brav, Schätzchen.“

„Liz, ich kann auch ein andermal anrufen.“

„Nein! Du musst das sehen. Hol deinen Computer raus und geh ins Netz.“

„Moment mal. Ich hab jetzt keine Zeit. Ich muss –“

„Es dauert nicht mal eine Sekunde. Geh zu Freenet, auf die Seite, wo … Weißt du was, vergiss es. Ich hab immer noch den Fernzugriff auf deinen Laptop. Ich übernehme das.“

Maggie sah zu, wie der Cursor sich scheinbar durch Zauberei auf ihrem Bildschirm bewegte. Im Internet-Browser erschien die Freenet-Seite, und als Nächstes kam das gespenstische, ernste Porträt auf *vicforbes.gov*. Maggie sah, dass Liz das Passwort eingab – die zwölf Buchstaben des Namens

Stephen Baker waren als Sternchen zu sehen –, und das Foto verwandelte sich in ein einzelnes Datum: Der 15. März vor einem Vierteljahrhundert.

Das Bild schien nach und nach zu verblassen, als es Pixel um Pixel durch ein neues ersetzt wurde. Maggie blickte auf ein altes, körniges Schwarz-Weiß-Foto des Meredith Hotel aus der Nacht, in der es beinahe vollständig abgebrannt war. Im Vordergrund drängten sich Gäste auf der Straße, im Pyjama oder im Bademantel.

In der elektronischen Mitteilungsbox, die Liz irgendwie auf den Bildschirm gezaubert hatte, fing der Cursor an zu schreiben:

> Siehst du, wen ich sehe?

Maggie schaute das Bild aufmerksam an. Die Auflösung wurde mit jeder Sekunde besser. Eine Gruppe von drei Leuten war am schärfsten konturiert, auf ihren Gesichtern lag Panik. Und jetzt erkannte sie ihn mit Schaudern – den Mann, dessen Gesicht inzwischen der ganzen Welt bekannt war. Viel jünger, aber unbestreitbar derselbe.

Es war Stephen Baker.

AUS DEM BLOG *Muckraker*, gepostet Montag, 27. März, 16.45 Uhr EST:

> Ist das nicht toll? Mit exquisitem Timing hat einer der führenden Quälgeister des Präsidenten soeben etwas erlitten, was man als ethische Fehlfunktion bezeichnen könnte. Senator Rusty Wilson, der fest entschlossen war, die Rolle des Großinquisitors an der Seite von Rick Franklin zu spielen, hatte das Impeachment-Verfahren aus dem Repräsentantenhaus in den Senat verlegen lassen. Die Republikaner werden diese Pläne jetzt wohl revidieren.
>
> Denn Senator Wilson hat soeben die Dreckspritzer einer besonders unglückseligen Indiskretion abbekommen – nämlich die Transkripte der vollständigen E-Mail- und Telefonkommunikation zwischen ihm und einer siebenunddreißigjährigen Pharma-Lobbyistin, die, wie der glückliche Zufall es will, eine vollbusige Blondine ist, die sich für einen so politikintensiven Job unter anderem durch ehemals geleistete Dienste als Kellnerin bei „Hooters" qualifiziert hat. Die Transkripte präsentieren den Senator als schwer atmenden, anspruchsvollen Liebhaber. Vielleicht nennt man die Republikaner deshalb „Grand Old Party". Denn Party scheinen sie da jeden Tag zu feiern.

Teterboro Airport, New Jersey, Montag, 27. März, 18.42 Uhr EST

Fast vierzig Minuten lang hatte Maggie auf der Kante des Rücksitzes gesessen und versucht, den Taxifahrer mit der Kraft ihres Willens dazu zu bringen, schneller zu fahren. Er hatte ihr mehrere missbilligende Blicke zugeworfen und so getan, als wäre ihre Panik nichts als eine Wolke Zigarettenrauch, die seinen Wagen vernebelte.

Als sie ihren Taschenspiegel herausnahm, verstand sie, warum. Sie sah aus wie eine Drogensüchtige. Kaum eine brauchbare Verkleidung für die nächste Phase in ihrem Plan. Sie reparierte die Schäden, so gut es ging: Sie bürstete eine Art Ordnung in die ungewohnte Frisur, betupfte ihr Gesicht mit Abdeckpuder und trug Wimperntusche und Lippenstift auf.

Während der Fahrt starrte sie immer wieder auf das Foto, das sie offline auf dem Bildschirm behalten hatte. War es vielleicht manipuliert? Aber sie wusste, dass Forbes keinen solchen Aufwand betrieben hätte, um ein gefälschtes Foto zu hüten. Es war seine „Decke" gewesen, seine Lebensversicherung. Das Foto musste echt sein. Aber Maggie hatte auch das Foto gesehen, das den jungen Baker am Tag des Hotelbrands auf der anderen Seite des Kontinents gezeigt hatte. Das alles ergab keinen Sinn.

Endlich kam ein Hinweisschild zum Flughafengebäude. Kurz darauf hielt das Taxi an, Maggie sprang hinaus und drückte dem Fahrer ein Bündel Scheine in die Hand. Sie sah auf die Uhr: Das Flugzeug sollte in vierzehn Minuten starten.

Sie tat ihr Bestes, um gerade und aufrecht zu gehen. Sie musste aussehen wie eine Frau, die sich auf einem privaten Flughafen für höchst exklusive Unternehmenskunden auskannte.

Sie marschierte zum Empfang. „Entschuldigen Sie, aber es ist sehr dringend. Ich muss zu dem AitkenBruce-Flug nach Washington, der in ein paar Minuten startet. Ich habe wichtige Unterlagen abzugeben."

Die Frau klapperte auf den Tasten ihres Computers. „Das ist die Startbahn neunzehn. Ich sage ihnen, dass Sie hier sind."

Maggie drehte sich um und ging zum Ausgang. Die Rezeptionistin rief ihr nach: „Miss! Entschuldigung! Jemand wird Sie hier abholen. Sie dürfen da nicht raus. Miss!"

Draußen sah sie ein Schild für Startbahn eins und volle fünf Minuten später eins für die Sechs. Es hatte keinen Sinn. Es war einfach zu weit. Noch sechs Minuten bis zum Start.

Sie fing an zu laufen. Sie rang nach Luft, und ihre zerschlagenen Rippen protestierten. Endlich sah sie einen Pfeil, der auf Startbahn 19 deutete. Noch drei Minuten bis zum Start.

Jenseits eines vielleicht siebzig Meter breiten Rasenstreifens sah sie den schlanken Rumpf eines Gulfstream Jets. Die großen Strahltriebwerke kamen bereits auf Touren. Vor der Kabinenluke, neben der herabgelassenen Treppe, parkte eine schwarze Lincoln-Limousine. Sie hatte keinen Zweifel:

Das Flugzeug gehörte AitkenBruce, und in dem Wagen saß der Vorstandsvorsitzende der Bank, Roger Waugh.

Was sollte sie jetzt tun? Sollte sie zu dem Wagen laufen und mit einem Bündel nicht vorhandener Unterlagen wedeln? Und was dann? Was hätte Stuart ihr geraten?

Die Antwort nahm Gestalt an, als plötzlich zwei Hände ihre Oberarme fest umschlossen. Eine halbe Sekunde später presste sich eine Hand auf ihren Mund, und dann wurde es dunkel.

10

Teterboro Airport, New Jersey, Montag, 27. März, 19.01 Uhr EST

„Soll noch einmal jemand behaupten, dies sei nicht die beste Art zu reisen." New Yorker Akzent, selbstzufriedener Tonfall. „Verzeihen Sie. Wo sind nur meine Manieren? Jungs, ihr könnt das Zeug jetzt wegnehmen."

Als die schwarze Haube von ihrem Gesicht gezogen wurde und einer der beiden Bodyguards, die sie in das Flugzeug gezerrt hatten, den Klebestreifen, mit dem sie ihr den Mund verschlossen hatten, mit einem Ruck herunterriss, war der erste richtige Laut, der über ihre Lippen kam, ein Aufheulen.

„Nett, Sie zu sehen, Ms Costello. Willkommen an Bord. Wir werden jeden Augenblick starten. Ich brauche Ihnen nicht zu sagen, dass Sie sich anschnallen sollen."

In diesem Moment merkte Maggie, dass sie an die Armlehnen gefesselt war. Ihre Beine ließen sich auch nicht bewegen; sie waren zusammengebunden. Sie spürte, dass das Flugzeug sich auf der Startbahn ausrichtete. Es wurde schneller.

„Was erlauben Sie sich? Das ist eine Entführung!"

„Ich möchte es als eine Besprechung betrachten. Sie sind doch ganz sicher nicht nach New Jersey und in dieses Kaff gekommen, um die Landschaft zu bewundern. Sie wollten zu mir."

Maggie starrte den Mann an, der ihr da gegenübersaß. Roger Waugh. Er hatte eine Glatze und kleine, boshafte Augen, und zu ihrer Überraschung trug er einen zerknitterten Anzug und eine triste blaue Krawatte. Wenn sie es nicht gewusst hätte, wäre sie nie auf den Gedanken gekommen, dass er der Chef der größten Bankengruppe der Welt war.

„Woher wissen Sie, was ich wollte? Woher wissen Sie überhaupt, wer ich bin?"

Seine Augen schienen sie zu durchbohren. „Also bitte, Maggie. Man kommt nicht dahin, wo ich bin, wenn man nicht weiß, was los ist. Wir sind Ihnen gefolgt, auf Schritt und Tritt. New Orleans, Aberdeen, Coeur d'Alene, heute Nachmittag JFK. Sie wussten doch, dass wir da waren, oder?"

Sie dachte an den Mann auf der anderen Straßenseite bei der Midnight Lounge, an die fernen Scheinwerfer auf der Fahrt zu Mrs Everett.

„Und warum haben Sie mich nicht einfach umgebracht? Wie Stuart Goldstein und Nick du Caines? Zweimal haben Sie's ja versucht."

„Ein Fall von Übereifer. Nennen Sie es irrationalen Überschwang." Er lächelte augenzwinkernd, als wäre das ein Witz zwischen zwei Komplizen gewesen. „Ich stand ein wenig unter dem Druck meiner Kollegen. Aber auch wenn ich Fehlschläge nicht ausstehen kann, hatte die Sache einen Vorteil. Ich habe eingesehen, dass Sie uns lebendig viel nützlicher sein können." Sein Lächeln wurde breiter, als erwarte er, dass sie auf diese Bemerkung mit Faszination reagieren würde.

Aber Maggie spielte nicht mit. Sie wandte den Kopf zur Seite und schaute aus dem Fenster. Wer waren „seine Kollegen"? Und wie um alles in der Welt sollte sie ihnen nützlich sein? Sie konnte sich auf nichts davon einen Reim machen; also fragte sie einfach: „Wohin fliegen wir?"

„Dazu kommen wir noch. Warum fragen Sie mich jetzt nicht, was Sie mich eigentlich fragen wollten? Sie haben dafür ja einen weiten Weg auf sich genommen."

In diesem Moment erschien eine überaus hübsche Frau mit zwei Champagnergläsern. Sie schenkte Waugh ein entzückendes Lächeln, als sie eins davon vor ihn hinstellte. Dann tat sie das Gleiche bei Maggie, scheinbar ohne zu merken, dass diese Passagierin gefesselt war, und zog sich diskret zurück.

Waugh nippte an seinem Champagner. „Mmmm. Der ist sehr gut. Sie sollten wirklich auch – oh, tut mir leid, Sie können ja gar nicht. Wie dumm von mir. Möchten Sie, dass ich Ihnen helfe?"

Maggie funkelte ihn an.

„Wie Sie wollen. Ich finde immer, eine Besprechung geht so viel besser mit einem Schlückchen Champagner. Also zur Sache. Ich höre, Sie haben mit Mrs Everett gesprochen. Also wissen Sie jetzt fast alles."

Maggie starrte ihn an. „Ich weiß, dass jemand – wahrscheinlich Sie – ihr eine Menge Geld dafür gezahlt hat, dass sie über das, was mit ihrer Tochter passiert ist, den Mund gehalten hat. Aber ich glaube, sie hat keine Ahnung, warum."

„Und so soll es auch sein."

„Warum?"

Waugh schob sein Champagnerglas zur Seite. „Gestatten Sie mir eine

Frage, Ms Costello. Sie sind eine intelligente Frau. Sie verstehen etwas von Politik. Also sagen Sie mir eins: Haben Sie sich nie gefragt, wie die großen politischen Führer es geschafft haben, an die Spitze zu kommen? Wie sie scheinbar immer das Glück auf ihrer Seite hatten?"

Maggie musste plötzlich an ihr Gespräch mit Uri denken.

Waugh lief sich allmählich warm. „Nehmen Sie John F. Kennedy. Er gewann 1960 um Haaresbreite. Fast siebzig Millionen Stimmen – und JFK schaffte es mit einer Mehrheit von hunderttausend Stimmen, die ganz zufällig spät am Tag in Chicago auftauchten. Das hätte so leicht andersherum laufen können.

Oder Ronald Reagan. Erinnern Sie sich an 1980? Jimmy Carter schwitzte Nacht für Nacht, um die Geiseln aus dem Iran freizubekommen. Hat ihm nichts genutzt. Die Wahl hat er verloren, weil die Ayatollahs einfach nicht nachgegeben haben. Und dann, nur Minuten nach Reagans Vereidigung, ließen die Iraner sie alle laufen. Da war er der Held.

Oder Florida im Jahr 2000. George W. Bush verlor die Wahl des amerikanischen Volks und schaffte am Ende irgendwie doch zwei Amtsperioden im Weißen Haus. Alles nur dank eines Beschlusses des Obersten Gerichts, welcher auf die Entscheidung eines einzelnen Richters zurückging, der die Nachzählungen stoppte."

„Worauf wollen Sie hinaus?" In Maggies Kopf dröhnte es. Sie redete sich ein, das sei der Schock, den Waughs Gorillas ihr verpasst hatten. Aber sie wusste, dass es einen anderen Grund hatte: Sie sah eine Wahrheit auf sich zukommen, von der sie nichts wissen wollte.

„Es gibt keine Zufälle, Maggie. Es gibt kein Glück. All diesen Ereignissen liegt ein Muster zugrunde." Waugh schaute aus dem Fenster. Sein Lächeln war verschwunden.

Maggie fröstelte es. Dieses Thema war gefährlich und, für sie, wahrscheinlich tödlich. Sie hatte gesehen, was mit denen passierte, die zu viel wussten. „Warum erzählen Sie mir das alles?"

Er wandte sich vom Fenster ab und sah sie an. „Oh, wir finden am Ende immer eine Möglichkeit, es die wissen zu lassen, die wir gewählt haben."

„Die *Sie* gewählt haben?"

„Jawohl, die Gewählten. Wir haben Stephen auf der Highschool entdeckt. Wir haben unsere Leute überall, auf Highschools und Colleges, wo wir die Gescheiten im Auge behalten, die Charismatischen, die zukünftigen Stars. Wir hörten vom jungen Mr Baker – Vorsitzender des Debattierklubs, so gut aussehend, so clever – und erkannten sein Potenzial sofort. Und sein Hintergrund: der Sohn eines Holzfällers! Das klang nach Abraham Lincoln."

„Sie wussten von Stephen Baker, als er noch zur Schule ging?“

„Oh, damals war nicht ich es, Maggie. Es waren meine Vorgänger bei AitkenBruce und deren Vorgänger vor ihnen. Es reicht weit, weit zurück, und es ist auch nicht nur AitkenBruce. Wir arbeiten zusammen, alle großen Banken. Wir haben dieselben Interessen.

Und es ist auch nicht mehr nur Amerika. Das war am Anfang so. Heutzutage haben wir eine globale Wirtschaft, und Geld fließt so leicht über die Grenzen, wie Wolken über den Himmel ziehen. Also arbeiten wir mit unseren Kollegen in London und Frankfurt und Paris zusammen. Und mit denen in Asien; ohne Tokio oder Peking können wir keinen Schritt tun. Der Nahe Osten ist auch noch da; in diesen Gegenden gibt es zu viel Öl und zu viel Geld, um sie zu ignorieren, selbst wenn manche dieser Staaten einen schlechten Ruf haben. Dies ist ein globales Unternehmen. Das muss es sein.“

„Und was für ein Unternehmen ist es genau?“

„Talentsuche. Wir sind die besten Talentscouts der Welt. Waren wir immer schon. Der erste Aitken hat sich so seinen Namen gemacht, vor mehr als hundert Jahren. Es ist das, was wir tun – was wir immer getan haben. Wir haben es auch bei Baker getan. Wir haben ihn auf der Highschool entdeckt und ihn beobachtet. Als er in Harvard war, hatten wir unsere Entscheidung bereits getroffen.“

„Was für eine Entscheidung?“

„Dass er es sein sollte. Der Gewählte. Ich muss mich korrigieren: Er war *einer* unserer Gewählten. Es gibt immer mehrere. Genau gesagt, Dutzende in jeder Generation. So sind wir gegen alle Eventualitäten abgesichert. Aber in dieser Kohorte war Baker unser Favorit. Er war derjenige, den wir im Weißen Haus haben wollten. Ein- oder zweimal hat es unterwegs geholpert, aber alles ging nach Plan.“ Waugh lächelte und nahm noch einen kleinen Schluck von seinem Champagner.

Maggie fühlte sich betrogen. Baker war nichts weiter als ein Laufbursche, gekauft und bezahlt von den größten Banken der Welt. Das also steckte hinter all seinem großartigen Gerede von Ethik und Idealen und davon, die Welt zu verändern. Doch ihre Enttäuschung wich einem zunehmenden Groll. „Das heißt, *Sie* waren es, der seine Gegner aus dem Weg geräumt hat, als er für den Gouverneursposten kandidierte?“

Waugh stellte sein Glas hin. „Ja und nein, Maggie. Ja insofern, als wir es waren, die im richtigen Moment die relevanten Informationen durchsickern ließen. Und nein in dem Sinne, dass weder ich noch einer meiner Kollegen den republikanischen Kandidaten für das Amt des Gouverneurs im Staat Washington gezwungen hatten, seine Frau beim Sex mit anderen Männern zu filmen. Das hat er aus freien Stücken getan. Das Gleiche gilt für den Bürgermeister von Seattle: Niemand hat von ihm verlangt, sich in abwertender Weise über die chinesisch- und italo-amerikanische Gemeinde zu äußern." Wieder lächelte er. „Wir zwingen nur selten jemanden, etwas zu tun. Das ist das Schöne an der Politik. Sie ist ein menschliches Geschäft, und der Mensch ist fehlbar."

„Und Mark Chesters Kind der Liebe – das waren Sie auch?"

„Na ja, es war sein Kind und nicht meins, aber – ja."

„Diese Enthüllung hat die Präsidentenwahl entscheidend verändert. Danach hatte Chester keine Chance mehr."

„Das stimmt."

„Aber warum haben Sie so hart dafür gearbeitet, dass Baker gewählt wurde? Er ist noch nicht einmal für Sie! Er will sich doch mit den Banken anlegen!"

„Das macht ihn nur umso glaubwürdiger an dem Tag, an dem er sein Veto gegen das Gesetz einlegen wird, das meine Geschäfte zu lähmen droht."

Ein kleines Licht leuchtete in der Dunkelheit auf. Wusste Stephen Baker vielleicht gar nicht, dass er der Gewählte war? Vielleicht war *er* es, der betrogen worden war. Maggie schüttelte den Kopf. „Das würde er niemals tun. Warum sollte Baker sein Veto gegen ein Gesetz einlegen, an das er glaubt?"

„Ms Costello, ich bitte Sie. Woher weiß ich wohl mit absoluter Sicherheit, dass er das Gesetz nicht unterzeichnen wird? Weil wir eines Tages an seine Tür klopfen und ihm sagen werden, was wir gegen ihn in der Hand haben. Wir zeigen ihm die Fotos vom ausgebrannten Meredith Hotel. Wahrscheinlich brauchen wir das nicht mal zu tun. Wahrscheinlich genügt ein einziges Wort." Er senkte die Stimme, und mit dem verhauchten Flüsterton, in dem in einer Parfümreklame der Name der Duftnote ausgesprochen wird, sagte er: „Pamela."

„Aber es gibt ein Foto von ihm in der *Daily World*, auf dem er einem Senator in Washington am selben Tag die Hand schüttelt."

„Senator Corbyn war immer schon ein guter Freund unseres Geschäfts. Wenn wir ihn bitten, einem brillanten jungen Mann aus seinem Heimatstaat die Hand zu drücken, warum sollte er sich weigern? Und was das Datum angeht – die Redaktion der *Daily World* übernahm das Datum, das wir ihr nannten. Sie hatte ja nicht, was wir hatten: einen Abzug mit ordnungsgemäßem Datumsstempel, der beweist, dass das Treffen zwischen dem Senator und dem zukünftigen Präsidenten tatsächlich erst am 17. März stattgefunden hat. Zwei Tage nach dem Brand im Meredith Hotel." Mit aufreizender Selbstzufriedenheit legte Waugh eine wirkungsvolle Pause ein. „Wir werden ihm zeigen, was wir haben, und ihn vor die Wahl stellen: Du legst dein Veto ein, oder wir teilen der Öffentlichkeit mit, dass du ein junges Mädchen hast sterben lassen."

Maggie fühlte sich, als hätte sie einen harten Faustschlag in die Magengrube bekommen. Sie hatte sich an das Foto des jungen Stephen Baker geklammert, auf dem er einem altgedienten Senator die Hand geschüttelt hatte. Aber vor dem, was Waugh ihr offenbart hatte, konnte sie nicht die Augen verschließen. „Dann hat Vic Forbes also für *Sie* gearbeitet", stellte sie fest. „Diese Erpresserbotschaft kam in Wirklichkeit von Ihnen."

Er schlug mit beiden Händen so heftig auf den Tisch, dass die Kristallgläser klirrten. „Herrgott, nein! Glauben Sie denn, wir arbeiten wie dieser Einfaltspinsel? Wir gehen zu einem Gespräch ins Oval Office! Wir werden fotografiert, wenn wir hineingehen! ‚Heute hat der Präsident die Spitzen der Finanzindustrie zu einem Meinungsaustausch empfangen.' Was Forbes da getan hat, war billig und schäbig."

„Dann hat er nicht für Sie gearbeitet?"

„Doch, schon. Früher mal. Von ihm stammte der Tipp mit dem Hotelbrand; wahrscheinlich ist er Baker damals dorthin nachgeschlichen. Er hat uns auch von dem Psychiater erzählt, und das hat es uns ermöglicht, Akten und Abrechnungsunterlagen zu vernichten, sodass sie nie an die Öffentlichkeit kommen können."

„Wie haben Sie denn das angestellt?" Maggie war verblüfft über die Reichweite dieses Unternehmens.

„Ein Einbruch in die Arztpraxis. Nichts Besonderes. Jedenfalls hat Forbes uns anfangs geholfen. Aber danach war er bei der CIA und verschwand von der Bildfläche. Und dann, letzte Woche, tauchte er plötzlich auf allen Fernsehsendern auf mit seinen wilden Anschuldigungen."

„Nicht auf Ihre Anweisung?"

„Sind Sie wahnsinnig? Er war dabei, alles zu ruinieren! Der Kerl war außer Kontrolle geraten und verfolgte seine eigenen Ziele. Vielleicht war es die blanke Eifersucht. Baker war alles, was er nie sein konnte. Er hat Baker auf den Tod gehasst. Er war dabei, unsere Trumpfkarte auszuspielen, bevor wir Gelegenheit gehabt hatten, sie einzusetzen. Wir wussten, er musste gestoppt werden, sonst hätten wir Baker nicht mehr in der Hand gehabt."

Maggie dachte angestrengt nach, aber die Schmerzen in ihren Rippen wurden allmählich unerträglich. Sie musste sich unbedingt bewegen. Sie rutschte die drei, vier Zentimeter zur Seite, die ihr die Fesseln erlaubten. „Sie sagen, er hat nur am Anfang für Sie gearbeitet. Woher wusste er dann von der Spende aus dem Iran?"

„Das war für uns die Bestätigung, dass er auf einer ganz anderen Baustelle gearbeitet hat. Denn davon haben nicht mal wir etwas gewusst. Nach den Informationen, die wir darüber haben, muss man vermuten, dass es sich um eine Initiative Teherans handelt. Die Mullahs wollen Baker in Verlegenheit bringen, weil er ihnen zu anders ist. Ich würde Forbes zutrauen, dass er jede Spende, die Baker empfangen hat, zurückverfolgt hat."

„Und da haben Sie ihn aus dem Weg geräumt. Einen Lockvogel in diesen Striptease-Klub geschickt, seinen Selbstmord inszeniert, und das war's."

Waugh antwortete nicht.

„Das war kein so cleverer Plan, was?", bemerkte Maggie. „Sie bringen Forbes um die Ecke, und eine Minute später flackert überall in der Blogosphäre die Behauptung auf, Baker sei ‚der Pate'."

„Nennen Sie es das Gesetz der unbeabsichtigten Konsequenzen."

„Ihm droht das Impeachment!"

„Ich glaube, Sie werden feststellen, dass alles wieder in Ordnung kommt."

„Sie meinen, der –" Sie schüttelte den Kopf, zu verdattert, um zu Ende zu sprechen. Also kam auch dieser allerletzte Aufschwung für Baker, die Geschichte von dem republikanischen Senator und der drallen Lobbyistin, von Waugh und seinen Komplizen. Sie steckten hinter allem. Maggies Erschöpfung und Schmerzen verschwanden unter einer Woge von Zorn. „Und warum Stuart? Warum Nick? Warum mussten Sie die beiden umbringen?"

„Bei Goldstein hatten wir keine Wahl. Nicht nach Ihrem Telefongespräch, in dem er androhte, Baker zum Rücktritt zu drängen. Das konnten wir nicht zulassen. Nicht bevor das Bankengesetz in trockenen Tüchern ist."

„Und da haben Sie ihn ermordet?"

„Im Obduktionsbericht steht, er hat sich das Leben genommen. Und was Nick du Caines angeht, das war leider Ihre Schuld. Sie haben ihn da hineingezogen. Er hat herausgefunden, was das hier" – mit einer weiten Geste deutete er auf das elegante, geräuschlose Innere des Privatjets – „mit New Orleans zu tun hat. Wir konnten nicht riskieren, dass er das in der Zeitung publizierte. Auf keinen Fall."

„Und warum haben Sie mich nicht auch umgebracht?"

Waugh schenkte ihr die Andeutung eines Lächelns. Es überlief sie eisig. „Ich sag's noch einmal: Wir haben begriffen, meine liebe Maggie, dass Sie für uns lebend nützlicher sind als tot. Weil Sie für uns arbeiten werden. Sie werden für uns die Abmachung aushandeln. Ist das nicht Ihre Stärke? Maggie Costello, die große Unterhändlerin? Außerdem wissen wir, dass Sie Baker nahestehen; Sie sind eine der wenigen, denen er noch vertraut. In zehn Minuten wird dieses Flugzeug in Washington landen, und Sie werden den Präsidenten sprechen."

Washington, D. C., Montag, 27. März, 20.16 Uhr EST

Mit geschmeidigem Schnurren glitt der Wagen über den George Washington Memorial Parkway. Der Potomac funkelte im Mondschein.

Sie hatten Maggie die Telefone weggenommen, sodass sie sich nicht anmelden konnte. Sie würde am Besuchereingang des Weißen Hauses antreten und sich erklären müssen.

Waugh hatte sie nicht freigelassen, ohne sie zu warnen. Sie hatten in einer für Privatjets reservierten Ecke auf dem Vorfeld des Reagan International Airport gestanden, auf die beiden glänzenden Limousinen wartend, die dann ein paar Meter vor dem Flugzeug angehalten hatten, und Waugh hatte sie mit seinen eiskalten Augen fixiert und gesagt: „Maggie, ich vertraue darauf, dass Sie Ihrem Ruf gerecht werden: Handeln Sie bessere Bedingungen aus, als ich es könnte. Vermitteln Sie Baker, was ich Ihnen erzählt habe, damit er begreift, dass er in dieser Angelegenheit keine Wahl hat. Für jede Art von Heldentum wird er teuer bezahlen, und Sie auch. Und die, die Sie lieben." Damit war er in eine der Limousinen gestiegen und davongefahren, und nur einer der beiden Leibwächter war zurückgeblieben, um ihr Gesellschaft zu leisten.

Jetzt kamen sie zum Weißen Haus. Der Bodyguard nickte ihr zu; sie sollte aussteigen und die Aufgabe erledigen, die man ihr gestellt hatte.

Sie näherte sich dem Sicherheitsposten des Weißen Hauses. Ein Wachtposten winkte ihr, sie solle die Glastür öffnen und eintreten. Sie gab ihre Erklärung ab: Sie sei Maggie Costello, eine ehemalige Mitarbeiterin des Weißen Hauses, und Doug Sanchez erwarte sie.

Der Wachtposten überflog die Liste mit den amtlichen Terminen und schüttelte den Kopf. Sie bat ihn, in Sanchez' Büro anzurufen.

Während sie wartete, versuchte sie zu verarbeiten, was sie auf dem scheußlichen Flug erfahren hatte. Roger Waugh hatte eine eigene Geheimdiensteinheit und seine private Version der Präsidentenmaschine *Air Force One*. Dieser Mann, den niemand gewählt und kaum jemand je gesehen hatte, führte sich auf, als wäre er der wahre Beherrscher dieses Landes und der gewählte Präsident der Vereinigten Staaten eine bloße Marionette, deren Strippen sich gelegentlich verhedderten und wieder entwirrt werden mussten. Ausmaß und Umfang dieser Organisation waren atemberaubend. Sie hatten an alles gedacht; sie hatten nicht nur Pamela Everetts trauernden Eltern ein Schweigegeld gezahlt, sondern auch einen US-Senator dazu gebracht, mit dem jungen Baker zu posieren, damit dieser ein perfektes Alibi hatte, publiziert in der Lokalzeitung. Sie hatten sich sogar die Zeit genommen, die entscheidende Seite der *Daily World* aus dem Archiv in Aberdeen zu entfernen, so entschlossen waren sie, keinerlei Spuren zu hinterlassen.

„Maggie! Mann, bist du das?“ Sanchez sah aus, als habe er zehn Pfund abgenommen und in der Woche, seit sie ihn zuletzt gesehen hatte, nur zehn Stunden geschlafen. Er breitete die Arme aus, und Maggie ließ sich von ihm umarmen und hasste sich selbst für das, was sie jetzt tun musste.

„Was hat das zu bedeuten? Du verschwindest oben im pazifischen Nordwesten und veränderst dein ganzes Aussehen?“ Sanchez ging mit ihr durch die Lobby und bog dann zum Büro des Pressesprechers ab. „Was zum Teufel ist passiert, Maggie?“

„Das ist eine ewig lange Geschichte, Doug. Und im Moment kann ich sie niemandem außer dem Präsidenten erzählen. Tut mir echt leid.“

Bei seinem mitfühlenden Blick wurden ihre Gewissensbisse schlimmer denn je. Er schlug vor, sie solle in seinem Büro Platz nehmen, und machte sich auf den kurzen Weg durch den Korridor zur persönlichen Sekretärin des Präsidenten.

Maggies Blick ging zum Fernseher, der auf MSNBC eingestellt war.

„... glaube, das Wort der Stunde heißt ‚Exitstrategie‘. Ich habe mit den Leitwölfen im Repräsentantenhaus gesprochen, und sie sagen, im Justizausschuss reichen die Stimmen der Republikaner nicht aus, um das Verfahren in Gang zu bringen. Die Demokraten stehen geschlossen hinter dem Präsidenten, und die beiden entscheidenden Wackelkandidaten wackeln nicht mehr. Deshalb stehen die Republikaner jetzt unter dem Druck, ohne allzu große Gesichtsverluste einen Ausweg aus dieser Sache zu finden.“

Maggie seufzte. Sie wusste, dass jeder hier im Gebäude über diese Nachricht jubeln und sie für einen seltenen Glücksfall halten würde. Alle würden glauben, Bakers Glückssträhne setze sich endlich wieder fort. Aber sie konnte nur an Waughs spöttisches Gesicht denken.

Sanchez erschien in der Tür. „Er erwartet dich.“

Washington, D. C., Dienstag, 28. März, 10.58 Uhr EST

Trotz allem hatte Maggie in der Nacht gut geschlafen. Baker hatte ihr nur einen einzigen Auftrag erteilt, und den hatte sie prompt an Uri delegiert. Dieser war unter der strikten Voraussetzung, dass sie sofort ins Bett ging, mit allem einverstanden gewesen.

Ihr Gespräch mit Baker war zweifellos unangenehm gewesen. Er war bleich geworden, als sie den Namen Pamela Everett ausgesprochen hatte. Er hatte den Kopf geschüttelt und leise gesagt, das habe er immer befürchtet. Sie hatte seinem Blick angesehen, dass sie ihn gar nicht zu verurteilen brauchte: Er ging selbst hart genug mit sich ins Gericht.

Er griff zum Telefon und veranlasste, alle seine Termine bis auf Weiteres abzusagen und keinen Anruf durchzustellen, wenn es nicht um einen nationalen Notfall ging.

Dann hörte er mit wachsender Fassungslosigkeit zu, während sie ihm berichtete, was Waugh ihr erzählt hatte: dass er, Stephen Baker, als Teenager entdeckt und für eine große Zukunft vorgesehen worden war. Dass er deren Gewählter war. Er wurde immer blasser, und dann sagte er leise und mehr zu sich als zu ihr: „Meine ganze Karriere war eine Täuschung."

Schließlich übermittelte sie ihm Waughs Ultimatum: Er solle sein Veto gegen das Bankengesetz einlegen, oder Waugh werde alles veröffentlichen. Sie betrachtete es als ihre Pflicht, sich zu zwingen, jede Option, die ihm offenstand, zu bewerten und zu durchdenken. Sie wollte den Schock des Augenblicks beiseiteschieben und praktisch agieren. Mit anderen Worten: Sie wollte tun, was sie bei Stuart gelernt hatte.

Er hörte sich alles an und fragte an den richtigen Stellen nach; er kooperierte, als sie versuchte, sich dem Problem aus unterschiedlichen Perspektiven zu nähern. Am Ende des Gesprächs nickte er und sagte, er habe jetzt eine Entscheidung zu treffen.

Zum Abschied gaben sie einander die Hand, und der Präsident dankte Maggie für ihre „bemerkenswerten" Dienste. Seine letzten Worte waren: „Ich weiß, ich habe Sie enttäuscht. Aber ich werde eine Möglichkeit finden, es wiedergutzumachen."

Und jetzt war Sanchez am Telefon und sagte, sie solle den Fernseher einschalten. Der Präsident wolle eine Rede an die Nation halten.

Maggies Magen zog sich krampfartig zusammen. Sie wusste nicht, für welche Option er sich entschieden hatte. Würde er die Abstimmung über das Bankengesetz verschieben – ein Schritt, der ihm zumindest ein wenig Zeit verschaffen würde, um sich mit Waugh zu befassen? Oder hatte er sich für ein anderes, riskanteres Szenario entschieden, das sie vorgeschlagen hatte: Würde er sein Veto einlegen, wie Waugh es verlangt hatte, und dann unter der Hand versuchen, im Kongress die Stimmen zusammenzubekommen, die nötig waren, um sein Veto außer Kraft zu setzen und das Gesetz trotzdem durchzubringen?

Wenn er das täte und sich der Erpressung durch AitkenBruce und die anderen widersetzte, würde sie seinen Mut bewundern, aber für sie wäre es verhängnisvoll – und für Uri ebenfalls. Und angesichts des langen Arms dieser Leute vielleicht sogar für Liz und Calum. *Sie werden teuer bezahlen. Und die, die Sie lieben.*

Aber sie wusste, es war unrecht, an ihre eigene Sicherheit zu denken, wenn etwas so viel Größeres auf dem Spiel stand. Was würde es für dieses

Land bedeuten, wenn Baker einknickte? Waugh würde ihn neutralisieren und vernichten. Und alles, was er hatte tun wollen – für Amerika und die Welt –, würde niemals verwirklicht werden.

Plötzlich war er da, an seinem Schreibtisch, mit dem Sternenbanner hinter sich.

„Meine amerikanischen Mitbürger, Sie haben eine ungewöhnliche Woche hinter sich, und ich bitte um Verzeihung für meinen Anteil an diesen Ereignissen. Ich habe versprochen, einen Geist der Ruhe nach Washington zu bringen und die Temperatur in der Politik zu senken, aber die letzten sieben, acht Tage waren alles andere als ruhig."

Er ließ sein Flutlichtlächeln aufstrahlen.

„Gestern Abend habe ich endlich die wahre Erklärung für die Kette der Ereignisse bekommen, die mit dem verstorbenen Mr Vic Forbes und seinen schockierenden Enthüllungen über meine persönliche Vergangenheit und über die angebliche Finanzierung meiner politischen Laufbahn begonnen hat. In der Folge kam es zu unbegründeten Gerüchten über meine Beteiligung an seinem Tod. Man rief zu meiner Amtsenthebung auf, und mein nächster Berater, der hochgeschätzte Stuart Goldstein, beging anscheinend Selbstmord."

Er senkte den Blick, als müsse er sich zusammennehmen, und fuhr dann fort.

„Die Einzelheiten dieser Geschehnisse werden beizeiten ans Licht kommen, und sie werden für alle Beteiligten Konsequenzen haben. Aber ich will heute über etwas sprechen, für das ich allein verantwortlich bin. Wie Sie wissen, habe ich meine Teenagerjahre im Staat Washington verbracht, in einer Kleinstadt namens Aberdeen. Ich ging dann weg zum College, aber in den Ferien kam ich immer wieder zurück und arbeitete im Sägewerk, um meinen Unterhalt zu verdienen. In einer dieser Ferien lernte ich ein Mädchen namens Pamela Everett kennen. Sie war bezaubernd und schön. Wir waren zu jung, um zu heiraten, aber ich liebte sie sehr, und das wusste sie.

Eines Nachts waren wir zusammen in einem Hotel, wir hielten uns im Schlaf in den Armen. In den frühen Morgenstunden wachte ich auf und sah, dass Rauch unter der Tür hindurch ins Zimmer drang. Ich fühlte die Hitze und konnte die Flammen riechen. Ich schüttelte Pamela, aber blieb nicht lange genug da, um zu sehen, ob sie wirklich wach geworden war. In der Panik des Augenblicks rannte ich hinaus und brachte mich in Sicherheit. Ich sagte der Feuerwehr, dass Pamela noch drin sei, aber ich lief nicht selbst wieder hinein, um sie zu retten. Und am Ende war es zu spät. Pamela Everett starb in dieser Nacht.

Kein Tag vergeht, ohne dass ich daran denke. Schon vor langer Zeit hätte ich ehrlich zu dieser furchtbaren Wahrheit stehen sollen, aber ich habe nie ein Wort darüber gesprochen. Nicht einmal zu denen, die mir am nächsten stehen.

Ich erzähle Ihnen das alles jetzt nicht, damit Sie mir vergeben. Ich glaube, was ich getan habe, war so falsch, dass ich keine Vergebung verdiene. Ich erzähle es Ihnen, weil eine Handvoll Männer seit vielen Jahren von meinem schweren Fehler wissen und dieses Wissen jetzt benutzen wollen, um mich zu erpressen."

Maggie schnappte ungläubig nach Luft. Über diese Option hatten sie nicht gesprochen.

„Sic wollen, dass ich einen entscheidenden Teil meines Programms – eines Programms, für das Sie, das amerikanische Volk, mich im letzten Herbst mit vielen Millionen Stimmen gewählt haben – einfach aufgebe. Sie glauben, angesichts einer solchen Alternative werde ich meine eigene Haut retten, statt das zu tun, was gut ist für das Land, das ich liebe.

Nun, diese Männer, die ihr Leben lang Gewinn- und Verlustrechnungen anstellen und Fünfer und Zehner zusammenzählen, haben sich verrechnet. Ich weiß, dass ich etwas Furchtbares getan habe, und ich gedenke dafür zu bezahlen. Ich werde morgen Mittag vom Amt des Präsidenten zurücktreten. Zur selben Stunde wird Vizepräsident Williams in diesem Raum den Amtseid als Präsident der Vereinigten Staaten ablegen. Gott segne seine Präsidentschaft. Gott segne Sie alle. Und Gott segne die Vereinigten Staaten von Amerika."

Maggie war starr – weniger vor Schrecken als vielmehr vor Enttäuschung. Und in Wahrheit war es noch mehr als das: Es war Herzweh.

Baker hatte sie gebeten, eine kurze Zusammenfassung von Bradford Williams' Karriere zu erstellen, so persönlich wie möglich: „Triumphe und Tragödien", hatte er gesagt. Weil sie erschöpft gewesen war, hatte Uri ihr diese Arbeit abgenommen und die ganze Nacht daran gearbeitet.

Natürlich hatte sie befürchtet, dass Baker aus ebendiesem Grund um ein solches Dossier gebeten hatte, aber deshalb war es jetzt nicht weniger schrecklich, die Worte laut zu hören. Er war zurückgetreten. Er hatte alles geopfert, wofür er sein Leben lang gearbeitet hatte.

Und beim nächsten Gedanken überkam sie neuerliches Schuldbewusstsein. Baker hatte sich AitkenBruce widersetzt, und das bedeutete, dass sie bezahlen würden – er, sie und die, die sie liebte.

Zwanzig Minuten später klingelte das Telefon. Eine Frauenstimme, gleichmütig und gelassen. „Bitte warten Sie, ich verbinde Sie mit dem Präsidenten."

Es klickte einmal, dann war er dran. „Maggie, es tut mir leid.“

„Mir auch, Mr President. Und vielen anderen Leuten überall auf der Welt. Gab es denn keine andere Möglichkeit?“

„Ich habe lange darüber nachgedacht, Maggie. Aber für mich kam keine andere Möglichkeit infrage. Vergessen Sie nicht, niemand ist unersetzlich, Maggie. Nicht einmal ich.“

„Aber was ist mit allem, woran wir geglaubt haben?“

„Daran glaubt Williams genauso. Er ist ein guter Mann, Maggie. Die Arbeit wird weitergehen.“ Er schwieg kurz. „Er und ich arbeiten bereits an einer Akte mit einer detaillierten Aufstellung des Materials, das Aitken-Bruce und andere Banken mit den Todesfällen Forbes, Goldstein und du Caines verbindet. Juristen vom FBI befassen sich auch schon mit der Angelegenheit.“

„Das freut mich zu hören, Sir. Und was fangen Sie jetzt an?“

„Das weiß ich noch nicht, Maggie. Ich brauche Zeit zum Nachdenken. Aber es gibt etwas, das ich sofort tun möchte. Ich werde gleich morgen nach Idaho fliegen und Anne Everett besuchen und mich persönlich bei ihr entschuldigen.“ Er räusperte sich. „Ich habe auch über Sie nachgedacht, Maggie, und wie ich Sie beschützen kann. Wir müssen Ihnen geben, was Forbes sich selbst verschafft hat.“

„Eine Decke, Sir?“

„Ganz recht, eine Decke. Ich glaube, ich weiß, wie auch Sie ein bisschen Seelenfrieden finden können.“

„Wie denn?“

„Einer der Vorteile, die es mit sich bringt, Präsident zu sein, besteht darin, dass ich Zugang zu den Datenbanken der Nationalen Sicherheitsagentur habe. Seit dem elften September haben sie da Satelliten, die alle unsere Flughäfen in Echtzeit überwachen. ‚Augen am Himmel‘ nennen sie sie. Sie zeichnen alles auf.“

„Ich verstehe nicht, was –“

„Es bedeutet, Maggie, dass wir Filmaufnahmen vom Flughafen Teterboro haben, auf denen deutlich zu sehen ist, wie Sie überfallen und gewaltsam in ein Flugzeug verfrachtet werden, das Eigentum von AitkenBruce ist und in dem Roger Waugh als Passagier registriert ist. Diese Filmaufnahmen befinden sich jetzt beim Secret Service. Sollte Ihnen etwas zustoßen, wird Waugh persönlich der Hauptverdächtige sein.“

„Danke, Mr President.“ Sie befürchtete, das würde nicht genügen, aber diese Sorge mochte sie nicht aussprechen.

„Ich bin es, der sich bei Ihnen bedanken muss, Maggie. Ich weiß, Sie haben in den letzten paar Tagen Ihr Leben für mich riskiert. Das werde ich Ihnen nie vergessen. So wie ich nie Ihre Leidenschaft vergessen werde, Ihr Engagement für diejenigen, die keine Stimme haben außer Ihrer. Sie sind eine wirklich bemerkenswerte Frau, Maggie Costello. Und ich hoffe, eines Tages finde ich eine Möglichkeit, mich Ihnen erkenntlich zu zeigen."

„Ich weiß nicht, was ich sagen soll, Mr President."

„Ich habe Ihnen aber auch noch ganz unmittelbar zu danken, nämlich für das Dossier, das Sie heute Morgen über Vizepräsident Williams herübergeschickt haben. Es bestätigt, was ich vermutet habe, und mir ist sehr wohl dabei, ihm das Amt zu übergeben."

„Was hatten Sie denn vermutet, Mr President?"

„Na, Sie haben ja gesehen, wie seine Karriere verlaufen ist. Drei vergebliche Versuche, in den Kongress zu kommen. Er war zweiundvierzig, bevor er überhaupt gewählt wurde. Niemand hat Bradford Williams den Weg geebnet. Er hat es allein geschafft. Das heißt, niemand hat ihn in der Hand. Mit Ausnahme der Wähler natürlich."

Maggie lächelte. „Ich glaube, da haben Sie recht, Sir."

„Und wissen Sie, warum das so ist? Unsere Freunde, die Banker, haben Bradford Williams' Talent nicht entdeckt. Und ich habe den Verdacht, dafür gibt es einen einfachen Grund. Sie haben nie daran geglaubt, dass der Präsident ein Schwarzer sein könnte."

AGENTURBERICHT von *Associated Press*, veröffentlicht am 28. März, 11.45 Uhr Eastern Daylight Time:

> In mindestens vier Großstädten rund um den Globus haben die Polizeibehörden Razzien in den Zentralen einiger der größten Banken der Welt durchgeführt. Es handelt sich dabei offenbar um eine international koordinierte Aktion, ausgelöst durch die Rücktrittserklärung des US-Präsidenten Stephen Baker.
>
> Im Zentrum der Durchsuchungen steht die AitkenBruce-Bank. Ihre Niederlassungen in New York, London, Frankfurt und Dubai wurden im Abstand von wenigen Minuten nacheinander durchsucht, und Polizeibehörden beschlagnahmten Computer und Unterlagen.
>
> Roger Waugh, Vorstandsvorsitzender von AitkenBruce, wurde in seinem 35-Mio.-Dollar-Anwesen auf Long Island von FBI-Agenten festgenommen. Vor den Kameras der wartenden Fotografen wurde Mr Waugh in Handschellen und Beinfesseln abgeführt – ein Zeichen dafür, dass die Staatsanwaltschaft „schwerste Vorwürfe" gegen den Bankenriesen und seinen Chef erheben wird …

Washington, D. C., eine Woche später

„Ladies und Gentlemen, der Präsident der Vereinigten Staaten!"

Maggie schaute zu, wie Senatoren und Kongressabgeordnete wie wild applaudierten, als Bradford Williams sich seinen Weg durch das Gedränge vor dem Eingang zum Saal bahnte.

Es dauerte vier Minuten, bis alle 435 Kongressabgeordneten und 100 Senatoren sowie die 9 Richter des Obersten Gerichtshofs und die Generalstabschefs ihren Applaus beendet hatten. Als es still war, fing Williams an.

„Meine amerikanischen Mitbürger – alles, was ich habe, hätte ich gern dafür gegeben, heute nicht hier stehen zu müssen. Stephen Bakers Rücktritt war ein schwerer Schlag für unser Land, der die Grundfesten unseres Systems erschüttert hat. Es war ein Schock, nicht nur weil diese Nation Stephen Baker erst vor zwei Monaten das Regierungsmandat gegeben hat. Ein Schock war es auch, weil wir entdecken mussten, dass es eine Verschwörung mit dem Ziel gab, dem amerikanischen Volk sein Recht zu verweigern, ein freies und souveränes Volk zu sein. Eine Verschwörung mit dem Ziel, den Mann, den diese Nation zu ihrem Präsidenten gewählt hatte, als Geisel zu nehmen. Heute Abend stehe ich hier, um Ihnen und denen zu sagen, die hinter dieser Verschwörung stecken, wer immer sie sein mögen: Das wird nicht durchgehen!"

Donnernder Applaus.

„Morgen werde ich Ihnen einen Gesetzesentwurf zur Regulierung der Banken vorlegen. Ich gedenke deren Möglichkeiten, unser Geld weiterhin auf skrupellose Weise in Scheiben und Würfel zu zerlegen, zu beschneiden. Sie werden die Wirtschaft unseres Landes nicht länger als Kasino benutzen."

Wellen von Applaus brandeten über ihn hinweg. Aber er übertönte sie.

„Ich werde ihre Einkünfte so begrenzen, dass sie die wirkliche Welt reflektieren, in der wir anderen leben. Wer hart arbeitet, soll sein Auskommen haben, aber wer lügt, stiehlt und betrügt, soll dafür nicht länger auch noch belohnt werden."

Maggie sah, dass nur eine Handvoll Unbelehrbarer nicht applaudierten. Die Politiker wussten, dass eine so populistische Botschaft bei ihren Wählern zu Hause gut ankommen würde, und man würde sie bei lebendigem Leibe grillen, wenn sie es wagten, dem zu widersprechen, was Williams soeben gesagt hatte.

Er redete noch eine Weile über Bildungs- und Umweltpolitik und kam dann auf die Außenpolitik zu sprechen.

„Ich kann Ihnen nicht versprechen, dass ich genauso sein werde wie mein

Vorgänger. Wir sind zwei verschiedene Menschen. Aber Stephen Baker steckte voller großer Pläne, und einige davon hat er mir hinterlassen. Einen davon möchte ich heute besonders erwähnen. Schon zu lange ist im Sudan ein Gemetzel im Gange, ein schrecklicher Krieg gegen Frauen und Kinder und Männer, die nur in Frieden leben wollen. Deshalb weise ich noch heute Abend das Verteidigungsministerium an, dreihundert unserer bestausgerüsteten Hubschrauber an die Afrikanische Union zu überstellen. Sie werden die Augen sein, die über diesem geplagten Land Wache halten. Wenn das Morden wieder anfängt, sollen die Mörder zittern – denn wir werden sie beobachten."

Maggie schüttelte entzückt und ungläubig den Kopf. Sie hatte angenommen, der Darfur-Plan, über den sie mit Baker gesprochen hatte, sei im Augenblick seines Rücktritts tot und begraben gewesen. Doch offensichtlich hatte er ihren Plan an seinen Nachfolger weitergegeben. Sie erinnerte sich an Bakers Abschiedsworte: *Ich hoffe, eines Tages finde ich eine Möglichkeit, mich Ihnen erkenntlich zu zeigen.*

Washington, D. C., drei Monate später

Maggie ließ den Blick über die Gäste im Pub „The Dubliner" wandern. Uri hatte eine SMS geschickt und ihr mitgeteilt, dass er sich verspäten würde; also hatte es keinen Sinn, dauernd zur Tür zu schauen. Trotzdem blickte sie immer wieder auf und hoffte, ihn zu sehen. Er war bestimmt gut gelaunt; sein Verleih hatte ihm soeben mitgeteilt, dass sein Dokumentarfilm – „Das Leben, die Zeit und die wundersam kurze Präsidentschaft des Stephen Baker" – für das Toronto-Film-Festival ausgewählt worden war.

Trotzdem war sie ein bisschen nervös. Warum hatte Uri sich hier mit ihr treffen wollen und nicht zu Hause? Für einen neutralen Ort entschied man sich nur dann, wenn man annehmen musste, dass die Verhandlungen angespannt und kompliziert sein würden; das hatte sie schon vor langer Zeit gelernt. Wollte Uri in rauen Gewässern herumschippern?

Es stimmte: Die letzten paar Wochen waren nicht eben toll gewesen. Nach den irrsinnigen letzten Märztagen hatten sie beschlossen, wegzufahren, zusammen Urlaub zu machen. Sie hatten sich für die Vulkaninsel Santorin in der Ägäis entschieden.

Zoe Galfano, die Secret-Service-Agentin, die mit dem betraut war, was man offiziell als „Nachsorge" bezeichnete, hatte darauf bestanden, den amerikanischen Konsul in der Region zu benachrichtigen, damit dieser eine „diskrete" Security-Präsenz arrangierte. Maggie hatte Einwände erhoben: Roger Waugh und seine Komplizen seien doch hinter Gittern. Aber Zoe hatte erklärt, Ex-Präsident Baker habe sich sehr entschieden geäußert: Maggie Costello habe den Schutz der US-Regierung verdient.

Die Bodyguards waren diskret gewesen – nah genug, um jeden abzuschrecken, der etwas im Schilde führte, und so weit weg, dass ein normaler Mensch ihre Anwesenheit gar nicht bemerkte. Sie waren nicht schuld daran gewesen, dass der Urlaub eine Pleite geworden war.

Dabei hatte es ganz gut angefangen. Maggie genoss die Gelegenheit, nachzuholen, was ihr in letzter Zeit entgangen war: Schlaf, Essen und … Uri. Sie schliefen lange, dann frühstückten sie in aller Ruhe zusammen. Nachmittags schliefen sie miteinander, langsam und vorsichtig – ein wenig unsicher nach der langen Trennungszeit –, und dann gingen sie bis zum Sonnenuntergang spazieren und redeten miteinander, bevor sie schließlich spät zu Abend aßen.

Aber nach ein paar Tagen voller Ruhe und Frieden juckte es sie in den Fingern, nach dem BlackBerry zu greifen. Uri verdrehte nur die Augen.

„Was machst du da?“

„Nichts.“

„Eine besondere Sorte Nichts, für die man ein Smartphone braucht.“

„Die *New York Times* bringt eine Serie über Williams’ erste hundert Tage.“

„Und die willst du lesen. Obwohl du im Urlaub bist. Ich weiß nicht, warum du nicht am Strand liegen und dich entspannen kannst wie jeder normale Mensch.“

„Weil ich nicht gern in der Sonne bin. Ich bin Irin. Ich kriege Sonnenbrand.“

„Aber du sitzt doch im Schatten.“

„Damit ich keinen Sonnenbrand kriege.“

Solche Wolken zogen vorüber, aber im Laufe der Woche kamen sie öfter.

„Wollen wir schwimmen?“, schlug Uri vor.

„Ich will nicht schwimmen, ich will nicht joggen, und ich will keinen Sonnenbrand kriegen. Ich will etwas tun.“

Jetzt lächelte sie darüber; sie erinnerte sich, dass Liz immer gesagt hatte, ihre Vorstellung von der Hölle sei ein zweiwöchiger Urlaub allein mit ihrer Schwester. Kein Zweifel, sie hatte sich unmöglich aufgeführt. Gereizt, stachelig, gelangweilt.

Seitdem hatte Uri durchgehend gearbeitet, um den Film fertigzustellen. Sie hatte ein wenig Zeit mit ihm in New York verbracht, und er war nach D. C. gekommen, um ein paar Interviews in letzter Minute zu führen. Jetzt war der Film fertig, und heute Mittag hatte er ein Essen in Washington, um mit der Programmdirektion des Public Broadcasting Service über die

Sendetermine zu sprechen. Er hatte vorgeschlagen, sich gleich danach mit Maggie auf einen Drink zu treffen.

Sie wollte eben zur Toilette gehen und ihr Haar in Ordnung bringen, das inzwischen wieder seine gewohnte Farbe und Länge hatte, als sie ihn hereinkommen sah. Diese Augen – die Augen eines starken, tapferen Mannes und zugleich die eines verlorenen Jungen – ließen sie dahinschmelzen, wie sie es immer getan hatten.

Er setzte sich zu ihr an den Ecktisch, aber als sie ihn auf den Mund küssen wollte, hielt er ihr die Wange hin. Schon dabei überlief sie ein banger Schauder.

„Gratuliere zu Toronto!"

„Danke."

„Wer weiß, vielleicht geht er als das einzig erfolgreiche Element seiner Präsidentschaft in die Geschichte ein."

„Vergiss nicht die ‚Aktion für Sudan'. Die Hubschrauber. Dein Vermächtnis, Maggie."

„Das stimmt." Sie verspürte einen flüchtigen Moment lang Gewissensbisse, weil sie ihm in diesem Zusammenhang noch etwas verschwiegen hatte. Dann bestellte sie etwas zu trinken. Noch einen Whiskey für sich, ein Bier für ihn.

Er trank direkt aus der Flasche und sagte dann: „Maggie, wir müssen miteinander reden."

„Das klingt unheilvoll."

„Hör einfach zu. Erinnerst du dich an den Abend am Strand auf Santorin, als es Vollmond war und wir noch einen Spaziergang am Meer machten?"

„Natürlich erinnere ich mich." Ihre Kehle wurde trocken.

„Ich hatte mir an dem Abend eine richtige Rede zurechtgelegt. Ich wollte dir sagen: ‚Ich ertrage es nicht, von dir getrennt zu sein, und wir gehören zusammen.' Ich wollte sagen: ‚Das Leben ist so kurz und so kostbar, und irgendwann kommt der Augenblick, da müssen wir uns entscheiden.' Ich hatte mich entschieden. Ich wollte sagen: ‚Ich will dich, Maggie. Du bist die, für die ich mich entscheide.' "

„Und was ist dann passiert?" Sie ahnte, was jetzt kommen würde.

„Du weißt, was dann passiert ist. Von dem Augenblick an, als wir auf der Insel waren, konntest du es nicht erwarten, wieder wegzukommen."

„Ich finde, das ist nicht fair."

„Du bist immer so rastlos, Maggie. Du nimmst einen Job im Weißen Haus an, und ehe man es sich versieht, jettest du im ganzen Land herum, gehst auf Mördersuche in New Orleans, entgehst einem Anschlag im Nordwesten –"

„Es war eine irrsinnige, verrückte Woche, Uri."

„Es ist immer irrsinnig und verrückt mit dir, Maggie. Immer passiert etwas. Als wir uns in Jerusalem kennenlernten, bist du um dein Leben gerannt. Und jetzt tust du hier genau das Gleiche."

„Hör auf, das ist doch Zufall. Als –"

„Wirklich, Maggie? Es kann doch nicht immer nur Zufall oder Pech oder Schicksal sein. Ich glaube, auf irgendeiner Ebene brauchst du es."

„Hast du etwa mit meiner Schwester gesprochen?"

„Ich meine es ernst. Es passiert doch immer wieder. Du kommst zurück, versuchst dich in einem normalen Leben einzurichten, einen Job anzunehmen, bei dem du am Schreibtisch sitzt und normale Dienstzeiten hast – und dann geht wieder irgendetwas schief."

„Ich bin gefeuert worden, Uri!"

„Weil du den Verteidigungsminister ein Arschloch genannt hast! Wer schreibt denn so was in eine E-Mail, es sei denn, er will es darauf anlegen, Ärger zu bekommen? Und es hat ja geklappt. Einen Augenblick später wärst du beinahe umgebracht worden."

„Jemand hatte sich vorgenommen, den Präsidenten zu vernichten!"

„Ich sage ja nicht, dass es nicht für eine gute Sache ist, Maggie. Ich frage nur, warum immer du es sein musst. Du hast mir einmal erzählt, auch wenn die Leute um dich herum starben und der Lärm von Heckenschützen deinen Schlaf störte, warst du nie glücklicher als in Afrika."

„Das ist Jahre her. Ich war jung."

„Ich hab es doch selbst gesehen, Maggie. In Jerusalem. Du warst jeden Tag dem Tode nah, und weißt du was? Du hast es geliebt. Du hast es sogar selbst gesagt: ‚Ich habe mich noch nie so lebendig gefühlt.' "

Das stimmte. Sie konnte sich daran erinnern. „Und was willst du mit all dem sagen?"

„Ich will damit sagen, ich will dich, Maggie. Aber ich will auch ein Leben. Ein Leben an einem festen Ort. Mit Kindern."

„Aber das will ich doch auch!"

„Vielleicht ja, aber du wirst immer etwas anderes noch mehr wollen. Die Welt retten, zum Beispiel – oder zumindest nicht lange genug an einem Ort bleiben, um dich zu langweilen."

Der Drang, ihm zu widersprechen, versiegte. In dem, was er sagte, war mehr als ein Körnchen Wahrheit, und das wusste sie. In den schlimmsten Augenblicken – als sie in Aberdeen das Auto von der Straße gelenkt und als sie Roger Waugh von Angesicht zu Angesicht gegenübergesessen hatte – hatte das Adrenalin in ihren Adern gerauscht.

Sie sah Uri an. Seine Augen waren dunkel und eindringlich, sein Gesicht wie versteinert. Er hatte sich sehr bemüht, mit ihr zusammen zu sein, und sie hatte sich sehr danach gesehnt, mit ihm zusammen zu sein. Sie hatten es versucht, in verschiedenen Städten und auf verschiedene Arten, vollständig und teilweise, während der Arbeit und im Urlaub – und sie waren jedes Mal gegen die gleiche Wand gefahren. „Ein Adrenalin-Junkie mit einem Messias-Komplex" hatte ihre Schwester Liz sie einmal genannt.

Einen kurzen Augenblick lang dachte sie an den Anruf, den sie bekommen und von dem sie Uri nichts erzählt hatte. Präsident Williams' Stabschef hatte ihr angeboten, die „Aktion für Sudan" zu koordinieren. Unter einer Bedingung: Sie müsste an Ort und Stelle arbeiten – in Afrika. Sie hatte den Gedanken an dieses Angebot gründlich verdrängt, als wäre es ein verbotener Leckerbissen, den sie nicht anrühren durfte.

Sie kämpfte die Tränen nieder. „Es ist für mich wichtig zu wissen, dass das, was ich tue, etwas bedeutet. Und ja, ich werde wahnsinnig, wenn ich auf hundert Meter an ein Büro mit Stechuhr herankomme. Und du hast auch recht, wenn du sagst, ich liebe den Rausch der Gefahr. Aber ist das denn ein Verbrechen, Uri? Was ist falsch daran, wenn ich so furchtbare Dinge gesehen habe, dass ich jetzt jedes Gramm meiner Energie darauf verwenden will, die Dinge besser zu machen?" Sie sah ihm in die Augen. „Du weißt, dass ich mit dir zusammen sein wollte. Ich wollte es wirklich. Aber ich kann nicht jemand anderer sein, Uri. Ich habe lange gebraucht, um es zu sehen, aber ich bin die, die ich bin. Es tut mir leid."

Sie beugte sich über den Tisch und küsste ihn lange und hart auf den Mund. Dann stand sie auf, raffte ihre Sachen zusammen und ging zur Tür, bevor ihr die Tränen über das Gesicht laufen konnten.

EPILOG

Am selben Abend ...

Senator Rick Franklin legte die Mitteilung zur Seite, die er soeben erhalten hatte: eine detaillierte Zusammenfassung der Resultate einer Umfrage, in der potenzielle Wähler der Republikaner gefragt worden waren, wie sie eine Reihe führender Parteipersönlichkeiten bewerteten. Zur Freude seines Teams war er auf Platz zwei gelandet, unmittelbar hinter dem Rockstar und früheren Vizepräsidentschaftskandidaten der Partei, der solche Umfragen immer anführte.

Er wusste, wie es dazu gekommen war. Auch wenn der größte Teil des Landes auf Stephen Bakers Rücktritt mit Bestürzung reagiert hatte, war es für den harten Kern der amerikanischen Rechten ein Festtag gewesen, und sie hatten Rick Franklin als ihren Helden bejubelt. Er war der Mann, dessen Beharrlichkeit Baker aus dem Amt getrieben hatte. Die Experten waren sich darin einig, dass Senator Franklin der Spitzenkandidat der republikanischen Präsidentschaftsnominierung werden würde, der dann bei der Wahl in etwas mehr als drei Jahren gegen den ungewählten Präsidenten Bradford Williams antreten würde.

Seine Anhänger waren außer sich vor Begeisterung, seine Frau ebenfalls. Nur er selbst spürte bei all diesem Präsidentengerede einen bangen Knoten im Magen. Er hatte gesehen, wie Baker die Fehlentscheidungen aus seiner Vergangenheit hatte bekennen müssen. Sie hatten ihn zu Fall gebracht. Aber war er, Rick Franklin, Familienvater und Galionsfigur der Christlichen Koalition von Amerika, nicht genauso verwundbar? Seine Affäre mit Cindy dauerte jetzt schon fast zwei Jahre; es gab nichts, was sie nicht zusammen ausprobiert hatten, und manches davon war in mehreren Staaten illegal. Man würde ihn vernichten.

Es war gut, dass sie diese Woche weg war, auf einer Tagung in Colorado. Sie würde ihren Spaß haben, und wenn sie zurückkäme, würde er ihr sagen, dass es aufhören müsse. Sein Entschluss stand fest.

Vielleicht zwanzig Minuten später kam ein Anruf aus Charleston.

„Senator, hier ist Brian." Einer seiner niederen Referenten; er klang angespannt.

„Was ist los, Brian?"

„Wegen Cindy, Sir. Wir haben eben einen Anruf von –"

„Was ist passiert?"

„Sie ist tot, Sir. Ein Skiunfall."

Franklin bekam Herzklopfen. War das ein Herzinfarkt? Langsam und sorgfältig legte er den Hörer auf und atmete ein paarmal tief durch. Der Schmerz in seiner Brust, sagte er sich, war Trauer. Er hatte Cindy sehr gern gehabt: Sie war ein reizendes Mädchen gewesen, mit einem Körper, den der Herr mit eigener Hand geformt hatte …

Aber hinter der Anspannung in seiner Brust verbarg sich noch mehr. Ein Gedanke braute sich da zusammen: War dies die Vorsehung, die in die Angelegenheiten der Menschen eingriff und das letzte ernsthafte Hindernis zwischen ihm und dem Weißen Haus beiseiteräumte? Konnte es das Werk desselben wohltätigen Gottes sein, der schon in so vielen anderen heiklen Momenten seiner Karriere geholfen hatte?

Rick Franklin verbrachte den Abend mit den gebührenden Telefonaten; er sprach mit Cindys Eltern und mit seinen Mitarbeitern. Aber zwischendurch wanderte sein Blick immer wieder auf die Mitteilung mit den Umfragedaten. Sie waren wirklich sehr ermutigend.

Unter all den Telefonaten war ein Anruf, mit dem er nicht gerechnet hatte. Er kam von dem Washingtoner Veteranen Magnus Longley, der Bakers Stabschef gewesen war und länger existierte als das Lincoln Memorial.

„Was verschafft mir dieses Vergnügen, Mr Longley?"

„Senator, ich höre eben, dass Sie Ihre überaus talentierte Abteilungsleiterin für Legislative Angelegenheiten verloren haben."

„Sie hören das Gras wachsen, Mr Longley. Es ist noch gar nicht bekannt gegeben worden. Nur Familie und Freunde sind bisher informiert."

„Ich glaube, ich war einer der Ersten, die es erfahren haben." Nach einer langen Pause räusperte er sich. „Jedenfalls – mein Beileid. Ich hatte gehofft, wir könnten uns vielleicht unterhalten."

„Selbstverständlich. Ja. Ich –"

„Lassen Sie mich eingangs sagen – und das wird Sie vielleicht überraschen –, dass meine Kollegen und ich Ihnen unsere allergrößte Wertschätzung entgegenbringen, Senator Franklin. Das war übrigens schon immer so …"

„Ein guter Journalist ist grundsätzlich neugierig auf Menschen – und ein Schriftsteller muss ebenfalls fasziniert von ihnen sein."

Sam Bourne

Als der 1967 geborene, mehrfach ausgezeichnete britische Journalist Jonathan Freedland beschloss, neben seinem eigentlichen Beruf Thriller zu schreiben, legte er sich dafür das Pseudonym „Sam Bourne" zu. Sein Romandebüt, *Die Gerechten*, erschien 2006 und erklomm wie alle vier Nachfolger die Spitze der britischen Bestsellerlisten.

Freedland gilt als Spezialist für britische Politik, Nahost-Themen und die USA. Nach seinem Politik- und Wirtschaftsstudium in Oxford war er als Reporter für die *Washington Post* und für mehrere Radiosender tätig. Danach berichtete er vier Jahre lang als Korrespondent des *Guardian* aus Washington, für den er heute, zurückgekehrt nach London, als Redakteur und Kolumnist arbeitet. Daneben leitet er eine Radiosendung bei der BBC, schreibt Gastartikel für US-Zeitungen … und eben Spannungsromane!

Wie groß sind die Übereinstimmungen zwischen Journalismus und Schriftstellerei? „Gute Schreibe" und Interesse an Menschen brauche man für beides, erklärt Freedland, stellt aber mit einem Schmunzeln auch einen Unterschied fest: „Ich würde nicht so weit gehen, zu behaupten, dass beide Jobs auch die Fähigkeit erfordern, Dinge zu erfinden."

Freedland, ein bekennender Familienmensch, wünscht sich, mit seiner Frau und seinen zwei kleinen Söhnen irgendwann einmal eine Zeitlang in New York zu leben, wozu er während seines Amerika-Aufenthalts nie gekommen war. Und seiner jüdischen Herkunft wegen hat er noch einen weiteren Traum: „Als Achtzehnjähriger habe ich ein Jahr in Israel gelebt. Das würde ich gern wiederholen, diesmal mit meiner Familie."

Solang die Welt noch schläft

Petra Durst-Benning

„Mit dem Velo durch die Stadt?“ Isabelles Augen weiteten sich vor lustvollem Entsetzen. „Aber … das ist ja doppelt verboten!“

Jo schmunzelte. Für ein aufregendes Abenteuer war Isabelle immer zu haben. „Ein paar Vorkehrungen müssen wir dafür treffen, aber dann … Morgen früh, solang die Welt noch schläft, fahren wir los!“

1. Kapitel

Berlin, November 1891,
Königlich-Preußisches Frauengefängnis Barnimstraße

Beklommen schaute sich Josefine um. Ein Bett reihte sich ans andere, insgesamt waren es dreißig an der Zahl. Die Eisenstäbe schimmerten kalt unter dem Licht der einzelnen nackten Glühbirne, die in der Mitte des Raumes von der Decke baumelte. Der Blick aus dem vergitterten Fenster verhieß nichts Besseres – ein dünner, schmutziger Vorhang verhüllte nur notdürftig die Aussicht auf brachliegende Öde, die von einer hohen Mauer eingefasst wurde.

Weiter hinten im Schlafsaal war leises Schluchzen zu hören. Jo drehte sich um und erblickte die abgezehrte Rothaarige mit dem typisch spitzen Bauch einer Schwangeren, die zeitgleich mit ihr eingeliefert worden war. Sie kauerte wie ein Häufchen Elend auf einer Pritsche am Ausgang und weinte vor sich hin. Einen Moment lang war Josefine versucht, zu dem Mädchen zu gehen und es zu trösten, überlegte es sich dann aber anders.

Sie hatte seit über achtundvierzig Stunden nicht mehr geschlafen. Ihre Augen brannten und ihr Kopf schmerzte. Ihre rechte Schulter, die sie sich bei dem Unfall verletzt hatte, war angeschwollen und tat höllisch weh. Vorsichtig bewegte Jo das Gelenk ein wenig. Wenigstens war nichts gebrochen.

Zögerlich ging sie auf das Bett mit der Nummer vierzehn zu, das die Gefängnisvorsteherin ihr genannt hatte. Sie schob das dünne Tuch, das als Bettdecke dienen sollte, zur Seite. Die Matratze wies unzählige Flecken auf. Als sich Josefine setzte, hing die dünne Matratze in der Mitte durch, und in dem Schlafsaal war es so kalt, dass Josefines Atem als kleines Wölkchen in der Luft stehen blieb.

Hier also sollte ihr der „Hochmut“ ein für alle Mal ausgetrieben werden. Josefine kämpfte mit den Tränen. Erschöpft legte sie sich auf das Bett, zog die Beine an und schlang die Arme um sich in dem hilflosen Versuch, sich gegen die Kälte zu schützen. Mit geschlossenen Augen wartete sie auf gnädigen Schlaf, doch stattdessen kamen die Erinnerungen an die vergangene Nacht zurück …

Am frühen Abend hatte sie noch kurz gezögert: Sollte sie aufbrechen oder doch lieber zu Hause bleiben? Den ganzen Tag über hatte richtiges Schmuddelwetter geherrscht, der Nieselregen und nasses Herbstlaub hatten die Straßen rutschig gemacht. Dennoch hatte sich Josefine für den Aufbruch entschieden. Ein Fehler, wie sich später herausstellte.

Trotz des schlechten Wetters und obwohl es weit nach Mitternacht gewesen war, hatten Anwohner ihren Unfall beobachtet. Eilig waren sie aus ihren Häusern in den Regen hinausgerannt. Die meisten waren äußerst feindselig gewesen. Nur ein alter Mann hatte zu ihr gesagt: „Da haste Jlück im Unjlück jehabt, Mädel. Hättste die janze Nacht auf der eiskalten Straße jelejen, wärste womöglich erfroren.“ Neben ihm stand eine ältere Frau mit einem schreienden Säugling auf dem Arm und einem sensationslüsternen Blick im Gesicht. „Junges Frollein, wat hamse um diese Nachtzeit hier überhaupt zu suchen? Und dann noch in diesem Aufzug! Det jeht doch nich mit rechten Dingen zu.“ Schrill und anklagend war ihre Stimme gewesen. Sie war dann losgezogen, um einen Wachtmeister herbeizuholen. Der hatte sie argwöhnisch betrachtet und mit Fragen bombardiert. „Wie heißt du? Was ist passiert? Warum die Männerkleidung?“

Sie hatte ihm lediglich ihre Adresse genannt. Von irgendwoher kam ein Fuhrwerk angefahren, Josefine wurde zu dem Kutscher auf den Bock gehoben. Der Wachtmeister quetschte sich neben sie. Erst da sah sie, dass die Haut an ihrer rechten Hand abgeschürft war. An ihrer linken Hand hatte sie sich alle Knöchel blutig geschlagen.

Zu Hause angekommen, donnerte der Polizist mit seiner Faust gegen die Tür. Im ersten Stock wurde ein Fenster geöffnet und ihre Mutter streckte unwirsch den Kopf heraus. Josefine ließ sich mit hängendem Kopf und pochender Schulter von dem Polizisten in die Stube führen.

„Meine Tochter? Einen Unfall mit solch neumodischem Kram? Wir sind redliche Leute. Hufschmied bin ich, da werd ich einen Teufel tun und mir *so etwas* ins Haus holen!“ Der Blick, den der Hufschmied ihr, seiner Tochter, zugeworfen hatte, war voller Abscheu und Verachtung gewesen.

„Tatsache ist, dass Ihre Tochter auf der Landsberger Allee einen Unfall hatte“, hatte der Polizist ungeduldig erwidert. „Und verletzt ist sie auch, womöglich hat sie sich die Schulter gebrochen. Wollen Sie nicht einen Arzt rufen?“

Biestig schaute Elsbeth Schmied den Mann an. „Wenn wahr ist, was Sie sagen, können Sie das Luder gleich mitnehmen."

Ihre Eltern hatten keinen Arzt rufen wollen. Also ordnete der Wachtmeister an, dass Josefine sich um elf Uhr am nächsten Morgen in der Polizeiwache am Görlitzer Bahnhof melden sollte.

Schweren Schrittes und noch schwereren Herzens hatte sich Jo in die Waschküche geschleppt. In der Spiegelscherbe an der Wand erkannte sie sich im ersten Moment gar nicht. Schmutz und getrocknetes Blut entstellte ihr sonst so apartes Gesicht mit den hohen Wangenknochen. Hektisch versuchte sie sich mit dem kalten Wasser zu reinigen.

In ihrem Zimmer war sie endlich in Tränen ausgebrochen. Alles war aus und vorbei! Sie hatte gelogen, gestohlen und betrogen. Isabelle würde durch sie in große Schwierigkeiten kommen, vielleicht sogar Clara. Ihre besten Freundinnen! Und wie sollte sie je für den Schaden aufkommen? Würde sie für den Rest ihres Lebens verschuldet sein?

Ohne Frühstück hatte sie sich am Morgen, begleitet von ihrer Mutter, auf den Weg zur Polizei gemacht. „Brauchst dich hier nicht breitzumachen", hatte einer der Polizisten auf der Wache gesagt, als sie sich mit steifen Gliedern auf die schmale Holzbank setzen wollte. Dann hatte er sie und ihre Mutter zum zuständigen Amtsgericht in der Parkstraße gebracht, wo die Verhandlung noch am selben Tag stattfinden sollte.

Von da an hatte Josefine – übermüdet, wie sie war – alles nur noch wie durch einen Nebel wahrgenommen. Der Richter war blass und jung gewesen und sehr beschäftigt. Jedenfalls stapelten sich die Akten in riesigen Bergen auf seinem Schreibtisch. „Die Frage ist, ob man im Fall der Josefine Schmied von mangelnder Einsichtsfähigkeit sprechen kann", hatte er gesagt, nachdem er sich den Bericht des Wachtmeisters angehört hatte. „Wenn nicht, wäre bei einer Minderjährigen ein Freispruch durchaus möglich …"

Der Wachtmeister runzelte die Stirn. „Euer Ehren, die Angeklagte erreicht in ein paar Monaten, mit achtzehn, die volle Strafmündigkeit! Und laut den Worten ihres Vaters – ein angesehener Hufschmied übrigens – war sie sich der Schwere ihres Vergehens durchaus bewusst."

„Warum ist der Vater eigentlich nicht mitgekommen?", wollte der Amtsrichter von Elsbeth Schmied wissen.

„Mein Mann muss arbeiten", antwortete sie spröde.

„Und wie kann es sein, dass Ihre Tochter nächtens das Haus verlässt und Sie das nicht merken? Sie haben eine gewisse Aufsichtspflicht."

„Aufsichtspflicht, von wegen! Das Gör war schon immer eine Rumtreiberin", fuhr Josefines Mutter auf. „Nach allem, was geschehen ist, ist unsere Tochter für uns gestorben, das sage ich Ihnen."

Josefine hatte krampfhaft nach Worten gesucht. Hatte sie nicht Tag für Tag bis zur völligen Erschöpfung geschuftet, um ihrem Vater die Arbeit zu erleichtern? Hatte sie nicht ihrer Mutter jede Tätigkeit im Haus und ringsherum abgenommen? Aber sie wusste, dass all das nicht mehr zählte – noch nie gezählt hatte. So hatte sie geschwiegen.

Der Amtsrichter richtete sich auf. Wie auf ein geheimes Stichwort hin zückte seine Sekretärin ihren Stift, um die Urteilsverkündung schriftlich festzuhalten.

„Gemäß Reichsstrafgesetzbuch, § 56 Absatz 1 sowie § 57 Absatz 1 und 2 ordne ich aufgrund der Schwere des Vergehens die sofortige Unterbringung im Frauengefängnis Barnimstraße an. Aufgrund des jugendlichen Alters der Verurteilten und der Tatsache, dass ich ihr eine gewisse Besserungsfähigkeit nicht abspreche, erfolgt die Unterbringung in der neu geschaffenen Jugendabteilung. Die Unterbringung ist verbunden mit täglichem Arbeitsdienst sowie täglichem Unterricht. Die Dauer wird auf dreieinhalb Jahre festgelegt." Mit strengem Blick hatte er über seinen Schreibtisch hinweg Josefine angeschaut. „Das Frauengefängnis Barnimstraße ist eine große Chance für junge Menschen, die wie du vom rechten Weg abgekommen sind. Ich hoffe, du entwickelst dort die geistige Reife, die nötig ist, um ein ehrenwertes Leben in Freiheit und Demut führen zu können."

Als die zwei Wachtmeister Josefine abführten, hatte ihre Mutter nicht einmal mehr den Kopf nach ihr umgedreht.

Man hatte ihr die Kleidung abgenommen und ihr ein grobes Wollkleid gereicht. Einzig ihre Unterwäsche und die Schuhe hatte sie behalten dürfen. Dann hatte eine Wärterin sie in diesen Schlafsaal gebracht.

Fußgetrappel näherte sich, dann ertönte plötzlich hinter ihr eine Stimme, rau wie Schmirgelpapier: „Sieh mal an, eine Neue. Bestimmt trägt sie noch ihre eigene Unterwäsche." Ein eigentümlicher Geruch nach schlechtem Essen und Schweiß stieg in Josefines Nase. Stur hielt Jo ihren Blick auf die Wand gerichtet. „Was glotzt du so blöde vor dich hin?", sagte eine zweite Stimme. Jemand pikte ihr mit einem spitzen Finger in den Rücken. Mehrstimmiges Lachen folgte.

„He, was soll das?" Josefine fuhr wütend herum und setzte sich auf die Bettkante. Beim Anblick der zerlumpten Gestalten vor ihr erschrak sie.

Zehn, zwölf Mädchen und Frauen waren es, teilweise in ihrem Alter, teilweise jünger. Alle waren krankhaft blass. Die Haare waren struppig und ungepflegt, die Hände schmutzig, teilweise blutig und mit ungepflegten Fingernägeln. Die Mädchen erinnerten Jo an die Horden von Gassenkindern, die überall in der Stadt unterwegs waren und sich einen Spaß daraus gemacht hatten, sie mit Steinen zu bewerfen oder zu bespucken. Isabelle und sie hatten bei ihrem Anblick stets das Weite gesucht.

„Nummer vierzehn ist mein Bett, also steh auf!", herrschte eine große Hagere sie an und versetzte ihr mit dem Fuß einen schmerzhaften Tritt gegen das Schienbein. Sie hatte raspelkurze Haare wie nach einer Lausschur, tief liegende graue Augen, und ihre Wimpern und Brauen waren hell, fast durchscheinend. Sie wirkte intelligent, eiskalt und viel älter als sie war.

„Aber die Aufseherin meinte –", hob Josefine an.

„*Ich* bin diejenige, die hier das Sagen hat! Und ich, Adele, sage, dieses Bett gehört mir", stellte die Wortführerin kühl fest. Sie nickte zwei Mädchen zu, die sich links und rechts von Josefine platzierten. Doch bevor die beiden sie an den Armen packen konnten, stand Josefine freiwillig auf. „Und wo soll ich dann schlafen?", fragte sie gereizt.

„Das schert mich überhaupt nicht", erwiderte die Hagere.

Missmutig schaute sich Josefine in dem Schlafsaal um. Ihr Blick fiel erneut auf die Rothaarige am Ende des Schlafsaals. Allem Anschein nach waren dort noch Betten frei. Josefine hatte den Gang schon zur Hälfte durchquert, als sie merkte, dass Adele ihr folgte. Ruckartig drehte sich Jo um. „Was ist denn noch?"

Grinsend verstellte die Anführerin ihr den Weg. „Gib mir deinen Unterrock, den kann ich gut gebrauchen."

„Du spinnst wohl!", erwiderte Josefine scharf. „Wenn du etwas von mir willst, musst du es dir schon holen." Herausfordernd baute sie sich vor der anderen auf.

Die Wortführerin taxierte ihr Gegenüber kurz, dann winkte sie ab. „Deine Klamotten würden mir eh nicht passen, wo du so 'ne lange Bohnenstange bist. Zeig mir lieber deine anderen Sachen!"

„Was für Sachen?"

„Na, so wie du ausschaust, hast du bestimmt eine Menge nützlicher Dinge mitgebracht. Seife, einen Kamm, Süßigkeiten – also los, her damit!" Unter den Anwesenden machte sich eine seltsame Aufgeregtheit breit. „Besser, du tust, was Adele von dir verlangt", piepste ein kleineres Mädchen.

Josefine überlegte kurz. Diese Adele schien es wirklich auf einen Streit anzulegen. „Ich habe nichts. Heute früh blieb mir leider keine Zeit, die Kronjuwelen einzupacken." Mit diesen Worten hob Jo die Hände in die Höhe und schob Adele dann zur Seite. Ein Raunen ging durch die jungen Frauen.

Jo hatte keine Angst. Sie war nicht nur einen Kopf größer als Adele, sondern hatte ein breites Kreuz, ihre Beine waren muskulös, ihre Arme sehnig und kraftvoll, dafür hatten die vielen Stunden in der Hufschmiedwerkstatt gesorgt. Im Bewusstsein, Adele und allen anderen körperlich überlegen zu sein, ging sie weiter.

„Glaub nicht, dass du mir so einfach davonkommst!“, hörte sie Adele halbherzig hinter sich rufen. Josefine hatte sich gerade auf einem neuen Bett niedergelassen, als sie aus dem Augenwinkel bemerkte, wie sich Adele und ihr Gefolge nun dem zweiten Neuzugang widmeten.

„Nein, bitte nicht … Die Haarspange gehörte meiner verstorbenen Schwester, sie ist meine einzige Erinnerung an sie!“, rief das etwa vierzehnjährige Mädchen, während es sich vergeblich gegen Adele zur Wehr setzte. „Und was hast du noch?“, hörte sie Adele fragen. „Deine Unterwäsche. Und deine Socken, her damit!“

Ohne nachzudenken, stand Jo wieder auf. Wütend stapfte sie auf Adele und ihre Gruppe zu. Sie war eine verurteilte Diebin. Aber sie war kein Feigling! Jahrelang hatte sie sich den Launen und Schikanen ihres tyrannischen Vaters widersetzt, da würde sie sich von einem Biest wie Adele gewiss nicht gleich am ersten Tag den Schneid abkaufen lassen. Und sie würde verhindern, dass die sich an Schwächeren verging!

Josefines Augen funkelten wütend, als sie Adele am Arm packte und ihr die Haarspange wieder abnahm. Ohne ihre Augen von der Widersacherin abzuwenden, gab sie das verbogene Stück Blech an die Rothaarige zurück. „Lass die Kleine in Ruhe, sonst bekommst du es mit mir zu tun.“ Ihre Stimme war leise und beherrscht, dafür umso bestimmter.

Adeles Fausthieb erfolgte unvermittelt. Der Schmerz war so heftig, dass ihr einen Moment lang die Luft wegblieb. Im nächsten Moment prasselten weitere Schläge auf sie ein. Stöhnend sackte Josefine wie ein Klappmesser auf dem Steinboden zusammen, als die anderen jungen Frauen unter Gemurmel und Gekicher einen Schritt zurücktraten.

Sogleich war die Rothaarige bei ihr und strich ihr die Haare aus der Stirn. „Du bist verrückt. Mit so einer legt man sich doch nicht an …“, flüsterte sie, während sie Adele angstvoll im Blick behielt.

„Falls euch beiden immer noch nicht klar ist, nach wessen Pfeife hier alle tanzen, können wir diese Lektion jederzeit wiederholen“, zischte Adele, die noch immer in Siegerpose dastand.

Josefine stöhnte. Mit letzter Kraft schob sie sich an der Rothaarigen vorbei. Sie erwischte Adeles linkes Fußgelenk. Prompt verlor die andere das Gleichgewicht und stürzte der Länge nach zu Boden. Jo ließ sich mit ihrem ganzen Gewicht auf Adeles Brust fallen und drückte mit ihren Händen deren Arme nach unten. „Bisher wäre es mir nicht im Traum eingefallen, mich an Schwächeren zu vergehen. Aber du hast mir's gerade vorgemacht!" Sie presste ihr rechtes Knie auf Adeles Brust, die einen Schmerzensschrei ausstieß. Jo lächelte. „Lass das Mädchen in Ruhe. Und mich ebenfalls!" Abrupt gab sie die Arme der anderen frei und wandte sich mit einem verächtlichen Schnauben ab.

2. Kapitel

Die Scheunentür knirschte, als der Junge sie hinter sich zuzog. Dunkelheit und der altbekannte Duft nach Leder, Hufspänen und Asche umfingen ihn. Er lauschte wachsam. Weit und breit keine Menschenseele. Seine Eltern waren zu Besuch bei Verwandten, seine lästige Schwester Josefine hatte er vertrieben. Er hatte die Schmiedewerkstatt, in der sein Vater wochentags von acht Uhr am Morgen bis acht Uhr am Abend Pferde beschlug, für sich allein. Der Junge grinste, dann legte er den Riegel vor. Es war ihm natürlich verboten, sich allein hier aufzuhalten. Seine Mutter, sein Vater, seine Schwestern – sie alle wussten um seine Begeisterung für die Werkzeuge des Vaters und nannten sie gefährlich.

Doch heute streifte der Junge die Werkzeuge mit keinem Blick, sondern ging sofort zur Feuerstelle, in der die Hufeisen so lange erhitzt wurden, bis das Eisen auf dem Amboss geschmiedet werden konnte. Der Junge liebte Feuer. Die rotgoldenen Flammen, die Hitze, das aufregende Knistern. Feuer zu machen war natürlich auch verboten. Wenn man Zeitungspapier verbrannte, bestand die Kunst darin, eine einzelne Seite so lange wie möglich am Lodern zu halten. Heute wollte er ausgiebige Versuche dazu anstellen. In seiner eigenen Feuerstelle. In der Mitte der Scheune, auf dem Steinboden. Freudig zog er die Schublade auf, in der sein Vater die Streichholzschachteln aufbewahrte.

„Felix? Felix, du Lausbub, wo hast du dich versteckt?"

Die Miene des Jungen war angespannt. Er brauchte nur noch ein paar Minuten, dann hatte er die heutigen Versuche abgeschlossen. Ein weiteres Streichholz schon in der Hand, ging er mit flinken Schritten zur hinteren Scheunentür und verriegelte auch diese. Nun konnte sich seine liebe Schwester Josefine die Kehle aus dem Leib schreien! Nach seinem letzten Versuch würde er die Papierasche zusammenkehren. Wenn alles sauber war, würde er die Türen wieder öffnen und Josefine seine Holzpferde vorzeigen.

„Ich habe doch nur ein wenig im Heu gespielt." Um seine Ausrede später glaubhaft untermauern zu können, zog er einen der Heuballen, die während des Beschlagens an unruhige Pferde verfüttert wurden, in die Raummitte.

Dort hatte er auf den kalten Steinfliesen seine Feuerstelle eingerichtet. Oder besser gesagt sein „Labor". Wenn er einen zusammengeknüllten Zeitungsbogen verbrannte, konnte er bis zwanzig zählen, ehe das letzte bisschen Glut erlosch. Nun galt es … Der Junge zündete einen neuen Bogen Papier an, dann nahm er zwei dünne, lange Holzspäne in je eine Hand. Vorsichtig zupfte er damit das Papier auseinander, bis er zwei brennende Teile hatte. Gut! In wie viele kleine Teile er den glühenden Bogen wohl würde trennen können? Und wie lange würden diese brennen?

Wie ärgerlich! Die kleinen verglühten sehr schnell. Ein Ascheflöckchen segelte ihm in die Nase, kitzelte ihn. Er schnaubte heftig. Durch den Lufthauch flog einer der größeren brennenden Papierfetzen in die Höhe. Er landete genau am Fuß des Heuballens.

Erschrocken sprang der Junge auf. Heu brannte wie Zunder, das wusste jedes Kind! Nicht umsonst baute der Vater die Ballen immer ganz außen an der Wand entlang auf, weit entfernt von der Feuerstelle. Noch während der Junge nach etwas suchte, womit er den Feuerherd ersticken konnte, legte sich der brennende Papierfetzen wie Blattgold auf den Heuballen. Gelb glühende Zungen leckten am Heu. Vaters Beschlagschürze! Das schwere Leder würde dem Feuer den Garaus machen! Der Junge riss die Schürze samt Haken von der Wand. Doch als er mit seiner schweren Last zu dem Heuballen zurückkehrte, brannte dieser schon lichterloh.

„Felix! Was ist da drinnen los? Mach sofort auf!"

„Josefine! Ich komme sofort!", rief der Junge und schlug hastig mit der Schürze auf den Heuballen. Geh aus! Geh aus! Im selben Moment spürte er in seinem Rücken Hitze auflodern. Die anderen Papierfetzen! Der Stapel mit den Holzspänen brannte lichterloh. Der Rauch verwirrte seine Sinne.

„Josefine … Hilfe!" Panisch schlug er mit der Lederschürze auf das brennende Holz ein, doch statt das Feuer zu löschen, verteilte er die Glut nur noch mehr. Um ihn herum verbanden sich kleine Brandherde zu größeren, wurde das Knistern immer lauter. Längst war der Weg zu beiden Türen durch das Feuer versperrt. Angstgelähmt starrte der Junge auf das brennende Inferno, in dem es nur eine einzige schwarze Stelle gab: die mit robusten Steinen ausgekleidete Feuerstelle seines Vaters. Wenn es ihm gelang, sich dorthinein zu retten …

Der Junge spürte, wie seine Knie nachgaben. Einen Meter von den Schutz bietenden Steinen entfernt sackte er zu Boden …

Mit einem Aufschrei fuhr Josefine im Bett hoch, schaute sich konfus um. „Felix?"

„Was ist, hast du schlecht geträumt?", murmelte jemand neben ihr.

Josefine blinzelte verwirrt. Die Rothaarige. Das Frauengefängnis Barnimstraße. Schweißnass und zitternd sank sie auf ihr Lager zurück. Vor den vergitterten Fenstern dämmerte es schwach. Schon immer war sie früher als alle anderen wach gewesen. „Solang die Welt noch schläft …" – wie oft hatte sie diesen Satz gesagt! Dann gehörte ihr die Welt allein. Dann war sie frei. Sie hatte sich stets auf jeden neuen Tag gefreut.

Ihr Bruder war im Frühjahr 1889 ums Leben gekommen. Über zwei Jahre war das nun her, dass der Vater, der von allen nur „der Schmied-Schmied" gerufen wurde, ihr nach dem Kirchgang eröffnet hatte, dass die Mutter und er einen Besuch bei Vaters Schwester machen wollten. Sie sollte währenddessen zu Hause auf Felix aufpassen.

Eine Weile hatte sie lustlos zugeschaut, wie sich ihr kleiner Bruder mit irgendwelchen Hausarbeiten abmühte, dann war sie zu ihrer Freundin Clara gegangen, die vier Häuser weiter wohnte. Clara war wieder einmal krank gewesen. Zeitschriften, ein Glas roter Beerensaft, eine Schale mit Gebäck aus der Konditorei Ratsmann – bei Familie Berg wurde das Kranksein stets zelebriert, als handle es sich um eine Geburtstagsfeier. Seit Clara im Alter von sieben Jahren fast an einer Blinddarmentzündung gestorben war, hätte ihre Mutter Sophie sie am liebsten für immer in Watte gepackt. Sie hatten zusammen die Zeitschriften angeschaut, und Clara hatte sich dabei in ein Modellkleid verliebt. Vermutlich würden Clara und ihre Mutter zum Kurfürstendamm fahren, um dort solch ein Kleid zu erstehen. Schwer vorstellbar für Josefine: Die Schürzen und Kleider, die sie und ihre beiden älteren Schwestern trugen, gab's im Kaufhaus Reutter gleich um die Ecke.

Bald wurden Josefine die Zeitschriften langweilig. Sie schlug Clara vor, Frieda zu besuchen. Die alte Nachbarin würde ihnen bestimmt eine Limonade anbieten, und sie konnten bei ihr im Garten sitzen. Außerdem war es bei Frieda immer interessant. Seit ihr Mann gestorben war, tat Frieda nur noch das, was ihr gefiel. Josefine bewunderte sie dafür sehr.

Doch Clara schüttelte nur den Kopf. „Ich bin doch krank. Und davon abgesehen – Mutter sieht es nicht gern, dass ich Frieda so oft besuche. Sie ist jemand, der anderen schnell einen Floh ins Ohr setzt, hat sie erst gestern gesagt." Aus Mitleid mit der kranken Freundin war Josefine geblieben, doch sie war vom Stuhl aufgestanden und ans Fenster getreten, um es zu öffnen.

Die an Werktagen so belebte „Luisenstadt" war an diesem Tag wie ausgestorben gewesen. Das Viertel, das den Namen von Luise, der Gattin von König Wilhelm III., trug, grenzte im Westen an die Lindenstraße, im Süden an den Landwehrkanal und im Osten an eine Parkanlage mit dem Namen „Schlesischer Busch". In Laufweite gab es alles, was die Bewohner fürs tägliche Leben benötigten: ganz vorn an der Ecke das große Kaufhaus Reutter. Dazu Bäcker, Fleischer, Kolonialwarengeschäfte, ein Schuster und zwei Schneider. Die Apotheke von Claras Vater und die Hufschmiede vom Schmied-Schmied lagen, nur durch drei Häuser getrennt, in der lang gezogenen Görlitzer Straße hinter dem Lausitzer Platz. Gegenüber der Apotheke standen ein paar schmale Wohnhäuser und dazwischen ein einzelnes kleines Häuschen, das jedoch den größten Garten in der ganzen Straße besaß. In diesem Häuschen wohnte die alte Frieda. Direkt an ihren Garten grenzte in südlicher Richtung der Görlitzer Bahnhof an. Das untere Ende der Straße wurde völlig von der Bekleidungsfabrik des Unternehmers Moritz Herrenhus eingenommen. Die verwinkelten Fabrikgebäude, die von Jahr zu Jahr größer wurden, reichten fast bis in den Schlesischen Busch hinein. Immer mehr alte Handwerksbetriebe schlossen, weil sich die Arbeit nicht mehr rentierte, andere zogen an den Stadtrand, wo sie genügend Platz hatten.

„Sollen sie nur alle gehen", hörte man den Schmied-Schmied des Öfteren sagen. „Pferde müssen immer beschlagen werden. Mir wird die Arbeit nicht so schnell ausgehen."

Arbeit, Arbeit, von früh bis spät – das war alles, was Josefines Leben ausmachte! Acht bis zehn Pferde beschlug ihr Vater jeden Tag. Montags kamen die Droschkenpferde der Allgemeinen Berliner Omnibus-AG dazu, die übers Wochenende noch mehr Städter als sonst durch die Straßen kutschiert hatten. Montags wurde es oft zehn Uhr am Abend, ehe Josefine mit dem Aufräumen und Saubermachen in der Schmiede fertig war. Dass Felix dabei half, erwartete niemand. Felix war schließlich der kleine Prinz …

Josefines Kopf war voller griesgrämiger Gedanken gewesen, als Claras Mutter im Zimmer erschien. „Aus der Werkstatt deines Vaters steigt Rauch auf, und das an einem Sonntag – was hat das zu bedeuten?"

ER HATTE *das Scheunentor verriegelt. Der Spitzbube! Wie oft hatten die Eltern ihm verboten, an die Streichhölzer zu gehen? Angstvoll und verärgert zugleich trommelte sie mit der rechten Faust so fest gegen das Tor, dass ihre Hand schmerzte. Wut und Angst wuchsen. „Mach auf!" Sie rannte in den Geräteschuppen. Schnell hatte sie gefunden, was sie suchte. Josefine don-*

nerte die Axt mit einer solchen Wucht gegen die Scheunentür, dass sie ihr aus der Hand fiel. Die Tür gab zwar nicht nach, aber zwei ihrer Bretter hatten sich durch die Kraft des gewaltigen Schlags gelockert.

Josefines Handgelenke brannten, Splitter trieben sich in ihr Fleisch, als sie die Holzbretter mit bloßen Händen herausriss. Lieber Gott, pass auf meinen Bruder auf. Er ist doch noch ein Kind, er weiß nicht, was er tut. Sie hatte zu Gott gebetet wie noch nie in ihrem Leben. Aber Gott war nicht anwesend an jenem Sonntag.

„Felix! Wo bist du?"

Sie war zu spät gekommen. Ihr kleiner Bruder war in den Flammen jämmerlich verbrannt.

3. Kapitel

Das Frühstück war eine karge Angelegenheit, die unter der Aufsicht von zwei mürrischen Aufseherinnen in einem düsteren, kalten Saal stattfand. Auch hier gab es nur im oberen Drittel der Wände schmale Fenster, durch die wenig Licht fiel. Wie in einem Keller, dachte Jo und setzte sich an einen der äußeren Tische.

Während sie eine trockene Schrippe kaute und dünnen Tee dazu trank, spürte sie immer wieder Adeles feindseligen Blick.

„Und? Weswegen bist du hier?"

Unwillig schaute Josefine die Rothaarige an, die neben ihr Platz genommen hatte. Sie wusste nicht einmal, wie das Mädchen hieß. Ob es wirklich schwanger war oder nur eine seltsame Figur hatte.

„Diebstahl", antwortete sie kurz angebunden.

„Wenn's mehr nicht ist …" Die Rothaarige wirkte enttäuscht. „Ich bin reingelegt worden!" Sie begann eine langwierige Geschichte zu erzählen, in der ein altes Ehepaar und Geld unter einer Matratze eine Rolle spielten. Dass am Ende der Geschichte das alte Ehepaar tot in seinem Bett lag, damit habe sie nichts zu tun. „Und genauso bin ich hiermit reingelegt worden." Das Mädchen schlug mit ihrer rechten Hand grob auf ihren Bauch. „Er würde aufpassen, hat er gesagt. Aber ein Gutes hat die Sache: Ohne Bauch hätten sie mich nach Moabit gesteckt, hierher hat man mich nur gebracht, weil das Weibergefängnis eine Entbindungsstation hat." Die Rothaarige streckte Josefine eine Hand entgegen. „Ich heiße übrigens Martha!"

Josefine blieb nichts anderes übrig, als die Hand zu ergreifen. Sie war feucht, und es klebten ein paar Brotkrümel daran. „Jo."

„Zu lang ist dein Name jedenfalls nicht!“ Martha lachte. „Hört sich eher nach einem Mann an. Aber er passt zu dir. Er wirkt sehr … robust.“

Zum ersten Mal wanderte ein leises Lächeln über Josefines Gesicht. „Das hat schon einmal jemand zu mir gesagt.“

Martha strahlte. „Eine Freundin? Hast du eine?“

Jo biss schweigend von ihrer Schrippe ab. Und ob sie Freundinnen hatte, sehr gute sogar! Mit Clara war sie von Kindesbeinen an befreundet, Isabelle kannte sie ebenfalls von klein auf. Aber richtig angefreundet hatten sie sich erst vor zwei Jahren. Und dann gab es noch Lilo im Schwarzwald. „Die wollen bestimmt nichts mehr von mir wissen“, sagte sie missmutig. „Wo ich doch den Vater meiner Freundin Isabelle bestohlen und geschädigt habe.“ Der Bekleidungsfabrikant Moritz Herrenhus hatte, statt mit ihr zu reden, sofort Anzeige erstattet.

Martha ergriff Jos Hand. „Wenn du magst, kann ich deine Freundin sein.“

Josefine riss ihre Hand los. „Nur weil ich dir gestern aus der Patsche geholfen habe, brauchst du nicht anhänglich zu werden wie eine Klette! Ich habe nämlich keine Lust –“ Eine schrille Glocke ertönte und hielt Josefine davon ab, Martha weitere Bosheiten ins Gesicht zu schleudern.

KARLHEINZ KROTZMANN hatte das Torhaus des Frauengefängnisses Barnimstraße gerade passiert, als das altbekannte Rumoren in seiner Magengegend begann. Mit verzerrtem Gesicht ließ er seinen Blick über die Anlage schweifen, die vor nicht allzu vielen Jahren auf Beschluss des Königlichen Justizministeriums von namhaften Architekten am Rand des Volksparks Friedrichshain gebaut worden war. Das Königlich-Preußische Weibergefängnis! Ein U-förmiger Bau, der etliche Hundert Insassen beherbergte.

Das Gefühl des Unwohlseins wuchs mit jedem Schritt, den er durch die desolate Anlage machte. Obwohl das Gebäude kaum älter als zwanzig Jahre war, mutete alles abgenutzt und verkommen an. Das Pflaster des Weges war löchrig und uneben, die Fenster waren stumpf, die Gitter verrostet … Diese Menschen demolierten alles ohne Rücksicht auf Verluste. Krotzmann hatte den Haupttrakt fast erreicht, als er den Hausmeister mit einem Leiterwagen, auf den Werkzeuge aller Art getürmt waren, um die Ecke kommen sah. Er wohnte in einer kleinen Wohnung auf dem Gelände und war von früh bis spät mit Reparaturen beschäftigt.

Nach einer kurzen Begrüßung sagte der Mann: „Ich brauche eine neue Gehilfin. Möchte zur Abwechslung eine von den Jungen nehmen, die sind vielleicht noch nicht gar so verkommen wie die Erwachsenen. Können Sie mir am Ende Ihres Unterrichts jemanden schicken?“

Krotzmann, der dafür zuständig war, die jugendlichen Strafgefangenen der Wäscherei, den Putzkolonnen oder der Küche zuzuteilen, nickte. „Hatten Sie nicht in der vorigen Woche ein älteres, hageres Weib an Ihrer Seite? Was ist mit der Frau geschehen?"

Der Hausmeister schnaubte. „Wollte mir eins über die Rübe schlagen, hab's im letzten Moment gemerkt und konnte gerade noch ausweichen. Schade, ich hätte gedacht, dass etwas Besseres in ihr steckt."

Etwas Besseres in ihr steckt! Der Mann war wirklich ein Trottel, wenn er an so etwas glaubte. Krotzmanns Magengrimmen wurde heftiger. „Ich schaue, was ich machen kann", sagte er, dann drückte er das schwere Eisentor des Haupttraktes auf. Dessen unangenehmes Quietschen war das tägliche Startsignal für die dreistündige Qual, die er in der neu geschaffenen Jugendabteilung durchleben musste.

Nicht, dass er anfänglich nicht die besten Absichten gehabt hätte! Da es keine Unterrichtspläne für diese Art von „Schule" gab, hatte er eigene entwickelt. Lektionen, die vor allem die Disziplin und Ausdauer der Schülerinnen forderten: das Einmaleins, Lesen, Schreiben und das Auswendiglernen von Texten. Doch schon nach kürzester Zeit war er zur Überzeugung gelangt, dass Arbeitslager für die faulen Schlampen wesentlich geeigneter gewesen wäre als das Einmaleins oder Goethes Gedichte.

Karlheinz Krotzmann holte ein letztes Mal tief Luft, dann riss er die Tür des sogenannten „Klassenzimmers" auf – lediglich ein weiterer schlecht belüfteter, düsterer Raum.

„Guten Morgen, Herr Krotzmann!", ertönten dreißig Mädchenstimmen.

Wenigstens die Begrüßung funktionierte. Aber wie sie auf ihren Stühlen lungerten! Er sah die zwei Neuzugänge sofort. Eine rothaarige Schlampe, ängstlich dreinschauend. Daneben saß noch eine junge Frau – groß und schlank, aufrecht und mit einer natürlichen Eleganz. War es schon so weit gekommen, dass nun auch Mädchen aus besserem Hause nicht mehr zwischen Gut und Böse unterscheiden konnten?

Ungeduldig klopfte er mit seinem Holzstock auf das Pult. „Und jetzt alle: die Füße parallel nebeneinander und flach auf den Boden! Die Oberschenkel ihrer Länge nach auf der Bank. Eure Oberkörper dürfen nur wenig nach vorn geneigt sein, und wehe, ihr lehnt auch an die Tischkante! Und dann eure Schultern!" Grimmig beobachtete er, wie sich die jungen Frauen plagten, die von ihm gewünschte Haltung einzunehmen. Der schlanke Neuzugang schien besondere Mühe zu haben. Bei näherer Betrachtung sah Krotzmann, dass sie ein ziemlich breites Kreuz hatte. Dieser Ausdruck körperlicher Stärke ärgerte ihn, er hätte nicht sagen können, warum.

Sogleich war er bei ihr. „Du!“ Er schlug mit seinem Stock vor ihr auf den Tisch. „Dein Name!“

„Josefine Schmied“, kam es leise, aber bestimmt.

„Die Haltung deiner Arme ist einfach jämmerlich! Das hier ist ein Klassenzimmer und keine Bahnhofshalle oder wo ihr sonst herumlungert!“ Schon landete sein Stock auf ihrer Hand. Sein rechtes Auge zwinkerte nervös, als er das Blut sah, das aus den Knöcheln ihrer Finger quoll. Hellrotes Blut. Er zog den Stock zurück und fühlte sich auf angenehme Art erleichtert.

„Ich hatte einen Unfall. Meine Schulter ist verletzt, ich kann leider nicht anders sitzen“, sagte die junge Frau und strich sich eine Locke aus der Stirn.

Was war denn das für eine herausfordernde Geste? „Glaubst du tatsächlich, ich würde eine solch läppische Ausrede gelten lassen?“, zischte er. Schon ließ er seinen Stock auf ihre andere Hand prasseln. Einmal. Zweimal. „Das wird dich hoffentlich lehren, mir keine Widerworte zu geben. Und damit du gleich Bescheid weißt: Für dich wird es hier kein gemütliches Bügeln in der Wäscherei geben. Ich teile dich unserem Hausmeister zu. Wollen wir doch mal sehen, was deine Schulter zu ein bisschen harter Arbeit sagt …“

Obwohl es kurz vor Mittag war, brannten in allen Häusern der Luisenstadt die Gaslampen – es war einer dieser Novembertage, an denen es nicht hell werden wollte. Isabelles Lippen waren weiß vor Kälte, ihre Augen tränten vom eisigen Ostwind, und fröstelnd zog sie ihren Mantelkragen enger.

„Wo bleibst du denn? Seit nunmehr zehn Minuten stehe ich mir hier die Beine in den Bauch – das nächste Mal gehe ich gleich allein!“, sagte sie, als Clara endlich aus der Apotheke trat.

„Beklag dich nicht, ich hatte größte Mühe, überhaupt wegzukommen!“, antwortete Clara atemlos und rückte den Schulterriemen ihrer Tasche zurecht, in der neben ein paar Medizinfläschchen eine Tafel Schokolade und Pfefferminzbonbons für Josefine lagen. Ihren Eltern hatte sie gesagt, dass sie die Medizin an ein paar fußkranke ältere Kunden ausliefern wollte.

Im Eilschritt gingen die beiden jungen Frauen zur Stadtbahn und konnten gerade noch aufspringen, bevor sich diese in Bewegung setzte.

„Wenn ich an den Ärger denke, den ich wegen Jo mit meinem Vater bekommen habe, vergeht mir die Lust auf diesen Ausflug“, sagte Isabelle, als sie zusammengepfercht mit den anderen Fahrgästen auf den Holzbänken saßen. „Und wenn meine Eltern wüssten, dass ich sie besuche, wäre gleich wieder etwas los.“

„Warum bist du dann nicht einfach zu Hause geblieben?“, fragte Clara gereizt und wandte den Kopf ab. Josefine im Frauengefängnis Barnimstraße –

dort landeten Prostituierte, Trickdiebinnen und anderes Gesindel, aber doch nicht Josie, ihre beste Freundin aus Kindertagen! „Außerdem“, fuhr sie Isabelle an, „bist du doch mit schuld daran, dass Josefine jetzt im Gefängnis ist! Durch dich ist sie doch erst auf all die dummen Gedanken gekommen. Weil du vor lauter Langeweile ständig neue Flausen im Kopf hattest.“

„Das ist ja … die Höhe“, antwortete Isabelle empört. „*Ich* habe Josefine gewiss nicht dazu angehalten, meinen Vater zu bestehlen! Ganz im Gegenteil, ich wollte sie von ihrem Plan sogar noch abhalten. Du hingegen hattest nur deine Arbeit im Kopf, was Jo trieb, war dir doch völlig egal.“

An der nächsten Haltestelle stiegen sie in eine andere Bahn um. Isabelle nahm mit gesenkter Stimme das Gespräch wieder auf. „Aber selbst wenn wir alle mit Engelszungen auf Jo eingeredet hätten, sie war gegen gute Ratschläge völlig immun.“

„Warum hast du dann zugelassen, dass es überhaupt so weit kam? Du hättest dich stärker bei deinem Vater für Jo einsetzen können, vielleicht hätte er dann von einer Anzeige abgesehen.“

Isabelle lachte schrill auf. „Woher willst du wissen, ob und wie sehr ich mich bei meinem Vater für Jo eingesetzt habe?! Ich …“ Hin und her ging das Gespräch. Als sie an der Haltestelle Landsberger Allee endlich aus der Stadtbahn stiegen, war die Stimmung so eisig wie der Ostwind.

Ein gutes Stück entfernt erhob sich ein düsteres kastenartiges Gebäude mit vielen kleinen Fenstern – das Frauengefängnis Barnimstraße. Der Mann in dem kleinen Pförtnerhäuschen rechts neben dem Tor schaute unwirsch von seiner Zeitung auf. „Was wollt ihr?“ Mit jedem Wort wehte eine Woge Fäulnis durch die Fensterlade. Statt Zähnen hatte der Mann nur noch schwarze, verfaulte Stummel im Mund.

Clara schauderte es, dennoch zwang sie sich zu einem Lächeln. „Wir wollen eine Freundin besuch-“

„Das hier ist kein Hotel, Besuche gibt’s nicht. Macht, dass ihr davonkommt!“, unterbrach der Mann sie barsch.

„Aber …“, hob Clara an. Im nächsten Moment wurde sie von Isabelle zur Seite gedrängt. „Meine Begleiterin hat sich falsch ausgedrückt, verzeihen Sie. Wir sind vom … Komitee zur Wiedereingliederung straffällig gewordener Mädchen in die Gesellschaft. Unsere Mütter sind Vorsitzende dieses Komitees. Sie haben uns hierher geschickt, um herauszufinden, ob Spendengelder im Frauengefängnis Barnimstraße gut angelegt wären.“ Dann zückte sie ihr Portemonnaie. Mit einem honigsüßen Lächeln schob sie dem Pförtner einen Geldschein zu. „Ihre Arbeitgeber wären Ihnen sicher zu großem Dank verpflichtet, wenn Sie die Tätigkeiten eines solch bedeutenden Komitees durch … unbürokratische Hilfe unterstützen würden. Die junge Dame, die wir im Namen des Komitees sprechen sollen, heißt Josefine Schmied."

Das Gesicht des Pförtners verzog sich zu einem unangenehmen Grinsen. „Na, wenn das so ist … Allerdings müsste ich meine Kollegen ebenfalls …" Er wedelte herausfordernd mit dem Geldschein.

Die Unternehmertochter rümpfte die Nase und zerrte ein paar lappige Geldscheine aus ihrer Tasche. „Machen Sie schon, wir haben es eilig."

„JOSEFINE SCHMIED!" Die Aufseherin, die unvermittelt im Unterricht erschienen war, schaute in die Runde. Jo hob die Hand. „Mitkommen!"

Die Wärterin schloss einen kleinen, schmalen Raum auf, in dem ein Tisch und ein paar Stühle standen.

„Isabelle? Clara!" Josefine fiel Clara um den Hals. „Dass ihr gekommen seid …" Schon schossen ihr die Tränen in die Augen.

„Hinsetzen, alle drei! Und keine Berührungen, das ist verboten", sagte die Wärterin, dann verließ sie den Raum.

„Was ist mit deinen Händen passiert? Du blutest ja!", rief Clara entsetzt, kaum dass sie sich niedergelassen hatten.

Schamvoll versteckte Josefine ihre Hände unter dem Tisch. „Das ist noch vom Unfall. Halb so schlimm. Ich … ich könnte im Erdboden versinken, wenn ich daran denke, was ich getan habe. Ich war so dumm …"

„Deine Einsicht kommt etwas spät", sagte Isabelle in einem eisigen Ton.

„Isabelle meint das nicht so", ging Clara dazwischen. „Wie geht es dir? Behandeln sie dich gut? Wann darfst du wieder raus? Besuche sind eigentlich nicht erlaubt. Wer weiß, ob wir noch einmal herkommen können …"

Wussten die Freundinnen denn gar nicht, dass ihre Strafe ganze drei Jahre betrug? Um einen Themenwechsel bemüht, sagte Jo: „Clara, stimmt es wirklich, dass euer alter Hausarzt Doktor Fritsche gestorben ist?"

„Er war bis zuletzt Stammgast bei euch zu Hause, nicht wahr?" Schmunzelnd schaute Isabelle die beiden anderen an. „Deiner Mutter wäre es wahrscheinlich am liebsten gewesen, wenn du den alten Fritsche geheiratet hättest, dann hätte sie bei jedem deiner Hustenanfälle gleich einen Arzt im Haus gehabt. Erinnert ihr euch, wie wir deswegen herumgealbert haben? Das waren noch Zeiten …"

„Herumgealbert? Ihr habt euch über mich lustig gemacht", erwiderte Clara mit gespieltem Entsetzen.

Die drei jungen Frauen lachten, und einen Moment lang stellte sich die alte Vertrautheit zwischen ihnen wieder ein.

„Hier, die ist für dich." Clara reichte Josefine die Tafel Schokolade.

Josefine lächelte. „Danke. Aber ich bestehe darauf, dass wir sie uns schwesterlich teilen!“

„Seit Doktor Fritsche tot ist, betrachten die Leute im Viertel meinen Vater als Ersatzarzt“, sagte Clara und schob sich ein Stück Schokolade in den Mund. „Und er kümmert sich auch brav um jedes Zipperlein. Deswegen lässt er es sogar zu, dass ich ihm bei der Arzneimittelherstellung helfe. Auch wenn das bedeutet, dass ich täglich bis spätabends im Labor bin.“

Josefine schaute die Freundin liebevoll an. „Für dich gibt es doch nichts Schöneres, als irgendeine Creme anzurühren.“

„Oder Kräuter zu zermörsern“, fügte Isabelle hinzu.

Clara lachte gutmütig. „Ihr habt mich ertappt! Aber bald wird mir mein Vater beim Seifesieden und Salbenherstellen wieder über die Schulter schauen und alles besser wissen. Heute Abend will nämlich ein Arzt kommen und sich als Fritsches Nachfolger vorstellen.“

Da keine der drei mehr etwas zu diesem Thema sagen konnte, stellte sich Schweigen ein. Und alle drei fühlten sich in ihrer Haut unwohl.

Isabelle räusperte sich. „Wir sollten langsam wieder gehen. Ich … muss noch Französischvokabeln lernen. Außerdem sind wir heute Abend auf einem Ball eingeladen und es gibt noch einiges vorzubereiten.“

Jo lächelte. „Und? Hat sich inzwischen ein passender Heiratskandidat gefunden?“

Isabelle schüttelte den Kopf. „Ich und heiraten? Gott behüte! Dazu liebe ich meine Freiheit viel zu sehr.“

„Was ist eigentlich aus diesem jungen Freiherrn von Salzfeld geworden, der deiner Mutter so gut gefiel?“, fragte Clara.

„Der mit seinen ach so *großartigen* Verbindungen zum Kaiserhof? Der hätte Mutter tatsächlich sehr gut gefallen“, sagte Isabelle spöttisch. „Ich fand ihn jedoch schrecklich öde, also habe ich ihn in die Flucht geschlagen, wie alle anderen auch.“ Isabelle sah zufrieden aus. „Aber mein Vater hat sich nun einmal in den Kopf gesetzt, dass er durch die gute Partie, die ich einmal machen werde, in die höchsten Kreise aufsteigt.“

„Dort befindet er sich doch längst“, stellte Josefine fest und dachte an die schöne Villa des Unternehmers.

Isabelle fuhr sich mit der rechten Hand durch ihre rothaarige Lockenfülle. „Geld ist das eine. Für viele gehört mein Vater aber immer noch nicht in die Liga der Großindustriellen, zu der zum Beispiel die Krupps und Rothschilds gehören. Genau dort will er aber hin, und das Mittel zum Zweck bin ich.“

Josefine runzelte die Stirn. „Wie verbittert du dich anhörst … Ich dachte immer, du würdest all die Bälle und Einladungen genießen.“

„Du dachtest … Du hättest mich zur Abwechslung ja einmal fragen können, wie ich mich fühle. Auf diesen noblen Bällen geht es zu wie auf einem arabischen Heiratsbasar. Dass ich wie ein Stück Vieh an den Meistbietenden verschachert werden soll, habt ihr gar nicht wahrgenommen. In euren Augen lebe ich ja im Himmel auf Erden …“ Der beißende Spott in ihrer Stimme war nicht zu überhören.

Josefine schaute betroffen auf ihre blutigen Hände. War sie wirklich solch eine schlechte Freundin gewesen? Selbstsüchtig. Verstrickt in ihr eigenes Tun und Denken. Es musste so gewesen sein. „Verzeiht mir. Es tut mir alles so leid …“, sagte sie mit tränenerstickter Stimme. „Ich will nicht unhöflich sein, aber … ich bin dem Hausmeister als Hilfskraft zugeteilt worden, und wahrscheinlich wartet er schon auf mich.“ Ohne ein Wort des Abschieds, ohne Umarmung stürzte sie weinend aus dem Raum.

„DU SOLLST also meine neue Gehilfin werden …“ Prüfend wanderte der Blick des Hausmeisters von Jos Scheitel bis zu ihren Zehenspitzen. „Ein breites Kreuz hast du ja. Nun, wir werden sehen. Sie können gehen, danke“, sagte er zu der Wärterin, die Jo zu ihm in den Hof gebracht hatte. „Dann wollen wir mal!“ Er schnappte den Handgriff seines Leiterwagens.

Zögernd lief Josefine hinter dem Mann her. Auf den ersten Blick machte der Hausmeister, ein kahlköpfiger Mann mittleren Alters, einen freundlichen Eindruck. In seiner Art erinnerte er sie ein wenig an die Kutscher, die Tag für Tag ihre Gäule in die Hufschmiede brachten – unter ihrer rauen Schale verbarg sich meist ein weicher Kern.

An einem Schuppen hinter den Hauptgebäuden blieb der Mann stehen. „Ich bin Gerd Melchior.“ Sein Händedruck war fest und angenehm. „Wenn du dich ordentlich verhältst und fleißig arbeitest, werden wir zwei gut miteinander auskommen. Wenn nicht …“

„Josefine Schmied. Aber alle sagen nur Jo zu mir.“

„Von mir aus“, sagte Gerd Melchior. Im Schuppen kramte er kurz in einem Regal, dann reichte er Josefine einen Pinsel. Mit dem Kinn wies er auf einen Haufen Bretter, die in der Mitte des Schuppens auf einer Art Plane lagen. „Das wird die Umrandung für einen neuen Komposthaufen. Damit das Holz nicht fault, wird jedes Brett mit Goudron gestrichen.“

„Goudron? Ist das nicht ganz normaler Teer?“, fragte Josefine und rümpfte die Nase bei dem beißenden Geruch.

Der Hausmeister schaute sie erstaunt an. „Stimmt, das ist dasselbe. Aber woher kennst du überhaupt Teer?"

Jo lächelte. „Mein Vater ist Hufschmied, ich habe ihm immer geholfen. Wir streichen mit Teer faule Pferdehufe ein."

IM SCHLAFSAAL war es schon lange still. Doch obwohl sich Josefine ausgelaugt fühlte wie noch nie in ihrem Leben, konnte sie nicht einschlafen. Ihre Augen tränten von den Dämpfen der Teerfarbe, mit der sie drei Stunden lang Holzbretter gestrichen hatte. Gern hätte sie sich danach die noch immer blutverkrusteten und nun auch noch teerbefleckten Hände gewaschen, doch auf ihre Bitte hin hatte die Wärterin ihr erklärt, dass es den Insassen nur morgens erlaubt war, sich zu waschen.

„Mangelnde körperliche Hygiene ist die Ursache vieler Krankheiten", hörte sie plötzlich eine Stimme aus der Vergangenheit. Wer hatte das gesagt? Einer der Ärzte im Schwarzwald, wo sie sich wegen ihres Lungenleidens aufgehalten hatte? Oder Clara mit ihrem Apothekerwissen?

Bevor sie etwas dagegen tun konnte, gesellten sich weitere Stimmen dazu: „Deine Einsicht kommt zu spät" – wie bitter Isabelle dies gesagt hatte.

Ruhelos warf sich Josefine von einer Seite auf die andere. Späte Einsicht? War nicht alles eine logische Abfolge von Dingen, die gar nicht anders hatten passieren können? Oder machte sie es sich zu einfach, wenn sie so dachte? Während ein blasser Mond durch die schmalen Gefängnisgitter schien, wanderten Josefines Gedanken zurück in die Vergangenheit.

4. Kapitel

Berlin, im Frühjahr 1889

Sag ihr, sie soll mir nachher bei der Beerdigung bloß nicht unter die Augen kommen!" Mit zitternder Hand griff der Schmied-Schmied nach seiner Kaffeetasse, überlegte es sich dann anders und zog einen Flachmann aus der Hosentasche.

Josefine sog entsetzt die Luft ein. „Aber Vater, ich –"

Die große Pranke des Schmiedes donnerte zur Faust geballt auf den Esstisch. Wie ihre Mutter und ihre Schwestern zuckte auch Josefine zusammen. „Und sag ihr, dass sie ihren Mund halten soll."

Verzweifelt schaute Josefine zu ihren Schwestern. Keine sagte etwas.

Die Mutter legte Josefine eine Hand auf die Schulter und führte sie aus der dunkel verhangenen Küche. „Geh in dein Zimmer."

„Aber er war mein Bruder –" Ein Hustenanfall verschluckte ihre weiteren Worte.

„Daran hättest du denken sollen, als du dich wieder mal zu dem feinen Apothekerfräulein davongeschlichen hast. Hättest du auf Felix aufgepasst, wie wir es dir befohlen haben, wäre unser Junge noch am Leben!"

Während Josefines Familie Felix auf seinem letzten Gang begleitete, rannte sie selbst zu Frieda. Prasselnde Regentropfen mischten sich mit ihren Tränen und fielen auf ihre nachlässig verbundenen Hände. Längst gehörte der Verband gewechselt, bei Brandwunden sei sorgfältige Pflege und Hygiene vonnöten, hatte Dr. Fritsche gesagt. Auch was wegen ihrer Rauchvergiftung zu tun war, hatte er der Mutter erklärt: Inhalationen mit Menthol, Eukalyptusöl oder einer hochverdünnten Kampferlösung.

„Du bist schuld, du bist schuld – ich kann es nicht mehr hören", sagte Frieda zu ihr, während sie den verschmutzten Verband von Josefines Händen löste. „Glaubst du wirklich, du bist Herr über Leben und Tod? Was geschehen ist, war Gottes Wille allein! Vielleicht hättest du an jenem Tag wirklich auf deine Eltern hören und bei Felix bleiben sollen. Aber dieser Ungehorsam ist der einzige Fehler, den du dir vorwerfen kannst. Genauso gut könnte sich dein Vater selbst anklagen, zu nachlässig mit dem Scheunenschlüssel umgegangen zu sein. Oder die Streichhölzer nicht besser weggesperrt zu haben. Dein kleiner Bruder war besessen vom Feuer, das wusste doch jeder hier in der Straße."

Josefine wurde von einem Hustenanfall geschüttelt.

„Kind, du hustest dich noch zu Tode!" Frieda reichte ihr eine Tasse süßen Kräutertee. Dann begann sie, Josefines Hände mit weißem Baumwollmull neu zu verbinden. „Deine Mutter wusste, dass der Felix gern zündelte. Außerdem hast du dein eigenes Leben riskiert, um Felix aus der Scheune zu holen. Als die Männer von der Feuerwehr dich fanden, lagst du leblos vorn in der Scheune. Ein, zwei Minuten später wärst du selbst tot gewesen."

DIE WOCHEN vergingen. Josefine versank immer mehr in sich selbst. Es kam selten vor, dass Frieda einen ihrer Nachbarn besuchte. Aber manchmal musste man eben Ausnahmen machen, dachte Frieda, als sie am Abend des ersten Augusttages 1889 ihr Ausgehtuch über die Schultern legte.

Während sie die Straße entlanglief und in jedem Hof Männer und Frauen sah, die mit erschöpfter Miene und gebücktem Kreuz den letzten Rest ihres Tagwerks verrichteten, dankte sie wieder einmal ihrem gütigen Schicksal.

Es hatte dafür gesorgt, dass sie nach dem Tod ihres Mannes, der Werkzeugmacher gewesen war, endlich leben konnte, wie sie wollte: Dank des stattlichen Geldbetrags, den ihr griesgrämiger Mann ohne ihr Wissen auf seinem Bankkonto angehäuft hatte, konnte sie sich ein sorgloses Leben leisten. Das Haus und der große Garten gehörten ihr beides schuldenfrei. Natürlich war den Leuten in der Straße ihre Art zu leben suspekt, aber die meisten hatten sich inzwischen an Friedas exzentrischen Lebensstil gewöhnt, und so manch einer kam mehr oder weniger heimlich auf ein Glas Wein und ein gutes Gespräch bei ihr vorbei. Der Schmied-Schmied und seine Frau Elsbeth gehörten jedoch nicht dazu. Und so blieb Frieda nichts anderes übrig, als sich zu ihnen auf den Weg zu machen.

„Josefines Husten wird immer schlimmer! Wahrscheinlich hat sie zu viel Rauch eingeatmet beim Versuch, Felix zu retten. Wenn ihr nicht bald etwas unternehmt, könnt ihr euer zweites Kind zu Grabe tragen“, sagte sie, als sie schließlich beim Schmied-Schmied und seiner Frau am Tisch saß.

„Bist du neuerdings unter die Ärzte gegangen? Was kümmert dich Josefines Husten?“, fuhr der Schmied Frieda an.

Frieda seufzte. Dass die Verbitterung der Schmieds so groß war, hatte sie nicht gedacht. Sie wandte sich an Elsbeth. „Irgendeinen Rat muss Doktor Fritsche doch gehabt haben?“

„Wir sollen sie an die Nord- oder Ostsee schicken. Die klare Meeresluft sei gut bei Lungenleiden.“ Elsbeth Schmied verdrehte die Augen.

„Klare Meeresluft! Ich schufte den ganzen Tag in der Schmiede und brauche auch keine klare Meeresluft“, sagte ihr Mann verächtlich.

Frieda holte tief Luft. „Ich möchte euch einen Vorschlag machen“, sagte sie. „Ich habe Verwandte im Schwarzwald, in Schömberg. Mein Neffe arbeitet als Hausmeister im dortigen Sanatorium für Lungenkranke. In Schömberg soll ein ausgezeichnetes Heilklima herrschen, genau das Richtige für Josefines Husten. Joachim, so heißt mein Neffe, könnte etwas für eure Tochter erreichen – ein paar Wochen Aufenthalt, eine kleine Kammer, ärztliche Behandlungen …“

„Ein Sanatorium!“, sagte der Schmied höhnisch. „Wer hilft mir dann in der Werkstatt? Und wer zahlt das? Von mir gibt’s dafür keinen Pfennig.“

„Glaubst du etwa, das hätte ich von dir erwartet?“, erwiderte Frieda eisig. „Ich komme gern für sämtliche Kosten auf, solang es dem Mädchen hilft. Wenn ihr einverstanden seid, könnte Josefine Mitte Oktober auf die Reise gehen. Zu dieser Zeit fährt nämlich Oskar Reutter vom Kaufhaus vorn an der Ecke wegen geschäftlicher Belange nach Stuttgart, er wäre in meinen Augen eine ideale Reisebegleitung für Josefine.“

„Du scheinst dir ja viele Gedanken gemacht zu haben." Der Schmied-Schmied schaute Frieda feindselig an. „Von mir aus kannst du das nichtsnutzige Ding gleich mitnehmen. Eine neue Hilfskraft finde ich allemal."

Keiner der Erwachsenen bekam mit, dass Josefine dem Wortwechsel hinter der Tür mit starrer Miene und gebrochenem Herzen lauschte.

AM ABEND vor der Abreise nahm Josefine den Pappkoffer und stopfte Unterwäsche, Socken und ihre drei Kleider hinein. Als sie zur Apotheke ging, um Clara Adieu zu sagen, hieß es, diese sei beschäftigt.

Die Zugfahrt, die sehr früh am Morgen begonnen hatte, verlief ruhig. Nur einmal, kurz vor Nürnberg, hielt die dampfende Lok plötzlich auf offener Strecke an, warum, wusste niemand.

„Bestimmt nur ein kleiner technischer Defekt", sagte Josefines Reisebegleiter Oskar Reutter, während er seinen Reiseproviant mit ihr teilte. „Die Eisenbahn ist die größte Erfindung unseres Jahrhunderts. Jedes Jahr wird das Schienennetz weiter ausgebaut, Entfernungen, die früher sowohl für Menschen als auch für Güter unendlich erschienen, schmelzen zu bloßen Strichen auf der Landkarte zusammen. Ein wahrer Segen!"

Josefine konnte dem nur zustimmen. Ein unbekanntes Hochgefühl, das nach Freiheit und Weite schmeckte, nach Aufbruch und Grenzenlosigkeit, machte sich in ihr breit. Schon hatte sie den Eindruck, ein wenig besser atmen zu können.

In Stuttgart trennten sich ihre Wege, nachdem der Kaufhausbesitzer, der in dieser Stadt seine Einkäufe tätigen wollte, Josefine zur Weiterfahrt in den richtigen Zug gesetzt hatte.

In Pforzheim, zwei Stunden später, endete auch Josefines Zugfahrt. Herr Reutter hatte ihr erklärt, dass vor dem Pforzheimer Bahnhof immer etliche Fuhrleute ihre Dienste anboten. Eigentlich sahen die Schwarzwälder Fuhrleute keine Spur anders aus als die Burschen, die ihre Gäule zu ihnen in die Schmiede brachten, dachte Josefine. Dann lief sie beherzt auf einen der jüngeren Kutscher zu und wurde schnell mit ihm handelseinig.

„AUFWACHEN, wir sind da." Unsanft rüttelte der Kutscher an ihrem Arm. Dann ging er nach vorn zu den Pferden. Einen Moment lang wusste Josefine nicht, wo sie sich befand. Es war inzwischen dunkel geworden, Straßenlaternen brannten. Beim Anblick der Fachwerkhäuser kam die Erinnerung schnell zurück. Schömberg im Schwarzwald. Sie war angekommen.

Während sich der Kutscher daranmachte, ihren Koffer von der Ladefläche zu hieven, betrachtete Josefine das große Gebäude direkt vor ihr. GASTHAUS

ZUM HIRSCHEN prangte in großen Lettern auf einem hölzernen Schild. Darunter hing ein zweites Schild aus Metall. SCHÖMBERGER LUFTKURHAUS stand darauf zu lesen. Das war also das Sanatorium, in dem sie ihren Husten loswerden sollte. Es sah recht einladend aus.

Interessiert schaute Josefine die Hauptstraße hinunter. Der Ort war wesentlich größer, als sie ihn sich ausgemalt hatte. „Gute Erholung!" Der Kutscher lüpfte seinen Hut, dann sprang er wieder auf den Bock. Josefine hob ihren Koffer und ging tapfer auf ihre neue Bleibe zu.

„DAS HIER ist deine Kammer!" Schwungvoll schloss die Empfangsdame des Schömberger Luftkurhauses ein Zimmer auf. „Herr Roth, unser Hausmeister, über den wir deine Anmeldung erhalten haben, meinte, du würdest dich auch mit einem kleineren Zimmer zufriedengeben."

Mit klopfendem Herzen trat Josefine ein. Kleines Zimmer? Es war mindestens so groß wie ihres zu Hause! Und viel schöner und gemütlicher. Ein Bett mit rosa-weiß karierter Bettwäsche, ein Tisch mit Tischdecke, davor ein Stuhl, ein großer Schrank, ein Waschbecken an der Wand. Alles war sauber, überschaubar und wirkte sehr einladend.

„Ein eigenes Waschbecken, so einen Luxus habe ich noch nie gehabt", sagte sie und strich fast andächtig über das Porzellan.

„Diese Neuheit haben wir dem Gründer der Heilanstalt zu verdanken. Er ist der Ansicht, dass mangelnde Körperhygiene viele Krankheiten geradezu noch fördert", sagte die Empfangsdame stolz. „Speisesaal und Gästesalon befinden sich im Erdgeschoss. Dort liegt auch unsere Bibliothek. Wenn du magst, kannst du tagsüber mit einem Buch in unserem wunderschönen Garten sitzen."

„Das ist ja wirklich schön", sagte Josefine und spürte zum ersten Mal so etwas wie Vorfreude in sich aufsteigen. Eine Bibliothek. Im Garten Bücher lesen. Und solch ein schönes Zimmer …

„In einer halben Stunde gibt es Abendessen. Du hast also genügend Zeit, um dich ein wenig frisch zu machen, bevor du zum Essen kommst."

„Zum Essen?", piepste Josefine. „Ich weiß nicht … Eigentlich habe ich gar keinen Hunger."

„Keine Angst, hier sind alle sehr freundlich und zuvorkommend." Die Empfangsdame lachte. Sie hatte die Klinke schon in der Hand, als sie nochmals innehielt. „Eines hätte ich fast vergessen … Hier im Luftkurhaus benutzen wir eine spezielle Form der Anrede. Bei uns gibt es keinen Herrn Professor Dingsda und auch keine Komtesse Trara. Unsere Gäste sollen für die Dauer ihres Aufenthalts vergessen, wer sie sind und woher sie kommen.

Also denken wir uns für jeden einen schönen Namen aus. Wie nennt man dich zu Hause?“

Verunsichert sagte Josefine ihren Namen. „Meine Freundin Clara nennt mich manchmal Josie.“

„Josie.“ Die Empfangsdame schüttelte den Kopf und sagte dann mit Bestimmtheit: „Das passt nicht. Hier bei uns werden wir dich Jo nennen.“

„Jo?“ Josefine lachte irritiert. „Aber … das ist doch ein englischer Männername, oder?“

„Wen interessiert das? Ich bin übrigens Roswitha. Herzlich willkommen in Schömberg, liebe Jo!“

„FÜR DEIN ALTER und deine Größe könntest du ein paar Kilo mehr wiegen und allgemein kräftiger sein, aber du bist nicht an Tuberkulose erkrankt“, sagte Dr. Homburger, einer der Sanatoriumsärzte, nachdem er Josefine über eine Stunde lang abgehört, abgetastet und ausgefragt hatte.

„Ein Keuchhusten ist es auch nicht“, sagte er und machte sich eine Notiz in seinen Unterlagen. „Ich konnte ein leichtes Rasseln hören, aber keine bedrohlichen Lungengeräusche. Vermutlich hat deine Lunge noch keinen Schaden genommen. Blut spuckst du auch nicht – seit wann, sagtest du, hast du diesen Husten?“ Mit gespitzter Feder in der Hand schaute er Josefine an.

„Seit dem Frühjahr“, erwiderte sie und betrachtete ihrerseits den Arzt, dessen schmaler Ziegenbart bei jedem Wort ein wenig bebte.

„Das ist allerdings recht lang. Ursächlich war der Rauch eines Feuers, dem du ausgesetzt warst – habe ich das richtig verstanden?“ Sie nickte und wurde von einem neuerlichen Hustenanfall geschüttelt. Dr. Homburger schnappte sein Hörrohr und legte es an ihren Rücken. „Seltsam“, murmelte er vor sich hin, nachdem sie sich beruhigt hatte. Er bat Josefine, ihm zu einem kleinen runden Tisch am Fenster zu folgen. Während er ihr ein Glas Wasser einschenkte, sprach er weiter: „Wir haben uns hier auf die Behandlung Tuberkulosekranker spezialisiert. Ich weiß nicht, was du über diese Krankheit weißt, die man auch Schwindsucht nennt …“

Josefine zuckte mit den Schultern. „In manchen Berliner Stadtvierteln, wo die Menschen sehr eng beieinanderwohnen, bricht ab und an eine Epidemie aus, zumindest habe ich die Leute davon schon reden hören. Dann werden die Bürger aufgerufen, dieses Gebiet zu meiden. Und wenn sie doch dorthin müssen, sollen sie mit einem Tuch vor dem Gesicht hindurchlaufen und niemandem, der aussieht, als habe er die Schwindsucht, die Hand geben.“

Der Arzt nickte. „Früher galt Tuberkulose als eine Krankheit der Künstler und der liebenden Seelen. Aber Tatsache ist, dass die Schwindsucht vor allem die Geißel der Armen ist. Inzwischen geht die Wissenschaft jedoch davon aus, dass gute Heilungschancen bestehen, vor allem an immunen Orten, also dort, wo die Schwindsucht bisher kein einziges Mal aufgetreten ist. Schömberg mit seiner reinen Höhenluft ist deshalb als Ort für ein Sanatorium geradezu prädestiniert! Tuberkulose ist leider hochgradig ansteckend. Da du selbst nicht daran leidest, stellt diese Ansteckungsgefahr ein großes und auch unnötiges Risiko für dich dar. Es wäre also vielleicht das Beste, wenn ich dich sofort wieder nach Hause schicke …"

„Das können Sie nicht tun!" Josefine schaute den Arzt entsetzt an. Sie hatte sich gerade an den Gedanken gewöhnt, die nächste Zeit an diesem schönen und seltsamen Ort zu verbringen. „In Berlin kann mir niemand helfen! Bitte, ich flehe Sie an!"

Der Arzt blätterte erneut in den Unterlagen, und als er aufschaute, sagte er: „Ich sehe gerade, dass dein Kostgeld schon für einige Wochen im Voraus bezahlt wurde. Vielleicht sollten wir angesichts dieser Tatsache doch einen Versuch starten." Josefine nickte eifrig. „Also gut, machen wir eine Ausnahme. Aber nur, wenn du dich an die wichtigste Regel hältst."

Erneut nickte Josefine. „Und die wäre?"

„Du musst im Umgang mit unseren anderen Patienten äußerste Vorsicht walten lassen. Also stets genügend Abstand halten, am besten in unseren öffentlichen Räumen immer ein Tuch vor Nase und Mund. Bei deiner Art von Husten ist frische Luft und leichte Bewegung sowieso die beste Medizin. Spaziergänge! Erst im Dorf und wenn du wieder ein wenig zu Kräften gekommen bist, gern auch durch die Wälder. Dazwischen ausreichend Ruhe, gutes Essen und das Schwarzwälder Heilklima – mit diesen Maßnahmen werden wir deinem Husten schon den Garaus machen. Ich schreibe dir einen Plan und erwarte von dir, dass du dich genau daran hältst."

In den nächsten Wochen lernte Josefine etwas kennen, was es bis dahin in ihrem Leben noch nicht gegeben hatte: Muße. Und sie lernte noch etwas kennen, nämlich sich selbst.

Als sie das erste Mal nach einem reichhaltigen Frühstück zum Spaziergang aufbrach, kam sie sich ziemlich seltsam vor. Mitten am Tag einfach durch die Gegend laufen, während alle anderen beschäftigt waren. Nach einer halben Stunde hatte sie sich wieder in ihr Zimmer geflüchtet. Doch schon beim nächsten Spaziergang rief ihr schlechtes Gewissen nicht mehr gar so laut – dazu gab es viel zu viel zu entdecken. Schömberg war ein schönes Dorf und es lag in einer wilden, urtümlichen Landschaft. Und so wagte sie es im Laufe der Zeit, immer weitere Strecken zu gehen.

Zwischen ihren Spaziergängen legte sie, wie von Dr. Homburger gefordert, Erholungspausen ein. Dann ging sie in die bestens ausgestattete Bibliothek und las stundenlang.

Es war der 31. Dezember 1889. Nur noch wenige Stunden bis zum letzten Jahrzehnt des Jahrhunderts. Im Schömberger Luftkurhaus war für den Abend eine kleine Silvesterfeier geplant. Während einige der Gäste den Speisesaal mit Papierrosen und bunten Bändern dekorierten und die Köchin einen alkoholfreien Fruchtpunsch ansetzte, war Josefine unterwegs, dick eingepackt in Mantel, Schal und Mütze. Ein letzter Spaziergang im alten Jahr in Richtung Wald. An besonders steilen Wegstücken musste sie stehen bleiben, weil ein Hustenanfall sie überfiel. Sie hatte die ersten Bäume erreicht, als links von ihr ein Knirschen ertönte. Dann raste ein großer Schatten so nahe an ihr vorbei, dass Josefine den Lufthauch spüren konnte. Kurz darauf kam der rasende Schatten mit lautem Getöse zu Fall.

Sprachlos starrte Josefine auf das Bild, das sich ihr bot: eine junge Frau, ihr Rock zerwühlt, ihre Miene schmerzverzerrt, lag mit entblößten Beinen neben einer Art Maschine, die aus Rädern und metallischen Stangen zu bestehen schien. „Was um alles in der Welt ist das?“ Außer einem Stöhnen bekam Josefine keine Antwort. „Hast du dir weh getan?“

Die andere war etwa im selben Alter wie sie selbst und hatte weizenblonde Haare, die nun, da sie ihre Wollmütze verloren hatte, wirr um ihr erschrockenes Gesicht fielen. „Es geht schon“, stöhnte das Mädchen, während es sich mühsam aufrappelte. „Hoffentlich ist dem Veloziped nichts passiert.“

„Dem … was?“

„Dem Veloziped. Es gehört Herrn Braun. Er ist Unternehmer. Ihm gehört nicht nur das Fahrrad, sondern auch das gelbe Haus mit dem schmiedeeisernen Balkon, das letzte in der Straße. Mein Vater kümmert sich in seiner Abwesenheit darum. Ich habe die Chance genutzt und mir sein Velo ausgeliehen“, führte das Mädchen weiter aus, während es das seltsame Gerät an einer seiner Stangen hochzog und es dann gründlich in Augenschein nahm.

Das Gefährt, einmal als „Veloziped“ und dann als „Fahrrad“ bezeichnet, bestand aus einem Gestänge aus Rundeisen, auf dem eine Art Sitz angebracht war. Es hatte zwei Räder, wobei das vordere größer war als das hintere. Beide Räder waren wesentlich schmaler als die einer Kutsche, sie ähnelten eher den Rädern vom Handwagen des Milchmannes in Josefines Viertel.

„Das Velo hat den Sturz gut überstanden, mir ist auch nichts passiert. Und was ist mit dir?“ Josefine breitete die Arme aus, als wollte sie sagen: Alles in Ordnung. „Gott sei Dank! Wenn ich dich über den Haufen gefahren hätte … Aber ich konnte doch nicht ahnen, dass hier oben jemand unterwegs ist, und eine Bremse hat das Velo leider nicht. Du gehörst ins Sanatorium, oder? Ich habe dich schon öfter durch unser Dorf laufen sehen."

Lächelnd stellte Josefine sich vor. „Jo? Aus Berlin? Habe ich mir's doch gedacht. Du bist das Mädchen, das meine Großtante Frieda hierhergeschickt hat. Ich bin Lieselotte, aber alle nennen mich nur Lilo."

Lieselottes Händedruck war so fest, dass Josefine schmerzerfüllt das Gesicht verzog. „Du bist die Tochter von Joachim Roth, unserem Hausmeister? Frieda hat gar nichts von dir erzählt …"

Lilo prustete abfällig. „Wunderbar! Da sieht man, wie wichtig sie mich nehmen. Aber Vater will nicht, dass ich mit den Kranken in Kontakt komme." Lilo schnappte ihr Gefährt und schob es bergab. „Und davon, was ich hier mache, weiß er auch nichts – wehe, du sagst auch nur einen Ton!"

Josefine beeilte sich, mit ihr Schritt zu halten. „Ich bin doch keine Petze. Warte! Was ist das für ein Gefährt? Ich habe so etwas noch nie gesehen. Und was hast du damit gemacht, bevor du gefallen bist? Du warst ja schneller als ein Blitz!"

Abrupt blieb die andere stehen. „Willst du mich auf den Arm nehmen? Ich denke, du kommst aus Berlin, da muss es doch viele Velos geben. Erst kürzlich hat der *Schwarzwälder Bote* sogar über Damen berichtet, die in einem eurer Stadtparks Veloziped gefahren sein sollen. Die Leute haben sie allem Anschein nach übel beschimpft und mit Steinen beworfen, und der Schreiber hat von einer Schande fürs weibliche Geschlecht gesprochen. Sag bloß, das hast du nicht mitbekommen?"

„Nein, hab ich nicht. Ich … bei uns zu Hause lesen wir keine Zeitung. Es ist wirklich das erste Mal, dass ich so ein Velo sehe."

Lilo schlug einen versöhnlicheren Ton an. „Das hier ist ein Veloziped, man nennt es auch Tretkurbelfahrrad. Hier auf diesen Sattel setzt du dich, und dann stellst du beide Füße seitlich auf je eine dieser Kurbeln. Mit den Händen hält man sich am Lenker fest, damit steuert man beim Fahren auch in die gewünschte Richtung. Indem man die Kurbeln tritt, setzt sich das Velo in Bewegung. Ich glaube, es ist schneller als ein Pferd. Und sündhaft teuer ist es auch", sagte Lilo, und ihre Augen glänzten voller Stolz.

„Aber es ist so schmal! Fällt man nicht just in dem Moment um, wenn man den Sattel erklommen hat?"

Lilo grinste. „Na ja, Geschick und Übung braucht man schon. Bis du mit dem Treten beginnst, musst du beide Füße auf dem Boden behalten, und danach musst du ganz schnell sein. Komm, ich zeige es dir!" Sie wendete ihr

Gefährt in Richtung eines Querweges, der relativ eben in den Wald hineinführte. Fasziniert schaute Josefine zu, wie das fremde Mädchen seinen Rock lüpfte und so viel Stoff wie nur möglich unter seinem Hinterteil verstaute. Sehr schicklich sah das nicht aus … Im nächsten Moment schwang sie beide Beine auf die Kurbeln und begann zu treten. Schwerfällig setzte sich das Velo in Gang, und Josefine erkannte, warum die junge Frau die Vorsichtsmaßnahme mit dem Rock ergriffen hatte – nicht auszudenken, wenn der Stoff zwischen die Stäbe in den Rädern geriete! Ehe Josefine sich's versah, war Lilo hinter einer Kurve verschwunden.

Eilig wollte sie dem Mädchen hinterherrennen, doch da erschien Lilo schon wieder. Ihr Gesicht strahlte, ihre blonden Haare wehten im Wind, und sie rief Josefine lachend zu: „Aus dem Weg, sonst fahr ich dich doch noch über den Haufen!" Lieselotte radelte den Weg vor und zurück, während Josefine ihr mit klopfendem Herzen zuschaute. Das wollte, das musste sie auch versuchen! Doch als sie Lieselotte darum bat, schüttelte diese den Kopf. „So einfach ist das nicht, Velofahren muss man üben. Außerdem – das Rad gehört mir ja nicht. Was, wenn etwas passiert?"

„Es passiert schon nichts, wir sind einfach vorsichtig", erwiderte Josefine.

„Ich kenne dich doch gar nicht. Womöglich gehörst du doch zu den geschwätzigen Mädchen und plauderst die Sache aus? Dann komme ich in Teufels Küche."

Josefine schaute Lilo eindringlich in die Augen und sagte: „Ich schwöre dir bei Gott, dass ich keinen Ton über das hier verlauten lasse."

Einen kurzen Moment noch zögerte Lilo, dann gab sie sich einen Ruck. „Also gut. Aber erst morgen. Jetzt muss ich nämlich eilig nach Hause. Morgen Vormittag treffen wir uns wieder hier." Sie setzte sich erneut aufs Rad, dann fuhr sie, ohne sich noch einmal umzudrehen, den Berg hinab.

„Beide Hände hier fest an den Lenker legen. Fest, habe ich gesagt. Und zittere nicht so. Nun den linken Fuß aufs linke Pedal."

Josefine lachte nervös, während sie Lilos Anweisungen befolgte. Ihr Rock knüllte sich bauschig unter ihrem Hintern zusammen, doch trotz der vielen Stoffschichten spürte sie den Sattel hart zwischen den Beinen. „Ich weiß nicht …" Verlegen schaute sie zu Lilo hinüber. „Ist es schicklich, sich so … breitbeinig auf dieses Gefährt zu setzen?"

Lieselotte lachte. „Willst du etwa im Damensitz fahren? So wie feine Damen auf feinen Rössern sitzen? Funktioniert nicht. Entweder du wagst es so oder du lässt es bleiben." Josefine nickte unsicher. „Sobald du den rechten Fuß aufs rechte Pedal schwingst, musst du lostreten. Nun mach schon!"

Krampfhaft befahl Josefine ihrem rechten Fuß, sich vom Boden zu lösen. Nichts geschah. „Du brauchst keine Angst haben, ich laufe doch neben dir her und halte dich, es kann dir also nichts passieren."

„Ich … weiß nicht. Ich sitze so hoch. Bestimmt falle ich um, sobald ich den Fuß lüpfe …" So schwer, wie sie war, konnte die zierliche Lilo sie doch gar nicht halten.

„Du fällst nicht um, ich habe dir doch gezeigt, wie alles geht", erwiderte Lieselotte eine Spur ungeduldig.

Josefine nickte kläglich. „Ja, schon. Aber ich trau mich nicht." Während ihr linker Fuß auf dem Pedal stand, verharrte ihr rechter wie angewurzelt auf dem Waldweg.

„Dann steig ab und lass mich fahren. So oft bietet sich mir diese Gelegenheit auch nicht. Sobald Herr Braun nach Schömberg kommt, ist's für mich aus und vorbei mit dem Velofahren." Schon griff Lilo nach dem Lenker.

Josefine biss sich auf die Unterlippe. Wenn sie sich jetzt nicht traute … Schwankend setzte sich das Velo in Bewegung. „Ich glaube, ich … kann das!" Josefine lachte auf, während sich ihre Beine in einem schwungvollen Gleichmaß bewegten.

„Gut so, aber halte den Lenker gerade, du brauchst ja die ganze Wegbreite zum Fahren", befahl Lilo, die neben ihr herlief.

Josefine stieß einen lauten Schrei des Entzückens aus. „Das ist ja unglaublich! Lilo, ich habe das Gefühl, mir sind Flügel gewachsen."

„Verrückt, nicht wahr? Und jetzt hör auf zu treten, damit du wieder langsamer wirst", ertönte es neben ihr.

„Langsamer? Wieso denn das?" Josefine wollte fliegen, die Bäume an sich vorbeirasen sehen, als säße sie in einem Zugabteil.

„Nicht doch, halt an!" Mit der Hand, mit der sie Josefine stabilisiert hatte, ruckelte Lilo nun heftig am Lenker. Einen Moment lang verlor Josefine fast die Balance, doch dann kam sie wieder in den Tritt.

„Gleich. Nur noch ein paar Meter …" Sie wollte noch lange nicht anhalten. Fahren wollte sie! Den Fahrtwind spüren –

„Halt an, du dumme Kuh! Hinter der nächsten Kurve geht es steil bergab, das ist viel zu gefähr-"

Bevor Josefine wusste, wie ihr geschah, hatte sie die Kurve erreicht. Der Weg schlängelte sich von hier an steil und kurvig ins Dorf hinab. Von einer Sekunde auf die andere gewann Josefine an Fahrt, nur mit Mühe gelang es ihr, die ersten drei, vier Biegungen zu meistern. Den Lenker links, rechts, weiter rechts, links. Ihre Füße hatten längst die Pedale verlassen, gruben sich verzweifelt in den verharschten Waldboden, schlitterten und –

„Lilo! Hilfe!“

„In den Wald hinein, nach links! Bergauf lenken!“

Bergauf? Überall Bäume, und kein Durchkommen möglich. In einer abrupten Bewegung und völlig gegen ihr Bauchgefühl riss Josefine den Lenker links herum. Das Vorderrad knallte gegen einen Baum, sie selbst wurde über den Lenker auf den Boden geschleudert, ihre Wange streifte die harsche Rinde der Tanne.

„Jo? Josefine?“ Jemand rüttelte an ihrem rechten Arm. Lodernde Flammen schossen durch ihren Körper. Stöhnend öffnete sie die Augen.

„Hast du was gebrochen? Kannst du deine Arme bewegen? Deine Beine?“

Prüfend wackelte Josefine erst mit dem rechten Fuß, dann mit dem linken. Ihre Schuhe waren ruiniert, so viel stand fest. Sie hatte den metallischen Geschmack von Blut auf ihrer Zunge. Ihre Glieder schmerzten, aber sonst … Mit glänzenden Augen schaute sie Lilo an. „Darf ich das noch einmal probieren?“

Dem Velo war nichts geschehen. Lediglich am vorderen Teil des Rahmens hatte es einen Kratzer abbekommen. Josefine, die mit dem lieben Gott zuvor so viel gehadert hatte, sagte im Stillen nun brav Danke dafür, dass sie solch ein Glück gehabt hatte.

Lilo war stinkwütend. Den ganzen Heimweg über, während sie das Rad schob und Josefine neben ihr herhumpelte, schimpfte sie vor sich hin. Wie konnte man nur so unvernünftig sein? Hatte sie nicht laut und deutlich gesagt, sie solle langsamer fahren? Da erklärte sie sich bereit, Jo eine Fahrstunde zu geben, und dann das.

Das gelbe Haus des Unternehmers, von dem Lilo das Rad „ausgeliehen“ hatte, war schon in Sicht, als die Tochter des Hausmeisters abrupt stehen blieb. Sie holte tief Luft und grinste Josefine dann verschmitzt an.

„Aber Spaß hat’s gemacht, nicht wahr?“

Zurück im Sanatorium schlich Josefine in ihr Zimmer. Gott sei Dank hatte sie auch ihr zweites Paar Schuhe dabei. Ihr rechter Arm pochte unaufhörlich. „Ich bin auf einer vereisten Fläche ausgerutscht“, sagte sie zu Schwester Gertrude, die daraufhin den Arm in alle Richtungen bog und drehte. Eine Stauchung, schmerzhaft zwar, aber kein Bruch.

Schon am nächsten Tag trafen sich die jungen Frauen erneut am Haus des Unternehmers Braun. „Kannst du mit deinem Arm überhaupt fahren?“, fragte Lilo und zeigte auf die Schlinge, in der Josefine ihren rechten Arm trug.

Mit einem Ruck befreite Josefine ihn daraus. „Die trage ich nur Schwester Gertrude zuliebe“, sagte sie, einen Schmerzensschrei unterdrückend.

„Ich bin verrückt, dich nach deiner Eskapade überhaupt noch mal aufs Rad zu lassen“, sagte Lilo, während sie den Schuppen aufschloss, in dem das Velo stand. „Eins sage ich dir gleich: Von nun an üben wir auf ebenem Gelände! Ich kenne eine Straße, die ist perfekt fürs Velofahren!“

Josefine war alles recht, solang sie wieder aufs Fahrrad durfte. Sie schob das schwere Gefährt einen unebenen, aber mit dichten Hecken bewachsenen Feldweg entlang.

„Wenn irgendwo eine Kutsche oder ein Fußgänger auftaucht, legst du das Velo ab und wir gehen hinter der Hecke in Deckung“, sagte Lilo, die sich fortwährend umschaute.

„Warum fragst du diesen Herrn Braun nicht einfach, ob du sein Velo während seiner Abwesenheit ab und zu ausleihen darfst?“

„Bist du verrückt? Ich bin ein Mädchen, falls dir diese Tatsache bisher entgangen ist!“

„Na und? Was –“

„Ich hab dir doch erzählt, was sie in der Zeitung über velofahrende Frauen schreiben. Die Leute würden mich davonjagen.“

Josefine, die davon überzeugt war, dass Lieselotte maßlos übertrieb, lachte. Eine Zeitlang marschierten sie schweigend nebeneinander her, dann sagte Josefine: „Wo gibt es solch ein Veloziped eigentlich zu kaufen? Und wie teuer ist es? Und seit wann gibt es diese Erfindung?“

„Du stellst vielleicht Fragen. Woher soll ich das alles wissen?“, antwortete Lilo. „Eigentlich dachte ich, dass eine aus der Großstadt über solche Dinge eher Bescheid weiß.“

„Ich glaube, du hast eine völlig falsche Vorstellung vom Leben in der Stadt“, sagte Josefine. „In unserem Viertel ist es auch nicht viel anders als bei euch im Dorf, auch bei uns gibt’s einen Bäcker und einen Schlachter und einen Laden, in dem wir Schuhbändel kaufen. Und aus diesem Viertel komme ich fast nie heraus. Aber wie kommt es eigentlich, dass du einfach ein paar Stunden am Tag verschwinden kannst? Hast du keine Hausaufgaben zu machen? Oder Arbeiten im Haus? Bei uns gibt es immer so viel zu tun, dass ich kaum Zeit für mich habe. Nur die Besuche bei deiner Großtante Frieda, die lasse ich mir nicht nehmen.“

Statt auf Josefines Frage zu antworten, wollte Lieselotte etwas über die Großtante wissen, die sie nur aus Erzählungen kannte. Bereitwillig erzählte Josefine von Friedas Garten, ihren vielen Büchern und ihrem Interesse an Gott und der Welt.

„Das hört sich sehr nett an“, stellte Lieselotte fest. „Mein Vater hat weder an der Welt noch an mir ein besonderes Interesse. Das Einzige, was ihn interessiert, ist seine Arbeit. Früher, als Mutter noch lebte, war das anders. Eine Kuh hat sie in den Bauch getreten und ein halbes Jahr später war sie tot. Nach der Beerdigung hat Vater sofort das Vieh verkauft und gesagt, er würde fortan unseren Lebensunterhalt nur noch als Hausmeister verdienen." Lilo zuckte mit den Schultern. „Ich sehe aus wie Mutter, weißt du. Er sagt, wenn er mich anschaut, hat er sie als junges Mädchen vor Augen. Und das, so glaube ich, kann er nicht ertragen. Also flüchtet er sich in seine vielen Aufgaben, nur um nicht in meiner Nähe sein zu müssen. Ich glaube, er hat gar nicht gemerkt, dass im Herbst meine Schulzeit zu Ende gegangen ist."

Josefine lachte. „Ich habe keine Ahnung, was mich bei meiner Rückkehr erwartet. Meine Eltern können es kaum erwarten, mich loszuwerden."

„Was soll's, das Leben ist nun mal, wie es ist", meinte Lilo. „Und durchs Jammern allein ist noch nie etwas besser geworden. Gleich nach dem Dreikönigsfeiertag werde ich mich selbst um eine Arbeit bemühen. Vielleicht kann ich sogar Krankenschwester werden?" Lilo klang bei ihren Worten schon wieder recht frohgemut.

Josefine schaute ihre neue Freundin bewundernd an. „Krankenschwester! Was du für Pläne hast …"

„Hast du keine? Dann bist du selbst schuld", sagte Lilo. „Ich mache jedenfalls fast immer das, wonach mir der Sinn steht. Und weißt du, was das im Augenblick ist? Velo fahren, sooft es geht!" Lachend nahm sie Josefine den Lenker aus der Hand und schob das Rad vom Feldweg auf die Straße.

Die Straße war bestens zum Fahren geeignet. Schnurgerade lief sie zwischen der hügeligen Landschaft hindurch. Lilo fuhr natürlich die erste Runde und Josefine schaute ihr staunend hinterher.

Bei Josefine ging es beim zweiten Mal schon wesentlich leichter. Ohne Angst stellte sie ihren zweiten Fuß aufs Pedal und genoss sogar das Gefühl, die Bodenhaftung zu verlieren.

„Wehe, du machst wieder irgendwelche Kapriolen!", rief Lilo ihr hinterher. Sie solle bis zu einer alten Linde mit einer Bank fahren, dort langsamer werden und dann umdrehen, hatte sie Josefine erklärt.

Mit jeder Drehung der Räder fühlte sich Josefine sicherer. Der Fahrtwind legte sich kühl und erfrischend auf ihre Wangen, ein paar Strähnen lösten sich aus ihrem Zopf und flatterten wie seidene Bänder im Wind. Die gummierten Räder hinterließen ein leises Knirschen auf dem Straßenboden.

Ihr kleiner Bruder war tot. Sie aber lebte! War sie es ihm nicht schuldig, dass sie weiteratmete, weiterlebte, für sich und für ihn? Dass sie all die Dinge tat, die er nicht mehr tun konnte?

Josefine blinzelte heftig gegen den Fahrtwind an. Tränen rannen über ihr

Gesicht. In ihren Ohren begann es zu brausen, ihre Lunge brannte, aber kein Husten, nicht einmal ein leises Räuspern kroch empor. Die Linde mit der Sitzbank war schon in Sichtweite, als sich die eiserne Fessel, die so lange um Josefines Brust gelegen hatte, löste. Mit einem Aufheulen, das Erlösung und Errettung zugleich war, schaute Josefine nach vorn. „Ich lebe noch!"

DER HUSTEN ließ nach. Josefine gesundete an Geist und Körper. Wenn sie ihr Gesicht im Spiegel über dem Waschbecken betrachtete, staunte sie selbst, wie sehr es sich während ihrer Zeit in Schömberg verändert hatte: Ihre Haut hatte einen gesunden Schimmer, ihre Haare glänzten strohgolden. Auch ihr Körper hatte sich verändert. Dank der guten Kost hatte sie an Gewicht zugelegt, und dies zeigte sich in schönen weiblichen Rundungen, wie Jo sie bisher nicht an sich gekannt hatte. Sie war jung. Und sie war hübsch.

Am 4. April 1890 wurde Josefine Schmied als geheilt entlassen.

Schwester Gertrude, Roswitha und ein Teil der Patienten versammelten sich vor dem Haus, um zum Abschied zu winken. Mit einem lachenden und einem weinenden Auge verteilte Josefine kleine Geschenke, die sie zuvor mit Lilos Hilfe im Dorf erstanden hatte.

Lilo war nicht gekommen. „Ich hasse Abschiede", hatte sie gesagt. Sie wollten sich Briefe schreiben, das hatten sie sich in die Hand versprochen. Jeden Monat mindestens einen. Und Lilo wollte sie in Berlin besuchen kommen, vielleicht im Sommer schon.

5. Kapitel

Statt einer Begrüßung sagte ihre Mutter zu ihr: „Dass eins klar ist – das Lotterleben hat ab jetzt ein Ende. Jetzt, wo du nicht mehr in die Schule musst, wirst du deinem Vater in der Schmiede helfen. Nach allem ist dies wohl das Mindeste, was wir von dir erwarten können."

Josefine ließ den Pappkoffer sinken und schaute ihre Mutter, die am Spülstein stand, entsetzt an. „Aber ich dachte, du würdest eine Anstellung für mich suchen, so wie du es für Margret und Gundel getan hast." Sie wollte doch Geld verdienen, eigenes Geld!

„Eine Anstellung für das gnädige Fräulein." Elsbeth Schmied schnaubte. „Vielleicht in einem feinen Haushalt, wo du abends ab sieben Feierabend hast? Reicht dir dein Müßiggang immer noch nicht?" Ohne ein weiteres Wort schnappte die Mutter einen Wäschekorb und verschwand nach hinten in den Hof.

Was für eine Begrüßung, dachte Josefine, während sie ihren Koffer auspackte. Wütend und enttäuscht zugleich schnappte sie den Schwarzwälder Schinken, den Joachim Roth ihr für Frieda mitgegeben hatte, und verschwand. Es war früher Sonntagnachmittag, als sie am Haus der Familie Berg klingelte. Im nächsten Moment schon flog die Tür auf.

„Josie, endlich, ich warte schon den ganzen Morgen darauf, dass du kommst!“, rief Clara ihr entgegen. Noch im Türrahmen fielen sich die Freundinnen in die Arme. „Gut siehst du aus, richtig erholt.“ Bewundernd strich Clara ihr über die Wange, dann über die Haare.

Ein wohliges Gefühl erfüllte Josefine – es war doch schön, wieder zu Hause zu sein. „Lass uns zu Frieda gehen, dann muss ich nicht alles zweimal erzählen“, sagte sie und hakte sich bei Clara unter.

„Wie sieht es in Schömberg aus?“ „Wie ist es dir ergangen?“ „Hast du Freunde gefunden? Du hast dich mit Lieselotte angefreundet? Wie schön!“ „Wie wurde dein Husten geheilt?“

Frieda und Clara hatten tausendundeine Frage. Willig beantwortete Josefine sie alle, während sie bei Frieda in der Küche saßen und den mitgebrachten Schinken probierten. Dass Lieselotte und sie auf einem Herrenfahrrad unterwegs gewesen waren, beeindruckte die alte Frau sehr. „Was für eine verrückte Idee – so gefällst du mir, mein Kind!“ Die alte Frau schaute sie entzückt an. „Träume sind so wichtig wie die Luft zum Atmen. Und weißt du, was noch besser ist als Träume?“ Friedas Augen funkelten. „Sie Wirklichkeit werden lassen! Dafür muss man natürlich einiges tun …“

„Das hatte ich ja vor!“, fuhr Josefine auf. „Ich wollte jeden Pfennig, den ich als Magd oder Küchenhilfe verdiene, zur Seite legen und so lange sparen, bis es für ein eigenes Velo reicht. Aber ich muss in der Hufschmiede arbeiten und dafür bekomme ich keinen einzigen Pfennig.“

„Küchenhilfe! Schmiedegeselle!“ Frieda seufzte.

„Ich glaube, es ist am besten, wenn du die Sache mit dem Velofahren so schnell wie möglich wieder vergisst“, sagte Clara. „Es ist gefährlich! Ständig kommt irgendein feiner Herr zu uns in die Apotheke und verlangt nach Heilsalben und Pflaster, weil er mit seinem Drahtesel gestürzt ist und sich dabei Knie oder Nase aufgeschlagen hat.“

„Das hört sich ja geradeso an, als ob die Berliner Straßen voll sind mit Velos – also, ich habe noch keins gesehen“, sagte Josefine.

„Es werden tatsächlich immer mehr“, erwiderte Clara. „Velofahren ist chic! Mutter wollte sogar, dass Vater sich auch eins kauft.“

„Und? Tut er es?“

„Vater doch nicht! So ein Hobby ist nur etwas für reiche Herrschaften mit

Muße, so wie Moritz Herrenhus von der Bekleidungsfabrik. Der hat nämlich auch so ein Gefährt."

„Moritz Herrenhus? Der Vater von Isabelle, dem Mädchen mit den roten Haaren?" Josefines Augen wurden immer größer.

Clara nickte. „Genau der. Seltsam, an Isabelle habe ich schon seit Ewigkeiten nicht mehr gedacht … Ob sie überhaupt noch in der Villa wohnt? Vielleicht haben sie sie in ein vornehmes Internat geschickt, womöglich nach Übersee?"

Isabelle Herrenhus war ein Jahr älter als sie. Als sie alle noch klein gewesen waren und die Fabrik von Moritz Herrenhus noch in den Anfängen gesteckt hatte, war das Mädchen mit den roten Haaren mit den anderen Kindern der Straße herumgezogen. Aber irgendwann war rings um die Villa des Unternehmers eine große weiße Mauer gebaut worden, und Isabelle war verschwunden.

„Nach dem Kirchgang heute früh habe ich Moritz Herrenhus damit fahren sehen. Er betreibt den Radsport so, wie andere reiche Herren Hockey oder Tennis spielen. Und wie die Herren immer angeben mit ihren Drahteseln, richtig peinlich ist das." Clara verzog abfällig den Mund.

Josefine seufzte sehnsüchtig auf. „Ach, ihr könnt euch nicht vorstellen, wie wunderschön es ist, auf einem Velo zu fahren. Dieses Freiheitsgefühl! Die Geschwindigkeit, als würde man fliegen. Und so gefährlich ist es gar nicht. Ich muss unbedingt eine Möglichkeit finden, wieder Velo zu fahren."

„Bist du verrückt? Weißt du, was die Zeitungen über velofahrende Frauen schreiben? Sie sprechen von einer Schande fürs weibliche Geschlecht."

„Man sollte nicht alles, was die Zeitungen schreiben, so wichtig nehmen", mischte sich Frieda wieder ins Gespräch ein. „Die jungen Damen waren meiner Ansicht nach nicht besonders klug, eine Velofahrt mitten durch den Tiergarten zu unternehmen. Wären sie hinaus aufs freie Land gefahren, hätten sie unbemerkt ihren Spaß haben können."

Josefine nickte enthusiastisch. „Genau! Lilo hat auch immer darauf geachtet, dass die Luft rein war."

Frieda lachte. „Das Mädel wird mir immer sympathischer."

„Isabelles Vater …", sagte Josefine gedehnt. „Meint ihr, er lässt mich mal einen Blick auf sein Velo werfen? Und … da wäre noch etwas", Josefine räusperte sich. „Könntet ihr mich bitte fortan Jo nennen?"

DIE RECHTE HAND schon an der Klingel, hielt Josefine inne. War es nicht doch ein wenig vorwitzig, nach all den Jahren einfach so bei Isabelle aufzutauchen? Und dann mit einer so ungewöhnlichen Bitte?

„Komm, lass uns lieber gehen", sagte Clara und zupfte an Josefines Ärmel.

Doch da drückte Josefine schon die Klingel. Im nächsten Moment ertönte melodisches Glockenläuten. Die schwere geschnitzte Haustür ging auf, und vor ihnen stand eine attraktive junge Frau in einem narzissengelben Ausgehkostüm, mit farblich passenden Handschuhen und Hut.

„Oh, ich dachte … Und wer bitte seid ihr?"

„Wir … äh … Mein Name ist Josefine, und das ist Clara", sagte Jo mit belegter Stimme. „Erinnerst du dich? Früher, als wir noch Kinder waren, haben wir öfter miteinander gespielt …"

Isabelle schaute Josefine mit zusammengekniffenen Augen an. „Und ob ich mich erinnere! Gehörtest du nicht zu denen, die mich wegen meiner roten Haare ständig geärgert haben?"

„Daran … kann ich mich nun gar nicht erinnern", stotterte Jo. „Deine Haare sind doch wunderschön!" Isabelle trug eine aufwändige Hochsteckfrisur, die einer Braut angemessen gewesen wäre. „Heiratest du heute etwa?"

Isabelle lachte irritiert. „Wie kommst du denn auf solchen Blödsinn? Allerdings bin ich zu einem Rendezvous verabredet. Als es klingelte, dachte ich, es sei mein Verehrer." Sie klang nicht gerade glücklich.

„Ein Rendezvous?", wiederholte Clara, die sich bisher im Hintergrund gehalten hatte. „Das hätte ich auch gern, aber meine Mutter meint, ich bin dafür noch zu jung. Da wollen wir nicht stören, los, komm schon, Jo."

„Nein, so bleibt doch!", sagte Isabelle eilig. „Der Herr, der mich abholen soll, ist zwar äußerst wohlhabend und sieht nicht schlecht aus, aber er ist sterbenslangweilig. Mein Vater schätzt ihn sehr. Ich würde lieber den Nachmittag mit euch verbringen." Ihre Augen blitzten unternehmungslustig, dann klatschte sie in die Hände. „Also, warum seid ihr hier?"

„FOLGT MIR, wir müssen zu einem Schuppen am anderen Ende des Geländes", sagte Isabelle, während sie ohne Rücksicht auf ihre gelben Schuhe über den weiß gekiesten Hof stakste. An Josefines Bitte schien sie nicht das Geringste seltsam zu finden.

„Aber … was ist, wenn der junge Herr dich abholen will und du nicht da bist? Dann bekommst du doch sicher Ärger", sagte Clara schüchtern.

Doch Isabelle lachte nur. „Ich werde meinen Eltern einfach die Wahrheit sagen – nämlich, dass zwei alte Freundinnen mich besucht haben und ich bei unseren anregenden Gesprächen die Zeit vergessen habe. So, hier hat mein Vater sein neuestes Spielzeug untergestellt." Schwungvoll drückte sie die Schuppentür auf. In der Mitte des Raumes stand, beleuchtet durch das einfallende Sonnenlicht, silbern schimmernd und nach Gummi und Maschinenöl riechend das Veloziped ihres Vaters.

Mit glänzenden Augen trat Josefine an das Gefährt heran. Andächtig strich sie über den Lenker, die Rohre, welche die beiden Räder verbanden, und über den Sattel. „Es ist wunderschön … Und so viel schlanker und leichter als das Rad von Lilo.“ Rasch unterzog Josefine das Gefährt einer genaueren Untersuchung. „Bei Lilos Velo ist das Vorderrad größer als das Hinterrad. Und eine solche Kette hatte es auch nicht, dafür einen Tretkurbelantrieb. Ich frage mich, wie dieses Velo hier funktioniert …“

„Und wer ist bitte schön Lilo? Wohnt sie in unserer Straße?“ Isabelle brach ab, als ein massiger Schatten den Türrahmen verdüsterte. „Vater …“

„Isabelle! Habe ich dir nicht gesagt, dass mein Veloziped tabu ist? Vor dem Haus wartet Graf von Kyrill mit seinem Vierspänner auf dich“, blaffte er.

Noch ehe Isabelle, die kreidebleich geworden war, antworten konnte, sagte Josefine: „Verzeihen Sie, aber Isabelle ist unschuldig. Ich habe so lange gebettelt, dass sie mir Ihr Veloziped zeigt, bis sie gar nicht mehr anders konnte, als einzuwilligen. Es ist wunderschön … Danke, dass ich einen Blick darauf werfen durfte.“ Sie streckte Moritz Herrenhus die Hand entgegen und war verwundert, als er sie tatsächlich ergriff.

„Du bist die Tochter vom Schmied-Schmied, oder?“ Jo nickte, ohne seinem Blick auszuweichen. „Das ist wahrlich ein guter Witz – ausgerechnet die Tochter des Pferdeschmieds interessiert sich für mein Velo“, sagte Moritz Herrenhus und lachte besänftigt auf.

„Ein guter Witz – wie meinst du das?“, fragte Isabelle.

„Ein Drahtesel, ein Veloziped ist wesentlich pflegeleichter als ein Pferd und daher auf die Dauer auch kostengünstiger. Ich sage euch – in ein paar Jahren werden wir so gut wie keine Pferde mehr auf den Straßen sehen, dafür umso mehr Fahrräder.“

„Das Velo soll einmal ein Ersatz fürs Pferd werden? Nie und nimmer!“, platzte Josefine hervor. „So einen Spaß können sich doch nur reiche Herren wie Sie leisten.“

Der Unternehmer lachte. „Noch! Aber das wird sich ändern, glaub mir. Wenn erst einmal die Nachfrage steigt, steigt auch das Angebot. Und die Hersteller werden ihre Preise nach unten anpassen. Aber wie kommt es, dass eine junge Frau sich so sehr für diese technische Neuheit interessiert?“

Josefine zuckte mit den Schultern. „Ich … Im Schwarzwald, wo ich zur Kur war, gab es auch ein Velo, es war allerdings ein Tretkurbelrad und sah ganz anders aus als dieses hier. Es hat mich unglaublich fasziniert! Und als ich erfuhr, dass Sie ebenfalls stolzer Besitzer eines solch fortschrittlichen

Gefährts sind, musste ich es unbedingt sehen.“ Erneut strich sie fast andächtig über den Lenker.

Isabelles Vater nickte wohlwollend. „Das hier ist ein sogenannter Rover, das neueste und beste Rad, das derzeit auf dem Markt ist. Es wird über das Hinterrad angetrieben. Die Tretkurbeln, auf die du deine Füße stellst, sind über die Kette mit dem Hinterrad verbunden. Dies ermöglicht dem Fahrer eine freie Übersetzungswahl. So etwas hat es bisher nicht gegeben.“

Konzentriert hörte Josefine seinem Vortrag zu. „Eine freie Übersetzungswahl – was versteht man darunter?“, wollte sie wissen.

Moritz Herrenhus lächelte. „Bisherige Fahrräder hatten ein sehr großes Vorderrad, an dem die Tretkurbel befestigt war. Die Größe des Vorderrades bestimmte die zurückgelegte Wegstrecke pro Kurbeldrehung. Beim Rover spielt die Größe des Antriebsrades hingegen keine Rolle mehr, weswegen Vorder- und Hinterrad auch gleich groß sind. Vielmehr sind diese beiden Zahnräder hier an der Tretkurbel und am Hinterrad maßgebend, denn je nach deren Größe kannst du die Wegstrecke pro Umdrehung verlängern oder verkürzen. Diese Konstruktion heißt Rover Safety und ist sehr viel sicherer als das sturzanfällige Hochrad.“ Im nächsten Moment zog Moritz Herrenhus sein Jackett aus. Er legte die Manschettenknöpfe ab, krempelte die Ärmel hoch und schob das Velo aus dem Schuppen in den Hof, wo er mit erhabener Miene eine Runde nach der anderen drehte. Graf Kyrill war offensichtlich vergessen.

Gebannt schaute Josefine zu, wie der Unternehmer auf der Geraden durch den Hof beschleunigte und dann kurz vor den Fabrikgebäuden eine enge Kurve drehte. Nach einer letzten Kehre hielt Moritz Herrenhus vor den Mädchen an. Mit einer Geste, die eher zu einem jungen Burschen als zu einem gestandenen Geschäftsmann gepasst hätte, strich er sich eine Stirnlocke aus dem Gesicht und sagte großspurig: „Das hat euch gefallen, nicht wahr?“

Isabelle kniff die Lippen zusammen und schwieg.

„Es ist so wendig“, meinte Josefine sehnsüchtig.

Laut und eine Spur vorwurfsvoll sagte Clara: „Ich fand, dass das sehr gefährlich aussah.“

Gespreizt stieg Moritz Herrenhus von seinem Rad ab. „Gefährlich? Nun, das Velofahren selbst ist eigentlich ziemlich harmlos. Gefährlich wird es erst auf belebten Straßen. Erst gestern hat mich ein Fuhrwerk fast über den Haufen gefahren. Die Fuhrleute stehen mit den Velozipedisten auf Kriegsfuß, sie behaupten, bei unserem Anblick würden ihre Gäule scheuen. Zugegeben, es gibt auch Velofahrer, die den Verkehr durch waghalsige Manöver gefährden. Aber wegen solcher Typen kann man doch nicht alle Velofahrer über einen Kamm scheren!"

Nun ergriff zum ersten Mal Isabelle das Wort. „Wenn unser Gespann scheuen würde, nur weil es sich vor einem Veloziped erschreckt, während Mutter und ich im Wagen sitzen, würde dir das auch nicht gefallen. Vielleicht müssten Velozipede auf den Straßen einfach verboten werden?"

„Blödsinn!", fuhr Moritz Herrenhus seine Tochter an. „Ich bin froh, dass das Velofahren in Berlin wieder erlaubt ist. Noch im Jahr 1858 war es nämlich verboten. Und heute gilt es, zig Gebote zu befolgen, manche davon halte ich für die reinste Schikane. Und eine Fahrradkarte braucht man auch." Nicht ohne Stolz zog der Unternehmer einen kleinen Schein aus seiner Brusttasche und faltete ihn auf.

„Veloziped-Erlaubnisschein für Herrn Moritz Herrenhus", las Josefine auf der rechten Blatthälfte. Josefine schluckte. Der Unternehmer wollte sein Gefährt schon wieder in den Schuppen schieben, als sie ihren ganzen Mut zusammennahm und sagte: „Ob ich … wohl auch eine kleine Runde damit drehen dürfte?" Ihr wurde ganz schwindelig von ihrer eigenen Courage.

„Du? Mein Velo fahren?" Auch Isabelle und Clara schauten entgeistert.

Josefine schob eilig nach: „Im Schwarzwald durfte ich das auch, keine Sorge, Ihrem Velo wird nichts passieren."

„Velofahren ist aber kein Sport für junge Damen", sagte Herrenhus streng.

„Oh, da täuschst du dich, Vater", meldete sich Isabelle mit zuckersüßer Stimme zu Wort. „Meine Freundin Irene fährt auch Velo, sie leiht es sich von ihrem Bruder aus."

„Irene? Die Tochter von Gottlieb Neumann, dem Besitzer der Elektronischen Werke Berlin? Dass ihm dies gefällt, kann ich mir nicht vorstellen."

„Oh, ich glaube kaum, dass Gottlieb Neumann über alles informiert ist, was seine Tochter macht", sagte Isabelle. Herausfordernd schaute sie ihren Vater an. „Würdest du Josefine ganz *offiziell* eine Runde mit deinem Velo erlauben, wäre das wahrlich fortschrittlich!"

Moritz Herrenhus schaute seine Tochter argwöhnisch an. Dann straffte er seine Schultern und sagte mit geblähter Brust: „Genau mein Gedanke! Es ist *mein* Rad, und *ich* bestimme, wer darauf fährt und wer nicht. Komm, ich helfe dir beim Aufsteigen." Schon hielt er Josefine eine Hand hin.

Im goldenen Licht der untergehenden Sonne schwang Josefine ein Bein über die Stange des Velozipeds, dann raffte sie ihren Rock und schob ihn samt Unterrock unter ihr Gesäß. Clara stieß einen erschrockenen Zischlaut aus, als Josefines bestrumpftes Bein zum Vorschein kam. Hektisch trat sie näher und begann, Josefines Rock über ihre Beine zu drapieren.

„Man muss aufpassen, dass der Stoff nicht in die Speichen kommt, sonst ist ein Sturz unvermeidbar", sagte Josefine und zog das Kleidungsstück erneut ein wenig nach oben. Sie blickte zu Moritz Herrenhus und zuckte entschuldigend mit den Schultern.

Doch Isabelles Vater lachte nur. „Es ist nun einmal kein Sport für junge Damen. Aber hier sieht dich ja keiner. Nun zeig, was du im Schwarzwald gelernt hast, ich sichere dich während der Fahrt." Erneut trat er an das Velo heran, doch bevor er seinen Arm ausgestreckt hatte, fuhr Josefine selbstständig los. „Das gibt's doch nicht." Verblüfft schaute Moritz Herrenhus zu, wie Josefine mit sicherem Tritt über den Hof steuerte. „Das Mädchen fährt wie ein Mann! Diese Kraft, diese Körperbeherrschung …"

„Und wenn sie hinfällt und sich etwas bricht?", murmelte Clara und knetete hilflos ihre Hände.

Isabelle, die ebenfalls fassungslos zuschaute, sagte: „Die fällt so schnell nicht hin."

Herrenhus klatschte anerkennend in die Hände. An Isabelle gewandt wiederholte er: „Deine Freundin ist wirklich ein Naturtalent." Als Josefine das nächste Mal an der kleinen Gruppe vorbeifuhr, trat Isabelle direkt in ihre Spur. Mit einem jähen Hopser sprang Josefine vom Rad, vom Vorderreifen spritzten kleine Splittersteine in die Höhe. „Bist du verrückt?", herrschte ihr Vater sie an. „Ein Velo hat keine Bremse, wegen dir wäre Josefine um ein Haar gestürzt."

„Verzeihung", sagte Isabelle gleichgültig. „Aber sie hat ihre Runde ja nun gedreht. Ich bin vielleicht kein *Naturtalent*, aber mit ein bisschen Hilfe und Übung bekomme ich das bestimmt auch hin."

AN DIESEM TAG entstand eine Freundschaft, die von den drei jungen Frauen selbst, wie auch von ihrem Umfeld, sehr unterschiedlich bewertet wurde.

Isabelles Mutter fand es ein wenig befremdend, dass ihre Tochter mit zwei „Straßenmädchen", wie sie es ausdrückte, Umgang pflegte. Da Moritz Herrenhus die Freundschaft zur Apotheker- und zur Hufschmiedtochter jedoch tolerierte, konnte sie schlecht etwas dagegen sagen. Solange Isabelle ihre zahlreichen Pflichten wie die Höhere Mädchenschule, den Tanz- und Ballettunterricht, die Extralektionen in Parlierkunst und Benimmregeln nicht vernachlässigte, durfte sie gern ein paar Velorunden im Hof drehen, fand er.

Isabelle selbst war glücklich, in Josefine und Clara zwei unkomplizierte Freundinnen gefunden zu haben, bei denen sie sich nicht ewig nach oben strecken musste, so wie bei ihren Klassenkameradinnen, die allesamt Diplomatentöchter waren, aus Offiziers- oder Adelskreisen stammten oder deren Väter führende Persönlichkeiten in der Großindustrie waren.

Clara, die die verhasste Haushaltsschule besuchte, fürchtete sich vor dem Gefährt und war zufrieden damit, den anderen bei ihren Runden zuzusehen.

Und Josefine war einfach nur glücklich. Dass sich ihr Traum vom Velofahren in Berlin so schnell würde verwirklichen lassen, hatte sie nicht zu hoffen gewagt. Nur Frieda durfte davon wissen. Ihr schwärmte sie ständig von Moritz Herrenhus' Großzügigkeit vor.

Frieda war in ihrem Garten beschäftigt. „Ich dachte schon, du hättest mich vor lauter Velofahren vergessen." Eine warmherzige Umarmung folgte, dann zog die alte Frau einen Brief aus ihrer Schürzentasche. „Lieselotte kommt nächste Woche, ist das nicht großartig?"

„Mir hat sie auch geschrieben", antwortete Josefine. „Ich kann es kaum erwarten, sie wiederzusehen. Lilo wird Augen machen, wenn ich ihr den Rover von Moritz Herrenhus zeige! Ach, ich bin ihm so unendlich dankbar dafür, dass er mich damit fahren lässt."

„Unendlich dankbar? Das gefällt dem großen Moritz Herrenhus bestimmt. Er liebt es schließlich, angebetet zu werden, und wenn ein junges, hübsches Mädchen wie du das tut …" Frieda stellte einen Teller mit Stachelbeeren auf den Tisch.

„Wie du das sagst!" Josefine schaute die alte Frau verärgert an. „Isabelles Vater ist ein feiner Mann. Die Stunden mit dem Velo bedeuten alles für mich. Ohne sie würde ich verrückt werden in der ewig düsteren, ewig staubigen Hufschmiedewerkstatt. Stell dir vor, mancherorts haben schon Veloziped-Fahrschulen aufgemacht. Herr Herrenhus sagt, dass der Andrang dort groß ist. Das Velo scheint sich rasant zu verbreiten."

„Das ist mir ehrlich gesagt egal", sagte Frieda. „Was mir nicht egal ist, bist du. Und die Tatsache, dass du so gar nichts aus deinem Leben machst."

Josefine schob sich eine Stachelbeere in den Mund und verzog das Gesicht. „Du siehst das alles viel zu schwarz. Vielleicht ergibt sich ja noch eine ungeahnte Möglichkeit für mich." Doch sie glaubte nicht recht daran.

6. Kapitel

In der darauffolgenden Woche kam Lilo. Josefine fiel der Freundin weinend in die Arme. Es tat so gut, die Schwarzwälderin wiederzusehen! Sehr zu Friedas Unmut entführte sie die Freundin noch am ersten Abend zu Isabelle. Auch Clara fand sich dort ein und alle waren sich sofort sympathisch.

Nach kurzer Zeit holte Isabelle den Rover aus dem Schuppen, um ihn dem Gast zu zeigen.

Nachdem Lilo das Gefährt gebührend bewundert hatte, zog sie den *Schwarzwälder Boten* aus ihrer Tasche. In der großen Tageszeitung war ein ganzseitiger Bericht über das Velofahren abgedruckt. Genüsslich las sie den gebannten jungen Frauen den Artikel vor, in dem es um das sogenannte Reigenfahren, ums Bahnfahren, Wettrennen und andere Spielarten ging. „Und jetzt kommt's! Hier steht, dass einige Offiziere mit dem Velo von Wien bis nach Berlin fahren wollen. Und dass sie sich dabei ein Wettrennen mit einem österreichischen Militärreiter liefern wollen." Mit glänzenden Augen schaute die Schwarzwälderin in die Runde. „Langstreckenrennen, das ist die ganz große Kunst. Irgendwann probiere ich das auch."

„Als ob so etwas für uns Frauen möglich wäre." Josefine schnaubte.

„Warum sollte es nicht möglich sein?", erwiderte Lilo. „Wir müssen den Leuten zeigen, dass Frauen genauso gut auf dem Velo fahren können wie Männer. Solange wir nur heimlich fahren, wird sich nichts ändern."

„Und in der Zwischenzeit sollen wir uns mit Steinen bewerfen und bespucken lassen?", fragte Isabelle. Sie sah die anderen an. „Jetzt habe ich aber auch noch eine gute Nachricht für euch! Ich konnte meinen Vater überreden, uns alle nächste Woche an meinem Geburtstag auf die neue Radbahn im Berliner Osten einzuladen. Das wird sicher ein großer Spaß!"

Das Veloziped glänzte schwarz und roch schwach nach Kettenöl. Wie der Rover Safety hatte es einen Sattel, eine Lenkstange mit zwei Handgriffen und zwei gleich große Räder. Es war nicht ganz so hoch wie der Rover und wirkte nicht ganz so stabil, dafür umso beweglicher. Es war wunderschön.

Wie ein Zirkusdirektor, der die nächste Nummer anpreist, hielt Moritz Herrenhus seiner Tochter das Velo hin. „Dein Geburtstagsgeschenk! Mit Luftreifen statt der bisherigen Metallreifen. Dank ihnen sitzt du weicher als in einem Schaukelstuhl. In ganz Berlin gibt es höchstens ein Dutzend solcher Velos! Für meine Tochter nur das Beste, habe ich zu dem Verkäufer gesagt." Beifallheischend schaute er von seiner Tochter hinüber zu seinem sprachlosen Publikum, das aus Jo, Clara und Lieselotte bestand.

Josefine schluckte. Ihre Hände zitterten fast vor lauter Verlangen, das Gefährt genauestens zu untersuchen. Die Räder waren nicht die einzige Neuerung: Dem Velo fehlte das Oberrohr des Rover, über das man sein Bein schwingen musste, stattdessen verlief das stabilisierende Rohr in einer Art V zwischen dem Vorder- und dem Hinterrad. Josefine verstand sofort den Nutzen dieser neuartigen Konstruktion: Dank seines tiefen Einstiegs konnten auch Rockträgerinnen problemlos das Velo besteigen. Da die Räder außerdem von einer Art Drahtgeflecht überzogen waren, reduzierte sich die Gefahr, dass Rockstoff in die Speichen geriet und die Fahrerin dadurch ins Schlingern kam und hinfiel. Dieses Veloziped war speziell für eine Dame gebaut worden.

Mit ungewohnter Leichtigkeit und ohne sich weiter um ihren Rock zu kümmern, bestieg Isabelle das Rad. Schreie des Entzückens ausstoßend, drehte sie eine erste Runde. Clara und Lieselotte klatschten Applaus.

„Wie eine Prinzessin, wunderhübsch!", rief Clara.

„Eine Prinzessin? Das ist unsere Isabelle doch längst", sagte Jeanette Herrenhus, die sich ebenfalls zu ihnen gesellt hatte. Sie trug ein taubenblaues Ausgehkostüm mit passendem Hut und sah sehr unternehmungslustig aus. „Ein wenig exzentrisch finde ich dieses neuartige Hobby ehrlich gesagt immer noch", sagte sie zu ihrem Ehemann. „Aber wenn es wirklich so ist, wie du sagst, und Herren aus den feinsten Kreisen diesem Zeitvertreib frönen … Vielleicht findet unsere Prinzessin sogar den Prinzen fürs Leben."

Josefine schwieg. Was redete Frau Herrenhus für einen Unfug! Beim Velofahren ging es doch um ganz andere Dinge: um den Wind im Gesicht, um das Gefühl, der Welt davonfahren zu können. Tief in sich spürte Jo ein noch nie dagewesenes Verlangen aufkommen. Etwas Begehrliches, Leidenschaftliches. Neid. Sie wollte auch so ein Rad. Unbedingt.

Endlich stieg Isabelle von ihrem Damenrad ab. „Tausend Dank, Vater", sagte sie und drückte ihm einen Kuss auf die Wange.

Moritz Herrenhus klatschte in die Hände und sagte: „Und jetzt geht's zu deiner Geburtstagsfeier. Deine Freundinnen nehmen wir mit, sie sollen auch einmal etwas Schönes erleben!"

Die Fahrt mit der vierspännigen Droschke dauerte eine halbe Stunde und führte ostwärts durch die sommerliche Stadt. Die Straßen waren voller Passanten. Entlang der Spree waren besonders viele Berliner unterwegs. Kinder trieben eiserne Reifen mit Stöcken vor sich her oder ließen Papierschiffchen auf dem Wasser schwimmen, während ihre Väter Pfeife rauchend und mit ihrer Ehefrau am Arm das Ufer entlangstolzierten. Auch ein paar Velozipedisten entdeckte Josefine – feine Herren in eleganten Straßenanzügen, mit Zylinder auf dem Kopf und seidenem Schal um den Hals.

Als sie den Osten Berlins endlich erreichten, schaute sich Josefine ratlos um. Hier sollte sich die neue Attraktion Berlins befinden? Nach Moritz Herrenhus' Schilderungen hatte sich Josefine eine große Halle mit glatten Dielen vorgestellt. Tatsächlich jedoch lag die Radbahn unter freiem Himmel, begrenzt von einem halbhohen Zaun. Mit großer Geste bezahlte Moritz

Herrenhus das Eintrittsgeld für seine kleine Gruppe und verkündete dabei lautstark, dass dieser Ausflug ein Geburtstagsgeschenk für seine Tochter sei. Doch außer der Kassiererin hörte niemand hin – die anwesenden Zuschauer waren viel zu sehr damit beschäftigt, ihren jeweiligen Favoriten, die mit ihren Rädern im sandigen Oval der Rennbahn unterwegs waren, zuzujubeln.

Die Gäste waren allesamt gut angezogen, viele trugen feine Anzüge, sogar einen Herrn in Frack und Zylinder sah Josefine. Auch einige Damen waren da, alle mindestens so elegant gekleidet wie Jeanette Herrenhus.

Josefine hatte sich gerade dem Treiben auf der Rennbahn zugewandt, als Isabelle auf sie zukam. „Vater hat ein paar Geschäftsfreunde eingeladen, ich muss gleich brav guten Tag sagen. Er lädt aber auch Clara, Lilo und dich zu einem Glas Sekt ein – ist das nicht toll? Und dort auf der Tribüne, wo meine Eltern stehen, gibt es Bockwürste und Fischbrötchen, einen Radler-Imbiss nennen sie das!“ Isabelle lachte fröhlich. „Das ist eine Geburtstagsfeier ganz nach meinem Geschmack!“

Statt Isabelle auf die überdachte Tribüne zu folgen, blieb Jo am Oval der Rennbahn stehen. Fasziniert schaute sie den Männern auf ihren Velos zu. Fast alle saßen in kurzen Hosen, Hemden und eng anliegenden Westen auf einem Rover Safety und erreichten, tief über den Lenker gebeugt, enorme Geschwindigkeiten.

„Na, hast du dir schon einen dieser Rennbahnhelden ausgeguckt?“, raunte eine Stimme mit ironischem Unterton in ihr rechtes Ohr. Lilo legte ihr freundschaftlich einen Arm um die Schulter.

Josefine lachte. „Die Willis und Josephs sind mir schnuppe, ihr Fahrstil interessiert mich. Wie schnell sie sind!“

„Ob das nur an der gebeugten Haltung liegt? Das bisschen Stoff, das die Herren am Leib tragen, wiegt höchstens zehn Pfund, wohingegen unsere Kleider sicher dreimal so schwer sind.“

„Du hast recht.“ Josefine seufzte inbrünstig. „Dennoch müssen wir froh sein, dass wir überhaupt zum Velofahren kommen.“

Schweigend schauten sie wieder den Fahrern zu. Einige der Velofahrer sind unbestritten sehr attraktiv, dachte Josefine. Vor allem ein großer blonder Bursche hatte es ihr angetan. Er schien mit seinem Velo regelrecht verwachsen zu sein und legte sich schnittiger in die Kurven als alle anderen.

Lilo beugte sich näher zu ihr. „Soll ich dir etwas verraten?“, flüsterte sie. „Seit neuestem leihe ich mir nicht nur das Velo von Unternehmer Braun aus, sondern auch noch eine alte Hose von ihm. Er trägt sie normalerweise, wenn er im Garten arbeitet, deshalb hat er sie auch im Schuppen deponiert, wo ich an sie herankomme.“ Lilos Augen funkelten herausfordernd. „Glaub mir, es ist ein völlig neues Fahrgefühl! Und was noch viel besser ist: Wenn ich mir einen Hut aufsetze und einen Schal umbinde, in dem mein Kinn verschwindet, erkennt mich niemand mehr."

„Du hast wirklich Schneid, Lilo. Was würde ich darum geben, auch mal wieder durch einen Wald zu fahren! Oder eine gerade Straße entlang in Richtung Horizont … Dieses Gefühl von Freiheit werde ich nie vergessen."

„Warum tust du es dann nicht?", erwiderte Lilo herausfordernd. „Ich würde vor Langeweile sterben, wenn ich nur im Kreis herumfahren müsste. Ich habe etwas ganz anderes vor: Sobald Herr Braun wieder einmal für längere Zeit verreist ist, werde ich mir sein Velo leihen und damit ganz normal in Frauenkleidern von Schömberg nach Pforzheim fahren."

„Du willst was?", fragte Josefine so laut, dass sie dafür irritierte Blicke der Umstehenden erntete. Auch einer der Radfahrer auf der Bahn schaute zu ihr herüber. Dabei kam er dem Fahrer neben sich gefährlich nahe, und die Vorderräder der zwei Velos berührten sich. Im nächsten Moment prallte der junge Mann an den Zaun. Es war der blonde Velofahrer, dem Josefines ganze Bewunderung gegolten hatte. Erschrocken schlug sie beide Hände vor den Mund. „Du meine Güte, ist etwas passiert?", fragte sie, beugte sich über den Zaun und sah in ein faszinierendes graugrünes Augenpaar. Ein seltsames, nicht unangenehmes Gefühl durchfuhr sie.

Gereizt wischte er sich den Staub von seiner Montur und warf Josefine einen nicht gerade freundlichen Blick zu. „Wie wäre es, wenn ihr euren Kaffeeklatsch woanders abhaltet? Hier geht es um ernsthaften Sport!" Er fuhr davon, ohne weiter von ihr Notiz zu nehmen.

DAS UNGLÜCK geschah eine Woche später. Es war ein schwülwarmer Sommerabend, im Westen der Stadt türmten sich Wolkenberge auf und in der Stille vor dem Sturm dröhnten die Maschinengeräusche aus den Fabrikhallen noch lauter als sonst in den Ohren der Mädchen.

Schwitzend standen sich Isabelle und Josefine im Hof des Herrenhus'schen Anwesens im Abstand von gut einem Meter gegenüber. Jede hielt einen Besen in der Hand, dessen Bürstenenden sie zwischen sich kreuzten. Durch dieses „Tor" fuhren Clara und Lilo auf den beiden Velos hindurch.

„Das ist ja gar nicht so schwierig", juchzte Clara.

„Dann machen wir es eben schwieriger", antwortete Lilo, löste beide Hände vom Lenker und fuhr freihändig über den Hof.

„Mein neues Velo! Pass bloß auf!", rief Isabelle ihr hinterher.

Erleichtert stellte Josefine den Besen zur Seite – ein Spalier war für diese neue „Übung" ja wohl nicht mehr nötig. Sie war müde, die Kleider klebten unangenehm an ihrem Leib und ihre Arme schmerzten nach den langen Stunden in der Hufschmiedewerkstatt. Genug für heute! Noch ein Glas Limonade und dann wollte sie nach Hause gehen.

„Das kann ich auch! Schaut her, schaut her!“ Clara hatte ihre Hände vom Lenker genommen, wenn auch nur eine knappe Handbreit. So viel Mumm hätte Josefine ihrer Freundin gar nicht zugetraut. Doch dann sah sie, wie Claras Lenkstange plötzlich nach links drehte. Bevor Clara etwas tun konnte, schlug auch das Vorderrad um, das Velo blockierte, und Clara wurde kopfüber über die Haltestange geschleudert. Im nächsten Moment lag sie wimmernd im staubigen Kies, ihr rechtes Bein seltsam verdreht.

Josefine rannte zu der Gestürzten. „Hast du dir etwas getan, Clara?“ Erschrocken registrierte sie Claras blutige, aufgeschürfte Knie.

„Mein Bein, es tut so weh …“

Während Lilo Claras Kopf hielt, zerrte Josefine hektisch an Claras Rock, der sich zwischen den Speichen des Vorderrades verfangen hatte. Mit einem lauten Ratsch bekam sie den Stoff endlich frei. Vorsichtig versuchte sie, Claras angewinkeltes Bein auszustrecken. Doch bei der ersten Berührung schrie Clara schon vor Schmerz auf. Entsetzt ließ Jo von ihr ab.

Hilflos schauten sich die jungen Frauen an, während Clara weinend auf dem Boden lag. Ausgerechnet jetzt öffnete der Himmel seine Schleusen. Harte, pfenniggroße Regentropfen trommelten auf sie herab.

Es war Isabelle, die als Erste aus der Schreckstarre erwachte. „Wir müssen Clara von hier fortschaffen. Und die Velos müssen auch in den Schuppen! Wenn meine Eltern erfahren, wie es zu Claras Unfall kam, kann ich das Velofahren für immer vergessen.“

Fassungslos schaute Josefine die Unternehmertochter an. „Wie kannst du jetzt an dich denken? Wir müssen einen Arzt holen, und zwar sofort.“

Lilo schüttelte den Kopf. „Clara muss in ein Krankenhaus.“

„DER ROCK war schuld!“ Josefine schaute Isabelle und Lilo entschieden an. „Wäre er nicht in die Speichen geraten, wäre Clara nicht gestürzt.“

„Hätten wir ihr bloß mein Velo gegeben, dann wäre Clara nicht so dumm gefallen, und wir dürften weiterhin Velo fahren“, murrte Isabelle.

Auch an diesem Abend hatten sie Clara, deren Bein tatsächlich gebrochen war, im Diakonissenkrankenhaus besucht. Doch nach kurzer Zeit hatte eine gestrenge Schwester sie mit dem Hinweis vertrieben, dass die Kranke Ruhe benötige. Am Ende waren sie im Herrenhus'schen Hof gelandet, wo sie nun lustlos und müde von der Augusthitze herumsaßen. Es war nicht das erste Mal, dass sie diese Diskussion führten.

Moritz Herrenhus hatte ihre Geschichte, dass Clara auf dem Trottoir gestürzt war und sich dabei das Bein gebrochen hatte, keine Minute lang geglaubt. Vielmehr hatte er ihnen das Velofahren bis auf weiteres verboten.

Josefine schaute sehnsüchtig in Richtung des Veloschuppens.

„Falls der Rock schuld an Claras Sturz gewesen ist, dann spricht dies umso mehr dafür, beim Velofahren eine Hose zu tragen", sagte Lilo und schaute die beiden anderen trotzig an.

„Das ist ein geradezu ekelhafter Gedanke! Und völlig unweiblich noch dazu." Isabelle schüttelte sich.

„Wenn ich an die speckigen Hosen meines Vaters denke, brrr!", sagte Josefine. „Außerdem – wir dürfen ja eh nicht fahren."

„Verbote hin, Verbote her." Lilo verdrehte die Augen. „Was würdet ihr dazu sagen, wenn ich euch erzähle, dass es bei französischen Velofahrerinnen sogar in Mode ist, mit einer Art … Hosenrock Velo zu fahren? Im Frühjahr hat eine Gruppe von Damen in unserer Heilanstalt gastiert. Eine davon hatte ein Velo im Gepäck. Sie trug besagten Hosenrock. Sie meinte, in Paris, wo sie herkäme, gäbe es so etwas sogar in Geschäften zu kaufen. Sie nannte den Hosenrock ein *costume rationnel*."

„Ein vernünftiges Kleidungsstück", wiederholte Isabelle auf Deutsch und biss sich auf die Unterlippe. Abrupt stand sie auf und begann, mit der rechten Hand den Stoff ihres Rockes in der Mitte zusammenzuraffen. „Wenn man den Stoff hier in Falten legt und, sagen wir, unterhalb der Knie mit ein paar Stichen zusammennäht – ergäbe dies solch ein *costume rationnel*?"

Lilo zuckte mit den Schultern. „So ähnlich hat es ausgesehen."

„Einen Rock so umzuändern, dass er beim Velofahren komfortabel wie eine Hose ist, aber dennoch aussieht wie ein Rock – keine schlechte Idee", murmelte Josefine vor sich hin. „Mein Rock ist alt und an vielen Stellen schon löchrig. Isabelle, du müsstest nur Nadel und Faden holen …"

Schon bald war die erste Anprobe fällig. Unter dem Gelächter der anderen stieg Josefine in ihr neues Beinkleid, als wäre dies etwas ganz Normales.

„Nun ja … Von weitem sieht es noch immer wie ein Rock aus", sagte Isabelle. „Wie fühlt es sich an?"

„Ganz gut", sagte Jo. „Aber um beurteilen zu können, ob es tatsächlich praktischer ist als ein gewöhnlicher Rock, muss ich ein Velo besteigen."

„Du weißt doch, dass Vater es uns verboten hat", sagte Isabelle, ging jedoch nach einigem Zaudern in den Schuppen, um den Rover ihres Vaters hervorzuholen.

„Und?", fragten Isabelle und Lilo gleichzeitig, während sich Josefine auf das Velo schwang.

„Das Aufsitzen funktioniert ganz gut …“ Josefine zeigte auf das Hinterrad. „Aber hier kann das Beinkleid immer noch in die Speichen kommen.“

„Das Kleidungsstück der Französin hat auch anders ausgesehen“, sagte Lilo mit schräg gelegtem Kopf. „Es war eine Art … Pumphose.“

„Wir sollen in einer Unterhose Velo fahren?“, entsetzte sich Isabelle mit aufgerissenen Augen.

Josefine konnte sich ein Grinsen nicht verkneifen. „Jetzt ist es auch egal, dann machen wir eben eine Pumphose daraus!“ Beim Nähen achtete sie darauf, dass sie die „Beine“ des Rockes nicht zu eng zusammenzog.

„Das sieht einfach nur unmöglich aus!“, rief Isabelle. „Jo, bei aller Liebe, du hast doch nicht vor, so –“

„Und ob!“, unterbrach Jo sie lachend, dann schwang sie sich erneut auf den Rover. Kritisch schaute sie links und rechts an sich hinab: Statt wie bisher den Speichen gefährlich nahe zu kommen, schmiegte sich der Rockstoff nun an ihre Beine, ohne sie dabei einzuengen oder anderweitig zu behindern. Ihre Knöchel und ein kleines Stück Wade waren zwar zu sehen, die Knie hingegen waren bedeckt. Was wollte sie mehr? Ohne auch nur einen weiteren Gedanken an ihren Rock zu verschwenden, drehte sie eine Runde nach der anderen.

Am Samstag darauf reiste Lilo zurück in den Schwarzwald. Da Frieda schwere Beine hatte, blieb sie zu Hause, während Jo und Isabelle die Freundin zum Bahnhof begleiteten.

„Das nächste Mal seid ihr an der Reihe, mich zu besuchen“, sagte Lilo zu ihnen und umarmte die beiden zum Abschied herzlich.

Mit hängenden Schultern schaute Josefine der Eisenbahn hinterher. „Da waren es nur noch zwei“, sagte sie mit einem tiefen Seufzer zu Isabelle, während sie den Bahnhof verließen.

„Heul bloß nicht, sonst kommen mir auch die Tränen!“ Isabelle hakte sich bei ihr ein.

In der Görlitzer Straße angekommen, blieb Josefine abrupt stehen und sagte: „Genug Trübsal geblasen, ich habe eine Idee.“ Für einen kurzen Moment schloss sie die Augen und genoss die Bilder, die, verführerisch und beängstigend zugleich, vor ihrem inneren Auge erschienen: Lange Straßen, breite Alleen, der Grunewald … Sie holte tief Luft und platzte heraus: „Wir machen eine Ausfahrt durch die Stadt!“

„Mit dem Velo durch die Stadt?“ Isabelles Augen weiteten sich vor lustvollem Entsetzen. „Aber … das ist ja doppelt verboten!“

Jo schmunzelte. Für ein aufregendes Abenteuer war Isabelle immer zu haben. „Ein paar Vorkehrungen müssen wir dafür treffen, aber dann … Morgen früh, solang die Welt noch schläft, fahren wir los!"

Der nächste Morgen war regnerisch. Geduckt lief Jo in der Dämmerung die Straße entlang, die alte Schirmmütze ihres Vaters tief in die Stirn gezogen. Einerseits war das Wetter für ihr Unterfangen gerade richtig, bestimmt würden die Berliner an einem regnerischen Sonntagmorgen ihre Häuser nicht unnötig verlassen. Andererseits machte der schmierige Straßenbelag die Fahrt zu einer schwierigen Rutschpartie.

Isabelle wartete bereits am Tor des Herrenhus'schen Anwesens auf Jo, beide Velozipede lehnten neben ihr an der vom Regen grauen Mauer. Beide kicherten beim Anblick der anderen – wie Jo selbst trug auch Isabelle eine Hose, Jacke und Mütze ihres Vaters. Eine rote Haarsträhne lugte unter der Kappe hervor. Isabelle stopfte sie eilig zurück.

„Ich habe noch etwas", sagte Jo und holte ein kleines Stückchen Kohle aus ihrer Jackentasche. Bevor Isabelle etwas tun oder sagen konnte, malte sie der Freundin einen Schnurrbart, dann zog sie auch auf ihrer Oberlippe einen schwarzen Strich. „So sehen wir wie zwei echte Burschen aus, oder?" Grinsend warf sie das Kohlestück in die Gosse.

„Du bist wirklich verrückt!" Isabelle lachte leise.

Obwohl Jo den Lenker festhielt und sich darauf konzentrierte, geradeaus zu fahren, fanden die schmalen Vollgummireifen des Rover nur schwer Halt auf der regennassen Straße. Die ersten paar Minuten war sie deshalb so verkrampft, dass sie kaum atmen konnte. Auch von Isabelle, die neben ihr fuhr, war kein Ton zu hören, mit verbissener Miene schaute sie stur nach vorn. Als sie am Diakonissenkrankenhaus vorbeifuhren, wanderten ihre Gedanken kurz zu Clara, die hinter einem der vielen Fenster so früh bestimmt noch friedlich schlief.

In der Köpenicker Straße bogen sie links ab, die Straße wurde steiler, dafür aber auch trockener. Jos Beine zitterten vor Anstrengung, ihr Atem ging schnell, und sie öffnete den Mund, um mehr Luft in die Lunge zu bekommen. Nach einigen weiteren Minuten ließ das Brennen in Jos Oberschenkeln nach, ihre Muskeln hatten sich an die ungewohnte Arbeit gewöhnt, sie fand ihren Rhythmus, wurde wieder schneller.

Bald sahen sie die Fischerbrücke vor sich, neben der ein paar Boote einsam im Wasser vor sich hin dümpelten. In einem Wirtshaus am rechten Straßenrand öffnete sich die Tür, ein junger Kerl in schmutziger Schürze und mit mürrischem Gesichtsausdruck erschien und kippte einen Eimer Wasser direkt vor Jo auf die Straße. Abrupt riss sie ihren Lenker nach links und konnte so einen Zusammenstoß mit dem Burschen gerade noch verhindern –

allerdings wäre sie bei ihrem Manöver fast mit Isabelle zusammengestoßen, die daraufhin einen leisen Fluch ausstieß.

„Ham wa uns erschrocken, wa? Passt bloß uff eure Beene uff, ihr feinen Pinkel!“, rief der Kerl ihnen höhnisch hinterher.

Zu Jos Entsetzen hielt Isabelle ihr Velo an und drehte sich zu ihm um. „Kannste nich kieken? Feine Pinkel, von wegen!“

Der Knecht ließ seinen Eimer sinken, seine Miene war ein einziges Fragezeichen. „Ick werd verrückt – det sind gar keene Männeken, det sind Mariechen!“

„Und was für welche!“, rief Isabelle. Während sie eilig weiterradelten, konnten sie sich vor Kichern kaum auf den Velos halten. „Ob wir nun auch in die Zeitung kommen, so wie einst Irene und ihre Freundin Jule, als sie durch den Tiergarten geradelt sind?“, fragte Isabelle lachend.

Sie hatten den Boulevard Unter den Linden gerade erreicht, als Jo in ihrem Rücken die ersten Strahlen der aufgehenden Sonne spürte. Eine wohlige Wärme breitete sich in ihrem Körper aus. Umhüllt von einem riesigen Glücksgefühl, fuhr sie unter dem Blätterbaldachin der Linden entlang. Als sie den Pariser Platz überquerten und durch das Brandenburger Tor fuhren, leuchtete das Sonnenlicht ihnen golden den Weg.

7. Kapitel

Der Herbst verging im Alltagseinerlei. Clara konnte endlich das Krankenhaus verlassen, der Bruch war vollständig ausgeheilt. Zu Hause wartete eine erfreuliche Überraschung auf sie. „Vater und ich“, sagte Sophie Berg zu ihrer Tochter, „wir sind zu dem Schluss gekommen, dass ein Jahr Haushaltsschule reicht, damit du einmal deinem Ehemann den Haushalt führen kannst. Fortan wirst du deinem Vater in der Apotheke helfen, so wie du es dir immer gewünscht hast. Vater hat Unterstützung und ich habe ein Auge auf dich.“

Auch Isabelle war sehr beschäftigt. Moritz Herrenhus gelang es auf komplizierten Umwegen, eine Einladung an den Hof des Kaisers zu bekommen. „Wehe, es findet sich auf diesem Ball kein standesgemäßer Heiratskandidat, allmählich habe ich dein Geziere wirklich satt“, drohte ihr Vater, was Isabelles Vorfreude auf das Fest schlagartig trübte. Die wichtigste Frage war die nach dem perfekten Ballkleid. Isabelle wusste, dass in dieser Angelegenheit jeder Widerstand zwecklos war, und ließ alles klaglos über sich ergehen. Während eine eifrige Schneiderin penibel ihre Maße nahm, träumte sie von den grünen Baumalleen, durch die Jo und sie geradelt waren.

In der Hufschmiede vom Schmied-Schmied gab es hingegen weniger zu tun als in den Jahren davor. Ein Teil der Kunden war zur Konkurrenz abgewandert, ihnen ging die mürrische Art des Schmied-Schmied gegen den Strich. So mancher private Pferdehalter hatte im letzten Jahr außerdem sein Ross verkauft, weil man viel bequemer und günstiger mit der Stadtbahn oder einer Mietdroschke von A nach B kommen konnte. Und dann noch die Velozipedisten …

„Jetzt kommt Oskar Reutter auch schon auf einem Drahtesel daher!“, knurrte der Schmied-Schmied.

Jo winkte ihrem einstigen Reisebegleiter lächelnd zu. „Von mir aus dürfte es ruhig mehr Velofahrer geben, sie beleben das Straßenbild, findest du nicht?“ Sie sah seine Hand kommen, und blitzartig packte sie ihn am Handgelenk, bevor er zuschlagen konnte.

„Schlag mich nie wieder“, sagte Josefine leise, aber bestimmt. Obwohl sie innerlich zitterte, zwang sie sich, ihrem Vater fest in die Augen zu sehen. „Felix ist tot! Ich werde mir mein Leben lang nicht verzeihen, dass ich damals nicht bei ihm zu Hause geblieben bin. Doch sein Tod war Schicksal, von Gottes Hand so bestimmt! Wenn ich weiter für dich arbeiten soll, erwarte ich wenigstens deinen Respekt.“

„Man sollte ja glauben, deine Taten hätten dich Demut gelehrt. Stattdessen schwingst du vor deinem Vater freche Reden und legst einen Hochmut an den Tag …“, sagte Elsbeth Schmied am Abend, bebend vor Wut.

Josefine erwiderte ihren Blick. „Vom Herrgott lasse ich mich gern strafen. Aber ich ertrage es nicht mehr, dass Vater mich ohrfeigt oder vor den Kunden rüffelt. Sollte das noch einmal geschehen, könnt ihr euch einen anderen Dummen suchen, der ohne Lohn für euch schuftet. Dann gehe ich!“ Mit erhobenem Kopf und ohne ein weiteres Wort verließ Josefine die Küche.

Das Jahr 1890 verabschiedete sich, das neue Jahr kam. Clara ging in ihrer Arbeit in der Apotheke auf. Als im Frühjahr die Temperaturen stiegen und Josefine sie fragte, ob sie an ihrer Stelle einmal frühmorgens mit Herrenhus' Velo und Isabelle fahren wollte, schüttelte sie den Kopf. Dass die Freundinnen noch immer an dieser Verrücktheit festhielten, verstand sie nicht.

Der Sommer 1891 war eine unbeschwerte, frohe Zeit. Sooft es ging, trafen sich Josefine und Isabelle in den frühen Morgenstunden am Tor des Herrenhus'schen Anwesens. Die Hosen und Jacken ihrer Väter schenkten ihnen die Freiheit, auf den Velozipeden unerkannt durch die Stadt fahren zu können. Und so deponierten sie die Sachen praktischerweise gleich im Veloschuppen hinter einem Stapel Gerümpel. Hatte Isabelle einmal keine Lust auf eine Ausfahrt in aller Herrgottsfrühe, weil am Vorabend ein Tanzball angestanden hatte und sie müde war, ließ sie das Tor einen Spalt weit offen stehen, damit sich Jo allein im Veloschuppen bedienen konnte.

War Jo bisher nur das Velofahren selbst wichtig gewesen, so hockte sie sich nun immer öfter ein paar Minuten vor den Rover auf den Boden und versuchte, die Technik, die hinter allem steckte, zu ergründen. Als sie Isabelle fragte, ob die Fabrik, aus der der Rover stammte, nicht auch eine Art Beschreibung mitgeliefert hatte, erwiderte diese: „Es gibt ein Beiheft in Englisch. Vater hat es bei seinen Unterlagen im Büro, ich komme also nicht dran, falls das deine Frage war."

Josefine verzog das Gesicht. „Hast du eine Ahnung, wo man sonst ein Buch oder eine Broschüre über Velozipede bekommt?"

„Ich würde sagen, du findest das am ehesten in der großen Buchhandlung am Alexanderplatz."

DER JULITAG versprach heiß zu werden, seit fast zwei Wochen hatte es nicht mehr geregnet, der Boden und die Luft waren staubig und trocken.

„Lass uns noch einen Schlenker zum Zoologischen Garten machen", sagte Josefine.

Sogleich hellte sich Isabelles Miene auf. „Dann lass uns aber auch schauen, ob der Zaun irgendwo ein Loch hat. Falls ja, schlüpfen wir hindurch und statten den Elefanten einen Besuch ab."

Eine Zeitlang fuhren sie schweigend nebeneinander durch die langsam erwachende Stadt. Erst als die hohen Mauern des Zoos in Sicht kamen, ergriff Isabelle wieder das Wort. „Ist es nicht unglaublich, wie frei man sich fühlt? So als habe man keine einzige Sorge auf der Welt."

Jo nickte stumm. Sie wusste ganz genau, was die Freundin fühlte, wenn die Welt an ihnen vorbeiflog.

Sie fanden tatsächlich ein Loch im Zaun des Zoologischen Gartens. Isabelle, die ein wenig kleiner als Josefine war, wand sich flink hindurch. Als Josefine ihr folgen wollte, blieb sie an einem kaputten Stück Draht hängen und riss sich den linken Arm und Ellenbogen blutig. Nur eine oberflächliche Wunde zwar, dennoch wurde der Elefantenbesuch verschoben.

Als sie das Herrenhus'sche Anwesen erreichten, pochte und prickelte die offene Wunde unangenehm. „Beeil dich", sagte Jo zu Isabelle, „ich möchte schnell nach Hause, die Wunde auswaschen."

Doch Isabelle hatte den Torknauf noch nicht in der Hand, als das Tor von innen aufgerissen wurde und Moritz Herrenhus vor ihnen stand. Er trug einen karierten, speziell fürs Velofahren entworfenen Anzug – die neueste Mode unter den Männern von Welt. Breitbeinig baute er sich vor den jungen Frauen auf und holte tief Luft. „Da möchte ich mir einmal eine Fahrt mit meinem Rover gönnen – und was finde ich, als ich den Schuppen öffne? Gähnende Leere und einen Stapel Frauenkleider! Habe ich euch das Velofahren nicht *ausdrücklich* verboten? Auf der Straße sowieso! Doch damit nicht genug, verkleidet ihr euch in dieser … affigen Weise! Das ist die Höhe der Impertinenz“, schimpfte Herrenhus. „Räumt die Velos in den Schuppen. Und wehe, ich erwische euch noch einmal! Isabelle, in zehn Minuten bist du ordentlich gekleidet im Salon, ich möchte ein Wörtchen mit dir über gestern Abend reden, wo du wieder einmal meine Erwartungen bitter enttäuscht hast …“

Die jungen Frauen tauschten einen letzten Blick, bevor Isabelle mit gesenktem Kopf hinter ihrem Vater ins Haus ging.

„Ihr wolltet in den Zoo einbrechen? Und dabei hast du dir den Arm verletzt? Und dann hat euch auch noch Moritz Herrenhus erwischt?“ Clara, die eine Heilcreme auf Jos rechten Ellenbogen aufgetragen hatte, schaute Josefine fassungslos an. Jo nickte unglücklich. „Ihr seid noch verrückter, als ich dachte.“ Wütend knallte Clara das Cremetöpfchen auf den runden Tisch vor ihrem Fenster.

„Jetzt sei doch nicht so“, bat Josefine und rollte den Ärmel ihrer Bluse vorsichtig über den verletzten Ellenbogen. „Mit dem Velospaß ist's jetzt sowieso erst einmal aus und vorbei. Ich könnte heulen, wenn ich daran denke.“

„Spaß! Ist das alles, was für dich zählt? Und nun wolltet ihr auch noch in den Zoo einbrechen – ungeheuerlich finde ich das alles.“

Jo konnte sich nicht daran erinnern, dass Clara sie je so angefahren hatte. „Ich weiß, dass es nicht richtig ist, was ich tue. Aber wenn du es genau betrachtest, schade ich doch niemandem damit. Das Velo von Moritz Herrenhus stand monatelang einfach nur herum. Bitte versuch doch, mich zu verstehen – sobald ich auf dem Velo sitze, ist mein Ärger über daheim wie weggeblasen. All die Jahre war mein Leben auf die Görlitzer Straße beschränkt. Dank dem Velo ist die Welt irgendwie grenzenlos geworden.“

Ihr Blick fiel auf Claras Schreibtisch, wo ein dicker Stapel Bücher lag. „Pharmakologie“, „Toxische Erkrankungen der Haut und ihre Behandlung“, „Die Sepsis“ – Clara schien es mit ihrer Arbeit in der Apotheke wirklich ernst zu meinen. Inzwischen konnte sie Claras Wissbegierde verstehen. In der von Isabelle empfohlenen Buchhandlung hatte es tatsächlich ein Buch über den Radfahrsport gegeben. Fast zweihundert Seiten dick, mit vielen Bildern und spannenden Kapiteln. Jo hatte nach dem Preis gefragt. Danach war sie wie ein geprügelter Hund aus dem Laden geschlichen. Dass Bücher so teuer waren, hätte sie nicht gedacht.

„Grenzenlose Freiheit, dass ich nicht lache! Sobald die Sonne aufgeht und die Stadt aus ihrem Schlaf erwacht, ist es damit doch wieder vorbei“, antwortete die Freundin und riss Josefine damit aus ihren Gedanken. Clara drückte ihr das Cremetöpfchen und einen aufgerollten Verband in die Hand. „Ich mache mir wirklich Sorgen um dich. Wenn ich die dunklen Ringe unter deinen Augen sehe, graust es mir. Aber das ist ja kein Wunder, bei dem wenigen Schlaf, den du in den letzten Wochen bekommen hast. Ich bin froh, dass es mit dem Velofahren jetzt aus ist.“

„Ich fühle mich so gut wie nie zuvor in meinem Leben“, erwiderte Jo trotzig und nickte in Richtung des dicken Bücherstapels. „Du bist nicht die Einzige, die etwas lernen möchte.“

Am nächsten Abend ging Josefine nach der Arbeit in die Waschküche, um sich frisch zu machen. In der Küche schnappte sie sich einen Apfel, und bevor ihre Mutter ihr irgendwelche Haushaltspflichten aufbrummen konnte, zog sie von dannen.

„Josefine! Was für eine nette Überraschung! Suchst du wieder eine Reisebegleitung nach Stuttgart? Ich für meinen Teil würde das heiße Berlin lieber heute als morgen verlassen. Auf dem Land ist der Sommer sicher wesentlich erträglicher.“

Jo lächelte Oskar Reutter an. Dann half sie ihm, die Körbe mit Kleinartikeln vom Trottoir ins Innere des Kaufhauses zu schleppen. „Eine Reise könnte ich mir jetzt auch gut vorstellen. Ich komme allerdings wegen etwas anderem …“ Suchend schaute sie sich in Reutters Kaufhaus um, dann wies sie in Richtung eines der hinteren Regale, wo diverse Kleingeräte standen. „Wer repariert eigentlich all diese Sachen?“, fragte sie.

„Warum? Habt ihr eine Reparatur zu vermelden?“

Jo lachte. „Nein, ich selbst interessiere mich für technische Sachen.“

„Für technische Sachen.“ Oskar Reutter runzelte die Stirn. Falls er ihre Frage kurios fand, sagte er jedoch nichts. „Nun ja, Mechaniker, Elektriker, Feinmechaniker.“

Jo schluckte. „Ich dachte eigentlich, dass es einen Mann für alles gibt …“

Oskar Reutter lachte. „Das war vielleicht früher einmal so. Aber heute, in unserer technisierten Welt …“ Er bedeutete ihr, ihm ins Büro zu folgen. Dort setzte er sich an ein kleines Tischchen, auf dem ein Teller mit einigen Leberwurstbroten stand. Josefine bot er den zweiten Stuhl an. „Das hat meine Frau für mich hergerichtet, weil ich später noch Buchhaltung machen muss. Bedien dich ruhig.“

Josefine, deren Magen schon laut knurrte, seit sie die Brote entdeckt hatte, griff zu. Nach den ersten Bissen sagte sie: „Sie haben doch auch eines dieser neuen Velozipede. Sind Sie zufrieden damit?“ Nachdem Oskar Reutter seine Lobeshymne auf sein Velo beendet hatte, sagte Josefine: „Wissen Sie zufällig, ob es Leute gibt, die solche Fahrräder reparieren?“

Oskar Reutter lachte. „Kannst du Gedanken lesen? Seit zwei Wochen steht mein schöner Drahtesel im Stall, weil mir bei einem Sturz die Gabel gebrochen ist. Der Schlosser weigert sich, das Teil zu schweißen, weil er befürchtet, dass dann die Stabilität verloren geht. Und bis der Hersteller mir ein Ersatzteil schickt, kann einige Zeit vergehen.“

In Josefines Kopf ratterte es heftig. Es gab also keine Fachleute, die Velozipede reparierten. „Darf ich Sie noch etwas fragen? Wie wird man Mechaniker? Oder Elektriker?“

Oskar Reutter nickte gewichtig. „Eine gute Frage! Inzwischen gibt es spezielle Berufsausbildungen, die mindestens zwei, eher aber drei bis vier Jahre dauern. Meist sind es die großen Fabriken, die solche Fachleute für den eigenen Bedarf ausbilden, aber es gibt auch kleine Werkstätten, in denen ein Meister sich abmüht, seinen Lehrjungen etwas Anständiges beizubringen.“

„Lehrjungen? Von einem … Lehrmädchen haben Sie noch nichts gehört?“

„Ach, daher weht der Wind! Ich bin heute Abend wirklich sehr schwer von Begriff“, erwiderte Oskar Reutter lachend. „Du willst deinen Vater verlassen und endlich etwas mit deinem Leben anfangen?“ Als er ihren erschrockenen Blick sah, hob er abwehrend die Hände. „Keine Sorge, das bleibt unter uns. Aber eins verspreche ich dir: Sobald ich von jemandem höre, der bereit ist, ein Lehrmädchen zum Mechaniker auszubilden, sage ich dir sofort Bescheid. Und wenn du so weit bist, werde ich dein erster Kunde sein.“

„Es ist wie verhext, bald habe ich das ganze Feuerland abgeklappert, ohne jeden Erfolg!“, sagte Josefine zwei Wochen später zu Frieda. Sie saßen in Friedas Garten an deren ausgedientem Küchentisch, vor der hochsommerlichen Sonne geschützt durch das dichte Blätterwerk des Walnussbaumes. Der Tisch war voll mit Farbtuben, Pinseln, alten Lappen und einer Dose Terpentin. Vor Frieda stand eine kleine Staffelei mit einem Gemälde. Malen war Friedas neueste Leidenschaft.

„Feuerland?“, nuschelte Frieda, die einen Pinsel zwischen den Zähnen hielt und stirnrunzelnd auf ihre Farbpalette schaute.

„Ja, das Industrieviertel hinter dem Spandauer Schifffahrtkanal, das wird wegen seiner vielen Kamine so genannt. Ich kenne es von unseren Velotouren. Du hättest mal die Reaktionen erleben müssen, als ich wegen einer Lehrstelle vorsprach! Frauen hätten keinerlei technisches Verständnis, kein räumliches Vorstellungsvermögen und dass es gerade noch fehlen würde, wenn wir ‚Xanthippen' jetzt auch noch die Werkbänke erobern würden. Kein Einziger hat gesagt, dass er den Versuch mit mir wagen will."

Frieda setzte ein paar gelbe Tupfer auf ihr Bild und betrachtete es einen Moment lang zufrieden, dann legte sie den Pinsel fort. „Gut Ding will Weile haben!" Sie zeigte auf den Anbau ihres Hauses, in dem die Werkstatt ihres Mannes untergebracht war. „Kannst ja mal schauen, ob du dort das eine oder andere Werkzeug findest, mit dem du ein bisschen üben kannst."

Josefine lächelte die alte Freundin voller Zuneigung an. „Das ist wirklich lieb von dir. Aber ich will nicht nur vor mich hin werkeln, sondern wirklich ernsthaft etwas *lernen*, verstehst du? Als Frau ist man nur ein Mensch zweiter Klasse, ganz gleich, ob du etwas Sinnvolles lernen willst oder ob du einem Veloverein beitreten möchtest."

Abrupt schaute Frieda von ihrer Farbpalette auf. „Veloverein? Erlaubt Herrenhus Isabelle und dir das Fahren etwa wieder?"

„Eben nicht", sagte Josefine missmutig. „Deshalb war ich ja letzte Woche in Schönefeld, dort gibt es nämlich einen Radfahrverein, der eine eigene Übungsbahn hat und sogar kleine Rennen veranstaltet. Das Problem ist nur: Damen sind in diesem Verein nicht erwünscht." Mit funkelnden Augen schaute Jo die Nachbarin an. „Weißt du, worauf ich größte Lust hätte? Einen eigenen Damenverein zu gründen! Das wäre ein guter Anfang."

„Dann tu's", sagte Frieda ungerührt.

„STELL DIR VOR, Vater hat das Velofahren wieder für sich entdeckt", sagte Isabelle und trank einen Schluck Limonade. „Er holt derzeit fast täglich früh am Morgen den Rover aus dem Schuppen, um eine Runde zu drehen. Wenn er mich wenigstens einladen würde, ihn zu begleiten! Ich frage mich wirklich, wozu er mir das Damenrad geschenkt hat, wenn ich es bloß im Hof fahren darf."

Es war Anfang August, Isabelles Sommerferien hatten gerade begonnen, und die jungen Frauen saßen im untergehenden Sonnenlicht im Herrenhus'schen Garten bei einem Glas Limonade zusammen. Eigentlich hatte auch Clara kommen wollen, war dann aber doch nicht erschienen – wahrscheinlich verbrachte sie wieder einmal ihre freie Zeit in der Apotheke. Isabelles Eltern waren ausgegangen. Ausnahmsweise hatten sie nicht darauf bestanden, dass Isabelle sie begleitete, und so hatten sie ihre Ruhe.

Josefine biss sich auf die Unterlippe. Nach dem Zwischenfall mit ihrem Vater vor einem Monat traute sich Isabelle nicht mehr, heimlich die Velos zu entwenden. Inzwischen hatte Josefine das Gefühl, vor lauter Sehnsucht nach dem Fahrtwind fast verrückt zu werden.

„Ich hätte eine Idee, wie wir unbehelligt Velo fahren könnten“, sagte Josefine abrupt. „Lass uns einen Veloverein nur für Frauen gründen!“

„Ein Veloverein nur für Frauen … Die Idee ist wirklich nicht schlecht“, sagte Isabelle sinnierend, nachdem Josefine ausgiebig von ihrem Besuch im Radfahrverein Schönefeld erzählt hatte. „Ich kann mir gut vorstellen, dass es außer uns noch etliche andere junge Frauen gibt, die ebenfalls nur heimlich das Velo besteigen. An Mitgliedern würde es bestimmt nicht mangeln.“

Josefines Augen leuchteten. „Ich hätte noch eine Idee, wie wir deinen Schulferien ein wenig mehr Würze verleihen könnten. Was würdest du davon halten, wenn wir die Velos einmal nach Mitternacht aus dem Schuppen holen? Zu dieser Zeit schläft dein Vater selig, er wird seinen Rover also gewiss nicht vermissen.“

„Nach Mitternacht, im Stockdunkeln willst du fahren?“ Isabelle schaute sie ungläubig an.

„Sommernächte sind nie so finster wie die im Winter. Derzeit ist zudem Vollmond, und die Nächte sind sternenklar.“ Jo strich sich eine Haarsträhne aus der Stirn. „Überleg doch mal, welche Vorteile eine Nachtfahrt mit sich bringt: Wenn die Stadt schläft, können wir länger fahren als morgens. Eine nächtliche Fahrt zum Wannsee stell ich mir jedenfalls sehr amüsant vor.“

Die Fabrikantentochter schnaubte. „Du hast ja recht – das Leben ist zu kurz, um auch nur ein Abenteuer auszulassen. Lass es uns gleich morgen Nacht ausprobieren!“ Sie hielt Jo die rechte Hand hin und die schlug grinsend ein. „Und dass eines klar ist – wenn wir schon in tiefster Dunkelheit zum Wannsee fahren, dann nehmen wir dort auch ein nächtliches Bad!“

NUN, DA IN DEN STRASSEN der Luisenstadt die Lichter längst erloschen waren, wirkte die Stadt fast gespenstisch und unglaublich faszinierend. Josefine kam es vor, als führen sie lauter unbekannte Wege entlang. Die Ängstlichkeit, die sie zuvor verspürt hatte, löste sich bei den ersten Tritten in die Pedale in Luft auf. Danach waren ihre Sinne geschärft wie noch nie und sie spürte den Fahrtwind wie ein Streicheln auf ihren nackten Armen.

Als sie sich der Mitte Berlins näherten, kreuzten Fußgänger und Droschken ihren Weg – mehr, als sie beide erwartet hatten. Aber die Nachtschwärmer waren zu sehr mit sich selbst beschäftigt, als dass sie sich um zwei junge Burschen auf Fahrrädern gekümmert hätten. Nach wenigen Kilometern stand für Josefine eines fest: Nachts zu fahren war noch tausendmal besser als in den frühen Morgenstunden!

Am Ufer des Wannsees angekommen, planschten sie ausgelassen und kichernd wie zwei Kinder im Wasser. Kurze Zeit später ließen sie sich erschöpft ins feuchte Gras sinken. Nachtinsekten schwirrten um sie herum, ein Stück von ihnen entfernt quakten im hohen Schilf die Frösche, ein Wasservogel stieß immer wieder schrille Schreie aus.

Jo machte eine weite Handbewegung, mit der sie den See und seine Umgebung einschloss. „Dieser Moment hier gehört uns ganz allein. Ich glaube nicht, dass es viele junge Frauen gibt, die so etwas erleben dürfen."

Isabelle stützte sich mit ihrem rechten Ellenbogen auf, sodass sie Jo anschauen konnte. „Schöne Momente … sind flüchtig. Und wenn ich mehr vom Leben erwarte? Manchmal, wenn ich an Clara und ihre Begeisterung fürs Pillendrehen denke, werde ich ganz neidisch. Ich möchte auch eine Aufgabe haben, etwas tun, was wirklich sinnvoll ist."

Jo nickte, sie konnte die Freundin sehr gut verstehen. „Clara hat mir erzählt, dass Frauen im kommenden Jahr an verschiedenen Fakultäten Zulassungen bekommen sollen, sie möchte sich erkundigen, ob sie Pharmakologie studieren kann."

„Frauen an der Universität?" Isabelle schnaubte. „Das bleibt auch noch abzuwarten. Denk doch nur daran, was du während deiner Suche nach einer Lehrstelle erlebt hast."

„Warum dürfen wir nicht einfach tun und lassen, was wir mögen? Studieren oder Mechaniker werden. Und Velo fahren, wann man Lust dazu hat."

Isabelle grinste. „Aus Liebe heiraten! Oder auch gar nicht."

„Frei entscheiden, ob man Rock oder Hose trägt." Sie lachten übermütig. Jo seufzte. „Ob Frauen jemals solche Möglichkeiten haben werden?"

„Vielleicht … wenn das neue Jahrhundert anbricht."

Jo konnte die Skepsis in ihrer Stimme nicht unterdrücken. „Da müsste sich der Wind aber ordentlich drehen. Und all die verstaubten Ansichten über uns wegfegen!"

„Das müsste dann ein Jahrhundertwind sein", meinte Isabelle.

Sie saßen schon wieder auf den Velos, als Josefine innehielt und die Freundin nachdenklich anschaute. „Ein Jahrhundertwind – das gefällt mir!"

JOSEFINE erlebte die nächtlichen Velofahrten wie in einem Rausch. Vor allem wenn sie ohne Isabelle durch die stillen, von silbernem Mondlicht erhellten Straßen fuhr, fühlte sie sich wunderbar. Immer wieder dankte sie ihrem Herrgott dafür, dass Moritz Herrenhus das Tor zu seinem Anwesen nachts nicht abschloss, sondern nur zuzog.

Und dann, von einem Oktobertag zum anderen, verabschiedete sich der

Spätsommer. Der Herbst, der sich schon längst übers freie Land gelegt hatte, nahm nun auch die große Stadt in Beschlag.

Jos Augen tränten heftig. Trotz höchster Konzentration rutschte ihr auf dem durch nasse Blätter und Regen schlüpfrig gewordenen Boden immer wieder das Vorderrad weg. Als sie in dieser Nacht durch die bedrohlich düsteren Straßen fuhr, wurde der Wind an jeder Straßenecke stärker. Sie beschloss, die Landsberger Allee noch ein Stückchen weiterzufahren und dann umzukehren.

Im nächsten Moment hörte sie über sich im Baldachin der Alleebäume ein Knacken. Ein Ast fiel direkt vor ihr auf die Straße.

Als sie wieder zu sich kam, spürte sie einen beißenden Schmerz in der rechten Schulter. Sie blickte in die Gesichter einer Handvoll fremder Menschen. „Wo … Was …“ Sie fuhr sich mit der Zunge über ihre Lippe und schmeckte etwas Metallisches – Blut. Ihre Hose, ihr Kittel, alles war nass und verschmutzt!

„Sie sind gestürzt. Sind wahrscheinlich über den Ast hier gefahren. Dabei ist die Gabel Ihres Velozipeds gebrochen“, sagte ein Mann in Uniform. „Sie können von Glück reden, dass Sie sich nicht das Genick gebrochen haben! Die Anwohner hier haben Sie entdeckt und mich gerufen.“

Ein Polizist. Jo schloss verzweifelt die Augen. Schlagartig wurde ihr die Unmöglichkeit ihrer Situation bewusst: Sie lag in Männersachen nachts auf einer regennassen Straße, wahrscheinlich mit gebrochener Schulter. Und was noch viel schlimmer war: Die Gabel des Velos war ebenfalls gebrochen. Sie hatte Moritz Herrenhus’ Rover zu Schrott gefahren.

8. Kapitel

Berlin, November 1891,
Frauengefängnis Barnimstraße

Jo zog die muffige Decke noch weiter über ihren Kopf. Wie sollte sie je die Schulden, die durch den Schaden entstanden waren, zurückzahlen?

„Mach was aus deinem Leben!“, hatte Frieda ihr immer wieder gesagt. Jos Blick blieb an den schweren Eisenstäben vor dem Fenster hängen. Alle Menschen, die ihr etwas bedeuteten, hatte sie enttäuscht. Und statt aus ihrem Leben etwas zu machen, saß sie hier, hinter Gittern. Was für ein Alptraum …

UNRUHIG schaute Moritz Herrenhus auf seine goldene Taschenuhr. Fünf nach eins. Um ein Uhr waren sie verabredet gewesen. Gottlieb Neumann, der Eigentümer der Elektronischen Werke Berlin, kurz EWB genannt, galt als äußerst korrekt und präzise. Hatte er eine andere Lösung für sein akutes „Problem" gefunden? Aber soviel Herrenhus wusste, war derzeit keine Bank bereit, dem Großindustriellen weitere Darlehen zu gewähren – zu groß waren seine schon bestehenden Verbindlichkeiten. Moritz Herrenhus hatte die Eingangshalle des Hotels Central als Treffpunkt bestimmt, nun fragte er sich, warum er kein Restaurant gewählt hatte. Dann hätte er die Wartezeit für einen kleinen Imbiss nutzen können. Und wem hatte er all diese Unannehmlichkeiten zu verdanken? Beim Gedanken an seine Tochter Isabelle kroch unwillkürlich ein leises Knurren aus seiner Kehle.

Seit über einem Jahr waren sie nun schon auf Bräutigamschau. Dutzende von Abendroben hatte er für Isabelle und ihre Mutter gekauft, Frisörrechnungen bezahlt, dazu kamen die Kosten für Schmuck, Schuhwerk, diverse andere Accessoires und Gastgeschenke. Isabelles Einsatz hingegen ließ zu wünschen übrig: Die ganze Zeit über hatte sie sich lieber mit ihrer kriminellen Freundin Josefine vergnügt, statt die Heiratsangelegenheit ernst zu nehmen. Wie hatte das Hufschmied-Luder es wagen können, sein Velo an sich zu nehmen! Wenigstens hatte sie ihre gerechte Strafe erhalten. Sicher, er hätte die Angelegenheit auch mit dem Schmied-Schmied unter vier Augen regeln können, der Mann hatte den Schaden des Velos sowieso übernehmen müssen. Aber nun, da Josefine Schmied hinter Gittern saß, konnte sie Isabelle nicht mehr vom Wesentlichen ablenken, dachte Herrenhus mit stiller Befriedigung.

Dabei ging es ihm gar nicht darum, seine Tochter unter die Haube zu bekommen und baldmöglichst ein Enkelkind auf dem Schoß sitzen zu haben. Oder gar darum, einen Versorger für sein einziges Kind zu finden. Er, Moritz Herrenhus, hatte selbst Geld im Überfluss. Geschäftlich hatte er viel erreicht, aber Geld war das eine – gesellschaftliches Ansehen jedoch etwas anderes. Seinen Namen in einem Atemzug mit den Krupps, Rothschilds und Neumanns genannt zu hören – das war es, was er anstrebte! Und da Geld nicht das Mittel zum Zweck war, blieb ihm nur der Weg über die bestmögliche Verheiratung seiner Tochter.

Mit erzwungener Ruhe bat Herrenhus einen der Hotelpagen, ihm einen Kaffee zu bringen. Seine Erleichterung war groß, als er Gottlieb Neumann kurz vor zwei endlich das große Eingangsportal heraufhasten sah.

„Ein Feuer in der Französischen Straße, für Droschken war kein Durchkommen mehr, ich musste das letzte Wegstück auf Schusters Rappen zurücklegen", sagte der Elektrofabrikant statt einer Begrüßung.

„Es gibt Dinge, die wir nun einmal nicht beeinflussen können, andere hingegen schon“, sagte Herrenhus und wartete, bis sich sein Gegenüber gesetzt hatte. Dann fügte er hinzu: „Wie ich höre, ist Ihre EWB durch die Übernahme der Mayer'schen Maschinenfabrik in gewisse … monetäre Nöte geraten?“ Genüsslich rührte er dabei seinen Kaffee um.

Gottlieb Neumanns Mundwinkel zuckten. „Sie reden nicht um den heißen Brei herum wie ich sehe“, erwiderte er barsch. „Tatsache ist: Ich brauche Geld und Sie haben welches. Und allem Anschein nach sind Sie bereit, es in die EWB zu investieren. Die Frage ist nur – möchte ich Ihren … Preis bezahlen?“

Moritz Herrenhus lächelte freundlich. „Wer redet denn hier von einem Preis? Ich würde viel eher von einem Zugewinn für Sie und Ihre Familie sprechen!“ Er trank einen Schluck Kaffee, bevor er fortfuhr: „Man erzählt, Ihr Sohn hätte sein Wirtschaftsstudium mit summa cum laude abgeschlossen. Als stolzer Vater können Sie es bestimmt kaum erwarten, dass er in Ihre Firma eintritt und die Familientraditionen fortführt. Und dass er eine Familie gründet, die Ihren Namen in die nächste Generation trägt …“

Der Großindustrielle sagte abfällig: „Ach, daher weht der Wind. Hätte ich mir ja denken können. Ihre Tochter und mein Sohn.“

„Warum nicht? Wer Isabelle bekommt, kann sich glücklich schätzen.“

„Genauso wie Sie sich glücklich schätzen würden, durch die Heirat unserer Kinder endlich in gewisse Kreise aufzusteigen?“ Der Spott in Neumanns Stimme war nicht zu überhören, doch Herrenhus störte sich nicht daran.

„Und wenn es so wäre?“

„Aber … Adrian ist ein kluger junger Mann. Würde ich auch nur andeutungsweise versuchen, ihn in dieser Angelegenheit beeinflussen zu wollen, würde er mir auf die Schliche kommen!“

„Warum die Sache nicht offen handhaben? Sagen Sie Adrian doch einfach, wie die Dinge liegen, Ihr aufgeweckter Sohn wird das gewiss verstehen.“ Moritz Herrenhus grinste. „Ich für meinen Teil wäre gern bereit, jeden von Ihnen gewünschten Betrag als zinsloses Darlehen für die nächsten fünf Jahre bereitzustellen – unter der Prämisse, dass Ihr Sohn und meine Tochter sich im kommenden Jahr verloben.“

Die Weihnachtsfeier der Berliner-Fabrikanten-Union fand im gesamten siebten Stock des Hotels Berlin statt. Direkt hinter der Eingangstür, gegenüber der Garderobe, war eine große Tombola aufgebaut worden – der Losverkauf sollte einem wohltätigen Zweck zugute kommen, die Losgewinne waren von den Gästen selbst gestiftet worden: Besteckwaren in edlen Schatullen lagen neben Stapeln blütenweißer Bettwäsche, Kochtöpfe teilten sich mit Zylinderhüten den Platz, Perlmuttknöpfe gab es und auch Fingerhüte. An die Wand hinter den Tischen hatte jemand etliche Schürzen und dunkle Röcke geheftet. Wollten die Damen und Herren etwa unbedingt eine Herrenhus'sche Schürze ergattern? fragte sich Isabelle, während sie mit ihren Eltern darauf wartete, dass die Garderobiere ihnen ihre Mäntel abnahm.

Gut gelaunt spazierte sie am Arm ihres Vaters durch die weihnachtlich geschmückten Räume, die nach Tanne, Gänsebraten und Bratäpfeln dufteten. Isabelle ließ sich ein Glas Schaumwein geben – sie hatte vor, den Abend in vollen Zügen zu genießen. Und was die Pläne ihres Vaters anging … Sie lächelte. Bisher hatte sie sich noch immer zu wehren gewusst.

„Heute ist ein ganz besonderer Abend, meine Lieben!“ Mit erhobener Hand prostete Herrenhus ihr und ihrer Mutter zu, dann stellte er sein Glas ab. „Mal sehen, wo sie uns platziert haben.“

Sie hatten gerade ihre Plätze an einer der langen Tafeln eingenommen, als ein älterer Herr in Frack steifbeinig und mit strenger Miene direkt auf sie zusteuerte. Isabelle kniff die Augen zusammen. War das nicht der Vater ihrer Schulfreundin Irene von der Höheren Mädchenschule? Gottlieb Neumann gehörte zu den Gönnern des Instituts.

„Mein lieber Gottlieb! Wie schön, Sie hier zu sehen.“ Ihr Vater sprang regelrecht von seinem Stuhl auf und schüttelte dem Mann die Hand.

Isabelle stutzte. *Gottlieb?* Seit wann war ihr Vater mit dem Elektrofabrikanten so vertraulich? Dann sah sie, dass der alte Herr einen jungen Mann im Schlepptau hatte. Er war hochgewachsen, schlank und attraktiv.

„Adrian ist gerade erst vom Studieren aus München zurückgekommen. Er hat uns in dieser Zeit nur sehr selten hier in Berlin besucht, daher ist die Stadt fast schon fremdes Terrain für ihn geworden. Würde Ihr Fräulein Tochter Adrian die Ehre erweisen, ihn durch den heutigen Abend zu begleiten?“, sagte Gottlieb Neumann mit eingefrorenem Lächeln auf den Lippen.

„Die Ehre wird ganz auf der Seite meiner Tochter sein, nicht wahr, Isabelle? Mach dir mit Adrian Neumann einen schönen Abend.“

„WOLLEN SIE nun heiße Schokolade oder Kaffee?“, fragte Adrian mürrisch, kaum dass sie im Tortencafé saßen.

„Kaffee“, antwortete Isabelle lustlos, während vom Gang eine Woge Bratenduft zu ihnen hereinwehte. Ihr Magen knurrte leise.

Nachdem Adrian Neumann seine Bestellung bei einem der Serviermädchen aufgegeben hatte, beugte er sich über den Tisch. Seine blauen Augen schossen kleine wütende Pfeile auf sie ab. „Glauben Sie nicht, dass das hier meine Idee ist! Bloß weil Ihr Vater mit Geld um sich wirft und mein Vater zufälligerweise welches benötigt, brauchen Sie sich nicht einzubilden, dass ich auch nur das geringste Interesse an Ihnen habe. Ich handle aus Loyalität meiner Familie gegenüber …“

Isabelle fuhr zusammen. Was redete der Kerl für wirres Zeug? Das war ja in höchstem Maße impertinent! „Als ob ich Wert darauf lege, hier mit Ihnen zu sitzen und Kaffee zu trinken! Ihr Vater wollte doch, dass ich für Sie das Kindermädchen spiele, nicht ich.“ Damit schnappte sie ihre perlenbestickte Abendhandtasche und stand auf. Von oben herab schaute sie Adrian an, der jetzt nicht mehr ganz so grimmig, sondern eher verunsichert dreinschaute. „Eins müssen Sie mir allerdings noch erklären – was sollte die Bemerkung über meines Vaters Geld?“

„Wollen Sie sich über mich lustig machen?“, fragte Adrian Neumann mit gerunzelter Stirn. „Ich dachte, Sie wüssten Bescheid.“

Isabelle verdrehte die Augen. „Also wirklich, zum Rätselraten habe ich nun gar keine Lust.“

Adrian lehnte sich in seinem Sessel zurück. Mit einer äußerst nonchalanten Geste sagte er: „Unsere Väter haben unsere Heirat beschlossen, ganz einfach. So, wie man einen Handel abschließt. Wenn wir zwei in den nächsten zwei Jahren vor den Traualtar treten, hilft Ihr Vater meinem aus seiner finanziellen Bredouille.“

Wie ein Blasebalg, aus dem die Luft entwichen war, sackte Isabelle zusammen. „Sag das noch einmal …“ Dass sie vor lauter Entsetzen zum Du übergegangen war, fiel ihr nicht auf. „Ich soll dich heiraten, bloß damit dein Vater an Geld kommt? Ich *will nicht* heiraten! Nicht dich und sonst auch niemanden.“

„Heiraten steht auf meiner Liste auch ganz weit unten“, murmelte Adrian vor sich hin. „Wo ich doch so viele andere Pläne habe. Und dazu einen ganz besonderen Traum …“

Dumpfes Schweigen machte sich zwischen ihnen breit, während jeder für sich in düsteren Zukunftsvisionen versank. Gleichzeitig wuchs eine unbändige Wut in Isabelle heran. Wenn ihr Vater glaubte, sie wie eine Haremsdame verkaufen zu können, hatte er sich gründlich getäuscht! Sie würde sich zu wehren wissen. „Und was wäre, wenn wir …“ Sie spitzte nachdenklich die Lippen.

Adrian, der sich in der Zwischenzeit ein Glas Schnaps hatte bringen lassen, trank dieses in einem Zug leer. Es schepperte, als er es auf den Tisch zurückstellte. „Ja?“

„Was wäre, wenn wir unsere Väter mit ihren eigenen Waffen schlagen?“

Isabelles Brust hob und senkte sich, als wäre sie zu schnell mit dem Velo unterwegs gewesen. „Wir könnten so tun, als wären wir mit den Plänen unserer Väter einverstanden. Ein paar Mal miteinander ausgehen, so tun, als wären wir uns nicht unsympathisch. Mehr erwarten sie von uns sowieso nicht. Wir können sie hinhalten und in der Zwischenzeit unbehelligt ein gutes Leben führen, ein jeder nach seiner Fasson."

Adrian nickte. „Einen Versuch wäre die Sache wert! Allerdings müssten wir dann gleich hier und heute unser nächstes ‚Rendezvous' ausmachen. Die Banken sitzen meinem Vater ziemlich im Genick, er wäre überglücklich, wenn ich mit einer positiven Nachricht daherkäme."

Isabelle zuckte mit den Schultern. „Sag mir einfach, wann und wo."

„Ich habe gehört, du bist genau wie meine Schwester Irene dem Velofahren gegenüber nicht abgeneigt? Wie wäre es, wenn du mich Anfang des neuen Jahres in meinen Radfahrverein begleitest? Du könntest mir beim Training zusehen. Dann wäre die Zeit nicht ganz verplempert."

Einen Moment lang ärgerte sich Isabelle über seine Wortwahl, doch dann überwog ihre Freude, ihrem Vater eins auswischen zu können. „Ich schaue dir voller Bewunderung zu, wie du mit dem Velo fährst?", wiederholte sie spöttisch. „Das wäre genau das, was brave zukünftige Ehefrauen machen."

Arm in Arm verließen sie eine halbe Stunde später das Tortencafé. Adrian Neumann führte Isabelle zu einer der Sektbars und bestellte dort statt Sekt eine ganze Flasche feinsten Champagner.

„Auf unser Abkommen!" Isabelle strahlte ihn an. „Auf uns!"

9. Kapitel

Tee und Gebäck? Oder doch lieber garnierte Schnittchen und ein Glas Wein aus den roten Pokalen? Über diese Frage hatte Sophie Berg den ganzen Tag lang nachgedacht. Schließlich kam es nicht allzu oft vor, dass ein Herr Doktor sie besuchte. Dazu noch der Nachfolger von Dr. Fritsche – Gott hab ihn selig!

„Wir müssen uns um ein gutes Verhältnis mit dem Neuen bemühen, schließlich sollen auch seine Patienten ihre Medizin bei uns kaufen, so wie die vom alten Fritsche", hatte ihr Mann Anton beim Frühstück gemahnt. „Die Leute im Viertel brauchen einen richtigen Arzt, ich kann ihnen einen solchen auf die Dauer nicht ersetzen."

Vor allem konnte Anton seiner Tochter auf Dauer nicht den Arzt ersetzen, dachte Sophie Berg, während sie ihre elegant gedeckte Tafel bewunderte.

Clara war so zart, so zerbrechlich … Sophie Berg war sehr daran gelegen, ein gutes Verhältnis zu dem neuen Herrn Doktor aufzubauen.

Um Punkt sechs wollte Anton die Apotheke für heute abschließen, Doktor Fritsches Nachfolger hatte sich für halb sieben angesagt.

Als es Punkt halb sieben an der Tür klingelte, stand Clara auf, um den Gast einzulassen. Hoffentlich würde Fritsches Nachfolger nicht ewig bleiben, dachte sie. Sie war müde, und vom langen Stehen taten ihr die Beine weh. Außerdem hatte sie noch etwas Wichtiges zu tun … der Postbote hatte heute Unterlagen für sie gebracht: die Statuten der Jenaer Universität, ein Regelwerk über die Aufnahme von Studenten. Clara setzte ein bemühtes Lächeln auf und öffnete die Tür. Im nächsten Moment war die Universität Jena vergessen. „Sie?"

„MAN HATTE mir im Diakonissenkrankenhaus gerade erst einen Chefarztposten angeboten, als ich die Anzeige in der Zeitung sah – Nachfolger gesucht!" Über den Rand seiner Teetasse schaute Dr. Gerhard Gropius erst ihre Eltern, dann Clara an. Für einen kurzen Moment trafen sich ihre Blicke. Ein fiebriger Blitz durchfuhr sie, und hastig schaute sie beiseite. Oh, wie gut sie sich an diese braunen Augen erinnerte …

Es war im letzten Sommer gewesen, als man sie nach ihrem Sturz vom Veloziped ins Diakonissenkrankenhaus gebracht hatte. Ihr gebrochenes Bein war untersucht und dann geschient worden – dass sie mit dem Velo gestürzt war, behielt sie für sich. Am Anfang waren die Schmerzen unerträglich gewesen. Bettruhe und dann nur leichte Bewegung in den nächsten vier Wochen hatten die Ärzte ihr verschrieben. Nach nur einer Woche im Krankenhaus langweilte sie sich zu Tode. Leichte Bewegung? Dazu zählte doch gewiss ein Spaziergang im Hof! An einem lauen Sommerabend machte sie sich auf den Weg. Am Ende des Flures entdeckte sie die Krankenhausbibliothek. Neugierig lugte sie hinein – der Raum war menschenleer, lauter Fachliteratur zu medizinischen Themen … Die Bibliothek des Krankenhauses schien sich auf Werke der Augenheilkunde spezialisiert zu haben. Aber halt – was war das? „Lehrbuch der Anatomie des Menschen". Interessiert blätterte Clara die über sechshundert Seiten durch, von denen viele mit farbigen Holzschnitten versehen waren …

Sie wusste heute noch nicht, wie es geschehen war. Von einem Moment auf den anderen war ihr eingegipstes Bein weggeknickt. Sie war hintenübergefallen, das Buch fiel mit einem Knall zu Boden. Vor ihren Augen wurde es schwarz.

Als sie wieder zu sich kam, wusste sie im ersten Augenblick nicht, wo sie war. Ihr Bein … die Bibliothek. Sie war schon wieder gestürzt. Ungelenk versuchte sie sich aufzurappeln, als in der Tür ein Mann erschien.

„Du lieber Himmel, was ist denn hier passiert?“ Während er ihren Puls fühlte, suchte sie hektisch nach einer Erklärung. Seine Hand war warm und weich und tröstlich. Prüfend fuhr er dann mit seiner Rechten über ihr Gipsbein. Clara verspürte trotz des Gipses ein leises Kribbeln. „Es scheint alles in Ordnung zu sein. Aber wie kommen Sie hierher?“, fragte er, nachdem er ihr aufgeholfen hatte.

„Ich dachte … Der Arzt, der mich behandelt, hat mir leichte Bewegung verordnet.“

Der Arzt blickte sie entgeistert an. „Dabei hat mein Kollege sicher an leichte Übungen sitzend im Bett gedacht. Immerhin ist Ihr Bein eingegipst.“

Betreten schlug sie die Augen nieder. „Es tut mir leid.“

Der Mann schaute ihr ernst in die Augen und sagte: „Das sollte es auch.“ Mit einem einnehmenden Lächeln reichte er ihr seine Hand. „Eigentlich wollte ich die Ruhe der Bibliothek nutzen, um mich bezüglich eines interessanten Falls kundig zu machen, aber das hat auch morgen noch Zeit. Ich werde Sie zurück in Ihr Zimmer begleiten, Ihnen eine kühle Limonade besorgen und, wenn Sie es erlauben, Ihnen noch ein bisschen Gesellschaft leisten. Mein Name ist übrigens Gerhard Gropius.“

„Clara Berg“, hauchte sie entzückt. Sie waren im Begriff, die Bibliothek zu verlassen, als ihr das Buch einfiel, das ihr aus der Hand gefallen war. Sie wies in Richtung des Fußbodens und sagte: „Wären Sie so freundlich, das Buch aufzuheben? Ich habe es vorhin ungeschickterweise fallen lassen.“

„‚Lehrbuch der Anatomie des Menschen‘?“ Gerhard Gropius schaute sie wie vom Donner gerührt an.

„Was meinen Sie, ob ich es mir für ein, zwei Tage ausleihen dürfte?“ Lächelnd wollte sie das Buch entgegennehmen.

Doch der Arzt hielt es fest. Mit gerunzelter Stirn und einem zornigen Funkeln in den Augen sagte er: „Fräulein Clara, ich muss doch wirklich bitten! Das ist weiß Gott keine Lektüre für eine junge Dame. Allein die Abbildungen! Für einen Arzt sehr wichtig, aber für eine junge Frau …“

Schweigend war sie kurz darauf am Arm des Arztes den langen Gang entlanggelaufen. Er hatte sie in ihrem Zimmer abgeliefert und sich dann schnell verabschiedet. Von einem gemeinsamen Limonadetrinken war keine Rede mehr gewesen. Was hatte sie nur falsch gemacht?

Gerhard Gropius … Vorhin an der Tür hatte sie fast der Schlag getroffen. Auch er hatte sie wiedererkannt, das sah sie an seinen Augen.

„Die Wochen seit Doktor Fritsches Tod waren anstrengend, die Leute kamen einfach zu mir, wenn sie medizinischen Rat benötigten. Hätte meine Tochter mir nicht so hilfreich zur Seite gestanden …" Anton Berg zuckte mit den Schultern. „Ich wüsste nicht, ob ich die Arbeitslast bewältigt hätte."

Die Rede ihres Vaters riss Clara aus ihren Gedanken. „Du übertreibst, Vater", sagte sie liebevoll.

„Dass es der Kundschaft gefällt, wenn Ihr hübsches Fräulein Tochter höchstpersönlich Medikamente für sie verpackt oder die Tür aufhält, glaube ich sofort." Der junge Arzt warf Clara einen gefälligen Blick zu.

„Nun, da Sie hier der neue Herr Doktor sind, werden Sie und Clara sich bestimmt öfter über den Weg laufen." Sophie Berg strahlte übers ganze Gesicht. „Noch etwas Tee? Und Kekse?"

„Sie sind eine sehr liebenswürdige Gastgeberin, verehrte Frau Berg." Er nahm einen Zimtkeks aus der Schale.

„Hausfrauliche Tugenden sind bei einer Dame das A und O", flötete Sophie Berg. „Aus diesem Grund haben wir unsere Clara auch ein ganzes Jahr lang auf die beste Haushaltsschule geschickt, die es in Berlin gibt."

„Wo ich mich fast zu Tode gelangweilt habe", ergänzte Clara lachend.

Anton Berg räusperte sich. „Verzeihen Sie, wenn meine Worte vorhin den falschen Eindruck erweckt haben sollten", sagte er an seinen Gast gewandt, „aber Sie dürfen nicht glauben, dass wir unsere Tochter zu einfältigen Hilfsarbeiten oder gar Putzarbeiten in der Apotheke nötigen, so etwas würden wir von unserem Kind nie verlangen. Vielmehr versuche ich, Clara so manches beizubringen. Mit Erfolg, wenn ich das so sagen darf – Claras Heilsalben werden inzwischen sogar besser als die meinen."

„Vater …" Verlegen senkte Clara den Blick.

„Was wahr ist, muss wahr bleiben, mein liebes Kind", sagte ihr Vater und tätschelte ihre Hand. Dann wandte er sich wieder Gerhard Gropius zu. „Um ehrlich zu sein, anfangs konnte ich selbst nicht glauben, dass eine junge Dame Talent für den Apothekerberuf aufweisen kann. Aber meine Clara hat mich eines Besseren belehrt." Der Stolz in seiner Stimme war nicht zu überhören. „Inzwischen kann ich mir sogar vorstellen, dass Clara zu den ersten jungen Damen an der biologisch-pharmazeutischen Fakultät der Universität Jena gehören wird. Sollte es zu einem positiven Bescheid kommen, werde ich Clara in ihrem Wunsch ganz sicher unterstützen."

„Ihre Tochter will studieren?" Abrupt legte Gropius seinen angebissenen Keks auf dem Teller ab.

„Hirngespinste!", sagte Sophie Berg schrill und warf ihrem Mann einen bösen Blick zu. „Anton, mit deinen Reden erweckst du in der Tat einen falschen Eindruck bei unserem Gast. Am Ende glaubt Doktor Gropius noch, unsere Tochter sei einer dieser Blaustrümpfe …"

„Liebe Frau Berg, nie würde es mir in den Sinn kommen, Ihre liebenswerte Clara mit einer dieser verbiesterten Furien vergleichen zu wollen!" Er lächelte freundlich und wandte sich dann direkt an Clara: „Ob ich Sie wohl einmal auf eine Tasse Kaffee einladen dürfte? Auf meinem Weg hierher habe ich am Ende der Straße ein hübsches Café entdeckt, vielleicht gelingt es mir, Sie ein wenig von der vielen Arbeit abzulenken."

10. Kapitel

Früher hatte sie genügend zu essen gebraucht, um Kraft und Ausdauer fürs Velofahren zu haben. Heute musste sie zusehen, genügend Essen zu bekommen, um nicht ganz abzumagern, dachte Josefine, während sie eine trockene, leicht verkohlte Schrippe in ihre Rocktasche stopfte. Schwarzbrotscheiben, Schrippen aus grobem Mehl, eine fad schmeckende Marmelade dazu und Kamillentee – aus mehr bestand ihr tägliches Morgenmahl nicht. Auch nicht heute, am Heiligen Abend.

„Mir ist schlecht. Wenn ich auch nur einen Bissen mehr von dem verkohlten Zeugs esse, muss ich mich übergeben", flüsterte Martha neben ihr. „Magst du?"

Noch vor wenigen Wochen hätte Josefine den angeknabberten Brotkanten angewidert abgelehnt. Heute steckte sie ihn in ihre Rocktasche.

„Frisst du schon der Martha das Essen weg?", rief Adele ihr über den Tisch zu. „Die muss für zwei essen, da wäre es angebracht, dass du ihr etwas abgibst und nicht umgekehrt."

Josefine verzichtete auf eine Erwiderung. Sprechen war bei Tisch verboten, die Aufseherinnen kannten keinen Spaß. Wenn sie eine von ihnen erwischten, folgte die Strafe auf dem Fuße: Müllverbrennen, Latrinenputzen oder Fettpfannen spülen. Nur Adele setzte sich ständig über das Sprechverbot hinweg und kam ungeschoren davon. Adele mit ihren kalten Augen … Manchmal hatte Josefine das Gefühl, selbst die Wärterinnen hatten Angst vor ihr.

Stille Nacht, heilige Nacht – von wegen. Wenn wenigstens Gerd Melchior hier gewesen wäre und sie ein paar Stunden bei ihm in der Werkstatt hätte verbringen können. Dass der Hausmeister für ein paar Tage zu seinem Sohn gefahren war, trug zusätzlich zu ihrer Missstimmung bei. Wenn sie mit Melchior Hand in Hand arbeitete, verging die Zeit viel schneller als sonst. Und manches Mal vergaß sie sogar, wo sie war.

Die Oberaufseherin der Jugendabteilung, eine kräftige Frau mittleren Alters, erschien in der Tür des Speisesaals. Sofort erstarb auch das leiseste Flüstern. „Ein paar von euch haben Weihnachtspost bekommen. Ich rufe die Namen in alphabetischer Reihenfolge auf und ihr tretet gesittet und eine nach der anderen zu mir nach vorn!"

Josefine spürte, wie ihr Herz schneller schlug. Ihr Name wurde aufgerufen. Mit zittrigen Beinen ging sie nach vorn. Die Oberaufseherin überreichte ihr zwei Briefe. Von Clara und Frieda. Selig drückte Josefine die beiden Umschläge an ihre Brust. Es war das erste Mal, dass die alte Freundin ihr schrieb. „Gelesen wird später!" Die Stimme der Oberaufseherin schoss wie ein Pfeil durch den Raum. „Ab mit euch in den Unterricht! Glaubt nicht, dass hier Müßiggang einreißt, nur weil heute Heiliger Abend ist."

HEILIGABEND. Andere Männer räumten an diesem Vormittag Schnee vom Gehsteig vor dem Haus, damit die Familie nachmittags den Kirchgang antreten konnte. Dann war der Holz- oder Kohlevorrat an der Reihe, der eimerweise für den Abend ins Haus geschleppt wurde. Andere wiederum legten vielleicht letzte Hand an den Schreinerarbeiten an, die sie für ihre Kinder im Laufe der vergangenen Monate gefertigt hatten. Und er? Was tat er an diesem heiligsten aller Feste?

Karlheinz Krotzmanns Gesicht war eine versteinerte Maske, als er die langen Gefängnisgänge entlanglief. Wie immer war es kalt im Hauptgebäude des Frauengefängnisses.

Er hatte kein Haus, vor dem er hätte Schnee räumen müssen. Er hatte auch keine Familie, sondern wohnte noch immer bei Frau Krawutschke zur Untermiete. Ein Zimmer, im Winter mehr schlecht als recht geheizt, Damenbesuch unerwünscht. Für den Abend hatte die alte Hexe ihn und die zwei anderen Untermieter – beides verstaubte alte Knochen – zum Essen eingeladen. Wofür sie Dankbarkeit bis in alle Ewigkeit erwartete.

Vielleicht sollte er sich doch eine Alternative für den Abend überlegen, ein Gedanke, der ihn kurz aufheiterte. Schwungvoll drückte er die Klinke zum Klassenzimmer hinunter.

Die nächsten Minuten verbrachte er wie jeden Morgen damit, den jungen Mädchen eine ordentliche Sitzhaltung beizubringen. Hopfen und Malz war bei solchen verloren, ging es ihm währenddessen durch den Sinn, und genau das hatte er, wenn auch in nicht ganz so deutlichen Worten, in seinem letzten Bericht ans Schulministerium geschrieben. Nicht, dass man ihm dort für seine Einschätzung dankte! Man frage sich eher, ob er der Richtige sei für eine solch fortschrittliche Einrichtung wie die Jugendabteilung des Frauengefängnisses.

„Die Schultern müssen eine parallele Linie aufweisen! Wie oft muss ich euch das noch sagen?“ Krotzmann spürte die Wut auf den überheblichen Beamten. Hatte der Mann sich jemals gefragt, wie er, Krotzmann, bei seinem mickrigen Salär je eine Familie unterhalten sollte? Und wie er einer anständigen jungen Dame erklären sollte, dass er seine Tage im Gefängnis verbrachte? Nicht in einem feinen Lyzeum oder Gymnasium, sondern im Frauengefängnis in der Barnimstraße.

Nach gut zehn Minuten hatte er die Horde so weit, dass sie einigermaßen ordentlich auf ihren Stühlen saß. Bis auf die schwangere Hure, die mit ihrem dicken Bauch herumlungerte wie ein Sack nasser Wäsche. Er bellte ihr einen scharfen Verweis zu, woraufhin sie sich aufrappelte. Dann sagte er mit erzwungener Milde in der Stimme: „Heute ist Weihnachten, und wir feiern die Ankunft des Herrn. Zu seinen Ehren werde ich euch ein Gedicht beibringen. Ihr werdet es in Schönschrift schreiben, im Chor aufsagen und dann auswendig lernen. Gnade derjenigen, die es am Ende der Stunde nicht einwandfrei wiedergeben kann!“

Die Worte des Lehrers plätscherten an Jo vorbei. Am liebsten hätte sie in ihre Rocktasche gefasst und die beiden Briefe gefühlt, doch sie behielt die von Krotzmann gewünschte Haltung bei. Es war besser so. Dabei konnte sie es kaum erwarten, die Briefe zu lesen …

> „… Ich kenn drei gute, deutsche Gesellen
> Mit großen Händen und Beinen schnellen;
> Mit dicken Säcken auf breiten Buckeln
> Stampfen sie eilig durchs Land mit Gehuckel;
> Haben Eis im Bart und grimmige Art,
> Aber Augen gar milde;
> Führ'n Äpfel und Nüsse und Kuchen im Schilde …“

Zeile für Zeile sprachen die Schülerinnen das Gedicht, das Krotzmann vortrug, nach. Auch Josefine bewegte die Lippen.

„Mir ist so schlecht“, flüsterte Martha neben ihr.

Josefine schaute ihre Nachbarin an. Ihr Gesicht war knochenbleich, die Augen hatten einen glasigen Ausdruck, ihre Lippen waren blutleer und rissig. „Zähl bis hundert, dann vergisst du deine Übelkeit“, raunte sie.

Im nächsten Moment stand er neben ihrem Pult. „Was ist hier los? Was flüstert ihr? Du da, wie lungerst du wieder herum? Sitz gerade!“ Schon touchierte sein Stock Marthas Rücken.

„Ich versuch's ja. Aber ich … ich kann nicht.“

„Du *willst* vielleicht nicht, das trifft es doch eher.“ Er hob den Stock.

Unwillkürlich duckte sich Josefine. Es kam öfter vor, dass der Lehrer nicht nur die „Schuldige", sondern deren Nachbarin gleich mit strafte.

Doch Krotzmann hielt mitten in der Bewegung inne. Sein Blick fuhr über die Bänke, verweilte an der Tafel mit dem Weihnachtsgedicht. Er lachte schrill. „Von wegen frohes Fest! Von wegen Pädagogik und Disziplin! Wenn ich euch sehe, könnte ich vor Wut aus der Haut fahren!" Mit dem letzten Wort ließ er seinen Stock auf Martha hinuntersausen. „Herumhuren, morden und stehlen – das könnt ihr, aber von Anstand und Moral keine Spur! Und da soll ich euch Gedichte beibringen? Das bring ich euch bei! Und das! Und –" Immer wieder prasselte sein Stock auf die Schwangere nieder.

Wimmernd und mit über dem Kopf verschränkten Händen versuchte Martha vergeblich, sich zu schützen.

Josefine zitterte vor Wut und Entsetzen. „Hören Sie auf! Sofort!", schrie sie. Sie sprang hoch, zerrte an Krotzmanns Arm, doch er schüttelte sie ab wie ein lästiges Insekt. Sein Stock traf Josefines Halsschlagader. Wahnsinniger Schmerz überfiel sie, ihr wurde schwarz vor Augen, sie taumelte aufjaulend nach hinten.

Von Martha war nicht mehr als ein leises Wimmern zu hören. Krotzmann prügelte weiter auf sie ein. Die anderen Mädchen wurden unruhig. So hatte er noch nie zugeschlagen. War er verrückt geworden?

Vergeblich versuchte Josefine, sich an der Wand hochzurappeln. „So tut doch etwas …" Ihre Stimme war rau vor Schmerz, ihre Knie gaben erneut nach. Unter Schmerzen hob sie ihren Kopf und sah, wie sich Adele mit einem lauten Schrei auf den Lehrer warf und mit ihm um den Stock kämpfte.

Adele entriss ihm den Stock und stieß den Mann brutal zu Boden. „Das war das letzte Mal, dass du eine schwangere Frau geschlagen hast, du elender Kerl!" Im nächsten Moment saß sie bäuchlings auf ihm und drückte ihm den Stock gegen die Kehle. Ihr Oberkörper bebte, in ihren Augen blitzte unverhohlener Hass. Krotzmanns Adamsapfel machte ein gurgelndes Geräusch, als sie den Stock fester gegen seine Kehle presste. Seine Beine zappelten wie die eines Käfers, der auf den Rücken gefallen war.

„Hör auf", raunte Josefine Adele zu. „Er röchelt schon. Du bringst ihn noch um."

„Und wennschon. Einer wie er verdient es nicht anders."

„Genau! Schlag ihn tot!" – „Gib's ihm, Adele, los!" – Wie entfesselt feuerten die Frauen ihre Anführerin an. Adeles schrilles Lachen ertönte – und danach eine andere Stimme.

„Hinsetzen! Alle!“ Mit bebendem Busen und zitternd vor Aufregung stand die Oberaufseherin in der Tür, flankiert von zwei männlichen Wärtern aus der Erwachsenenstrafanstalt.

VOM „KERKER“ hatte Josefine bisher nur gehört. Schreckensgeschichten, eine gruseliger als die andere. Dorthinein wurden die erwachsenen Sträflinge gesteckt, die sich im Gefängnis eines weiteren Verbrechens schuldig gemacht hatten.

Nun stellte Jo fest, dass es sich bei dem Kerker weder um einen Zwinger noch um ein Verlies handelte. Es liefen keine Ratten herum und auch keine handtellergroßen Spinnen. Der Kerker war lediglich ein Raum mit unverputzten Mauern und nichts darin. Kein Bett. Kein Tisch. Nur ein paar muffige Decken lagen in einer Ecke. Daneben stand ein Eimer. Jo fröstelte. Sie zog eine Decke heran und setzte sich mit dem Rücken zur Wand. Die Kälte kroch in ihre Knochen. „Hier holen wir uns den Tod“, sagte sie leise.

„Genau das wollen sie doch. Dabei gehört ein ganz anderer hierher.“ Adeles Blick war noch immer schwarz vor Rage. Sie hatte es ernst gemeint.

Jo betastete den dicken Striemen, den Krotzmanns Stock an ihrem Hals hinterlassen hatte. „Seit ich dich kenne, warst du immer nur auf deinen Vorteil aus“, fuhr sie Adele an. „Martha hat dich nie einen Dreck gekümmert. Doch vorhin hättest du wegen ihr um ein Haar Krotzmann umgebracht. Warum?“ Adele schnaubte und schaute trotzig fort. Josefine zog die beiden Briefe aus ihrer Rocktasche. Sie waren warm und zerknittert. Claras Brief roch ein wenig nach Lavendel und Zitrone.

Liebe Josefine,
nun sind schon vier Wochen seit unserem Besuch bei dir vergangen, und ich habe ein schlechtes Gewissen, dass ich dich seitdem nicht mehr besucht habe. Aber die kalte Jahreszeit macht den Menschen zu schaffen, sie brauchen Hustensaft, Mentholbonbons und Salben zum Einreiben für die Brust und ich habe Mühe, mit der Herstellung der Arznei hinterherzukommen.

Isabelle geht ihre eigenen Wege, wahrscheinlich ist ihr Herr Papa ziemlich hinter ihr her, damit sie nun endlich „eine gute Partie macht“. Stell dir vor, manchmal wird sie sogar mit ein, zwei Zeilen in einem Zeitungsbericht erwähnt!

Aber, liebe Jo, auch ich habe etwas Aufregendes zu berichten: Kannst du dich noch daran erinnern, dass ich einst von einem Arzt schwärmte, dem ich im Krankenhaus begegnet bin, als ich dort wegen meines gebrochenen Beins behandelt wurde? Liebe Josefine, halte dich fest – genau dieser Arzt, Gerhard Gropius ist sein Name, ist der Nachfolger vom alten Fritsche! Die Patienten lieben ihn. Und er schickt sie wie sein Vorgänger zu uns in die Apotheke. Manchmal kommt er auch selbst vorbei.

Und jetzt kommt das Beste: Letzte Woche hat Gerhard mich in die Konditorei Ratsmann zu Kaffee und einem Stück Mohnkuchen eingeladen. Vor Aufregung bekam ich kaum einen Bissen herunter … Und Mutter hört schon die Hochzeitsglocken läuten! Ach Jo, ich bin so glücklich …

Jo ließ den Briefbogen sinken. Liebe Clara, wie gern wäre ich bei dir! Stundenlang würde ich mir deine Schwärmereien anhören … Ein Schluchzer entwich ihrer Kehle.

Adele schaute auf. „Du fängst doch wohl nicht wegen irgendeines Briefes an zu plärren?"

Jo warf der anderen einen unfreundlichen Blick zu, dann faltete sie Claras Brief fein säuberlich zusammen und steckte ihn ein. „Was ich mache, geht dich gar nichts an."

Friedas Brief roch nicht nach Parfüm, sondern nach Scheuerpulver und dem Krautfass, das Frieda im Keller hatte.

Mein liebes Kind, aus der Ferne wünsche ich dir frohe Weihnachten! Leider kann ich dich nicht besuchen, da mir wieder einmal meine Beine das Gehen schwermachen. Der neue Doktor sagt, es sei Gicht. Ich sage, es ist das Alter. So haben wir schon die ersten Differenzen … Aber ich verzeihe ihm, denn er hat so ein hübsches Gesicht. Außerdem gibt es etwas, was viel schlimmer ist als die Schmerzen in meinen Beinen: der Gedanke, dass du wie die gewöhnlichen Huren im Weibergefängnis eingesperrt bist! Dass es dazu gekommen ist, werde ich mir nie verzeihen. Da habe ich mir meine Zeit mit allerlei Firlefanz vertrieben und habe dabei die größte und wichtigste Aufgabe, die mir das Leben stellte, übersehen – nämlich die, dich auf deinem Weg zum Erwachsenwerden zu begleiten. Ich hätte dich bei mir aufnehmen sollen.

Liebes Mädchen, eins verspreche ich dir: Wenn du deine Zeit abgesessen hast, werde ich für dich da sein, ohne Wenn und Aber. Im Augenblick bleibt mir jedoch nichts übrig, als dir auf diesem Weg ein frohes Fest zu wünschen.

Jo drückte den Brief an ihre Wange, als könne sie dadurch der alten Freundin nahe sein. Sie fühlte sich auf einmal ganz leer vor Einsamkeit und Kummer. Ohne Rücksicht auf die Kälte ließ sie sich auf den Boden sinken. Erschöpft zog sie die Beine an, umfasste sie mit den Armen und legte ihren Kopf in das so entstandene Nest. Sie machte sich keine Mühe, gegen die aufsteigenden Tränen anzukämpfen. Leise weinte sie vor sich hin.

„Nun heulst du doch", sagte Adele verächtlich. „Heulen ist was für Memmen."

„Na und?“, fuhr Jo schluchzend auf. „Dann bin ich eben eine Memme! Außerdem heule ich, wann es mir gefällt.“ Sie wischte sich mit der Hand über Augen und Nase.

Die nächsten Stunden verbrachten sie schweigend. Außer einem gelegentlichen Husten oder Nasehochziehen war nichts zu hören. Es war Adele, die das Schweigen schließlich brach. „Ich muss mal.“

Jo runzelte die Stirn. „Tu dir keinen Zwang an“, sagte sie mit einer Leichtigkeit, die sie nicht empfand. Dann drehte sie sich zur Wand. Hinter ihrem Rücken durchbrach das Plätschern von Adeles Urin auf den Boden des Blecheimers die Stille. Mit einem Seufzen ließ sich die Bandenanführerin danach wieder auf den Boden plumpsen. Ohne ein weiteres Wort stand auch Josefine auf, um sich über dem Eimer zu erleichtern. Den Punkt, Scham zu verspüren, hatte sie längst überschritten. Als sie ihren Rock wieder zurechtrückte, ertastete sie die zwei Schrippen, die sie am Morgen eingesteckt hatte. Sie zog beide aus der Tasche und hielt eine Adele hin.

Die zögerte nur kurz. „Danke.“ Selten sagte ein Wort so viel wie dieses.

Als der nächste Morgen anbrach und sich die Tür zum Kerker mit einem lauten Quietschen öffnete, schreckte Josefine auf. Zu ihrem eigenen Erstaunen hatte sie tief und fest geschlafen.

Eine fremde Wärterin stellte einen Eimer auf dem Boden ab. Dann warf sie vier Scheiben Graubrot in die Mitte des Raumes. „Euer Morgenmahl. Und Wasser zum Waschen.“

Mit schmerzenden Gliedern setzte sich Josefine auf. Immerhin – sie lebte noch. Adele hatte sie nicht hinterrücks über Nacht gemeuchelt, wie sie es für einen Augenblick befürchtet hatte. Die andere lag noch immer mit dem Gesicht zur Wand und rührte sich nicht. Als sie mit einigem Grauen zum Latrineneimer ging, stellte sie mit Schrecken fest, dass der Urin, den sie am Tag zuvor gelassen hatten, über Nacht eine leichte Frostschicht angesetzt hatte. Josefine wusch sich anschließend in dem Wassereimer, dann flocht sie ihre Haare auf und kämmte sie notdürftig mit den Fingern durch.

Das Brot war eisig. Als Josefine davon abbiss, schmerzten ihre Zähne. Dass es im Kerker so kalt war, hatte bisher noch niemand erzählt, dachte sie, während sie die Brotscheibe zwischen ihren Händen anzuwärmen versuchte.

Adele tat noch immer keinen Mucks. Unsicher beugte sich Josefine zu ihr hinab und fragte: „Sag mal, lebst du noch?“ Sie bekam lediglich ein leises Knurren zur Antwort.

Zwei Nächte später fing Josefine an zu husten. Der Husten machte ihr Angst. Er erinnerte sie an die Zeit nach Felix’ Tod. Außerdem fühlte sich ihre Stirn warm und trocken an. Frierend schlug sie beide Arme um sich, bemühte sich, durch Auf-und-ab-Gehen in der engen Zelle ein wenig Wärme zu erzeugen, doch vor lauter Schwäche hielt es sie nicht lange auf den Beinen. Die Graubrotscheiben konnte sie nicht kauen. Schweigend hielt sie Adele das Brot hin.

Die schaute sie befremdet an. „Soll ich die Wärterin holen?", fragte sie, doch Josefine winkte unwirsch ab.

Der Husten ließ nach, dafür stieg das Fieber. Gegen drei Uhr am Morgen trommelte Adele so lange mit beiden Fäusten gegen die Tür, bis sie schließlich geöffnet wurde. „Sie glüht wie ein Kohleofen", sagte sie. „Ein Arzt muss her."

Die Wärterin warf von der Tür aus einen misstrauischen Blick erst auf Adele, dann auf die am Boden zusammengekauerte Jo. Zehn Minuten später erschien die Wärterin erneut und hatte die Oberaufseherin zur Verstärkung mitgebracht. Diese schaute Adele verächtlich an. „Von wegen Fieber! Was schwebte euch vor? Ein gemütliches Bett auf der Krankenstation? Oder wolltest du der Nachtwärterin gleich eins über den Schädel ziehen? Glaub bloß nicht, dass wir auf irgendeinen eurer Tricks hereinfallen!" Mit einem lauten Knall stellte sie einen Eimer mit Wasser in der Zelle ab. Ein Teil davon schwappte auf den kalten Boden. „Das hier wird euer ‚Fieber' senken! Mehr gibt's nicht."

Wie durch einen Nebel merkte Josefine, dass Adele ihren Kopf auf ihren Schoß zog. Im nächsten Moment spürte sie etwas Kaltes, Nasses auf ihrer Stirn. Sie wimmerte. Dann schlug sie um sich.

„Halt still, verdammt noch mal! Ich will dir doch nur helfen", zischte Adele. Während sie mit der rechten Hand Jo festhielt, tupfte sie mit der linken deren Stirn ab. Jos Kopfschmerz wurde noch heftiger. Adele tunkte den Lappen erneut ins Wasser. „Nicht schlappmachen! Und wenn ich das die ganze Nacht hindurch machen muss – du stirbst nicht!"

Mit letzter Kraft schlug Jo die Augen auf. Adeles Miene war verbissen, sie schien es ernst zu meinen. Vielleicht war das gut so. Mit einem tiefen Seufzen schloss Jo die Augen wieder, während Adele ihr erneut den nassen Lappen aufs Gesicht legte.

11. Kapitel

Anfang Januar einmal quer mit der Stadtbahn durch Berlin zu fahren, um zu Adrians Veloverein zu gelangen, war wegen der ungeheizten Waggons voller hüstelnder und schnupfender Menschen nicht unbedingt ein Vergnügen. Doch Isabelle, dick eingepackt in ihren neuen Pelzmantel, ertrug es gern. Der silbergraue Polarfuchs war ein Weihnachtsgeschenk ihres Vaters, das er ihr mit den Worten „Als zukünftige Frau Neumann musst du doch angemessen gekleidet auftreten“ überreicht hatte. Dass ihre Finte so gut funktionieren würde, hätte sie selbst nicht geglaubt. Und dass sie sich ab und zu mit Adrian treffen musste, war ein kleiner Preis, den sie gern zu zahlen bereit war. Mit einem übermütigen Lächeln schaute Isabelle ihren „zukünftigen Verlobten“ an, und Adrian lächelte verhalten zurück. In Berlin-Halensee stiegen sie aus.

Das hier war also der „1. Berliner Velozipeden-Verein“. Isabelles Augen wurden, je mehr sie sich umschaute, immer größer. Wenn sie es nicht besser gewusst hätte, hätte sie geglaubt, sich auf dem eleganten Gelände einer Pferderennbahn zu befinden – so weitläufig und großzügig präsentierte sich der Radverein der Herren.

„Unsere Radrennbahn“, sagte Adrian und zeigte auf das riesige Oval vor ihnen. „Sie wurde nach den neuesten Erkenntnissen in der Technik und im Radrennsport gebaut. Eine Bahnlänge des Ovals beträgt genau 333,3 Meter. Diese Länge hatte sich als die optimale herausgestellt. Und auch die Krümmung der Kurven wurde sorgfältig berechnet …“ Adrian zeigte mit der rechten Hand auf einen schmalen Anbau entlang der Längsseite des Ovals. „Gleich da vorn liegen unsere Umkleidekabinen. Auf den Luxus eines Badezimmers bestand übrigens mein Vater, der zu den Gründungsmitgliedern des Vereins gehört.“ Adrian lachte.

Isabelle runzelte die Stirn. War das nicht alles ein wenig übertrieben? Allmählich konnte sie nachvollziehen, wie der Unternehmer in finanzielle Schwierigkeiten geraten war …

„Ich bringe dich jetzt in unser Vereinsheim“, sagte Adrian und hielt ihr galant seinen Arm hin. „Vielleicht kommt Irene später auch noch.“

Drinnen wurde der Unternehmersohn von seinen Vereinskameraden stürmisch begrüßt. Es dauerte gute fünf Minuten, bis sich der erste zu Isabelle herumdrehte und sagte: „Wen haben wir denn hier?“

„Darf ich vorstellen: Isabelle Herrenhus, meine zukünftige Verlobte!“, sagte Adrian und einer nach dem anderen gab Isabelle höflich die Hand, doch bald waren alle wieder in ihr Lieblingsthema, das Velofahren, verstrickt.

Isabelle ging verärgert zur Theke. Bei einer jungen Frau in Schürze bestellte sie Kaffee, dann setzte sie sich auf einen der mit Leder gepolsterten Stühle, die um blank polierte Holztische herumstanden.

„Ich drehe jetzt ein paar Runden“, sagte Adrian, der sich umgezogen hatte und nun in seiner Radfahrmontur vor ihr stand: in einem eng anliegenden

Trikot und schmal geschnittenen Hosen, unter denen sich fast jeder Muskel seiner kräftigen Beine abzeichnete. Dazu Stiefel aus geschmeidigem Leder, die jedoch nur bis zum Knöchel reichten. Die perfekte Kluft, um Velo zu fahren, ging es Isabelle bewundernd durch den Sinn. Und kein Mensch störte sich an den körpernahen Kleidungsstücken!

„Von hier aus hast du die beste Sicht auf mich", sagte Adrian und zeigte auf einen Tisch vor der großen Fensterscheibe, die die Vereinsräume von der Rennbahn trennte.

Mit großer Ernsthaftigkeit begannen die Männer, Arme und Beine zu dehnen, dann stiegen sie auf ihre Räder. Isabelle schaute zu, wie sie Runde um Runde drehten, doch schließlich schnappte sie sich eine der Zeitschriften, die herumlagen, die *Velosport heute und morgen*. Sogleich sprang ihr die Überschrift zu einem seitenlangen Artikel entgegen. Darunter prangte das Foto eines attraktiven Mannes von ungefähr zwanzig Jahren:

> LEONARDO FEININGER – HELD DER LANDSTRASSE UND DER BERGE
> Wenn es einen Mann gibt, den wir derzeit als besten Straßenfahrer der Welt bezeichnen wollen, dann ist es Leonardo Feininger aus der schönen Pfalz! Leon, wie Freunde und Familie den Winzersohn nennen, gehört zu den Fahrradpionieren, die immer wieder mit spektakulären Aktionen Aufmerksamkeit für unseren schönen Velosport erzielen! Eine bessere Werbung als Feiningers Heldentaten kann man sich in der Tat nicht vorstellen!

Leon Feininger war nicht nur über die österreichischen Berge bis nach Italien gefahren, sondern hatte auch eine Distanzfahrt von Wien nach Berlin unternommen, und zwar im letzten Sommer. Isabelle war beeindruckt. Aber wussten die Männer überhaupt, wie gut sie es hatten? Schlagartig wurde Isabelle bewusst, wie sehr sie das Radfahren vermisste. Warum hatte sie es nicht weiterbetrieben?

„Ganz schön ungerecht, nicht wahr?", ertönte plötzlich eine bekannte Stimme neben ihr. „Ich weiß gar nicht, warum ich immer wieder hierherkomme." Adrians Schwester Irene setzte sich zu ihr. „Jedes Mal gehe ich unzufriedener nach Hause, als ich gekommen bin."

„Tja, solche Möglichkeiten müssten wir Frauen haben", bestätigte Isabelle, die Irene normalerweise am liebsten ignorierte. „Wenn ich daran denke, wie mühsam Josefine und ich uns das Velofahren selbst beigebracht haben …"

„Josefine – ist das die Frau, die das Velo deines Vaters entwendet und damit einen Unfall gehabt hat?"

Isabelle nickte. „Das wäre alles nicht passiert, wenn wir nicht zu dieser elenden Heimlichtuerei verdammt gewesen wären. An allem ist nur mein Vater mit seinen dummen Verboten schuld."

„Mein Vater duldet zwar, dass ich Velo fahre, allerdings nur, wenn wir in unserem Landhaus bei Potsdam sind. Ich bin gespannt, was er sagen wird, wenn er erfährt, dass seine zukünftige Schwiegertochter auch eins der *Fahrradweiber* ist." Der Hohn in Irenes Stimme war nicht zu überhören.

Isabelle wandte rasch den Blick ab. Eine Zeitlang saßen sie stumm da und schauten den Männern beim Radfahren zu. Einen eigenen Fahrradverein nur für Damen zu eröffnen – das war Jos Traum gewesen. Nach einigen Minuten drehte sich Isabelle zu Adrians Schwester um und sagte unvermittelt: „Weißt du, worauf ich größte Lust hätte?"

AM 4. JANUAR 1892, nach zehn Tagen, durften Josefine und Adele den Kerker wieder verlassen. Im Türrahmen hielt Jo so abrupt inne, dass Adele fast gegen sie gestoßen wäre. „Danke", sagte sie. „Ohne dich wäre ich an dem Fieber gestorben. Du hast mir das Leben gerettet."

„Nun werd mal nicht pathetisch! Dafür hast du dem alten Krotzmann das Leben gerettet." Adele verzog den Mund. „Du wolltest doch wissen, warum ich Martha geholfen habe." Jo nickte vage. „Mein Vater war ein Typ wie Krotzmann. Einer, der schlug. Gern und oft. Und meist ohne Grund, er musste nicht mal betrunken sein. Wir Kinder haben uns meist verzogen, wenn er zu toben anfing. Aber Mutters Schreie hörte man im ganzen Haus. Er schlug sie so oft, dass das Kind, das Mutter zur Welt brachte, davon schwachsinnig geworden ist. Es hat ein halbes Jahr gelebt, dann ist es während eines Krampfanfalls erstickt. Kurze Zeit später wurde Mutter abermals schwanger. Und Vater wollte wieder seine Hand gegen sie erheben. Aber dieses Mal wusste ich es zu verhindern. Danach habe ich mir geschworen, mich immer zu wehren." Ihre Stimme klang trotzig – und zugleich verloren.

MARTHA lag im Schlafsaal. Blass und ohne dicken Bauch.

„Dein Kind ist da?", fragte Josefine und umarmte sie ungelenk. Endlich einmal eine gute Nachricht. Ein leises Lächeln huschte über das Gesicht der Rothaarigen, doch im nächsten Moment zerfloss es. „Sie haben es mir weggenommen. Es ist zu ordentlichen Leuten gekommen. Ein Mädchen. Ich habe es Adele genannt."

HERRN KROTZMANN gab es nicht mehr. Alle jungen Frauen hatten zu Josefines und Adeles Gunsten ausgesagt. Unterricht gab es für die Insassen der Jugendabteilung des Frauengefängnisses Barnimstraße nun nicht mehr –

das pädagogisch so wertvolle und fortschrittliche Konzept war gestorben. Alle murrten über die langen und schweren Arbeitstage in der Küche oder Wäscherei – außer einer. Denn Josefine konnte es nicht erwarten, ihre Arbeit beim Hausmeister endlich wieder anzutreten.

12. Kapitel

Adrian sollte ihr Türöffner sein. Derjenige, der die anderen Mitglieder des 1. Berliner Velozipeden-Vereins davon überzeugen sollte, dass auf ihrem Gelände nun auch der 1. Berliner Damen-Veloverein entstehen würde. Aus Irenes Sicht zählte vor allem das Argument, dass die Gründung eines Damenvereins die Herren – inklusive ihres Vaters – im Gegensatz zur Gründung des Herrenvereins keine einzige Mark kosten würde. Denn sie würden alles selbst in die Hand nehmen!

Als sie sich schließlich an einem Abend im Velozipeden-Verein trafen, um Adrian zu überzeugen, rechneten sie mit allem. Nur nicht damit, bei ihm offene Türen einzurennen.

„Ein kleiner Veloverein für Damen? Diese Idee ist gut, sie hätte von mir stammen können. Ich bin schon lange der Ansicht, dass das Velo breiteren Gesellschaftsschichten zugänglich gemacht werden sollte. Ein Damenverein ist da ein guter Anfang."

Eine Woche später traf sich Adrian erneut mit ihnen. „Leicht war es nicht, unseren Vorstand und die Gründungsmitglieder davon zu überzeugen, dass auf unserem Gelände der erste Damen-Veloverein Berlins entstehen soll. Die meisten glauben einfach nicht, dass das zarte Geschlecht sich für unseren Sport eignet. Vater war eine große Hilfe." Er schaute Isabelle eindringlich an.

Das glaubte sie aufs Wort! Ihr Vater hatte eine erste Zahlung an Gottlieb Neumann getätigt, um dem Großindustriellen aus dem Gröbsten herauszuhelfen. „Wir bekommen tatsächlich geeignete Räumlichkeiten?"

Adrian nickte. „Nicht nur das. Ihr dürft sogar unsere Rennbahn benutzen, allerdings nur zu Zeiten, wo keiner der Herren sie befährt. Und nun macht etwas daraus."

Es war nur eine kleine Kammer, die bisher als Lagerraum genutzt wurde, doch für Isabelle und Irene konnte es im Moment keinen schöneren Raum geben. Die nächsten Wochen verbrachten sie damit, die Kammer herzurichten. Dank Jule, Irenes alter Freundin, mit der sie einst so aufsehenerregend durch den Tiergarten geradelt war, gingen die Arbeiten gut voran. Jeden Nachmittag, wenn der Unterricht in der Höheren Mädchenschule zu Ende war, fuhren Isabelle und Irene direkt in ihr neues Vereinsheim, um dort zu pinseln, zu hämmern, Gardinen abzumessen und Sitzbezüge zuzuschneiden. Isabelle hielt Irene zwar noch immer für hochnäsig und arrogant, musste aber zugeben, dass sie über ungewöhnlich viel Ausdauer und Kraft verfügte und sich vor schweren Arbeiten nicht drückte. Und Irene, die die Familie Herrenhus in der Vergangenheit gern als Emporkömmlinge tituliert hatte, stellte nun fest, dass auch Isabelle fleißig war und zupacken konnte. Jule, die im elterlichen Betrieb mitarbeitete, traf meist erst gegen Abend ein. Dann lobte oder rügte sie, verbesserte und trieb alle Arbeiten voran.

Während sie den Raum herrichteten, hielten Isabelle und Irene außerdem nach zukünftigen Mitgliedern Ausschau. Jule war die Erste, die sich anmeldete. Sie brachte zwei weitere Frauen mit – beide besaßen eigene Velos.

Verschwitzt und müde von der ungewohnten körperlichen Arbeit, saßen Isabelle und Irene spätabends auf ihren frisch bezogenen Stühlen an dem abgehobelten Tisch und dachten über die Vereinsstatuten nach: Wen wollten sie aufnehmen und wen nicht? Alles sollte so professionell sein wie bei den Herren. Es sollten vorrangig Mitglieder der besseren Gesellschaft aufgenommen werden, darauf einigte man sich schnell. Der Besitz eines Velos war eine zweite Grundbedingung. Besonders wichtig erschien den jungen Frauen außerdem die Frage nach einem passenden Namen für ihren Verein. Nach langen Diskussionen einigten sie sich auf Isabelles Vorschlag: „1. Berliner Veloverein für Damen". Und im Sommer 1892, an einem strahlend schönen Sonntag im Juni, war es so weit: Der 1. Berliner Veloverein für Damen öffnete mit einem großen Einweihungsfest seine Pforten.

CLARA warf einen letzten Blick in den Spiegel und war sehr zufrieden mit dem, was sie sah. Der violette Rock und die etwas hellere Bluse ergaben ein schmeichelndes Ensemble, das durch ein kleines rosenholzfarbenes Hütchen noch abgerundet wurde. Es war Gerhard gewesen, der sie ermutigt hatte, mehr Farben zu tragen. Vielleicht lag es gar nicht an den Farben, dass ihr Antlitz strahlte wie tausend Sonnen? War nicht vor allem Gerhards Heiratsantrag am gestrigen Abend schuld an ihrem Dauerlächeln und ihren vor Freude geröteten Wangen?

Clara seufzte glücklich. Ein wenig steif waren sie sich danach in die Arme gesunken, ehe sie zu ihren Eltern gingen, um die frohe Botschaft zu verkünden. Sophie Berg begann zu lachen und zu weinen, alles auf einmal. Anton Berg klopfte seinem zukünftigen Schwiegersohn immer wieder auf die Schulter. „Das müssen wir feiern! Gleich morgen lade ich euch ins feinste Lokal der Luisenstadt ein“, sagte er. Sie, Clara, hatte man bei alldem fast vergessen. Erst als sie zaghaft einwarf, dass Gerhard und sie am morgigen Sonntag schon eine Einladung hatten, war man wieder auf sie aufmerksam geworden.

„Die Einweihung eines Velozipeden-Vereins?“ Ihre Mutter machte ein Gesicht.

Gerhard nahm ihre Hand und sagte: „Wenn es Claras Wunsch ist …“ Ach, ihr war so warm ums Herz geworden! „Außerdem kann es nicht schaden, mit der besseren Gesellschaft Berlins gesellschaftlich zu verkehren“, fügte er hinzu. „Velofahrer stürzen des Öfteren von ihren Gefährten. Wer weiß, vielleicht kann ich Herrn Herrenhus, seine Familie und andere als Patienten für meine Praxis gewinnen?“ Er lachte einnehmend, ach, wie sie sein Lachen liebte!

Claras Mutter hatte zustimmend mit dem Kopf genickt. Natürlich mussten er und Clara zu diesem Einweihungsfest gehen! Dass sie die Einladung Isabelle Herrenhus, über deren Verlobung mit dem Großfabrikantensohn Adrian Neumann derzeit heftig spekuliert wurde, zu verdanken hatte, zeigte ja schon, welche Kreise in diesem Verein verkehrten.

Clara lächelte. Ha, Isabelle würde Augen machen, wenn sie erfuhr, dass auch bei ihr bald die Hochzeitsglocken läuteten! Selig warf sie ihrem Spiegelbild eine Kusshand zu. Die zukünftige Frau Dr. Gropius – gut sah sie aus. Clara lief die Treppe hinab. Gerhard wartete auf sie.

ÜBERALL waren junge Damen zu sehen, die auf Hochglanz polierte Velos neben sich herschoben, umringt von ihren stolzen Vätern und herausgeputzten Müttern.

„Nun mach schon, wir wollen dich fahren sehen!“, ertönte eine Frauenstimme ein Stück weiter rechts von ihnen. „Ja, Schwesterherz, zeig uns, was du kannst!“, rief der kleine Junge, der neben ihr stand. Im nächsten Moment schwang sich ein blondes Mädchen auf sein Damenrad. Unter dem Applaus ihrer Familie drehte sie ein paar Runden.

Gerhard Gropius runzelte die Stirn. „Hast du das gesehen?“

Clara nickte. Ihr fiel es schwer zu begreifen, was sie sah: Junge Frauen, die in aller Öffentlichkeit ihrer Leidenschaft fürs Velofahren frönten. Was für ein Unterschied zu der Heimlichtuerei, die Isabelle, Josefine und sie im Fabrikhof der Familie Herrenhus betrieben hatten! Sie kicherte leise, was ihr einen schrägen Seitenblick von Gerhard eintrug.

„O schau – da hinten steht Isabelle!“ Schon befreite sie sich von Gerhards

Arm und lief winkend auf die Unternehmertochter zu, die zusammen mit einer anderen jungen Frau am Eingang eines lang gestreckten Gebäudes stand und händeschüttelnd die ankommenden Gäste begrüßte.

Bei Claras Anblick verließ sie ihren Posten und kam ihr mit ausgebreiteten Armen entgegen. „Herzlich willkommen im Ersten Berliner Veloverein für Damen“, sagte sie und umarmte Clara überschwänglich. „Wie schön, dass du gekommen bist. Und dazu noch in so netter Begleitung …“

Clara entging der kokette Blick, den Isabelle ihrem Verlobten zuwarf, nicht. Sogleich verspürte sie einen Stich Eifersucht. Gerhards Wirkung auf das weibliche Geschlecht war ihr inzwischen bekannt. „Darf ich vorstellen – Doktor Gerhard Gropius, mein Verlobter!“ Der Stolz in ihrer Stimme war nicht zu überhören. Lächelnd wandte sie sich ihrem Liebsten zu und wollte sich besitzergreifend bei ihm einhängen, doch just in diesem Moment machte Gerhard einen Schritt zurück. Claras Hand griff ins Leere.

„Habe ich richtig gehört, das hier ist ein *Damenverein*?“ Verwirrt schaute Gerhard von einer Frau zur anderen.

Isabelle grinste. „Ja, lieber Doktor Gropius, es ist tatsächlich wahr. Irene Neumann und ich haben einen Verein gegründet, in dem Damen unbehelligt dem Radsport frönen können.“

„Wenn das Josefine miterleben könnte …“, seufzte Clara, während ein paar sportlich gekleidete Herren auf ihren Velos an ihnen vorbeifuhren. Im nächsten Moment erschienen zwei Damen. Lachend und plaudernd fuhren sie den Herren hinterher. Clara und Isabelle tauschten einen verstohlenen Blick. „Was ihr hier erschaffen habt, ist wirklich wunderbar“, sagte Clara leise.

„Aber … Radfahren ist für Damen absolut schädlich! Aus sportmedizinischer Sicht gibt es nichts Schlimmeres. Wie viele Knochenbrüche habe ich in meiner Zeit im Krankenhaus gesehen, die allein aufs Velofahren zurückzuführen waren. Des Weiteren gefährdet diese Sportart sämtliche inneren Organe und die Wirbelsäule. Von den … geschlechtlichen Auswirkungen einmal ganz abgesehen. Clara!“, sagte Gerhard so heftig, dass sie zusammenzuckte. „Was hast du dir dabei gedacht, mich hierherzuschleppen? Ich hoffe doch sehr, dass du selbst nicht auch schon solch unweiblichem Treiben gefrönt hast!“ Seine sonst so sanfte Stimme klang laut, fast blechern.

„Nein! Ja … Ich …“ Hilflos schaute Clara von ihrem Verlobten zu Isabelle. So aufgebracht kannte sie Gerhard gar nicht.

„Nun beruhigen Sie sich doch, lieber Herr Gropius“, sagte Isabelle mit halb amüsiertem, halb gequältem Lächeln. „Seit ich mit dem Velo fahre, fühle ich mich so gut wie nie –“

„Was Sie *fühlen* und was die moderne medizinische Forschung sagt, sind zwei sehr verschiedene Dinge!“, unterbrach Gerhard Gropius sie barsch. „Wissen Ihre Eltern eigentlich, was Sie hier treiben?“

„Gerhard“, sagte Clara leise mahnend, „Moritz Herrenhus hat Isabelle doch selbst schon vor Jahren ein Velo geschenkt. Ein Hobby, ein hübscher Zeitvertreib, nicht mehr und nicht weniger. Ich …“ Als sie seinen feindseligen Blick sah, beschloss sie, besser nichts mehr zu sagen.

„Ein feiner Zeitvertreib!“, spie Gerhard ihnen entgegen. „Einer, der die weibliche Moral völlig außer Kraft setzt. Einer, bei dem geschlechtliche Erregungen im Vordergrund stehen!“ Er packte Clara grob beim Arm. „Ich werde nicht zulassen, dass du dir dieses Treiben auch noch aus der Nähe anschaust. Wir gehen!“

Am Abend kehrte Clara müde und mit Sonnenbrand auf den Armen nach Hause zurück. Zum Verdruss ihrer Mutter, die alles über den Tag hören wollte, ging sie direkt in ihr Zimmer. Dort setzte sie sich an ihren Sekretär und schrieb an Josefine:

> … seit Gerhards Heiratsantrag bin ich die glücklichste Frau der Welt! Wir werden im Herbst heiraten und danach in der kleinen Wohnung über seiner Praxis wohnen. Wenn die Praxis erst einmal floriert und Gerhard alle Schulden abbezahlt hat, hat er mir ein größeres Haus versprochen.
>
> Liebste Josefine, obwohl mein Glück zum Greifen nah ist, kann ich selbst noch nicht glauben, dass ich bald Herrin über einen eigenen Haushalt sein werde. Dann werde ich endlich tun und lassen können, was ich mag, ohne dass meine Mutter mir ständig reinredet oder Vater alles besser weiß …

JOSEFINE ließ den Brief sinken. Clara und ihr Herr Doktor. Dass ihre Freundin heiraten würde, war ein so fremdartiger Gedanke. Hatte Clara nicht ein Studium der Pharmazie beginnen wollen?

„Du schaust drein, als hättest du einen Geist gesehen“, sagte Adele, die nebenan ihr Bett machte.

Jo, deren Bett schon glattgezogen war, seufzte. „Wenn's nur so wäre.“ Sie zeigte auf den Brief. „Ein Brief meiner besten Freundin. Sie schreibt, dass sie heiraten wird. Mir kommt es so vor, als ob die Menschen aus meinem früheren Leben verblassen. Das macht mir Angst!“

„Mach dir doch nichts vor, die haben dich längst vergessen! Am besten hältst du dich an uns, da weißt du, was du hast.“ Mit einer Geste, die eher grob als tröstend war, tätschelte Adele Josefines Arm.

Josefines Blick wanderte nachdenklich durch das vergitterte Fenster. Wie sich der Sommer draußen wohl anfühlte? Vor Josefines innerem Auge tauchte Friedas sommerlicher Garten mit dem großen Walnussbaum auf. Buttermilch, schön gekühlt im Wassereimer. Und frisch gezupfte Himbeeren in kleinen Schälchen … Jo seufzte voller Sehnsucht.

Eine laute Glocke zwang sie aus ihrer Gedankenwelt zurück in die Gegenwart. Arbeitsbeginn. Sofort wurde ihr eine Spur leichter ums Herz. Während sich Adele und die anderen mürrisch auf den Weg in die Wäscherei oder die Küche machten, brach Josefine frohgemut in die Werkstatt auf.

Sie fand Gerd Melchior an seiner Werkbank vor, tief über eine Nähmaschine gebeugt. Ohne aufzuschauen, sagte er: „Det zwoote Mal in drei Wochen. Wahrscheinlich ham de Madamen in der Wäschekammer ma wieder nich uffjepasst!“

Interessiert schaute Josefine dem Hausmeister über die Schulter. Herauszufinden, woran ein technisches Gerät litt, war eine ihrer großen Leidenschaften geworden. War der Defekt nicht gleich erkennbar, konnte sie sich stundenlang in den Mechanismus verbeißen, so lange, bis sie irgendwann den sprichwörtlichen Haken an der Geschichte gefunden hatte. Doch das war bei der Nähmaschine nicht nötig. Selbstbewusst zeigte Josefine ins Innere der Singer-Maschine. „Die Zähne des kleinen Zahnrads links oben sind stumpf geworden, dafür können die Näherinnen in der Wäscherei nichts. Das Zahnrad muss nachgeschliffen werden, damit die Zähne wieder perfekt ineinandergreifen.“

Melchior nickte zustimmend, dann schob er seinen Stuhl mit einem lauten Quietschen nach hinten. Er kniff kritisch ein Auge zusammen und fragte: „Trauste dir?“

Josefine strahlte. Sie ging zu dem Regal, in dem ein Dutzend Feilen steckte, und zog eine der feinsten hervor. Dann machte sie sich ans Werk. Welche Ironie des Schicksals, dass sie ausgerechnet im Gefängnis all das lernen durfte, was ihr im freien Leben versagt geblieben war.

Nachdem Josefine die Zähne des Rädchens sauber nachgefräst hatte, nahm sie ein Staubtuch und wischte damit über die reparierte Nähmaschine. „Ich habe schon so viel kaputt gemacht in meinem Leben, das reicht bis ans Ende der Welt. Dass ich nun bei Ihnen lernen darf, wie man Sachen wieder repariert, bedeutet alles für mich.“ Sie schaute den Hausmeister mit einem Blick voller Zuneigung und Dankbarkeit an. „Nichts anderes werde ich für den Rest meines Lebens tun. Das ist mein fester Plan, und nichts, aber auch gar nichts wird mich davon abhalten können.“

Davon, dass sie noch einige Pläne mehr hatte, erzählte sie Gerd Melchior nichts.

13. Kapitel

Berlin im März 1895

Dreieinhalb Jahre. 1277 Tage. Dazu genauso viele Nächte. Eine Ewigkeit. Dreimal Frühling, drei Sommer, vier Winter. Das Frühjahr, wenn ein laues Lüftchen durch die Gitterstäbe hereinwehte, war immer die schlimmste Zeit gewesen. Dann hätte Josefine heulen können vor Sehnsucht nach draußen. Die Winter, in denen man litt wegen der schlecht geheizten Räume, wegen des Geruchs von Schimmel und ungewaschenen Leibern, waren auch nicht viel besser gewesen.

Martha war schon lange nicht mehr da. Viele andere auch nicht. Gemeinsame Erinnerungen – die hatte sie mit Lilo, wenn sie sich, was selten genug vorkam, über ihre Anfänge beim Velofahren schrieben. Oder mit Clara, wenn es um vergangene Kindertage ging.

Clara war nun eine Frau Doktor. Seit ihrer Heirat hatte sich die Freundin nur noch äußerst sporadisch gemeldet. Wie würde sich ihr Wiedersehen gestalten? An Isabelle mochte sie gar nicht denken. Die Unternehmertochter hatte drei Jahre lang nichts von sich hören lassen, bestimmt waren alle Brücken zwischen ihnen längst abgebrochen.

Josefine strich ein letztes Mal die Falten ihrer dünnen Bettdecke glatt, ihr Blick wanderte ein letztes Mal im Schlafsaal umher. Die anderen waren längst bei der Arbeit. Sie und der Hausmeister hatten sich schon am Vorabend verabschiedet. Er hatte versprochen, sie spätestens im Sommer bei Frieda zu besuchen. „Will doch sehen, was aus meinem Lehrmädchen geworden ist!“, hatte er gesagt und ihr unbeholfen die Schulter getätschelt.

Gerd Melchior. Ihr Retter. Ihr Lehrer. Dank ihm verließ sie das Frauengefängnis unbeschadet an Geist und Seele. Körperlich hingegen hatten die dreieinhalb Jahre schlechtes Essen, der niedrige Stand an Hygiene und der Mangel an frischer Luft allerdings Spuren hinterlassen: Das Kleid, das Jo bei ihrer Ankunft getragen und das sie am Morgen im Büro der Gefängnisverwaltung wiederbekommen hatte, schlotterte an ihrem Leib. Ihre Haut war fahl und schuppig, das Haar stumpf. Was würden die Leute denken, wenn sie sie sahen?

„Ich werde dich aufpäppeln wie einen Spatz, der zu früh aus dem Nest gefallen ist“, hatte Frieda in einem ihrer Briefe geschrieben.

Mit einem Lächeln ging Josefine zur Tür hinaus. Heute Nacht würde sie in einem ordentlichen Bett mit einer ordentlichen Decke schlafen. Auf dem

Weg zum Haupteingang sah sie am anderen Ende des Hofes den Schatten einer Frau, die ihr zuwinkte. Adele. Man hatte sie vor einem Jahr in die Erwachsenenabteilung gesteckt. Lebenslänglich … Allein das Wort machte Josefine Angst. Beklommen winkte sie zurück.

Im Büro am Haupteingang wurden Josefine ein paar Dokumente hingelegt, die sie zu unterschreiben hatte. Dann bekam sie Geld für eine Fahrt mit der Straßenbahn einmal quer durch die Stadt sowie einen Zettel, auf dem die Adresse einer ersten Anlaufstelle stand, bei der sie sich melden konnte: eine Schuhsohlenfabrik in Feuerland. Der Inhaber sei so ehrenvoll, ehemalige weibliche Sträflinge als Arbeiterinnen bei sich aufzunehmen, erklärte ihr die Wärterin.

Josefine nahm den Zettel schweigend entgegen. Sie band sich ihr Schultertuch um und ging dann ohne weitere Abschiedsworte davon. Von wegen Schuhsohlen. Sie brauchte keine Anlaufstelle. Frieda wartete auf sie.

Während Josefine die Märzsonne auf ihrem Gesicht genoss und auf die Stadtbahn wartete, dachte sie an Friedas letzten Brief. *Ich habe meisterhafte Pläne für dich*, hatte die alte Freundin geschrieben. Meisterhaft – das Wort hatte sie sogar unterstrichen. Seit diesem Brief, der ihr vor drei Wochen gegeben worden war, fragte sie sich, was es mit Friedas Geheimniskrämerei wohl auf sich hatte. War es der Nachbarin womöglich gelungen, eine Lehrstelle als Mechanikerin für sie aufzutun? Im Grunde hatte sie ihre Lehre längst hinter sich, absolviert beim besten Meister weit und breit. Und eigentlich wusste Frieda das.

DAS GARTENTOR war angelehnt, die Fensterläden standen offen. Auf den ersten Blick wirkte Friedas Haus wie immer.

„Frieda? Bist du im Garten?" Josefine ging mit pochendem Herzen ums Haus. Bei diesen angenehmen Temperaturen war die Freundin bestimmt bei ihren Frühbeeten. Doch der Garten lag einsam und unberührt da.

„Frieda?" Mit wenigen Schritten war Jo an der Tür, aber auf ihr Klopfen hin tat sich auch im Haus nichts. Wahrscheinlich war Frieda einkaufen! Sie wusste schließlich, dass sie, Josefine, heute kommen würde.

Jo stellte ihre Tasche in dem kleinen Verschlag ab, in dem Frieda ihre Gartengeräte aufbewahrte, dann trat sie wieder auf die Görlitzer Straße hinaus. Das Kaufhaus Reutter, die Seilerei, die Apotheke. Alles war noch genau so, wie sie es in Erinnerung hatte. Zaghaften Schrittes lief Jo die Straße entlang. Schon von weitem hörte sie den monotonen Schlag des Schmiedehammers. Dicht an eine Hauswand gelehnt blieb sie stehen. Das große Tor zur Hufschmiede stand sperrangelweit offen, in der Mitte der Scheune tänzelte ein großer Brauner, der von einem mageren Burschen mehr schlecht als recht beruhigt wurde, während ihr Vater ein Eisen ins Feuer hielt.

Es war keine Sentimentalität, die sie hierherführte. Sollte ihr Vater in der Zwischenzeit für den Schaden aufgekommen sein, den sie verursacht hatte, als sie Herrenhus' Velo zu Schrott fuhr, wollte sie ihm diesen ersetzen.

Die Haustür ging auf und ein junges Mädchen trat heraus, einen Korb Wäsche unter dem Arm. Wenige Schritte dahinter erschien ihre Mutter. Einträchtig begannen die beiden, die Wäsche im Hof aufzuhängen. Jo hatte sich schon abgewandt, als ihre Mutter zu ihr herüberschaute. Sie wechselte ein paar Worte mit dem jungen Mädchen, das daraufhin ins Haus ging.

„Was willst du hier?"

„Ich wollte nur wissen, wie es euch geht."

„Wie du siehst, gut. Die Nichte vom Seiler hilft mir im Haus. Und ihr Bruder hilft deinem Vater in der Werkstatt. Die Eltern der beiden sind im vorletzten Winter an der Grippe gestorben, da hat der Seiler sie aufgenommen, und wir haben ihnen Arbeit gegeben. Fremde Kinder helfen uns im Haus. Und dafür hat man drei eigene großgezogen …"

Josefine holte tief Luft. „Was den Schaden wegen des Velos angeht –"

„Den hat Vater längst bezahlt!", fuhr ihre Mutter ihr grob über den Mund. „Wir lassen uns schließlich nichts nachsagen."

„Ich werde das Geld zurückzahlen, versprochen."

„Als ob ich auf dein Wort etwas gäbe." Josefine war bereits im Gehen, als ihre Mutter ihr hinterherrief: „Es wäre das Beste, wenn du dich hier nicht mehr blicken lässt. Dein Anblick würde deinen Vater nur unnötig verärgern."

Schon von weitem sah sie Clara in Friedas Garten. Die Freundin hatte eine Gießkanne in der Hand und bewässerte eine Schale mit Keimlingen. Ihr kastanienbraunes Haar glänzte rötlich im Frühlingslicht.

„Clara!"

„Josefine!"

Die beiden jungen Frauen fielen sich in die Arme.

„Du hast mir so gefehlt …"

„Du mir auch." Mit geschlossenen Augen schmiegte sich Jo an Claras Schulter. Die ungewohnte Nähe rührte sie fast zu Tränen. Sie schluckte schwer.

„Stell dir vor, ich wohne nur zwei Häuser weiter!", sagte Clara. „Meine Eltern haben das Haus gekauft. Für Gerhard und mich. In der Wohnung über der Praxis ging es doch recht beengt zu." Josefine nickte. „Natürlich wusste ich von Frieda, dass du heute kommst. Ich habe nicht viel Zeit, Gerhard benötigt meine Hilfe in der Praxis. Aber ich wollte unbedingt die Erste sein, die dich begrüßt!“

Josefine schaute die Freundin an. „Du siehst so schön aus.“

Clara lachte. „Die Ehe bekommt mir eben.“ Sie zog eine Grimasse. „Erwarte aber nicht, dass ich dein Kompliment zurückgebe!“

„Ich weiß, ich sehe schrecklich aus. Aber ein paar Wochen in Friedas Obhut werden Wunder bewirken. Wo ist sie eigentlich?“

„Frieda …“ Schlagartig verabschiedete sich das Lächeln aus Claras Miene. „Ich wollte …“ Noch während sie sprach, zog sie Josefine zu der Bank an der Hauswand und setzte sich.

Doch Jo blieb stehen. „Was ist? Ist sie krank?“

„Frieda ist tot“, sagte Clara tonlos und schaute dabei zu Boden. „Sie ist vorletzte Woche gestorben. Ganz plötzlich. Sie hat Blut gespuckt. Viel Blut. Als ob innerlich etwas geplatzt war, eine Ader, ein Geschwür, irgendetwas. Es war schrecklich! Gerhard war die ganze Nacht bei ihr, er hat alles versucht …“

Josefine sank neben Clara auf die Bank. „Frieda hat mir doch erst kürzlich noch geschrieben, ich trage ihren Brief bei mir“, flüsterte sie. „Sie hatte Pläne …“ Meisterhafte Pläne.

„Frieda und ihre Pläne. Sie war wirklich eine ganz besondere alte Dame.“ Clara lächelte traurig. „Seit ihrem Tod füttere ich ihre Katze. Und um den Garten habe ich mich auch gekümmert, so gut es geht. Frieda hat so viel von dir gesprochen! Schon vor Wochen hat sie ein Zimmer für dich hergerichtet, oben, im ersten Stock. Ich weiß gar nicht, was jetzt mit allem hier geschehen soll.“ Claras Augen füllten sich mit Tränen.

Einen Moment lang saßen sie schweigend da, dann legte Clara ihre Hand zögerlich auf Josefines Arm. „Ich würde dich ja gern einladen, bei uns zu wohnen, aber …“ Sie biss sich auf die Lippen. „Unser Leben wird von den Kranken und ihren Bedürfnissen diktiert. Gerhard wird oft in der Nacht gerufen, manchmal auch am Wochenende. Ein Hausgast hätte sicher große Mühe, sich unserem Rhythmus anzupassen.“

„Keine Sorge, es gibt eine Adresse, zu der ich gehen kann“, sagte Josefine mit bemüht leichter Stimme. „Wo ist Frieda?“

„Sie liegt auf dem Kirchhof in der Nähe vom Belle-Alliance-Platz. Ihr Grab liegt unter einer großen Kastanie ganz am äußeren Rand, du findest es bestimmt leicht.“

Mit müden Bewegungen stand Josefine auf. „Ich gehe jetzt. Bestimmt laufen wir uns bald mal wieder über den Weg“, sagte sie, ohne ernsthaft daran zu glauben. Josefine hatte sich ihre Tasche schon über die Schulter geschwungen, als sie fragte: „Wie geht es eigentlich Isabelle?“

„Wir haben uns aus den Augen verloren. Letztlich verkehren wir doch in unterschiedlichen Kreisen. Ab und zu lese ich in der Zeitung über sie und ihren Verlobten. Die Zeitung schreibt sogar über den Veloverein, den Isabelle gegründet hat! Ein Veloverein nur für Frauen, kannst du dir das vorstellen?"

„Isabelle hat was getan?" Josefine stellte ihre Tasche wieder auf den Boden. Das musste sie genauer wissen.

Clara winkte ab. „Ausgerechnet mit ihrer alten Schulkameradin Irene hat sie sich zusammengetan. Schon vor drei Jahren. Dabei konnte sie Irene doch nie leiden, erinnerst du dich, wie Isabelle immer über die arrogante Fabrikantentochter gelästert hat? Aber nun, da sie mit Irenes Bruder verlobt ist, hat sich das Blatt gewendet."

„Dieser Veloverein – weißt du, wo er ist?" Ein Veloverein für Frauen … Das war immer *ihr* Traum gewesen! Sie erinnerte sich noch genau daran, wie sie Frieda davon erzählt hatte. Als wäre es das Selbstverständlichste von der Welt, hatte die alte Frau zu ihr gesagt: „Dann tu's!"

FRIEDA KOSLOWSKI GEBOREN MÄRZ 1830 GESTORBEN MÄRZ 1895. Traurig wischte Josefine gelben Blütenstaub von dem schmucklosen Holzkreuz. Seltsam, dass niemand Frieda je mit „Frau Koslowski" angesprochen hatte. Für alle in der Straße war sie immer nur Frieda gewesen. Frieda, die Rotwein statt Bier trank und jeden Tag die Zeitung las. Frieda, an deren Küchenwand kein Kalender mit frommen Sprüchen hing, sondern eine Weltkarte.

Im Sommer hatte sie für die Kinder in der Straße immer ein Glas Buttermilch parat, die Flasche gekühlt in einem Wassereimer, der unter ihrem Gartentisch stand. Bei Frieda hatte man sich stets ausweinen können. Und gleichzeitig konnte sie sich mit einem freuen. Frieda liebte Dummheiten. Und die dazugehörenden Menschen.

Plötzlich war alles zu viel für Josefine. Sie sank neben Friedas Grab auf den noch kalten Boden. Sie hatte nicht geweint, als ihr Bruder starb. Sie hatte sterben wollen, tot sein wie Felix, aber keine einzige Träne hatte ihre Wimpern benetzt. Der zu Schrott gefahrene Rover, die Einlieferung in das Frauengefängnis Barnimstraße, die Lebensbedingungen dort – oft war ihr nach Weinen zumute gewesen. Aber nie war eine Träne ihre Wangen hinuntergelaufen. Doch jetzt brannten ihre Augen. Und dann tropfte eine Träne aus ihrem Augenwinkel, und noch eine. Es war ein fremdes, nicht unangenehmes Gefühl. Eine Welle von Abschiedsschmerz und Traurigkeit durchflutete Josefine, und sie ließ ihren Tränen zum ersten Mal freien Lauf.

Später hätte sie nicht sagen können, wie lange sie so dasaß. Die Sonne verzog sich hinter ein paar dünne Wolkenschleier, der Boden unter ihr war kalt und hart. Ihr altes Leben war zu Ende. Mit Friedas Tod war die letzte Brücke zu ihrer Vergangenheit abgebrochen.

Mit ruhiger Hand strich sie über das Kreuz, ließ ihre Hand darauf liegen. Nun würde sie nie mehr erfahren, welche Pläne Frieda für sie gehabt hatte. Aber es war müßig, darüber nachzudenken, was sie alles verloren hatte. Sie war frei! Hatte ihre Schuld verbüßt, und ihre finanzielle Schuld würde sie auch noch abtragen. Sie war eine junge Frau von einundzwanzig Jahren, die eine zweite Chance bekam. Ein zweites Leben, in dem sie selbst Pläne schmieden musste, statt sich auf die Pläne anderer zu verlassen.

NACHDEM alle Tränen getrocknet waren, machte sich Josefine auf den Weg in Richtung Feuerland. Das Geld, das sie im Gefängnis bekommen hatte, reichte nicht für eine weitere Fahrt mit der Bahn, doch der lange Marsch tat Josefine gut. Freudig stellte sie fest, dass sie sich dank ihrer früheren Velofahrten noch immer recht gut auskannte, und das, obwohl überall gebaut wurde.

Überall waren Velofahrer unterwegs. Junge Burschen in eng geschnittenen Radfahrerhosen. Ältere Herren, die eine Hand am Lenker hatten und mit der anderen ihren Zylinder festhielten. Männer, die es eilig hatten und sich auf gefährliche Weise zwischen den Fuhrwerken hindurchschlängelten. Vor ihrer Zeit hinter Gittern waren Radfahrer eine Besonderheit gewesen. Nun jedoch schienen sie zum Straßenbild zu gehören. Waren die Gefährte auf einmal erschwinglich geworden? Falls ja, würde sie sich in absehbarer Zeit vielleicht auch ein Velo kaufen können! Der Gedanke gab Josefine Auftrieb, ihr Schritt beschleunigte sich.

Am Pariser Platz angekommen, knurrte Josefines Magen so laut, dass sie beschloss, ihr letztes Geld in eine Wurststulle zu investieren. Sie wollte gerade herzhaft hineinbeißen, als ihr Blick von einem Plakat gefangen genommen wurde, das an einem Baum hing: Es zeigte eine lächelnde junge Dame, die in Rock und wehender Bluse auf einem Veloziped fuhr. Unter der stilisierten Zeichnung stand in großen Lettern:

DER 1. BERLINER VELOVEREIN FÜR DAMEN
LÄDT DIE BEVÖLKERUNG BERLINS EIN
ZUM
GROSSEN BAHNRENNEN NUR FÜR DAMEN

Darunter wurden in kleineren Buchstaben Veranstaltungstermin und -ort genannt. Das Rennen sollte in knapp zwei Wochen stattfinden.

Wie elektrisiert schaute Josefine auf die Ankündigung. Das musste der Verein sein, den Clara gerade erwähnt hatte und der von Isabelle gegründet worden war. Achtlos stopfte sie die Wurstsemmel in ihre Tasche. Dann schaute sie sich um. Als gerade niemand hersah, löste sie das Plakat vom Baum, faltete es zusammen und steckte es ebenfalls ein.

„Das Bett mit der Nummer sieben ist noch frei", sagte die hagere Frau im grauen Kostüm. Als sich Josefine beim Portier der Schuhsohlenfabrik Strähle gemeldet hatte, hatte dieser die Kontoristin gerufen. Auf Josefines Frage nach Arbeit und Logis wies sie Jo ohne weiteren Kommentar an, ihr zu folgen.

„Bettwäsche stellen wir gern bereit, die Leihgebühr beträgt fünfzig Pfennig pro Monat. Wenn du sie gewaschen haben möchtest, kostet das ebenfalls fünfzig Pfennig. Benötigst du Bettwäsche?"

Jo nickte, und die Graugekleidete machte sich in ihrer Kladde eine Notiz. Mit einem bangen Gefühl schaute sich Josefine um. Der Schlafsaal, der unter dem Dach des Firmengebäudes lag, sah nicht viel anders aus als der, in dem sie die letzten dreieinhalb Jahre verbracht hatte. Es roch sogar wie in der Barnimstraße. Nach Schimmel, Resignation und Ermüdung.

„Und das hier ist unsere Gemeinschaftsküche", sagte die Frau und trat in einen zweiten, wesentlich kleineren Raum. „Die monatliche Benutzungsgebühr beträgt eine Mark, dafür wird das Holz für den Ofen bereitgestellt. Wasser müsst ihr selbst im Hof holen. Wie die Betten- und die Wäschemiete wird auch die Küchenbenutzung von deinem Lohn abgezogen."

Die Wände waren grau, ein uralter, rußgeschwärzter Herd prangte in der Mitte. Daneben war eine Spüle, ebenfalls steinalt und voller Macken, dafür jedoch einigermaßen sauber. Die Wand neben dem Herd wurde von einem hölzernen Schrank mit vielen kleinen Fächern eingenommen. Vor den Fächern waren Gitter angebracht, die Josefine an einen Hühnerkäfig erinnerten. Die Kontoristin zeigte auf den Schrank. „Die Fächer sind durchnummeriert, zu jedem Bett gehört ein Fach. Dort können unsere Mieterinnen ihre Lebensmittel verstauen. Es ist strengstens verboten, Lebensmittel im Schlafsaal aufzubewahren! Wer dabei erwischt wird, kann sofort sein Bündel packen und gehen."

Josefine runzelte die Stirn. „Aber das Fach ist winzig."

„Das hier ist kein Grandhotel", erwiderte die Kontoristin scharf. „Wenn es dir nicht passt, kannst du gleich wieder gehen, es gibt genügend junge Frauen, die eine sichere und saubere Schlafstatt dankbar annehmen. Und eine so gute Arbeit wie die in Herrn Strähles Fabrik musst du auch lange suchen!"

Zu Josefines Unmut wurde sie sogleich in die Spätschicht eingeteilt, die von zwölf Uhr mittags bis zehn Uhr am Abend ging. Eigentlich hatte sie an einem der nächsten Abende den Veloverein für Damen besuchen wollen, aber das musste warten bis zum Samstag.

Die Kontoristin übergab sie an eine Vorarbeiterin, diese führte Josefine an einen Tisch, auf dem in einer langen Reihe Stanzmaschinen standen. Jo musste aus einem Karton vorgeschnittene Ledersohlen nehmen und diese am Rand entlang einstanzen, sodass das Leder mit kleinen Löchern perforiert wurde. Die Arbeit war eintönig und beschwerlich. Obwohl Jo an schwere Arbeit gewöhnt war, begannen ihre Handgelenke nach der ersten Stunde zu schmerzen.

Die Fabrik war einigermaßen hell und sauber, auch war es nicht über Gebühr laut, dafür hing ein scharfer, fast beißender Geruch in der Luft. Im vorderen Teil lagen riesige Berge von Lederhäuten, von ihnen ging der Gestank aus. Diese Häute wurden von mehreren Frauen in Bottiche mit dunkler, übelriechender Flüssigkeit getaucht und danach an langen Eisenstangen zum Trocknen aufgehängt. Von dort nahmen andere Frauen das getrocknete Leder wieder herunter, danach wurden die Stücke mit kleinen gekrümmten Messern in verschiedene Größen geschnitten. Unterschiedlich große und unterschiedlich geformte Holzklötze dienten dabei als Vorlagen.

Josefine schätzte, dass mindestens hundert Frauen hier arbeiteten. Zu gern hätte sie sich ein wenig mit den anderen Arbeiterinnen unterhalten. Die Frage, die ihr am meisten unter den Nägeln brannte, war die nach ihrem Lohn. Denn darüber hatte die Kontoristin keinen Ton verlauten lassen.

„Was guckst du Löcher in die Luft! Konzentrier dich auf deine Arbeit!", ertönte es scharf hinter ihr. „Siehst du denn nicht, dass die Abstände zwischen deinen Stanzlöchern völlig unregelmäßig werden?" Wie aus dem Nichts war die Vorarbeiterin erschienen.

Jo murmelte eine Entschuldigung und senkte ihre Lider. Kaum hatte sich die Vorarbeiterin ein Stück entfernt, raunte ihre Nachbarin, eine junge Frau in ihrem Alter, ihr leise zu: „Wenn dir das noch einmal passiert, ziehen sie dir den Schaden von deinem Lohn ab. Also pass auf!"

„Wie viel Geld bekommen wir eigentlich für die Arbeit hier?" Jo hatte noch nicht zu Ende gesprochen, als die Vorarbeiterin erneut an ihrer Seite auftauchte. „Sprechen ist strikt verboten! Es lenkt von der Arbeit ab. Du bist neu hier, deshalb will ich heute noch einmal darüber hinwegsehen. Aber ab morgen ziehe ich dir jedes Mal, wenn ich dich beim Reden erwische, fünf Pfennig vom Lohn ab. Verstanden?" Mit hochgerecktem Kinn wartete die Frau Jos Nicken ab, dann stakste sie davon.

Unwirsch schaute Josefine ihr hinterher, bevor sie eine neue Sohle unter die Stanze legte. Eins stand fest: Hier würde sie keinen Tag länger als nötig bleiben! Gleich morgen früh würde sie nach einer neuen Stelle Ausschau halten.

14. Kapitel

Statt nach der Spätschicht auszuschlafen, stand Jo frühmorgens auf und nähte sie ihr einziges Kleid so ab, dass es ihr wenigstens wieder passte. Außerdem bat sie eine der Frauen in der Gemeinschaftsküche um etwas Essig, mit dem sie ihre Haare nach dem Waschen ausgiebig spülte. Diese Aktion brachte zumindest ein wenig Glanz zurück. Eine der Frauen erbot sich, ihr die ausgefransten Spitzen abzuschneiden. Danach gefiel sich Jo etwas besser.

Sauber gekleidet und frisiert, brach Josefine allmorgendlich auf, um sich eine andere, bessere Arbeit zu suchen. Spätestens gegen halb zwölf musste sie wieder in der Schuhsohlenfabrik sein, wenn sie vor der Arbeit, die um zwölf Uhr begann, noch einen Bissen essen wollte. Aber wo sie auch anklopfte, wen sie auch fragte – überall bekam sie dieselbe Antwort. Nein, Arbeit als Mechaniker habe man für sie nicht. Vielmehr verfüge man über fähige Männer, die Reparatur- und Wartungsarbeiten verrichteten.

Nach einem langen Marsch durch die Stadt und einem Besuch an Friedas Grab stand Jo am Samstagmittag endlich vor dem Eingang des 1. Berliner Velozipeden-Vereins für Herren. Ein kleineres Schild wies darauf hin, dass hier auch der Veloverein für Damen beherbergt war. Sie war also richtig. Mit klopfendem Herzen trat Jo durch das Portal und erblickte als Erstes das weitläufige Oval der Rennbahn. Obwohl es leicht nieselte, drehten drei junge Burschen ihre Runden. Neidisch schaute Jo ihnen dabei zu. Den Oberkörper über den Lenker gebeugt, die Beine eng ans Rad geschmiegt, flogen sie so schnell an ihr vorbei, dass sie kaum ihren Augen trauen konnte.

Nach einer guten halben Stunde riss sie sich schließlich von der Bande, die die Rennbahn vom Zuschauerbereich trennte, los. Ihre Haare ringelten sich durch die feuchte Luft, ihre Wangen waren von der Kälte gerötet. Sie folgte dem Schild mit der Aufschrift VEREINSRÄUME. Drinnen erwartete sie eine Art Schankraum, dekoriert mit Trophäen und Plakaten rund um den Radsport. Ein gutes Dutzend Männer saßen an mehreren Tischen, unterhielten sich angeregt, tranken Bier oder blätterten in Radsportzeitungen.

Einer der Herren schaute jetzt auf und fragte nicht gerade freundlich:

„Haben Sie sich verlaufen, junge Dame?“, woraufhin sich etliche Augenpaare auf sie hefteten.

„Ich suche den Veloverein für Damen“, murmelte Jo schüchtern.

„Die Grazien sind im Hinterzimmer. Und das liegt, wie der Name schon sagt, hinten.“ Der Mann zeigte mit dem Daumen zur Tür hinaus. Lachen ertönte, als sich Jo eilig in Richtung Flur entfernte. Dort gab es alle möglichen Räumlichkeiten, nur wo war das Vereinsheim der Damen?

„Frollein, wollen Sie hier Wurzeln schlagen? Seit Edith krank ist, funktioniert hier wirklich gar nichts mehr. Ich warte nun schon seit einer halben Stunde auf mein Bier, bin fast am Verdursten!“, fuhr ein junger Mann sie von der Seite her an, der gerade aus einem der Waschräume getreten war. Er war groß, blond und sehr gut aussehend.

Josefine reckte ihr Kinn nach vorn und sagte: „Dass Sie Durst haben, tut mir sehr leid, aber ich kenne keine Edith und ich bin auch keine Schankmagd. Vielmehr suche ich den Damen-Radverein.“ Noch während sie sprach, rätselte sie, wann und wo sie diesen Mann schon einmal gesehen hatte. Schlagartig fiel es ihr ein: Es war auf der Rennbahn gewesen, auf die Moritz Herrenhus sie einst eingeladen hatte …

„*Sie* wollen in den Veloverein für Damen?“

Unter seinem musternden Blick fühlte sich Jo in ihrem alten Kleid und ihrer schmucklosen Frisur auf einmal schrecklich unwohl. „Haben Sie etwas dagegen?“, fauchte sie ihr Gegenüber mit funkelnden Augen an.

Der Mann grinste und hob beide Hände. „Keinesfalls. Ich finde es sehr gut, dass auch junge Damen … Ihres Standes den Weg zum Velosport finden.“ Lächelnd zeigte er auf eine Tür am Ende des Ganges. „Der Damenverein hat seinen Raum dort hinten.“

„SCHENKEN WIR am kommenden Samstag nun Sekt und Champagner aus oder nur eines von beiden?“ Chloé, die Ehefrau eines Radrennfahrers, schaute fragend in die Runde. Vor ihr standen eine Tasse Kaffee und ein Stück Torte.

„Sekt, Champagner, alles schön und gut! Aber sollten wir uns nicht den wesentlichen Fragen unseres Renntages widmen?“, fragte Irene aufbrausend und schob ihre leere Kaffeetasse von sich. „Uns wäre weiß Gott geholfen, wenn die Zeitungen nicht wieder so negativ über unsere Veranstaltung berichteten wie beim letzten Mal. Wie also können wir für wohlwollende Presse sorgen?“ Unter den ungefähr zwanzig Frauen verschiedenen Alters machte sich ratloses Schweigen breit.

Auch Isabelle schwieg. Nach dem Herbstrennen hatte ein Journalist sie in seinem Artikel als „Xanthippen auf zwei Rädern“ bezeichnet. Ihr Vater hatte vor Wut gekocht. Außerdem ging ihr der Verein, den sie mit so viel Enthusiasmus gegründet hatte, auf die Nerven. Immer mehr Grüppchen bildeten sich, und jedes wollte den Verein für eigene Zwecke nutzen.

Dazu gesellte sich ihre Unzufriedenheit mit ihrer Lebenssituation: Wo war die Freiheit, die sie sich durch die „Verlobung“ mit Adrian versprochen hatte? Nach fast drei Jahren Verlobungszeit und zwei verschobenen Hochzeitsterminen übte ihr Vater inzwischen großen Druck auf sie aus. Er wollte die Verbindung zur Großindustriellenfamilie Neumann endlich offiziell besiegelt sehen.

Auch Adrian fühlte sich zunehmend unwohl mit ihrem Arrangement. Immer öfter debattierten sie darüber, wie sie ihren Eltern ein endgültiges „Aus“ erklären konnten. Auf einen Nenner kamen sie dabei nicht, denn sowohl Adrian als auch Isabelle fürchteten zu sehr den Zorn ihrer Väter.

„Und dann wäre noch zu klären, ob es neben dem großen Rennen separate Zweierrennen geben soll. Aber überladen wir das Tagesprogramm damit nicht?“ Wieder war es Irene, die diese Frage in den Raum warf.

Luise Karrer, eine der älteren Velofahrerinnen – und eine der engagiertesten –, antwortete: „Vielleicht wäre es im Hinblick auf eine wohlwollende Presse sinnvoll, dem Publikum etwas so Spektakuläres wie die Zweierrennen zu bieten. Außerdem hätte ich große Lust, Isabelle dabei zu schlagen.“

Isabelle lachte.

„Wir müssen für die Rechte der Frauen kämpfen, sonst bleiben wir immer unfrei!“, sagte Gertrude, eine hagere Lehrerin mit mürrischer Miene, und erntete dafür noch mürrischere Blicke.

„Aber ich fühle mich gar nicht unfrei“, ertönte eine rauchige Stimme. „Vielleicht sollten wir den Renntag vor allem dafür nutzen, unseren Sport auf die bestmögliche Art zu präsentieren?“ Fadi Nandou, eine wunderschöne Perserin, gehörte am Berliner Theater zu den Größten ihres Fachs. Wie sie den Weg in den 1. Berliner Veloverein für Damen gefunden hatte, war den meisten anderen Mitgliedern noch immer schleierhaft.

Ruckartig stand Isabelle auf. Ihre Brust bebte, als sie ihrem aufgestauten Unmut Luft machte. „Ich habe diese ewigen Diskussionen so satt! Worum geht es hier eigentlich? Wir trinken Kaffee, wir sprechen über Sekt und Champagner, als ob wir den Rosenball oder das Frühlingsfest der Unternehmer organisierten! Wir machen uns Gedanken über Kleidung und die Presse. Nur über eines reden wir nicht: das Radfahren! Dabei ist das doch das Einzige, das zählt.“

„Genau!“, ertönte es fremd und zugleich altbekannt hinter ihr.

Alle Köpfe fuhren zur Tür herum.

„Josefine?" Einen Moment lang glaubte Isabelle, vom Schlag getroffen zu sein. Wie verändert Josefine aussah! So erwachsen und viel älter. Isabelle ging mit wackligen Knien auf die Tür zu. „Du bist zurück?", fragte sie so leise, dass es nur Jo hören konnte.

Josefine nickte. „Schon seit einer Woche. Clara hat mir von deinem Verein erzählt. Ich bin gekommen, sobald ich konnte."

Der Geruch nach billiger Kernseife und altem Wollstoff kratzte in Isabelles Nase, als sie Josefine steif umarmte. Im nächsten Moment wandte sie sich wieder der Versammlung zu. „Darf ich vorstellen – meine alte Freundin Josefine!", sagte sie in gekünstelt fröhlichem Ton.

„Eine Freundin von dir?", fragte Irene mit hochgezogenen Augenbrauen. „Und ich dachte schon, eine eurer Fabrikarbeiterinnen habe sich hierher verirrt."

„Irene!", sagte Isabelle wütend.

Josefine lächelte. „Sie haben völlig recht, im Augenblick bin ich tatsächlich eine Fabrikarbeiterin. Doch bald werde ich als Mechaniker beschäftigt sein, denn das Arbeiten auf technischem Gebiet ist meine Stärke. Ich würde außerdem gern Mitglied in Ihrem Verein werden."

„Das ist gar kein Problem, wir freuen uns über jedes neue Mitglied", sagte Isabelle eilig.

„Und ob das ein Problem ist, liebe Isabelle", sagte Irene eisig. „Wir freuen uns eben *nicht* über jedes neue Mitglied. Unsere Statuten besagen, dass wir nur Mitglieder aus der gehobenen Gesellschaft aufnehmen. Ein eigenes Velo ist eine weitere Voraussetzung."

„Ich muss mich sehr wundern, Isabelle", sagte nun auch Melissa. „Wir können doch nicht jede Dahergelaufene aufnehmen!"

„Das sehe ich genauso", fügte Chloé hinzu. „Heute ist es diese Person hier, morgen tanzt meine Köchin an und will Mitglied werden." Schrilles Lachen ertönte, unter dem Josefines Selbstbewusstsein zu schwinden begann.

„Nun beruhigt euch wieder", sagte Luise Karrer. „Die junge Frau ist Isabelles Gast. Wollen wir uns nicht erst einmal anhören, warum es ihr so wichtig ist, bei uns Mitglied zu werden?"

„Als ob das jemanden interessiert", schnaubte Irene und begann gelangweilt in einer Radsportzeitschrift zu blättern.

Isabelle warf Luise einen dankbaren und Irene einen wütenden Blick zu. Dann bat sie Josefine an den Tisch.

„Ich heiße Josefine Schmied. Das Velofahren ist tatsächlich meine große Leidenschaft. Leider bin ich in den letzten drei Jahren nicht dazu gekommen, da ich eine Ausbildung zum Mechaniker gemacht habe. Aber früher, im Schwarzwald, bin ich sogar eins der uralten Hochräder gefahren. Richtig gefährlich, kann ich dazu nur sagen."

„Du kommst aus dem Schwarzwald? Ist das nicht eine schrecklich unzivilisierte Gegend?", fragte Fadi.

Josefine lachte. „Keinesfalls. Die Menschen dort sind Neuerungen technischer und anderer Art gegenüber sehr aufgeschlossen."

Isabelle staunte. Dass sich Josefine so geschickt schlagen würde, hätte sie nicht gedacht. Kein Wort über das Frauengefängnis. Vage Andeutungen bezüglich ihrer Herkunft. Dazu eine Ausbildung zum Mechaniker.

„Eine Ausbildung zum Mechaniker – wie kommt eine junge Frau dazu?", wollte Luise Karrer wissen.

„Auch das hat mit meiner Leidenschaft fürs Radfahren zu tun", erwiderte Jo lächelnd. „Ich wollte schon sehr bald nicht nur auf dem Rad fahren, sondern wissen, welches Rädchen wofür zuständig ist ..."

Luise nickte anerkennend. „An solchen Kenntnissen hapert es bei den meisten von uns, leider. Ich bin zwar recht flott auf dem Velo unterwegs, aber wehe, ich habe eine Panne!"

„Wenn Sie mögen, zeige ich Ihnen gern ein paar der wichtigsten Kniffe."

Mit Genugtuung sah Isabelle Irenes grimmige Miene und fand die neue Konstellation plötzlich sehr verführerisch: Josefine, ein weiteres Mitglied im Verein, dem es vor allem ums Radfahren gehen würde.

„Du musst Luise nicht siezen", sagte Isabelle und nahm Josefines Hand. „Wir pflegen hier ein freundschaftliches Du. Es ist im Sport alles so viel einfacher, findest du nicht?" Josefine nickte erfreut.

„Mir reicht's!" Irene schaute von ihrer Zeitschrift auf. „Damit eins klar ist: Für diese Frau bin ich immer noch Fräulein Neumann. Und Mitglied wird sie hier nur über meine Leiche."

15. Kapitel

Am darauffolgenden Samstag bekam Josefine ihren ersten Lohn. Abzüglich aller Kosten für Logis, Bettwäsche und Küchenbenutzung waren es fünfzehn Mark für anderthalb Wochen schmerzende Handgelenke, durchgetretene Füße und tödliche Langeweile.

Josefine wusste nicht, ob sie lachen oder weinen sollte. Mit diesem Lohn würde sie ihre Träume nie in die Tat umsetzen können. In der kommenden Woche würde sie ihre Suche nach einer neuen Arbeit noch intensivieren, zur Not musste sie dafür sogar den Besuch an Friedas Grab opfern.

Mit dem Geld in der Tasche machte sie sich auf den langen Weg in die Luisenstadt. Bei der Hufschmiede angekommen, ging sie direkt in die Küche, wo ihre Mutter war. Sie atmete tief durch, dann legte sie fünf Markstücke auf den Tisch.

„Wie versprochen werde ich meine Schulden abbezahlen, aber keine Sorge – ich komme fortan nicht jeden Samstag mit fünf Mark hier vorbei. Ich wollte dir nur zeigen, dass es mir ernst ist. Das nächste Mal komme ich, wenn ich fünfzig Mark zusammenhabe." Ihre Mutter schaute auf das Geld und nickte erstaunt. Josefine räusperte sich. Weder Eitelkeiten noch Empfindlichkeiten konnte sie sich leisten, also holte sie abermals Luft und sagte: „Ist es in Ordnung, wenn ich ein paar meiner alten Kleider hole?"

„Deine alten Kleider? Aber …" Doch dann machte Elsbeth Schmied eine gleichgültige Handbewegung in Richtung Treppe. „Geh und hol dir, was du brauchst. Aber beeil dich! Wenn der Schmied-Schmied dich dabei erwischt …" Drohend ließ sie ihren Satz ausklingen.

Keine zehn Minuten später verließ Josefine ihr Elternhaus wieder. Sie trug schwer an dem Stoffsack, dafür war ihr Herz leichter als auf dem Hinweg. Die Unterwäsche, Kleider, Röcke und Blusen, die sie aus ihrem Schrank genommen hatte, entsprachen zwar nicht gerade der neuen Mode, aber immerhin würde sie nun ein bisschen Garderobe zum Wechseln haben und manierlich aussehen.

ZUM WIEDERHOLTEN MALE schaute Isabelle auf die Uhr. Noch zwanzig Minuten bis zum Start. Jetzt, so kurz vor dem großen Rennen, stieg ihre Aufregung ins Unermessliche. Es war ein kühler Aprilsonntag. Der leichte Wind, der von Osten her auf die Rennbahn wehte, ließ sie in ihrem Radfahrkostüm frösteln. Aber beim Rennen, das über zehn Runden ging, würde ihr schon mächtig warm werden.

Gedankenverloren schob Isabelle ihr Rad über den Platz. Sie hatte viel trainiert, fühlte sich gesund und kräftig. Aber ob das für einen der ersten Plätze reichen würde?

„Kind, willst du nicht noch einen Schluck trinken?"

Isabelle zuckte zurück, als ihre Mutter neben ihr erschien, ein Glas Apfelsaft in der Hand. Sie lehnte dankend ab.

„Lass das Mädchen in Ruhe, sie muss sich konzentrieren", sagte ihr Vater und schob seine Frau zur Seite. Dann trat er gewichtig vor Isabelle und fuhr fort: „Denk daran, eine Aufholjagd wie beim letzten Rennen solltest du nicht noch einmal versuchen. Und pass auf, dass deine zukünftige Schwägerin dich nicht wieder in der ersten Kurve von links innen überholt. Diesmal möchte ich dich auf dem ersten Platz sehen."

„Vielleicht wäre es das Beste, wenn du an meiner Stelle aufs Rad steigst?", erwiderte Isabelle pampig, bekam dafür jedoch sogleich von ihrer Mutter einen Stoß in die Rippen. Sie war erleichtert, als sie von weitem Adrian auf sich zukommen sah.

Nach einem Küsschen auf die Wange und ein paar Ermutigungen fürs Rennen sagte Adrian: „Ich habe am Eingang deine alte Freundin in der Warteschlange stehen sehen. Habt ihr sie als Mitglied aufgenommen?"

„Alte Freundin? Neues Mitglied? Von wem redet ihr?", mischte sich sogleich Moritz Herrenhus ein.

Isabelle verdrehte die Augen. Diese Diskussion war unumgänglich, falls Josefine von nun an wirklich öfter hier auftauchen sollte. Warum also nicht hier und jetzt? „Josefine ist wieder in der Stadt. Und sie hat Interesse an einer Mitgliedschaft bekundet", sagte sie in so neutralem Ton wie möglich.

„Josefine?", wiederholten ihre Eltern wie aus einem Mund.

„Das ist doch die junge Frau, die –", hob ihre Mutter an.

„Adrian ist sehr angetan von dem Gedanken, dass wir auch ein paar Arbeiterinnen in den Verein aufnehmen, nicht wahr, mein Schatz?", unterbrach Isabelle sie. „Josefine möchte gern Mitglied im Ersten Berliner Veloverein für Damen werden." Bevor jemand etwas sagen konnte, sprach sie eilig weiter: „Leider sträubt sich Adrians Schwester gegen Josefines Mitgliedschaft. Irene poliert ihren Standesdünkel. Adrian sieht die Sache ganz anders, nicht wahr, Liebling? Und du, lieber Papa, bestimmt auch! Für dich sind Arbeiter auch Menschen, nicht wahr?" Dann tippte sie Adrian leicht an den Arm. „Liebling, wärst du so nett und würdest mein Velo zum Start schieben? Ich komme gleich nach."

Kaum war Adrian ein paar Schritte entfernt, raunte Isabelle ihren Eltern zu: „Kein Wort über Josefines Vergangenheit! Wenn mein Verlobter erfährt, dass in unserer Nachbarschaft Leute mit kriminellem Hintergrund wohnen und ich auch noch Umgang mit ihnen pflege, bezweifle ich, dass er weiter Interesse an einer Verbindung mit mir hat."

„Hast du das gesehen? Eine nackte Wade ..." Mit spitzem Zeigefinger wies eine Frau mittleren Alters auf die Rennbahn, wo sich die Fahrerinnen, die das Hauptrennen bestreiten sollten, allmählich sammelten.

„Und bei der da drüben siehst du sogar das Knie!", sagte eine zweite, etwas jüngere Frau. Beide lachten hysterisch. Ihre Wangen waren gerötet, ihre Augen glänzten erwartungsvoll.

Es war ein bunt gemischtes Völkchen, das sich zum Großen Rennen des Ersten Berliner Velovereins für Damen eingefunden hatte: Arbeiterinnen wie die beiden Frauen, aber auch feine Bürger in ebenso feinem Zwirn, Handwerker und ihre Ehefrauen, dazu eine Handvoll einfacher Mägde und Burschen. Die feine Gesellschaft befand sich nicht in der Menge – für sie war ein separater, überdachter Zuschauerbereich reserviert worden.

Dass der Andrang bei einem Damenrennen dermaßen groß sein würde, hätte Josefine nie und nimmer gedacht. Eine Stunde vor Rennbeginn hatten die zwei Damen, die Eintrittskarten verkauften, begonnen, ihren Stand wieder abzubauen. „Wegen Überfüllung geschlossen", hatte die eine lapidar gesagt. Erst als Jo Isabelles Namen ins Spiel gebracht hatte …

Als die beiden Frauen wieder hysterisch lachten, wandte sich Josefine angewidert ab. Was für ein sensationslüsternes Volk! Das Wohl der Fahrerinnen war ihnen ebenso gleichgültig wie das Rennen selbst – was sie sehen wollten, waren nackte Haut und haarsträubende Unfälle.

Der Startschuss fiel und vertrieb Josefines düstere Gedanken. Sogleich setzten sich auf der gegenüberliegenden Geraden ein Dutzend Frauen auf ihren Velos in Bewegung. Alle trugen eng anliegende Oberteile und weit geschnittene Hosenröcke, die ihre schnelle Fahrt nicht behinderten.

Schon nach einer halben Runde setzte sich Isabelle zusammen mit einer zweiten Frau von den anderen Fahrerinnen ab. Unter dem Jubel der Menge beugte sie sich noch tiefer über den Lenker, woraufhin ihr Velo noch schneller über die Bahn zu fliegen schien. Wie eng sie die Kurven nahm! Wie es sich wohl anfühlte, auf solch einer schnellen Bahn unterwegs zu sein? Das Sehnen in Jos Bauch wurde heftiger und sie spürte plötzlich, wie hungrig sie war. Sie wandte sich vom Renngeschehen ab und schlenderte über den Platz.

In der Nähe der Ein- und Ausfahrt zur Rennbahn hatte sich eine Gruppe junger Männer versammelt. Allesamt trugen Velobekleidung. „… und ich bleibe dabei – wer heutzutage nicht in der Lage ist, durchschnittlich fünfundzwanzig Stundenkilometer bei einem Straßenrennen zu fahren, hat im Wettkampf nichts verloren!", sagte einer der Burschen heftig.

„Fünfundzwanzig Stundenkilometer? Aufgrund wie vieler Rennen triffst du solch eine gewagte Aussage?", wollte der nächste wissen.

War das nicht der blonde Mann, der Josefine bei ihrem ersten Besuch für eine Schankmagd gehalten hatte? Fast hätte sie damals den Mut verloren und wäre auf und davon gerannt. Aber sie hatte sich vorgenommen, sich nicht mehr einschüchtern zu lassen …

Interessiert wollte sie sich noch ein paar Schritte näher heranpirschen, als er zu ihr herüberschaute. Für einen kurzen Moment trafen sich ihre Blicke.

Josefine durchfuhr es heiß, als sei sie bei etwas Verbotenem ertappt worden. Der Mann grinste belustigt. Hastig schaute sie fort und tat so, als würde sie etwas in ihrer Tasche suchen. Im nächsten Moment wurde die Aufmerksamkeit des jungen Mannes wieder von dem Gespräch übers Radfahren in Anspruch genommen.

An eine kahle Esche gelehnt, folgte Josefine dem Gespräch, so gut es ging. Die Frage, wer wann, wo und unter welchen Bedingungen am schnellsten gefahren war, schien das Wichtigste von allem zu sein. Zählte heutzutage wirklich nur noch der Sieg? Warum sprach niemand von der Freude am Fahren?

HULDVOLL wie eine Königin nahm Isabelle nach dem Rennen die Glückwünsche entgegen, während Moritz Herrenhus mit stolzgeschwellter Brust daneben stand. Die Zweitschnellste – es war ausgerechnet Irene, die so gegen Jo gewettert hatte – stand mit ihrer Familie nur wenige Schritte entfernt. Immer wieder wanderte jemand aus der einen Gruppe zur anderen, um ein paar Worte zu wechseln – alle schienen sich gut zu kennen.

Josefine hatte sich schon zum Gehen umgewandt, als jemand laut ihren Namen rief. Mit wenigen Schritten war Isabelle bei ihr und sagte atemlos: „Willst du etwa schon gehen? Nichts da, du musst unbedingt meine Freunde kennenlernen! Und zu meiner Siegesfeier kommst du auch mit." Schon hakte sie sich bei Josefine ein. „Keine Sorge, meine Eltern werden nichts sagen." Bei ihren Freunden angekommen, schob Isabelle Josefine nach vorn. „Darf ich vorstellen – Josefine Schmied, eine sehr versierte Velozipedistin! Sie möchte gern in unseren Verein eintreten. Mutter, Vater – ihr und Jo kennt euch ja bereits."

Moritz Herrenhus nickte ihr eisig zu, seine Frau regte sich gar nicht. Die anderen in der Runde murmelten eine kurze, nicht sonderlich interessierte Begrüßung.

Isabelle machte einen Schritt auf die zweite Gruppe um Irene zu. Sie zupfte einen jungen Mann kurz am Ärmel, woraufhin dieser sich zu ihr umdrehte. „Und das hier ist Adrian Neumann, mein Verlobter."

„Dein Verlobter?", entfuhr es Josefine, ehe sie etwas dagegen tun konnte.

Im selben Moment streckte der blonde Bursche ihr seine rechte Hand entgegen. „Ich freue mich sehr, Sie kennenzulernen. Isabelle hat schon viel von Ihnen erzählt."

Josefine war zu keiner Antwort fähig. Ihre Hand zitterte.

Isabelle runzelte die Stirn, dann sagte sie: „Möchtest du eine Runde mit meinem Velo drehen? Du könntest es für mich in den Fahrradstall fahren." Schon hielt sie Jo ihren Rover entgegen.

Josefine verneinte kopfschüttelnd mit dem Hinweis, dass sie nicht passend angezogen sei.

Isabelle runzelte ein zweites Mal die Stirn, dann drückte sie Adrian ihr Velo in die Hand. „Wenn du so freundlich wärst … Wir brechen inzwischen schon einmal zur Feier auf." Lachend und scherzend machte sich die Gruppe auf den Weg in die Vereinsgaststätte. Josefine trottete hinterher.

Moritz Herrenhus hatte in der festen Annahme, dass Isabelle das Rennen gewinnen würde, gleich das ganze Vereinslokal reserviert. An acht mit weißem Damast und feinem Silber gedeckten Tischen ließen sich Gäste, Freunde und Geschäftspartner der Familie zu einem Festessen nieder.

Josefine hatte einen Platz an einem Tisch in der Nähe der Tür zugewiesen bekommen. Als Herrenhus seine Tischrede beendet hatte und noch bevor die Suppe aufgetragen wurde, stellte man sich gegenseitig vor. Zur Rechten Josefines saß ein Journalist, der bei einer der größten Tageszeitungen Berlins beschäftigt war und als einer der wenigen Zeitungsschreiber dem Damen-Radsport wohlgesinnt gegenüberstand. Und an der Schmalseite hatte sich einer der jungen Velozipedisten niedergelassen, deren Gespräch Josefine zuvor mit angehört hatte. Nach und nach kam ein Tischgespräch in Gang, dem Josefine jedoch die meiste Zeit schweigend folgte.

„Zugegeben, das Damenrennen heute war ein kleiner Publikumsmagnet. Aber nur mit den Fliegerrennen, Sprinterrennen und den ganz großen Distanzrennen der Herren erregt man die Aufmerksamkeit der breiten Massen", sagte der junge Radfahrer.

„Ich stimme Ihnen zu", sagte der Journalist, „aber wenn ich an diese Distanzrennen denke – unglaublich, welche Menschenschinderei damit einhergeht."

„Und was ist dagegen einzuwenden?", erwiderte der Ingenieur gegenüber von Josefine. „Schon immer wollte der Mensch seine Grenzen austesten. Ohne Pioniergeist in Sachen Fortschritt und Technik säßen wir vielleicht alle noch immer wie Affen auf dem Baum und äßen Blätter!"

„Dann haben wir wirklich Grund, dem Fortschritt dankbar zu sein. Denn ohne ihn würden wir nicht in den Genuss dieses herrlichen Kalbsbratens kommen", sagte Josefine, was die Achterrunde am Tisch mit einem Lachen quittierte, und nahm sich eine dritte Scheibe Braten von der Platte.

„Ungewöhnlich, dass eine junge Dame über einen solchen Appetit verfügt", sagte der Radfahrer mit anzüglichen Blicken.

Sie lächelte ihn frostig an. „Ich habe keinen *Appetit*, sondern Hunger. Den hätten Sie auch, wenn Sie am heutigen Tag noch nichts gegessen hätten." Die Tischrunde lachte erneut, in der Annahme, dass Josefine scherzte. Wenn ihr wüsstet, ging es ihr durch den Sinn. Obwohl sie sich gerade noch einen Kartoffelkloß auf den Teller gelegt hatte, war ihr Hals plötzlich wie zugeschnürt, ihr Hunger verflogen. Das hier war nicht ihre Welt. Ohne das angekündigte „Dessert Surprise“ abzuwarten, legte sie die Serviette neben ihren Teller und murmelte einen Abschiedsgruß.

DIE LUFT in der Werkzeugkammer des Vereinsheims war muffig. Mit beiden Händen wühlte Adrian im Regal nach dem passenden Werkzeug, mit dem er die Vorderradgabel seines Velos ausbauen konnte. Kurz darauf trug er eine Werkzeugkiste zum überdachten Vorplatz der Velogarage, wo er bereits sein Fahrzeug abgestellt hatte, und machte sich an die Arbeit.

Er hatte den Schraubenschlüssel noch nicht angesetzt, als seine gute Laune so plötzlich verflog, wie sie gekommen war. Warum konnte er Isabelle nicht lieben? Sie war attraktiv, hatte Stil, war klug und schlagfertig und eine gute Partie obendrein. Warum, verdammt noch mal, konnte er sie also nicht lieben? Das hätte die Sache so viel einfacher gemacht! Die Verträge, die Moritz Herrenhus seinem Vater vorgelegt hatte und in denen es um enorme Leihsummen ging, waren voller rechtlicher Winkelzüge – Isabelles Vater konnte große Teile des Geldes mit einem Fingerwink auf der Stelle zurückfordern, falls er und Isabelle …

„Halt, was machst du denn da?“, ertönte plötzlich eine Frauenstimme hinter ihm. Adrian drehte sich um und sah Isabelles Freundin vor sich stehen. „Mit dem Franzosen kannst du die unteren Muttern nie und nimmer lösen! Dafür benötigst du einen flachen Konusschlüssel. Anderweitig läufst du Gefahr, die Vorderradgabel zu beschädigen –“ Die junge Frau verstummte abrupt und sah ihn erschrocken an. „Verzeihung, jetzt habe ich einfach du gesagt, aber die Frauen im Vereinsheim meinten, das sei hier so üblich …“

Sie kniete sich neben ihn und schob ohne viel Aufhebens den blauen Rock unter ihre Knie, dann kramte sie in der Werkzeugkiste. Mit geübtem Handgriff setzte sie einen flachen Schlüssel an. Im nächsten Moment zog sie sanft die Radgabel nach unten aus ihrer Halterung und legte sie zur Seite. Die Lagerkugeln, die hinterherplumpsten, fing sie gekonnt mit einer Hand auf und drückte sie ihm lächelnd in die Hand. „Und – was machen wir nun?“

„Nun setzen wir das neue Teil ein“, sagte Adrian und lachte. In den nächsten Minuten reichte er Josefine brav die von ihr gewünschten Werkzeuge, während sie die neue Gabel einsetzte. Am Ende konterte sie die Muttern wieder, sodass diese fest saßen. Adrian staunte. Er hätte mindestens die doppelte Zeit für diese Aufgabe benötigt. „Woher kannst du das alles?“

Josefine zuckte mit den Schultern. „Ich hatte drei Jahre lang Unterricht bei einem der besten Mechaniker Berlins“, sagte sie und schaute ihn mit blitzenden Augen herausfordernd an.

Adrian hob abwehrend beide Hände. „Aber du musst doch zugeben, dass ein solches Wissen für eine Frau ungewöhnlich ist. Was sagen denn deine Eltern dazu, dass du diesen Beruf ergriffen hast?“

„Meine Eltern?“ Gedankenverloren rieb sich Josefine am rechten Ohrläppchen. „Mein Vater ist Hufschmied, und er war der festen Überzeugung, ich würde mein Leben neben ihm an der Esse fristen. Ohne Lohn, wohlgemerkt! Dass ich andere Interessen habe, akzeptiert er nicht. Ich bin nicht die Tochter, die meine Eltern sich gewünscht haben … Ich bin eine Enttäuschung für sie. Deshalb kam es schon vor Jahren zum Bruch zwischen uns.“ Sie schaute Adrian herausfordernd an. „Nun lebe ich mein eigenes Leben, mit Regeln, die ich selbst aufstelle, und mir ist es egal, was andere davon halten.“ Dann nahm sie einen Lappen und begann, Adrians Rad zu polieren.

„Ja und?“, fragte er ein wenig atemlos. Warum legte sie den blöden Lappen nicht fort und erzählte weiter? „Ich finde es bewundernswert, dass du dich so völlig von den Wünschen und Zwängen deiner Familie frei gemacht hast“, sagte er. Das würde ich auch gern, fügte er im Stillen hinzu.

Josefines rechte Hand sank nach unten. Ihre Augen waren auf einmal eine Nuance dunkler als zuvor, ihr Blick voller Tiefe und Nachdenklichkeit. „Ich habe mir das nicht ausgesucht. Das Leben ist nun mal, wie es ist. Das ist doch kein Grund, mich für irgendetwas zu bewundern.“

Mit großen Augen schaute Adrian Isabelles Freundin an. In ihren Worten lag keinerlei Effekthascherei, wie er sie ständig bei den jungen Damen in seinem Umfeld erlebte. „Zuerst muss ich eine gute Arbeit als Mechaniker finden. Sobald ich Geld verdiene, kaufe ich mir ein Fahrrad. Und mit dem möchte ich dann fahren, wann immer mir der Sinn danach steht!“ Mit einem Lächeln legte Josefine den Polierlappen weg. „Ein schönes Velo hast du da. Ich nehme an, dass es dank der Vorderradgabel mit ihrem eigenartigen Profil fortan gegen Stöße noch besser gefeit sein wird als zuvor.“

Verwirrt schaute Adrian erst Josefine, dann sein Velo an. „Hast du den Werbetext des Herstellers auswendig gelernt?“ Er hielt ihr lächelnd sein Velo entgegen. „Wenn das so ist … Von mir aus kannst du gern als Erste die neue Gabel auf Herz und Nieren prüfen. Los, fahr eine Runde!“

Josefine schüttelte den Kopf. „Nett von dir, aber ich habe mir geschworen, nie mehr auf einem Velo zu sitzen, das nicht mir gehört.“

Das Gespräch wurde immer skurriler. „Und warum das? Ich dachte, Velofahren ist deine große Leidenschaft?“

„Das ist eine der Regeln, die ich für mich und mein neues Leben aufgestellt habe."

„Den eigenen Regeln folgen … das würde ich auch gern", murmelte er vor sich hin, ohne dass es ihm bewusst war. Deshalb schrak er zusammen, als Josefine sagte: „Warum tust du es dann nicht?" Adrian lachte traurig auf. Dann erzählte er von seiner Familie, davon, dass er der einzige Sohn war. Der Erbe! Derjenige, der das Imperium des Vaters später einmal weiterführen sollte. „Die Elektronischen Werke Berlin wachsen stetig an. Ganz Berlin und sein Umland gedeihen. Die fortschreitende Industrialisierung benötigt immer mehr Strom und Elektrizität, und wir sind die Nummer eins auf diesem Gebiet."

„Aber?", fragte Josefine gedehnt. Und in diesem einen Wort lag mehr Verständnis, als Adrian je in seinem Leben erfahren hatte.

„Aber das ist nun einmal nicht das, was ich möchte!", brach es aus ihm heraus. „Auch meine große Leidenschaft ist das Velo. In meinen Augen müssten dringend zwei Dinge geschehen: Erstens müsste man den Leuten klarmachen, dass es sich beim Velo um das beste und günstigste Fortbewegungsmittel der ganzen Welt handelt. Und zweitens –" Er hielt unsicher inne, doch als er sah, wie gebannt Josefine an seinen Lippen hing, sprach er weiter. „Zweitens müsste man das Velo günstiger herstellen. So preiswert, dass es sich auch die einfachen Leute leisten können." Spontan ergriff er Josefines Hand. „Stell dir doch mal vor, welche Freiheit das Velo den Fabrikarbeitern, die von früh bis spät in lauten, stinkenden Hallen arbeiten, bringen würde!" Adrian holte tief Luft. Dann schaute er verwundert auf ihre rechte Hand, die er noch immer in der seinen hielt. Was tat er hier eigentlich? Da saß er mit einer fremden jungen Frau Hand in Hand und erzählte ihr Dinge, die er noch niemals einem Menschen erzählt hatte. Beschämt ließ er Josefines Hand los.

„Du hast die Frauen vergessen." Josefine beugte sich näher zu ihm. „Das Velo würde nicht nur den Fabrikarbeitern guttun, sondern auch den Hausfrauen, die mühselig Brot, Butter und Mehl vom Krämerladen nach Hause schleppen. Wie viel einfacher könnten sie die Waren auf einem Velo transportieren!"

Adrian nickte heftig. Er sah ihre strahlenden Augen und wusste, dass sich darin auch sein eigenes Strahlen spiegelte. „Daran habe ich auch schon gedacht. Ein eisernes Maultier sozusagen." Sie lachten.

„Ich finde deine Ideen großartig", sagte Josefine voller Bewunderung. „Warum gehst du nicht einfach zu deinem Vater und erzählst ihm davon? Als Unternehmer müsste er die Chancen, von denen du gesprochen hast, doch sofort erkennen. Vielleicht stellt ihr bald selbst solche günstigen Velos her? Dann bin ich eure erste Kundin, das verspreche ich dir!“ Lächelnd hielt Josefine ihm ihre rechte Hand hin, und er schlug ein, als hätten sie einen Handel abgeschlossen.

Es war schon nach vier Uhr, als sie sich trennten. Bestimmt würden sie sich im Verein bald wieder einmal über den Weg laufen, sagte Adrian zum Abschied.

Josefines Herz spielte ein wenig Fangen mit ihrem Magen, als sie mit beschwingtem Schritt in Richtung Feuerland marschierte. Das Gespräch mit Adrian hatte sie aufgewühlt. Was war das für ein Mann! Solche Visionen zu haben! Seltsam, über Isabelle, seine Verlobte, hatte er kein einziges Wort verlauten lassen.

Obwohl sie seit den frühen Morgenstunden unterwegs war, verspürte Josefine keine Müdigkeit. Sie musste dringend mit jemandem über ihre aufgewühlten Gefühle sprechen. Und sie wusste auch schon genau, wer dieser Jemand war. Nach einer guten Stunde Fußmarsch kam sie durstig und müde vor Claras Haus an und drückte den Klingelknopf. Nach einer Minute drückte sie ihn erneut. Nichts geschah. Seltsam, es brannte doch Licht. Nach einer weiteren Minute ging sie enttäuscht davon.

TRAURIG sah Clara ihre Freundin die Straße entlanggehen. Es war besser so. Wenn Gerhard heimkam und Besuch vorfand … Und dann ausgerechnet Josefine! Clara setzte sich mit hängenden Schultern auf die Bettkante.

Am Morgen war alles noch in bester Ordnung gewesen. Gerhard und sie hatten ihr sonntägliches Frühstück genossen und darüber spekuliert, wann der erste Kranke ihre Sonntagsruhe stören würde. Dann hatte Gerhard Isabelles Einladung zu dem Damenrennen auf der Konsole liegen gesehen. Ob sie etwa vorhabe, dorthin zu gehen? Ohne seine Einwilligung? Ja, sogar im Wissen, dass er diese … Schweinerei zutiefst missbilligte?

Clara rieb sich ihr blau angelaufenes rechtes Handgelenk, wo er sie so grob gepackt hatte, dass sie laut geschrien hatte. Die Einladung hatte er ihr aus der Hand gerissen, in tausend kleine Stücke zerfetzt und vor ihr auf den Boden geworfen. Und dann – Clara schloss die Augen. Nicht daran denken. Bestimmt tat es ihm längst leid.

„Damit du siehst, was ich von diesem Blödsinn halte!“, hatte er ihr entgegengeschleudert. Ohne ein weiteres Wort hatte er das Haus verlassen und war bis jetzt nicht zurückgekommen.

Wo er wohl war? Ob er Hunger hatte, wenn er zurückkam? Unschlüssig, ob sie ihm etwas besonders Gutes kochen sollte oder nicht, ging Clara an ihren Verbandschrank, um eine kühlende Salbe für ihr Handgelenk zu holen. Ihr Blick fiel auf den dicken Stapel Bücher, den sie dort hineingestopft hatte. „Handbuch der modernen Pharmakologie", „Toxische Erkrankungen der Haut und ihre Behandlung", „Die Sepsis" – es war schon lange her, dass sie eines der Bücher in der Hand gehabt hatte. Niedergeschlagen rieb sie die Heilsalbe auf ihr lädiertes Handgelenk. Auf die rote Stelle an ihrer rechten Wange tupfte sie ebenfalls ein wenig Salbe.

16. Kapitel

Anfang Mai geschahen zwei Dinge, die Josefines Leben von einem Tag auf den anderen völlig umkrempelten. Als sie nach ihrer Schicht erschöpft an Geist und Körper in den Schlafsaal gehen wollte, hielt die Kontoristin sie auf und überreichte ihr zwei Briefe. Einer war von Isabelle, in dem sie ihr freudig mitteilte, dass die anderen Mitglieder Josefines Aufnahme in den Verein zugestimmt hatten. Jo stieß einen dermaßen lauten Jubelschrei aus, dass die Kontoristin zusammenschreckte.

Beim Anblick des zweiten Briefs hingegen fuhr es Josefine selbst durch Mark und Bein, denn er sah ziemlich offiziell aus. Notariat Langbein und Kompagnon, Dieffenbachstraße 11. Beim Lesen wurden ihre Augen immer größer.

Über den goldenen Rand seiner Brille schaute der Notar Josefine stirnrunzelnd an. „Ganz ehrlich, junge Frau, auf die nächste Passage des Testaments kann ich persönlich mir keinen Reim machen. Aber hören Sie doch selbst: ‚Liebe Josefine, du bist für mich stets die Tochter gewesen, die ich nie haben durfte. Dass ich dich im Stich gelassen habe, als du mich gebraucht hast, werde ich mir wohl nie verzeihen. Ich kann nur hoffen, dass deine unseligen Erfahrungen dich noch stärker gemacht haben, als du es eh schon warst.' "

Friedas Neffe Joachim Roth warf Josefine von der Seite einen schrägen Blick zu. Stoisch schaute sie geradeaus. Es war Friedas Letzter Wille, dass sie hier in dieser düsteren Kanzlei saß. „Dass wir uns ausgerechnet hier wiedersehen", hatte Lilos Vater zur Begrüßung gesagt, jedoch keine Freude über dieses Wiedersehen geäußert. Josefines Fragen nach Lilos Wohlbefinden hatte er nur wortkarg beantwortet.

Der Notar las weiter: „‚Ob es eine Wiedergutmachung für meine Versäumnisse geben kann, weiß ich nicht. Doch einen großen Herzenswunsch habe ich über den Tod hinaus und bin in der glücklichen Lage, ihn mir erfüllen zu können …‘ “

Der Notar machte eine kleine Kunstpause. Umständlich blätterte er das mehrseitige Testament um, auf dessen ersten Seiten es um Joachim und Lieselotte Roths Erbe gegangen war. Josefine hatte nicht schlecht gestaunt zu hören, welche Summen Frieda ihren Schwarzwälder Verwandten vererbte.

„‚In meinem letzten Brief hatte ich dir vollmundig angekündet, dass ich große Pläne für dich habe. Leider ist meine Zeit dafür zu früh abgelaufen … Nun liegt es an dir, deinem Leben selbst eine Wende zu verleihen. Erlaube mir jedoch, dir dabei zu helfen‘.“

Jo lächelte wehmütig. Bei jedem Wort hatte sie Friedas Stimme im Ohr.

„‚Dir, liebe Josefine, möchte ich mein Haus und die angebaute Werkstatt vererben. Beides weiß ich bei dir in den besten Händen. Nun kannst du endlich deine Träume verwirklichen‘.“

„Eine fremde Frau soll das Haus meiner Tante erben?“, fuhr Joachim Roth auf. „Ein Blödsinn ist das! Ist so was überhaupt vom Gesetz her erlaubt?“ Aufgebracht beugte sich der Mann über den Schreibtisch.

Der Notar wich unangenehm berührt zurück. „Ich habe alles geprüft“, sagte er und hob beide Hände. Er bedachte den Schwarzwälder mit einem nachdrücklichen Blick, dann wandte er sich Josefine zu. „Ich habe noch etwas für Sie“, sagte er und zog aus der dicken Mappe, die vor ihm auf dem Schreibtisch lag, einen braunen Briefumschlag.

Der Umschlag wog gewichtig in Josefines Hand. *Bitte erst lesen, wenn du in meinem – oder besser gesagt deinem – Haus angekommen bist*, stand auf dem Umschlag. Unter Dutzenden hätte Josefine Friedas Handschrift erkannt.

KLEINE STAUBFLUSEN tanzten in der Maisonne, als Josefine Friedas Haus aufschloss. Die Hausschlüssel waren bei Clara hinterlegt gewesen. Claras Angebot, sie zu begleiten, hatte sie aber abgelehnt.

Zögernd blieb sie im Türrahmen stehen und atmete tief den altbekannten Geruch des Hauses ein: eingelagerte Äpfel im Keller, Veilchenseife neben dem Spülstein, alles roch wie immer.

Im nächsten Moment sah Jo einen Schatten auf dem Boden an sich vorbeihuschen. Es war Friedas Katze, die sich hungrig miauend vor dem alten Herd aufbaute. „Nun komm schon“, schien ihr fordernder Blick zu sagen.

Auf der Suche nach etwas, womit sie die Katze füttern konnte, betrat sie das Haus und fand auf dem Boden neben der Spüle eine halbvolle Milchflasche. Wahrscheinlich hatte Clara sie für die Katze besorgt. Sie goss dem Tier ein paar Schlucke in seinen Napf, dann ging sie zu dem Sofa. Dort zog sie den Brief, den der Notar ihr mitgegeben hatte, aus ihrer Tasche. Noch bevor sie anfing zu lesen, sprang die Katze auf ihren Schoß und begann dort, sich ausgiebig zu putzen.

> Liebe Josefine, wie gern wäre ich bei dir. Aber der liebe Gott hatte andere Pläne für mich. Es gibt viel zu tun! Das Haus, der Garten, Roberts alte Werkstatt – alles wartet darauf, von dir zu neuem Leben erweckt zu werden. Was dir nicht mehr gefällt, verschenke an Bedürftige, davon gibt es in Berlin mehr als genug. Keine Sorge, du hast genügend Geld, um dir alles neu und schöner und besser kaufen zu können. Du bist eine wohlhabende junge Frau, Josefine! Es gibt Geld, von dem niemand etwas weiß – weder Notar Langbein noch mein Neffe Joachim. Du findest dein Startkapital in der bauchigen Blumenvase, die oben auf dem Kaminsims steht. Du weißt schon, die, deren Henkel abgebrochen ist. Als Kind hast du sie immer besonders gern gemocht, weil sie so schön bunt ist.

Sanft hob Josefine die Katze von ihrem Schoß und stand auf.

Die Blumenvase hinterließ einen staubfreien Kreis auf dem Kaminsims, als Jo sie herunternahm. Dann fasste sie beherzt ins dunkle Innere der Vase. Im nächsten Moment zog sie ein Bündel zusammengerollte Geldscheine hervor. Und noch eins. Und noch eins. Hunderte von Mark. Was, wenn jemand sie beobachtete und ihr das Geld raubte? Eilig stopfte sie es wieder in die Vase und stellte diese genau dahin auf den Sims zurück, wo sie gestanden hatte. Eine Zeitlang stand sie wie gelähmt da. Schließlich ging sie zu der schweren Holztür, die das Wohnhaus von der angebauten Werkstatt trennte. Josefine musste mehrere Schlüssel ausprobieren, bis sie den für die Werkstatttür gefunden hatte. Drinnen war es stockdunkel und kalt. Josefine tastete sich zu einem der Fenster vor, öffnete es, dann drückte sie die Läden auf. Ein Streifen hellgelbes Sonnenlicht fiel in den Raum und tauchte die alten Werkzeuge, die fein säuberlich in Reih und Glied an der Wand hingen, in einen goldenen Glanz. Wie verzaubert schaute sich Josefine um.

Hämmer, Schraubenschlüssel, Zangen, Feilen, ein paar Scheren. Kästchen mit Nägeln, mit Drahtrollen und Kästchen mit Schleifpapier und verschieden großen Schleifklötzen. Mehrere Zollstöcke. Ein Seitenschneider. Eine Stichsäge und eine Feinsäge. Ein riesiger Meißel. In einer Ecke befand sich sogar eine schwarz verrußte Esse, an der man Metall für kleine Schweißarbeiten erhitzen konnte.

Josefine spürte, wie ihre Knie weich wurden. Sie war im Paradies gelandet. Es war ein verstaubtes, altmodisches Paradies, aber das machte nichts. Josefine holte tief Luft. Ihre Zukunft lag glasklar vor ihr.

Die Arbeit in der Schuhsohlenfabrik war am nächsten Tag schnell gekündigt, der restliche Lohn ausbezahlt. Auch der Abschied von den Zimmergenossinnen war kurz. Spät am Abend zog Josefine in ihr Haus ein.

Brennholz war genügend da, und trocken war es auch. Bald rauchte ein Feuer im Kamin, und Josefine konnte Wasser erwärmen. In der Vorratskammer fand sie verschiedene Putzmittel, Lumpen, Besen und Schwämme. Nur eine Stunde später waren alle Oberflächen feucht abgewischt, der Boden gründlich geputzt, die Bretter des Speiseschranks krümelfrei.

Nach getaner Arbeit schaute sich Josefine kritisch um. Eigentlich wollte sie die Einrichtung so lassen, wie sie war. Neue Möbel brauchte sie nicht, sie mochte Friedas altes, bequemes Sofa und ihr massives Bett. Warum hatte sie dennoch das Gefühl, dass etwas fehlte?

Einer plötzlichen Eingebung folgend, schob Jo den Küchentisch ein Stück von der Wand fort. Fast verschämt hatte Frieda ihre selbst gemalten Ölbilder hinter dem Tisch an die Wand gelehnt. Eine Vase, gefüllt mit blauem Rittersporn, kam zum Vorschein. Dann eine einzelne Blüte, gemalt in den Farben Hellrosa bis Tiefviolett, umrankt von dunkelgrünem Laub. Ein paar Landschaftsbilder, die Spree! Das Brandenburger Tor, die untergehende Sonne.

Fasziniert schaute Josefine auf ihre Ausbeute. Die Bilder waren wunderschön! Resolut stapfte Jo in die Werkstatt. Mit Hammer und Nägeln kam sie zurück und machte sich ans Werk. Genau das hatte noch gefehlt, dachte sie erfreut, als sie nach einer halben Stunde zufrieden ihr Werk betrachtete. Alles wirkte so farbig, frisch und schön! Sie hatte dem Haus eine eigene Note verliehen, und Friedas Geist erfüllte die Räume.

„Josefine? Josefine Schmied?“ Die Augen der Bäckersfrau waren so kugelrund wie die Rosinenbrötchen, die duftend in einem Korb auf der Theke standen. „Bist du’s wirklich? Ich dachte, du …“

Josefine lächelte schräg. „Lebenslänglich hab ich damals ja Gott sei Dank nicht bekommen … Und nun hätte ich gern vier Schrippen und einen Laib Schwarzbrot.“

Die Bäckersfrau winkte ab. „War ja eh bloß ein Dummer-Jungen-Streich! Und dafür so eine lange Haftstrafe, völlig überzogen fanden das alle hier in der Straße.“ Dann sagte sie geschäftig: „Noch ein Stück vom Streuselkuchen? Er ist noch warm …“

„Gern“, sagte Josefine. „Ich wohne jetzt übrigens in Friedas Haus. Sie hat es mir vermacht.“ Besser, die Leute wussten vom ersten Tag an Bescheid. Dann würde sich das Gerede vielleicht in Grenzen halten. An der Tür drehte sie sich nochmals um. „Es war übrigens kein Dummer-Jungen-Streich.“

Die Bäckersfrau runzelte die Stirn. „Nicht?“

„Wenn schon, dann war es ein Dummer-Mädchen-Streich!“ Mit einem fröhlichen Gruß ging sie weiter zum Metzger Ammann.

„Josefine, bist du's wirklich?“ Auf dem Gesicht der Metzgersfrau spiegelten sich Erstaunen und Freude zugleich. „Wie schön, dich endlich wiederzusehen.“ Josefine lächelte glücklich und gab ihre Bestellung auf. „Eine Werkstatt willst du also eröffnen? Dinge reparieren – kannst du das denn?“

„Ich denke schon.“ So viel Sympathie hätte sie nie erwartet.

Mit den Einkäufen unterm Arm ging sie nach Hause, während in den Hausreihen links und rechts der Straße ein Fensterladen nach dem anderen aufgestoßen wurde. Josefine grüßte jeden freundlich, und fast jeder hatte ein paar freundliche Worte für sie übrig. Hie und da gab es einen neidvollen Blick wegen ihres Erbes, aber bei den meisten hieß es, Friedas Haus sei bei ihr in den richtigen Händen. „Wir hatten schon Angst, es käme ein reicher Fremder daher, der das Häuschen abreißt, um eine Fabrik auf dem Platz zu errichten“, sagte Schuster Kleinmann.

Als sie wieder bei Friedas Haus ankam, hatte sich ihre Angst, die Bewohner der Luisenstadt könnten sie wegen ihrer Vergangenheit verachten, in Luft aufgelöst. Etliche hatten angekündigt, in den nächsten Tagen einmal mit kaputten Sachen vorbeizukommen.

Der Streuselkuchen und die Schrippen dufteten herrlich. Die geräucherte Wurst auch. Ein deftiges Frühstück war genau das, was sie vor ihrem arbeitsreichen Tag benötigte. Nun, da die ersten Aufträge lockten, musste sie sich mit der Werkstatt beeilen. Und was ihre Eltern anging … Sollten sie doch von den anderen erfahren, dass sie wieder in der Luisenstadt war – das geschah ihnen ganz recht!

JO RUMORTE von früh bis spät in der Werkstatt. Die Werkbank stand für sie am falschen Platz, sie wollte sie direkt unter dem Fenster haben, wo sie das Licht für Feinarbeiten nutzen konnte. Sie brauchte einen halben Tag, bis sie das schwere Teil mittels allerlei angesetzter Hebel verrückt hatte. Die Werkzeuge mussten sortiert und gereinigt werden. Am Ende des zweiten Tages war sie einigermaßen zufrieden mit ihrem Werk. Als es am dritten Tag klopfte und Gerd Melchior höchstpersönlich vor der Tür stand, glaubte Josefine im ersten Moment, einen Geist zu sehen.

„Wat kiekste so erschrocken? Du hast mich doch jerufen“, sagte Melchior verwirrt.

Jo lachte – vor lauter Betriebsamkeit hatte sie den Brief, in dem sie ihn um Unterstützung gebeten hatte, vergessen!

Mit Hilfe des versierten Hausmeisters war die restliche Arbeit schnell getan. Er schlug eine noch bessere Unterbringung der Werkzeuge vor, und gemeinsam verfassten sie eine Liste von Werkzeugen und Materialien, die Josefine noch kaufen musste. „Melde dich, wenn du wat brauchst! Ick helf dir immer jern“, sagte Gerd Melchior und klopfte Jo zum Abschied kameradschaftlich auf die Schulter.

Am Samstagabend setzte Jo sich mit einem Glas Himbeersaft auf die Bank, die an der Hausrückwand lehnte. Sogleich sprang die Katze zu ihr hoch. Die Holzbretter hatten die Wärme der Maisonne gespeichert. Mit einem genüsslichen Seufzen lehnte sich Josefine dagegen. Der Garten musste warten – alles auf einmal ging nicht. Aber sie konnte zufrieden sein mit ihrer ersten Woche, denn sie hatte viel erreicht. Sogar bei ihren Eltern hatte sie vorbeigeschaut und ihre Schulden vollständig getilgt. Den verdutzten Gesichtsausdruck ihres Vaters würde sie so schnell nicht vergessen!

Am Sonntag kamen Clara und Isabelle vorbei. Jo konnte es kaum erwarten, den Freundinnen ihr Werk zu zeigen.

„Dass du dir das zutraust“, sagte Clara leise.

Josefine zuckte mit den Schultern. „Ich hab mein Handwerk gelernt, das wird schon werden.“

Isabelle runzelte die Stirn. Wie zuversichtlich Jo klang! Wie selbstbewusst. „Und was, wenn die Kunden ausbleiben?“

Doch Jo lachte nur. „Dann gehe ich eben auf Kundenfang! Außerdem hoffe ich, dass ich die Damen und Herren des Velovereins bald zu meiner Kundschaft zählen darf. Ein guter Mechaniker fehlt euch doch.“ Dann erklärte Josefine ihnen lang und breit, welche Werkzeuge sie für welche Arbeiten benötigte.

Nie und nimmer würde Isabelle Herrenhus ihre Tage mit so öden Arbeiten verbringen wollen. Aber wenn es Josefines Wunsch war … Sie merkte, dass auch Claras Interesse nicht sonderlich groß zu sein schien. Isabelle grinste, als sich ihre Blicke verschwörerisch trafen. Als Josefine gerade eine weitere Feile hervorzog, klatschte Clara wie ein Kind in die Hände. „Ich brenne darauf, dein Haus zu sehen, also lass uns hineingehen! Dein eigenes kleines Nest – ach Josefine, wer hätte das gedacht?“ Schon hakte sie sich bei Jo unter, und Arm in Arm spazierten sie ins Haus.

Im Haus zeigte Jo in Richtung Herd. „Wie wäre es, wollen wir uns etwas Feines kochen? Ich habe Gemüse da und ein Stück Fleisch. Eine kräftige Suppe – darauf hätte ich Appetit.“

„Wir sollen Suppe kochen?“ Entgeistert starrte Isabelle ihre Freundin an.

Eine gekühlte Flasche Sekt, ein paar Häppchen – das hätte sie zu einem solchen Ereignis erwartet!

Doch Clara hatte sich schon ein Messer geschnappt und angefangen, Möhren zu schälen. „Dass wir drei einmal gemeinsam etwas kochen würden, wer hätte das gedacht? Sobald die Praxis besser läuft und wir unsere Schulden abbezahlt haben, soll ich auch ein Dienstmädchen bekommen. Gerhard sieht es gar nicht gern, wenn ich so viel arbeite. Und erst recht in meinem Zustand.“ Clara strich leise seufzend über die leichte Wölbung ihres Bauches, dann ließ sie die Möhren in die kochende Brühe fallen.

DIE SUPPE schmeckte wirklich vorzüglich, musste Isabelle kurze Zeit später zugeben. Sie wollte sich gerade noch eine Portion aus der Suppenterrine nehmen, als es an der Tür klopfte.

„Wer kann das sein?“ Zögerlich stand Josefine auf und ging zur Tür. „*Du*?“

„Ich hoffe, ich komme nicht ungelegen, … Darf ich eintreten?“

„Wir essen gerade, es reicht auch noch für dich.“ Einladend hielt Jo die Tür für Adrian auf.

Isabelle grüßte ihren Verlobten kühl, dann sagte sie: „Waren wir nicht erst um sechs verabredet?“

Adrian, der neben Clara auf der Eckbank Platz genommen hatte, nickte entschuldigend. „Ich bin zu früh, ich weiß. Deine Mutter wollte, dass ich im Salon auf dich warte, aber als sie mir sagte, wo du bist, dachte ich mir, also ich dachte –“

„Ist schon gut“, unterbrach Jo sein Gestotter und gab ihm eine Kelle Suppe auf den Teller.

„Schon nach fünf!“, rief Clara nach einem Blick auf Friedas alte Wanduhr. „O Gott, bestimmt wartet Gerhard schon seit Ewigkeiten auf mich! Ich hatte mich doch nur auf einen kurzen Sprung von ihm verabschiedet.“

Nachdem Clara fluchtartig aufgebrochen war, schob Isabelle geziert ihren Stuhl beiseite und stand auf. „Dass eins klar ist – ich lasse mich nicht wie Clara von einem Mann bevormunden. Oder hinter mir herspionieren. Ich gehe jetzt nach Hause und richte mich hübsch her. Du, mein lieber Adrian, holst mich Punkt sechs Uhr zum Premierenabend des Berliner Balletts ab, so wie vereinbart.“ Sie nickte Josefine kurz zu, dann verschwand auch sie.

Hunger hatte Adrian danach keinen mehr. Vielmehr wollte er Josefines Werkstatt sehen, und natürlich führte Jo ihn gern herum.

„Du bist perfekt ausgerüstet“, sagte er. „Und mit Velos kennst du dich auch aus, das habe ich ja schon erleben dürfen.“

Josefine grinste. „Und? Hat sich die neue Vorderradgabel bewährt?"

Adrian nickte. „Dennoch habe ich vor, mir noch ein zweites Rad zu kaufen. Eine Tourenmaschine für längere Straßenfahrten." Ohne Rücksicht auf seine Ausgehhose setzte er sich auf den alten Werkstatthocker.

„Du bist ein ziemlich begeisterter Velofahrer, oder?", sagte Jo und zog sich den zweiten Hocker heran und ließ sich neben Adrian nieder.

„Begeistert ist fast noch untertrieben – ich bin süchtig nach dem Radfahren!" Jo und Adrian lächelten sich in großem Einvernehmen zu. „Aber wie kommt es dann, dass du kein eigenes Velo besitzt und dich außerdem weigerst, dir eins auszuleihen?"

„Das hatte persönliche Gründe", sagte Jo rasch. „Aber dank Frieda wird mein größter Traum nun schneller wahr, als ich dachte. Endlich kann ich mir auch ein Velo kaufen. Allerdings weiß ich gar nicht, wo ich hingehen soll." Innerlich hielt sie die Luft an. Vielleicht würde Adrian ihr seine Hilfe anbieten?

„Der Velomarkt ist in der Tat sehr schwer überschaubar. Und ein gutes Velo ist nach wie vor zu teuer. Ich bin der festen Überzeugung, dass man Velos günstiger produzieren könnte, wenn man es nur wollte. Aber in den Augen der Hersteller wie der Käufer ist das Velo nach wie vor ein Luxusartikel." Seine Augen funkelten, doch dann winkte er ab und stand auf. „Ich muss jetzt gehen, Isabelle wartet nicht gern", sagte er mit leisem Bedauern. „Ich wünsche dir alles Glück der Welt, Josefine Schmied."

„Danke", sagte Jo mit belegter Stimme. Sie hätte noch lange mit Adrian in der Werkstatt sitzen können.

Er war schon fast zum Gartentor hinaus, als er stehen blieb. „Was meinst du – sollen wir uns gemeinsam auf die Suche machen? Ich nach meinem Tourenrad und du nach einem Damenvelo?"

Jo sagte glücklich: „Wie wäre es Ende der kommenden Woche?"

„DIE GANZE STRASSE spricht darüber." Sophie Berg schüttelte den Kopf. „Da kommt sie nach all den Jahren so mir nichts, dir nichts wieder daher und stellt alles auf den Kopf!"

„Erstens stellt Josefine gar nichts auf den Kopf. Sie hat lediglich eine Reparaturwerkstatt eröffnet. Und zweitens reden die Leute nicht nur, sondern nehmen Josefines Dienste schon rege in Anspruch", sagte Clara.

„Und gerade eben stand deine Freundin zusammen mit Oskar Reutter vor der Werkstatt. Sie schienen irgendetwas per Handschlag zu besiegeln", sagte ihr Mann, der gerade zur Tür hereinkam.

Eilig lief Clara in die Küche, um die Speiseterrine zu holen. Es war Freitag, also gab es Bratkartoffeln mit Hering. „Eine solche Reparaturwerkstatt hat hier im Viertel gefehlt, Josefine hatte also den richtigen Riecher“, nahm Clara dann den Faden des Gesprächs wieder auf und füllte währenddessen Gerhards Teller. In seiner kurzen Mittagspause musste alles zügig gehen. Bei der zweiten Kelle fiel ein Stück Bratkartoffel auf die weiße Tischdecke.

Missbilligend zog Gerhard seine Augenbrauen hoch. „Josefine Schmied ist kein guter Umgang für dich, das ist mir inzwischen bewusst geworden. Es ist völlig widernatürlich, dass sich eine Frau mit technischen Angelegenheiten beschäftigt. Und dass eine ledige Frau selbstständig eine Werkstatt eröffnet, ist ein Unding. Sobald es meine Zeit erlaubt, werde ich zur Handwerkerinnung gehen und sie auf diese liederlichen Umstände aufmerksam machen. Ich bin mir ziemlich sicher, dass die Umtriebe dieser … Person danach schnell ein Ende haben werden.“ Er lächelte Clara und ihre Mutter an, dann widmete er sich wieder seiner Suppe.

Clara spürte ein heftiges Ziehen in ihrem Bauch. Das Kind war es nicht.

17. Kapitel

Adrian dirigierte den Droschkenfahrer nach Feuerland. Ausgerechnet in die Nähe der Schuhsohlenfabrik, in der Josefine bis vor kurzem noch gearbeitet hatte.

„Hier soll es Velos zu kaufen geben?“, wunderte sich Jo. Skeptisch folgte sie Adrian ins Innere einer alten Lagerhalle.

„Das gibt’s doch nicht …“ Ungläubig schaute sie sich um. Dutzende von Velos warteten hier auf ihre neuen Besitzer!

„Die Auswahl müsste reichen, oder etwa nicht?“, fragte Adrian lächelnd. „Und dort hinten ist ein Verkäufer.“

„Meine Empfehlung für das gnädige Fräulein wäre die Damenmaschine von Opel. Schauen Sie, der Opel hat sogar Michelin-Reifen. Sehr exklusiv, sehr luxuriös.“ Der Verkäufer, ein dicker kleiner Mann mit Glatze sah Adrian beifallheischend an.

„Aber mit zweiundvierzig Pfund erscheint mir das Gewicht ziemlich hoch“, erwiderte Adrian. „Es muss doch inzwischen auch schon leichtere Damenräder geben.“

Josefine stand schweigend daneben. Wie gut es hier roch! Nach Gummireifen und Schmierfett. Nach dem Leder der Sättel, nach Freiheit und einem schönen Leben.

Der Verkäufer winkte ab. „Für eine gemütliche Spazierfahrt macht es keinen Unterschied, ob ein Velo siebzig oder vierzig Pfund wiegt …“ Spazierfahrten! Jo verdrehte im Geist die Augen. „Apropos schön … Im hinteren Teil der Halle bieten wir auch sehr hübsche Radkostüme an. Vielleicht möchte sich die junge Dame, während wir uns um das Technische kümmern, dort schon einmal ein wenig umsehen?“

„Kleider interessieren mich im Augenblick nicht im Geringsten“, erwiderte Josefine mit unverhohlenem Ärger. „Ich würde jetzt gern ein modernes Rad sehen. Solche wie diese hier gibt's doch schon seit Jahren!“ Ohne sich um den entsetzten Blick des Verkäufers zu kümmern, ging Jo den langen Gang entlang. In der Mitte des Ganges angekommen, fand Josefine schließlich, wonach sie gesucht hatte. Das schnittige Gefährt hatte eine tiefschwarze Lackierung und auch der Sattel war aus schwarzem Leder. Als sie es anhob, erschien es ihr fast federleicht. FULL ROADSTER, ENGLAND las sie auf dem Schild am Lenker des Velos. Sie räusperte sich. „Den Full Roadster hier … gibt es ihn nur mit diesen Kissenreifen? Oder könnte ich ihn auch mit den elastischeren Pneumatikreifen bekommen?“

Der Verkäufer stutzte. „Ein Import aus England, aus Liverpool, um exakt zu sein. Der Full Roadster ist ein Sicherheitsrad der ersten Güte. Die Fahreigenschaften …“ Adrian hörte interessiert zu. Die beiden Männer ließen Josefine links liegen.

Jo trat einen energischen Schritt auf die Männer zu. „Falls es Ihnen entgangen sein sollte – *ich* bin die Kundin“, sagte sie. „Ich kann mich jederzeit anderswo umschauen. Und jetzt würde ich gern eine Probefahrt mit dieser Maschine machen!“ Sie zeigte auf das englische Rad.

Die Probefahrt erwies sich als wahrer Traum. Josefine hätte laut jubilieren können, als sie die Hauptstraße durch Feuerland entlangfuhr. Als sie zurückkam, wartete Adrian gespannt auf sie. „Und?“ Jo grinste übers ganze Gesicht, zählte zweihundertsiebzig Mark ab und reichte sie dem Verkäufer.

„Wann machen wir die erste Fahrt zusammen?“, fragte Adrian, kaum dass sie wieder draußen waren. Er winkte eine Droschke herbei und wollte den Fahrer schon anweisen, das Velo hinten aufzuladen, als Josefine ihn zurückhielt.

„Sei mir nicht böse, aber … die erste Fahrt möchte ich gern allein machen. Jetzt, sofort.“ Bevor Jo darüber nachdenken konnte, umarmte sie ihn heftig. „Ich danke dir, ohne dich wäre ich jetzt nicht stolze Besitzerin dieses Wunderwerks der Technik!“

Er erwiderte ihre Umarmung, in der sie einen Moment länger als nötig verharrten. „Aber die zweite Fahrt – die gehört mir?“, sagte Adrian, und es hörte sich an, als wollte er sie zum Tanz auffordern.

Jo biss sich auf die Unterlippe. „Und was ist mit Isabelle?“

„Isabelle?“ Einen Moment lang wirkte Adrian irritiert. „Sie fährt nicht gern durch Berlin“, sagte er dann beiläufig.

„Tagsüber habe ich aber keine Zeit zu fahren. Die Werkstatt, die vielen Aufträge – ich arbeite bis spät in den Abend hinein“, sagte sie.

„Und wann gedenkst du dann Velo zu fahren?“, fragte Adrian.

„Solang die Welt noch schläft“, erwiderte Jo und lächelte ihn herausfordernd an. „Morgen früh?“

ALS JOSEFINE am nächsten Morgen aus dem Haus trat, wurde sie von einer erfrischenden Kühle begrüßt. Mit jubilierendem Herzen holte Josefine den Roadster aus der Werkstatt, dann fuhr sie los. Würde Adrian am Schlesischen Bahnhof auf sie warten? Wollte sie überhaupt, dass er auf sie wartete? Adrian war Isabelles Verlobter … Josefine trat kräftiger in die Pedale.

Sie sah ihn schon von weitem. Und sie ärgerte sich über den Hüpfer, den ihr Herz dabei vollführte. Als sie näher kam, stieß Adrian einen bewundernden Pfiff aus.

„Was dagegen?“, fragte Josefine eine Spur zu kratzbürstig, während sie das Velo zum Halten brachte. Im Schrank von Friedas verstorbenem Mann Robert hatte sie eine dunkelbraune, handschuhweiche lederne Hose entdeckt. Triumphierend hatte Jo ihren Fund in die gute Stube getragen und in mühseliger Handarbeit so abgenäht, dass die Hose ihr bis zu den Knöcheln reichte und wie angegossen saß. Dazu trug sie eine dunkelblaue Lodenjacke, die sich ebenfalls nahe an ihren Körper schmiegte und ihre schlanke Statur betonte. Außerdem hob sich das Blau perfekt von ihren inzwischen wieder seidig glänzenden blonden Haaren ab, die sie lediglich in einem weichen Pferdeschwanz zusammengenommen hatte.

„Ich finde dein Ensemble sehr chic, wenn auch etwas … gewagt“, erwiderte Adrian grinsend. „Luise Karrer trägt übrigens auch Hosen auf der Rennbahn. Allerdings würde sie nie so hübsch aussehen wie du.“

Josefine strahlte. „Seien wir doch ehrlich – es ist die einzige Möglichkeit, ernsthaft Velo zu fahren“, sagte sie so nüchtern wie möglich. „Ich ziehe an, was mir gefällt.“

„Und du *tust*, was dir gefällt.“ Sie lachten und fuhren los.

Ihre Fahrt führte sie quer durch die Stadt. Josefine musste sich ziemlich anstrengen, um mit Adrian mithalten zu können. Am Humboldthafen bog Adrian nach Norden ab, und sie fuhren ein Stück den Schifffahrtskanal entlang.

Adrian zeigte nach rechts. „Dort hinten wohnt meine Familie“, sagte er. Weiße Villen hinter prachtvoll geschmiedeten Gartenzäunen, weitläufige

Anwesen mit Gärtnerhäuschen und Teepavillons und mehrstöckige Prachtbauten reihten sich in lockerer Folge aneinander. Hier residierten die reichen Familien von Berlin. „Ich hingegen bewohne ein kleines Appartement in der Stadt.“ Am Nordhafen hielten sie an. „Hast du Hunger? Hier gibt es ein sehr deftiges Morgenmahl.“ Adrian zeigte auf eine rustikale Hafenkneipe, in der trotz der frühen Stunde schon ein reges Treiben herrschte.

Jo, die am Vorabend vor lauter Näharbeiten nicht zum Essen gekommen war, nickte nur. Sie folgte ihm mit hoch erhobenem Kopf in die Wirtschaft, ohne sich um die Blicke der Hafenarbeiter und deren anzügliches Gemurmel zu kümmern. Nachdem sie an einem etwas schmuddeligen Tisch am Fenster Platz genommen hatte, ging Adrian zur Theke. Kurze Zeit später kam er mit zwei Blechbechern voll dampfendem Milchkaffee und einem großen Teller belegter Brötchen zurück. Jo konnte sich nicht erinnern, wann eine Mahlzeit je so köstlich geschmeckt hatte.

„Sekt und Champagner sind schön und gut, aber das einfache Leben hat auch seine Vorzüge“, sagte Adrian und blickte voller Sehnsucht aus dem Fenster. „Die Menschen hier – was sie tun, wie sie leben – das ist für mich wahrhaftig!“ Er hielt Josefine fragend die letzte Brötchenhälfte hin.

Sie winkte lachend ab. „Noch ein Bissen mehr und ich komme nicht mehr aufs Rad.“ Dann fuhr sie fort: „Von früh bis spät Kutter be- und entladen ist doch nichts Besonderes. Du hingegen – bestimmt hat dein Vater dir eine verantwortungsvolle Aufgabe anvertraut, oder?“

„Von wegen! Wenn du glaubst, ich gehöre zu den Ingenieuren, die mit ihrem Wissen einen technischen Coup nach dem anderen landen, hast du dich getäuscht. Ich muss elend lange Zahlenreihen überprüfen, auf dass sich ja nirgendwo der Fehlerteufel eingeschlichen hat! Ich frage mich wirklich, wofür ich in München Wirtschaftswissenschaften studiert habe! Wie gern würde ich mich mit den Produktionsverhältnissen bei der EWB auseinandersetzen – hier sind die Möglichkeiten noch lange nicht ausgeschöpft! Und das gilt meiner Ansicht nach für die ganze Industrie.“

„Du suchst also nach Möglichkeiten, um die Arbeiter noch mehr auszubeuten?“, sagte Josefine spöttisch.

Adrian schaute sie verwirrt an. „Wer redet denn von der Ausbeutung der Arbeiter? Dagegen muss dringend etwas unternommen werden. Eine Beschränkung der Arbeitszeit auf maximal zwölf Stunden am Tag. Dazu zwei Pausen, in denen die Arbeiter frische Luft schnappen können. Seit Wochen dränge ich meinen Vater, sich endlich Gedanken über eine Krankenversicherung für unsere Arbeiter und Angestellten zu machen. Bisher leider ohne Erfolg. Es kann doch nicht angehen, dass eine Familie am Hungertuch nagt, nur weil die Mutter oder der Vater krank geworden sind und ihrer Arbeit nicht mehr nachgehen können. Ein Fabrikbesitzer trägt die Verantwortung für alle seine Arbeiter, auch wenn die meisten Herren Unternehmer das bisher nicht wahrhaben wollen."

„Und was hat das mit den Produktionsverhältnissen zu tun, von denen du vorhin gesprochen hast?"

„Die Krankenversicherung ist nur ein Mosaikstein von vielen", sagte Adrian. „Mein Hauptanliegen wäre, die Produktion effektiver und somit kostengünstiger zu gestalten, und das nicht zulasten der Arbeiter."

„Für den Fabrikbesitzer mögen sich daraus Vorteile ergeben, aber was hätte der einfache Mann davon?"

Adrian grinste. „Eine ganze Menge! Denk doch mal: So viele nützliche Produkte sind bisher nur einer reichen Minderheit zugänglich – Nähmaschinen, Waschmaschinen, das Velo. Dabei könnte man Velos und vieles mehr sehr viel kostengünstiger produzieren, wenn man es nur wollte." Adrian beugte sich über den Tisch. „Der bekannte englische Ökonom Adam Smith beschreibt es in seinem großartigen Buch ‚Der Wohlstand der Nationen'. Wenn ein Unternehmer seine Produktivität erhöht, erweist er gleichzeitig der Gesellschaft einen großen Dienst."

„Weil er die Waren dann günstiger produziert und sich mehr Leute die Waren leisten können?" Adrians Nicken bestätigte ihre Vermutung.

„Genauso ist es. Wenn Eigennutz und Gemeinwohl sich treffen, wird der Markt quasi von einer unsichtbaren Hand gesteuert. Stell dir mal vor, was das in der Schlussfolgerung für die Masse der Menschen bedeuten würde: Maschinen zum Kochen, Backen, Putzen und Waschen wären keine Luxusgüter mehr, sondern würden den Alltag von Fabrikarbeitern, Mägden und Hausfrauen erleichtern. Auch Velos müssen nicht für immer Luxusgüter bleiben. Wäre das nicht großartig?"

Jo schluckte beklommen. „Als ich von früh bis spät mit einer Maschine Löcher in Schuhsohlen stanzen musste, bin ich fast verrückt geworden vor Langeweile. Wie viel hätte ich dafür gegeben, mit einem Velo dem Elend für ein, zwei Stunden entfliehen zu können!"

„Was du schon alles erlebt hast", sagte Adrian. „Du hast am eigenen Leib erfahren, was Abertausende von Arbeitern täglich ertragen müssen. Ich hingegen kenne deren Los nur aus der Theorie. Aber vielleicht kann ich dazu beitragen, ihr Dasein erträglicher zu machen. Es muss möglich sein, Velos günstiger zu produzieren als bisher. Ein Fahrrad für unter hundert Mark – das wär's! Und wenn wir das in Deutschland nicht hinbekommen, dann kann's vielleicht eine Fabrik in England oder Amerika."

Josefine schaute Adrian herausfordernd an. „Und warum findest du es nicht einfach heraus?“, fragte sie und hatte dabei das seltsame Gefühl, wie Frieda zu klingen.

ES WAR SAMSTAGMITTAG. Hektisch zerrte Jo ihren Roadster aus der Werkstatt. Sie wollte sich gerade aufs Rad schwingen, als sie Clara am Arm eines großgewachsenen Mannes die Straße entlangkommen sah. Wenigstens bekam sie nun auch den Herrn Doktor einmal zu Gesicht. Der Mann war wirklich sehr attraktiv, kein Wunder, dass sich Clara Hals über Kopf in ihn verliebt hatte.

„Josefine!“, rief Clara grell. Kein Wort der Begrüßung, der Ehemann wurde nicht vorgestellt. Mit spitzem Finger zeigte sie auf Josefines Beine. „Wie läufst du denn herum? Du trägst Hosen?“

„Ich bin auf dem Weg in den Veloverein, und beim Radfahren ist ein Rock nun mal gefährlich.“ Stirnrunzelnd schüttelte Jo den Kopf. „Erinnerst du dich nicht daran, wie wir fürs Velofahren schon vor Jahren einen Rock zur Hose umgenäht haben? Ach nein, daran kannst du dich gar nicht erinnern“, verbesserte sie sich im nächsten Moment. „Damals lagst du mit gebrochenem Bein im Krankenhaus. Wenigstens habt ihr beiden euch dort kennengelernt …“ Mit einem erwartungsvollen Lächeln schaute sie Claras Ehemann an. „Schön, dass wir uns endlich kennenlernen“, sagte sie und streckte dem Arzt die Hand entgegen.

Gerhard Gropius schaute sie so angewidert an, als habe er einen Schädling vor sich. Dann wandte er sich an Clara: „Manche Weibspersonen haben keinen Funken Ehrgefühl im Leib! Ich hoffe doch sehr, du weißt entsprechenden Abstand zu halten.“ Grob zog er sie am Arm weiter.

Perplex ließ Josefine ihre Hand sinken. Was war denn das gewesen?

ALS SIE endlich bei der Rennbahn ankam, stellte sie ihr Velo an der Hausmauer ab und hielt mit klopfendem Herzen Ausschau nach Adrian. Doch an diesem späten Samstagnachmittag war nicht mehr viel los auf dem Vereinsgelände. Einige verschwitzte Fahrer verließen gerade die Rennbahn, die sogleich von ein paar Frauen in Beschlag genommen wurde. Zwei ältere Herren in Straßenkleidung waren auf dem Weg Richtung Ausgang, sonst war niemand zu sehen.

Mit düsterer Miene betrat Jo das Damenvereinsheim. Ihre Enttäuschung wurde noch größer – es war niemand da. Verdrossen verließ Jo den Vereinsraum, dann schob sie ihr Velo auf die Rennbahn. Dafür war sie schließlich hier.

Es war aufregend, die erste Runde auf dem glatten Oval zu drehen. Der Untergrund war gefährlich schnell, die engen Kurven ungewohnt, aber nach wenigen Minuten fand Jo ihren Rhythmus. Obwohl sie das Fahren als nicht anstrengend empfand, klopfte ihr Herz hart gegen die Brust. Ein leichter Schwindel überfiel sie. Auf einmal fühlte sie sich unsicher auf dem Velo.

„Das gibt's doch nicht", murmelte sie vor sich hin. Widerstrebend ließ sie ihr Rad auf der langen Geraden auslaufen. An die Bande gelehnt schaute sie den Fahrerinnen zu, die schon vor ihr dort gewesen waren. Sie radelten noch immer in hohem Tempo scheinbar mühelos dahin.

„Erschöpft?" Lächelnd hielt eine der Fahrerinnen neben ihr an. Luise Karrer reichte Jo eine behandschuhte Hand. „Herzlich willkommen im Verein. Habe schon gedacht, du lässt dich gar nicht mehr blicken."

„Ihr habt ja eine gehörige Portion Ausdauer – wie macht ihr das nur?", fragte Jo.

„Häufiges und ausdauerndes Training", erwiderte Luise lapidar. „Hier treten Schwächen schneller zutage, weil du unmittelbar im Vergleich mit anderen stehst. An deinem Velo kann es jedenfalls nicht liegen." Die ältere Fahrerin strich bewundernd über den schwarz lackierten Rahmen des Roadster. „Und dein Aufzug ist auch schnittig genug."

Josefine lachte bitter auf. „Du hättest mal die Kommentare meiner Nachbarn hören sollen."

„Kleinbürger! Ich finde dich *très à la mode*", sagte eine zweite Fahrerin, die sich nun ebenfalls zu ihnen gesellt hatte. Sie selbst trug ein schmal geschnittenes und sehr elegantes Hosenkleid. „Mein Name ist Chloé, ich bin die Frau von Freddy Stich", sagte sie mit französischem Akzent. Erwartungsvoll schaute sie Josefine an.

„Freddy Stich ist einer unserer berühmtesten Rennfahrer!", erklärte Luise, nachdem Jo sich vorgestellt hatte.

Jo machte ein peinlich berührtes Gesicht. „Über solche Dinge weiß ich leider gar nicht Bescheid, verzeiht mir. Und über die richtige Art zu trainieren anscheinend auch nicht. Ich schwitze und schnaufe, ihr wirkt geradezu ausgeruht."

„Eine Dame schwitzt doch nicht", erwiderte Chloé mit hochgezogenen Brauen.

Alle drei lachten. Nachdem sie ihre Velos in einen Unterstand gebracht hatten, gingen sie einträchtig ins Vereinsheim. Wieder hielt Josefine Ausschau nach Adrian – vergeblich.

„Deine Freundin Isabelle ist eine sehr gute Fahrerin. Bestimmt wird sie dir gern ein paar Ratschläge zum Bahntraining geben", sagte Luise, als sie bei einer Tasse Kaffee zusammensaßen.

„Ratschläge!“ Chloé winkte ab. „Der eine schwört auf viel Schlaf. Der Nächste auf nährende Speisen wie Kartoffeln und Fleisch. Der Übernächste hält eine völlige Alkoholabstinenz für nötig. Ich sage, jeder muss selbst herausfinden, was das Richtige für ihn ist. Ein Glas Champagner am Abend oder auch schon am Morgen hat mir jedenfalls noch nie geschadet.“

„Ein Glas Champagner in allen Ehren – aber du kannst wohl nicht abstreiten, dass ein gesunder und regelmäßiger Lebenswandel Voraussetzung für erfolgreiches Fahren ist“, erwiderte Luise.

Josefine nickte. „Was ist denn das?“, fragte sie und wies auf eine Zeitschrift, die sie aus dem Augenwinkel schon länger im Visier hatte.

Luise Karrer sagte: „Das ist die *Draisena,* die erste Zeitschrift, in der es ums Damen-Radfahren geht. Das Exemplar ist gestern druckfrisch aus Dresden angekommen.“

„Gibt es auch Fotografien und Bilder in dem Heft?“, fragte Chloé und riss Jo die Zeitung aus der Hand.

Jo schaute der Vereinskollegin über die Schulter, während diese Seite um Seite umblätterte. Fotografien gab es nicht, dafür umso mehr schöne und teilweise auch sehr lustige Illustrationen.

„Die Radlerin im Lichte der Gesellschaft“ hieß ein langer Artikel, in dessen Unterüberschrift der Autor die Frage stellte: „Fahren die Industriellengattin und ihre Köchin bald Seite an Seite?“ Begleitet wurde der Text von einer Art Karikatur, in der eine fein kostümierte Dame und deren dicke Köchin mit Schürze dieselbe Straße entlangradelten.

Luise Karrer lachte. „Wenn das Isabelle sieht …“

„Oder Irene“, fügte Chloé hinzu.

Als Josefine kurze Zeit später das Vereinsheim verließ, sah sie ihn doch noch. Gekleidet in einen schwarzen Anzug, auf dem blonden Schopf einen schwarz glänzenden Zylinder und unterm Arm eine Aktenmappe, kam er ihr ganz fremd vor.

Er sah sie erst im letzten Moment. „Josefine …“

„Zum Radfahren bist du allem Anschein nach nicht gekommen“, sagte sie mit Blick auf seine Kleidung.

„Mein Vater bekommt gleich im Stadtschloss einen Ehrentitel verliehen, der Kaiser ernennt ihn zum Kommerzienrat. Mich hat Vater auf die Liste der Redner gesetzt, allerdings habe ich meine Stichworte hier im Spind liegenlassen. Ich bin nur gekommen, um sie zu holen.“ Er verzog das Gesicht und entfernte ein Kastanienblatt aus den Speichen ihres Rads. „Wie ich sehe, hast du den Roadster nun auch auf der Bahn ausprobiert. Und – hat er sich bewährt?“

„Der Roadster hat seine Sache gut gemacht, ich hingegen …“ Sie seufzte tragikomisch. „Keine Ausdauer!“

„Dann sollten wir dringend dafür sorgen, dass du welche bekommst. Wie wäre es, wenn wir nächste Woche wieder gemeinsam Velo fahren – solang die Welt noch schläft?“ Jo zögerte. Das alles machte doch keinen Sinn, schoss es ihr durch den Kopf. „Sag ja“, flüsterte Adrian und strich ihr unvermittelt über die Wange. Sein Kopf war auf einmal so nahe, dass sie seinen Atem auf ihrem Gesicht spüren konnte. Warm und süß. „Bitte, sag ja. Im Wissen, dich wiederzusehen, ertrage ich den heutigen Abend leichter. Du weißt nicht, wie viel lieber ich bei dir wäre …“

18. Kapitel

Das Treppenhaus von diesem Schloss! Der berühmte Architekt Schinkel hat es entworfen. Alles aus Marmor. Ein endloser roter Teppich.“ Aufgekratzt wedelte Isabelle mit der rechten Hand in der Luft herum, während sie sich mit der linken auf die Werkbank stützte. Ihre Augen funkelten, ihre Wangen waren gerötet, sie sah hübscher aus als je zuvor. „Und dann erst der Salon, in dem die Zeremonie stattfand! Alles in Rot gehalten, ein fürstliches, ach was, ein kaiserliches Rot, wie du noch keins gesehen hast.“

Josefine nickte, während sie einer alten Truhe den letzten Schliff verlieh. Sie wollte fertig werden mit dem Stück, denn an der Werkstattwand lehnte schon neue Arbeit: das erste Velo, das ihr zur Reparatur gebracht worden war!

„Und dann die Abendroben der Damen … So viel Seide und Spitze auf einmal …“ Seit Isabelle vor einer Stunde mit einem duftenden Hefekuchen angekommen war, erzählte sie ohne Pause. Die Einladung ins Berliner Stadtschloss schien sie mächtig beeindruckt zu haben.

Da ging die Türglocke und ein Mann trat ein. Josefine lächelte freundlich. „Kann ich Ihnen helfen?“

„Josefine Schmied?“ Der Mann, der einen grauen Anzug trug und dazu einen Bart wie der Kaiser, verzog keine Miene.

„Ja.“ Stirnrunzelnd schaute sie zu, wie ihr Besucher steifbeinig zu ihrer Werkbank stakste und dort, ohne um Erlaubnis zu fragen, seine Aktentasche abstellte.

„Sie sind hier die Besitzerin?“

„Ja, warum?“

„Gestatten, Johann Schmolke, ich komme von der Handwerkskammer.

Man hat mir zugetragen, dass Sie hier einen Handwerksbetrieb führen, ohne die dafür nötigen Qualifikationen zu besitzen. Ihre Papiere bitte!"

„Welche Papiere? Welche Qualifikationen?"

„Die Gewerbeanmeldung, Ihren Abgabennachweis, der Kleine Befähigungsnachweis", leierte der Mann herunter, „und in Ihrem Fall möchte ich außerdem noch Unterlagen sehen, die Ihre volle Geschäftsfähigkeit nachweisen." Er musterte sie von oben bis unten. „Sind Sie überhaupt schon volljährig?"

„Natürlich", sagte Jo. „Aber wozu –"

„Hätten Sie vielleicht zuerst die Freundlichkeit, uns *Ihre* Papiere zu zeigen, Herr Schmolke?", fiel Isabelle ihr ins Wort. Ihr Ton war freundlich, aber bestimmt.

Während der Mann empört in seiner Tasche kramte, dachte Josefine fieberhaft nach. Sie besaß nichts von dem, was der Mann verlangte! Was tun? Mit zitternden Lidern warf sie einen Blick auf den Ausweis, den ihr der Beamte unter die Nase hielt. Verflixt! Er kam tatsächlich von der Handwerkskammer.

„Um was für einen Betrieb handelt es sich hier eigentlich? Eine Schmiedewerkstatt? Eine Schlosserei? Gar ein Klempnerbetrieb? Ich habe noch nie von einer … Dame gehört, die einem dieser Berufsbilder angehört!"

Jo atmete tief durch. Bleib freundlich und verlier jetzt nicht die Nerven, sagte sie sich. „Ich stelle doch nichts her, so wie ein gelernter Handwerker, sondern repariere lediglich ein paar Dinge, die andere Menschen kaputt gemacht haben. Oder die im Laufe der Zeit von selbst kaputtgegangen sind." Noch während sie sprach, hörte sie hinter sich einen leisen Ratsch.

Im nächsten Moment trat Isabelle vor den Mann. „Es ist so: Fräulein Schmied hilft so ungeschickten Menschen wie mir. Schauen Sie, vorhin habe ich mir meinen Rock am Gartenzaun aufgerissen, und Fräulein Schmied hat versprochen, ihn mir gleich jetzt zu flicken. Das ist doch nett, nicht wahr? Ich gebe ihr ein paar Kreuzer dafür und bin meine Sorge los."

Josefine ahnte, was hinter Isabelles Taktik steckte. In der Hoffnung, dass der Mann sich durch ihre Frauensachen von seiner Fragerei abhalten ließe, zerrte sie Friedas alten Wollekorb hinter der Werkbank hervor. „Manchmal muss ich sogar für andere ein paar Reihen häkeln oder stricken, stellen Sie sich vor!"

Der Mann schob skeptisch seine Unterlippe nach vorn, sein Kaiser-Wilhelm-Bart zitterte. „Ihre Tätigkeit besteht also größtenteils aus Handarbeiten. Aber wie kommt es dann, dass diese Werkstatt bestens ausgestattet ist?" Er klopfte mit seinem Spazierstock auf die Esse.

Josefine senkte den Blick und versuchte, ihrer Stimme einen traurigen Klang zu geben. „Das stammt alles noch von dem verstorbenen …"

„Gott hab ihn selig", half Isabelle aus.

Der Mann zwirbelte seinen Bart. „Reparaturen und Näharbeiten. Allem Anschein nach hat man mich aufgrund falscher Annahmen hierhergeschickt, einen Verstoß gegen die Handwerksordnung kann ich nicht erkennen." Er klang fast bedauernd. „Wenn Sie mir jetzt noch Ihre Gewerbeanmeldung und Ihren Nachweis über die Abgaben – viele können es ja nicht sein – zeigen, sind Sie mich wieder los." Zum ersten Mal seit seiner Ankunft gestattete er sich eine Art Lächeln.

„Die Gewerbeanmeldung …" Josefine wand sich wie ein Aal. „Tja …"

„Das ist doch nicht zu fassen!", rief Isabelle, kaum dass der Mann gegangen war. „Du eröffnest die Werkstatt und vergisst, sie auf dem Amt anzumelden? Und Abgaben zahlst du auch nicht?"

Josefine hätte vor Scham im Boden versinken mögen. „Ich habe doch erst seit zwei Wochen geöffnet! Und es gab so viele andere Dinge zu erledigen."

„Und nun? Der Mann kommt in zwei Wochen wieder, und du musst einen Bürgen vorweisen. Wie gedenkst du an einen solchen zu kommen?"

Wer sollte für sie bürgen – und wofür war eine Bürgschaft nötig? Die Frage hätte sie ihm stellen sollen, stattdessen hatte sie eingeschüchtert geschwiegen. „Hoffentlich ist das nicht der Anfang vom Ende", murmelte sie mit gesenktem Haupt vor sich hin.

„So schnell wirst du doch nicht die Flinte ins Korn werfen! Soll ich Adrian fragen?", sagte Isabelle in versöhnlicherem Ton.

„Bloß nicht! Wehe, du erzählst im Verein oder sonst wo herum, wie dumm ich mich angestellt habe."

Isabelle winkte ab. „Noch lieber würde Adrian zwar alle Fabrikarbeiter dieser Welt retten, aber wenn ich ihn lieb bitte, hilft er dir bestimmt."

„Wieso sprichst du so über deinen Verlobten? Das hat doch mit Liebe und Zuneigung nichts zu tun! Du solltest dich schämen!"

Isabelle schaute sie erstaunt und entsetzt zugleich an. Doch im nächsten Moment zeigte sich schon wieder ein spöttischer Zug um ihre Mundwinkel. „Was weißt du schon von der Liebe? Gar nichts!"

Als habe sie einen Schlag bekommen, zuckte Josefine zusammen. Isabelle hatte recht. Liebe … Bedeutete das … Josefine griff sich ans Herz, während eine plötzliche Erkenntnis sie durchdrang. War sie womöglich verliebt? O Gott, wenn das stimmte –

„Und von mir weißt du auch nichts!", riss Isabelle sie aus ihren Gedanken.

„Aber statt zu fragen, wie es mir geht und was mit mir los ist, ziehst du deine eigenen Schlüsse und verurteilst mich. Eine schöne Freundin bist du!"

Betreten und hilflos zugleich schaute Jo Isabelle an, die laut schluchzend auf der Werkbank zusammengesunken war, den Kopf zwischen ihren Armen verborgen. „Verzeih mir, ich habe es nicht so gemeint."

Im nächsten Moment drehte sich Isabelle zu ihr um und warf sich ihr in die Arme. „Du glaubst gar nicht, wie schrecklich alles ist!", schluchzte sie an Josefines Brust. „Wenn sich nicht bald etwas ändert, bring ich mich um!"

Arm in Arm gingen sie hinüber ins Haus. Widerstandslos ließ sich Isabelle von Jo zum Sofa führen und in Friedas alte Wolldecke einwickeln. Josefine ging in die Küche und kochte Tee.

Ihre Teetasse fest umklammert, begann Isabelle zu erzählen, stockend, von dem Kuhhandel, den Moritz Herrenhus mit Gottlieb Neumann abgeschlossen hatte, und davon, welchen Beschluss Adrian und sie daraufhin gefasst hatten. „Versteh mich nicht falsch – ich mag Adrian sehr, er ist ein wunderbarer Mann, klug, gutaussehend …" Sie zuckte mit den Schultern. „Aber ich liebe ihn nicht", sagte sie schlicht, aber mit fester Stimme.

IN DER NACHT lag Josefine noch lange wach. Jahrelang hatte sie Isabelle, die Tochter des reichen Unternehmers Moritz Herrenhus, bewundert, vielleicht sogar beneidet. Das schöne Haus, die eleganten Eltern. Der Reichtum. Ein eigenes Velo. Warum war ihr nie in den Sinn gekommen, dass es sich dabei um einen goldenen Käfig handelte? Arme Isabelle …

Und was bedeutete all das für sie? Hatte sich überhaupt etwas geändert? Die Hochzeit zwischen Adrian und Isabelle war für den kommenden Herbst geplant. Selbst wenn ein Wunder geschah und der Termin nochmals platzte – Adrian kam aus einer Großunternehmerfamilie, und sie war eine dumme Pute, die nicht einmal wusste, dass man sein Geschäft anmelden musste.

Ein Bürge … Ob sich Oskar Reutter wohl dafür zur Verfügung stellen würde? Es war wirklich am besten, wenn sie sich vorrangig um ihr Geschäft kümmerte, war ihr letzter Gedanke, bevor Josefine endlich die Augen zufielen.

EIN PAAR HÄUSER WEITER konnte eine andere junge Frau nicht einschlafen. Wie lange würde Gerhard noch am Schreibtisch über seiner Abhandlung sitzen?, fragte sich Clara, als die Wanduhr im Wohnzimmer Mitternacht schlug. Spontan schwang sie die Beine über die Bettkante und ging nach unten, um ihn zu holen.

„Hör dir das mal an!", sagte er zu ihr, kaum dass er sie im Türrahmen stehen sah. „‚Das Damen-Radfahren aus medizinischer Sicht betrachtet:

Da die Gesellschaft dem unsittlichen Treiben vieler Xanthippen auf zwei Rädern still zusieht und dabei in Kauf nimmt, dass dieses undamenhafte Gehabe immer weiter um sich greift, ist es an der Zeit, dass wir Mediziner uns laut zu Wort melden. Beginnen wir mit der für Damen unziemlichen Art, auf einem Velo zu hocken. Menstruationsbeschwerden, das Ausbleiben der Blutung oder eine übermäßig schmerzhafte Regel sind nur einige von vielen Folgen. Längst scheint vergessen, wozu Gott die Frauen erschuf – zum Kindergebären, aber gewiss nicht zum Radeln …‘ “

Wie seine Augen vor Eifer glühten! Während Clara den Ausführungen ihres Mannes lauschte, kämpfte sie gegen die aufsteigende Übelkeit an. „Sehr interessant“, sagte sie mit belegter Stimme, als er zum Ende gekommen war. „Was … gedenkst du mit dieser Arbeit zu tun?“

Ein kleines Lächeln umspielte Gerhards Mund. „Schon seit Wochen stehe ich in regem Briefkontakt mit einigen Kollegen. Sie arbeiten ebenfalls an diversen Streitschriften gegen das Damen-Velofahren.“ Er schaute sie lauernd an. „Die Tage des Damen-Velovereins und seiner Mitglieder sind gezählt, dafür werde ich höchstpersönlich sorgen!“

19. Kapitel

Anfang 1896

Schauen Sie hier, alles Handarbeit! Auch der Rahmen! Worauf wir besonderen Wert legen, ist die Schutzvorrichtung gegen Schmutz, alles in Handarbeit geschmiedet!“ Der Stolz in der Stimme von Carl Marschütz war nicht zu überhören.

Adrian nickte angestrengt. Er war seit dem Morgengrauen auf den Beinen. Erst nachmittags um drei war er nach einer anstrengenden Zugfahrt, bei der es immer wieder zu einem Halt auf offener Strecke gekommen war, bei der Velocipedfabrik Marschütz & Co. in Nürnberg angekommen, dabei hatte er sich eigentlich für elf Uhr angekündigt. Bei seiner Ankunft war ihm Carl Marschütz aufgeregt über den verschneiten Hof entgegengekommen. Der Mann war nur wenige Jahre älter als er und hatte sich schon solch ein eigenes Unternehmen aufgebaut!

„Wissen Sie, wie die Leute unsere Marschütz-Räder nennen? *Hercules-Räder*. Mir gefällt's!“

„Wenn Ihre Velos so überaus beliebt sind, müsste Ihnen doch daran gelegen sein, noch viel mehr davon zu produzieren“, sagte Adrian.

Carl Marschütz schaute seinen Gast anerkennend an. „Aus Ihnen spricht der wahre Unternehmer! Ja, wenn ich ehrlich bin, denke ich über nichts anderes nach als darüber, wie man günstige Velos für viele Menschen herstellen kann. Kommen Sie, ich zeige Ihnen gern unsere Produktion." Der Unternehmer führte Adrian vom Ausstellungsraum in eine große Halle, wo mehrere Dutzend Männer damit beschäftigt waren, Velos zusammenzubauen. Es roch nach Gummi und nach Schmierfett, nach Bier und Männerschweiß, und die Männer unterhielten sich lautstark in fränkischem Dialekt. „Wir haben unsere Produktion von hundert Velos im ersten Jahr immerhin schon auf vierhundert im letzten Jahr erhöht", sagte Marschütz.

„Und was spräche dagegen, viertausend Velos zu produzieren? Ihre Halle wäre groß genug … Ich bin überzeugt davon, dass sich bei einer Massenproduktion die Herstellungskosten erheblich senken ließen."

Carl Marschütz runzelte die Stirn. „Da bin ich mir nicht so sicher. Für die Veloproduktion bedarf es vieler Spezialisten. Und geschulte Fachkräfte wollen gut bezahlt sein, das kostet."

„Sie könnten aber auch große Maschinen anschaffen und viele Teile des Velos maschinell herstellen."

Marschütz schüttelte entsetzt den Kopf. „Das Velo als ein maschinell hergestelltes Produkt? Wie sollte ich das gegenüber meinen Kunden vertreten?"

Wieder nichts!, dachte Adrian, als er sich kurze Zeit später auf den Weg zum Bahnhof machte. Es war nicht sein erster Besuch dieser Art. Zuvor war er bereits in Bielefeld gewesen, bei der Fahrradfabrik Dürkopp & Co., die sich damit rühmte, die erste „Serienproduktion" von Fahrrädern zu haben. Dass die Firma zuvor hauptsächlich Nähmaschinen hergestellt hatte, hatte für Adrian vielversprechend geklungen – so jemand kannte sich doch bestimmt bestens aus mit effektiven, industriellen Produktionsmethoden. Bei seinem Besuch hatte Adrian dann feststellen müssen, dass auch in Bielefeld noch zu viel in Handarbeit gemacht wurde. Dementsprechend waren die Räder von bester Qualität, jedoch sehr teuer gewesen.

Es hatte leicht zu schneien begonnen. Der Nürnberger Bahnhof wirkte desolat und zwielichtig. Adrian war froh, als der Zug endlich einfuhr. Er suchte sich ein leeres Abteil, lehnte sich auf dem weichen Sitzpolster zurück und schaute aus dem Fenster in die farblose Landschaft.

„Ein Fahrrad für unter hundert Mark – warum findest du nicht einfach heraus, ob es nicht doch einen Hersteller gibt, der so etwas anbietet? Dann müsste dein Traum von einem Fahrradhandel für jedermann nicht für ewig ein Traum bleiben", hatte Josefine im Mai des letzten Jahres zu ihm gesagt und ihn dabei herausfordernd angeschaut.

Anfangs hatte er sich nicht getraut. Wo sollte er anfangen? Doch dann, im Herbst, hatte er Mut gefasst. Wann immer seine Arbeit in der EWB es ihm ermöglichte, machte er sich für ein, zwei Tage auf den Weg, um Recherchen zu betreiben – allerdings nie an einem Mittwoch! Denn mittwochs am frühen Morgen fuhren Josefine und er gemeinsam Rad. Der Termin war ihm heilig geworden.

Was seine Nachforschungen bisher ergeben hatten, war hoffnungsvoll und deprimierend zugleich: Die Fahrradproduktion in Deutschland nahm tatsächlich von Jahr zu Jahr enorm zu. Die Preise jedoch blieben stabil hoch. So manchem Hersteller war schlicht nicht an einer günstigen Preisentwicklung gelegen, andere wehrten sich gegen eine maschinelle Herstellung von Velos, in ihren Augen war Handarbeit das einzig Wahre.

Nicht ein einziges Mal hatte Adrian seinen Traum, preiswerte Fahrräder verkaufen zu können, laut werden lassen. Niemand ahnte, dass ihm die Arbeit in der EWB keinen Spaß machte – außer Josefine. Er wollte ihr gegenüber etwas vorweisen. Sie sollte sagen: *Gut gemacht, Adrian!*

Gut? Bisher sah alles nach einem Versagen auf ganzer Linie aus … War er am Ende seines Traumes angelangt? War das auch das Ende von einer gemeinsamen Zukunft mit der Frau, die er liebte und schätzte und mit der er sein Leben verbringen wollte, ganz gleich, was die Welt davon hielt?

Das Ende seiner Träume … Der Gedanke erschreckte ihn, er griff sich an den Hals, löste seine Krawatte. Er musste handeln, und zwar bald. Ansonsten gab es kein Entrinnen mehr. Nachdem die Hochzeit im Herbst erneut verschoben worden war, weil Isabelle mit einer schweren Grippe daniederlag, war der neue Termin nun auf den Gründonnerstag festgelegt worden. Doch er gedachte nicht, an diesem Tag oder irgendeinem anderen zusammen mit Isabelle vor dem Traualtar zu stehen. Der Gedanke, sich für ewig an eine Frau zu binden, die er nicht liebte – und die ihn nicht liebte! –, war unerträglich.

Josefine … Ihr wollte er endlich seine Liebe gestehen können! Er wollte sie in den Arm nehmen, sie küssen, ihr über die lockigen Haare streichen, seine Lippen an die Stelle in ihrem Nacken legen, wo ganz feiner Flaum die Haut bedeckte. Er wollte ihr sagen können: Hier bin ich und hier bleibe ich, an deiner Seite. Wenn du mich willst.

Adrian atmete tief durch. Seinen Plan, mit deutschen Veloherstellern ins Geschäft zu kommen, musste er wohl vergessen. Aber er hatte noch einen anderen, ebenso gewagten wie vielversprechenden Plan im Kopf. Ob sein Mut, diesen umzusetzen, allerdings ausreichen würde, wusste er nicht.

STATT die zwanzig Minuten vom Bahnhof zu seiner Stadtwohnung zu laufen, wie er es sonst tat, nahm Adrian sich eine Droschke. Er hatte genug von dem Tag und wollte nur noch seine Ruhe. Doch als er die schwere holzvertäfelte Haustür aufschloss, sah er eine Gestalt auf der obersten Treppenstufe kauern, direkt vor seiner Wohnungstür. „Isabelle! Was machst du hier?"

Sie war blass, ihre Augen waren verweint. Ohne ein Wort folgte sie ihm in seine Wohnung. Ihr Blick wurde hart. „Bei uns zu Hause gibt es kein anderes Gespräch mehr als die Hochzeit. Gästelisten, das Brautkleid, die Speisenfolge, die kirchliche Zeremonie – ich werde noch wahnsinnig von dem Gerede!"

„Warum haben wir damals nicht darüber nachgedacht, wie wir aus dieser Geschichte wieder herauskommen?", erwiderte Adrian gereizt.

„Damals? Damals interessiert mich nicht! *Jetzt* sollst du etwas tun!", schrie Isabelle ihn unvermittelt an. „Ich möchte meine Freiheit wiederhaben. Und wenn ich einmal heirate, dann aus Liebe! Und nicht weil mein Vater und dein Vater irgendwelche Pfandscheine unterschrieben haben. Es war *dein* Vater, der am meisten von unserer Verlobung profitiert hat. Deshalb ist es auch *deine* Aufgabe, dem Spuk ein Ende zu setzen! Und zwar schnell. Andernfalls werfe ich mich vor den Zug, und du bist schuld an meinem Tod. Was glaubst du wohl, wie sich das dann anfühlt, Adrian Neumann?"

Fassungslos sah Adrian Isabelle an. War es eine schicksalhafte Fügung, dass seine „Verlobte" ausgerechnet heute so daherkam? Aus seiner Kehle kroch ein bitteres Lachen. Die Frage, ob er genügend Mut für seinen zweiten Plan aufbringen würde, hatte sich hiermit wohl erledigt. Er hatte gar keine andere Wahl, als zu handeln.

MIT EINEM LÄCHELN zog Josefine eine gelbe Strickjacke aus Friedas Kleiderschrank – die hatte die alte Freundin immer pünktlich zum ersten März aus dem Schrank geholt. Der erste März war zwar erst in einer Woche, doch die Jacke passte perfekt zu dem Ensemble aus dunkelbraunem Rock und Bluse, das sie sich vor kurzem gegönnt hatte. Oskar Reutter hatte sie regelrecht zu dem Kauf überredet, als sie kurz nach Neujahr bei ihm vorbeigeschaut hatte. Sie müsse sich auch einmal etwas gönnen. Schließlich sei sie eine junge Frau, deren Geschäft wunderbar lief – davon könne er sich als ihr Bürge bei den monatlichen Abrechnungen überzeugen.

Josefine feuchtete ihre Haare mit etwas Wasser an, dann knetete sie sie mit beiden Händen, bis sich immer mehr Locken ringelten. Sie kniff sich noch in die Wangen, um ein wenig Röte zu erzeugen. Nachdem sie der Katze Milch ins Schälchen gegeben hatte, schwang sie sich auf ihr Rad und fuhr los.

Heute war ein besonderer Tag, denn die Damen und Herren im Verein wollten die Saison mit einem großen Fest einläuten. Nach den verkürzten Winteröffnungszeiten war die Velobahn ab März wieder täglich geöffnet. Josefine fuhr allerdings lieber auf der Straße, wo sie im Laufe der Zeit große Fortschritte in Bezug auf die Ausdauer gemacht hatte. Die längste Strecke, die Adrian und sie gefahren waren, hatte vier Stunden gedauert. Sommer, Herbst, Winter – Josefine genoss auf dem Velo den Wandel der Jahreszeiten. Nur in den Wochen, als die Straßen zugeschneit waren, hatte sie aufs Fahren verzichtet. Adrian hatte sie trotzdem gesehen. Unter verschiedenen Vorwänden hatte er sie immer wieder in ihrer Werkstatt aufgesucht. Einmal gab es an seinem Velo etwas zu reparieren. Ein anderes Mal war das Band seiner Armbanduhr gerissen.

Adrian … Josefines Herz schlug schneller. Ihre gemeinsamen Ausfahrten waren zu einem wichtigen Teil ihres Lebens geworden, wenn nicht sogar zum wichtigsten. Und wenn sie ihn dann frühmorgens sah, wenn sein ernstes Gesicht sich bei ihrem Anblick zu einem befreiten Lachen verzog – dann hatte sie das Gefühl, dass auch ihm etwas an ihr lag, auch wenn er noch nie etwas Entsprechendes geäußert hatte.

Seit dem letzten Herbst hatte sie immer stärker das Gefühl gehabt, dass etwas in Adrian gärte. Dass er mit sich kämpfte, nach einem Weg aus der Misere suchte. Vielleicht sogar nach einer Lösung, die ihm den Weg zu ihr frei machte?

Zum Saisonbeginn würde es ein Festessen geben, Reden sollten gehalten werden, man wollte die geplanten Rennen fürs neue Radsportjahr besprechen. Nach dem Essen würde sogar eine Gruppe Musiker zum Tanz aufspielen!

Sie hörte die Entsetzensrufe und die wütenden Aufschreie schon von draußen. Kaum hatte Josefine die Tür aufgestoßen, wurde der Lärm noch größer. „Was für eine Schweinerei!“ – „Das gibt’s doch nicht. Das ist Rufmord, eine Hetzkampagne!“ – „Ganze zehn Zeitungsseiten, das muss man sich mal vorstellen!“

Statt sich mit perlendem Sekt gegenseitig zuzuprosten, saßen die Frauen und auch einige der Männer über aufgeschlagenen Zeitungen und lasen sich gegenseitig daraus vor.

„Hört zu: ‚Bleichsucht und Neurasthenie – die neuen Modeerkrankungen der Frau, hervorgerufen durch die Unsitte des weiblichen Velofahrens!, geschrieben von einem Doktor Köppke‘“, las Melissa, die Tochter eines pharmazeutischen Unternehmers, laut. „Was bildet der sich ein?“

Kopfschüttelnd tippte Luise Karrer auf die vor ihr liegende Zeitung. „Und hier behauptet einer, Sport mache unfruchtbar – die starken Erschütterungen beim Velofahren würden die weiblichen Fortpflanzungsorgane schädigen. Ich frage mich wirklich, wie ich zu meinen vier Kindern gekommen bin!“

„Was ist denn hier los?“ Stirnrunzelnd ließ sich Josefine neben Isabelle nieder und zeigte auf die gedeckte Tafel, die übersät war mit Zeitungen. Unauffällig ließ sie dann ihren Blick durch den Raum schweifen. Adrian saß an einem der hinteren Tische, zusammen mit dem Ehemann von Chloé. Sie nickten sich kurz zu, doch im nächsten Moment wurde Josefines Aufmerksamkeit von Isabelle in Anspruch genommen, die laut aufschrie: „Das gibt's doch nicht! Dieser Artikel hier ist von einem gewissen Doktor Gerhard Gropius!“

„Das ist doch Claras Ehemann“, sagte Josefine und riss Isabelle die Zeitung aus der Hand.

> Das Damen-Radfahren aus medizinischer Sicht:
> Da die Gesellschaft dem unsittlichen Treiben vieler Xanthippen auf zwei Rädern still zusieht und dabei in Kauf nimmt, dass dieses undamenhafte Gehabe immer weiter um sich greift, ist es an der Zeit, dass wir Mediziner uns laut zu Wort melden …

Josefine schaute auf. „Undamenhaftes Gehabe – dass es noch immer Männer gibt, die unseren Sport so verunglimpfen, ist zwar traurig, aber doch kein Grund, sich derart aufzuregen!“

„Dann lies mal weiter“, sagte Luise Karrer.

> Menstruationsbeschwerden, das Ausbleiben der Blutung oder eine übermäßig schmerzhafte Regel sind nur einige von vielen Folgen. Längst scheint vergessen, wozu Gott die Frauen erschuf – zum Kindergebären, aber gewiss nicht zum Radeln …

Empört schaute Josefine auf. „Was ist denn das für ein Blödsinn?“ Claras Mann war ihr auf den ersten Blick unsympathisch gewesen – allem Anschein nach hatte ihr Instinkt sie nicht getrogen.

„Die Zeitung nennt es eine ‚Sonderbeilage‘“, erklärte Luise ironisch. „Ganze zehn Extraseiten in der Mitte der Zeitung, gefüllt mit Aufsätzen von Doktoren und Professoren aus dem gesamten Kaiserreich. Die Herren Mediziner müssen über Monate miteinander korrespondiert haben, um eine solche Hetzkampagne auf die Beine zu stellen.“

„Mir ist völlig klar, was sie damit bezwecken wollen“, sagte Gertrude, eine ältere Lehrerin. „Sie wollen uns in unserer Freiheit beschneiden! Sie wollen, dass wir zu Hause sitzen und auf unsere Ehemänner warten, statt durch die Stadt zu radeln."

„Unglaublich!" Josefine schüttelte den Kopf. „Was sagst du denn dazu?", wandte sie sich an Isabelle, die mit einem stillen Lächeln auf den Lippen dasaß. „Sag bloß, du findest das komisch?"

Isabelle lächelte weiter. „Nein, nein, ich bin genauso entsetzt wie ihr. Aber …" Sie zog Jo näher zu sich heran und flüsterte ihr ins Ohr: „Ich habe eine sehr, sehr gute Nachricht bekommen." Ihr Blick war so vielsagend wie geheimnisvoll.

„Gleich habt ihr zwei noch mehr zu tuscheln", sagte Fadi Nandou. „Der schlimmste Artikel von allen steht nämlich ganz am Schluss. Er stammt von einem Braunschweiger Arzt. Er schreibt: ‚Nach unzähligen Untersuchungen, Beobachtungen, wissenschaftlichen Erhebungen und aufgrund meiner großen Menschenkenntnis steht für mich ohne Zweifel fest, dass viele Damen das Velofahren für masturbatorische Zwecke nutzen.'"

Man hörte, wie vielfach erschrocken und empört der Atem eingesogen wurde. Im hinteren Teil des Raumes ertönte das Lachen einzelner Männer.

„Genug ist genug! Auf diese infame Art lassen wir uns nicht verunglimpfen", sagte Luise Karrer und schlug mit der Faust so heftig auf den Tisch, dass die Weingläser klirrten. „Papier und Feder bitte, wir schreiben einen Gegenartikel!"

Der Wirt, der das Vereinsheim betrieb, trat an den Tisch. „Jetzt wird jar nüscht jeschrieben! Die Suppe is fertig, und se kommt nu uff den Tisch, und wenn ihr n Handstand macht!"

NIEMAND schenkte dem vorzüglichen Essen große Aufmerksamkeit. Stattdessen rankte sich das Tischgespräch nur um die unglaubliche Sammlung von Aufsätzen, Artikeln und Schmähschriften gegen das Velofahren. Alle waren davon ausgegangen, dass sich die Zeiten inzwischen geändert hatten. Dass *sie* die Zeiten geändert hatten …

Der Nachtisch wurde gerade aufgetragen, als Jo aus dem Augenwinkel bemerkte, dass Adrian von seinem Platz aufstand. An der Tür machte er Josefine ein unauffälliges Zeichen, ihm zu folgen.

Draußen schlug Adrian vor, ein Stück spazieren zu gehen. Josefine war das nur recht, ein bisschen frische Luft nach der ganzen Aufregung konnte nicht schaden. Im Schein der Gaslaternen lagen die Straßen still und friedlich vor ihnen, nur hie und da sah man einen Passanten mit hochgeschlagenem Mantelkragen dahereilen.

„Ich gehe noch vor Ostern nach Amerika", sagte Adrian unvermittelt.

„In Boston, das ist eine Stadt im Staate Massachusetts, gibt es einen Fabrikanten namens Albert Augustus Pope. Er stellt Räder als Massenware her. Man spricht von dreißigtausend Rädern pro Jahr, ist das nicht unglaublich?"

„Und was hat das mit dir zu tun?"

Adrian blieb unter einer Gaslaterne stehen. „Wenn mir die Räder gefallen, möchte ich sie nach Deutschland importieren. Ein Fahrrad für unter hundert Mark – erinnerst du dich?" Er lächelte spitzbübisch. „Die deutschen Fahrradhersteller sind zu unflexibel, sie beharren auf Handarbeit statt auf maschineller Herstellung. Ich muss nach Amerika. Meine Passage habe ich schon gebucht, ich werde vor Ostern aufbrechen."

„Aber …", hob Jo hilflos an, „was sagen denn Isabelle und deine Familie dazu?"

Adrian schnaubte. „Isabelle habe ich heute Nachmittag in meinen Plan eingeweiht. Sie ist überglücklich und hofft, dass die Hochzeit damit vom Tisch ist. Und mein Vater … Ich werde ihm einen Brief dalassen, in dem ich alles erkläre."

„Ein Brief – ist das nicht ein bisschen feige?" Josefine runzelte die Stirn. „Warum erklärst du ihm nicht einfach, wie die Dinge liegen?"

„Du kennst Vater nicht", sagte Adrian bitter. „Nie würde er mich freigeben, dazu passe ich viel zu gut in seine Pläne." Er nahm ihre Hände in seine und blickte ihr tief in die Augen. „Es ist der einzige Weg, glaub mir! Wenn es mir gelingt, diesen Importhandel aufzubauen, bin ich frei von allen Zwängen. Frei für dich … Ich liebe dich, Josefine."

„Und ich liebe dich auch", antwortete sie schlicht. Es war das einfache Eingeständnis dessen, was sie beide schon lange wussten.

„*Dich* möchte ich heiraten, nicht Isabelle!", fuhr Adrian heftig fort. „Aber das kann ich erst, wenn ich auch für dich sorgen kann. Wenn ich im Herbst zurückkomme, will ich ein gemachter Mann sein."

Er nahm sie in den Arm, und für einen langen Moment genossen sie nur die Wärme und die Nähe des anderen.

„Dass ich überhaupt den Mut für diese Reise aufbringe, habe ich nur dir zu verdanken", murmelte Adrian in ihr Haar. „Du hast mir gezeigt, wie wichtig es ist, den eigenen Weg zu gehen. Nicht immer nur darauf zu hören, was die anderen sagen, sondern der inneren Überzeugung zu folgen. Vielleicht würdest du an meiner Stelle anders handeln. Aber ich habe einfach das Gefühl, dass ich diesen Weg, der mich bis nach Amerika führt, gehen muss. Es ist mein Weg."

Josefine nickte. Was hätte sie dagegen auch sagen können? „Du weißt noch nicht alles", fuhr Adrian fort. „Ich werde das Velo mitnehmen und in

Hamburg ein Schiff nach New York besteigen. Von dort radele ich nach Boston zu Pope und seinen Fahrrädern. Wenn ich den Handel unter Dach und Fach habe, fahre ich an der Ostküste Amerikas entlang in den Süden und von dort wieder zurück nach New York. Das sind gut und gern dreitausend Kilometer. Verstehst du – mit dieser Aktion kann ich der ganzen Welt zeigen, dass das Fahrrad das beste Fortbewegungsmittel von allen ist!"

„Und bis zum Herbst willst du zurück sein? Das schaffst du nie und nimmer!" Josefine riss sich aus seiner Umarmung los. „Bist du völlig verrückt geworden? Willst du dich jetzt auch noch diesem elenden Gigantismus hingeben, der anscheinend die ganze Radsportwelt überfällt? Hast du nicht den Artikel gelesen, wo über den Mann berichtet wurde, der mit seinem Velo die Welt bereisen wollte und von Wegelagerern totgeschlagen wurde?"

„Keine Sorge, ich werde auf mich aufpassen. Und ich werde jeden Tag an dich denken. An dich und unsere gemeinsame Zukunft."

Seine Lippen waren weich. Alle Gedanken an Amerika verdrängend, verlor sich Josefine in Adrians Armen.

ALLE hatten sich versammelt, um Adrian Anfang April eine gute Reise zu wünschen: die Mitglieder des Berliner Velozipeden-Vereins und die des Berliner Velovereins für Damen. Auch Adrians Familie war gekommen, um den Sohn zu verabschieden.

Josefine stand ein wenig abseits auf dem Bahnsteig und betrachtete die Szene mit gemischten Gefühlen. Ob es ihre Bemerkung gewesen war, die Adrian dazu veranlasst hatte, doch noch reinen Tisch mit seinem Vater zu machen?

Adrian hatte in der Vorwoche seinen Vater aufgesucht und ihm eröffnet, dass er vorhabe, nach Amerika zu reisen und sein eigenes Glück zu machen.

„Er hat es erstaunlich gefasst aufgenommen", hatte Adrian ihr völlig perplex nach dem Gespräch berichtet. Er sei halt doch mehr seines Vaters Sohn, als er geglaubt habe, hatte der alte Neumann gesagt und Adrian anerkennend auf die Schulter geklopft.

Dann hatte er noch wissen wollen, was nun mit der Hochzeit sei, woraufhin Adrian nur mit den Schultern zuckte. „Ob verschoben oder ganz aufgehoben, mir ist's gleich", hatte der Vater dann seinem verdutzten Sohn erklärt. Und hinzugefügt, dass er die von Moritz Herrenhus gewährten Darlehen längst auf Heller und Pfennig zurückgezahlt habe und sie der Familie somit nichts mehr schuldig seien.

Von ihr, Josefine, hatte Adrian seinem Vater nichts erzählt. „Alles zu seiner Zeit", hatte er gesagt.

Alles zu seiner Zeit? Josefine seufzte tief. Als sich Isabelle und Adrian zum Abschied umarmten, trafen sich sein und Josefines Blick. Im nächsten Moment kam Adrian zu ihr.

Er reichte ihr ein wenig steif die Hand, während doch alles in ihr danach schrie, ihn in den Arm zu nehmen und ihn nicht mehr loszulassen. „Zweifle nicht an meiner Liebe zu dir", sagte er leise. „Und mach dir keine Sorgen. Im Herbst komme ich zurück. Zu dir. Und dann fängt der Rest unseres Lebens an."

20. Kapitel

Die neuntägige Schiffspassage nach New York verlief ruhig und ohne größere Vorkommnisse. Adrian, der erster Klasse reiste, genoss den Komfort des großen Dampfers ebenso wie die angeregten Tischgespräche und die abendliche Stimmung auf Deck.

In New York gönnte er sich zwei Tage, um sich die Stadt, über die Gott und die Welt sprach, anzuschauen. Fahrräder gab es in New York viele, und sie machten sich mit den Kutschfahrern und Reitern die Straßen streitig wie in Berlin auch. Beschwingt von den vielen neuen Eindrücken, machte sich Adrian anschließend auf den Weg nach Boston. Und traf am dritten Tag nach geschätzten fünfhundert Kilometern am Fabrikgelände der POPE MANUFACTURING CO. ein.

Stirnrunzelnd schob Adrian sein Rad zwischen zwei Pfeilern aus Stein hindurch. Am rechten baumelte an einem losen Nagel das Fabrikschild, so schwarz verkohlt, dass vom Schriftzug nur noch wenige Buchstaben leserlich waren. Adrian blieb stehen und versuchte sich inmitten der riesigen Staubwolke, die das Gelände einhüllte, zu orientieren. Wo waren die imposanten Werkhallen, wo die Bürogebäude? Alles, was er sah, waren riesige Berge Bauschutt, dazwischen türmten sich kleinere Haufen aus verkohltem Metall und verschmorten Gummiwaren. Was war hier los? Erschüttert und zutiefst erschrocken schaute er zu, wie Dutzende von Männern mit staubverschmierten Gesichtern und grimmigen Mienen die Berge von Bauschutt Schaufel für Schaufel abtrugen und auf Schubkarren luden. Am Straßenrand wurde der Schutt auf unzählige Pferdefuhrwerke umgeladen.

Adrian hielt den nächstbesten Mann an, der an ihm vorbeiging. Statt Arbeitskleidung trug er einen staubigen Anzug und ein Notizbuch in der Hand. „*Excuse me, Sir, but … I wanted to visit the bike factory.*"

Der Mann schaute auf. „Sind Sie blind, Mann? Die Fahrradfabrik gibt es nicht mehr", sagte er unfreundlich. „Das große Feuer am 12. März hat alles zerstört. Unsere Halle, Abertausende von Rädern … Es gibt nichts mehr, rein gar nichts.“

„Das tut mir leid. Es ist nur so …“ Kurz schilderte er seine Lage und fragte dann nach anderen Fahrradfabriken in der Gegend.

„Hier gibt es weit und breit niemanden mehr – Mister Pope hat immer dafür gesorgt, dass die Konkurrenz nicht überlebt.“

Mit hängenden Schultern schob Adrian sein Rad wieder durch die Pfeiler. Er wollte gerade durch den Pferdemist waten, als sich jemand neben ihm laut räusperte.

„*Excuse me, Sir* … Ich habe Ihr Gespräch mit angehört. Sie wollen Räder kaufen? Ich bin, äh, war Ingenieur hier in der Fabrik. Vielleicht reicht für Ihre Zwecke auch der zweitschnellste, zweitbeste und zweitgünstigste Fahrradproduzent Amerikas?“

„Und wen … meinen Sie damit?“ Adrian hielt die Luft an.

„Ursprünglich stamme ich aus Chicago. Dort habe ich ebenfalls in einer Fahrradfabrik gearbeitet. Bei den Western Wheel Works. Pope hat mich abgeworben. Die Crescent Bikes, die Western Wheel Works herstellt, stehen den Pope-Rädern in nichts nach. Als ich die Firma verließ, lag die Produktion schon bei fünfzigtausend Rädern pro Jahr.“

Adrian spürte, wie das kleine Pflänzchen Hoffnung in ihm wieder wuchs. „Western Wheel Works … Chicago, sagten Sie? Können Sie mir bitte sagen, welche Straße ich nehmen muss, um nach Chicago zu kommen?“

Der Mann runzelte die Stirn. „Welche Straße? Straßen gibt es nur hier, an der Ostküste. Vielleicht auch noch in großen Städten im Westen. Quer durch Amerika gibt es keine Straßen!“

WICHTIGE INFORMATION
FÜR ALLE VEREINSMITGLIEDER:

Am nächsten Samstag hält Susanne Lindberg
in unseren Räumlichkeiten einen Vortrag.
Wir bitten um zahlreiche
am besten vollzählige Teilnahme!

Fragend drehte sich Josefine von dem Plakat zu Isabelle um. „Kennst du diese Susanne Lindberg?“

Isabelle zuckte mit den Schultern. „Nicht persönlich. Ich weiß nur, dass sie eine bekannte dänische Radfahrerin ist.“

„Und was will sie hier? Um welche Art Vortrag geht es?“

„Woher soll ich das wissen?“, antwortete Isabelle. „Frag Irene, die hat den Kontakt zu dieser Susanne Lindberg hergestellt.“

„Also ich geh hin, ein Vortrag übers Radfahren ist immer interessant“, sagte Josefine.

Es war Samstagnachmittag. Auf der Rennbahn herrschte bei hochsommerlichem Wetter reger Betrieb. Auch wenn es einigen Herren noch immer gegen den Strich ging, nutzten Damen und Herren seit dieser Saison die Bahn gemeinsam, was die Trainingszeiten und -möglichkeiten für die Frauen erheblich erweiterte. Doch Josefine und Isabelle hatten am Vormittag lieber eine lange Radtour durchs Berliner Umland gemacht. Fortan wollten sie wieder öfter miteinander fahren, hatten sie beschlossen. Nach der Radtour hatte Isabelle den Vorschlag gemacht, auf einen Sprung im Vereinsheim vorbeizuschauen und sich dort ein Glas Limonade zu gönnen. „Dann müssen wir aber zuerst bei mir zu Hause vorbei, ich möchte etwas holen“, hatte Jo geantwortet. Mit einer langen Röhre unterm Arm war sie anschließend an Isabelles Seite zur Radbahn gefahren.

„Friedas alte Weltkarte, ich denke, sie leistet uns derzeit hier bessere Dienste“, sagte Josefine, während sie die Karte auseinanderrollte. Voller Eifer heftete sie sie dann an der Wand des Vereinsheims fest. Die Postkarten, die inzwischen von Adrian eingetrudelt waren, befestigte sie daneben.

Zufrieden betrachtete Josefine ihr Werk. „Jetzt können wir mit einem Stift Adrians Route eintragen. Hilfst du mir?“

Isabelle winkte ab. Was ging sie Adrians Reise an? In der ersten Zeit nach Adrians Abreise hatte sie nichts als Erleichterung verspürt. Endlich war sie wieder frei! Natürlich wurde überall, wo sie auftauchte, getuschelt. Doch durch ihre leichtherzige Art, damit umzugehen, hatte sie den Spöttern schnell den Wind aus den Segeln genommen. Ihr Vater hingegen hatte getobt wie noch nie. Isabelle war klar, dass er im Stillen längst nach einem neuen Heiratskandidaten Ausschau hielt. Und dann würde das elende Spiel von vorn losgehen. Aber nicht mit mir, dachte sie grimmig.

„Das ist aber seltsam“, murmelte Josefine vor sich hin. „Adrian wollte doch an der Ostküste fahren.“ Sie tippte mit dem Zeigefinger auf die Weltkarte. „Laut seinen Postkarten fährt er quer durch Amerika! Von Ost nach West. Was hat das denn zu bedeuten?“

Die Tür ging auf, und Isabelle kam um eine Antwort herum. Im Türrahmen stand ein Mann. Sie schätzte ihn auf Mitte zwanzig. Seine Haare waren dunkelbraun, lockig und hingen ihm verwegen bis über die Schulter und ins Gesicht. Auch seine Augen waren braun und von dichten Wimpern umrahmt. Er sah unglaublich gut aus, abenteuerlich, irgendwie tollkühn …

„Kann ich Ihnen helfen?", fragte Isabelle hastig.

„Ich habe gehört, dass man hier in Berlin gut Rad fahren kann", sagte der Mann in einem Dialekt, den sie nicht kannte. „Mein Name ist Leonardo Feininger, aber alle nennen mich nur Leon. Man kennt mich."

Seine Stimme klingt wie warmer Honig, dachte Isabelle. Hinter sich hörte sie Josefine schnauben. „Der ist aber ganz schön von sich eingenommen", raunte die Freundin ihr ins Ohr und setzte sich zu ihr an den Tisch.

Isabelle warf Jo einen abweisenden Blick zu. Hatte sie nicht mit ihrer Landkarte zu tun? „Sie sind hier genau richtig! Unser Verein ist der beste von ganz Berlin. Unsere Rennfahrer sind bei allen großen Rennen vertreten, meist auf den vorderen Rängen. Und wir haben sogar eine sehr erfolgreiche Damenriege." O Gott, wie hörte sich das denn an? Als ob sie ihm imponieren wollte! Isabelle spürte, wie ihr die Röte in die Wangen stieg.

„Eine eigene Damenriege, aha. Und die besteht aus euch zweien?" Leon Feiningers Brauen hoben sich spöttisch.

„Natürlich nicht! Außer uns gibt es noch mehr weibliche Mitglieder", antwortete Josefine ruppig. „Aber wie es sich für einen guten Veloverein gehört, sind alle beim Training. Welches wir zwei für heute jedoch schon hinter uns haben, nicht wahr, Isabelle?"

Isabelle hatte sich inzwischen wieder etwas gefangen. „Darf ich Sie zu einer Erfrischung einladen?" Sie wies auf den ihr gegenüberstehenden Stuhl. „Vielleicht haben Sie ja Lust, mir bei einer Tasse Kaffee zu erzählen, warum man Sie kennen sollte."

Leon Feininger wollte keinen Kaffee. Er verlangte nach einem Glas Rotwein. Als das zweite Glas vor ihm auf dem Tisch stand, begann er in seinem Dialekt zu erzählen: Er war der Sohn eines Pfälzer Winzers. Doch aus der Pfalz sei er einfach abgehauen, weil er dort keine Chancen mehr für sich sah, im Radsport weiterzukommen. In Berlin, so habe er gehört, seien nicht nur viele Rennfahrer, sondern auch viele Langstreckenfahrer zu Hause. Hier wollte er sich mit den Besten messen.

Isabelle hing wie gebannt an seinen Lippen. „Ich weiß, wer du bist!", rief sie unvermittelt – dass sie vom Sie zum Du gewechselt war, fiel ihr gar nicht auf. „Ich habe in der Zeitung über dich gelesen! Der Schreiber nannte dich den ‚Helden der Landstraße'. Du bist … mit dem Velo über die Alpen bis nach Italien gefahren. Und … bist du nicht auch derjenige, der einst von Wien nach Berlin geradelt ist? In einer unglaublichen Zeit!"

„Es gab nicht nur *einen* Zeitungsartikel über diese Fahrten, es gab Dutzende." Leon lächelte selbstgefällig. „Aber das war auch kein Wunder. Schließlich habe ich die Strecke von Wien nach Berlin in einunddreißig

Stunden zurückgelegt, das war die Hälfte der Zeit, die der damalige offizielle Rekordhalter, ein Offizier mit Pferd, dafür benötigt hat."

„Tatsächlich?", sagte Josefine und rückte näher.

Isabelle hätte der Freundin am liebsten einen Schubs verpasst. „Wolltest du nicht noch Clara besuchen gehen?", zischte sie. Eigentlich hatten sie gemeinsam die junge Mutter aufsuchen wollen – der Zeitpunkt war günstig, da ihr schrecklicher Ehemann bei einem Ärztekongress weilte. Eilig wandte sie sich wieder ihrem aufregenden Gast zu.

„Mein letztes Abenteuer, mit dem ich wieder in aller Munde war, war das Rennen von Paris nach Brest. Natürlich fuhr ich in der Siegergruppe ein."

„Paris nach Brest", hauchte Isabelle atemlos.

„Du hättest Isabelle mal sehen müssen. Sie hat sich dem Burschen fast an den Hals geworfen. So habe ich sie noch nie erlebt."

„Es hört sich an, als wäre sie dabei, sich zu verlieben", sagte Clara leichthin und deckte ihren Sohn, der in seinem Stubenwagen lag, mit einer hellblauen Häkeldecke zu. „Er schläft, Gott sei Dank", flüsterte sie kurze Zeit später. Auf Zehenspitzen tapsten sie aus dem Kinderzimmer in den danebenliegenden Salon, wo Clara eine Kaffeetafel gedeckt hatte.

„Du siehst müde aus", sagte Josefine, während sie der blassen Freundin Kaffee einschenkte.

„Ich bin müde! Matthias schläft pro Nacht höchstens drei Stunden. Sobald er wach wird, fängt er an zu schreien. Gerhard wird dann sehr ungehalten, er braucht schließlich seinen Nachtschlaf. Also beeile ich mich, das Kind beim ersten Muckser aus der Wiege zu nehmen. Und tagsüber ist es nicht viel besser, das hast du ja gemerkt."

Josefine nickte. „Dass ein Säugling so viel schreit, ist das normal? Dein Mann ist doch Arzt, er muss doch wissen, was dem Kleinen fehlt."

Clara lachte bitter. „Gerhard meint, es läge an mir. Mein schlechter nervlicher Zustand würde sich auf das Kind übertragen."

Jo runzelte die Stirn. „Dein Mann scheint nicht nur, was uns Radfahrerinnen angeht, sehr seltsame Ansichten zu vertreten."

Clara ergriff ihre Hand. „Umso froher bin ich, dass du mich dennoch weiterhin besuchst. Glaub mir, Gerhards Zeitungsartikel sind mir schrecklich peinlich! Er hat sich da furchtbar verrannt!"

„So kann man das auch nennen", sagte Jo trocken und schaute sich in Claras Zuhause um. Alles sah aus wie in einem Puppenhaus – Spitzendeckchen, ein Silbertablett, frische Blumen in einer Vase auf der Anrichte. In der Luft hing der schwache Duft von Lavendel, den Jo noch aus der Apotheke kannte. Alles war sauber, ein Heim, in dem die Handschrift einer guten Hausfrau deutlich zu lesen war. Warum fühlte sie sich dennoch so unwohl? Lag es daran, dass Clara ganz und gar nicht wie eine glückliche junge Mutter und Ehefrau wirkte?

Es war Clara, die das Schweigen schließlich mit betont fröhlicher Stimme brach: „Was sagen denn die anderen zu dem Gast aus der Pfalz?“

Josefine tat ihr den Gefallen und kehrte zu dem Thema, das sie zuvor angeschnitten hatte, zurück. „Alle sind begeistert von ihm. Kein Wunder, der Mann ist der geborene Erzähler. Er hat ein einnehmendes Lächeln, er sieht gut aus … Und was seine Leistungen auf dem Rad angeht, kann er wirklich einiges vorweisen. Jedenfalls bin ich sehr gespannt, wie es mit Isabelle und Leon Feininger weitergeht.“

Clara legte eine Hand auf Josefines Arm. „Wenn es sich ergibt, dann richte Isabelle einen Rat von mir aus. Sie soll sich gut überlegen, was sie tut. Denn am Ende muss jeder in dem Bett, das er sich gemacht hat, auch liegen.“

„LIEBE RADFAHRERINNEN, liebe Radfahrer – es ist mir eine große Freude, euch die dänische Berufsradfahrerin Susanne Lindberg vorstellen zu dürfen!“ Aufgeregt schaute Irene Neumann in die versammelte Runde, die daraufhin lauten Beifall klatschte.

Wie gut, dass Irene darauf beharrt hatte, den Vortrag in die großzügigeren Räumlichkeiten der Männerriege zu verlegen – es herrschte drangvolle Enge, da sich außer den Damen auch viele Herren eingefunden hatten.

„Susanne Lindberg ist fünfundzwanzig Jahre alt und Mitglied im sehr renommierten Dänischen Fahrradverein“, fuhr Irene mit der Vorstellung des Gastes fort. „Sie hat ihr Studium der Kunst und Malerei abgebrochen, um sich ganz dem Radfahren widmen zu können, und das tut sie mit großem Erfolg: In den letzten Jahren ist sie fast alle Rennen zusammen mit der männlichen Konkurrenz gefahren, die es gibt – es würde die uns zur Verfügung stehende Zeit sprengen, wenn ich all ihre Erfolge aufzählen wollte.“ Irene warf Susanne Lindberg einen bewundernden Blick zu. „Lasst mich beispielhaft nur das renommierte ‚Star Race‘ des Dänischen Fahrradvereins nennen, bei dem Susanne letztes Jahr unter fünfundzwanzig Teilnehmern den fünften Platz belegt hat. Liebe Susanne …“ Sie winkte den Gast zu sich auf die improvisierte Bühne.

Eine gutaussehende und sehr zierliche Frau stieg auf das Podest – Josefine schätzte, dass sie höchstens fünfundvierzig Kilogramm wog. „Meine Damen, meine Herren, es ist mir eine Ehre, hier vor euch sprechen zu dürfen“, ergriff die Frau in sehr gutem Deutsch das Wort. Sie hatte weißblonde Haare, hellblaue Augen, einen leicht gebräunten Teint und entsprach in ihrem Äußeren genau der Vorstellung, die man von einer Nordländerin hatte. Ihre Ausstrahlung war positiv und kraftvoll, und binnen kürzester Zeit hingen alle im Raum an ihren Lippen.

„Sowohl dem ersten Berliner Veloverein für Damen als auch dem ersten Berliner Velozipeden-Verein für Herren wird ein äußerst guter Ruf nachgesagt – die Qualitäten eurer Fahrer haben sich längst über die Grenzen des Deutschen Kaiserreichs hinaus herumgesprochen. Ich weiß, dass Radfahrer keine großen Umwege schätzen", sagte Susanne Lindberg und lächelte ihr Publikum komplizenhaft an, „deshalb komme ich direkt zum Anlass meines Besuchs." Sie machte eine kleine Kunstpause, in der sie einen Mann zu sich nach vorn bat. „Darf ich vorstellen: mein Verlobter Charles Hansen. Einigen von euch dürfte er als Radfahrer bekannt sein. Derzeit ist er mit einer Untersuchung beschäftigt, die er im Auftrag des dänischen Staates durchführt. Gegenstand der Untersuchung sind die positiven Auswirkungen von Sport auf den menschlichen Körper und Geist."

„Solch eine Untersuchung müsste der Kaiser auch mal anordnen", flüsterte Josefine Isabelle zu.

„Im Rahmen seiner Untersuchungen ist Charles auf eine Idee gekommen, die ich voll und ganz unterstütze! Charles möchte im Frühjahr 1897 ein Langstreckenrennen für Frauen durch Dänemark organisieren. Mit diesem Rennen wollen wir beweisen, dass Frauen mindestens so gut Fahrrad fahren können wie die Herren. Und zweitens wollen wir zeigen, zu welchen körperlichen Höchstleistungen auch eine Frau fähig ist!"

Nun waren es die Frauen, die Beifall klatschten, während die Männer stirnrunzelnd dasaßen.

„Unser Rennen wird uns zweimal quer durch ganz Seeland führen, die größte dänische Insel. Insgesamt werden wir eintausend Kilometer zurücklegen, das Zeitlimit setzen wir auf vier Tage fest, ich schätze jedoch eher, dass die Fahrt in drei Tagen zu schaffen sein müsste."

„Tausend Kilometer in drei Tagen?" – „Das gibt's doch gar nicht …" – „Ein Frauenrennen?" – „… schaffen die niemals …" Tumult brach im Saal aus, weil alle durcheinanderredeten. Susanne Lindberg und ihr Verlobter verharrten vorn auf der Bühne und schmunzelten.

Es war Irene, die die aufgeregte Mannschaft schließlich wieder zur Räson brachte, indem sie laut rief: „Interessiert euch denn gar nicht, warum Susanne uns das alles erzählt?"

Die zierliche Dänin räusperte sich, dann sprach sie mit ihrer leisen, aber eindringlichen Stimme weiter: „In Dänemark gibt es inzwischen einige sehr patente Radlerinnen. Eine Handvoll von ihnen hat mir ihre Teilnahme schon zugesichert. Aber Charles und ich, wir wollen das Rennen international gestalten. Wir wollen zeigen, dass nicht nur dänische Frauen, sondern auch Frauen aus England und Deutschland sehr leistungsfähig sind."

„Dieses Rennen wäre auch ein wichtiges Signal in Richtung des Bundes Deutscher Radfahrer", erklärte Irene Neumann. „Wie ihr alle wisst, wird dort gerade in Erwägung gezogen, Damenrennen im ganzen Kaiserreich zu verbieten."

„Eine Frechheit!", rief Gertrude.

„Das wäre wirklich gemein", murmelte auch Josefine, die in den vergangenen zwei Monaten ihre ersten Rennen gefahren war und Gefallen daran gefunden hatte.

„Wie sieht es denn mit der Presse aus? Es wäre von großer Bedeutung, dass ein paar Zeitungsredakteure das Rennen begleiten und darüber berichten. Denn wie sonst sollte die Öffentlichkeit davon erfahren?", warf Luise Karrer, die sich bisher zurückgehalten hatte, ein.

„Zur dänischen Presse bestehen sehr gute Kontakte", sagte Charles Hansen. „Aber es wäre natürlich gut, wenn die ausländischen Fahrerinnen ebenfalls Journalisten mitbringen."

„Sollte *ich* mich entschließen mitzufahren, wäre uns ein ganzer Tross an Presse sicher", sagte Fadi Nandou, und alle Blicke hefteten sich auf die schöne Perserin.

Susanne Lindberg hob vielsagend die Brauen, als sie erst in Fadis mit Kohlestift umrandete Augen, dann in die Runde schaute. „Erlaubt mir eine Warnung: Prominenz allein reicht für die Teilnahme nicht aus. Wer unser Rennen mitfahren möchte, muss einiges an Rennerfahrung vorweisen können und bereit sein, sich im nächsten halben Jahr dem härtesten Training zu unterwerfen, das ihr euch vorstellen könnt. Ihr müsst so viele Stunden auf dem Rad sitzen wie noch nie zuvor in eurem Leben. Ihr müsst bei jeder Witterung fahren, ihr müsst euch ans Fahren in der Nacht gewöhnen … Und dann ist da noch die Frage des Geldes: Jede Teilnehmerin muss ihr eigenes Velo mitbringen und für eine angemessene Ausstattung und ordentliche Kleidung sorgen – ein Kleiderkodex wird von uns rechtzeitig vor dem Rennen bekannt gegeben. Es ist nämlich wichtig, dass wir in der Öffentlichkeit wohlwollend wahrgenommen werden."

„Wie funktioniert solch ein Rennen überhaupt?", fragte Isabelle. „Fahren alle gemeinsam in einer Gruppe? Und wie sieht die Streckenführung aus? Geht's da immer nur über gute Straßen oder auch über Stock und Stein?"

„Lassen wir doch einen der Herren erzählen, die schon Langstreckenerfahrung haben!", sagte Susanne Lindberg. „Leon, wie wär's?"

Der Angesprochene ließ sich nicht zweimal bitten. „Ein Langstreckenrennen, manche sagen auch Brevet dazu, unterscheidet sich maßgeblich von Kurzrennen auf der Straße oder Bahn", hob er an. „Zum einen findet solch ein Rennen auf der Straße während des normalen Alltagsverkehrs statt, die Strecke ist nicht abgesperrt wie sonst bei Rennen. Das heißt, jeder Fahrer muss für seine Sicherheit selbst sorgen. Und natürlich führt die Strecke teilweise auch über unwegsames Gelände! Der Tross der Fahrer fährt zwar gemeinsam los, doch sehr schnell fällt das Feld so weit auseinander, dass jeder für sich unterwegs ist. Eine gute Kondition ist das eine – aber sich das Rennen klug in Fahr- und Ruhezeiten einzuteilen, hierin liegt vielleicht sogar die wahre Kunst! Und dann ist da noch die Frage, wann man sich wie lange einen Schlaf gönnt. Es gibt auch Fahrer – und ich lüge nicht, wenn ich sage, dass ich dazugehöre – die bei Paris – Brest – Paris überhaupt nicht schlafen!"

„Du fährst ohne Pause durch?", fragte Isabelle beeindruckt.

„Pausen mache ich schon, nur das Schlafen verkneife ich mir", korrigierte Leon sie.

Josefine runzelte die Stirn. „Das hört sich sehr spannend an. Aber eins ist mir noch nicht klar: Wenn die Strecke nicht markiert ist und jeder für sich fährt, wie findet man sich dann überhaupt zurecht? Noch dazu in einem fremden Land …"

„Den Streckenverlauf bekommt man natürlich im Vorfeld mitgeteilt, in einem kleinen Heftchen, in dem auch steht, in welchen Orten man sich bei welchem Streckenposten melden muss. Sonst könnte irgendein Schlaumeier auf die Idee kommen, eine Abkürzung zu nehmen, und dabei viele Kilometer einsparen. Bei jeder Kontrolle bekommst du einen Stempel in dein Heft, und nur wenn sie am Ende vollständig sind, gilt das Rennen als beendet." Er suchte Blickkontakt zu Charles Hansen. „Plant ihr auch, direkt bei den Streckenposten Versorgungsstationen einzurichten?"

Susanne Lindbergs Verlobter nickte. „Wir werden circa alle zweihundert Kilometer heiße Suppe, Getränke und Kuchen anbieten. Wer sich auf andere Weise versorgen möchte, muss seine Verpflegung selbst mitbringen, es hat ja doch jeder Fahrer seine eigenen Vorlieben, ich sage nur Coca …" Er und Leon grinsten sich verschwörerisch an.

„Auf tausend Kilometern kann Mensch und Maschine viel passieren. Habt ihr denn schon einen Arzt und einen Mechaniker?", fragte Josefine. Sollte sie tatsächlich mitfahren, würde sie sich im Falle einer Panne zu helfen wissen, aber wie sah das bei den anderen aus?

Die Dänin verneinte. „Kennst du etwa jemanden?"

„Vielleicht." Josefine zuckte betont gelassen mit den Schultern, während sie vor Aufregung kaum an sich halten konnte. Gerd Melchior wäre genau der richtige Mann für Reparaturen aller Art! Sie würde ihm gleich heute Abend einen Brief schreiben. Bestimmt wäre er froh, einmal etwas anderes als Gefängnisgitter zu sehen.

Sie trat an eins der Fenster und öffnete es einen Spalt. Sofort drang das Zirpen der sommerlichen Nachtinsekten in ihr Ohr. Die Luft roch würzig, und Jo schloss für einen Moment die Augen und blendete die aufgeregten Stimmen ihrer Vereinskameraden aus. Es wurde still in ihrem Kopf.

Sollte sie oder sollte sie nicht? Susanne Lindbergs Angebot war so unglaublich verführerisch … Seit Adrians Abreise bestand ihr Leben nur noch aus Arbeit und Fahrradfahren. Das Geld, um ein solches Unterfangen zu finanzieren, hatte sie. Solange Adrian in Amerika war, hatte sie auch genügend Zeit zum Trainieren. Und was ihre Werkstatt anging – die musste sie dann eben für ein paar Tage schließen.

Josefine wandte sich wieder dem Geschehen im Raum zu. Sie holte tief Luft, dann sagte sie laut: „Also, ich würde gern mitfahren!"

„Ich würde es vielleicht auch wagen", sagte Isabelle gedehnt und tauschte einen Blick mit Leon.

„Braucht ihr zufällig auch noch einen fähigen männlichen Radfahrer?", mischte er sich daraufhin ins Gespräch.

„Ich fahre auch mit", sagte Irene, bevor sich eine Diskussion um die weiteren Herren entwickeln konnte.

„Aber nicht ohne mich!", rief Luise Karrer. Alle lachten.

„Würdest du noch eine fünfte teilnehmen lassen?", sagte Jo. „Ich habe eine Fahrerin im Sinn, die mehr als geeignet wäre für dieses Unterfangen."

„Ich weiß, wen du meinst", kam es aufgekratzt von Isabelle. Spontan fiel sie Jo um den Hals und drückte ihr einen Kuss auf die Wange. „Was für eine gute Idee!"

WEGE, die aus nichts bestanden als aus schlüpfrigem Lehm. Die Prärie, in der sein Rad so tief in den Sand einsank, dass ihm nichts anderes übrigblieb, als es über Kilometer hinweg zu schieben. Ausgedörrte Landschaften, stacheliges Dornenzeugs. An einem Tag hatte er seinen Vorderreifen drei Mal flicken müssen, weil spitze Dornen darin steckten.

Ein paar Kilometer nach einer Stadt verlor sich die Straße, die meist Main Street hieß, im Nichts. Die Eisenbahn, das schwarze, Rauch spuckende Monstrum, durchquerte auf einem Schienennetz von Abertausenden von Kilometern das riesige Land. Wer in Amerika von A nach B wollte, wählte diese Fortbewegungsart, denn der Straßenbau hinkte weit hinter dem in Europa her.

Rund um Pittsburgh war die Luft schwarz gewesen vor lauter Kohlestaub. Kurz vor Cleveland dann eine Heuschreckenplage. Wieder war die Luft schwarz gewesen, diesmal vor zirpenden, urzeitmäßig aussehenden Viechern, die gierig alles kahl fraßen. Adrian hatte Amerikaner kennengelernt, die sich gegenseitig mit Freundlichkeit überboten. Und er hatte Amerikaner getroffen, die ihm ihre Hunde auf den Hals hetzten. Amerika. Was für ein riesengroßes, verrücktes Land!

Nun, nach fast zweitausend gefahrenen Kilometern, lag der Lake Michigan blau glänzend im kalten Novemberlicht vor ihm. An seinem Ufer breitete Chicago mit den vielgeschossigen, in den Himmel ragenden Häusern seine Flügel aus. Ein eisiger Wind wehte ihn fast vom Rad, seine Fahrradlampe schaukelte wild von links nach rechts, als er die Wells Street, die mitten ins Herz von Chicago führte, entlangradelte. Adrian strahlte. Er hatte es geschafft! Er war an seinem Ziel angekommen.

Der Besitzer des Hotels Victoria, in dem er abstieg, war ein Deutscher. Der Herrenausstatter, bei dem er sich noch am selben Tag eine gestreifte Hose, etliche Hemden und ein neues Jackett aussuchte, kam ebenfalls aus Deutschland. Als sie ins Gespräch kamen, sagte der Herrenausstatter: „In Chicago leben über eine halbe Million Deutsche. Kein Problem, sich hier heimisch zu fühlen.“ Natürlich wollte er wissen, was Adrian von Berlin bis hierher geführt hatte.

„Ich möchte zu den Western Wheel Works“, antwortete Adrian, während er den Sitz seiner Jacke prüfte. „Die Fabrik stellt angeblich günstige Fahrräder her. Wenn ich mit dem Besitzer ins Geschäft komme, möchte ich sie nach Deutschland importieren.“

„Oh, den Inhaber der WWW, Adolph Schoeninger, kenne ich gut, wir sind zusammen im Deutsch-Amerikanischen Verein.“ Der Mann erwiderte seinen Blick schmunzelnd. „Sie sind den ganzen weiten Weg gereist, nur um bei einem Landsmann Fahrräder zu kaufen.“

„An wie viele Räder haben Sie denn gedacht?“ Während er sprach, winkte Adolph Schoeninger einen seiner Vorarbeiter herbei und rief ihm etwas zu.

„Ich bin mir noch nicht sicher!“, schrie Adrian zurück, während er sich mit großen Augen in der Fabrik umschaute. Der Lärm war ohrenbetäubend. Adrian schätzte, dass mehrere Hundert Arbeiter hier zugange waren.

„Ich beschäftige derzeit rund sechshundert Arbeiter, sie arbeiten in zwei Schichten. Aber ich bin ständig auf der Suche nach neuem Personal. Letztes Jahr produzierten wir sechzigtausend Räder, dieses Jahr möchte ich meine Produktion nochmals um zehntausend Stück steigern. Dafür brauche ich gute Leute." Adrian war sprachlos. „Wir exportieren natürlich auch in großem Stil, aber keine Sorge, in Berlin habe ich noch keinen Importeur sitzen."

In Schoeningers Büro kamen sie aufs Wesentliche zu sprechen: Preise, Lieferzeiten, Zahlungsziele. Die Finanzierung war gesichert, Adrian hatte vor seiner Abreise bei der Hausbank der EWB einen sehr günstigen Kredit bekommen. Dazu die gegenseitige Sympathie, die beide Männer verspürten – schnell war die Unterschrift unter den Vertrag gesetzt, der Adrian Neumann zum lizenzierten Großhändler von Crescent Bikes für Berlin und sein Umland machte. Zweitausend Räder, das Stück zu umgerechnet je fünfzig Mark – bei der Zahl wurde Adrian doch ein wenig schwindlig. Adolph Schoeninger wischte solche Bedenken beiseite. „Hundert verkaufte Räder pro Monat ergeben zwölfhundert Stück schon im ersten Jahr. Den Rest verkaufen Sie an Ihre Unterhändler. Glauben Sie mir, eine geringere Bestellung würden Sie alsbald bereuen."

Die erste Lieferung wurde für März 1897 vereinbart. Die beiden Männer verabschiedeten sich wie alte Freunde. Schoeninger schenkte Adrian ein fabrikneues Rad, das Adrian mit Freuden annahm. Adrian konnte es kaum erwarten, das neue „Bike" auszuprobieren. Von Chicago in Richtung Indiana gäbe es gut ausgebaute Straßen, versicherte Schoeninger ihm. Und von Indiana aus würde er dann mit der Eisenbahn bequem nach New York City fahren.

Noch am selben Abend marschierte er ins nächste Telegrafenamt, wo er dem Beamten folgenden Text diktierte: ALLES GUT. AUFTRAG ERFOLGREICH ERLEDIGT. FREUE MICH AUF ZU HAUSE UND AUF DIE ZUKUNFT. ADRIAN. Empfängerin war Miss Josefine Schmied, Görlitzer Straße 27, Berlin, Germany.

ZURÜCK IN BERLIN, würde er als Allererstes nach geeigneten Räumlichkeiten für sein Unternehmen suchen. Eine große Halle musste es schon sein, besser noch ein ganzes Fabrikgelände mit angeschlossener Villa. Irgendwo mussten Josefine und er ja wohnen.

Adrians Tagträume verschwanden in dem Maß, in dem sich die Nacht herabsenkte. Bald konnte er die Straße vor sich nur noch schemenhaft erkennen – von den Lichtern einer Stadt war jedoch weit und breit noch immer nichts zu sehen. Allmählich hatte er das Gefühl, im Kreis zu fahren.

Adrian zündete seine Laterne an. Seine Sinne waren nun geschärfter als den ganzen Tag über. Er schrak zusammen, als hinter ihm ein Rascheln ertönte, und trat schneller in die Pedale. Vielleicht würde er nach der kleinen Waldlichtung dort vorn –

Es waren drei an der Zahl, üble Burschen mit rohen Mienen, zerlumpter Kleidung. *„Money! Give me everything you have!"* Einer der Männer fuchtelte mit einer Flinte herum. *„Gold! Give me your gold watch!"*

„Ich habe keine Golduhr, *sorry!"*, erwiderte Adrian. „Hier, mein Geld, *my money …"* Mit zitternder Hand zog er sein Portemonnaie aus der Tasche, warf es den Männern vor die Füße.

Jetzt oder nie! Adrian nutzte den Moment, in dem sich die Männer mit seinem Geldbeutel beschäftigten, zur Flucht. Wie besinnungslos trat er in die Pedale und fuhr los. Mit einer abrupten Drehung schlug er sich samt Rad ins Gebüsch, den Oberkörper tief nach vorn gebeugt. Dornenzweige peitschten ihm ins Gesicht, einer erwischte sein linkes Auge. Er unterdrückte einen Schmerzensschrei. Im nächsten Moment erreichte er freies Feld. Sein linkes Auge tränte unablässig. Wenn er bloß wüsste, wohin … Schon hörte er die schweren Schritte seiner Verfolger hinter sich näher kommen. Adrian radelte noch schneller.

Der Schuss fiel ohne Vorwarnung. Er traf ihn von hinten in die Kniekehle seines linken Beins. Adrian hatte so viel Adrenalin im Blut, dass er einen Streifschuss hätte ignorieren und weiterfahren können. Doch das Geschoss durchschlug sein Gelenk mit brutaler Wucht. Adrians Bein wurde vom Pedal fort und in die Luft geschleudert. Er fiel über sein Hinterrad und prallte mit dem Rücken hart auf. Ihm wurde schwarz vor Augen.

21. Kapitel

Au, du hast mich gepikst!" Isabelle fuhr herum, als wäre sie nicht von einer Stecknadel, sondern von einer Tarantel gestochen worden.

„Nun hab dich nicht so", lispelte Josefine ungerührt. Sie nahm eine der Stecknadeln, die sie zwischen die Lippen geklemmt hatte, und heftete am Rücken von Isabelles Jacke eine Tasche an. Als sie damit fertig war, zog sie einen der Küchenstühle heran und bat Isabelle, sich daraufzusetzen und sich nach vorn zu beugen.

„Stell dir nun vor, du sitzt auf deinem Velo – also nimm beide Hände vor dich. Und nun greif mit einer Hand nach hinten und versuche, den Knopf der Tasche zu öffnen."

„Kein Problem", sagte Isabelle schulterzuckend. „Ich kann die Tasche sogar einhändig wieder zuknöpfen, schau!" Sie sprang auf und gab Josefine einen raschen Kuss auf die Wange. „Du bist ein Schatz! Wir zwei werden die beste Radfahrkleidung von allen haben!“

Jo strahlte. Auch sie war nicht unzufrieden mit ihren Näharbeiten. Da sie in den Katalogen der großen Velobekleidungshersteller nichts Passendes gefunden hatte, hatte sie beschlossen, herkömmliche Kleidungsstücke selbst so umzuändern, dass sie sich für ihre Bedürfnisse eigneten. Als Isabelle ihre praktische Velobekleidung sah, war sie so fasziniert, dass sie unbedingt auch so etwas haben wollte. Gutmütig hatte Jo eingewilligt, sich noch einmal ans Werk zu machen.

Doch als Isabelle nun fragte: „Sag mal … Könntest du nicht auch Leons Sachen abändern?“, hatte Jo genug.

„Ich bin doch keine Schneiderin! Außerdem ist dein Leon so ein eitler Gockel, dem ist das, was ich hier fabriziere, bestimmt nicht gut genug“, erwiderte sie barscher, als sie wollte.

Statt eingeschnappt zu sein, lachte Isabelle nur. „Mein lieber, süßer Leon hat wirklich einen ganz besonderen Geschmack. Das Beste ist ihm gerade gut genug, und er weiß ganz genau, was ihm steht und was nicht. Er ist eine Klasse für sich. Wenn er erzählt, könnte ich stundenlang zuhören! Allein seine Schilderungen von der Weinernte. Und die Verkostungen im großen Weinkeller, die Prämierungen … Ach, das würde ich zu gern einmal mit eigenen Augen sehen.“

Josefine verzichtete auf eine Erwiderung. Stattdessen ging sie zum Ofen und holte aus dem Rohr die gebackenen Kartoffeln heraus, die sie vor einer Stunde hineingeschoben hatte. Sie hatten eine goldgelbe Kruste und dufteten herrlich. Jo streute noch ein paar Kräuter darüber, die sie im Sommer in Friedas Garten geschnitten und im kleinen Gartenhaus getrocknet hatte. Nun war der Duft noch unwiderstehlicher. „Lebst du nur noch von Luft und Liebe oder isst du mit?“, fragte sie ironisch.

Isabelle grinste. „Liebe macht hungrig, aber das kannst *du* nicht wissen.“

Wenn du wüsstest, dachte Josefine. Als Adrians Telegramm vor zwei Tagen gekommen war, hätte sie die ganze Welt umarmen können!

Noch nie hatte eine Nachricht schöner in ihren Ohren geklungen.

Sie hatten ihre Teller gerade leer gegessen, als es an der Tür klopfte. Der Postbote brachte abermals ein Telegramm.

„Von Adrian? Für *dich*?“ Nicht nur Isabelles Stimme, sondern auch ihre Miene war ein einziges Fragezeichen.

„Ich weiß es nicht“, murmelte Jo verlegen. Bevor sie wusste, wie ihr geschah, entriss Isabelle ihr den Umschlag.

„Zeig mal her, was unser Amerikafahrer zu berichten hat!“ Kreideweiß ließ sie das dünne Blatt Papier nur einen Moment später sinken. „O Gott …“

DIE NACHRICHT verbreitete sich wie ein Lauffeuer bei den Vereinsmitgliedern: Ein Überfall. Eine Schussverletzung. Ein Knie schwer verletzt. Nur durch eine glückliche Fügung hatte eine Farmerfamilie, die wie Adrian vom Weg abgekommen war, ihn spätnachts gefunden und nach Chicago gebracht. An eine Weiterreise sei vorerst leider nicht zu denken.

Josefine vermisste ihn so sehr! Sie hatte ihm so viel zu erzählen. Allein die Berichte über ihr Training für Dänemark, das wirklich unbarmherzig war, würden Stunden füllen.

Jeden Morgen, pünktlich um fünf Uhr, schwang sie sich für zwei Stunden aufs Rad und fuhr im trüben Schein der Gaslaternen durch die erwachende Stadt. Nach dieser ersten Trainingseinheit machte sie sich zu Hause frisch und aß ein kräftigendes Morgenmahl. Dann ging sie in ihre Werkstatt, wo sie bis mindestens sechs Uhr am Abend arbeitete. Doch statt sich abends auf die faule Haut zu legen, wie sie es manchmal gern getan hätte, folgte die nächste Trainingseinheit. Am Samstagnachmittag und am Sonntag trafen sich die Fahrerinnen, die mit nach Dänemark wollten, meist am Vereinsheim, um in wechselnden Konstellationen längere Touren zu unternehmen. Josefine fuhr am liebsten mit Isabelle, zu zweit, wie in früheren Zeiten.

Dass die arrogante Irene für ihren Bruder einsprang, machte sie in Josefines Augen um einiges sympathischer. Überhaupt gefiel ihr Adrians Schwester immer besser: Ganz gleich, wie hart das Training war, ganz gleich, ob es wie aus Kübeln schüttete oder ein eisiger Ostwind sie fast vom Rad wehte – Irene jammerte so gut wie nie.

All das und noch viel mehr hätte Josefine gern Adrian geschrieben, wenn sie eine Adresse gehabt hätte. Stattdessen musste sie sich damit begnügen, am Heiligen Abend eine Kerze ins Fenster zu stellen. An die Kerze lehnte sie die Postkarte, die er ihr geschickt hatte. Auf der Vorderseite stand in großen geschwungenen Lettern „Merry Christmas", darunter war ein Mistelzweig abgebildet, mit silbernem Glitzerpulver verziert. Die Karte war wunderschön, doch wichtiger war Josefine die Rückseite. *Alles wird gut, auch wenn es ein wenig länger dauert*, hatte Adrian geschrieben.

IM JANUAR trainierte Isabelle nur noch schmollend und lustlos. Schließlich bekam sie einen Husten, der trotz aller Mittel und Kräutertees aus der Berg'schen Apotheke nicht weichen wollte.

Es war die Sehnsucht nach Leon, die sie nach einer Woche blass und geschwächt, aber mit einem festen Entschluss im Herzen, aus dem Bett trieb.

Sie bestellte eine Droschke und fuhr in den Verein. Als Leon, der tief über den Lenker gebeugt auf der Bahn seine Runden drehte, sie erblickte, fuhr er an die Bande und sprang vom Rad. „Endlich! *Ma chérie …*“

Wie süß seine Lippen waren! Isabelle hätte ewig in seinen Armen verharren können, doch sie hatte etwas Wichtiges zu erledigen.

Hand in Hand gingen sie ins Vereinsheim, wo Isabelle vor versammelter Mannschaft verkündete: „Ich habe die Schinderei satt. Ich steige aus. Das blöde Rennen kann mir gestohlen bleiben!“

Natürlich redeten Josefine, Luise Karrer und sogar Irene heftig auf sie ein. Womit sie nicht gerechnet hatte, war Leons Reaktion. Er, der sonst allem im Leben mit lässiger Nonchalance begegnete, packte sie am Arm und zog sie nach draußen vor das Gebäude.

„Wie kannst du unser großes Abenteuer so einfach in den Wind schreiben?“, schrie er sie an. „Du und ich für tausend Kilometer gemeinsam auf der Straße – ist das plötzlich nichts mehr wert? Ich dachte, du liebst mich! Warum besorgst du dir nicht endlich ein paar Mittel, die dir das Fahren erleichtern? So wie alle anderen Fahrer, die Höchstleistungen bringen?“

„Coca oder Cola?“ Isabelle runzelte die Stirn. „Irene sagt, dieses Zeugs, das ihr Doping nennt, sei gefährlich.“

„Irene! Was weiß die schon? Bin ich die zwölfhundert Kilometer von Paris nach Brest und wieder zurück gefahren oder sie? Hast du schon einmal von Otto Ekarius gehört?“ Isabelle verneinte. „Er ist Kantonalarzt im Elsass. Und hat aus Colablättern und der Cocapflanze verschiedene Präparate kreiert, die es inzwischen schon in vielen guten Apotheken zu kaufen gibt. Ein kleines Schlückchen Saft, dazu ein paar kleine Pillen – und schon fühlst du dich so gut wie lange nicht mehr. Hier, probier mal!“ Aufmunternd hielt er ihr seine offene Hand hin.

Unsicher starrte Isabelle auf die weißen Tabletten. „Was nutzt es mir, wenn ich das Zeug jetzt nehme? In Dänemark steht uns so etwas bestimmt nicht zur Verfügung, und dann?“

„Das werden wir sehen“, erwiderte Leon lässig. „Also los, nun mach schon, du bist doch sonst kein Hasenfuß!“ Er lachte spöttisch auf. „Oder habe ich mich in dir getäuscht?“

Hastig griff Isabelle zu und stopfte sich fünf Tabletten auf einmal in den Mund. Sie schmeckten ein wenig bitter und rutschten nur schwer ihre Kehle hinab. „Und nun?“

Leon grinste. „Nun fahren wir Rad, was sonst?“

Der 1. Mai 1897 war ein ganz besonderer Tag. Zumindest für fünf junge Frauen, die sich am Bahnhof versammelt hatten, um gemeinsam dem Abenteuer ihres Lebens entgegenzufahren: Josefine und Isabelle, Irene Neumann und Luise Karrer, und Lilo, die schon Anfang März nach Berlin gekommen war, um gemeinsam mit den anderen zu trainieren.

Im Gegensatz zu ihrem Vater hatte Lilo es Josefine nie übelgenommen, dass sie das Haus von Frieda geerbt hatte, sie hatte Josefine vielmehr zu der glücklichen Fügung von Herzen gratuliert. Fortan hatten sie in einem regelmäßigen Briefwechsel gestanden. Nicht nur Josefine, sondern auch Isabelle und Clara waren erstaunt gewesen zu erfahren, wie sich das Leben der jungen Schwarzwälderin in den letzten Jahren gewandelt hatte. Denn kurz nachdem sie eine Lehrstelle zur Krankenschwester in dem neu erbauten Schömberger Luxussanatorium angetreten hatte, hatte sie sich in dessen Besitzer verliebt. Die Heirat folgte auf dem Fuße, und fortan war Lilo eine wohlhabende Ehefrau, die über genügend Zeit verfügte, ihren Interessen – allem voran natürlich das Radfahren – zu frönen. So hatte Lilo schon im Jahr 1895 an einem Sechstagerennen in Paris teilgenommen.

Als Susanne Lindberg gehört hatte, um wen es sich bei der fünften deutschen Fahrerin handelte, war sie höchst erfreut gewesen. Lilo Ofterschwang – so hieß sie nach ihrer Vermählung – war in ganz Europa als sehr erfahrene und faire Rennsportlerin bekannt. Was für eine Bereicherung für die bevorstehenden tausend Kilometer!

Isabelle legte einen Arm um Josefine und Lilo. „Jetzt geht's endlich los, ist das nicht fantastisch?"

Lilo nickte. „Nun wird sich zeigen, ob unsere ganze Schinderei umsonst war oder nicht."

„Und du wärst um ein Haar nicht dabei gewesen", sagte Josefine und versetzte Isabelle einen freundschaftlichen Schubs. „Was für ein Glück, dass Leon dich im Winter zum Weitermachen überreden konnte."

„Eigentlich war es Doktor Ekarius, dem wir Isas Teilnahme zu verdanken haben", sagte Leon grinsend.

Den Kinderwagen mit beiden Händen vor und zurück rollend, hörte Clara dem aufgeregten Geplänkel zu. Josefine, Isabelle und Lilo – das Kleeblatt. Wie gut sie sich verstanden. Früher, als sie noch dazugehört hatte, war es ein vierblättriges Kleeblatt gewesen. Ein Gefühl von Wut und Trauer beschlich sie nicht zum ersten Mal. Und von Verlust, das vor allem.

Warum musste sich Gerhard ausgerechnet so aufs Frauenradfahren kaprizieren? Hätte er nicht eine andere Leidenschaft für sich finden können? Es gab so viel Übel in der Gesellschaft: die hohe Kindersterblichkeit in den

Arbeitervierteln zum Beispiel. Oder die teilweise katastrophalen Zustände in den Berliner Krankenhäusern, wo überforderte Ärzte und viel zu wenig Personal der Lage kaum mehr Herr wurden. Warum engagierte sich Gerhard nicht im Kampf gegen solche tatsächlichen Missstände?

Außerdem hatte er ihr jeglichen Umgang mit Josefine und Isabelle verboten. „Unternehmerhure und Werkstattschlampe" – so nannte er die beiden. Umso glücklicher war die Fügung, die Gerhard am frühen Morgen sagen ließ: „Du brauchst heute Mittag nicht mit dem Essen auf mich zu warten, ich bin mit einem Kollegen im Reichsadler verabredet." Kaum war ihr Mann aus dem Haus, hatte sie den Kinderwagen geschnappt und war mit Matthias losgezogen.

Clara atmete einmal tief durch, dann trat sie mit leichterem Herzen zu den versammelten Frauen. „Hier, für euch! Wundsalbe und ein bisschen Verbandmaterial, falls doch mal jemand stürzt. Dazu Hustensaft und Pfefferminzbonbons." Lächelnd hielt sie Josefine das Bündel hin, das sie zuvor in der elterlichen Apotheke geschnürt hatte.

„Ich befürchte, wir können alles gut gebrauchen, danke!" Josefine reichte das Paket an Lilo weiter, dann umarmte sie Clara heftig. „Drück uns die Daumen, ja?"

„Und ob! Schließlich müsst ihr allen zeigen, was in uns Frauen steckt", erwiderte Clara mit tränenerstickter Stimme.

Es war sein Eau de Cologne. Ein Hauch davon waberte zusammen mit dem Geruch nach Desinfektionsmittel durch den Hausflur. Gerhard war da. Aus irgendeinem Grund war er nicht mit seinem Kollegen zum Essen gegangen. Bangen Herzens nahm Clara ihren Sohn aus dem Kinderwagen und trat ein.

Mit jedem Kilometer, den sich der Zug Berlin naherte, wuchs Adrians Aufregung. Bald! Bald hatte er es geschafft!

Als er sich im vergangenen Herbst auf die Rückreise gemacht hatte, hätte er nie geglaubt, dass sie sich so lange hinziehen würde. Nun war sogar seine erste Lieferung von Fahrrädern vor ihm angekommen: Zweitausend Räder, das Stück zu umgerechnet je fünfzig Mark, hatten im März Berlin erreicht. Sein Vater und seine Schwester hatten die Fracht, die in vier Eisenbahnwaggons gekommen war, übernommen und auch deren Einlagerung in eine riesengroße leer stehende Halle organisiert. Nun war er zum Erfolg verdammt …

Dass er für den Import der Räder die Hilfe seiner Familie würde in Anspruch nehmen müssen, war ihm klar geworden, als seine Wunde am Knie nicht aufhören wollte zu eitern. Nur mit Hilfe eines alten Potawatomi – eines Indianers, den sein Bettnachbar hatte rufen lassen und der früher Medizinmann gewesen war – war die Wunde schließlich verheilt. Lediglich eine saubere hellrosa Narbe war zurückgeblieben, doch das Knie ließ sich nicht mehr abwinkeln.

Es hatte lange gedauert, aber Adrian hatte es geschafft, er war wieder zu Hause. Seine Wohnung roch muffig, er öffnete die Fenster, um den lauen Maienwind hereinzulassen. Dann wusch er sich, zog sich um und zog ein kleines ledernes Etui aus seinem Reisegepäck. Anschließend machte er sich wieder auf den Weg.

Josefines Haus war verriegelt. Die Katze strich miauend um seine Beine. An der Werkstatt hing ein Schild. Darauf stand, dass die Werkstatt geschlossen sei und Reparaturen erst wieder ab Mitte Mai abgeholt beziehungsweise gebracht werden konnten.

Adrian sackte enttäuscht in sich zusammen. Seit Wochen hatte er nur ein Bild vor seinem inneren Auge gehabt: wie Josefine und er sich in die Arme fallen würden. Wie er ihr das Etui überreichen und sie fragen würde, ob …

Schließlich gab er sich einen Ruck. Der Kaufhausbesitzer vorn in der Straße wusste bestimmt Bescheid, mit ihm stand Josefine schließlich in regem Geschäftskontakt. Adrian hatte sich schon abgewandt, als er aus dem Garten ein leises Schluchzen hörte.

„Clara?“ Entsetzt starrte Adrian auf die in sich zusammengesunkene Gestalt, die auf einem von Josefines Gartenstühlen kauerte und mit leerem Blick ins Nichts starrte. Claras Arme waren von roten Schwielen bedeckt, ihr rechtes Auge war dick angeschwollen. Sie weinte.

„Wer hat das getan?“, fragte er, die Antwort ahnend.

Statt zu antworten, machte Clara eine fast unmerkliche Kopfbewegung. Nicht darüber sprechen. Seufzend tat Adrian ihr den Gefallen. Doch auch Clara tat ihm einen Gefallen. „Willst du denn gar nicht wissen, wo Josefine ist?“ Schleppend begann sie dann zu erzählen. Von Susanne Lindbergs Besuch und Jos Entscheidung, das Rennen mitzufahren. Von den vielen Trainingseinheiten, die Jo und die anderen absolviert hatten. „Ich wäre gern mitgefahren. Nicht als Fahrerin, Gott behüte! Aber als Beobachterin, als Tourist, wie man heute so schön sagt. Aber mein Mann …“ Clara biss sich auf die Lippe. In kurzen Zügen erzählte sie von der Hetzkampagne, die Gerhard Gropius gegen den Damen-Veloverein angezettelt hatte.

„Und wenn er das Damen-Radfahren verdammt bis in alle Ewigkeit – das ist noch lange kein Grund, dich zu schlagen“, antwortete Adrian wütend. Statt jedoch das Thema zu vertiefen, spürte Adrian der Idee nach, die in seinem Kopf immer mehr Gestalt annahm. Er holte tief Luft und fragte: „Wann sind sie abgefahren? Das Rennen wird doch nicht gleich morgen beginnen, oder?“

Clara verneinte. Zuerst würde es zwei Tage Eingewöhnungszeit in Kopenhagen geben. Der Startschuss für das Rennen sollte am 4. Mai fallen.

Heute war der 1. Mai … Kurz rechnete Adrian nach. Dann lächelte er. „Ich würde es wahrscheinlich für immer bereuen, nicht dabei gewesen zu sein.“

„Du willst … nach Kopenhagen? Ich weiß nicht, ob das so eine gute Idee ist. Isabelle …“

Er winkte ab. „Isabelle interessiert mich nicht“, sagte er kühl. „Es ist Josefine, der ich zur Seite stehen möchte.“

Claras Augen weiteten sich. „Du und Josefine?“ Sie lachte leise auf. „Warum wundert mich das nicht?“

„Weil du eine wahre Freundin bist.“ Adrian ergriff lächelnd Claras Hand.

Dann stand sie auf. Mit fester Stimme und noch festerem Blick sagte sie: „Eins verspreche ich dir: Wenn ihr wieder in Berlin ankommt, werde ich am Bahnhof stehen und euch begrüßen!“

22. Kapitel

Das Wichtigste ist, dass ihr das Trinken nicht vergesst! Mindestens alle zwei Stunden müsst ihr eure Blechflaschen frisch mit Wasser füllen.“ Eindringlich schaute Charles Hansen in die Runde. „Jedes Gehöft, an dem ihr vorbeikommt, hat einen Brunnen. Das Wasser ist in Dänemark überall von guter Qualität, ihr braucht also keine Angst vor verschmutztem Wasser zu haben. Außerdem haben wir alle Bauern entlang unserer Route über das Rennen informiert, ihr werdet überall auf hilfsbereite und freundliche Menschen treffen. Wenn euch frische Milch angeboten wird, nehmt sie an, ein nahrhafter Trunk tut immer gut! Und wenn es hier und da die Schnapsflasche ist, die euch ein Bauer hinhält, dann schadet ein Gläschen davon auch nicht.“

Wie alle anderen hing auch Josefine an Charles Hansens Lippen. Seit ihrer Ankunft war dies schon die dritte Zusammenkunft. Hansen hatte für die Teilnehmer des Rennens ein familiär geführtes Hotel am Stadtrand von Kopenhagen gebucht, sodass alle unter einem Dach übernachteten. Der Speisesaal des Hotels war außerdem groß genug für ihre Versammlungen. Gleich am ersten Abend hatten sie sich getroffen. Am nächsten Morgen nach dem Frühstück hatte Susanne Lindbergs Verlobter ihnen das kleine Heft ausgehändigt, das sie bei den einzelnen Kontrollposten abstempeln lassen mussten und in dem die Fahrtroute beschrieben war. Im Anschluss waren sie gemeinsam Rad gefahren. Eine mehrstündige Bummelfahrt, um sich nach der langen Zugfahrt wieder an das regelmäßige Pedaletreten zu gewöhnen.

Und nun, am zweiten Tag in Kopenhagen, fand also die dritte Zusammenkunft statt. „Wie schon gesagt, wir haben für das Rennen vier Tage angesetzt. Viermal vierundzwanzig, das ergibt sechsundneunzig Stunden. Wie viele Stunden ihr davon verschlaft, ist eure Sache."

„Sechsundneunzig Stunden für tausend Kilometer – das ist ja eine halbe Ewigkeit", sagte Leon Feininger abfällig. „Erwartest du von uns Männern wirklich, dass wir in diesem Schneckentempo fahren?"

Sogleich regte sich unter den Frauen Unmut – im Schneckentempo würde gewiss keine von ihnen fahren!

„Jeder kann sein Tempo selbst bestimmen", sagte Charles Hansen, nachdem er wieder Ruhe in die Versammlung gebracht hatte.

Leon grinste. „Und was, wenn ich deiner lieben Susanne davonfahre und ihr am Ende die Schau stehle?"

Nun war es Susanne, die antwortete. „Über einen Tempomacher bis zum Schluss wäre ich hocherfreut. Wenn du dir das also zutraust, bitte gern."

Charles Hansen und die dänischen Fahrerinnen lachten. Leon hingegen runzelte die Stirn und schwieg. Er als Schrittmacher für einen anderen Fahrer? Wollte die Dänin ihn auf den Arm nehmen? Allem Anschein nach kannten sie seine überragenden Qualitäten noch nicht.

Charles Hansen räusperte sich. „Kehren wir zu den wesentlichen Punkten zurück. Pro Tag werden wir eine Verpflegungsstation für euch aufbauen. Dort gibt es belegte Brote, heiße Suppe, Tee und kalte Getränke."

„Und wenn wir solch eine Verpflegungsstation übersehen?", fragte Luise mit banger Stimme.

„Das kann nicht passieren", erwiderte Susanne Lindberg. „Wir werden die Verpflegungsstationen direkt an den Kontrollpunkten aufbauen, und diese haben wir ja in eurer Routenbeschreibung rot markiert."

UNRUHIG rutschte Isabelle auf ihrem Stuhl hin und her. Nervös rieb sie ihre Handflächen aneinander. Seit dem frühen Morgen verspürte sie ein unangenehmes Kribbeln in Händen und Füßen. Ob es von dem Colasirup kam, den Leon in einer hiesigen Apotheke besorgt hatte? Ekarius' Präparate gab es in Kopenhagen gar nicht, und das Zeug, das er am vorigen Abend angeschleppt hatte, ließ sie fast aus der Haut fahren. Ob es ihr bei der langen Tour helfen würde, musste sich erst zeigen.

„... Verpflegungsstationen neben den Kontrollpunkten ..."

Isabelle schnaubte verächtlich. Du meine Güte! Niemand würde doch so blöd sein, einen Tisch, auf dem ein Topf mit heißer Suppe stand, zu übersehen! Und wenn doch, dann hatte er es nicht anders verdient.

Charles Hansen war gerade im Begriff, die Übernachtungsmöglichkeiten weiter auszuführen, als es an der Tür klopfte. Unwillkürlich drehten sich alle um. „Verzeihung … Ich möchte nicht stören, aber man sagte mir, dass ich hier die Radsportler finde."

Es dauerte einen Moment, bis Isabelle begriff, wer da mit breitem Grinsen vor ihr stand. „Adrian!" Auch Irenes Stimme schnappte fast über vor lauter Ungläubigkeit. „Du?"

Wie in Trance stand Josefine auf. Doch Isabelle war schneller. Sie sprang auf ihren ehemaligen Verlobten zu und baute sich vor ihm auf. „Was fällt dir ein, hier aufzutauchen?"

„Hallo Isabelle, schön, dich zu sehen." Nachsichtig lächelnd schob Adrian sie zur Seite. „Lass mich bitte durch." Er schüttelte Charles Hansen die Hand. „Ich bin gleich wieder fort, dann könnt ihr eure Besprechung ungestört zu Ende bringen."

Den Blick nach vorn gerichtet, hinkte Adrian durch den Saal. Ungläubig beobachtete Isabelle ihn. Was war mit seinem Bein? Und warum glotzte Josefine so seltsam verklärt? Da! Jetzt ging sie auch noch auf Adrian zu.

„Josefine …"

„Du bist gekommen …"

Was war das für ein Getuschel? Das hörte sich ja an wie verliebtes Gesäusel! Wie erstarrt schaute Isabelle zu, wie Adrian und Josefine in einer Umarmung versanken, die Welt um sich herum vergessend. Das konnte nicht sein. Nicht diese zwei. Das – konnte – unmöglich – sein!

Charles Hansen räusperte sich. „Bestimmt wird uns Adrian Neumann später noch von seiner Amerikafahrt berichten. Doch nun schlage ich vor, dass wir zur Tagesordnung zurückkehren und –"

„Ihr zwei seid ein Paar?", kreischte Isabelle, die aus ihrer Erstarrung erwacht war. „Ihr habt euch hinter meinem Rücken zusammengetan?" Heftig schlug sie Adrians Arm von Josefine fort.

„Isabelle, komm, setz dich wieder." Leon wollte sie wegziehen, doch sie schüttelte ihn ab wie ein lästiges Insekt.

„Wie lange geht das schon? Wie lange belügst du mich schon, liebe *Freundin*? Hast dich hinter meinem Rücken kaputtgelacht über mich, ja?" Ihre Stimme schrillte in ihren eigenen Ohren, doch sie konnte nichts dagegen tun. Noch nie in ihrem Leben war sie so von einem Menschen enttäuscht worden. „Weiß dein feiner *Geliebter* eigentlich die ganze Wahrheit über dich? Weiß Adrian Neumann, Sohn des großen Gottlieb Neumann, dass du jahrelang nicht einfach verschollen gewesen bist, sondern im Gefängnis gesessen hast? Weil du eine gemeine Diebin bist?"

Nun brach erst recht Tumult aus. Susanne Lindberg und ihr Verlobter tauschten einen sorgenvollen Blick.

„Isabelle, Josefine, Adrian, Irene!" Laut versuchte sich Hansen Gehör zu verschaffen. „Vielleicht wäre es das Beste, wenn ihr vier euch für eine Weile zurückzieht und versucht, diese ... Angelegenheit zu klären. Besser jetzt als später im Rennen. Denn da zählt nur noch Fairness, ein gutes Miteinander und –"

Isabelle unterbrach ihn barsch. „Danke für dein Angebot, lieber Charles. Aber mir ist längst einiges klar geworden."

„Aber Isabelle!", rief Josefine. „Adrian und ich, wir haben dich nicht betrogen, wir –"

„Sei still!" Zwei Worte wie Peitschenhiebe. Isabelle ging in Richtung Tür. „Wir sehen uns beim Rennen!" Es klang wie eine Drohung.

STATT zeitig ins Bett zu gehen, wie Charles es allen Rennteilnehmern geraten hatte, war Josefine die halbe Nacht auf gewesen. Adrian und sie hatten so viel zu bereden gehabt! Ihr Gefängnisaufenthalt war dabei das geringste Thema gewesen.

„Moritz Herrenhus hat dich los sein wollen", stellte Adrian fest, als sie ihm alles erzählt hatte. „Monatelang hat er dir sein Rad zur Verfügung gestellt, da hätte er sich gewiss nicht so aufführen müssen, als du es dir heimlich ausgeliehen hast. Wahrscheinlich hat ihm nicht gefallen, dass seine Tochter mit einem Freigeist wie dir so viel Zeit verbringt." An seiner Liebe zu Josefine änderte ihre Vergangenheit nichts.

Natürlich hatten sie auch über Isabelle gesprochen. Und über Amerika. Und Adrian hatte von den Rädern geschwärmt, die in Berlin auf ihn warteten. Als Josefine ihn auf sein Bein hatte ansprechen wollen, winkte er betont lässig ab. „Später ..."

Am nächsten Morgen fühlte sich Jo über alle Maßen aufgekratzt. Der Start war an den Stadtrand von Kopenhagen verlegt worden, direkt an die Ausfallstraße in Richtung Roskilde. Es waren jedoch kaum Kopenhagener Bürger erschienen, dafür war das Rennen zu wenig publik gemacht worden. Josefine interessierte sich weder für die Presse noch für sonst jemanden. Adrian war da, nichts anderes zählte für sie.

Josefine ging in die Hocke und prüfte zum hundertsten Mal, ob mit ihrem Fahrrad alles in Ordnung war. Waren die Bremsen gut eingestellt, die Kette gut geölt? Am Vorabend hatte Gerd Melchior zwar die Räder aller Teilnehmer kontrolliert, aber sicher war sicher!

Aus dem Augenwinkel sah sie Isabelle mit verschlossener Miene in einem eleganten Radfahrkostüm eintrudeln, Leon an ihrer Seite. Die Jacke mit den vielen Taschen, die Jo in mühevoller Kleinarbeit für sie genäht hatte, war nirgendwo zu sehen. Statt die anderen per Handschlag zu begrüßen, wie es Sitte unter den Radfahrern war, schenkte sie allen nur ein kurzes Nicken.

Sowohl sie als auch Leon hatte seit dem Tag zuvor niemand mehr gesehen, sodass nicht nur Susanne befürchtet hatte, zwei Mitfahrer weniger zu haben.

Adrian, der mit Gerd Melchior zusammenstand, reckte den Daumen seiner rechten Hand in die Höhe. Jo lächelte ihn an. Alles in Ordnung. Wäre Isabelle nicht mitgefahren, hätte das dem Unternehmen einen bitteren Beigeschmack verliehen.

Adrian wollte in einem der Begleitwagen mitfahren und sie am einen oder anderen Kontrollpunkt treffen. Adrian unterwegs mit einer Kutsche. Josefine spürte, wie sich ein dicker Kloß in ihrem Hals bildete. Aber bestimmt würden die deutschen Ärzte sein Knie wieder hinbekommen!

Um sich abzulenken, kontrollierte Jo auch noch ihr Werkzeug: Schraubendreher, ein Taschenmesser, Flickzeug und noch ein paar Kleinigkeiten – gerade so viel, dass es in die untere Rückentasche ihrer Jacke passte und nicht zu schwer war. Sollte sie eine Panne erleiden, würde sie nicht zwingend darauf hoffen müssen, dass Gerd Melchior oder einer der anderen Mechaniker in ihrer Nähe war.

„Liebe Radlerinnen, liebe Radler“, begann Charles Hansen, „heute ist ein denkwürdiger Tag. Denn mit diesem Rennen wollen wir beweisen, dass Frauen ebenso leistungsfähig sind wie Männer. Susanne und ihre Mitfahrerinnen werden all diejenigen Lügen strafen, die gebetsmühlenartig die Schwächen der Frau aufzählen, ohne je auch nur den geringsten Beweis für ihre Behauptungen erbracht zu haben.“ Seine Augen blitzten erwartungsvoll, als er in die Runde schaute. „Bei einem Langstreckenrennen wie dem unseren steht nicht der Konkurrenzgedanke im Vordergrund. Uns verbindet der Wille, gemeinsam mit Freude am Fahren das Ziel zu erreichen. Deshalb sage ich eindringlich zu euch allen: Wann immer ihr eine Fahrerin oder einen Fahrer in Not am Straßenrand seht, haltet an und fragt, was los ist. Teilt euren Proviant! Eure Wasserflasche! Und wenn euer Mitfahrer eine Panne hat, dann schaut, ob ihr ihm behilflich sein könnt. Streitereien haben auf den nächsten tausend Kilometern keinen Raum. Gute Fahrt durch unser schönes Seeland. Oder wie wir auf Dänisch sagen: *God rejse!*“

Die erste Stunde fuhren Susanne und ihre dreißig Begleiter gemeinsam. Es herrschte eine fröhliche Stimmung, gerade so als wäre man zu einem Ausflug ans nahe Meeresufer aufgebrochen.

Zu Josefines Erleichterung verhielten sich ihr gegenüber alle neutral bis freundlich. Isabelles Gerede von Gefängnis und Diebstahl hatte zwar einige verunsichert, doch allzu viel gab niemand darauf. Es nahm auch niemand ihre Anschuldigung ernst, Jo hätte ihr den ehemaligen Verlobten „ausgespannt". Ehemalig und ausgespannt – das passte nicht zusammen.

Als der riesige Dom von Roskilde in Sichtweite kam, erhöhte Susanne das Tempo – die Schonzeit war zu Ende. Zusammen mit ihr setzte sich eine zehnköpfige Gruppe ab, die aus dänischen und französischen Fahrerinnen bestand. Auch Isabelle, Veit Merz und Leon Feininger hielten den Anschluss.

Josefine überlegte kurz, ob sie ebenfalls das Tempo erhöhen sollte, entschied sich dann jedoch dagegen.

„Lassen wir sie fahren", sagte auch Lilo, die zu ihr aufschloss. „Wer ein Rennen zu schnell angeht, fährt am Ende den anderen hinterher, das ist meine Erfahrung. Hast du dich noch mit Isabelle aussprechen können?" Jo verneinte. „Ich verstehe nicht, warum du Isabelle nicht schon längst reinen Wein eingeschenkt hast. An ihrer Stelle wäre ich auch verärgert."

„Worüber? Die Verlobung zwischen Isabelle und Adrian war doch nichts als eine Farce! Außerdem – was hätte ich denn beichten sollen? Ein paar Küsse und Umarmungen? Mehr ist zwischen Adrian und mir bisher doch gar nicht vorgefallen. Dass wir uns ineinander verliebt haben, haben wir doch erst kurz vor seiner Abreise festgestellt. Seit dem vergangenen Frühjahr habe ich Adrian nicht mehr gesehen."

Lilo runzelte die Stirn. „Vielleicht lag es auch nur am Zeitpunkt – so kurz vor dem Rennen. Isabelle war in den letzten Tagen ständig gereizt."

„Wundert dich das?", gab Jo zurück. „Bei all den Tabletten und Pillen, die Leon ihr verabreicht …" Sie schüttelte missbilligend den Kopf. Natürlich hatte auch sie ein paar der Wundermittel probiert, von denen so viele Radsportler schwärmten. „Dop" oder „Doping" wurden solche Mittel genannt, Wachmacher wie Cola und Cocain. Wach machten solche Mittel tatsächlich, aber Josefine hatte zugleich das Gefühl für ihren Körper verloren. Eine beängstigende Erfahrung.

Lilo hob fragend die Brauen. „Isabelle nimmt Dopingmittel?"

„Und nicht zu wenig", antwortete Jo und trat schneller in die Pedale.

Zügig fuhren sie bis in den Fjord von Kalundborg, wo im Hafen die Kontrollstation aufgebaut war. Entzückt betrachtete Jo den ersten Stempel in ihrem Heft. Wie schön würde es erst aussehen, wenn alle fünfzehn Stempel darin waren? Da von Adrian und Gerd Melchior in ihrer Begleitkutsche nichts zu sehen war und sich ihre Beine noch gut anfühlten, beschloss Jo weiterzufahren. Lilo hingegen wollte eine Toilette aufsuchen und später wieder zu ihr aufholen.

Als Josefine sah, wer sich stattdessen an ihre Seite schlug, war sie wenig begeistert. „Keine Sorge, ich werde dich jetzt *nicht* nach meinem Bruder fragen“, sagte Irene und grinste. „Lass gut sein. Schlimmer als die Vorstellung, Isabelle zur Schwägerin zu bekommen, kann's gar nicht werden. Wer weiß – vielleicht werden wir uns irgendwann sogar prächtig verstehen?“

„Wer weiß?“, gab Josefine schmunzelnd zurück und genoss den Rückenwind, der sie die Küste entlang wie auf Engelsflügeln trug.

Mit dem Wind kam auch eine innere Leichtigkeit. Was war das nur für ein gnädiges Schicksal, das es ihr erlaubte, dieses Rennen mitfahren zu dürfen? Tief durchatmend schaute sich Jo die Dünenlandschaft an. Das Heidegras glänzte golden und stand in einem majestätischen Kontrast zum tiefblauen Wasser. Kleine weiße Schaumkrönchen schaukelten auf den Wellen.

„Herrlich, nicht wahr?“, sagte Irene, und ihre sonst so arrogante Stimme klang fast demütig.

Nach gut zweihundert Kilometern erreichten Josefine, Irene und eine Engländerin, die sich ihnen angeschlossen hatte, Vordingborg, den südlichsten Ort ihrer Dänemarkfahrt. Kurz nach sieben trudelte zu Jos Freude auch Lilo ein.

Sie füllten ihre Wasserflasche neu und machten sich zusammen auf den Weg in Richtung Køge, den Kontrollpunkt, an dem Charles Hansen einen Verpflegungsposten sowie Schlafmöglichkeiten für die Fahrer bereithielt.

Hinter Vordingborg brach die Dunkelheit über sie herein, und sie mussten ihre Gaslampen anzünden, um die Straße besser sehen zu können.

Nach weiteren fünfzig Kilometern wurden Jos Beine schwer. Sie hatte all ihre Brote gegessen und fünf Wasserflaschen leer getrunken. Irgendwann konnte sie an nichts anderes mehr denken als an eine heiße Suppe. Irene erging es nicht anders. Lachend und leicht hysterisch ermahnten sie sich gegenseitig, an andere Dinge zu denken.

Mit einem riesengroßen Loch im Bauch fuhr Josefine nach weiteren fünfzig Kilometern schließlich in die Køge-Bucht ein. Es war elf Uhr in der Nacht.

„Ihr findet uns vor der St.-Nicolai-Kirche“, hatte Charles Hansen ihnen erklärt. „Deren Turm ist so hoch, dass er als Leuchtturm benutzt wird.“

Und so war es: Als der gespenstisch flackernde Kirchturm in Sicht kam, verspürte Josefine Erleichterung, gepaart mit einem großen Glücksgefühl.

Dieses wurde noch heftiger, als sie Adrian neben der Verpflegungsstation stehen sah.

„Und? Wie fühlst du dich? Mehr als ein Viertel der Strecke hast du schon hinter dir, ist das nicht fantastisch?"

Natürlich waren Susanne Lindberg und ihr Team die Ersten gewesen, gefolgt von Isabelle und Leon. Josefine lauschte erschöpft und stellte sich auf wackligen Beinen in der kleinen Schlange an, die sich am Verpflegungstisch gebildet hatte. Die Suppe roch herrlich, Josefine ließ sich ihre Suppenschüssel bis zum Rand füllen. Außerdem schnappte sie sich ein paar belegte Brote, und zwei süße Gebäckstücke legte sie noch obendrauf.

Adrian hatte im Schutz der Kirchenmauer eine Decke auf dem Boden ausgebreitet. Eine Fackel steckte neben der Decke in der Erde und spendete warmes Licht, die dicken Kirchenmauersteine gaben die gespeicherte Sonnenwärme des Tages ab. Seufzend ließ sich Jo auf dem gemütlichen Lager nieder, während Irene und Lilo mit ihrem Essen in die ein Stück entfernte Scheune gingen, die Charles als Pausen- und Schlaflager für die Fahrer angemietet hatte.

Jo verzehrte alles bis zum letzten Happen. Satt und zufrieden lehnte sie sich dann an Adrians Schulter.

„Schlaf ein bisschen", sagte Adrian und breitete zärtlich seine Arme aus. „Ich wecke dich in vier Stunden, versprochen."

SIE KÜSSTEN SICH lange und innig zum Abschied. Dann fuhr Jo in Richtung Kopenhagen weiter. Es machte ihr nichts aus, allein zu fahren. Der Geschmack von Adrians Lippen begleitete sie.

Kopenhagen. Der Startpunkt war nicht etwa das Ende des Rennens, nein, er war nicht einmal Halbzeit! Von Kopenhagen aus mussten die Fahrer zuerst eine nördlich gelegene Schleife von rund hundertfünfzig Kilometern fahren, an deren Ende sie abermals in Kopenhagen landeten. Erst dann würden sie die Hälfte der Strecke hinter sich und eine weitere Rundfahrt durch Seeland vor sich haben.

Nach einer halben Stunde hatte Jo ihren Rhythmus gefunden. Im Gegensatz zu den meisten anderen Fahrerinnen, denen es vor der Dunkelheit graute, war sie Nachtfahrten gewohnt. Die Straßen waren breit und gut ausgebaut, Jo nutzte diesen Streckenabschnitt, um ihr Tempo ein wenig zu erhöhen.

Die Morgendämmerung setzte kurz vor sechs Uhr ein. Kaum dass sie einigermaßen sehen konnte, schaltete Josefine ihre Lampe aus, um Gas zu sparen – ein Fehler, denn im Dämmerlicht holperte Jo über einen faustgroßen Stein, statt ihm auszuweichen. Der Schlag war so heftig, dass er ihr fast den Lenker aus der Hand riss.

Keine hundert Meter weiter machte die Straße eine spitze Linkskurve. Jo drückte auf die Bremse, doch nichts geschah. Hektisch nahm sie beide Füße von den Pedalen, versuchte am Boden schleifend eine Bremswirkung zu erzeugen, was ihr nur einigermaßen gelang. Nachdem sie die Kurve gefährlich schnell genommen hatte, ließ sie ihr Rad auf der Geraden austrudeln. Seufzend stieg sie ab und zündete die Lampe erneut an.

Durch den harten Rempler über den Stein hatte sich tatsächlich einer der Gummibremsbeläge aus der Vorderradfelgenbremse gelöst und war fort. An alles hatte sie gedacht, nur nicht daran, ein paar Ersatzbremsbeläge mitzunehmen! Wütend über sich selbst, machte sich Jo daran, den noch vorhandenen Gummiklotz aus seiner Halterung zu lösen. Sie war gerade dabei, ihn mit dem Taschenmesser in zwei exakt gleich breite Stücke zu teilen, als sie hinter sich Stimmen hörte. Doch es war nicht wie erhofft die Kutsche mit Adrian und Gerd Melchior samt seiner mobilen Werkstatt.

„Brauchst du Hilfe?“, fragte Leon und hielt neben ihr an.

„Danke, aber das bekomme ich allein hin“, erwiderte Jo, während sie den halbierten Bremsbelag in die linke Halterung der Bremse schob. Die andere Hälfte kam in die rechte Halterung. „Ich habe nur einen Bremsbelag verloren. Aber du kennst das ja: Aus eins mach zwei! Ist schon geschehen. Nun muss ich die halbierten Bremsklötze nur noch mit dem Anschlag kontern, und weiter geht's.“

„Dann gute Fahrt!“, sagte Leon, offenbar nur halb davon überzeugt, dass sie wirklich wusste, was sie tat.

„WARUM MUSSTEST DU unbedingt bei der dummen Pute anhalten?“, zischte Isabelle, kaum dass Leon zu ihr aufgeschlossen hatte. „Hilfsbereit wie eh und je, pah! Und als Dank jagt sie dir ein Messer in den Rücken.“

Leon warf ihr einen belustigten Blick zu. „Ich weiß wirklich nicht, warum du dich so aufregst! Nur, weil sich Josefine in einen deiner abgelegten Liebhaber verliebt hat? Was hättest du denn mit diesem Hinkebein angefangen?“

„Früher war Adrian ein erstklassiger Radfahrer. Geschieht den beiden ganz recht, dass es damit nun vorbei ist.“

„Gehässigkeit steht dir nicht, Chérie“, sagte Leon seufzend. „Liebling, sei mir nicht böse, aber dein Tempo ist mir doch ein wenig zu langsam. Außerdem – ich möchte verdammt sein, wenn es mir nicht gelingt, noch vor Helsingør den Anschluss an Susanne und ihre Weibergruppe zu finden!“

„Lässt du mich nun auch noch im Stich, ja? Dann hau doch ab!“, sagte Isabelle. Als Leon nach kurzem Zögern tatsächlich beschleunigte, wusste sie nicht, ob sie darüber froh oder traurig war. Warum nahm sie sich die

Sache mit Jo und Adrian eigentlich so sehr zu Herzen? In Wahrheit hatte sie sich mit ihrem Auftritt am Vortag ziemlich blamiert. War es die Schmach, dass Adrian *sie* nicht hatte lieben können?

Die Straße machte eine scharfe Kurve nach links, der Isabelle erst im letzten Moment folgte. Auf einen solchen Schlenker war sie nicht gefasst gewesen. Sie musste sich konzentrieren, verflixt noch mal. Sie würde Jo schon zeigen, wer die bessere Fahrerin war! Fahrig griff sie in ihre Satteltasche, um die Trinkflasche herauszuholen. Dann fiel ihr ein, dass sie beim letzten Halt vergessen hatte, die Flasche aufzufüllen. Isabelle nahm stattdessen ein kleines Medizinfläschchen aus ihrer Jacke. Der Colasirup schmeckte widerlich süß, aber er gab ihr das Gefühl, etwas getrunken zu haben. Er ließ allerdings auch ihr Herz unangenehm schneller klopfen. Kein Bauernhof weit und breit, wo sie frisches Wasser bekommen würde … Sie musste Leon einholen!

Leon … Er nahm alles so leicht! Ihr jedoch gelang genau das in letzter Zeit immer schlechter. Was würde nach dem Rennen sein? Würde Leon wieder abreisen, auf Nimmerwiedersehen? Sie war verrückt nach ihm. In seiner Nähe fühlte sie sich unbeschwert und jung. Sein Charme war prickelnder als jedes Glas Champagner! Isabelle trat kräftiger in die Pedale, obwohl sich ihre Oberschenkel schon steinhart anfühlten.

Ob Leon überhaupt irgendwelche Pläne hegte? Bisher hatten sie nur wenig über die Zukunft gesprochen. Die Straße ging nun wieder geradeaus, aber kein Leon weit und breit. Hatte er Susanne inzwischen eingeholt? Sie musste schneller fahren, schneller! Leon und sie. *Er liebt mich. Er liebt mich nicht. Er liebt mich …* Es waren Gänseblümchen gewesen, mit denen Josefine, Clara und sie dieses Spiel als Kinder gespielt hatten. Freundinnen. Sie hatte keine mehr.

Fahren, in die Pedale treten, schneller. Noch schneller. Na also, es ging doch. Doch dann setzte sich ein flaues Gefühl in Isabelles Magengegend fest. War es Hunger? War es der Durst? Sie wusste es nicht. Sie drehte ihr linkes Handgelenk so, dass sie die Zeit von ihrer Uhr ablesen konnte. Was bedeutete die Stellung der Zeiger? Gleich acht Uhr morgens. Vor fast vierundzwanzig Stunden waren sie losgefahren. SLANGERUP stand auf einem Schild, das an eine große Eiche genagelt worden war. Der Name kam ihr bekannt vor. Was für komische Namen. Sie kicherte hysterisch.

Die Sonne kletterte nun schnell am Himmel empor. Sie war gleißend hell. Isabelle blinzelte. Ihre Augen tränten, sie konnte nur noch schlecht sehen. Alles war dämlich! Das Rennen, die Strecke, die anderen. Ihr Lachen klang so seltsam, unheimlich. Was war los mit ihr?

Isabelle wurde schwarz vor Augen, sie schoss über die Straße hinweg, eine kleine Böschung hinunter und stürzte über den Lenker ins Gras. Die Sonne war fort. Sie verspürte keinen Durst mehr. Und keinen Hunger. Endlich.

SLANGERUP – obwohl es erst morgens halb neun war, stand die Sonne schon hoch am Horizont. Jo sehnte sich nach ihrer Schirmmütze. Sobald sie Kopenhagen erreicht hatte, würde sie die Mütze aus ihrer Tasche holen.

Kopenhagen … Damit hatte sie die Hälfte der Strecke zurückgelegt. Dort würde sie auch Adrian wiedersehen. Noch lag sie sehr gut in der Zeit. Achtundzwanzig Stunden für knapp fünfhundert Kilometer – war das nicht fantastisch? Natürlich war ihr klar, dass sie dieses Tempo nicht würde halten können. Aber noch fühlte sie sich blendend!

Josefines Lächeln erstarb, als sie weiter vorn am Straßenrand etwas silbrig glänzen sah. Waren das Scherben? Jo fuhr langsamer. Im nächsten Moment erkannte sie ein Rad, das im hohen Gras der Böschung lag. Eins, das ihr nur allzu vertraut war. Mit aller Kraft betätigte sie ihre lädierte Bremse. Statt ihr Rad vorsichtig abzulegen, wie sie es sonst getan hätte, ließ sie es einfach zu Boden fallen. „Isabelle?" Ängstlich trat Jo an die Böschung.

Isabelle lag ungefähr fünf Meter tiefer, ihren Kopf seltsam nach hinten überstreckt, die Arme weit vom Körper abgespreizt. Ihr Rock hatte sich nach oben geschoben, der schmutzige Stoff bedeckte ihr Gesicht zur Hälfte, auf der linken Schläfe war Blut. Ihre Augen waren weit geöffnet und starr.

Hastig kletterte Jo den Abhang hinab. Nur mit Mühe fanden ihre Füße in dem losen, sandigen Boden Halt.

„Isabelle …" Voller Angst legte sie eine Hand an Isabelles Hals. Ein schwacher Puls war zu spüren, zart wie der Flügelschlag einer Libelle. Die Freundin war nur ohnmächtig.

Sie ordnete Isabelles Rock und legte ihre Beine parallel zueinander. Dann hob sie ihren rechten Arm an und bewegte ihn ganz langsam hin und her. Gebrochen schien er nicht zu sein. Behutsam stieg sie über die Freundin hinweg und hob deren linken Arm an. Auch hier war offenbar alles in Ordnung. Als beide Arme in einer etwas natürlicheren Haltung dalagen, krabbelte Jo den Hang hinter Isabelle ein Stück hinauf, bis sie hinter ihrem Kopf saß. Mit dem Taschentuch tupfte sie das Blut fort. Es war glücklicherweise nur eine oberflächliche Platzwunde. Die Handflächen nach oben gerichtet, schob Josefine schließlich beide Hände unter den Kopf der Freundin.

„Isa … keine Angst …" Schweiß lief ihr die Stirn hinab, sie war es, die schreckliche Angst hatte! Ein leises Stöhnen ertönte. Erschrocken hielt Jo bei ihrer Untersuchung inne. Isabelle blinzelte einmal, zweimal. „Josefine?"

„Ja, ich bin's …" Erleichtert streichelte Jo über Isabelles Wange. „Alles wird gut." Bedächtig, Zentimeter für Zentimeter, hob sie Isas Kopf an und legte ihn in ihren Schoß.

„Was … ist … passiert? Wo bin ich?" Isabelle schlug die Augen auf, unruhig raste ihr Blick von links nach rechts, sie wollte aufstehen.

Sanft hielt Jo sie fest. „Du bist gestürzt. Vielleicht ist es besser, du bleibst erst einmal so liegen." Sie schob ihren Oberkörper ein wenig nach vorn, um Isas Kopf Schatten zu spenden.

„Ich … Durst … Wasser …"

„Ja. Natürlich." Hektisch kramte Jo in ihrer größten Jackentasche. Warum hatte sie daran nicht gleich gedacht? Sie hob Isabelles Kopf noch weiter an, dann setzte sie ihr die Trinkflasche an die Lippen.

Gierig trank Isabelle ein paar Schlucke.

„Magst du auch etwas essen? Ich habe noch einen Apfel."

Isabelle schüttelte stöhnend den Kopf. Im nächsten Moment wurde sie erneut ohnmächtig. Jo hätte heulen können vor Angst und Sorge und Verzweiflung. Lieber Gott, bitte schick Hilfe, bald!, dachte sie. Erschöpft an Körper und Geist, fielen Josefine die Augen zu.

ALS ADRIAN UND GERD MELCHIOR sie fanden, war es erst zehn Uhr. Es war also gerade einmal eine Stunde vergangen.

„Mir ist der Schreck durch Mark und Bein gefahren, als ich dein Fahrrad mitten auf der Straße liegen sah", sagte Adrian. „Aber es dort abzulegen, war eine gute Idee! Da müssen drei französische Rennfahrerinnen vor uns hier vorbeigekommen sein. Warum haben sie euch nicht geholfen? Isabelle könnte längst medizinisch versorgt sein!"

Josefine zuckte mit den Schultern. Dass einer der dreißig Teilnehmer, ohne nachzuschauen, einfach weiterfuhr, konnte sie sich nicht vorstellen.

Adrian hingegen schon. „Einen Sport zu betreiben heißt noch lange nicht, dass jemand auch ein Sportsmann im Geiste ist", sagte er wütend.

Behutsam hoben die beiden Männer die Verletzte an, und mithilfe von Josefine, die Isas Mitte stabilisierte, zogen, schoben und hoben sie sie auf die Straße. In der Kutsche legten sie Isabelle auf einer Decke ab.

„Und du? Ist bei dir alles in Ordnung?" Fragend hob Adrian Jos Kinn an, sodass er ihr in die Augen sehen konnte.

Jo lächelte. „Mir geht's gut. Ich bin ja nun unfreiwillig zu einer weiteren Stunde Schlaf gekommen. Aber Isabelle …" Bevor sie wusste, wie ihr geschah, weinte sie los.

Zärtlich tupfte Adrian ihr die Tränen fort. „Das ist die Anspannung, Liebes.

Aber du brauchst dir keine unnötigen Sorgen zu machen, ich denke, Isabelle ist lediglich völlig erschöpft. Mit dem Rennen hat sie sich allem Anschein nach übernommen. Und ihr feiner Freund hat auch nicht gerade dazu beigetragen, dass sie es langsam angehen lässt – wo ist er eigentlich?"

„Das wüsste ich auch gern", seufzte Jo und schaute sehnsüchtig auf ihr Rad, das noch immer auf der Straße lag.

Wortlos ging Adrian zur Kutsche und kramte eine Wasserflasche und zwei in Papier eingewickelte Brote hervor. Beides hielt er ihr mit einem aufmunternden Lächeln hin. „Proviant für die nächsten hundert Kilometer." Er gab ihr einen Kuss. „Und nun ab mit dir! Aber fahr bloß vorsichtig, ein Unfall reicht."

Jo stieg auf ihr Rad und spürte, wie ihr sogleich leichter ums Herz wurde. Isabelle war versorgt. Was nun wieder zählte, war das Rennen.

HINTER BALLERUP, westlich von Kopenhagen, begannen die Krämpfe. Zuerst war es nur die rechte Wade, die sich bei jedem Durchstrecken des Beins schmerzhaft zusammenzog. Dann kam die linke Wade dazu. Als sie erneut beherzt in die Pedale trat, bekam sie in der rechten Wade einen derart heftigen Krampf, dass sie vor Schmerz laut aufschrie. Ihr Rad kam ins Schlingern, und ihr blieb nichts anderes übrig, als an den Rand zu fahren und abzusteigen. Auf der Straße hockend, massierte sie ihre Waden.

Mit schmerzverzerrtem Gesicht schleppte sie sich schließlich wieder aufs Rad. Das Treten der Pedale fiel ihr schwer, aber immerhin kam sie voran. Doch schon nach wenigen Kilometern musste sie erneut absteigen, weil die Krämpfe zu heftig wurden. Waden massieren, ein paar Schlucke Zuckerwasser trinken und hoffen, dass das gegen die Krämpfe half, aufs Rad steigen, ein Stück fahren, wieder absteigen wegen eines neuerlichen Krampfs – in diesem unseligen Rhythmus verging die nächste Stunde. Als rechter Hand Roskilde in Sicht kam, war sie entnervt und wütend zugleich. Es konnte doch nicht angehen, dass ein paar Wadenkrämpfe ihr Rennen kaputt machten!

Wenn sie sich richtig erinnerte, lag hinter Roskilde, kurz nach der Kontrollstation, wo sie ihr Heft abstempeln lassen musste, ein Bauernhof, in dessen Einfahrt ein großer Wassertrog mit Brunnen stand. Ihre Erinnerung trog sie nicht, nach knapp zehn Minuten Fahrt im Schneckentempo erreichte sie den Brunnen. Weit und breit war niemand zu sehen, bei diesem schönen Wetter waren die Bauern sicher alle auf ihren Äckern. Umso besser!

Ungelenk hob Jo erst ein Bein, dann das zweite in den Trog und hockte sich auf den Rand. Das Wasser war eiskalt. Josefine formte mit beiden Händen eine Schale, hielt sie unter den Brunnenhahn und trank gierig.

Zwischendurch spritzte sie sich immer wieder das erfrischende Nass ins Gesicht, das von der erbarmungslos herunterbrennenden Sonne heiß und gerötet war. Sie seufzte vor Wohlbefinden auf.

Nach einer Viertelstunde schwang sie dennoch ihre eisgekühlten Beine über den Trogrand auf den sandigen Boden. Sie fühlte sich so frisch und kräftig wie seit Stunden nicht mehr. Doch kaum hatte sie einen Schritt in Richtung Fahrrad getan, wurde sie von einem neuerlichen Krampf geplagt, allerdings diesmal in ihrem rechten Oberschenkel … und hinter ihr ertönte plötzlich eine laute Männerstimme: *„Hey!“*

Erschrocken fuhr Jo herum. Vor ihr standen der Bauer – und sein Wachhund. Auch das noch.

„Hvad er der i vejen?“, herrschte der Mann sie an. *„Hvad med dig her?“*

Was sie hier machte? Am besten machte sie sich eiligst davon!

Doch der Mann versperrte ihr den Weg zu ihrem Rad. *„Stop!“* Der Hund des Mannes knurrte dazu.

Jos Herz klopfte. Sie zeigte auf den Brunnen. „*Vand* – verstehen Sie?“ Im letzten Moment erinnerte sie sich an das Wort, das Charles Hansen so oft verwendet hatte. *„En flaske med vand“* – eine Flasche Wasser.

Der Bauer nickte. Dann zeigte er auf ihre zitternden Beine. *„Du er syg?“*

„Ob ich was bin? Krank? *Ney* …“ Wenn sie jetzt etwas Falsches sagte, hielt er sie womöglich für leichte Beute und –

Der Bauer zeigte auf ihr Rad und sagte einen langen dänischen Satz, von dem Jo nur zwei Wörter verstand. *Susanne Lindberg*.

„Ja!“, rief sie erleichtert. „Ich fahre das Rennen mit! Aber die Beine …“ Sie zeigte an sich hinab.

Die grimmige Miene des Mannes verzog sich von einem Moment zum anderen zu einem breiten Grinsen. Eine begeistert klingende, für Jo aber unverständliche Rede folgte, in der mehrmals Susannes Name fiel. Beruhigt wollte Jo ihr Rad aufheben. Doch der Bauer war schneller. Eilfertig hielt er es ihr hin. Dann sagte er etwas, was Josefine so deutete, dass sie hier warten sollte. Wild gestikulierend rannte er ins Haus. Als er zurückkam, hatte er einen kleinen braunen Glastiegel in der Hand. Er öffnete den Deckel und hielt Jo das Glas unter die Nase.

Der Geruch war scharf und durchdringend. Hektisch fuchtelte sie mit ihrer Hand den Gestank fort. Der Bauer lachte. Dann reichte er ihr den Tiegel und machte mit seiner Hand eine Bewegung, als wollte er sein rechtes Bein einreiben.

Zweifelnd schaute Jo den Bauern an. Sollte sie wirklich? Entschlossen tupfte sie mit dem Zeigefinger ihrer rechten Hand in den Tiegel und holte einen Klecks Salbe heraus. Der Mann wandte sich ab, sodass sie ihren Hosenrock lüpfen und ihre Beine einreiben konnte. Die Salbe zerging auf ihrer Haut und Jo spürte die Wirkung sofort. Ein leichtes Prickeln, dann ein Brennen. Überall dort, wo Krämpfe ihre Muskeln verhärtet hatten, wurde das Gewebe warm und weich, die Schmerzen schwanden.

„God?“, rief der Bauer ihr über seine Schulter hinweg zu.

Jo lachte auf. „Und ob! Das ist … wunderbar!“

Der Bauer drehte sich zu ihr um und klopfte ihr mit seiner rechten Pranke begeistert auf die Schulter. Dann wies er sie an, den Salbentiegel einzustecken.

„Wirklich?“ Jo strahlte. „Vielen Dank! Sie haben mich gerettet.“

Der Bauer lachte. *„God rejse!“*

IN VORDINGBORG, am südlichsten Zipfel Seelands, war die nächste Verpflegungsstation aufgebaut. Wie am Vortag in Koge hatte Charles Hansen auch hier eine Scheune angemietet, in der die Fahrer ein paar Stunden schlafen konnten. Müde, aber noch nicht völlig erschöpft, stellte sie ihr Rad an der Scheunenwand ab, als hinter ihr jemand sagte: „Na, auch schon da?“

„Lilo!“ Josefine fiel ihrer Schwarzwälder Freundin um den Hals. „Endlich treffe ich mal wieder eine von euch!“

Lilo grinste. „Ich bin schon seit zwei Stunden hier, eigentlich wollte ich gerade aufbrechen, aber was soll's. Während du isst, leiste ich dir gern noch ein bisschen Gesellschaft. Irene ist übrigens vor knapp einer Viertelstunde gekommen. Ich bin gespannt zu hören, wie es euch bisher ergangen ist.“

In weiser Voraussicht hatte Charles Hansen insgesamt drei Kutschen mit Helfern und Werkzeug als Begleitfahrzeuge engagiert, eins davon stand in Vordingborg parat. Jo bat den Mann, die provisorischen Bremsklötze ihrer Vorderradfelgenbremse auszutauschen, dann ging sie Arm in Arm mit Lilo zu dem Tisch mit dem Essen und den Getränken. Den drei französischen Fahrerinnen vor ihr warf sie misstrauische Blicke zu: Waren sie, ohne zu helfen, an Isabelles Unfallstelle vorbeigefahren?

Josefine erfuhr, dass von dreißig Rennfahrern bisher sieben aufgegeben hatten. Susanne Lindberg und ihre dänischen Mitfahrerinnen, erfuhr sie, waren längst wieder auf der Straße. Leon Feininger und Veit Merz gehörten inzwischen ebenfalls zur Spitzengruppe. Wie schön für Leon, dachte Josefine grimmig. Sie war gerade dabei, den herzhaften Kartoffelbrei zu löffeln, als Luise Karrer eintraf. Mit den Worten „Ich kann nicht mehr!“ warf sie erst ihr Rad ins Gras, dann sich selbst.

Lilo, Irene und Jo schauten sich verständnisvoll an. Sie wussten, dass

Luise spätestens nach fünf Minuten wieder zu sich kommen würde. Noch waren sie alle gesund und munter.

Dem musste Jo leider widersprechen. Bei einer Tasse Tee und einem Gebäckstück erzählte sie von Isabelles Unfall. Die anderen waren entsetzt zu hören, dass sie das Rennen auf so schreckliche Weise hatte beenden müssen.

„Und Adrian fährt sie in Krankenhaus …“ Irene verzog das Gesicht. „So hält sie ihn noch immer auf Trab!“ Als Irene daraufhin berichtete, dass sie noch auf der ersten Runde so heftige Krämpfe in den Beinen erlitten hatte, dass sie glaubte aufhören zu müssen, lachte Jo laut auf und erzählte von ihrer Begegnung mit dem Bauern. Dann reichte sie Irene die braune Salbe.

„Das brennt ja wie Feuer!“, rief diese, nachdem sie ein wenig auf eine Wade aufgetragen hatte. „Bist du dir sicher, dass du die Salbe nicht von einem Indianer bekommen hast?“ Josefine schaute verdattert drein. Irene grinste. „Hat Adrian dir das nicht erzählt? Es war ein indianischer Medizinmann, der mit einer stinkenden Salbe sein Bein zum Abheilen gebracht hat.“

„Mein Medizinmann sah eher aus wie ein wilder Wikinger“, erwiderte Jo lachend.

ETWAS WAR ANDERS, spürte Jo, kaum dass sie ihr Rad wieder bestiegen hatte. Die Luft war feucht und schwer, und das Einatmen tat Jo in der Lunge weh. Es war eine trübe Nacht. Das Licht ihrer Gaslampe leuchtete die Straße, die ölig schwarz glänzte, nur spärlich aus.

„Es liegt Regen in der Luft“, sagte Irene, die links neben ihr fuhr.

Jo nickte. Das Wetter war bisher so durchgängig schön gewesen, dass sie an Regen gar nicht mehr gedacht hatte.

Um sich gegenseitig auf der düsteren Straße nicht zu gefährden, beschlossen Jo, Irene und Luise Karrer, die ebenfalls mit von der Partie war, einen Abstand von mehreren Metern einzuhalten und sich an der Spitze abzuwechseln. Irene war die Erste, die vorn fahren wollte. Nach ihr kam Luise an die Reihe. Dumpf radelte Jo ihren Vereinskameradinnen hinterher. Bei jeder noch so kleinen Bewegung, die sie im Sattel machte, hätte sie vor Schmerz aufschreien können. Durch die vielen Stunden auf dem Rad hatte sie sich wund gerieben. Ihre Knochen schmerzten, ihre Augen brannten.

Zuerst hörten sie ein Brausen. Dann kam der Wind auf. Er peitschte gegen die Ostküste Seelands und erwischte die Radfahrerinnen von rechts.

Jo war gerade dabei, Luise an der Spitze ihrer Dreiergruppe abzulösen, als sie die ersten Regentropfen spürte. Jeder Tropfen kalt und schmerzhaft auf ihrer gereizten Haut. Bald waren ihre Finger eiskalt und steif. „Sollen wir uns irgendwo unterstellen?“, schrie sie gegen Wind und Regen an.

„Ja, aber wo?“, schrie Irene zurück.

„Vielleicht ist es besser, wenn wir die nächste Zeit eng beieinanderfahren!“, rief Luise Karrer. „Bloß aufpassen, dass wir nicht zusammenprallen.“

Schweigend fuhren sie durch den Regen. Bald waren sie bis auf die Unterwäsche durchnässt.

Josefine schaute zuerst zu Luise, dann zu Irene. „Ich kann nicht mehr …“

„Doch, du kannst!“, zischte Irene.

Mit vor Schmerz verzerrtem Gesicht fuhr Jo weiter, aber ihr war zum Heulen zumute.

Mit dem ersten Tageslicht hörten Wind und Regen endlich auf, als hätte jemand einen Riegel umgelegt. Die drei erschöpften Frauen schauten sich an. Wollte der liebe Gott sie zum Narren halten?

Nach zwei Stunden kam endlich Kopenhagen in Sicht. Kopenhagen – Start und Endpunkt ihres Rennens, aber erst nach einer weiteren Schleife nördlich der Stadt!

Es war, als hätte jemand nicht nur beim Wetter, sondern auch in den Fahrerinnen einen Riegel umgelegt. Plötzlich machte das Fahren Josefine wieder Spaß. Ihre Beine taten wieder das, was sie sollten – nämlich kraftvoll und gleichmäßig in die Pedale treten. Bald hatten sie Helsingør erreicht und peilten Frederiksværk an. An der Kontrollstation am Ende des Ortes holten sie sich voller Stolz ihren letzten Stempel ab. Von hier aus waren es nur noch fünfzig Kilometer.

Viele goldene Bänder flatterten fröhlich im Wind. Lauter Jubel brandete auf, als die drei Frauen nach sechzig Stunden und tausend Kilometern mit den Kräften am Ende, aber glücklich über die Ziellinie fuhren. Jo lachte und weinte zur selben Zeit, als sie mühevoll vom Rad stieg und Luise umarmte. Unter den Blicken der begeisterten Menge vollführten sie einen Freudentanz.

Dass Susanne Lindberg und zwei weitere Fahrerinnen schon knapp sechs Stunden zuvor im Ziel angekommen waren, tat ihrer Freude keinen Abbruch. Und dass die Dänin Leon Feininger und den anderen mitfahrenden Männern auch noch drei Stunden Zeit abgenommen hatte, war die beste Nachricht überhaupt. Veit Merz, ihr Berliner Vereinskamerad, hatte wegen Knieproblemen frühzeitig aufgeben müssen, und mit ihm weitere vierzehn Fahrer und Fahrerinnen, sodass am Ende lediglich die Hälfte aller Starter das Ziel erreicht hatte.

„Danke“, sagte Josefine, als sie und Irene in Richtung der improvisierten Umkleideräume gingen. „Ohne dich hätte ich wahrscheinlich aufgegeben.“

„Blödsinn“, erwiderte Irene brüsk. „Eine Neumann gibt nicht auf! Und ich schätze mal, eine solche wirst du bald werden. Da hinten kommt Adrian …“

Vergessen waren die müden Beine. Josefine rannte auf ihren Liebsten zu.

„Ich bin so stolz auf dich“, flüsterte Adrian ihr ins Ohr. „Tausend Kilometer auf dem Rad … Mit diesem Rennen habt ihr wirklich bewiesen, dass Frauen in diesem Sport genauso viel leisten können wie Männer.“

Mit glänzenden Augen schaute Jo ihn an. „Meinst du?“

Adrian nickte. „Dieses Rennen ist eine großartige kostenlose Werbung fürs Damen-Radfahren! Und du bist die beste Werbefigur, die man sich vorstellen kann.“

Josefine runzelte zum Schein die Stirn. „Wer sagt dir denn, dass ich umsonst zu haben bin?“

„Wie wäre es damit?“ Mit einer eleganten Handbewegung zog Adrian ein Lederetui aus seiner Tasche und ließ es vor ihren Augen aufschnappen. Josefine stieß einen gedämpften Schrei aus, als sie den goldenen Ring mit dem roten Schmuckstein erblickte. „Der Rubin steht für dein Kämpferherz“, sagte Adrian mit belegter Stimme. „Du hast mich gelehrt, wie wichtig es ist, seine Träume nicht nur zu träumen, sondern für sie zu kämpfen. Ein Leben ohne dich kann ich mir nicht mehr vorstellen, ein Leben mit dir dafür umso besser. Willst du mich heiraten?“

„Oh“, sagte sie mit kleiner Stimme. „Wenn das so ist …“ Sie schlang ihre Arme um seinen Hals, stellte sich auf Zehenspitzen und küsste ihn auf den Mund. „Ja, ich will“, hauchte sie.

Epilog

Vier Wochen später in Berlin

Zum wiederholten Male rannte Josefine aus der Halle nach draußen. Es war kurz vor ein Uhr, um zwei wollten sie die Pforten öffnen. Bei ihrer Eröffnungsfeier sollte alles bis ins letzte Detail perfekt sein!

Seit fast einer Woche waren Adrian und sie mit den Vorbereitungen beschäftigt. Das gemeinsame Arbeiten machte so viel Spaß, dass sie abends regelmäßig die Zeit vergaßen und bis spät in die Nacht werkelten. Als Erstes hatten sie die Räder vom Staub der langen Reise befreit und auf Hochglanz poliert. Alle waren in makellosem Zustand angekommen, es gab keinerlei Transportschäden zu bemängeln. Die Halle war so perfekt für ihre Zwecke geeignet, dass Adrian sogleich zum Besitzer gegangen war und einen langfristigen Mietvertrag unterschrieben hatte. Nun standen Damen- und Herrenräder in der Halle, fein säuberlich getrennt in zwei Abteilungen. Der Anblick der eleganten Crescent Bikes ließ Josefines Herz jedes Mal höher schlagen. Sie würden die Räder für einhundertelf Mark anbieten, hatte Adrian beschlossen. Eine originelle Summe, die zudem noch unter allen anderen lag, die im Bereich der Importräder im Fahrradhandel verlangt wurden. Das zweieinhalb Meter lange und einen Meter hohe Metallschild mit der Aufschrift CRESCENT-FAHRRADHANDEL UND REPARATURWERKSTATT NEUMANN leuchtete in der Sonne gelb und blau. Alles war bereit …

„Jo? Josefine, wo bist du?", ertönte es von hinten in der Halle. Josefine ging das Herz auf, als sie sah, wie viel leichtfüßiger Adrian auf sie zukam als noch vor wenigen Wochen. Die medico-mechanische Therapie mit gymnastischen Übungen und Geräten, die die Ärzte der Charité ihm verschrieben hatten, schien seinem Bein wirklich zu mehr Beweglichkeit zu verhelfen. „Du bist noch nicht umgezogen?"

Josefine lachte. „Bin ich dir so nicht hübsch genug?", sagte sie und zeigte auf ihr ölverschmiertes Kleid, in dem sie den Großputz erledigt hatte. Während sie spielerisch den schmutzigen Stoff anhob, glänzte der Rubin ihres Verlobungsringes tiefrot im Sonnenlicht.

Gleich in der ersten Woche nach ihrer Rückkehr aus Dänemark hatte Adrian ihre Verlobung verkündet. Eine kleine Anzeige in der wichtigsten Berliner Tageszeitung, dazu eine Feier im engsten Kreis seiner Familie. Auf Diskussionen mit seinem Vater hatte er sich nicht eingelassen. „Entweder du kommst und heißt meine Braut willkommen, oder du lässt es sein", hatte er Gottlieb Neumann ins Gesicht gesagt. Der Großindustrielle hatte genügend Kriege geführt, um zu wissen, wann er geschlagen war. Seine Miene war freundlicher geworden, als er hörte, dass Josefine in den letzten zwei Jahren ihre Werkstatt aus dem Nichts aufgebaut hatte.

„Der Sekt ist kalt gestellt, die Platten mit den Häppchen werden in einer halben Stunde geliefert …" Prüfend wanderte Adrians Blick über die langen weiß eingedeckten Tische. „Und du bist sicher, dass wir deine Werkstatt heute nicht öffnen sollen?", sagte er und schaute Josefine mit schräg gelegtem Kopf an.

Sie nickte. „Die Werkstatttür bleibt zu. Die Leute sollen schließlich nicht den Eindruck bekommen, dass die Crescent-Räder als Erstes eine Werkstatt benötigen, oder?"

Adrian lachte. „Aber erwähnen darf ich sie doch? ‚Jede Reparatur im ersten Jahr erfolgt kostenlos!'" Er formte mit Daumen und Zeigefinger eine

Art Quadrat, um eine Zeitungswerbeanzeige anzudeuten. „Ich glaube kaum, dass unsere Konkurrenten mit solch einem Angebot aufwarten können."

Es war Adrians Idee gewesen, Josefines Werkstatt aus der Luisenstadt hierher zu verlegen. Ganz leicht war Jo der Umzug nicht gefallen. Aber aus unternehmerischer Sicht war der Umzug natürlich richtig. Und so tröstete sie sich damit, dass Adrian nach ihrer Hochzeit im Dezember zu ihr in Friedas Haus ziehen wollte.

„Ob Isabelle und Leon wohl kommen werden?" Seit Dänemark hatte sie die alte Freundin nicht mehr gesehen.

Adrian zuckte mit den Schultern. „Keine Ahnung. Vor ein paar Tagen habe ich Leon im Verein getroffen. Er hat mir erzählt, dass Isabelle wieder völlig genesen ist. Die Ärzte in Kopenhagen hätten sie allerdings wegen viel zu viel Dopingmitteln gerügt. Vor allem der Colasirup hätte zum Herztod führen können."

CLARA holte tief Luft. Dann klopfte sie an der Tür zum Büro ihres Mannes. Gerhard saß an seinem Schreibtisch, wie immer am Samstagnachmittag, wenn er seine Praxisabrechnung machte.

„Ich habe Matthias zu meiner Mutter gebracht. Dort kann er bis zum Abend bleiben", sagte Clara und stellte ihm eine Tasse Tee hin. „Hmm", machte er, ohne aufzuschauen. „Du hast doch bestimmt die große Zeitungsannonce gesehen", fuhr Clara bestimmt fort. „Die von Adrian Neumanns Geschäftseröffnung. Da gehe ich jetzt hin."

Seine Reaktion kam prompt. „Was – du gehst da hin? Ich verbiete dir –"

„Ich lasse mir aber nichts mehr verbieten", unterbrach Clara ihn. Sie zitterte innerlich so sehr, dass sie sich an der Kante des Schreibtisches festhalten musste. „In den letzten Wochen habe ich sehr viel nachgedacht. Über dich und mich und über meine Freundinnen Josefine und Isabelle. Ich lasse nicht zu, dass du mir diese Freundschaft verbietest." Sie zog sich ihre Handschuhe über und ging eilig zur Tür, bevor er handgreiflich werden konnte. Den Griff schon in der Hand, hielt sie nochmals inne. „Und noch etwas wollte ich dir schon lange sagen." Sie holte tief Luft. „Schlag mich nie wieder, hörst du? Nie wieder."

„EINEN LORBEERKRANZ?", sagte Leon und hievte das wagenradgroße Teil in die Kutsche. „‚Lorbeer ist ein bitt'res Kraut. Für den, der's hat, und den, der's braucht' – was ist das denn für ein seltsamer Spruch?" Irritiert schaute er Isabelle an.

„Ein uralter Volksspruch", erwiderte Isabelle schmallippig. „Jo wird verstehen, was ich ihr damit sagen will."

Leon, der mit ihrer seltsamen Stimmung inzwischen vertraut war, seufzte. Ganz gleich, was er sagte oder tat, ganz gleich, wie viel Charme er an den Tag legte – seit Dänemark gelang es ihm nur noch selten, Isabelle zum Lachen zu bringen.

„Ich habe dem Tod in die Augen geschaut!“, hatte sie ihn angeschrien. „Danach ist nichts mehr, wie es war, verstehst du?“

Was er ebenfalls nicht verstand, war seine Reaktion auf ihr seltsames Verhalten. Normalerweise wäre er bei einer launischen Frau längst über alle Berge gewesen. Doch mit Isabelle verband ihn mehr als mit seinen Liebschaften zuvor, das war ihm längst klar geworden. Die tizianroten lockigen Haare, die katzenhaft leuchtenden Augen, ihr voller Mund, diese sinnliche Ausstrahlung … Ja, er konnte einfach nicht genug von ihr bekommen.

Und es war noch mehr, was Isabelles Zauber für ihn ausmachte: die Tatsache, dass sie aus einem reichen Haus stammte, beste Sitten hatte, eine gute Schulbildung – all das waren Dinge, die Leon insgeheim sehr bewunderte. Dazu ihr Mut und der Wille, sich ihr Leben nicht diktieren zu lassen. Waren sie sich darin nicht sehr ähnlich?

Krampfhaft suchte Leon nach etwas, womit er Isabelle aufheitern konnte.

Doch ehe er sich etwas einfallen lassen konnte, wies Isabelle auf Höhe der Siegessäule den Kutscher abermals an, an den Straßenrand zu fahren und anzuhalten.

Beide Arme vor der Brust verschränkt, schaute sie ihn mit mürrischem Blick an und sagte: „Wie hast du dir eigentlich unsere Zukunft vorgestellt? Glaubst du, ich bin ein Mädchen, das sich noch lange hinhalten lässt? Ich möchte Klarheit, verstehst du? Sicherheit. Ich möchte eine Zukunft haben.“ Sie klang wie ein trotziges Kind.

Leon fand sie einfach zauberhaft. „Du kommst mit mir, das ist doch klar. Berlin ist eine wunderbare Stadt, aber mir fehlen der Pfälzer Wald und die Berge. Im Juni beginnt der Laubschnitt in unseren Weinbergen, da wird jede Hand gebraucht.“ Was rede ich denn da?, fragte er sich. Bisher hatte er sich vor der Arbeit in den Weinbergen gedrückt, so gut es ging. Aber plötzlich verspürte er den seltsamen Drang, wieder einmal eine Rebschere in die Hand zu nehmen.

Isabelle schaute ihn mit großen Augen an. Ihre Zukunft lag in seinen Händen – nicht weniger besagte ihr Blick. Leon richtete sich ein wenig weiter auf. „Nachdem ich deine Heimat kennengelernt habe, wird es höchste Zeit, dass du die meine kennenlernst. Wer weiß, vielleicht gefällt dir die Pfalz so gut, dass du für länger bleiben magst?“

„War das ein Heiratsantrag?“, fragte Isabelle atemlos.

Leon zuckte lässig mit den Schultern. „Das wird es wohl gewesen sein. Nicht, dass ich es nicht länger als freier Mann ausgehalten hätte! Aber du brauchst einen so verrückten Kerl wie mich an deiner Seite. Da bleibt mir doch gar nichts anderes übrig, als dich zu ehelichen, oder?“

ISABELLE strahlte noch immer, als sie Josefine mit Glückwünschen zur Geschäftseröffnung den Lorbeerkranz überreichte. „Danke, dass du mir in Dänemark das Leben gerettet hast – das werde ich dir nie vergessen.“

„Nicht der Rede wert“, murmelte Josefine verlegen. „‚Lorbeer ist ein bitt'res Kraut. Für den, der's hat, und den, der's braucht.‘“ Fragend hob sie das seidene Spruchband in die Höhe.

Isabelle zuckte mit den Schultern. „Nun ja, mit *einem* Erfolg ist es ja nicht getan. Irgendwann muss der nächste folgen. Und dann der nächste. Für mich ist das nichts! Das große Abenteuer kann man auch abseits der Straße finden, nicht wahr, mein Schatz?“ Verliebt schaute sie Leon an.

Ein Räuspern ertönte neben ihnen. Unwillkürlich wandten sich alle um.

„Verzeihen Sie, ich möchte keinesfalls stören“, sagte eine stämmige junge Frau. „Ich bin Wäscherin. Beim Ausfahren der Wäsche käme mir so ein Fahrrad sehr gelegen. Ob Sie mir bei der Auswahl helfen könnten?“

Josefine und Adrian tauschten einen frohen Blick. Dann sagte Adrian: „Meine Frau wird sich mit dem größten Vergnügen um Sie kümmern.“

Lächelnd schaute Isabelle zu, wie Josefine zielstrebig mit ihrer ersten Kundin davonging.

„Nur wer viel liest, kann auch schreiben."

Petra Durst-Benning

Petra Durst-Benning las schon als Kind leidenschaftlich gern. Und auch das Schreiben gehörte immer zu ihrem Leben, ob es nun ihr Tagebuch war, Artikel für die Schülerzeitung oder Reisenotizen. Trotzdem entschied sie sich nach dem Abitur zunächst für eine „solide" Ausbildung zur staatlich anerkannten Wirtschaftskorrespondentin und Übersetzerin und arbeitete mehrere Jahre in einer Firma für Im- und Export.

Ihr Ehemann ermutigte sie schließlich, dem Schreiben wieder mehr Zeit zu widmen, und so erschien 1996 ihr Debütroman *Die Silberdistel*. Seitdem hat Petra Durst-Benning 13 Romane veröffentlicht, und den Leserinnen und Lesern der Reader's Digest Auswahlbücher liegt nun nach *Die Glasbläserin*, *Die Samenhändlerin* und *Antonias Wille* mit *Solang die Welt noch schläft* der vierte Titel dieser erfolgreichen Autorin vor. Die lebhafte Geschichte um drei junge Frauen im Berlin der Gründerzeit soll insgesamt drei Bände umfassen, Petra Durst-Benning nennt sie ihre „Jahrhundertwind-Trilogie". In Band zwei, den sie zur Zeit fertigstellt, wird es um die verwöhnte, eigensinnige Unternehmertochter Isabelle gehen und im dritten Band werden wir erfahren, ob die stille Clara tatsächlich den Weg an die pharmazeutische Fakultät der Universität findet.

Petra Durst-Benning hat mit großer Begeisterung die Anfangszeit des Radfahrens recherchiert, aber sie selbst ist „eher eine Sonntagsfahrerin". Vielleicht liegt es an der hügeligen Landschaft südlich von Stuttgart, wo sie mit ihrem Mann Bertram lebt.

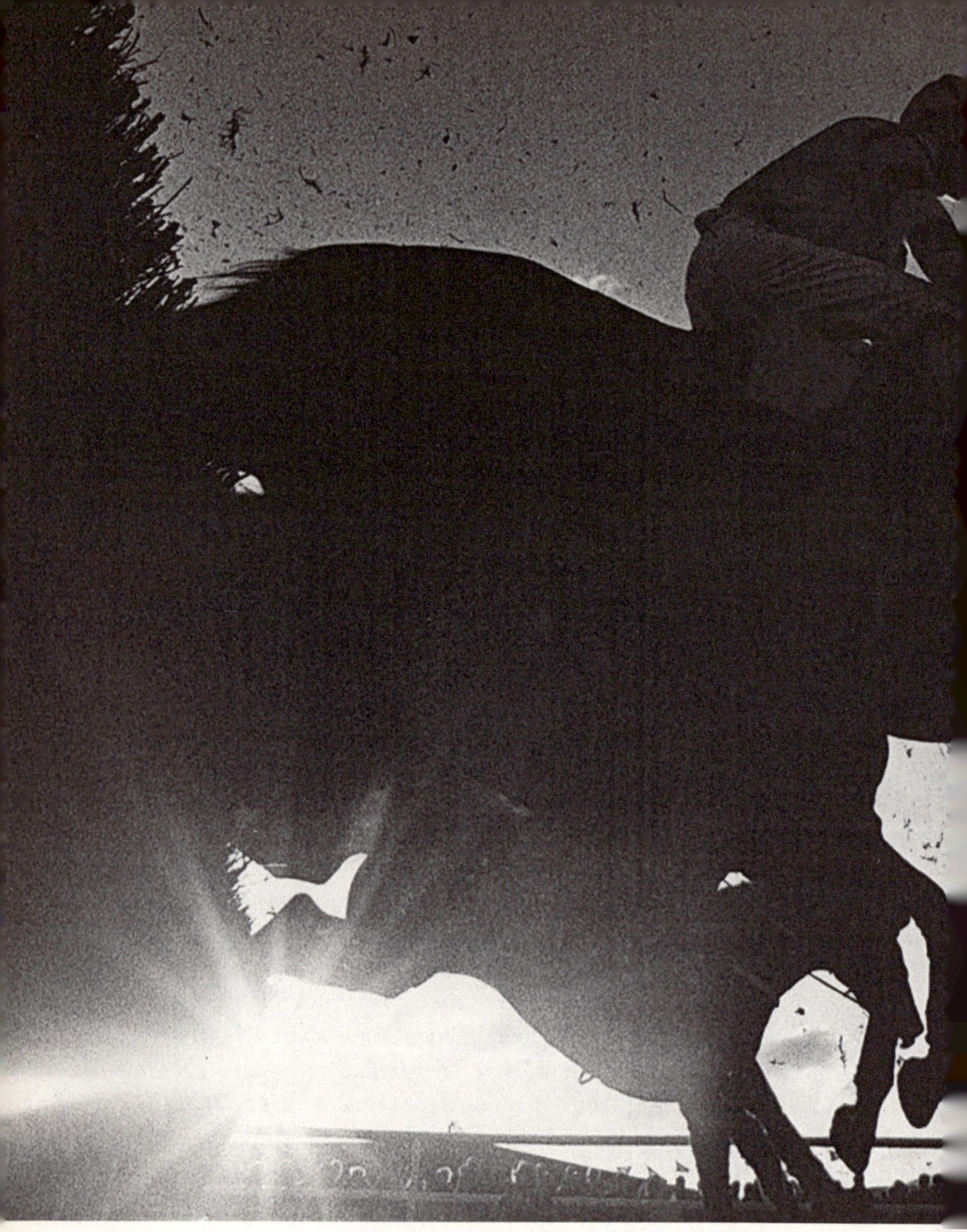

Dick & Felix Francis

Das Mondlicht hatte merklich an Kraft verloren. Ich sah noch ein letztes Mal durchs Fernglas – und da war's: eine Bewegung, vielleicht nur ein zur Entkrampfung ausgestrecktes Bein, aber dennoch eine verräterische Bewegung. Irgendjemand wartete dort auf mich.

Prolog

Helmand, Afghanistan, Oktober 2009

Sanitäter! Sanitäter!" Ich konnte sehen, dass mein Zugführer schrie, doch seine Stimme drang seltsam gedämpft zu mir, so als befänden wir uns in benachbarten Zimmern und nicht draußen im Freien.

Ich lag auf der staubigen Erde, den Rücken an eine niedrige Böschung gelehnt, sodass ich eigentlich eher saß. Sergeant O'Leary kniete links neben mir.

„Sani!", rief er erneut ungeduldig. Dann sah er mich an und fragte: „Geht's, Sir?"

„Was ist passiert?", fragte ich und hörte die eigene Stimme ungewöhnlich laut in meinem Kopf.

„Eine verdammte IED", erwiderte er.

Eine IED. Ich hätte wissen müssen, wofür IED stand, aber irgendwie arbeitete mein Gehirn in Zeitlupe. Schließlich fiel es mir wieder ein: *Improvised Explosive Device*, eine improvisierte Sprengladung. Eine Sprengfalle am Straßenrand.

Der Sergeant sprach jetzt laut in sein Funkgerät. „Alpha vier", sagte er hastig. „Hier Charlie sechs drei. IED, IED. Ein CAT A, mehrere CAT C. Bitte sofort Rettungshubschrauber, Verstärkung und Verwundeten-Evakuierung. Ende."

CAT A, hatte er gesagt. CAT A war Soldatensprache für einen Schwerverwundeten, der sofort ärztlich versorgt werden musste. CAT C war ein Leichtverwundeter. Der Sergeant drehte sich wieder zu mir um.

„Geht's noch, Sir?", fragte er sichtlich besorgt.

„Ja", antwortete ich, aber so richtig gut fühlte ich mich ehrlich gesagt nicht. Ich schwitzte, obwohl mir kalt war. „Wie geht's den Männern?", fragte ich ihn.

„Machen Sie sich um die Männer keine Gedanken, Sir", sagte er. „Um die kümmere ich mich schon."

„Wie viele sind verwundet?"

„Einige. Überwiegend leicht“, antwortete der Sergeant, wandte sich ab und schrie die nächste Gestalt in Wüstentarnung an, die in sein Blickfeld kam. „Johnson, gehen Sie zu Cummings und holen Sie uns den Verbandskasten. Der Schisser traut sich nicht her.“ Dann richtete er seine Aufmerksamkeit wieder auf mich.

„Sie haben einen CAT A gemeldet. Wer ist es?“

„Der CAT A sind Sie, Sir“, sagte er. „Der Sprengsatz hat Ihnen den Fuß abgerissen.“

1

Vier Monate später

Beim ersten Schritt aus dem Krankenhaus wurde mir klar, dass ich nicht wusste, wohin ich gehen sollte. Ich stellte mich mit meiner Tasche an den Straßenrand und sah zu, wie mehrere Leute einen roten Londoner Bus bestiegen.

Die Entlassung aus dem Krankenhaus war wochenlang mein einziges Ziel gewesen, ohne Gedanken an das Danach.

Bei meiner Genesung hatten sich nur quälend langsam Fortschritte eingestellt, und *quälend* war genau das richtige Wort dafür. Mittlerweile konnte ich aber mit einer Fußprothese wieder einigermaßen gehen und hätte notfalls sogar ein paar Schritte zum Bus rennen können, wenn ich nur gewollt hätte.

Ich sah mich um. Niemand war gekommen, um mich abzuholen, aber das hatte ich auch nicht erwartet. Meine Familie wusste gar nicht, dass 25198241 Captain Thomas Vincent Forsyth an diesem Samstagmorgen entlassen wurde, doch selbst wenn, wäre sie wohl nicht gekommen. Sie wussten, dass ich gern für mich allein war.

Die Armee war mein Lebensinhalt, seit ich eines Abends nach einem besonders heftigen Streit mit meinem Stiefvater von zu Hause abgehauen war. Ich hatte auf der Treppe vor dem Rekrutierungsbüro in Oxford eine unbequeme Nacht verbracht und mich dann morgens um neun als einfacher Soldat für Königin und Vaterland bei der Grenadiergarde verpflichtet.

Grenadier Forsyth war beim Militär sofort in seinem Element gewesen und bald zum Oberstabsgefreiten befördert worden, hatte als Offiziersanwärter die Militärakademie Sandhurst besucht und danach den Dienst in seinem alten Regiment angetreten. Die Armee war viel mehr als nur ein

Beruf für mich: sie war Ehefrau, Freund und Familie zugleich. Fünfzehn Jahre lang war sie mein Ein und Alles gewesen, doch jetzt sah es so aus, als wäre meine militärische Laufbahn vorbei – ein für alle Mal zerstört durch eine afghanische Sprengladung.

Daher war ich in den vergangenen vier Monaten auch ziemlich mies gelaunt gewesen, wie jeder deutlich mitbekommen hatte. Um es genauer auszudrücken: aus mir war ein sehr zorniger junger Mann geworden.

ICH WANDTE MICH am Krankenhaustor nach links und ging los. Mal sehen, wie weit ich komme, dachte ich.

„Tom!", rief eine Frauenstimme. „Tom!"

Ich blieb stehen und drehte mich um. Vicky, eine Physiotherapeutin des Rehazentrums, fuhr gerade ihren Wagen vom Klinikparkplatz. Das Beifahrerfenster war heruntergelassen. „Soll ich Sie mitnehmen? Ich fahre nach Hammersmith, kann Sie aber auch woandershin fahren."

„Hammersmith ist mir recht." Ich warf meine Tasche auf den Rücksitz und stieg neben ihr ein.

„Man hat Sie also entlassen, ja?", fragte sie.

„Waren alle froh, mich endlich loszuwerden", antwortete ich.

Vicky widersprach nicht. Es stimmte also.

„Sie haben viel durchgemacht", sagte sie schließlich. „Es war sicher nicht leicht für Sie."

Ich schwieg. Natürlich war es nicht leicht gewesen.

Rückblickend war der Verlust des Fußes noch das Unkomplizierteste von allem. Die Ärzte hatten mein rechtes Bein so weit gerettet, dass es jetzt etwa zwanzig Zentimeter unterhalb des Knies aufhörte.

Mein Stumpf war gut verheilt, und schnell hatte ich mich an die Unterschenkelprothese gewöhnt, ein Wunderding aus Stahl, Leder und Kunststoff, das mich zumindest äußerlich von einem Krüppel in einen normalen Menschen zurückverwandelt hatte.

Aber ich hatte auch noch andere Verletzungen davongetragen. Durch die Explosion war Wüstenstaub in meine zerfetzte Lunge eingedrungen, ganz zu schweigen von den Fleischwunden und anderen Blessuren durch die Druckwelle. Eine Lungenentzündung hätte dann beinahe vollendet, was die Explosion allein nicht geschafft hatte.

Der menschliche Körper besitzt jedoch erstaunliche Selbstheilungskräfte. Die Fleischwunden heilten, und meine weißen Blutkörperchen besiegten schließlich die Entzündung in meinem Brustkorb – unterstützt von ein paar hochwirksamen Antibiotika.

„Wo wohnen Sie denn?“, riss mich Vicky aus meinen Gedanken.

Das war eine gute Frage. Genau genommen hatte ich nämlich keinen Wohnsitz.

Die letzten fünfzehn Jahre hatte ich in Armeeunterkünften jeglicher Art verbracht: in Kasernen, Offiziersmessen, Zelten. Und öfter, als mir lieb war, hatte ich auf dem Boden geschlafen – wo ich gerade saß oder lag, immer mit halbem Ohr auf das Geräusch eines möglicherweise heranrückenden Feindes lauschend.

Jetzt aber hatte mich die Armee für ein halbes Jahr „nach Hause“ geschickt. Der für die Verwundeten zuständige Offizier vom Verteidigungsministerium war bei unserem letzten Gespräch deutlich gewesen: „Sechs Monate bezahlter Krankenurlaub. Zur Regeneration. Dann sehen wir weiter.“

„Sechs Monate brauche ich nicht. Ich kann in einem Vierteljahr wieder in meinem Regiment antreten.“

„Wir werden sehen“, erwiderte er. „Ich weiß nicht, ob Sie wirklich zu Ihrem Regiment zurückkönnen. Mit einer Zivilstelle ist Ihnen vielleicht eher gedient. Sie sind ja nicht mehr kampftauglich. Nicht ohne Fuß.“

Wir werden sehen, genau. Ich würde es ihnen zeigen.

„Soll ich Sie an der U-Bahn-Station absetzen?“, fragte Vicky.

„Bitte?“

„Ob ich Sie an der U-Bahn-Station rauslassen kann“, wiederholte Vicky.

„Ja, gern“, sagte ich.

„Wo wollen Sie denn hin?“, fragte sie.

„Meine Mutter wohnt in Lambourn“, sagte ich. „In der Nähe von Newbury, Grafschaft Berkshire.“

„Und da wollen Sie jetzt hin?“

Wollte ich das? Nicht unbedingt. Aber wohin sonst? Ich konnte ja schlecht auf der Straße schlafen.

„Glaub schon“, sagte ich. „Ich nehme den Zug.“

Ich stand am Fuß der steilen Auffahrt, die zum Haus meiner Mutter führte, und verspürte die gleiche Abneigung hinaufzugehen wie sooft in der Vergangenheit.

Am Bahnhof Newbury hatte ich mir ein Taxi genommen und mich in Lambourn dann bewusst ein Stück vom Haus entfernt absetzen lassen, damit ich die letzten hundert Meter laufen konnte. Mir war wohler, wenn ich ein Ziel zu Fuß erreichte. Das hing sicher damit zusammen, dass ich bei der Infanterie war. Im Gehen konnte ich die Geräusche hören, die vom Fahrzeuglärm übertönt wurden. Und ich bekam das nötige Gefühl für die Umgebung, das man braucht, um einen Hinterhalt erahnen zu können.

Ich schüttelte den Kopf und schmunzelte über mich selbst. In einem Dorf in Berkshire war mit einem Taliban-Hinterhalt kaum zu rechnen, und doch musste ich an die Worte meines Vorgesetzten in Sandhurst denken: „Man kann nie vorsichtig genug sein. Nichts einfach annehmen – immer prüfen."

Kein Schuss fiel, keine Sprengladung ging hoch, und kein afghanischer Stammeskrieger nahm mich mit seiner Kalaschnikow aufs Korn, als ich von der Straße zum Haus hinaufging, einem zwischen den Weltkriegen entstandenen roten Backsteingebäude.

Wie gewöhnlich um die Mittagszeit war alles ruhig, als ich um das Haus herum zum Hintereingang lief. Im nächstgelegenen Stall streckten ein paar Pferde neugierig die Köpfe heraus, als sie meine Schritte auf dem Kies hörten.

Meine Mutter war nicht da. Das hatte ich mir gedacht. Deshalb hatte ich auch nicht Bescheid gesagt, dass ich kommen würde. So konnte ich erst einmal in Ruhe für mich sein und mich langsam an den Gedanken der Rückkehr gewöhnen.

Meine Mutter trainierte Rennpferde. Aber sie war viel mehr als eine Trainerin. Sie war ein Phänomen. In einem Sport, in dem es von Leuten mit übersteigertem Ego nur so wimmelte, hatte meine Mutter das größte von allen. Ganz ungerechtfertigt war ihr ausgeprägtes Selbstbewusstsein allerdings nicht. Gerade mal fünf Jahre im Geschäft, war sie als erste Frau zum besten Hindernistrainer gekürt worden und hatte die Krone in den nächsten sechs Saisons nicht mehr abgegeben. Ihre Pferde hatten dreimal den Gold Cup in Cheltenham und zweimal das Grand-National-Rennen gewonnen, und sie galt zu Recht als die „First Lady des britischen Pferderennsports".

Außerdem war sie ein Workaholic und konnte Dummköpfe nicht ausstehen. Ihre radikale politische Einstellung ließ Dschingis Khan als unentschlossenen Liberalen erscheinen, aber trotzdem liebten sie alle.

Alle – mit Ausnahme ihrer Exmänner und Kinder.

Ungefähr zum zwanzigsten Mal an diesem Morgen fragte ich mich, warum ich hergekommen war. Es musste doch noch andere Möglichkeiten geben. Aber die gab es eben nicht.

Von meinem blöden Kunstfuß behindert suchte ich nach dem Schlüssel, den meine Mutter gewöhnlich unter einem Stein im Blumenbeet versteckte. Aber ich fand ihn nicht. Ich setzte mich auf den Absatz und lehnte mich gegen die verschlossene Tür. Meine Mutter würde irgendwann nach Hause kommen. Ich wusste, wo sie war. Auf der Rennbahn, genauer gesagt in Cheltenham. Wie immer hatte ich die Pferde, die beim Rennen antreten würden, in der Morgenzeitung nachgesehen. Meine Mutter hatte vier Pferde gemeldet, darunter den Favoriten im Hauptrennen. Einen Tag in ihrem geliebten Cheltenham ließ sich meine Mutter keinesfalls entgehen. Ich konnte mir nur zu gut vorstellen, wie sie vor dem Rennen im Führring Hof hielt und dort nach dem Ende die Sieger begrüßte. Ich hatte das so oft erlebt. Es war meine Kindheit gewesen.

Allmählich wurde es kalt. Ich lehnte den Kopf gegen das Holz und schloss die Augen.

„Kann ich Ihnen helfen?“, hörte ich jemanden fragen.

Ich schlug die Augen wieder auf. Ein kleiner Mann, etwa Mitte dreißig, stand in verwaschenen Jeans und einer Daunenjacke vor mir auf dem Kies. Ich musste eingenickt sein.

„Ich warte auf Mrs Kauri“, sagte ich.

Mrs Kauri war meine Mutter – Mrs Josephine Kauri, wenn sie auch nicht auf Josephine getauft worden war. Den Namen hatte sie sich ausgesucht. Lange vor meiner Geburt war sie zu der Überzeugung gelangt, dass ihr richtiger Name Jane nicht ihrer Klasse entsprach. Kauri war der Nachname ihres ersten Mannes, und mittlerweile war sie beim dritten angelangt.

„Mrs Kauri ist beim Pferderennen“, erwiderte der Mann.

„Ich weiß. Ich warte hier, bis sie wiederkommt. Ich bin ihr Sohn.“

„Der Soldat?“, fragte er.

„Ja“, antwortete ich, etwas erstaunt darüber, dass er das wusste.

Mir entging dann auch nicht der flüchtige Blick, mit dem er meinen rechten Fuß streifte. Er wusste also auch darüber Bescheid.

„Ich bin Mrs Kauris Stallmeister“, sagte er. „Ian Norland.“

Er streckte mir die Hand hin, und ich ließ mir von ihm aufhelfen.

„Tom“, sagte ich. „Tom Forsyth. Was ist denn aus dem alten Basil geworden?“

„In Rente gegangen. Ich mache den Job jetzt seit drei Jahren.“

„Ist schon etwas länger her, seit ich das letzte Mal hier war“, sagte ich.

Er nickte. „Ich hab Sie von meiner Wohnung aus gesehen“, sagte er und wies auf eine Fensterreihe über den Stallboxen. „Möchten Sie vielleicht mit reinkommen und sich die Rennen im Fernsehen anschauen? Bei der Affenkälte kann man doch nicht draußen warten.“

„Gern.“

Wir gingen die schmale Treppe zum ehemaligen Vorratsspeicher über den

Ställen hinauf. Sie endete in einem lang gezogenen Wohnbereich mit einer Küche am vorderen Ende und zwei Türen weiter hinten, die vermutlich zu Schlafzimmer und Bad führten. Von einer Mrs Norland war nichts zu sehen. Die Wohnung sah nach Männerwirtschaft aus, mit Geschirrstapeln in der Spüle und auf dem Boden verstreuten Zeitungen.

„Machen Sie's sich bequem." Ian wies auf ein braunes Cordsofa vor einem riesengroßen Plasmabildschirm. „Lust auf ein Bier?"

„Immer." Ich hatte seit über fünf Monaten kein Bier mehr getrunken.

Ian ging zu einem Kühlschrank, der anscheinend nichts anderes enthielt. Er warf mir eine Dose zu.

Wir setzten uns auf das braune Sofa und schauten die Rennsportübertragung aus Cheltenham an. Das Pferd meiner Mutter siegte im zweiten Lauf, und Ian stieß vor Freude die Fäuste in die Luft. „Aussichtsreicher Neuling", meinte er. „Starke Hinterhand. Das wird mal ein richtig gutes Rennpferd."

Er freute sich über den Erfolg seiner Schützlinge wie ich mich über meine Männer, wenn aus ungeschliffenen Rekruten kampferprobte Soldaten wurden.

„Jetzt das Hauptrennen", sagte Ian. „Pharmacist dürfte es reißen."

„Pharmacist?", fragte ich.

„Unsere Gold-Cup-Hoffnung", antwortete er. „Hier kann er sich vor dem Festival noch mal aufwärmen. Er liebt Cheltenham."

Er sprach vom Gold Cup beim Steeplechase-Festival in Cheltenham, dem jährlichen Höhepunkt des britischen Hindernisrennsports.

Ian wurde zusehends nervöser, stand auf und lief im Zimmer umher. „Herrgott, hoffentlich packt er's." Er setzte sich wieder hin.

„Ich dachte, das sei klar", wunderte ich mich.

„Ja, er ist den anderen haushoch überlegen, aber … Ich hoffe einfach nur, dass nichts Komisches passiert."

„Glauben Sie denn, es könnte etwas Komisches passieren?"

„Möglich", sagte er. „Mit unseren Pferden passiert in letzter Zeit allerhand Komisches."

„Was denn?"

„Dass sie verlieren, wenn sie siegen müssten", ereiferte er sich. „Besonders bei den großen Rennen. Und dann sind sie angeschlagen, wenn sie nach Hause kommen. Man sieht es ihnen an den Augen an. Einige hatten sogar Durchfall, und das ist mir bei Rennpferden noch nie untergekommen."

Wir sahen zu, wie Mutter dem Jockey in seinem schwarz-weiß karierten

Dress schwungvoll auf Pharmacist hinaufhalf. Mein Stiefvater stand ganz in der Nähe und beobachtete von dort das Geschehen, wie er es immer zu tun pflegte.

Je näher das Rennen rückte, desto nervöser wurde Ian. „Ich hätte mitfahren sollen“, meinte er. „Ich hätte auf jeden Fall mitfahren sollen.“

„Weshalb?“

„Na, um das Pferd im Auge zu behalten“, sagte er wütend. „Damit es nicht von irgendeinem Dreckskerl gedopt wird.“

„Meinen Sie wirklich, die Pferde sind gedopt worden?“, fragte ich.

„Ich weiß es nicht“, antwortete er. „Die Tests waren alle negativ.“

Wir sahen zu, wie die Pferde am Start im Kreis liefen. Dann ließ der Starter sie antreten, und es ging los.

Pharmacist lief an dritter Position, als das Achterfeld in der ersten Runde die Tribüne passierte. Doch erst am Schluss, als es zum letzten Mal auf die Einlaufgerade zuging, wurde es richtig spannend.

Pharmacist hielt sich immer noch gut und arbeitete sich beim vorletzten Hindernis sogar bis ganz nach vorn. Ian begann sich ein wenig zu entspannen, doch dann schien das Pferd plötzlich schwächer zu werden, setzte müde über das letzte Hindernis und blieb beim Landen beinahe stehen. Es wurde mühelos von den anderen überholt und lief im Schritttempo als Letzter über die Ziellinie.

Mir fehlten die Worte.

„O Gott“, sagte Ian. „Jetzt können wir das Festival vergessen.“

Pharmacist sah wahrhaftig nicht wie ein Pferd aus, das in sechs Wochen den Gold Cup gewinnen konnte.

Ian saß steif auf dem Sofa. „Schweine!“, heulte er. „Die das gemacht haben, bring ich um!“

Ich war wohl nicht der einzige zornige junge Mann in Lambourn.

DASS MEINE HEIMKEHR kein freudiges Ereignis war, kann man ohne Übertreibung sagen. Kein „Hallo Liebling“, kein Kuss auf die Wange, nichts. Meine Mutter lief mit starrer Miene geradewegs an mir vorbei, als wäre ich unsichtbar. Diesen Gesichtsausdruck kannte ich. Sie war kurz davor zu weinen, wollte das aber nicht in der Öffentlichkeit tun.

„Tag“, sagte mein Stiefvater zur Begrüßung.

Freut mich auch, dich zu sehen, dachte ich, sprach es aber nicht aus.

Mein Stiefvater und ich waren nie gut miteinander ausgekommen. Gefangen im Gefühlschaos eines unglücklichen Kindes, hatte ich versucht, meiner Mutter ein schlechtes Gewissen einzureden, weil sie meinen Vater vertrieben und mich damit nicht nur ihr, sondern auch allen anderen entfremdet hatte.

Mein Vater hatte seine Sachen gepackt und sich verabschiedet, als ich gerade mal acht war. Er hatte keine Lust mehr, auf der Rangliste meiner Mutter weit hinter den Pferden zu stehen. Die kamen nämlich immer zuerst, dann die Hunde, dann das Stallpersonal und schließlich, wenn noch Zeit blieb, ihre Familie.

Wie meine Mutter es hatte einrichten können, drei Kinder zu bekommen, war mir von jeher ein Rätsel. Beide Geschwister waren älter als ich und stammten vom ersten Mann meiner Mutter, den sie mit siebzehn geheiratet hatte. Richard Kauri war ein vermögender neuseeländischer Playboy gewesen, der sich als Pferdetrainer versucht hatte. Meine Mutter nutzte sein Geld, um ihre eigenen Rennsportambitionen voranzutreiben, und übernahm nach zehn stürmischen Ehejahren das Haus und den Stall als Teil ihrer Scheidungsvereinbarung. Sohn und Tochter hatten damals zu ihrem Vater gehalten, und ich glaube inzwischen, das war ihr ganz recht. So konnte sie eher damit rechnen, das Trainingsgeschäft zugesprochen zu bekommen, wenn die Kinder beim Exmann blieben.

Kurz darauf heiratete sie meinen Vater, einen örtlichen Saatguthändler, und brachte mich passenderweise an ihrem neunundzwanzigsten Geburtstag zur Welt – wie ein Geschenk. Doch ein geliebtes Kind war ich nie. Eher eine weitere Verpflichtung ähnlich ihren Vierbeinern – zweimal täglich füttern, tränken, ausmisten und bewegen nach Bedarf, ansonsten hatte das Pferdchen still und brav im Stall zu bleiben.

Es mag eine einsame Kindheit gewesen sein, aber ich war im Großen und Ganzen zufrieden damit. Was mir an menschlicher Zuwendung fehlte, holte ich mir bei Hunden und Pferden; sie waren meine Freunde.

Bei der Scheidung meiner Eltern entbrannte ein langer, zäher Streit um das Sorgerecht für mich. Erst Jahre später ging mir auf, dass sie gestritten hatten, weil keiner von ihnen einen achtjährigen Sonderling aufziehen wollte. Da meine Mutter den Streit verlor, war ich bei ihr geblieben und mein Vater ein für alle Mal aus meinem Leben verschwunden. Das empfand ich weder damals noch heute als großen Verlust.

„WIE WAR ES DENN in Afghanistan, Liebling? Ich meine natürlich, bevor du verwundet wurdest“, erkundigte sich meine Mutter ziemlich taktlos. „Hat's ein bisschen Spaß gemacht?“

Meine Mutter nannte mich schon immer „Liebling“, ohne das Gefühl, das den Sinn des Wortes ausmachte, auch nur anklingen zu lassen.

„Ich war nicht zum Spaß da“, sagte ich leicht gereizt. „Wir sollten die Taliban bekämpfen.“

„Das weiß ich doch, Liebling“, antwortete sie. „Aber war es nicht manchmal auch schön?“

Wir aßen in der Küche zu Abend, und meine Mutter und mein Stiefvater sahen mich erwartungsvoll an.

Was sollte ich sagen? Tatsächlich hatte ich eine Menge Spaß in Afghanistan gehabt, bevor ich verwundet worden war. Aber ich fragte mich, ob es ratsam war, das auszusprechen. Meinen ersten getöteten Taliban zu melden war unglaublich aufregend gewesen – es hatte meinen Adrenalinpegel in schwindelerregende Höhen gejagt. Ich weiß, man sollte keine Freude daran haben, andere Menschen zu töten, aber so war es nun mal gewesen.

„Es ging“, sagte ich schließlich. „Eigentlich haben wir die meiste Zeit nur rumgesessen und gar nichts gemacht, außer Karten zu spielen.“

„Habt ihr auch ein paar Taliban zu sehen bekommen?“, wollte mein Stiefvater wissen.

„Manchmal“, wich ich aus. „Aber meistens nur von fern.“

Rund sechzig Zentimeter entfernt, aufgespießt auf meinem Bajonett.

„Gesprächig bist du ja nicht gerade“, beschwerte sich meine Mutter. „Ich dachte, für Soldaten gäb’s nichts Schöneres, als sich über ihre Schlachten auszulassen.“

„Da gibt’s nicht so viel zu erzählen“, sagte ich.

Jedenfalls nur wenig, was ihr nicht den Appetit verdorben hätte.

„Ich habe euch heute im Fernsehen gesehen“, wechselte ich das Thema. „In Cheltenham. Schöner Sieg beim Rennen der Neulinge. Schade nur das mit Pharmacist. Eine Zeit lang sah es fast so aus, als würde er gewinnen.“

Meine Mutter hielt den Blick gesenkt, während sie mürrisch eine Kartoffel auf ihrem Teller herumstieß.

„Deine Mutter möchte nicht darüber reden“, sagte mein Stiefvater.

„Dein Stallmeister glaubt anscheinend, das Pferd ist gedopt worden“, bohrte ich weiter.

Meine Mutter fuhr hoch. „Ian weiß ja nicht, wovon er redet“, sagte sie erbost. „Und er hätte nicht mit *dir* darüber reden sollen.“

„Worüber hätte er nicht mit mir reden sollen?“, hakte ich nach.

Keine Antwort.

„Werden die Pferde denn nun gedopt?“, fragte ich in die Stille hinein.

„Natürlich nicht“, antwortete meine Mutter. „Pharmacist hat einfach einen schlechten Tag gehabt. Nächstes Mal läuft er wieder prima.“

Ich ließ nicht locker. „Ian Norland zufolge war das nicht das erste Mal, dass eure Pferde unerwartet schwach gelaufen sind."

„Ian hat keine Ahnung." Ihre Stimme überschlug sich fast. „Wir haben in letzter Zeit einfach etwas Pech gehabt. Das gibt sich wieder."

„Und Mrs Kauri möchte nicht, dass du irgendwelche Gerüchte verbreitest", warf mein Stiefvater ein. Meine Mutter bedachte ihn mit einem verächtlichen Blick.

Auch ich sah meinen Stiefvater an. Wie er es wohl fand, dass seine Frau noch immer den Namen eines anderen Mannes benutzte?

Erst als die Kinder in der Grundschule mich gefragt hatten, wieso ich Thomas Forsyth und nicht Thomas Kauri hieß, hatte ich mir darüber Gedanken gemacht. „Mein Vater heißt Forsyth", hatte ich ihnen geantwortet. „Und wieso heißt deine Mutter dann nicht Forsyth?" Das war eine gute Frage, die ich damals nicht beantworten konnte.

Mrs Josephine Kauri, geborene Jane Brown, war jetzt von Rechts wegen Mrs Derek Philips, aber wehe dem, der sie in ihrem Beisein so nannte! Seit ihrer ersten Hochzeit mit siebzehn hatte meine Mutter in ihren drei Ehen stets die Hosen angehabt, und es war kein Zufall, dass sie bei beiden Scheidungen das Haus behalten hatte. Nach ihrem Blick vorhin zu urteilen schienen Mr Derek Philips' Tage im Kauri-Haus wohl auch schon gezählt zu sein.

Wir aßen eine Zeit lang schweigend das Hühnerfrikassee, das die Haushälterin zubereitet hatte.

Ich konnte mir einen neuen Anlauf nicht verkneifen. „Pharmacist läuft also trotzdem den Gold Cup?"

Es hätte mich nicht gewundert, wenn ich einen Tritt vors Schienbein bekommen hätte, so wütend sah mein Stiefvater mich an. Meine Mutter hatte sich besser im Griff.

„Wir werden sehen", sagte sie. „Kommt drauf an, wie es ihm morgen früh geht."

„Ist er denn noch nicht wieder hier?", fragte ich.

„Doch", sagte sie ohne weitere Erklärung.

„Und hast du schon nach ihm gesehen?", beharrte ich.

„Morgen früh", antwortete sie schroff. „Ich hab doch gesagt, ich seh ihn mir morgen früh an. Können wir das Thema jetzt mal beenden?"

Selbst ich brachte es nicht über mich, noch weiter in sie zu dringen. Am Unglück anderer kann man sich nur bis zu einem gewissen Grad freuen, und sie war eindeutig unglücklich.

Ian Norland hatte recht, hier ging etwas sehr Merkwürdiges vor sich.

Ich beschloss, vor dem Schlafengehen noch einen Spaziergang zu machen, und wanderte durch den Garten in Richtung Ställe. Viel hatte sich nicht geändert, seit ich damals abgehauen war.

Im Haus ging im ersten Stock das Licht an.

„Warum zum Teufel muss er hier aufkreuzen? Das hat uns jetzt gerade noch gefehlt!" Unüberhörbar die Stimme meiner Mutter.

„Nicht so laut, sonst hört er dich." Das war mein Stiefvater.

„Ach was!", antwortete sie, kein bisschen leiser. „Er ist rausgegangen."

„Josephine!", fuhr mein Stiefvater sie an. „Das halbe Dorf hört dich, wenn du dich nicht zusammennimmst!"

Mich wunderte, dass er so mit ihr sprach. Vielleicht hatte ich ihm doch zu wenig zugetraut. Meine Mutter hörte sogar auf ihn, und sie setzten ihr Gespräch wesentlich leiser fort. Ärgerlicherweise hörte ich so nur noch ein fernes Murmeln. Schließlich ging das Licht im Zimmer wieder aus.

Ich hob die lederne Abdeckung meiner Armbanduhr an. Die Leuchtzeiger standen auf halb elf. Pferdetrainer gingen offenbar genauso zeitig schlafen wie Klinikpatienten, sogar samstagabends. Ich war keins von beiden und genoss es, draußen im Dunkeln zu stehen.

Ich hatte mich in der Dunkelheit schon immer wohl gefühlt. Wahrscheinlich sollte ich meiner Mutter dafür danken. Als ich klein war, hatte sie immer darauf bestanden, dass ich ohne Licht bei fest geschlossener Tür schlief. Seitdem war die Dunkelheit mein Freund.

Irgendwann trieb mich die Kälte wieder hinein. Ganz langsam ging ich durchs Haus, um niemanden zu wecken. So gut die Prothese auch war, dummerweise machte sie jedes Mal wenn ich rechts auftrat, ein metallisch klickendes Geräusch. Ein Feindposten hätte mich sofort gehört. Dagegen würde ich etwas tun müssen.

Ich ging hinauf in mein altes Zimmer. Die Sachen aus meiner Kindheit waren längst weggeräumt worden, das Bett hingegen war immer noch dasselbe.

Es war nicht meine erste Übernachtung hier seit damals. Die früheren Besuche hatten alle immer mit guten Vorsätzen angefangen und dann am Ende doch wieder zu Streit geführt. Ich muss fairerweise zugeben, dass dies mindestens ebenso sehr an mir wie an meiner Mutter und meinem Stiefvater lag. Jedes Mal wenn wir drei zusammenkamen, gingen wir über kurz oder lang hoch wie tickende Zeitbomben.

Vielleicht hätte ich nicht herkommen sollen, aber ich konnte einfach nicht anders. Ich war hier aufgewachsen, und auf eine seltsame Art und Weise bedeutete das alles hier immer noch Geborgenheit und Sicherheit für mich. Es war das einzige Zuhause, das ich jemals gehabt hatte.

Ich hockte mich auf die Bettkante und nahm meine Prothese ab. Dazu musste ich den fleischfarbenen Gummischaft abstreifen, der bis über mein Knie reichte und den künstlichen Unterschenkel samt Fuß an seinem Platz hielt. Langsam zog ich meinen Stumpf aus der eng sitzenden Hülse. Clever gemacht, das alles. Die Orthopäden in Dorset hatten Maß genommen und mir ein Ersatzteil verpasst, mit dem ich den ganzen Tag herumlaufen konnte, ohne auch nur eine Druckstelle, geschweige denn eine Blase davonzutragen.

Trotzdem: das war nicht ich. Ich atmete tief ein und schob den Gedanken schnell beiseite. Selbstmitleid brachte mich der Gefechtstauglichkeit bestimmt nicht näher.

2

HAT JOSEPHINE IHRE ZAUBERKRAFT VERLOREN?

Diese Titelschlagzeile der *Racing Post* vom Sonntag hätte unverblümter nicht sein können. Das Blatt lag auf dem Küchentisch, als ich um acht runterging, um mir nach einer unruhigen Nacht einen Kaffee zu machen.

Hatte meine Mutter oder mein Stiefvater die Schlagzeile schon gesehen? Da hörte ich meine Mutter auf der Treppe.

„Dieser Dreckskerl Rambler!", schrie sie. „Der hat doch keine Ahnung!"

Sie stürmte in die Küche, nahm die Zeitung vom Tisch und las konzentriert den Artikel auf der ersten Seite.

„‚Pharmacist war nach dem Rennen erschöpft', schreibt er!", rief sie über ihre Schulter hinweg die Treppe hinauf. Die Worte waren an meinen Stiefvater gerichtet, der vernünftigerweise oben geblieben war. „Das stimmt doch gar nicht! Woher will Rambler das überhaupt wissen?"

Ich verlagerte mein Gewicht auf den anderen Fuß, und mein falsches Bein klickte wie immer.

„Oh, hallo", sagte meine Mutter, die mich offenbar jetzt erst bemerkte. „Hast du den Mist gelesen?", wollte sie wissen.

„Nein", antwortete ich.

„Dann lass es auch bleiben", meinte sie und warf die Zeitung wieder auf den Tisch. „Das ist ein einziger Schwachsinn." Sie drehte sich auf dem Absatz um und verschwand schimpfend wieder nach oben.

Ich drehte die Zeitung um, damit ich den Artikel lesen konnte. „Von unserem Chefkorrespondenten Gordon Rambler in Cheltenham" hieß es unter der Schlagzeile. Und weiter:

Josephine Kauri fehlten die Worte, nachdem Pharmacist, ihr achtjähriger Gold-Cup-Kandidat, beim gestrigen Janes-Bank-Rennen in Cheltenham als Letzter angekommen war. Das Pferd konnte nur noch im Schritttempo das Ziel passieren. Die Rennleitung hat die üblichen Untersuchungen für das Pferd angeordnet.

Schon mehr als einmal ist Kauris Pferden in den großen Rennen der letzten Wochen die Puste ausgegangen. Kauris vielversprechender Neuling Scientific erlitt im Dezember in Kempton das gleiche Schicksal wie Pharmacist. Und Oregon – ein weiteres, als heißer Favorit gehandeltes Kauri-Pferd – erregte letzte Woche in Newbury die Gemüter, da es nicht einmal unter die ersten sechs kam.

Eigentlich kann man fünf Wochen vor dem Cheltenham Steeplechase-Festival kaum noch davon ausgehen, dass die Kauri-Glanzleistungen des Vorjahres wiederholt werden, aber vielleicht war alles auch nur ein großes Täuschungsmanöver?

Gordon Rambler nahm kein Blatt vor den Mund. Er schloss mit der Überlegung, ob Trainerin Kauri die Pferde zu Hause möglicherweise zu hart rannahm, sodass sie auf der Rennbahn nicht mehr in Topform waren. Aber das hätte mich bei meiner Mutter mit ihrer langjährigen Erfahrung schwer gewundert. Es sei denn, dass die Zauberkraft ihr tatsächlich abhandengekommen war, wie der Reporter behauptete.

Ihre Stimmkraft hatte sie jedenfalls noch. Ich hörte sie oben herumschreien. Zweifellos bekam mein Stiefvater nun alles ab. Er tat mir beinahe leid. Aber nur beinahe.

Ich entschied mich, einen Spaziergang durch die Stallungen zu machen, um aus dem Haus zu kommen. Der erste Stalltrakt war einer von drei Stallgevierten mit je vierundzwanzig Boxen, die sich hinter dem Haus erstreckten. Selbst sonntagmorgens herrschte hier rege Betriebsamkeit.

„Guten Morgen!“, rief mir Ian Norland zu, als er aus einer der Boxen kam. „Immer noch hier?“

„Ja“, antwortete ich. „Wieso sollte ich nicht mehr da sein?“

„Nur so“, meinte er lächelnd. „Weil Mrs Kauri normalerweise nicht gern Übernachtungsgäste hat. Die meisten fahren nach dem Abendessen wieder nach Hause.“

„Ich bin hier zu Hause“, sagte ich.

„Ach so, ja.“ Er wirkte etwas verlegen.

„Wie geht's denn Pharmacist heute Morgen?“, fragte ich in der Hoffnung, mehr von ihm zu erfahren.

„Gut“, antwortete er. „Er ist noch ein bisschen müde von gestern, sonst aber okay.“

„Kein Durchfall?“

Er vermied es, mich anzusehen. „Nein“, erwiderte er knapp. „Wie gesagt, er ist nur müde.“ Er stellte einen Eimer unter den Hahn an der Wand und drehte das Wasser auf. „Entschuldigen Sie, ich muss weitermachen.“

Das hieß wohl, dass er nicht weiter darüber sprechen wollte. „Ja, natürlich“, sagte ich höflich. Ich ging weiter, drehte mich dann aber noch einmal um. „In welcher Box steht Pharmacist eigentlich?“

„Mrs Kauri will nicht, dass ihn jetzt jemand sieht“, antwortete Ian ausweichend.

„Wieso denn nicht?“, fragte ich mit Unschuldsmiene.

„Mrs Kauri möchte nicht, dass irgendwer in den Ställen herumschnüffelt.“

„Ich bin nicht irgendwer. Ich bin ihr Sohn“, sagte ich mit fester Stimme.

Ian geriet ins Wanken, und ich glaube, er hätte mir gesagt, wo Pharmacist stand, wenn nicht im selben Augenblick meine Mutter aufgetaucht wäre.

„Morgen, Ian!“, rief meine Mutter, als sie um die Ecke kam.

„Ah, Morgen, Ma'am“, antwortete Ian hörbar erleichtert. „Hab mich gerade mit Ihrem Sohn unterhalten.“

„Das sehe ich“, meinte sie missbilligend. „Unterlassen Sie das bitte zukünftig. Sie haben bereits viel zu viel geredet.“

Ian wurde knallrot und warf mir einen bösen Seitenblick zu. „Tut mir leid, Ma'am“, entschuldigte er sich.

Sie nickte ernst und wandte dann ihre Aufmerksamkeit mir zu. „Was suchst du eigentlich hier?“, fragte sie.

„Ich will mich nur ein bisschen umsehen“, erwiderte ich so unschuldig wie möglich.

„Lass das mal schön bleiben“, sagte sie im gleichen Ton zu mir wie vorher zu Ian.

„Wieso denn nicht?“, fragte ich angriffslustig. „Hast du was zu verbergen?“

Ian verschluckte sich fast. Ich sah den Ärger in den Augen meiner Mutter, doch es gelang ihr, ihre Gefühle im Zaum zu halten.

„Natürlich nicht“, antwortete sie und lächelte gezwungen. „Ich möchte nur nicht, dass mir jemand die Pferde aufregt.“

Ich konnte mir zwar nicht vorstellen, wie ein Gang durch den Stall die Pferde aufregen sollte, behielt das aber für mich.

„Und wie geht's Pharmacist heute Morgen?“, fragte ich.

„Ich bin gerade auf dem Weg zu ihm“, antwortete meine Mutter. „Kommen Sie, Ian“, richtete sie das Wort an ihn und eilte mit ihm im Schlepptau davon.

„Gut“, sagte ich, während ich den beiden hinterherlief. „Ich komme mit.“

Meine Mutter verschärfte wortlos ihr ohnehin schon halsbrecherisches Tempo. Ich folgte ihnen so schnell ich konnte zum nächsten Stallgehöft. Wenn meine Mutter dachte, sie könnte verschwinden, ohne dass ich sah, wohin, hatte sie sich geirrt. Ich beobachtete, wie sie den Riegel an einer Stalltür auf der gegenüberliegenden Seite des Hofes zurückschob, Ian eilig in die Box stieß und die Tür hinter sich zuzog. Ich ging ihnen nach, öffnete die obere Halbtür der Box und schaute hinein.

Meine Mutter stand bei Pharmacist und tastete seine Beine ab. „Nichts“, sagte meine Mutter. „Nicht mal heiß.“

„Wie gut, dass keine Hitze in den Sehnen ist“, mischte ich mich ein.

„Das ist nicht unbedingt gut“, widersprach sie. „Es bedeutet, dass sein schlechtes Abschneiden gestern einen anderen Grund hatte.“

Stimmt, dachte ich. „Sieht er denn gesund aus?“

„Nein, er hat zwei Köpfe.“ Die Witze meiner Mutter waren selten komisch. „Natürlich sieht er gesund aus.“

„Hat er Durchfall?“, fragte ich.

Ian warf mir einen nervösen Blick zu.

„Und warum, bitte schön, sollte er Durchfall haben?“, fragte meine Mutter schneidend.

„Nur so“, antwortete ich zu Ians Erleichterung. „Pferde können sich ja nicht übergeben, und da dachte ich, wenn er’s am Magen haben sollte, hat er vielleicht Durchfall.“

„Unsinn“, sagte meine Mutter. „Pferde bekommen nur von verschmutztem oder schimmligem Futter Durchfall, und wir achten darauf, dass das Futter immer sauber und frisch ist.“

Die Untersuchung von Pharmacist war beendet, und meine Mutter und Ian kamen zur Tür heraus. Ian legte wieder den Riegel vor.

Wenn *mein* bestes Pferd so ungewöhnlich schlecht gelaufen wäre, hätte ich noch am selben Abend den Tierarzt gerufen und es gründlich untersuchen lassen. Seltsamerweise genügte meiner Mutter ein flüchtiges Abtasten von Pharmacists Beinen. „Wann kommt denn das Ergebnis des Dopingtests?“, fragte ich.

„Was für ein Dopingtest?“, kam es scharf zurück.

„Der, den die Rennleitung angeordnet hat. Steht in der *Racing Post* von heute.“

„Habe ich nicht gesagt, du sollst diesen Artikel nicht lesen?“, entgegnete sie aufgebracht.

„Ich tu nicht immer, was man mir sagt.“

„Stimmt“, sagte meine Mutter. „Das ist das Problem. Hast du noch nie gemacht.“ Abrupt ließ sie Ian und mich stehen und ging mit langen Schritten davon.

„Und was meinen *Sie* zu alldem?“, fragte ich Ian.

„Halten Sie mich da raus“, wiegelte er ab. „Ich brauch den Job hier.“

„Ihnen ist aber doch wohl klar, dass mit dem Job Schluss ist, wenn jemand die Pferde gedopt hat. Dann wird der Stall dichtgemacht.“

„Glauben Sie, ich weiß das nicht?“, erwiderte er leise. „Irgendetwas Seltsames geht hier vor sich. Mehr weiß ich auch nicht. Jetzt lassen Sie mich meine Arbeit machen, solange ich noch welche habe.“

Entschlossen marschierte er los und ließ mich vor Pharmacists Box stehen.

DIE STIMMUNG im Haus war gelinde gesagt frostig, und das hatte nichts mit Pharmacist zu tun, sondern mit Geld.

„Josephine, wir können uns das einfach nicht leisten!“ Mein Stiefvater brüllte beinahe.

Er und meine Mutter saßen im Büro, während ich still nebenan in der Küche saß und lauschte. Sie waren so in ihr Gespräch vertieft, dass sie mich nicht ins Haus hatten kommen hören.

„Wieso können wir uns das nicht leisten?“, lamentierte meine Mutter. „Noch nie hatte ich mit den Pferden ein so gutes Jahr.“

„Schon, aber uns macht ja noch einiges andere zu schaffen, nicht zuletzt die Auswirkungen deiner verhängnisvollen kleinen Trickserei.“ Die Stimme meines Stiefvaters war voll unverhohlenem Missfallen.

„Bitte fang nicht wieder davon an.“ Sie schlug plötzlich einen versöhnlicheren, fast entschuldigenden Ton an.

„Aber so ist es nun mal“, fuhr mein Stiefvater unbarmherzig fort. „Sonst hätten wir dir jetzt ohne Weiteres einen neuen BMW kaufen können. So aber können wir nur hoffen, dass an unserem alten Ford nicht zu viel gemacht werden muss.“

Ich fragte mich, was für eine verhängnisvolle kleine Trickserei dazu geführt haben könnte, dass der prominentesten Trainerin des Landes die Mittel fehlten, um sich einen neuen BMW leisten zu können.

Gern hätte ich ihnen noch ein Weilchen länger zugehört. Da ich aber keinesfalls beim Mäuschenspielen ertappt werden wollte, stand ich vorsichtig auf und bewegte mich auf dem unversehrten Fuß lautlos vom Küchentisch zur Hintertür. Ich hatte mir diese Technik, bei der ich abwechselnd Ferse und Zehenballen nach vorn schob, angeeignet, damit ich mich wieder geräuschlos bewegen konnte.

Auch im Weggehen hörte ich meine Mutter noch laut und deutlich: „Herrgott, Derek, irgendwas muss doch zu machen sein!"

„Was schlägst du denn vor?", schrie mein Stiefvater zurück. „Wir wissen doch gar nicht, wer es ist."

Ich öffnete die Hintertür ein Stück und knallte sie dann zu. Die Unterhaltung brach ab. Ich ging durch die Küche in den Flur und ließ den rechten Fuß bei jedem Auftreten das vertraute klickende Geräusch machen. Meine Mutter kam durch die offen stehende Bürotür.

„Hallo", begrüßte ich sie so normal wie möglich.

„Hallo Liebling", grüßte sie zurück. Sie kam einen Schritt auf mich zu. „Sag mal", begann sie, „wie lange willst du denn eigentlich bleiben?"

„Ich bin ja gerade erst angekommen", meinte ich. „Ans Abreisen habe ich noch nicht gedacht. Ich habe mir auch noch gar nicht überlegt, was ich zukünftig machen will."

„Zurück zur Armee doch wohl." Es war eine Feststellung, keine Frage.

„Ganz so einfach ist das nicht. Sie sind sich noch nicht sicher, ob sie mich weiterhin brauchen können."

„Was?" Sie hörte sich ehrlich schockiert an. „Wenn du im Einsatz verwundet worden bist, sind sie ja wohl verpflichtet, dich weiterzubeschäftigen!"

„Das ist kein Beruf wie jeder andere. Ich muss gesund sein, um kämpfen zu können. Das macht schließlich einen Soldaten aus."

„Du könntest aber doch sicher auch was anderes machen", wandte sie ein. „Die werden Leute für die Verwaltung brauchen, für den Papierkram."

Mein Stiefvater erschien im Türrahmen. „Josephine, meine Liebe, ich glaube nicht, dass Tom nur hinterm Schreibtisch hocken möchte." Er sah mir in die Augen, und zum ersten Mal seit vierundzwanzig Jahren schien es so etwas wie Verständnis zwischen uns zu geben.

„Genau, Derek hat's erfasst", stimmte ich ihm zu.

„Und wie lange geht dein Krankenurlaub?", fragte meine Mutter.

„Ein halbes Jahr."

„Ein halbes Jahr! So lange kannst du nun wirklich nicht hierbleiben."

Das war ja klar. Für ihren Geschmack war ich schon jetzt zu lange da.

„Ich sehe mich noch diese Woche nach etwas anderem um", sagte ich.

„Ach, Liebling, ich will dich ja nicht vor die Tür setzen", erwiderte sie, „aber wir würden es mit Sicherheit nicht so lange miteinander aushalten."

Damit hatte sie nicht unrecht. Es war abzusehen, dass bald wieder die Fetzen fliegen würden.

„Ich könnte euch Miete zahlen", schlug ich vor, nur um zu sehen, wie sie darauf reagierten.

„Sei nicht albern, Junge“, antwortete meine Mutter. „Das ist dein Zuhause.“

„Ein Beitrag zu den Mahlzeiten wäre jedoch willkommen“, warf mein Stiefvater ein.

Sie waren wirklich ganz schön knapp bei Kasse.

DER RESTLICHE SONNTAG im Kauri-Haus verlief ruhig.

Am Nachmittag wagte ich einen Spaziergang nach Lambourn, um aus dem Haus zu kommen, aber auch, weil mich interessierte, wie sich der Ort in den letzten fünfzehn Jahren verändert hatte.

Es gab einige Häuser mehr, als ich in Erinnerung hatte. Aber insgesamt war mir das Dorf noch so vertraut wie in meiner Jugend, als ich hier die Morgenzeitung ausgetragen hatte. Ich betrat den Tante-Emma-Laden, um mir ein Sandwich zu kaufen, und stellte mich damit an der Kasse an.

„Oh, hallo“, sagte die Kassiererin und musterte mich aufmerksam. „Tom, nicht? Du bist doch Tom Kauri?“

Ich warf ihr einen flüchtigen Blick zu. Sie war ungefähr in meinem Alter, blond, mit einem langen Pferdeschwanz. Das weite graue Sweatshirt, das sie trug, kaschierte nur halbwegs ihre kräftige Figur.

„Tom Forsyth“, korrigierte ich sie.

„Ach ja“, sagte sie. „Genau. Jetzt erinnere ich mich. Aber deine Mutter heißt Kauri, nicht?“ Ich nickte, und sie lächelte. Ich reichte ihr mein Sandwich. „Du weißt nicht, wer ich bin, was?“, fragte sie.

Ich sah sie mir genauer an. „Nein, tut mir leid.“

„Ich bin Virginia Bayley“, sagte sie erwartungsvoll. „Ginny.“ Sie wartete auf eine Reaktion. „Wir sind zusammen in die Grundschule gegangen. Damals hieß ich noch Ginny Worthington.“

Ich sah noch einmal hin. Verschwommen tauchte die Erinnerung an eine Ginny Worthington auf, aber die war dunkelhaarig und dünn wie eine Harke gewesen.

„Hab mir inzwischen die Haare gefärbt.“ Sie lachte nervös. „Und, na ja, ein paar Pfund zugelegt nach den Kindern.“

Virginia Bayley, dick und blond, geborene Ginny Worthington, dünn und brünett. Ein und dieselbe Person.

„Schön, dich wiederzusehen“, sagte ich der Form halber.

„Wohnst du bei deiner Mutter?“, fragte sie.

„Ja.“

Sie packte mir das Sandwich in eine Plastiktüte. „Hat mich gefreut, dich mal wiederzusehen.“

„Danke“, sagte ich und nahm die Tüte. „Mich auch.“ Ich wandte mich zum Gehen.

„Du kannst mir heute Abend einen ausgeben, wenn du magst“, sagte sie, als ich schon halb zur Tür draußen war. „Mein Mann hat um sieben im ‚Wheelwright Arms‘ eine kleine Feier zu meinem Geburtstag organisiert. Da kommen auch noch andere hin. Auch ein paar von der Schule. Du bist eingeladen.“

„Danke“, sagte ich. „Du hast also heute Geburtstag?“

„Ja“, bestätigte sie grinsend.

„Dann herzlichen Glückwunsch, Ginny“, sagte ich mit einer überschwänglichen Geste.

„Danke.“ Sie strahlte. „Komm nachher, wenn du kannst. Wird bestimmt lustig.“

Um ehrlich zu sein, konnte ich mir nichts weniger Lustiges vorstellen, als zur Geburtstagsfeier von jemandem zu gehen, an den ich mich kaum erinnerte, und dann noch in ein Pub, wo noch mehr Leute eingeladen waren, an die ich mich nicht erinnerte.

Aber so schlimm wie ein weiteres verkrampftes Abendessen mit meiner Mutter und meinem Stiefvater konnte eigentlich gar nichts sein.

„Okay“, sagte ich. „Ich komme.“

Der Abend lief besser als erwartet, dabei wäre ich fast nicht zu der Feier hingegangen. Gegen sieben begann es nämlich sintflutartig zu regnen. Ich sah auf meine schwarzen Lederschuhe – die einzigen, die ich hatte – und überlegte, ob es nicht klüger wäre, daheim vor dem Fernseher zu bleiben.

Doch dann entschied ich mich auszuprobieren, ob ich einen Gummistiefel über meinen Kunstfuß ziehen konnte. Ich holte mir das größte Paar Stiefel, das in der Stiefelkammer zu finden war, und schlüpfte hinein – es passte. Dazu borgte ich mir den langen Wachsmantel meiner Mutter und eine Mütze meines Stiefvaters. So ging ich relativ gut geschützt zum Wheelwright Arms.

„Ich dachte schon, du kämst nicht“, begrüßte mich Ginny, während ich im Schankraum Mutters Regenmantel auszog. „Weil es so schüttet.“ Sie gab sich alle Mühe, mich herzlich zu empfangen. Zu viel Mühe sogar. Auch ihr Mann störte sich daran, was mir ein gutes Zeichen für ihre Ehe zu sein schien. Aber meinetwegen hätte er sich keine Gedanken zu machen brauchen. Ich fand Ginny ganz nett, aber mehr nicht. Sie war nicht mein Fall.

Wer war dann mein Fall?, fragte ich mich.

Ich hatte schon mit vielen Frauen geschlafen, aber es waren nichts als flüchtige Affären gewesen. In Wahrheit war ich mit dem Militär verheiratet.

Wir standen zu siebt im Kreis beim Tresen. Neben Ginny und ihrem Mann gab es noch zwei weitere Ehepaare. Ich erkannte niemanden von ihnen.

„Muss ich die kennen?“, fragte ich Ginny leise.

„Die nicht“, antwortete sie. „Ich glaube, das Wetter hat ein paar Leute abgeschreckt.“

Ich wünschte mir allmählich, es hätte auch mich abgeschreckt, da öffnete sich die Tür und ein weiteres Pärchen kam herein.

Doch nachdem sie ihre Mäntel ausgezogen hatten, erwies sich das Pärchen als zwei junge Frauen. Eine von ihnen erkannte ich wieder, als sie ihre Mütze abnahm und die lange blonde Mähne ausschüttelte.

„Tag, Isabella“, sagte ich.

„Meine Güte!“, rief sie überrascht. „So hat mich ja seit Jahren keiner mehr genannt!“ Sie musterte mich. „Verdammt. Du bist Tom Kauri.“

„Tom Forsyth“, berichtigte ich.

„Ich weiß, ich weiß“, meinte sie lachend. „Ich hab dich nur aufgezogen. Aus alter Gewohnheit.“

Wohl wahr. Sie hatte mich gnadenlos gehänselt, seit ich ihr mit ungefähr zehn Jahren gesagt hatte, ich sei unsterblich in sie verliebt und wolle sie heiraten. Seitdem war sie ein wenig rundlicher geworden, aber genau an den richtigen Stellen.

„Wie wirst du denn heutzutage genannt?“, fragte ich.

„Bella“, antwortete sie. „Oder Issy. Nur meine Mutter sagt Isabella zu mir, und auch nur dann, wenn ich sie geärgert habe.“

„Und – ärgerst du sie oft?“, fragte ich flapsig.

Sie sah mir direkt in die Augen und lächelte. „Sooft ich kann.“

Wow, dachte ich.

Isabella und ich scherten uns nicht weiter um Ginnys Geburtstagsfeier, während wir unsere Freundschaft erneuerten und zumindest bei mir die Sehnsucht wieder erwachte.

„Bist du verheiratet?“, fragte ich sie ohne viel Umschweife.

„Warum willst du das wissen?“, fragte sie zurück.

„Damit ich weiß, wo ich stehe“, antwortete ich etwas unbeholfen.

„Was meinst du denn, wo du stehst?“

Auf einem Bein stehe ich. Wie sie das wohl fände?

„Sag du’s mir“, bat ich.

Doch sie gab mir den ganzen Abend hindurch keine Antwort darauf. Zu guter Letzt sagte ich mir, Schweigen ist auch eine Antwort.

Als gegen zehn die ersten Leute aufbrachen, fragte ich, ob ich sie nach Hause bringen dürfe.

Sie lächelte. „Also gut. Aber nur bis nach Hause. Kein Bonus."

„‚Bonus' habe ich dafür ja noch nie gehört." Ich lachte.

Sie lachte ebenfalls, und wir verließen das Pub in schönster Eintracht.

Ich sehnte mich nach einem „Bonus" von Isabella. Aber die Aussicht darauf war gering und verringerte sich weiter, als Isabella plötzlich stehen blieb. „Was ist denn das für ein Geräusch?", fragte sie.

„Was denn?" Ich blieb neben ihr stehen.

„Das Klicken." Sie lauschte. „Das ist ja komisch. Jetzt hat's aufgehört."

Sie ging weiter, und ich folgte ihr.

„Da! Da ist es wieder!", rief sie triumphierend. „Du machst das beim Gehen."

„Nein", wehrte ich ab. „Das sind nur die Stiefel."

Ich sah ihr an, dass sie verwirrt war. Ich trug schließlich Gummistiefel.

„Sag schon", kam es dann auch sofort. „Was ist das?"

„Lass mal gut sein", knurrte ich, verlegen und verärgert.

Aber sie hörte nicht auf.

„Nun sag endlich", meinte sie. „Was hast du da? Das ist ein Spielzeug, ja? Gehört das zu deiner Anmache?" Sie lief ein paar Schritte von mir weg, sah an mir herunter und suchte lachend die Stelle, wo das Klicken herkam.

Mir blieb keine Wahl. „Ich habe ein künstliches Bein", sagte ich leise.

„Was?" Sie blieb stehen und sah mich an. „Ach Tom, das tut mir leid."

„Schon gut", erwiderte ich. Aber es war nicht gut.

Isabella stand mitten auf der Straße und wurde noch nasser, als sie schon war, während ich ihr die ganze Geschichte erzählte. Sie hörte erst entsetzt und dann betroffen zu, versuchte mich zu trösten, doch das ließ ich nicht zu. Ich wollte ihr Mitleid nicht.

Mit einem Mal wurde mir klar, weshalb ich hierher nach Lambourn – „nach Hause" – gekommen war. Meine Mutter würde niemals versuchen, mich irgendwie aufzubauen oder besonders mitfühlend zu sein. Und das war gut so. Die Kauri-Devise: „Leb du dein Leben und lass mir meins" war mir in diesem Fall tausendmal lieber als irgendwelches Mitleid.

„Hör auf, mich so von oben herab zu behandeln", sagte ich.

„Mach ich doch gar nicht", widersprach Isabella. „Ich will dir nur helfen."

„Nicht nötig", erwiderte ich ziemlich scharf. „Ich komme gut allein zurecht."

„Auch gut“, meinte sie sichtlich gekränkt. „Wenn das so ist, wünsche ich dir eine gute Nacht.“

Sie ging davon und ließ mich allein im Regen stehen, verwirrt und verunsichert.

AM MONTAGMORGEN war ich auf dem Weg nach Aldershot, um meinen Wagen und die anderen dort eingelagerten Sachen abzuholen. Isabella fuhr mit mir, oder besser gesagt: ich fuhr mit ihr – als Beifahrer in ihrem Golf, den sie über die Straße jagte wie eine Rallyefahrerin.

„Rast du immer so?“, fragte ich, nachdem wir bei einem riskanten Überholmanöver fast mit einem entgegenkommenden Lkw zusammengestoßen wären.

„Nur wenn ich nicht gerade irgendwen von oben herab behandele“, erwiderte sie schnippisch.

Sie hatte zeitig im Haus angerufen. *Sehr* zeitig. Ich war noch im Bett gewesen. „Diese Warren wollte dich sprechen“, hatte meine Mutter missbilligend gesagt, als ich endlich zum Frühstück erschienen war.

„Warren?“

„Die Frau von Jackson Warren.“

„Und wer ist Jackson Warren?“

„Na, den musst du doch kennen!“, hatte meine Mutter geantwortet. „Das ist der, der in Hall wohnt. Die Familie hat in den Kolonien einen Haufen Geld verdient. Nach dem Tod seiner ersten Frau hat er dieses blutjunge Mädchen geheiratet. Mindestens dreißig Jahre jünger als er. Die hat vorhin angerufen. Unverschämtes Weib.“ Die beiden letzten Worte waren nicht mehr als ein Zischen, aber ich hatte sie trotzdem genau verstanden.

„Heißt sie Isabella?“, wollte ich wissen.

„Genau.“

Sie war also verheiratet.

„Was wollte sie denn?“, fragte ich.

„Ich weiß nur, dass sie dich sprechen wollte.“

Ich war ins Büro gegangen und hatte Isabella zurückgerufen.

„Das mit gestern Abend tut mir leid“, sagte sie. „Können wir uns heute noch mal treffen, damit ich mich persönlich entschuldigen kann?“

„Das geht nicht“, wehrte ich ab. „Ich muss nach Aldershot.“

„Kann ich dich nicht hinfahren?“, hatte sie ein bisschen zu eifrig gefragt. „Das ist das wenigste, was ich nach meinem schlechten Benehmen von gestern tun kann.“

So kam es, dass wir zusammen nach Aldershot fuhren, um meine Sachen zu holen.

Alles, was ich besaß, bis auf die Kriegsausrüstung natürlich, war vor dem Truppentransport nach Afghanistan in einem Metallkäfig in der Kaserne von Aldershot eingelagert worden. Alles außer meinem Wagen, der hoffentlich noch auf dem dafür vorgesehenen Parkplatz des Militärlagers in Pirbright stand.

„Holen wir zuerst meinen Wagen", sagte ich. „Dann kann ich meine Sachen da einladen."

„Okay", meinte sie und schwieg dann eine Zeit lang vor sich hin.

„Warum hast du mir nicht gesagt, dass du verheiratet bist?", fragte ich.

„Spielt das eine Rolle?", gab sie zurück.

„Unter Umständen."

„Eigentlich wundert es mich, dass du das nicht wusstest. Es gab einige Aufregung, als Jackson und ich geheiratet haben."

„Wie lang ist das her?", fragte ich.

„Sieben Jahre. Und nein, um sein Geld ging's mir nicht. Ich liebe den alten Mistkerl."

„Aber das Geld kam sicher auch nicht ungelegen?" Die Ironie war nicht zu überhören.

„Warum denkt bloß jeder, es ginge nur ums Geld? Das ist nicht so. Im Gegenteil, wenn er stirbt, bekomme ich gar nichts, weil ich nichts will. Geht alles an die Kinder."

„Sind da auch ein paar von dir dabei?", fragte ich.

„Nein." Enttäuschung schwang in ihrer Stimme mit. „Leider nicht."

„Habt ihr's denn versucht?", wollte ich wissen.

„Am Anfang ja. Jetzt nicht mehr. Es ist zu spät."

„Du bist doch noch jung."

„Ich bin nicht das Problem, es liegt an Jackson. Prostatakrebs. Die Ärzte sagen, weil der Krebs früh erkannt wurde, kann man ihn mit Medikamenten eindämmen. Nur gibt es leider ein paar, sagen wir, bedauerliche Nebenwirkungen."

„Hat er's mit Viagra versucht?", fragte ich.

„Versucht?" Sie lachte. „Er hat sie geschluckt, als wären es Smarties, aber ohne Erfolg. Das liegt an dem verdammten Zoladex – einem seiner Medikamente. Es nimmt ihm offenbar jedes Verlangen."

„Ich kann mir vorstellen, dass das ein bisschen frustrierend ist", sagte ich.

„Ein bisschen? Das ist ganz ungemein frustrierend. Und zwar für uns beide.“ Sie schien auf einmal verlegen. „Entschuldige, ich hätte davon nicht anfangen sollen. Viel zu persönlich.“

„Nein, ist schon okay. Erzähl ruhig weiter, wenn du magst“, erwiderte ich.

Ärgerlicherweise erreichten wir in dem Augenblick Pirbright Camp, sodass ich keine heißen Enthüllungen über die Warrens mehr zu hören bekam.

Es fiel mir erstaunlich leicht, mit künstlichem Fuß zu fahren. Ein paar Proberunden um den Parkplatz und ich war bereit für den Straßenverkehr.

Isabella bestand darauf, die fünfzehn Kilometer von Pirbright nach Aldershot hinter mir herzufahren. „Du brauchst vielleicht Hilfe beim Einladen“, meinte sie, „und viel passt da ja auch nicht rein.“

Mein Jaguar Coupé war tatsächlich nicht sehr geräumig, aber Isabella wusste noch nicht, wie wenig persönlichen Besitz ich mir in den vergangenen fünfzehn Jahren bei der Armee angeschafft hatte.

„Das ist alles?“ Isabella war verblüfft. „Da würde ich ja für einen spontanen Wochenendtrip nach Paris mehr mitnehmen.“

Ich stand neben zwei marineblauen Reisetaschen und einer schmalen, ein Meter zwanzig hohen Pappröhre. Mein gesamtes Hab und Gut.

„Ich bin viel umgezogen“, erklärte ich.

„Was ist denn in der Röhre?“

„Mein Säbel.“

„Was, ein echter Säbel?“ Sie war überrascht.

„Klar“, sagte ich. „Jeder Offizier besitzt einen Säbel, aber der wird heute nur noch zu zeremoniellen Anlässen getragen.“

„Und Möbel hast du keine?“

„Ncin. Seit ich erwachsen bin, war ich nur in Kasernen zu Hause. Zimmer mit Bad, solchen Luxus kenne ich nur aus dem Urlaub.“

„Männer“, meinte Isabella. „Frauen würden sich damit nicht abfinden.“

„Frauen kämpfen auch nicht“, erwiderte ich. „Jedenfalls nicht in der Infanterie. Bis jetzt zumindest. Sie müssten verdammt fit sein, um die ganze Ausrüstung tragen zu können. Die israelische Armee hat ihre gemischte Infanterie eingemottet, weil der Verdacht aufkam, dass die Männer den Frauen im Austausch gegen Sex das Gepäck tragen.“

„Das liegt in der menschlichen Natur“, sagte Isabella.

„Genau“, erwiderte ich. „Gibt’s doch noch einen Bonus?“

3

Als ich am Nachmittag mit meinem Gepäck durch den Hintereingang in die Küche hereinspaziert kam, waren die Spannungen zwischen meiner Mutter und ihrem Mann noch immer deutlich spürbar. Wahrscheinlich hatte ich die beiden beim Streiten gestört.

„Wo kommen denn die ganzen Sachen her?", fragte meine Mutter.

„Die waren während meines Auslandseinsatzes im Depot", erwiderte ich.

„Und warum hast du sie hierhergebracht?", fragte sie.

„Wohin soll ich denn sonst damit?"

„Ach, weiß ich doch nicht", entgegnete sie fast schluchzend. „Ich weiß überhaupt nichts mehr." Sie stürzte hinaus. Weinte sie etwa?

„Was hat das zu bedeuten?", fragte ich meinen Stiefvater.

„Nichts, worüber du dir Gedanken machen müsstest", sagte er.

„Das würde ich gern selbst beurteilen", gab ich zurück. „Es hat mit Geld zu tun, oder?"

Er sah mich an. „Wie gesagt, es ist nichts."

„Und warum könnt ihr euch dann keinen neuen Wagen leisten?"

Auf einmal wurde er wütend. „Wer hat dir das gesagt?", brüllte er mich an.

„Ich habe dich mit meiner Mutter darüber reden hören."

„Wie kommst du dazu, unsere Gespräche zu belauschen?"

Ich wollte ihm sagen, dass ich nicht anders konnte, weil sie so laut gewesen waren, aber das stimmte nicht ganz. Ich hätte auch aus der Küche gehen können.

„Warum könnt ihr euch denn nun kein neues Auto leisten?", hakte ich stattdessen nach.

„Das geht dich nichts an", entgegnete er scharf.

„Mich geht alles an, was mit meiner Mutter zu tun hat."

„Das wäre ja noch schöner!" Damit stürmte auch er zur Küche hinaus.

Und dabei dachte ich, ich wäre hier der Zornige.

Da ich meine Mutter und meinen Stiefvater oben streiten hörte, nutzte ich die Gelegenheit, um hinüber ins Büro zu gehen.

Wenn die „Auswirkungen" ihrer „verhängnisvollen kleinen Trickserei" nicht wären, könnten sie sich ein neues Auto leisten, hatte mein Stiefvater gesagt. Was war da getrickst worden?

Ich blickte auf den Schreibtisch hinunter. Je zwei Stapel Papiere flankierten eine Tastatur und einen Computermonitor.

Der Stapel links außen enthielt Rechnungen und Quittungen, die mit dem Haus zu tun hatten: Strom, Gas, Gemeindeabgaben usw., alles per Lastschrift bezahlt. Ich ging sie durch, fand aber nichts Ungewöhnliches.

Der nächste Stapel bestand aus Rechnungen und Unterlagen für die Stallungen: Strom, Heizung, Futter sowie die Löhne und Lohnsteuerunterlagen für das Stallpersonal. Nichts außer der Reihe, schon gar nichts, was auf eine zweifelhafte „Trickserei" hindeutete.

Auf dem dritten Stapel lagen einige Zeitschriften und die blauen Heftchen des Rennsportkalenders. Auch hier nichts Ungewöhnliches.

Im vierten Stapel entdeckte ich dann das Corpus Delicti. Oder besser gesagt zwei Corpora, die mir alles verrieten.

Die Bankauszüge gaben mir den ersten Hinweis. Offensichtlich hatte meine Mutter zwei Konten, eines für ihren Rennstall und ein privates. Die Belege zeigten, dass meine Mutter jede Woche zweitausend Pfund in bar von ihrem Privatkonto abhob. Das wäre an sich noch nicht verdächtig gewesen – im Rennsport wickelten viele Leute ihre Geschäfte in bar ab. Doch ein zweites Schriftstück erzählte mir den Rest der Geschichte. Es war ein handgeschriebener Brief in Blockbuchstaben. Er steckte in einem Kuvert, das an meine Mutter adressiert war. Die Nachricht war kurz und unmissverständlich:

SIE HABEN ZU SPÄT GEZAHLT. WENN DAS NOCH EINMAL VORKOMMT, ERHÖHT SICH DER BETRAG AUF DREITAUSEND. ZAHLEN SIE NICHT, WERDEN DEN BEHÖRDEN GEWISSE INFORMATIONEN ZUGEHEN.

Es war schlicht und einfach Erpressung.

Die „Auswirkungen", von denen mein Stiefvater gesprochen hatte, bestanden darin, dass meine Mutter wöchentlich zweitausend Pfund an einen Erpresser zahlen musste. Kein Wunder, dass sie sich keinen neuen BMW leisten konnte.

„Was fällt dir ein?"

Ich fuhr herum. Meine Mutter stand in der Bürotür. Ich hatte keine Gelegenheit mehr, den Erpresserbrief zu verbergen.

Ich sah sie an. Sie schaute auf das Blatt Papier in meiner Hand.

„O Gott!" Ihre Stimme war kaum mehr als ein Flüstern, und sie wurde plötzlich ganz blass.

Ich trat hastig auf sie zu, aber sie brach so schnell zusammen, dass ich sie nicht mehr auffangen konnte. Zum Glück landete ihr Kopf relativ sanft auf dem Teppichboden, als sie in sich zusammensackte. Ich beugte mich über sie: Sie war bewusstlos.

Ich hielt es für das Beste, sie in der Position liegen zu lassen. Es fiel mir schwer, mich zu bücken und ihr ein kleines Kissen unter den Kopf zu schieben. Eine Minute später kam sie schon wieder zu sich und schlug verwirrt die Augen auf.

Dann erinnerte sie sich.

„Es ist schon gut“, versuchte ich sie zu beruhigen.

Zum ersten Mal erlebte ich, dass meine Mutter verängstigt aussah. Nein, sie sah sogar aus, als würde sie Todesängste ausstehen.

„Warte“, sagte ich zu ihr. „Ich hol dir was zu trinken.“

Als ich mit einem Glas Wasser aus der Küche zurückkam, kniete mein Stiefvater neben seiner Frau und barg ihren Kopf in seinen Händen.

„Was hast du mit ihr gemacht?“, schrie er mich an.

„Nichts“, sagte ich ruhig. „Sie ist einfach ohnmächtig geworden.“

„Wie konnte das denn passieren?“, fragte er besorgt.

„Derek, er weiß Bescheid“, sagte meine Mutter.

„Über was?“, fragte er sichtlich bestürzt.

„Über alles“, antwortete sie.

„Unmöglich!“

„Alles weiß ich nicht“, sagte ich zu ihm. „Aber ich weiß, dass ihr erpresst werdet.“

SIE BRAUCHTEN kein Wasser, sondern Brandy zur Stärkung, und ich schloss mich ihnen an. Wir setzten uns ins Wohnzimmer. Meine Mutter war ganz blass im Gesicht, und ihre Hände zitterten. Derek hockte mit verkniffenem Gesicht auf einer der Sesselkanten.

„Jetzt mal raus damit“, sagte ich zum x-ten Mal.

Wieder bekam ich keine Antwort.

„Wenn ihr es mir nicht erzählt“, sagte ich, „dann bleibt mir keine andere Wahl, als bei der Polizei Anzeige wegen Erpressung zu erstatten.“

Einen Moment lang dachte ich, meine Mutter würde noch einmal in Ohnmacht fallen. „Nein“, hauchte sie förmlich. „Bitte nicht.“

„Dann sag mir einen Grund, es nicht zu tun.“ Meine Stimme klang im Vergleich zu ihrer laut und kräftig. Ich musste an die Worte meines Zugführers in Sandhurst denken: „Der Ton macht das Kommando. Der Kampf ist schon halb gewonnen, wenn Ihre Männer überzeugt sind, dass Sie wissen, was Sie tun, auch wenn Sie’s nicht wissen. Ein fester, entschiedener Ton wird sie überzeugen.“

Hier hatte ich jetzt das „Kommando“, ob meine Mutter und mein Stiefvater es wollten oder nicht.

„Weil deine Mutter ins Gefängnis käme“, sagte Derek schließlich. „Und ich wahrscheinlich auch. Wegen Beihilfe.“

„Wobei denn?“, fragte ich. „Habt ihr jemanden umgebracht?“

„Nein.“ Er lächelte beinahe. „Das nun wieder nicht. Wir haben Steuern hinterzogen.“

Ich sah meine Mutter an. Sie weinte jetzt unverhohlen – ein ungewohnter Anblick. Sie sah auf einmal viel älter aus als einundsechzig.

„Was unternehmen wir nun?“, fragte ich. „Ihr könnt doch nicht weiterhin zweitausend Pfund die Woche blechen!“

Mein Stiefvater seufzte. „Es ist nicht nur das Geld.“

„Was denn noch?“, fragte ich ihn.

Er sank förmlich in sich zusammen. „Die Pferde.“

„Was ist mit den Pferden?“

„Nein“, kam es von meiner Mutter, aber es war nicht mehr als ein Flüstern.

„Müssen die Pferde auf Anweisung verlieren?“, fragte ich. „War das bei Pharmacist auch so?“

Derek nickte. Meine Mutter saß mit fest geschlossenen Augen da. Mit dem Weinen hatte sie fast aufgehört, dafür wiegte sie sich jetzt in ihrem Sessel vor und zurück.

„Wie bekommt ihr die Anweisungen?“, fragte ich Derek.

„Telefonisch“, antwortete er.

Es gab so viele Fragen: was, wann und vor allem wer? Ich schenkte ihnen Brandy nach und leitete die nächste Phase der Befragung ein.

„Wie seid ihr in diesen Schlamassel hineingeraten?“

Beide schwiegen.

„Hört mal“, sagte ich, „wenn ihr wollt, dass ich euch helfe, müsst ihr mir schon sagen, was Sache ist.“

„Ich will deine Hilfe nicht“, kam es leise von meiner Mutter.

„Aber ich bin sicher, dass wir das Problem lösen können“, entgegnete ich. „Wir müssen nur herausfinden, wer dahintersteckt, und demjenigen das Handwerk legen. Dazu müsst ihr aber meine Fragen beantworten.“

„Keine Polizei“, sagte meine Mutter.

Jetzt war es an mir zu schweigen. „Die brauchen wir aber vielleicht, um den Erpresser zu finden.“

„Nein“, fuhr sie auf, „keine Polizei!“

„Dann erzähl mir doch mal von dieser Steuergeschichte“, sagte ich.

„Nein!“, schrie sie noch einmal verzweifelt. „Das darf niemand wissen!“

„Josephine, Liebes“, versuchte Derek zu vermitteln, „von irgendwem müssen wir uns aber helfen lassen.“

„Ich will nicht ins Gefängnis.“ Sie begann wieder zu weinen.

Auf einmal tat sie mir leid. Sonderlich vertraut war mir dieses Gefühl nicht. Die längste Zeit meines Lebens hatte ich ihr all die Kränkungen, die sie mir zugefügt hatte, heimzahlen wollen. Aber diesmal war es anders. Ich ging zu ihr und streichelte ihr besänftigend über die Schulter.

„Mum“, sagte ich, „du kommst schon nicht ins Gefängnis.“

„Doch“, erwiderte sie. „Er sagt das.“

„Der Erpresser?“

„Ja.“

„Dem würde ich nicht unbedingt glauben“, gab ich zu bedenken. „Warum erzählst du mir nicht einfach alles?“

„Weil du dann zur Polizei gehst.“

„Nein“, sagte ich. „Du hast mein Wort.“

Ich hoffte sehr, dass ich das Versprechen auch würde halten können.

Unter viel gutem Zureden und mithilfe des restlichen Brandys gelang es mir, ihnen nach und nach die ganze traurige Geschichte zu entlocken. Es sah wirklich nicht gut aus. Wenn die Polizei etwas davon erfuhr, musste meine Mutter vielleicht wirklich ins Gefängnis. Mit ziemlicher Sicherheit würde sie wegen Steuerhinterziehung verurteilt. Und ganz sicher wäre sie damit ihr Haus, ihr Geschäft und ihren guten Ruf los, selbst wenn sie ein freier Mensch blieb.

Die „verhängnisvolle kleine Trickserei“ meiner Mutter war offenbar dem Hirn eines gewieften jungen Buchhalters entsprungen, den sie rund fünf Jahre zuvor auf einer Party kennengelernt hatte. Er hatte sie überredet, ihren Rennstall im Ausland, und zwar in Gibraltar, registrieren zu lassen, weil der Betrieb damit von der Steuer befreit wäre.

Irgendwie hatte er ihr weisgemacht, sie könne ihren Kunden zwar weiterhin Mehrwertsteuer berechnen, brauche diese aber nicht mehr ans Finanzamt abzuführen.

Nun sind die Trainingsgebühren für ein Rennpferd nicht gerade niedrig, und die zweiundsiebzig Boxen im Stall meiner Mutter waren immer ausgebucht. Sie war gefragt und konnte Spitzenpreise nehmen. Die Steuer, fünfzehn bis zwanzig Prozent der Gebühren, belief sich vermutlich auf mehrere hunderttausend Pfund im Jahr.

„Kam dir das denn nicht ein bisschen verdächtig vor?“, fragte ich sie ungläubig.

„Überhaupt nicht“, antwortete sie. „Roderick hat mir gesagt, es sei alles einwandfrei und rechtens. Er hat mir sogar entsprechende Unterlagen gezeigt.“

Roderick war offenbar der junge Buchhalter.

„Hast du die Unterlagen noch?"

„Nein, die hat Roderick behalten."

Logisch.

„Und die Rennpferdebesitzer haben – laut Roderick – noch zusätzlich was davon, weil sie sich die Mehrwertsteuer erstatten lassen können."

Sie beklaute also den Staat. Sie führte die Steuer nicht ordnungsgemäß ab und ließ sie sich auch noch erstatten!

„Für welche Firma arbeitet Roderick denn?", fragte ich.

„Für keine. Er hatte damals gerade sein Studium abgeschlossen und sich selbstständig gemacht. Ich war froh, dass er so günstig für uns gearbeitet hat", erklärte meine Mutter.

„Und wie heißt Roderick mit Nachnamen?"

„Ward hieß er."

„Hieß?"

„Er ist tot", sagte meine Mutter und seufzte. „Autounfall. Vor ungefähr einem halben Jahr."

„Bist du sicher, dass er tot und nicht einfach abgehauen ist?", fragte ich. „Vielleicht ist *er* ja der Erpresser?"

„Thomas", antwortete sie. „Mach dich nicht lächerlich. Die Lokalzeitung hat über den Unfall berichtet. Natürlich bin ich sicher, dass er tot ist."

Ich hätte sie am liebsten gefragt, ob sie mit eigenen Augen Roderick Wards Leiche gesehen hatte. In Afghanistan zählten Taliban nur dann als „getötet", wenn man ihre Leiche vorweisen konnte.

„Und wie lange lief dein kleiner Trick? Wann hast du aufgehört, Steuern zu zahlen?"

„Vor knapp vier Jahren", sagte meine Mutter kleinlaut.

Vier Jahre nicht bezahlte Mehrwertsteuer bedeuteten in der Summe wahrscheinlich eine Steuerschuld von fast einer Million Pfund. Ihre Sorge, sie könnte ins Gefängnis kommen, war ganz berechtigt.

„Wer macht denn jetzt deine Buchführung?", wollte ich wissen.

„Niemand", sagte sie. „Ich hatte Angst, jemanden damit zu beauftragen."

Zu Recht, dachte ich bei mir.

„Kannst du die Steuer nicht nachzahlen?", fragte ich. „Wenn du alle Schulden begleichst und erklärst, dass dein Buchhalter dich irregeführt hat, wird dich bestimmt keiner ins Gefängnis stecken."

Meine Mutter fing wieder an zu weinen.

„Für die Nachzahlungen fehlt uns das Geld", sagte Derek an ihrer Stelle düster.

„Aber ihr müsst doch dadurch eine ganze Menge Mehreinnahmen gehabt haben. Was ist daraus geworden?“, fragte ich.

„Alles weg“, antwortete mein Stiefvater. „Wir haben ziemlich viel ausgegeben. Anfangs hauptsächlich für Urlaub. Roderick hat natürlich auch seinen Teil bekommen. Und einiges ist inzwischen an den Erpresser gegangen.“ Er hörte sich müde an. „Um ehrlich zu sein, weiß ich nicht genau, wo alles geblieben ist. Wir haben nur noch etwa fünfzigtausend auf der Bank.“

Das war immerhin ein Anfang.

„Und wie viel sind das Haus und die Ställe wert?“, fragte ich.

Meine Mutter sah mich entsetzt an.

„Liebe Mutter“, sagte ich freundlich, aber bestimmt, „wenn ich dich vor dem Gefängnis bewahren soll, müssen wir eine Möglichkeit finden, die Steuern zu bezahlen.“

„Du hast versprochen, dass du nicht zur Polizei gehst!“, jammerte sie.

„Tu ich auch nicht“, entgegnete ich. „Aber wenn du denkst, dass das Finanzamt nicht irgendwann dahinterkommt, irrst du dich gewaltig. Die prüfen nach. Und es ist besser, wir kommen zu ihnen, statt sie zu uns.“

„O Gott!“

Ich schwieg und ließ ihr Zeit, alles erst mal zu verkraften. Was für ein Schlamassel!

MEINE MUTTER und mein Stiefvater gingen um neun ins Bett, müde und erschöpft von den neuesten Ereignissen.

Ich ging auch in mein Zimmer, aber nicht um zu schlafen.

Vorsichtig zog ich meinen Stumpf aus der Beinprothese. Keine leichte Aufgabe, da ich zu viel herumgelaufen war und mein Bein jetzt wund und geschwollen war. Ich schob ein Kissen unter den Stumpf, legte mich hin und dachte nach.

Meine Mutter und mein Stiefvater steckten also bis zum Hals in Schwierigkeiten. Eigentlich war die Lösung für ihr Problem ganz einfach: das Geld auftreiben, die aufgelaufenen Steuern zahlen, eine Steuererklärung nachreichen, die Erpressung anzeigen und dann beten, dass ihnen verziehen wurde.

Als Erstes galt es also, eine Million Pfund für den Fiskus aufzubringen. Aber das war leichter gesagt als getan.

Widerstrebend hatten meine Mutter und mein Stiefvater zugegeben, dass das Haus und die Ställe etwa zweieinhalb Millionen Pfund bringen könnten. Allerdings war das Haus stark mit Hypotheken belastet, und der Stall hatte als Sicherheit für einen Geschäftskredit gedient.

Ich dachte an das kurze Gespräch zurück, das ich noch mit Derek geführt hatte, nachdem meine Mutter nach oben gegangen war.

„Wie viel freies Kapital habt ihr denn nun?“, hatte ich ihn gefragt.

„Rund fünfhunderttausend.“

Mich wunderte, dass es nicht mehr war. „Der Trainingsbetrieb hat doch sicher jahrelang gutes Geld abgeworfen.“

„So lukrativ ist das auch wieder nicht, und deine Mutter hat die Gewinne immer in den Ausbau der Ställe investiert.“

„Und wieso steckt dann so wenig freies Kapital darin?“

„Roderick hat uns geraten, mehr Kredit aufzunehmen“, erklärte er. „In Immobilien festliegendes Kapital war seiner Ansicht nach unrentabel. So würde das Geld nicht richtig für uns arbeiten, meinte er.“

„Und was hat er euch stattdessen vorgeschlagen?“

„Dass wir es in einem Investmentfonds anlegen, von dem er ganz begeistert war. Wir haben eine weitere Hypothek aufgenommen und das Geld da angelegt.“

„Es befindet sich also noch dort?“, fragte ich mit neuer Hoffnung.

„Leider ist der Fonds voriges Jahr bankrottgegangen.“

Warum wunderte mich das nicht? „Da gab’s aber doch wohl einen staatlichen Schutzschirm?“

„Leider nicht“, sagte er. „Es war so ein Fonds mit Sitz im Ausland.“

„Ein Hedgefonds?“

„Genau.“

Ich konnte es einfach nicht fassen. „Habt ihr euch denn nicht noch von anderer Seite Rat geholt? Von einem unabhängigen Finanzexperten oder so?“

„Roderick sagte, das sei nicht nötig.“

„Seid ihr denn gar nicht auf die Idee gekommen, dass Roderick falschliegen könnte?“

„Nein.“ Er schien geradezu erstaunt über die Frage. „Roderick hat uns eine Broschüre über den Fonds und seine Erfolge gezeigt. Sehr aufregend alles.“

„Und ist noch Geld übrig?“

„Wir bekamen ein Schreiben, dass sie versuchen würden, Gelder aus dem Fonds zu retten. Die Anleger würden im Erfolgsfall informiert werden.“

Das hieß dann wohl: Nein, es war nichts übrig.

„Wie viel habt ihr in diesen Hedgefonds investiert?“, fragte ich.

„Es waren eine Million US-Dollar.“

Über sechshunderttausend Pfund zum aktuellen Kurs. Es hätte zwar schlimmer sein können, aber nicht viel. Wenigstens war noch etwas Kapital im Grundbesitz übrig, wenn das auch nicht ausreichte.

„Wie steht's mit anderen Anlagen?"

„Ein paar ISAs habe ich noch", hatte er gesagt.

ISAs – Spareinlagen. Ironischerweise waren sie zum steuerfreien Sparen gedacht, durften aber ein Limit von ein paar tausend Pfund pro Jahr nicht überschreiten. Das konnte vielleicht helfen, aber allein reichte es nicht aus.

Ich fragte mich, ob der Trainingsbetrieb als solcher etwas wert war. Mit meiner Mutter als Trainerin sicher, aber dass jemand, der den Rennstall kaufte, viel für „den Betrieb" zahlen würde, bezweifelte ich. Ich musste davon ausgehen, dass der Wert des Betriebs nicht über den der Gebäude hinausging, dazu noch das Sattel- und Zaumzeug und die übrige Ausrüstung.

Ich legte mich aufs Bett und rechnete ein wenig im Kopf: Haus und Ställe brachten etwa eine halbe Million, der Betrieb vielleicht gerade so fünfzigtausend, und noch einmal fünfzigtausend lagen auf der Bank. Dazu die Spareinlagen und ein paar antike Möbel, dann fehlten uns immer noch rund vierhunderttausend Pfund.

Und von irgendwas mussten meine Mutter und Derek schließlich auch noch leben. Wo sollten sie hin und womit ihren Lebensunterhalt bestreiten, wenn die Kauri-Stallungen verkauft wurden?

Ich hatte jahrelang einen Teil meines Soldes gespart und ein hübsches Polster zusammengebracht, das mir mal als Anzahlung für ein Haus dienen sollte. Und da ich es weit vorsichtiger angelegt hatte als meine Eltern, konnte ich davon ausgehen, dass ich rund sechzigtausend Pfund in Reserve hatte.

Ob sich der Fiskus auf Ratenzahlungen einließ?

Am nächsten Morgen beschloss ich mit dem anzufangen, was auf der Hand lag. Ich wollte herausfinden, wer der Erpresser war, die Unterlagen und das Geld meiner Mutter wiederbeschaffen und reinen Tisch machen mit dem Finanzamt.

Ich wusste auch schon, wo ich mit der Suche nach dem Erpresser beginnen würde: bei Roderick Ward, dem betrügerischen Buchhalter. Da er das ganze Elend herbeigeführt hatte, galt es zunächst einmal festzustellen, wo er sich aufhielt – lebendig oder tot.

Von dem Anschluss im Wohnzimmer aus rief ich Isabella Warren an.

„Oh, hallo“, sagte sie.

„Was machst du heute?“, fragte ich.

„Gar nichts. Wie üblich.“

„Kannst du mich um zehn abholen?“

„Sagtest du nicht, du würdest dich nie mehr von mir fahren lassen?“ Sie lachte.

„Ich riskier’s noch mal“, antwortete ich. „Ich muss nach Newbury. Kann ich mit dir rechnen?“

„Klar. Um zehn bin ich da.“

Als ich in die Küche ging, kam meine Mutter gerade vom Hof herein. „Guten Morgen“, begrüßte ich sie.

„Was soll denn daran gut sein?“, fragte sie.

„Dass wir noch leben“, antwortete ich.

Sie warf mir einen Blick zu, als hätte sie mit dem Gedanken gespielt, an diesem Morgen nicht mehr aufzuwachen.

„Wir schaffen das schon“, sagte ich beruhigend.

Mit hängenden Schultern ließ sie sich auf einen Stuhl am Küchentisch sinken. „Ich bin müde“, sagte sie. „Ich kann nicht mehr. Ich habe die halbe Nacht darüber nachgedacht. Mit meinem Tod wären alle Probleme gelöst.“

„Du spinnst ja“, sagte ich. „Was soll denn zum Beispiel aus Derek werden?“

„Er hätte dann keine Probleme mehr.“

„Das siehst du falsch“, widersprach ich. „Die Steuerschuld aus dem Trainingsbetrieb müsste trotzdem bezahlt werden. Haus und Stall wären definitiv fällig. Wenn du stirbst, ist Derek nicht nur pleite, sondern allein und obdachlos. Willst du das?“

Sie schaute mir in die Augen. „Ich weiß nicht, was ich will.“

„Willst du etwa auch nicht mehr trainieren?“, fragte ich.

Statt zu antworten, ließ sie den Kopf auf die Unterarme sinken.

„Wären die Steuerprobleme gelöst und dem Erpresser das Handwerk gelegt, würdest du dann weitertrainieren wollen?“

„Wahrscheinlich“, antwortete sie. „Das ist das Einzige, was ich kann.“

„Und das kannst du sehr gut“, versuchte ich sie aufzubauen. „Jetzt erzähl mal, wie hast du denn Pharmacist am Samstag vom Siegen abgehalten?“

Sie lächelte beinahe. „Ich hab ihm Bauchweh verschafft. Hab ihm schlechtes Futter vorgesetzt. Grüne Kartoffeln.“

„Grüne Kartoffeln! Wie bist du denn darauf gekommen?“

„Das hat schon mal funktioniert. Als *er* zum ersten Mal anrief und sagte, Scientific müsse verlieren, wusste ich mir keinen Rat. Wenn ich ihn übertrainiert hätte, hätte der ganze Stall das gemerkt." Sie schluckte. „Ich musste mir was einfallen lassen. Ich war verzweifelt. Ich hatte ein paar angeschimmelte alte Kartoffeln, die grün geworden waren und keimten. Mir fiel ein, dass einer meiner Hunde mal krank geworden war, nachdem er so eine Kartoffel gefressen hatte. Also hab ich sie geschält und die Schalen püriert. Das hab ich Scientific dann einfach in den Rachen geschüttet in der Hoffnung, dass es ihm schlecht bekommt."

„Und das hat funktioniert?"

„Irgendwie schon, nur dass der Ärmste dann wirklich gelitten hat. Pferde können sich ja nicht übergeben, es musste also alles verdaut werden. Ich hatte wirklich Angst, dass er stirbt. Beim nächsten Mal habe ich weniger genommen."

„Und es hat trotzdem noch funktioniert?"

„Ja. Aber bei Pharmacist habe ich vor lauter Angst wieder mehr genommen. Ich hatte befürchtet, die Kartoffeln seien nicht grün und nicht faul genug, weil ich noch welche dazugekauft hatte."

„Und wie oft hast du das insgesamt gemacht?"

„Nur sechsmal." Das kam beinahe entschuldigend. „Aber Perfidio hat trotz Kartoffelschalen gesiegt. Hat ihm anscheinend überhaupt nichts ausgemacht."

Wäre die britische Rennsportbehörde wohl je darauf gekommen, auf pürierte, vergammelte Kartoffelschalen zu testen?

Irgendwie bezweifelte ich das.

Isabella fuhr mich zuerst zur Stadtbücherei von Newbury. Ich wollte im Archiv nachsehen, was in der Lokalzeitung über den mutmaßlichen Tod von Roderick Ward stand.

Auf Seite drei der *Newbury Weekly News* vom Donnerstag, den 16. Juli, wurde ausführlich über den Unfall berichtet:

> Erneut tödlicher Unfall an Gefahrenpunkt
> Einmal mehr untersucht die Polizei einen tödlichen Unfall an einer der gefährlichsten Stellen im Straßennetz von Oxfordshire. Roderick Ward (33) wurde am Montagmorgen gegen acht Uhr tot in seinem Wagen aufgefunden. Die Polizei nimmt an, dass Mr Ward mit seinem dunkelblauen Renault in den frühen Morgenstunden von der Straße abgekommen ist, nachdem er in einer der Kurven der A415 bei Standlake die Kontrolle über das Fahrzeug verloren hatte. Vermutlich prallte der Renault gegen eine Brückenbegren-

> zung und stürzte dann in den Fluss. Da der Wagen sich fast vollständig unter Wasser befand, wird angenommen, dass Mr Ward ertrunken ist. Das Verfahren zur Feststellung der Todesursache wurde Dienstag im Gerichtshof von Oxford eröffnet und vertagt.

Ich nutzte die Suchfunktion des Bibliothekscomputers, um zu sehen, ob Roderick Ward irgendwo sonst noch in den *Newbury Weekly News* erwähnt wurde. Zu seinem Tod gab es nichts, aber drei Monate vorher fand sich ein kurzer Artikel. Ein Roderick Ward aus Oxford hatte sich vor dem Amtsgericht Newbury schuldig bekannt, ein Wohnhaus in Hungerford mutwillig beschädigt zu haben. Ein Polizeibeamter hatte beobachtet, wie er einen Ziegelstein in das Fenster eines Hauses in der Willow Close warf. Er wurde dazu verurteilt, dem Hauseigentümer für die zerbrochene Scheibe und Schmerzensgeld in Höhe von zweihundertfünfzig Pfund zu zahlen. Leider fehlten nähere Einzelheiten.

Ich durchsuchte noch einmal das Register, fand jedoch nichts über die gerichtliche Untersuchung zum Tod Roderick Wards. Dafür musste ich wahrscheinlich ins Archiv der *Oxford Mail* oder der *Oxford Times*.

„Und jetzt?“, fragte Isabella, als wir wieder in ihren Golf stiegen.

„Nach Hungerford. Willow Close.“

Isabella sah mich prüfend an, verkniff sich jedoch die Frage, was ich in Hungerford wollte. Sie ließ den Wagen an und lenkte ihn vom Parkplatz der Bibliothek auf die Straße.

DIE STRASSE mit Namen Willow Close fanden wir schließlich am Südwestrand der Stadt mitten in einer Wohnsiedlung mit etwa zwanzig kleinen Einfamilienhäusern.

„Welche Nummer?“, fragte Isabella.

„Keine Ahnung. Jemand hat bei einem dieser Häuser ein Fenster mit einem Ziegelstein eingeschmissen, und ich möchte mich gern mit den Leuten unterhalten, deren Fenster eingeworfen wurde.“

„Wieso denn?“, fragte sie. „Was soll das alles?“

Eine gute Frage. Von Roderick Ward wollte ich Isabella nicht unbedingt erzählen, vor allem weil ich nicht vorhatte, die Steuerprobleme meiner Mutter vor ihr auszubreiten.

„Der junge Mann, der beschuldigt wird, den Stein geworfen zu haben, gehört zu meiner Einheit“, log ich. „Ein Offizier hat für seine Soldaten da zu sein, und ich habe ihm versprochen, dass ich der Sache nachgehe.“

Das schien ihr zu genügen. „Und wie lautete der Name von dem, dessen Fenster eingeschmissen wurde?“

„Weiß ich leider nicht."

„Und du hast auch keine Adresse", stellte sie fest.

„Nein", gab ich zu, „aber laut Lokalzeitung war es in der Willow Close, Hungerford."

„Na gut", sagte sie, „dann fragen wir jemanden."

Wir stiegen aus. „Zuerst bei Nummer sechzehn", sagte ich und zeigte auf eines der Häuser. „Da haben sich die Gardinen bewegt, als wir angekommen sind. Vielleicht passen die auf, was sich hier so tut."

„Ich kaufe nichts!", rief eine Frau durch die Tür von Haus Nummer sechzehn; offenbar war sie schon älter. „Von Vertretern kauf ich nie was."

„Wir haben nichts zu verkaufen!", rief ich zurück. „Wir möchten Ihnen nur ein paar Fragen stellen."

„Mit Religion hab ich's auch nicht", kam es von drinnen.

„Können Sie sich erinnern, dass jemand hier in der Nachbarschaft mit einem Ziegelstein ein Fenster eingeschmissen hat?", fragte ich.

„Das war hinten am Ende der Straße."

„Welches Haus?", fragte ich, noch immer durch die geschlossene Tür.

„Das von George Sutton. Die Nummer weiß ich nicht. Gehen Sie jetzt!"

„Danke!", rief ich der Frau laut durch die Tür zu. „Einen schönen Tag noch."

Wir gingen zum Golf zurück und fuhren zum Ende der Straße.

„Welches Haus nehmen wir?", fragte ich, als wir anhielten.

„Erst mal das mit dem Wagen in der Einfahrt", entschied Isabella.

Wir gingen den Weg hinauf und klingelten. Eine junge Frau mit einem Baby im Arm kam an die Tür.

„Kann ich Ihnen helfen?", fragte sie.

„Guten Tag", übernahm Isabella das Sprechen. „Wir suchen einen Mr Sutton."

„Den alten Sutton oder seinen Sohn?", fragte die junge Frau hilfsbereit.

„Einen von beiden", sagte Isabella.

„Der alte Sutton ist in ein Seniorenheim gegangen", antwortete die Frau. „Sein Sohn kommt manchmal vorbei und holt seine Post ab."

„Seit wann ist Mr Sutton im Altersheim?", fragte ich.

„Seit kurz vor Weihnachten."

„Wissen Sie, in welchem Heim er ist?", fragte ich sie.

„Leider nicht." Sie schüttelte den Kopf.

„Erinnern Sie sich an die Sache mit dem eingeworfenen Fenster bei ihm?"

„Davon habe ich gehört, aber das war, bevor wir hergezogen sind“, entgegnete sie. „Wir sind erst seit etwa acht Monaten hier.“

„Wissen Sie, wie ich mich mit Mr Suttons Sohn in Verbindung setzen kann?“, fragte ich sie.

„Moment. Irgendwo hab ich seine Telefonnummer.“ Sie verschwand im Haus und kam bald mit einer Visitenkarte wieder. „Hier“, sagte sie. „Fred Sutton.“ Sie las seine Telefonnummer vor, und Isabella schrieb sie auf. „Er ist nur schwer zu erreichen. Er macht Schichtarbeit.“

„Danke. Ich versuch's trotzdem“, sagte ich. „Was macht er denn?“

„Er ist bei der Polizei“, sagte sie. „Bei der Kripo.“

„WIESO willst du diesen Fred Sutton denn auf einmal nicht mehr anrufen?“, verlangte Isabella zu wissen. Wir saßen wieder im Wagen und waren von der Willow Close in die Stadtmitte von Hungerford gefahren.

„Ich muss die Polizei raushalten.“

„Wieso das denn, um Himmels willen?“, fragte sie überrascht.

„Es geht eben nicht“, antwortete ich. „Ich habe dem jungen Soldaten versprochen, nicht mit der Polizei zu reden.“

„Aber wieso nicht?“, fasste sie nach.

Ich sah sie an. „Es tut mir wirklich leid, aber ich kann dir den Grund nicht sagen.“

„Das ist doch lächerlich.“ Sie war sichtlich verärgert. „Es ist wohl besser, wenn ich dich jetzt nach Hause bringe.“

„Ja, vielleicht“, sagte ich.

Die Chance auf einen „Bonus“ hatte sich soeben deutlich verringert.

ICH VERBRACHTE den Nachmittag im Büro meiner Mutter am Computer. Via Onlinedienst der *Oxford Mail* suchte ich Berichte über gerichtliche Untersuchungen. Es gab Tausende.

Ich fügte den Namen Roderick Ward hinzu, und schon hatte ich's – einen kurzen Bericht in der Ausgabe vom Mittwoch, den 15. Juli. Aber da ging es nur um die Eröffnung und Vertagung des Verfahrens unmittelbar nach dem Unfall.

Das eigentliche Verfahren stand wohl noch an. Der Kurzbericht enthielt jedoch ein interessantes Detail. Der *Oxford Mail* zufolge war Roderick Wards Leiche von seiner Schwester, der ebenfalls aus Oxford stammenden Mrs Stella Beecher, identifiziert worden.

Vielleicht war Mr Roderick Ward also wirklich tot.

4

Um Punkt neun Uhr am Dienstagabend erhielt meine Mutter eine neue Erpresserforderung.

Wir saßen gerade am Küchentisch und quälten uns wieder einmal durch ein gemeinsames Abendessen, als das Telefon klingelte. Meine Mutter und mein Stiefvater schraken hoch.

„Neun Uhr", sagte mein Stiefvater. „Der ruft immer genau um neun an."

Ich stand auf, um ans Telefon zu gehen.

„Nein!", schrie meine Mutter. „Ich mach das!" Sie schob sich an mir vorbei und schnappte sich den Hörer.

„Hallo?", meldete sie sich zögernd. „Ja, hier Mrs Kauri." Etwa eine Minute lang lauschte sie in den Hörer. „Ja. Verstanden", sagte sie schließlich und legte auf. „Scientific in Newbury, am Samstag."

„Er soll verlieren?", fragte ich.

Sie nickte. „Im Game-Spirit-Rennen."

Leichenblass kehrte sie zu ihrem Stuhl zurück und ließ sich darauf niedersinken.

„Was für Chancen rechnest du Scientific denn überhaupt aus?", fragte ich.

„Ziemlich gute", sagte sie. „Er ist zwar noch ein Anfänger, aber er würde es schaffen." Sie fiel noch etwas mehr in sich zusammen. „Das ist verdammt unfair gegenüber dem Pferd. Wenn ich ihn noch mal krank mache, kann das für ihn das Ende als Rennpferd bedeuten. Weil er danach dann alle Rennen mit Übelkeit in Verbindung bringen wird."

„Merkt er sich das wirklich?", fragte ich.

„Aber ja", antwortete sie. „Schon viele gute Steepler von mir waren daheim Dauerschlafmützen, sind aber auf der Rennbahn gesaust wie der Wind, weil es ihnen da gefallen hat. Vor Jahren hatte ich mal einen Braunen namens Butterfield, der ist nur in Sandown gut gelaufen." Im Gedanken daran schmunzelte sie. „Sandown war für ihn das Größte. Das hat er sich eindeutig gemerkt."

Für einen Moment offenbarte sich, warum meine Mutter eine so gute Trainerin war. Sie liebte ihre Pferde und sprach mit echter Zuneigung von ihnen.

„Aber Scientific ist kein todsicherer Tipp wie Pharmacist vorige Woche in Cheltenham?"

„Nein", erwiderte sie. „Da ist noch ein anderer klasse Steepler im Rennen, Sovereign Owner, aber wir könnten ihn schlagen, glaube ich. Und Newark

Hall ist vielleicht auch dabei. Der kommt von Ewen und dürfte gute Chancen haben."

„Ewen?", fragte ich.

„Ewen Yorke", antwortete sie. „Trainer aus dem Ort. Hat ein paar richtig gute Pferde dieses Jahr. Die aufstrebende junge Konkurrenz."

„Der sichere Sieger ist Scientific also keineswegs?", fragte ich.

„Er müsste eigentlich gewinnen", betonte sie noch einmal. „Außer er rutscht ins Crossfire."

„Crossfire? Was ist das denn?"

„Das bedeutet Kreuzgalopp, also wenn ein Pferd im Galopp vorn mit einem anderen Bein ausgreift als hinten", erklärte sie.

„Aha", sagte ich, so klug wie zuvor. „Und das macht Scientific?"

„Manchmal, aber in letzter Zeit nicht mehr."

„Also auch im Fall, dass Scientific nicht über Kreuz galoppiert, wäre niemand sonderlich überrascht, wenn er nicht siegt?"

„Genau", stimmte sie bei. „Eine Enttäuschung wär's, aber keine Überraschung."

„Dann brauchen wir also nur dafür zu sorgen, dass er am Samstag nicht siegt. Wir müssen ihn aber nicht gleich so krank machen, dass ihm die Rennen auf immer verleidet sind. Wie wär's zum Beispiel, wenn du ihn am Freitag etwas härter rannimmst, damit er am Samstag schlapp ist?"

„Ich hab dir schon einmal gesagt, dass man das bemerken würde", erklärte meine Mutter. „Es gibt immer Leute, die den Pferden beim Training zusehen. Medienvertreter, aber auch die Beobachter der Wettbüros. Die merken sofort, wenn ich Scientific am Freitag mehr als nötig abverlange."

„Kannst du nicht dafür sorgen, dass sich der Sattel lockert oder so?"

„Dann würde doch der Jockey vom Pferd fallen!" Sie schüttelte den Kopf. „Nein, das kann ich nicht machen."

„Und wenn man die Zügel ein wenig anschneidet, sodass sie während des Rennens entzweigehen? Ein Jockey, der nicht lenken kann, kann ja wohl nicht siegen."

„Ich würde mich zum Gespött machen", meinte sie unglücklich. „Kauri-Pferde treten nicht mit minderwertigem Riemenzeug an."

„Wäre dir Gefängnis wegen Steuerhinterziehung lieber, als ausgelacht zu werden?"

„Thomas hat recht, Liebling", schaltete sich mein Stiefvater in das Gespräch ein.

„Abgemacht also", sagte ich. „Wir schauen, ob wir seine Zügel so präparieren können, dass sie während des Rennens reißen."

„Wenn du meinst", sagte meine Mutter widerstrebend.

„Auf jeden Fall", bekräftigte ich. „Das wäre die erste Entscheidung."

„Und was für Entscheidungen willst du sonst noch treffen?"

„Nichts Bestimmtes im Moment", erwiderte ich. „Aber ein paar Fragen hätte ich noch. Erstens: Wann ist deine nächste Umsatzsteuer fällig?"

„Du weißt doch, ich zahle keine Umsatzsteuer", antwortete meine Mutter.

„Der Stall muss aber doch wegen der Rechnungen fürs Futter, fürs Sattelzeug und was weiß ich nicht alles eine Umsatzsteuernummer haben. Und sind die Rennstartgebühren nicht auch umsatzsteuerpflichtig?"

„Roderick hat unsere Umsatzsteuernummer zurückgezogen", sagte sie.

Wäre Roderick nicht schon tot gewesen, hätte ich ihm den Hals umgedreht.

„Was ist mit deinen anderen Steuererklärungen – privat und für den Trainingsbetrieb? Wann sind die fällig?"

„Das hat alles Roderick erledigt."

„Ja, aber wer hat sie denn gemacht, seit Roderick tot ist?", fragte ich verzweifelt.

„Niemand", sagte sie.

„Wo sind deine Steuerunterlagen?", fragte ich.

„Die hatte Roderick."

„Du wirst aber doch Kopien von deinen Steuererklärungen haben, oder?", beharrte ich.

„Die könnten in einem der Aktenschränke im Büro sein."

Mich wunderte, wie jemand, der so hervorragend das Training von zweiundsiebzig Rennpferden organisierte, in Gelddingen so unbedarft sein konnte.

Ich war mir ziemlich sicher, dass die Steuererklärungen meiner Mutter, wie die aller anderen britischen Selbstständigen, spätestens am 31. Januar hätten eingereicht werden müssen.

Ich blickte zum Kalender an der Wand über ihrem Schreibtisch. Es war der 9. Februar. Da bei dem Termin keine Ausnahmen gemacht wurden, hatte sie bereits einen Säumniszuschlag am Hals plus die Verzugszinsen für die verspätete Zahlung.

Ich sah auf der Webseite der Finanzverwaltung nach, und tatsächlich: Zu den hundert Pfund Bußgeld kamen die Zinsen für die geschuldete Steuer. Vom ersten März an würden zusätzlich zu den Zinsen noch einmal fünf Prozent der Steuerschuld draufgeschlagen.

Lange würde es nicht mehr dauern, bis das Finanzamt knifflige Fragen nach den Einkünften meiner Mutter stellen würde. Wie viel Zeit mir blieb, Ordnung in das Chaos zu bringen, wusste ich nicht; sicher wenig.

Ich dachte an meine eigenen Steuerangelegenheiten. In absehbarer Zeit würde ich vom Entschädigungsfonds der Streitkräfte einen steuerfreien Pauschalbetrag von knapp hunderttausend Pfund erhalten. Dieses Geld half meiner Mutter vielleicht, das Finanzamt noch ein wenig hinzuhalten. Aber ob es noch rechtzeitig eintreffen würde?

Ich durchforstete die Aktenschränke im Büro und fand schließlich die Steuererklärung vom Vorjahr – abgelegt unter „R" für Roderick. Wo sonst?

Die Steuererklärung war ein Kunstwerk. Sie zeigte eindeutig, dass meine Mutter nur ein geringes persönliches Einkommen hatte, das weit unter dem steuerpflichtigen Minimum lag. Demnach brachte ihr der Rennstall monatlich gerade einmal zweihundert Pfund ein.

Die Steuererklärung war, vermutlich zur Irreführung, nicht im Namen von Josephine Kauri und nicht einmal unter ihrer Anschrift in Lambourn abgefasst, sondern unter Banbury Drive 26, Oxford. An den typischen Schnörkeln erkannte ich jedoch die Unterschrift meiner Mutter. Sie hatte mit Jane Philips, ihrem rechtmäßigen Namen, unterschrieben.

Im selben Aktenschrank fand ich auch die Körperschaftssteuererklärung für die Kauri-Stallungen vom Vorjahr. Da sie vom vorigen Mai datiert war, hatten wir wenigstens noch etwas Luft, bis die nächste ins Haus stand.

Ich sah sie mir genauer an. Wie konnte meine Mutter zweitausend Pfund Erpressergeld die Woche erübrigen, wenn sie laut Steuererklärung privat nur zweieinhalbtausend Pfund im Jahr zur Verfügung hatte? Und ihr Stall trotz der von ihr einbehaltenen Mehrwertsteuer so wenig abwarf, dass sie nur eine dreistellige Summe an Steuern abführte?

Leider fand ich keine Unterlagen über die Gewinne der Firma Kauri mit Sitz in Gibraltar. Nirgendwo gab es einen Hinweis darauf. Zwischen den Steuererklärungen entdeckte ich jedoch ein anderes interessantes Schreiben. Ein Fondsverwalter hieß meine Mutter und meinen Stiefvater im erlauchten Kreis derjenigen willkommen, die ihr Geld in seinem Fonds anlegten. Der Brief war drei Jahre alt und von einem Mr Anthony Cigar von der Rock-Bank Ltd. in Gibraltar unterzeichnet.

Mr Cigar hatte zwar nicht direkt den Begriff „Hedgefonds" verwendet, doch aus seinem Brief und der beigefügten Gebührenaufstellung ging hervor, dass er einen solchen verwaltet hatte.

Ich setzte mich an den Schreibtisch meiner Mutter und suchte im Internet nach der Rock-Bank. Die Webseite der Bank befand sich aber gerade im Aufbau und konnte nicht angezeigt werden.

Ich ging auf die Seite des *Gibraltar Chronicle,* der in der Suchmaschine als Treffer für die Rock-Bank angezeigt wurde. Die Zeitung berichtete, dass im vergangenen September ein britisches Liquidatorenteam von Parkin & Cleeve Ltd. im Auftrag mehrerer um ihr Geld gebrachter Klienten gegen die einzelnen Direktoren der Rock-Bank Gibraltar Ltd. geklagt hatte. Die Direktoren wurden in dem Bericht nicht namentlich genannt, und der *Gibraltar Chronicle* hatte keine Stellungnahme vonseiten der Bank bekommen können. Das verhieß nichts Gutes für die dort angelegte Dollarmillion meiner Mutter.

Ich gähnte und sah auf die Uhr. Es war zehn vor zwölf, meine Mutter und Derek lagen längst im Bett.

Ich löschte das Licht im Büro und ging nach oben.

Mein erster Tag als „Hausdetektiv" war nicht ganz nach Wunsch verlaufen. Ich hoffte, morgen würde es besser gehen.

Nach dem Frühstück am nächsten Morgen ging ich auf die Suche nach Ian Norland.

„Aha, immer noch hier?", fragte er, als ich ihn in der Futterkammer fand.

„Sieht wohl so aus", antwortete ich.

Schweigend sah ich ihm zu, wie er Hafer aus einem Vorratsbehälter in ein paar Blechschüsseln schüttete.

„Mit Ihnen rede ich nicht mehr", sagte er. „Letztes Mal hat mich das fast den Job gekostet."

„Inzwischen hat sich einiges geändert. Meine Mutter und ich stehen jetzt auf derselben Seite."

„Das möchte ich lieber von ihr hören, wenn's recht ist."

„Sie ist gerade in der Küche", meinte ich. „Fragen Sie sie, denn ich muss mit Ihnen reden."

Widerwillig lief er in Richtung Haus. Ich hoffte, dass meine Mutter ihn nicht gleich wieder zusammenstauchte.

Als er fort war, ging ich nach nebenan in die Sattelkammer. Sehr ordentlich alles und umgeben von einem intensiven Geruch nach Leder. An der linken Wand hingen etwa zwanzig Sattelhalter, die Hälfte davon mit Sätteln. Rechts waren Kleiderhaken voller Zaumzeug. Genau das hatte ich gesucht.

Während ich mir alles genauer ansah, kam ein Stalljunge herein und nahm einen Sattel vom Halter und Zaumzeug vom Haken.

„Gehört jedes Zaumzeug zu einem bestimmten Pferd?", fragte ich ihn.

„Nein, normalerweise nicht. Nur die Pfleger benutzen immer dieselben, und ein paar sind übrig."

„Werden die Sättel auch auf der Rennbahn benutzt?"

„Nee. Die Jockeys haben ihre eigenen Sättel."

„Und eigenes Zaumzeug?"

„Nein. Wir haben spezielles Zaumzeug für die Rennbahn. Das verwahrt Jack in der Rennsattelkammer."

„Wer ist Jack?", fragte ich.

„Der, der für die Reiseausrüstung zuständig ist." Er hielt inne. „Wer sind Sie denn überhaupt?"

„Der Sohn von Mrs Kauri."

„Ah ja." Er warf einen Blick auf mein rechtes Bein. „Hab gehört, dass Sie hier sind."

„Wo ist die Rennsattelkammer?", fragte ich ihn.

„Auf der anderen Seite", sagte er und wies auf einen Punkt hinter der gegenüberliegenden Wand.

„Danke, Declan", sagte meine Mutter, die gerade hereinkam. „Und nun zurück an die Arbeit."

Declan lief rot an und hastete mit Sattel und Zaumzeug unterm Arm davon.

„Ich wäre dir dankbar, wenn du mein Personal nicht so aushorchen würdest", sagte sie zu mir.

Ich ging an ihr vorbei und zog die Tür der Sattelkammer zu.

„Mutter", erwiderte ich förmlich, „wenn du möchtest, dass ich gehe, tue ich das auf der Stelle." Sie wollte etwas sagen, doch ich schnitt ihr das Wort ab. „Wenn du dir aber von mir helfen lässt, kann ich dich vielleicht vor dem Gefängnis bewahren."

Sie stand mit zusammengepressten Lippen vor mir. In diesem Moment öffnete Ian Norland die Tür und betrat den Raum.

„Ian", sagte meine Mutter. „Sie dürfen meinem Sohn gegenüber ganz offen sein. Beantworten Sie ihm bitte alle Fragen und seien Sie ihm in jeder Weise behilflich."

Damit drehte sie sich abrupt um und marschierte hinaus.

„Ich hab Ihnen ja schon gesagt, dass hier was Komisches vor sich geht", meinte Ian. „Ich antworte Ihnen auf alles, aber verlangen Sie nicht, dass ich Ihnen bei irgendetwas helfe, das ungesetzlich ist."

„Habe ich nicht vor", entgegnete ich. „Versprochen."

Ich hoffte, auch dieses Versprechen einhalten zu können.

Für mich sah das Zaumzeug in der Rennsattelkammer genauso aus wie jedes andere. Ian versicherte mir jedoch, es sei neuer und von besserer Qualität. Zaum und Zügel waren vorwiegend aus Leder gefertigt, teilweise jedoch auch mit Metall und Gummi versehen.

„Hat jedes Rennpferd sein eigenes Zaumzeug?“, fragte ich.

„An Renntagen schon“, antwortete Ian. „Das suchen wir dann aus den fünfzehn Rennzäumen hier aus.“

„Nehmen wir mal zum Beispiel Scientific, der am Samstag in Newbury läuft“, sagte ich. „Trägt er da einen bestimmten Zaum?“

Ian sah mich misstrauisch an. „Nein“, erwiderte er. „Jack nimmt irgendeinen davon.“ Er wies mit einer Handbewegung auf die fünfzehn Zäume an den Haken.

So einfach, wie ich mir das vorgestellt hatte, war es offensichtlich doch nicht, vor dem Rennen am Samstag Scientifics Zaumzeug anzusäbeln.

„Was ist mit diesen speziellen Nasenriemen?“, fragte ich weiter. „Wieso tragen manche Pferde im Wettkampf welche mit Lammfell?“

„Das hilft den Trainern, ihre Pferde besser zu erkennen“, sagte Ian. „Die Dressfarben sieht man ja nicht so gut, wenn die Pferde direkt auf einen zukommen, schon gar nicht, wenn Dreck aufgewirbelt wird.“

„Tragen alle Pferde meiner Mutter welche?“

„Nicht alle“, sagte er. „Und nicht immer. Wenn ein Pferd dazu neigt, beim Laufen den Kopf hochzunehmen, setzen wir sie manchmal ein.“

„Wieso?“

„Hält das Pferd beim Laufen den Kopf zu hoch, sieht es die Hindernisse nicht richtig, und wenn der Jockey dann die Zügel anzieht, hebt es ihn höher, statt den Kopf wie vorgesehen zu senken. Also legen wir ihm ein dickes Stück Lammfell an, damit es den Kopf runternehmen muss, um zu sehen, wo es hinläuft.“

„Erstaunlich“, erwiderte ich. „Und das funktioniert?“

„Ja, natürlich“, antwortete er beinahe beleidigt. „Sonst würden wir's nicht machen. Manchmal nehmen wir auch einen sogenannten Australischen Nasenriemen, damit das Mundstück höher kommt, da kriegt das Pferd dann nicht mehr die Zunge drüber.“

„Ist das wichtig?“, fragte ich.

„Unter Umständen“, erklärte Ian. „Wenn die Zunge über das Mundstück geschoben wird, kann sie gegen den Gaumen und auf die Luftröhre drücken, sodass das Pferd nicht mehr richtig atmen kann.“

Offensichtlich gab es im Pferdetraining so einiges, was ich noch lernen musste.

„Ich glaube, du musst noch mal auf deine pürierten grünen Kartoffelschalen zurückgreifen“, sagte ich zu meiner Mutter, als ich wieder in die Küche kam.

„Wieso?“

„Weil ich nicht weiß, wie wir es anstellen sollen, dass bei dem Rennen am Samstag die Zügel reißen, wenn gar nicht feststeht, welchen Zaum Scientific bekommt.“

„Ich frage Jack“, meinte sie.

„Das wäre etwas auffällig“, wandte ich ein. „Kannst du ihm nicht vielleicht Zaumzeug mit einem Lammfell-Nasenriemen verpassen?“

„Das nützt nichts“, sagte sie. „Wir befestigen das Lammfell einfach mit Klettband an einem normalen Zaum.“

„Was ist mit einem Australischen Nasenriemen?“

„Das ginge wohl. Dann bekäme er den einzigen Zaum, den wir damit ausgestattet haben.“

„Gut“, sagte ich. „Den musst du mir aber später zeigen, wenn Ian und Jack weg sind. Und sieh zu, dass nur Scientific diese Woche damit läuft.“

Das Telefon klingelte. Ich ging ran.

„Tag, Tom. Hast du Lust, morgen mit uns zu Abend zu essen?“ Es war Isabella. „So gegen halb acht bei uns. Ganz zwanglos. Ich bin in Jeans. Es ist nur ein kleines Essen mit Freunden, in der Küche.“

„Okay. Danke. Ich bringe was zu trinken mit.“

„Hervorragend“, sagte sie. „Dann bis morgen.“ Sie legte auf.

„Fährst du heute zum Pferderennen?“, fragte ich meine Mutter.

„Nein. Meine Pferde laufen heute nicht.“

„Dann kannst du mir ja nach dem Mittagessen, wenn die Stallleute weg sind, den Zaum für Scientific zeigen.“

„Meinst du wirklich, du kannst ihn so präparieren, dass die Zügel während des Rennens reißen?“, fragte sie.

„Ich denke, es könnte klappen. Die Lederzügel haben einen angenähten rutschfesten Gummiüberzug wie Tischtennisschläger. Das Gummi ist dünn und nicht besonders fest. Wenn ich das Leder unter dem Gummi anschneiden könnte, wäre davon nichts zu sehen, und die Zügel würden reißen, wenn der Jockey während des Rennens daran zieht.“

„Das finde ich aber sehr riskant“, meinte sie.

„Möchtest du es lieber mit deiner Kartoffelschalensuppe versuchen?“

„Nein“, sagte sie entschieden. „Danach wäre das Pferd nicht mehr zu gebrauchen.“

„Okay. Dann zeig mir, welchen Zaum Scientific bekommt, und ich übernehme den Rest.“

Ging ich damit zu weit? War das Beihilfe nicht nur zur Steuerhinterziehung, sondern auch noch zum Wettbetrug? Ja. In beiden Punkten schuldig.

Am Donnerstagmorgen unternahm ich eine Fahrt nach Oxford.

Banbury Drive lag in Summertown, einem Vorort im Norden der Stadt, und Nummer sechsundzwanzig gehörte zu einer Doppelhausreihe aus den Fünfzigerjahren. Das war die Adresse von Mrs Jane Philips, meiner Mutter, die Roderick Ward in ihrer Steuererklärung angegeben hatte.

Ich stellte meinen Jaguar ein Stück entfernt ab, ging zu dem Haus und klingelte.

Obwohl ich keine bestimmten Erwartungen hatte, war ich doch etwas überrascht, als ein älterer Mann die Tür öffnete.

„Was wollen Sie?“, fuhr er mich durch den Spalt an.

„Wohnt hier ein Mr Roderick Ward?“, fragte ich.

„Nie gehört“, sagte der Mann. „Jetzt gehen Sie.“

Die Tür begann sich zu schließen.

„Er ist im Juli tödlich mit dem Auto verunglückt“, erklärte ich rasch. „Er hatte eine Schwester namens Stella“, sagte ich laut. „Stella Beecher.“

Die Tür öffnete sich wieder ein wenig.

„Kennen Sie Stella?“, fragte ich.

„Eine Frau namens Stella bringt mir mein Essen auf Rädern“, erwiderte er.

„Um welche Zeit?“ Es war kurz vor zwölf.

„Gegen eins.“

„Danke, Sir“, sagte ich förmlich. „Und wie ist Ihr Name, bitte?“

„Sind Sie von der Stadt?“, fragte er.

„Genau“, sagte ich.

„Dann dürften Sie ja wohl wissen, wie ich heiße“, meinte er und schlug mir die Tür vor der Nase zu.

Ich blieb eine Weile auf dem Gehsteig stehen, doch es war kalt, und ich flüchtete mich ins Auto, ließ den Motor an und drehte die Heizung auf.

Beinahe hätte ich darüber die Essenslieferung für den alten Herrn verpasst.

Ein dunkelblaues Auto hielt vor dem Haus, eine Frau sprang heraus und eilte mit einem in Alufolie eingeschlagenen Tablett zur Tür. Sie klingelte nicht, sondern schloss mit einem eigenen Schlüssel auf. Sekunden später kam sie wieder heraus und eilte in ihren Wagen, bevor ich aus meinem überhaupt ausgestiegen war.

Ich trat mitten auf die Straße, sodass sie nicht an mir vorbeikam, ohne mich umzufahren. Ich hob die Hand wie ein Polizist zum Stoppsignal.

„Ich hab's eilig!", rief sie.

„Ich müsste Sie nur kurz was fragen!", rief ich zurück.

Das Fenster öffnete sich ein Stück.

„Sind Sie Stella Beecher?", erkundigte ich mich, an den Wagen herantretend.

„Nein", antwortete sie.

„Der alte Herr hat gesagt, Stella würde ihm sein Essen bringen."

Sie lächelte. „Er nennt uns alle Stella. Früher kam mal eine Stella zu ihm, aber die war jetzt schon Monate nicht mehr da." Die Frau sah auf ihre Uhr. „Entschuldigen Sie, ich muss los. Die alten Herrschaften mögen es nicht, wenn ihr Essen zu spät kommt."

„Wie heißt er?", fragte ich, mit einer Kopfbewegung zum Haus hin.

„Mr Horner", erwiderte sie. „Ein alter Giftzwerg ist das. Jetzt muss ich mich aber sputen." Sie jagte den Motor hoch und sauste davon.

Ich ging die Zufahrt zu Nummer sechsundzwanzig wieder hinauf und klingelte. Keine Reaktion. Ich bückte mich und rief durch den Briefschlitz: „Mr Horner! Ich müsste Ihnen ein paar Fragen stellen."

„Verschwinden Sie. Ich esse gerade."

„Es geht ganz schnell. Es geht um Ihre Post."

„Was ist mit meiner Post?", fragte er und öffnete die Tür einen Spaltbreit.

„Bekommen Sie manchmal Post mit dem Namen anderer Leute darauf?", fragte ich.

„Kommt vor, ja", bestätigte er. „Stella nimmt sie mit."

„Heute auch?", fragte ich, wohl wissend, dass die Dame, die er Stella nannte, nichts mitgenommen hatte.

„Nein", entgegnete er.

„Haben Sie noch welche dieser Briefe da?"

„Jede Menge."

„Soll ich die vielleicht mitnehmen?", fragte ich.

Die Tür öffnete sich ganz. „Da sind sie drin", sagte er und wies auf einen Pappkarton am Boden.

Ich blickte hinein. Mindestens dreißig Briefe verschiedener Größe lagen darin.

„Ich habe schon überlegt, was ich damit machen soll", meinte er. „Das meiste liegt schon Monate hier. Stella nimmt anscheinend nichts mehr mit."

Ohne noch einmal zu fragen, bückte ich mich und nahm den Inhalt des Kartons heraus. „Denken Sie an Ihr Mittagessen", sagte ich, bereits halb auf dem Weg zum Wagen. „Nicht dass es kalt wird."

„Oh", sagte er. „Stimmt ja. Wiedersehen." Er schloss die Tür, und ich setzte mich in meinen Wagen und brauste davon, ehe er sich die vergangenen Minuten noch einmal durch den Kopf gehen lassen konnte.

DEN NACHMITTAG verbrachte ich auf meinem Zimmer und gab mich am Telefon als Beamter für Rentenangelegenheiten aus. Mithilfe des Branchenverzeichnisses rief ich Seniorenheime an und behauptete, mich nach dem Befinden eines Mr George Sutton erkundigen zu wollen. Mein Anliegen als Beamter der Rentenanstalt sei es festzustellen, ob Mr Sutton noch lebe und Anspruch auf Fortzahlung seiner Bezüge habe.

Nach rund fünfzig vergeblichen Anrufen war ich drauf und dran aufzugeben, da teilte mir jemand vom Pflegeheim „Silver Pines" in der Newbury Road in Andover mit, dass Mr George Sutton in der Tat noch quicklebendig sei, dass seine Pflege hauptsächlich über seine Rente finanziert würde und dass ich gut beraten sei, die Finger davon zu lassen.

Danach wandte ich mich der in Banbury Drive 26 eingegangenen Post zu.

Insgesamt hatte Mr Horner zweiundvierzig Sendungen gesammelt, aber das meiste davon war Werbepost. Sechs Briefe jedoch weckten mein Interesse. Drei waren an Mr R. Ward adressiert, ein vierter an Mrs Jane Philips, meine Mutter, und die beiden anderen an Mrs Stella Beecher, alle Adressaten vermeintlich wohnhaft in Banbury Drive 26, Oxford.

Zwei der Briefe an Roderick Ward waren lediglich Rundschreiben mit allgemeinen Informationen über neue Steuertarife und gaben wenig her. Der dritte jedoch kam von Mr Anthony Cigar von der Rock-Bank Gibraltar Ltd., der die Schließung des Anlagefonds förmlich bestätigte und auf das anstehende Verfahren am Konkursgericht Gibraltar hinwies. Das Schreiben datierte vom 7. Juli 2009 und war mit ziemlicher Sicherheit erst nach Rodericks tödlichem Unfall in der Nacht des 12. Juli in Banbury Drive angekommen.

Der Brief an meine Mutter hingegen war jüngeren Datums. Es war ein maschinell erstellter Bußgeldbescheid über hundert Pfund wegen ihrer nicht eingereichten, vor zehn Tagen fälligen Steuererklärung.

Die eigentliche Entdeckung waren aber die beiden Briefe an Mrs Stella Beecher.

Der eine war ein Bescheid des Geschworenengerichts Oxford, dass die vertagte Untersuchung zum Tod ihres Bruders Roderick am 15. Februar – also nächsten Montag – wieder aufgenommen werden sollte.

Der andere beinhaltete eine handgeschriebene Notiz in Blockbuchstaben:

> ICH WEISS NICHT, OB DAS JETZT NOCH RECHTZEITIG KOMMT, ABER SAG IHM, ICH HABE, WAS ER WILL.

Ich nahm den Umschlag in die Hand. Es war ein normales weißes Kuvert, wie man es in jedem Schreibwarengeschäft bekommt. Die Adresse war ebenfalls in Blockschrift geschrieben. Der Poststempel war ein wenig verwischt, sodass man den Absendeort nicht entziffern konnte. Das Datum war jedoch deutlich zu erkennen. Der Brief war am Montag, den 13. Juli, aufgegeben worden – einen Tag nach Roderick Wards mutmaßlichem Tod, am Tag der Auffindung seiner Leiche.

Lange saß ich auf dem Bett, betrachtete den Brief und überlegte, ob „rechtzeitig" wohl hieß vor dem „Unfall", und ob „was er will" etwas mit den Steuerunterlagen meiner Mutter zu tun hatte.

Nun war ich zwar kein Grafologe, aber diese Nachricht an Stella Beecher schien mir in derselben Schrift abgefasst zu sein wie der Erpresserbrief, den ich auf dem Schreibtisch meiner Mutter gefunden hatte.

AM DONNERSTAGABEND um Viertel vor acht ging ich mit einer Flasche Rotwein zu Fuß nach Hall, um mit Isabella und ihren Gästen zu Abend zu essen. Ich freute mich auf eine andere Umgebung und andere Gesichter.

„Tom!", quietschte Isabella, als sie mir öffnete und meine Flasche entgegennahm. „Wunderbar! Lass dich mit den anderen bekannt machen."

Ich folgte ihr in Richtung Küche und dem anschwellenden Lärm. Es waren schon ziemlich viele Gäste da. Isabella packte mich am Arm und zog mich ins Gewühl. Alle schienen gleichzeitig zu reden.

„Ewen!", rief sie einem blonden Mann um die vierzig zu. „Ewen, ich möchte dir Tom vorstellen. Tom, das ist Ewen Yorke."

Wir gaben uns die Hand. „Tom Forsyth", stellte ich mich vor.

„Ah!", rief er theatralisch und streckte einen Arm hoch. „Jackson, wir haben einen Spion unter uns."

„Einen Spion?", fragte Isabella.

„Ja, einen miesen Spion der Kauri-Stallungen. Der unsere Geheimpläne für Samstag ausforschen will."

„Ah", machte ich. „Sie meinen sicherlich Newark Hall im kommenden Game-Spirit-Rennen. Gegen Scientific hat er keine Chance."

„Na bitte!", polterte er. „Was hab ich gesagt? Ein verdammter Spion ist das. Holt das Erschießungskommando." Er lachte herzlich über seinen Scherz, und alle lachten mit. Er hatte ja keine Ahnung.

„Wo ist der Spion?" Ein hochgewachsener Mann drängte sich zu mir durch.

„Tom", sagte Isabella. „Das ist mein Mann, Jackson Warren."

„Freut mich." Ich gab ihm die Hand und hoffte, er sah mir nicht an, wie ich ihn um Isabella beneidete.

Jackson Warren sah keineswegs so aus, wie ich mir einen an Prostatakrebs erkrankten Mann vorgestellt hatte.

„Wen spionieren Sie denn aus, uns oder Ewen?", fragte er fröhlich.

„Sowohl als auch", antwortete ich im Scherz, hatte die Situation aber wohl falsch eingeschätzt.

„Hoffentlich nicht für die Klatschzeitungen", sagte er, nun aber nicht mehr belustigt, sondern verächtlich. „Obwohl es auf einen Schweinehund mehr oder weniger auch nicht mehr ankommt." Er lachte noch einmal, aber seine Augen lachten nicht mit.

„Komm, Liebling", sagte Isabella, die sein Missfallen spürte. „Entspann dich. Tom ist kein Spion. Im Gegenteil, er ist ein Held."

Ich warf ihr einen strengen Blick zu, der besagen sollte: Bitte nicht!, aber sie bemerkte es nicht.

„Ein Held?", fragte Ewen nach.

Isabella wollte ihm antworten, doch ich kam ihr zuvor.

„Isabella übertreibt", sagte ich rasch. „Ich bin beim Militär, das ist alles. Und ich war in Afghanistan."

„Tatsächlich?", sagte eine attraktive Frau in einem tief ausgeschnittenen Kleid, die neben Ewen stand. „War es da heiß?"

„Es ging", antwortete ich. „Im Sommer ist es schon heiß, aber im Winter saukalt." Richtige Briten, dachte ich, reden vom Wetter.

„Haben Sie Kämpfe erlebt?", fragte Ewen.

„Nicht zu knapp", sagte ich. „Aber das letzte Mal war ich nur ein paar Monate da." Zeit, das Thema zu wechseln, dachte ich. „Also, Ewen", sagte ich, „nun erzählen Sie mal, wie viele Pferde trainieren Sie gerade?"

„Da haben wir es!", meinte er gutmütig. „Ich hab doch gesagt, er ist ein Spion." Wir alle lachten.

Die attraktive Frau neben Ewen war, wie sich herausstellte, seine Frau Julie, und beim Essen an den zwei großen runden Tischen in der geräumigen Küche landete ich neben ihr.

Zu meiner Linken saß eine Mrs Toleron, eine ziemlich langweilige grauhaarige Dame, die mir in einem fort von den überragenden geschäftlichen

Erfolgen ihres Mannes erzählte. Sie hatte sich sogar als Mrs Martin Toleron vorgestellt, als müsste ich den Namen ihres Ehemanns kennen.

„Nicht?“, rief sie verblüfft aus, als ich verneinte. „Er war Direktor von *Toleron Plastics*, bis wir die Firma vor ein paar Monaten verkauft haben. Das ging damals durch Presse und Fernsehen.“

Ich behielt für mich, dass ich vor ein paar Monaten in einer Klinik in Birmingham um mein Leben gekämpft hatte.

„Wir waren die größten Abflussrohrhersteller Europas.“

„Tatsächlich? Gut, dass es den Regen gibt“, meinte ich, doch ihr entging der Scherz.

Sobald es die Höflichkeit erlaubte, zog ich mich aus dem Gespräch mit Mrs Abflussrohr zurück und wandte mich Julie zu, die rechts von mir saß.

„Wie viele Pferde trainiert Ewen denn nun?“, fragte ich sie bei der Lasagne mit Knoblauchbrot. „Das hat er mir nämlich noch nicht verraten.“

„Rund sechzig“, antwortete sie. „Aber es werden immer mehr, deshalb überlegen wir, den Webster-Stall zu kaufen.“

„Webster?“, fragte ich.

„Kennen Sie doch bestimmt, oben an der Straße nach Wantage. Der Stall steht seit Monaten zum Verkauf. Vermutlich wegen dem überhöhten Preis, es müsste außerdem viel dran gemacht werden.“ Sie lächelte müde.

„Bei der gegenwärtigen Wirtschaftslage kann er froh sein, dass er überhaupt die Möglichkeit zum Kauf hat“, wandte ich ein.

„Ich weiß“, stimmte sie zu. „Viele Trainer haben Probleme. Das höre ich immer wieder von den Ehefrauen auf der Rennbahn.“

„Fahren Sie oft zum Pferderennen?“

„Nicht mehr so oft wie früher. Ewen ist immer so beschäftigt, dass ich ihn kaum noch zu Gesicht bekomme.“

Sie seufzte. Der Erfolg hatte ihr offenbar kein Glück gebracht.

„Aber genug von mir. Erzählen Sie mir von sich.“ Sie wandte mir ihre volle Aufmerksamkeit und ihren üppigen Busen zu. Ewen sollte mehr Zeit mit ihr verbringen, dachte ich, daheim wie auf der Rennbahn, sonst wurde sie ihm vielleicht bald untreu.

„Da gibt es nicht viel zu erzählen“, sagte ich.

„Ach, kommen Sie. Sie haben bestimmt eine Menge Geschichten auf Lager“, erwiderte sie und legte mir die Hand auf den Arm. Sie schenkte mir einen bedeutungsvollen Blick. Allem Anschein nach war es für Ewen bereits zu spät – viel zu spät.

Isabella bestand darauf, dass nach der Lasagne alle die Plätze wechselten, und so entkam ich Julie Yorkes entschlossenen Avancen, bevor sie allzu offensichtlich wurden. Allerdings erst, nachdem sie bei dem Versuch, unterm Tisch mit meiner Prothese zu füßeln, den Schock ihres Lebens bekommen hatte.

„Mein Gott, was ist das denn?“, stieß sie entsetzt hervor.

Und so musste ich das mit der IED erklären. Doch statt sie abzuschrecken, schien der Gedanke an einen Mann, der nur ein Bein hatte, sie erst recht anzumachen. Noch entschiedener setzte sie mir mit persönlichen Fragen zu.

Mit Freuden erhob ich mich auf Isabellas Stichwort und setzte mich an einen anderen Platz, zwischen Jackson Warren und einen Unbekannten am zweiten Tisch. Von den weiblichen Vertretern der Menschheit hatte ich für heute Abend genug.

„Seit wann sind Sie denn wieder zurück aus Afghanistan?“, fragte Jackson, als ich Platz nahm.

„Seit vier Monaten.“

„Im Krankenhaus gewesen?“, fragte er.

Ich nickte. Isabella musste es ihm erzählt haben.

„Sie waren im Krankenhaus?“, fragte der Mann auf der anderen Seite.

„Ja“, bestätigte ich. „Ich war verwundet.“

Er sah mich an und erwartete offensichtlich, dass ich das ausführte.

„Tom hat einen Fuß verloren“, sagte Jackson in die Stille hinein.

„Einen Fuß?“, meinte der Unbekannte. „Und welchen?“

„Spielt das eine Rolle?“, fragte ich mit unverhohlenem Missfallen.

„Äh … äh …“ Er wurde verlegen. „Nein, wahrscheinlich nicht. Es tut mir leid“, sagte er und starrte auf seinen Dessertteller.

„Schon gut“, erwiderte ich. Und nach einer Pause: „Es war mein rechter Fuß.“

„Ich habe sie gerade herüberkommen sehen und hatte keine Ahnung.“

„Prothesen sind längst nicht mehr das, was sie zu Zeiten Long John Silvers, des einbeinigen Piraten aus der ‚Schatzinsel‘, waren.“

„Erstaunlich“, bemerkte er.

„Ich bin Tom Forsyth“, stellte ich mich vor.

„Oh, pardon“, erwiderte er. „Alex Reece. Freut mich.“

Wir gaben uns die Hand. Er war klein, um die dreißig, mit schütteren roten Haaren und einer Hornbrille. Zur marineblauen Strickjacke über dem weißen Hemd trug er eine braune Flanellhose.

„Sind Sie auch Trainer?“, fragte ich.

„Aber nein“, antwortete er nervös lachend. „Ich bin Buchhalter.“

„Alex“, warf Jackson ein, „bewahrt mein schwer verdientes Einkommen vor den Klauen des Finanzamtes.“

„Ich bemühe mich darum“, sagte Alex lächelnd.

„Ganz legal?“, fragte ich, ebenfalls lächelnd.

„Natürlich legal“, meinte Jackson mit gespieltem Ärger.

„Die Grenze zwischen legaler Umgehung und ungesetzlicher Hinterziehung kann manchmal etwas verschwimmen“, sagte Alex, ohne auf ihn zu achten.

„Was soll das denn heißen?“, entfuhr es Jackson, dessen vorgetäuschter Ärger plötzlich in echten umgeschlagen war.

„Gar nichts“, ruderte Alex schleunigst zurück und war schon wieder verlegen. „Nur dass etwas, das für uns Umgehung ist, vom Finanzamt auch schon mal als Hinterziehung angesehen werden kann.“

„Und wer hat recht?“, fragte ich und freute mich an seinem Unbehagen.

„Wir“, behauptete Jackson. „Stimmt's, Alex?“

„Wer recht hat, entscheiden letztlich die Gerichte“, meinte Alex.

„Inwiefern?“, hakte ich nach.

„Wir reichen eine Steuererklärung ein, die auf unserer Auffassung vom Steuerrecht basiert“, antwortete er, als nähme er Jacksons strengen Blick zu meiner Linken gar nicht wahr. „Wenn das Finanzamt diese Auffassung anzweifelt, kommt vielleicht eine Nachforderung. Wenn wir dann wiederum seine Auffassung anzweifeln, müssen sie mit uns vor Gericht gehen, und dann entscheiden die Geschworenen, welche Gesetzesauffassung die richtige ist. Wenn man dann vor Gericht verliert, muss man letzten Endes weit mehr zahlen, als ursprünglich an Steuern angefallen wäre, weil noch ein Bußgeld hinzukommt. Und das Gericht kann uns auch hinter Gitter bringen, wenn wir seiner Meinung nach bewusst Steuern hinterziehen wollten. Dieses Risiko sollte man nicht eingehen.“

„Wollen Sie mir irgendwas mitteilen, Alex?“, fragte Jackson zornig. „Denn eines sage ich Ihnen, wenn ich vor Gericht lande, stelle ich klar, dass mein Buchhalter auf die Idee gekommen ist.“

„Auf welche denn?“, fragte ich taktlos.

„Ach, nichts“, antwortete Jackson, der plötzlich merkte, dass er sich verplappert hatte. Er stand auf und stapfte lärmend aus dem Zimmer.

„Seit wann sind Sie denn Jacksons Buchhalter?“, erkundigte ich mich bei Alex.

Er reagierte nicht, sondern starrte auf die Tür, durch die Jackson verschwunden war.

„Entschuldigung. Was sagten Sie?“, wandte er sich schließlich an mich.

„Ich hatte gefragt, seit wann Sie Jacksons Buchhalter sind.“

Er sah mich an. „Schon zu lange“, antwortete er dann.

DIE GESELLSCHAFT begann sich bald danach aufzulösen, und die meisten Gäste verabschiedeten sich. Schließlich war nur noch eine Handvoll Leute übrig.

Zu fünft zogen wir von der Küche ins Wohnzimmer um, unter uns ein Paar, das ich bisher nur von fern gesehen hatte. Er trug einen dunklen Anzug und eine blaue Krawatte, sie eine lange anthrazitfarbene Strickjacke zu einem braunen Rock. Ich schätzte sie beide auf Anfang sechzig.

„Hallo“, sprach ich sie an. „Ich bin Tom Forsyth.“ Ich bot ihm die Hand.

„Ja“, meinte der Mann leicht verächtlich und schlug nicht ein. „Das wissen wir. Bella hat beim Essen kaum von was anderem geredet.“

„Ach wirklich?“ Ich lachte. „Nur Gutes, hoffe ich. Und Sie sind?“

Der Mann schwieg.

„Peter und Rebecca Garraway“, sagte die Frau freundlich. „Bitte entschuldigen Sie meinen Mann. Er ist eifersüchtig, weil Bella nicht die ganze Zeit nur von ihm spricht.“

Ich war mir nicht sicher, ob sie scherzte. Peter Garraway lachte jedenfalls nicht. Er drehte sich um und setzte sich auf das Sofa. Folgsam setzte seine Frau sich zu ihm. Was für Stimmungskanonen!

Isabella reichte Getränke herum, während ihr Mann weiter durch Abwesenheit glänzte. Doch dazu äußerte sich niemand.

„Ich dachte, alle Trainer gehen früh ins Bett“, meinte ich zu Ewen Yorke, als er sich in den Sessel neben meinem fallen ließ und die Nase in einem Kognakglas vergrub.

„Das soll wohl ein Scherz sein“, antwortete er. „Soll ich mir vielleicht Bellas besten Kognak entgehen lassen? So weit kommt's noch.“ Er goss sich die goldgelbe Flüssigkeit hinter die Binde.

Ewens Frau Julie war mit den anderen Gästen aufgebrochen; sie sei müde und müsse ins Bett, hatte sie gesagt. Ihr Mann schien es mit dem Nachhausefahren nicht so eilig zu haben.

„Nun, Tom“, sagte er. „Wohin schickt Sie die Armee denn als Nächstes? Wieder nach Afghanistan? Zurück in den Kampf?“

„Ich glaube, meine Kampfzeiten sind vorbei. Dafür bin ich langsam zu alt.“

„Und was werden Sie stattdessen machen?“, fragte Ewen.

„Ich weiß es noch nicht“, erwiderte ich. „Vielleicht fange ich auch an, Rennpferde zu trainieren.“

„Das ist nicht immer so aufregend, wie es scheint“, meinte er. „Schon gar nicht an einem nasskalten Wintertag morgens um halb acht.“

„Und erst recht nicht, wenn man bis spät nachts gebechert hat“, meinte Isabella und lachte.

„O Gott“, sagte Ewen mit einem Blick auf seine Armbanduhr. „Schnell, schenk mir noch ein Glas ein.“

Isabella und ich lachten. Peter Garraway saß mit steinerner Miene auf dem Sofa.

„Es wird langsam Zeit für mich“, verkündete ich schließlich und stand auf. „Danke für den reizenden Abend, Isabella. Gute Nacht zusammen.“

„Gute Nacht!“, riefen Ewen und Rebecca, als Isabella mich hinausbrachte. Peter Garraway schwieg.

„Noch mal danke für die Einladung“, sagte ich an der Haustür.

„Entschuldige die Garraways“, meinte sie leise. „Die sind manchmal etwas eigen, besonders er. Ich glaube, er steht auf mich. Aber er ist mir ein bisschen unheimlich.“

„Und unhöflich ist er auch“, flüsterte ich. „Was sind das für Leute?“

„Alte Freunde von Jackson.“ Sie verdrehte die Augen. „Leider wohnen sie auch noch zurzeit bei uns. Die Garraways kommen immer zum Ende der Fasanenjagdsaison – Peter ist ein eifriger Schütze –, und jetzt bleiben sie bis zum Pferderennen in Newbury am Sonntag. Gehst du auch hin?“

„Wahrscheinlich.“

„Prima. Vielleicht sehen wir uns dann.“

„Was macht Peter Garraway eigentlich?“, fragte ich.

„Der scheffelt Geld wie Heu“, erwiderte sie. „Und er besitzt Rennpferde. Ewen trainiert einige von ihnen.“

„Ich glaube, Mr Garraway ist wenig begeistert davon, dass sein Trainer bis in die Puppen bei dir Kognak trinkt.“

„Ach, daran liegt's nicht“, sagte sie. „Peter und Jackson haben sich heute schwer in die Wolle gekriegt. Wegen irgendeines gemeinsamen Geschäftsprojekts.“

„Was für Geschäfte?“, fragte ich.

„Irgendwas mit Finanzdienstleistungen oder so. Ich weiß es nicht genau. Geschäfte sind nicht so mein Ding.“ Sie lachte. „Aber Peter fährt offenbar gut damit. Wir besuchen sie hin und wieder, und verglichen mit ihrer Villa sieht das hier aus wie eine Wochenendhütte. Ein Riesenkasten.“

„Und wo wohnen sie?“, fragte ich.

„In Gibraltar.“

5

Das Seniorenheim Silver Pines war ein modernes Backsteinungetüm, das man kurzerhand an eine einst sehenswerte viktorianische Villa am Nordrand von Andover in Hampshire angebaut hatte.

„Selbstverständlich, Sir“, sagte eine der rosa uniformierten Pflegerinnen, als ich fragte, ob ich Mr Sutton besuchen dürfe. „Ich glaube, er ist im Tagesraum.“

Ich folgte ihr durch einen Gang in den Tagesraum, in dem etwa fünfzehn Sessel standen. In etwa der Hälfte davon saß jemand, aber die meisten, die dort saßen, schliefen.

„Mr Sutton!“, rief die Dame in Rosa und trat auf einen älteren Herrn zu. „Aufwachen, Mr Sutton! Sie haben Besuch!“ Sie rüttelte den alten Knaben, worauf er langsam den Kopf hob und die Augen aufschlug. „So ist es brav.“ Sie redete mit ihm, als wäre er ein Kind, dann beugte sie sich vor und wischte ihm einen Tropfen Speichel aus dem Mundwinkel. Ich bereute schon halb, dass ich gekommen war.

„Tag, Mr Sutton!“, sagte ich in derselben Lautstärke wie die Pflegerin. „Kennen Sie mich noch? Ich bin John – John aus der Willow Close!“ Er starrte mich verwundert an. Klar, dass er nicht wusste, wer ich war. „Jimbo und seine Mum lassen schön grüßen. War Ihr Sohn Fred heute schon da?“

Die Dame in Rosa schien überzeugt. „Kann ich Sie jetzt allein lassen?“, erkundigte sie sich. „Falls Sie was brauchen, bald kommt der Teewagen.“

Ich bedankte mich. Sie ging davon, und ich setzte mich in den freien Lehnstuhl neben dem alten Sutton. Er sah mich unentwegt an.

„Ich kenne Sie nicht“, sagte er.

Ich blickte mich um. Noch sechs andere Heimbewohner waren im Raum, aber alle waren eingeschlafen. „Mr Sutton“, begann ich ohne Umschweife, „ich würde Sie gern nach einem Mann namens Roderick Ward fragen.“

Was für eine Reaktion ich darauf zu erwarten hatte, wusste ich nicht. Ich rechnete damit, dass Mr Sutton sich vielleicht nicht erinnerte, was vor einem Jahr passiert war. Doch das war ein Irrtum.

„Roderick Ward ist ein dreckiger kleiner Raffzahn“, antwortete der alte Mann klar und deutlich. „Dem könnte ich den Hals umdrehen.“

„Roderick Ward ist bereits tot. Er ist bei einem Verkehrsunfall ums Leben gekommen.“

„Gut für ihn“, giftete der Alte. „Ich hätte ihn langsam sterben lassen.“

Das verblüffte mich dann doch. „Was hat er Ihnen denn getan?“, fragte ich. Die eingeworfene Fensterscheibe allein konnte es wohl nicht sein.

„Er hat mir meine sämtlichen Ersparnisse gestohlen."

„Wie das?"

„Durch ein hirnverbranntes Projekt, das in die Binsen gegangen ist." Er schüttelte den Kopf. „Ich hätte niemals auf ihn hören sollen."

„Direkt gestohlen hat er Ihnen Ihr Geld also nicht?"

„So gut wie", beharrte Mr Sutton. „Sie hätten meinen Sohn hören sollen. Ich hätte seine Erbschaft vergeigt, warf er mir immer wieder vor."

Keine sehr taktvolle Bemerkung von seinem Sohn, dachte ich.

„Was war denn das für ein Projekt von Ward?", fragte ich.

„Ich habe eine Hypothek auf mein Haus aufgenommen und das Geld in einen windigen Fonds investiert, den mir Roderick Ward als Geldesel angepriesen hatte." Er seufzte. „Mit dem Erfolg, dass der Fonds pleitegegangen ist und ich jetzt eine Riesenhypothek auf dem Buckel habe und die Zinsen nicht bezahlen kann."

„Und wieso hat Ward Ihnen dann das Fenster eingeworfen?"

Er lächelte. „Ich habe ihm Tee auf die Hose geschüttet. Er kam zu mir und teilte mir mit, dass mein Geld futsch sei, und meinte aufgeblasen, ich hätte doch wissen müssen, dass Anlagen nicht nur rauf-, sondern auch runtergehen können." Er lächelte wieder. „Also hab ich ihm den heißen Tee aus der Kanne, die ich gerade in der Hand hielt, direkt in den Schoß gegossen."

„Und daraufhin hat er Ihnen das Fenster eingeworfen?"

„Ja, als er gegangen ist. Aber mein Sohn hat es gesehen und ihn festgenommen." Er hörte auf zu lachen. „Aber dann musste ich Fred die ganze Geschichte erzählen."

Demnach hatte er das Geld vor etwa einem Jahr verloren. Ehe meine Mutter das gleiche Schicksal ereilte.

„Mr Sutton", sagte ich. „Wissen Sie noch irgendetwas über den bankrottgegangenen Anlagefonds? War es ein Offshore-Fonds?", fragte ich.

Er sah mich verwirrt an. „Nicht dass ich wüsste." Er schüttelte den Kopf. „Ich kann mich nicht erinnern." Plötzlich troff ihm wieder Speichel aus dem Mundwinkel, und er hatte Tränen in den Augen.

Es war Zeit für mich zu gehen.

Der Samstagmorgen begann frisch und klar, die Wintersonne gab sich alle Mühe, den gefrorenen Boden aufzutauen.

Am Freitagnachmittag hatte ich mich über eine Stunde in der Sattelkammer damit abgeplagt, Scientifics Zügel so herzurichten, dass sie während seines Rennens entzweigingen. Meine Mutter hatte mir gezeigt, welcher Zaum mit einem Australischen Nasenriemen versehen war – der hervorragende Zustand des Zaumzeugs hatte mich zutiefst entmutigt. Die Kauri-Pferde gingen wahrhaftig nicht mit minderwertigem Sattelzeug ins Rennen.

Schließlich hatte ich mir die Stelle ausgesucht, an der die Zügel an den Metallringen links und rechts vom Gebiss befestigt waren. Das Leder war mit festem Faden und zahlreichen Stichen vernäht. Ich hatte mit aller Kraft daran gezerrt, aber die Nähte hatten sich kein bisschen gelockert. In einem Regal in der Sattelkammer standen vier Verbandskästen, von denen ich einen auf der Suche nach einer Schere geöffnet, aber noch etwas viel Besseres gefunden hatte – ein Skalpell nämlich.

Ganz vorsichtig hatte ich die Naht auf der rechten Seite des Zaums durchtrennt, allerdings nur die Stiche in der Mitte, damit die Sabotage nicht so auffiel. Ich hatte keine Ahnung, ob das reichte, aber anders ging es nun mal nicht.

MEINE MUTTER fuhr also am Samstagmorgen mit Derek und mir nach Newbury. Als wir auf den Trainerparkplatz einbogen, war der schon beinahe voll.

„Tag, Josephine!“, rief jemand, als wir ausstiegen. Es war Ewen Yorke, dessen nagelneuer weißer BMW direkt neben uns parkte.

„Oh, hallo Ewen“, grüßte meine Mutter kühl zurück.

„Hi Tom!“, rief Julie Yorke, die inzwischen ebenfalls aus dem Auto der Yorkes ausgestiegen war. Erst als ich das Gesicht meiner Mutter sah, ging mir auf, warum sie plötzlich unbedingt etwas Besseres als ihren alten Ford haben wollte.

Julie trug ein dünnes, eng anliegendes Seidenkleid mit einem ebenso dünnen, exakt dazu passenden Mantel. Nicht ganz das Richtige für einen kalten Februarnachmittag, dachte ich, aber die Herzen diverser männlicher Bewunderer, die vorbeigingen, wärmte es sichtlich.

„Hallo Julie“, grüßte ich zurück und winkte kurz.

Meine Mutter sah mich missbilligend an. Ich war mir sicher, dass sie zu gern gewusst hätte, woher ich die beiden kannte. Ich hatte ihr nicht erzählt, wohin ich am Donnerstagabend gegangen war, und sie in dem Glauben gelassen, ich sei in einem Pub gewesen.

Ohne Eile zogen wir unsere Mäntel an und setzten unsere Hüte auf, während die Yorkes zum Eingang hinübergingen. Wir schauten ihnen nach.

„Wenn Scientific heute schon nicht gewinnen darf“, sagte meine Mutter frostig, „dann hoffe ich, dass wenigstens auch Yorkes Newark Hall nicht siegt. Ich kann den Kerl nicht ausstehen.“

Ich sah mich um, ob jemand ihre Bemerkung gehört hatte. „Wenn ich du wäre, würde ich mich mit solchen Äußerungen etwas zurückhalten", sagte ich leise, aber bestimmt. „Hier parkt auch die Rennleitung."

DAS GAME-SPIRIT-STEEPLECHASE war das zweite Rennen des Nachmittags. Ich stand nervös am Sattelplatz und wartete auf die Pferde. Zu sagen, dass ich erleichtert war, als Scientific erschien, wäre eine Untertreibung gewesen: Ich fing wieder an zu atmen. Während er hereingeführt wurde, sah ich mir seinen Zaum genau an, und es schien wirklich der zu sein, den ich am Nachmittag zuvor präpariert hatte. So weit, so gut.

Ich ging zu den Sattelboxen und wartete darauf, dass Scientific herübergebracht wurde – der Pfleger bei ihm war Declan, der junge Mann, mit dem ich vor ein paar Tagen in der Sattelkammer gesprochen hatte.

Mit ihm trafen auch meine Mutter und mein Stiefvater ein und dann Jack, der mit dem winzigen Rennsattel unterm Arm in die Sattelbox kam.

Meine Mutter und Jack beeilten sich, dem Pferd Sattelpads, Bleidecke, Nummerndecke und dann den Sattel aufzulegen. Mit einem Klaps auf den Hals wurde Scientific in den Führring geschickt, damit das Wettpublikum ihn sich ansehen konnte.

Ein Funktionär läutete die Glocke, und ich sah gespannt zu, wie Declan Scientific zu den Boxen zurückführte und darauf wartete, dass meine Mutter und mein Stiefvater mit dem Besitzer des Pferdes und seinem Jockey herüberkamen. Declan stand ungerührt da und hielt den Kopf des Pferdes, als meine Mutter dem federgewichtigen Reiter in den ebenfalls superleichten Sattel half. Der Jockey stellte die Füße in die Bügel und nahm die Zügel auf. Nach einer schnellen Runde durch den Ring zogen die Pferde den Führweg entlang zum Geläuf, und die Zuschauer strebten geschlossen zur Tribüne.

„Hallo Tom", sagte eine Stimme direkt hinter mir.

Ich drehte mich um. „Oh, hallo." Ich küsste Isabella auf die Wange. Jackson war bei ihr, und sie hatten die Garraways im Schlepptau.

„Lust, was zu trinken?", fragte Jackson und klopfte mir auf die Schulter.

„Später", wehrte ich ab. „Ich möchte mir erst das Rennen anschauen."

„Kommen Sie mit rauf in unsere Loge, da lässt sich das verbinden."

Ich hielt in dem Gedränge Ausschau nach meiner Mutter, weil ich eigentlich das Rennen mit ihr anschauen wollte. Doch ich konnte sie nicht entdecken, und wahrscheinlich war das auch gut so. Wir hätten uns während des Rennens nur gegenseitig verrückt gemacht.

„Gern", sagte ich also zu Jackson und lächelte Isabella an. „Und noch mal vielen Dank für den schönen Donnerstagabend."

„Es war uns ein Vergnügen“, meinte Jackson. „Wir haben uns wirklich gefreut, dass Sie da waren.“ Von seinem frühen Abgang nach dem Essen und der unpassenden Kabbelei mit Alex Reece sagte er natürlich nichts.

„Wie geht's Alex?“, versuchte ich den Frontalangriff.

„Alex?“ Er sah mich an.

„Alex Reece“, führte ich aus. „Ihrem Buchhalter.“

„Ach, der.“ Jackson lächelte gezwungen. „Die kleine Ratte gehört mal ordentlich in den Hintern getreten.“ Er lachte schallend.

„Ah ja?“, sagte ich mit gespielter Ernsthaftigkeit. „Ich brauche nämlich demnächst selbst einen Buchhalter. Ich dachte daran, zu ihm zu gehen. Meinen Sie, das sollte ich lieber lassen?“

Ich spielte mit ihm, und das gefiel ihm gar nicht.

„Nehmen Sie sich doch, wen Sie wollen“, entgegnete er mit einer wegwerfenden Handbewegung.

Als wir die wenigen Stufen zum Eingang der Tribüne hinaufgingen, stießen die Yorkes zu uns.

„Ah, da haben wir ja unseren Spion“, meinte Ewen lächelnd.

Ich erwiderte sein Lächeln. Im Aufzug fand ich mich zwischen der Wand und Julie Yorke wieder, die viel zu dicht vor mir stand. Als wir im vierten Stock anlangten, hielt ich Julie die Logentür auf, und sie lächelte mich verführerisch an.

„Besuchen Sie mich doch irgendwann einmal“, flüsterte sie mir im Vorübergehen ins Ohr.

Sie musste verrückt sein, wenn sie dachte, ich würde eine solche Einladung annehmen. Jackson bot mir ein Glas Champagner an, und ich nahm es mit auf den Balkon, von wo aus ich den Pferden zuschauen und damit auch Julie Yorke entkommen wollte.

„Meinen Sie, er siegt?“ Es dauerte einen Augenblick, bis mir aufging, dass Rebecca Garraway neben mir stand und mich angesprochen hatte.

„Wer denn?“

„Newark Hall natürlich“, erwiderte sie. „Unser Pferd.“

Mir war nicht klar gewesen, dass Newark Hall den Garraways gehörte. „Er hat gute Aussichten“, antwortete ich ihr.

Tatsächlich hatte er bessere Aussichten, als sie wusste.

Ewen Yorke stand links neben mir und blickte durch ein Fernglas. „Anscheinend haben wir ein Problem“, sagte er, ohne das Fernglas runterzunehmen. „Es ist Scientific. So wie es aussieht, sind seine Zügel gerissen. Er büxt aus.“

Ich sah entsetzt auf die Bahn, doch mit bloßem Auge war aus dieser Entfernung nichts Genaues zu erkennen.

„Gut. Sie haben ihn wieder“, sagte Ewen und ließ das Fernglas sinken. „Nichts weiter passiert.“

„Und jetzt?“, fragte ich in möglichst normalem Ton. „Wird Scientific zurückgezogen?“

„Ach was, der läuft schon. Die legen ihm nur schnell einen neuen Zaum an. Der Starter hat immer einen in Reserve für solche Situationen. Unglaublich, dass ausgerechnet bei Ihrer Mutter das Sattelzeug defekt ist.“ Er musste sich förmlich das Lachen verbeißen.

Mir war schlecht. Was würde der Erpresser tun, wenn Scientific siegte?

„Das Rennen ist gestartet!“, hörte man über die Lautsprecheranlage, und die zwölf Pferde sprinteten los. Sie sprangen über das erste Hindernis, ohne in Galopp überzugehen. Danach kamen sie dann richtig in Fahrt.

Ich konnte den Blick nicht von Scientific losreißen. Ich hoffte, dass er in den Kreuzgalopp rutschen würde, aber das Pferd galoppierte ohne Probleme die Rennbahn entlang. Als die Pferde zum letzten Mal auf die Einlaufgerade bogen, lag Scientific im führenden Trio. Die beiden Kontrahenten waren, wie von meiner Mutter vorausgesagt, Newark Hall und Sovereign Owner.

Die drei Pferde sprangen das letzte Hindernis Seite an Seite und kämpften miteinander bis zur Ziellinie, lautstark vom Publikum angefeuert.

„Zielfoto!“, forderte der Richter, als die Pferde mit vorgereckten Nasen am Pfosten vorbeiflogen. Keiner in der Loge war sich sicher, wer von den dreien gesiegt hatte.

Ewen Yorke und die Garraways eilten hinunter zum Absattelplatz, zuversichtlich, dass ihr Pferd es geschafft hatte, und Jackson schloss sich ihnen an, sodass ich mit Isabella und Julie allein in der Loge zurückblieb.

Da kam die Lautsprecheransage: „Und hier ist das Ergebnis der Zielfotoauswertung. Erster ist die Nummer zehn; Zweiter: die Nummer sechs; Dritter: die Nummer elf.“

Nummer zehn – der Sieger – war Scientific. Er hatte weniger als einen Kopf vor Newark Hall gelegen. Sovereign Owner war Dritter.

Verdammt, dachte ich.

„Was soll’s“, meinte Julie achselzuckend. „Dann eben nächstes Mal. Aber Ewen wird sich heute Abend wie ein eingesperrter Tiger aufführen, er kann’s nicht leidens, wenn er verliert.“ Sie lächelte mich wieder verführerisch an.

Nicht Ewen war der eingesperrte Tiger, dachte ich, sondern seine Frau. Und ich hatte keine Lust, sie aus dem Käfig zu lassen.

Auf dem Bildschirm in der Loge sah ich, wie meine Mutter mit echter

Freude im Gesicht ihr Siegerpferd begrüßte. In der Euphorie, dem Augenblick des Triumphs, dachte sie offensichtlich nicht daran, dass sie den Anweisungen des Mannes zuwidergehandelt hatte, der sie hinter Gitter bringen konnte. Nun gut, sollte sie es genießen, so lange sie konnte.

„Was zum Teufel wird hier gespielt?“ Ian Norland stand breitbeinig in der Küche des Kauri-Hauses und schrie meine Mutter und mich an. Den Zaum mit den gerissenen Zügeln hatte er auf den Tisch geworfen.

„Schreien Sie mich bitte nicht an, Ian“, sagte meine Mutter. „Wo liegt denn überhaupt das Problem? Scientific hat doch gewonnen.“

„Ja, aber nur rein zufällig!“, rief er fast genauso laut wie zuvor. „Warum haben Sie die Zügel präpariert?“

„Wollen Sie uns etwa vorwerfen, wir hätten bewusst die Zügel beschädigt?“, fragte meine Mutter mit schneidender Stimme.

„Und ob! Dieser Zaum war nagelneu. Entweder ich bekomme jetzt ein paar Antworten, oder ich bin heute Abend hier weg und zeige Montag früh das hier der Rennsportbehörde.“ Er griff nach dem Zaum.

„Wie kommen Sie denn bloß auf die Idee, dass wir was mit den gerissenen Zügeln zu tun haben?“, fragte ich unschuldig.

Ian strafte mich mit einem verächtlichen Blick. „Weil Sie sich die ganze Woche so brennend für das Riemenzeug interessiert und tausend Fragen gestellt haben. Was soll ich denn da sonst denken?“

„Machen Sie sich nicht lächerlich!“, rief meine Mutter.

„Und was ist mit den anderen?“, fragte Ian aufgebracht. „Pharmacist vorige Woche und Oregon davor? Haben Sie die auch am Siegen gehindert?“

„Nein, natürlich nicht!“ Meine Mutter schlug einen beleidigten Ton an.

„Warum sollte ich Ihnen das glauben?“, fragte Ian.

„Weil Sie müssen, Ian“, versuchte ich es in meinem besten Befehlston. „Und wenn Sie jetzt hier wegmöchten, muss ich darauf bestehen, dass Sie nichts mitnehmen, was meiner Mutter gehört. Dazu zählt auch dieser Zaum.“ Ich streckte die Hand aus. Widerwillig gab er mir das Zaumzeug.

„Gut“, sagte ich. „Nur damit wir uns richtig verstehen: Der Stall meiner Mutter strebt bei jedem Rennen den Sieg an. Mitarbeiter, die etwas anderes behaupten, duldet meine Mutter nicht. Habe ich mich klar ausgedrückt?“

Er sah mich ein wenig überrascht an.

„Verstanden“, sagte er. „Aber Sie müssen mir versprechen, dass so etwas nicht noch mal vorkommt.“ Er wies auf den Zaum.

„Versprochen“, erwiderte ich. Von dieser Zügelschneiderei hatte ich erst mal genug. „Heißt das, Sie bleiben bei uns?“

„Mal sehen“, antwortete er langsam. „Das entscheide ich morgen früh.“

„Schön“, entgegnete ich. „Dann bis morgen.“ Unterredung beendet, hieß das, und Ian wandte sich zögernd zum Gehen.

Das Abendessen am Samstag war eine trostlose Angelegenheit. Wieder saßen wir zu dritt am Küchentisch und aßen Fleischeintopf, der auf dem Herd vor sich hin geköchelt hatte, während wir auf der Rennbahn gewesen waren. „Was machen wir denn jetzt?“, fragte ich in die Stille hinein. „Warten wir einfach ab, bis der Erpresser sich meldet?“

„Was schlägst du denn sonst vor?“, fuhr mich meine Mutter an.

„Ich weiß auch nicht“, erwiderte ich gereizt. „Mir scheint nur, es wird Zeit, dass wir ihm das Heft aus der Hand nehmen.“

Wir schwiegen uns eine Weile an.

„Als ihr ihm diese Woche Geld gezahlt habt, wie habt ihr das gemacht?“

„In bar“, erklärte Derek. „Per Post an eine Adresse irgendwo in Newbury.“

„Und wie habt ihr die Adresse bekommen?“

„Sie stand im ersten Erpresserbrief.“

„Und der kam wann?“

„Voriges Jahr im Juli.“

Als Roderick Ward seinen Unfall hatte. „Und die Adresse ist noch die gleiche?“, fragte ich Derek.

„Ja. Ich muss jeden Donnerstag zweitausend Pfund in 50-Pfund-Noten in einem Luftpolsterumschlag verschicken.“

„Kannst du mir die Adresse geben?“, bat ich.

Als er aufstand, um sie zu holen, klingelte das Telefon. Wir blickten alle gleichzeitig zur Uhr. Es war Punkt neun.

„Lass mich rangehen.“ Ich erhob mich.

„Nein!“, rief meine Mutter und sprang auf, aber ich beachtete sie nicht.

„Hallo?“, sagte ich in den Hörer.

Am anderen Ende blieb es still.

Es klickte in der Leitung. Der Anrufer hatte aufgelegt. Auch ich legte den Hörer wieder auf.

„Sehr gesprächig, was?“, meinte ich lächelnd zu meiner Mutter.

Sie war verärgert. „Warum hast du das gemacht?“, wollte sie wissen.

„Weil er begreifen muss, dass wir nicht einfach kuschen und alles tun, was er verlangt.“

Das Telefon klingelte wieder.

„Hallo?“, meldete ich mich.

„Mrs Kauri, bitte“, sagte eine Flüsterstimme.

„Tut mir leid“, sagte ich überlaut. „Sie ist im Augenblick nicht zu sprechen. Kann ich ihr was ausrichten?“

„Geben Sie mir Mrs Kauri.“ Dasselbe Flüstern.

„Nein.“ Dafür wurde ich umso lauter. „Sie werden mit mir vorliebnehmen müssen.“

Wieder zeigte mir ein Klicken, dass er aufgelegt hatte.

Meine Mutter war fuchsteufelswild. „Thomas“, zischte sie. „Mach das nicht noch einmal. Wir müssen tun, was er sagt, sonst schickt er die Sachen ans Finanzamt.“

„Das tut er schon nicht“, sagte ich zuversichtlich. „Was hätte er denn davon? Er würde nur alles verlieren. Er bekommt zweitausend Pfund die Woche von dir, und die kriegt er nicht mehr, wenn er das Finanzamt informiert.“

„Aber warum bringst du ihn gegen dich auf?“, fragte mein Stiefvater.

„Weil ich wissen muss, wer das ist“, antwortete ich. „Nur dann kann ich den Kampf mit ihm aufnehmen.“

„Ich möchte nicht, dass du dich mit ihm anlegst“, sagte meine Mutter hilflos.

„Irgendwas müssen wir schließlich tun.“

Das Telefon klingelte zum dritten Mal. Ich nahm ab.

„Ja bitte?“, sagte ich.

Schweigen.

„Jetzt passen Sie mal auf, Sie Dreckskerl! Mrs Kauri ist für Sie nicht mehr zu sprechen! Ab jetzt müssen Sie sich an mich halten. Ich bin ihr Sohn, Thomas Forsyth.“

Immer noch Schweigen.

„Und noch eins“, fügte ich hinzu, „alle Pferde aus den Kauri-Stallungen werden zukünftig ihr Bestes geben, um zu siegen. Haben Sie verstanden?“

Er legte auf.

Jetzt hatte ich ein sehr riskantes taktisches Manöver gewagt. Ich hatte meinen Kopf weit aus der Deckung gehoben und mich dem Feind gezeigt.

Der Sonntag verlief relativ ruhig ohne weitere Anrufe.

Meine Mutter reagierte auf mein forsches Vorgehen gegenüber dem Erpresser mit Rückzug und kam den ganzen Tag nicht aus ihrem Schlafzimmer. Später schickte sie Derek in die Küche, damit er ihr ein Sandwich machte.

Ian Norland war am Sonntagmorgen nicht noch mal ins Haus gekommen, aber ich hatte durchs Küchenfenster beobachtet, wie er das Stallpersonal beim Ausmisten und beim Füttern und Tränken der Pferde anwies. Für mich hieß das, dass er vorläufig bleiben wollte.

Am Sonntagmittag fuhr ich nach Newbury und fand mithilfe des Navis im Jaguar die Adresse, die ich von Derek bekommen hatte – die Adresse, an die er Woche für Woche das Geld schickte.

„Das ist ganz in der Nähe“, sagte ich zu meinem Stiefvater. „Du hast dir doch bestimmt mal angesehen, wohin ihr das ganze Geld schickt, oder?“

„Er hat uns davon abgeraten“, bekam ich zur Antwort.

„Und ihr habt auf ihn gehört?“, fragte ich ungläubig. „Seid ihr nicht mal dran vorbeigefahren? Irgendwann nachts?“

„Das dürfen wir nicht. Wir müssen genau tun, was er sagt.“ Er war den Tränen nahe. „Wir haben solche Angst.“

Das sah man ihm an. „Wann haben die Anrufe denn eigentlich angefangen?“

„Kurz vor Weihnachten.“ Also vor zwei Monaten.

Allzu viel Aufschluss über die Identität des Erpressers hatte ich mir von der angegebenen Adresse nicht versprochen, und damit sollte ich recht behalten. Cheap Street 46 entpuppte sich als ein Laden, der Postfächer vermietete. Und „Suite 116“ war nicht etwa eine Bürosuite, wie man hätte annehmen können, sondern ein einzelnes, zehn mal fünfzehn Zentimeter großes graues Postfach in Schulterhöhe. Sonntags war der Laden geschlossen.

Auf der Rückfahrt von Newbury zu den Stallungen meiner Mutter hatte ich im Wheelwright Arms in Lambourn gemütlich zu Mittag gegessen – Rinderbraten mit allem Drum und Dran. Bei der deprimierenden Stimmung zu Hause hatte ich es nicht gerade eilig, zurückzukehren.

FRÜH AM NÄCHSTEN MORGEN fuhr ich nach Oxford und parkte nahe beim Einkaufszentrum Westgate. In der Innenstadt war es ruhig.

Das Geschworenengericht Oxford lag neben dem Gebäude der Bezirksverwaltung in der New Road, nicht weit vom alten Gefängnis entfernt. Dem Aushang zufolge war der Termin, der mich interessierte, der zweite des Tages: die Untersuchung des Todes von Roderick Ward.

Ich ging hinein und setzte mich in den Zuschauerraum. Es kamen mehrere Männer in Anzügen herein und einer in Jeans und Pullover, der sich zu mir ins Publikum setzte. Er kam mir bekannt vor, aber ich wusste nicht, woher.

Eine junge Frau, die Stella Beecher hätte sein können, war nicht im Saal. Allerdings hatte sie ja auch nie den Brief des Gerichts an die Adresse Banbury Drive 26 erhalten, in dem ihr mitgeteilt wurde, dass die Verhandlung heute weiterging. Das wusste ich, denn besagter Brief steckte in meiner Tasche.

Zu Beginn der Verhandlung verlas der Untersuchungsrichter Roderick Wards Personalien. Er gab seine Adresse mit Banbury Drive 26, Oxford, an, doch ich wusste, dass sie falsch war. Der Richter erklärte, der Leichnam des Verstorbenen sei identifiziert worden von seiner Schwester, Mrs Stella Beecher, wohnhaft unter derselben Adresse. Noch eine Lüge.

Der erste Zeuge war ein Beamter der Verkehrspolizei von Thames Valley, der die Umstände des Todes von Roderick Ward am Sonntagabend, dem 12. Juli, beschrieb.

„Mr Ward war in südlicher Richtung die A415 entlanggefahren", begann er steif. „Die Reifenspuren deuten darauf hin, dass der Fahrer die Kurve nicht bekommen hat, auf die Gegenfahrbahn geraten und dort, wo die A415 über den Windrush führt, gegen das Brückengeländer geprallt ist. Das Fahrzeug ist dann in den Fluss gestürzt und wurde dort am Montag, den 13. Juli, von einem Fischer entdeckt. Als es aus dem Fluss geborgen wurde, wurde im Innern die Leiche entdeckt. Das Fahrzeug war zwar leicht beschädigt, in seiner Funktion aber nicht beeinträchtigt. Die Wucht des Aufpralls allein war aller Wahrscheinlichkeit nach also nicht tödlich. Lage und Richtung der Spuren im Gras lassen den Schluss zu, dass der Fahrer möglicherweise am Steuer eingeschlafen war."

Der Polizist schwieg und wartete, während der Untersuchungsrichter sich Notizen machte.

„Hat jemand Fragen an den Herrn Polizeibeamten?", fragte der Richter, als er schließlich aufblickte.

„Ja, Sir." Ein hochgewachsener Mann im Nadelstreifenanzug erhob sich.

Der Richter, der ihn offensichtlich kannte, nickte ihm zu.

„Officer", wandte sich der Mann an den Polizisten im Zeugenstand. „Wäre Ihrer Ansicht nach dieser Tod vermeidbar gewesen, wenn sich an der Stelle, an der der Wagen von der Straße abkam und ins Wasser stürzte, Leitplanken befunden hätten?"

„Sehr wahrscheinlich ja", sagte der Beamte.

„Und würden Sie mir zustimmen", fuhr der Nadelstreifenmann fort, „dass das Versäumnis der Bezirksverwaltung Oxfordshire, an diesem bekannten Gefahrenpunkt Leitplanken zu errichten, auf Fahrlässigkeit hinausläuft – eine Fahrlässigkeit, die Roderick Ward das Leben gekostet hat?"

„Einspruch", meldete sich ein anderer Anzugträger, „der Anwalt beeinflusst den Zeugen."

Der Richter wandte sich an den Nadelstreifenmann. „Mr Hoogland, die Frage, ob bei dem heute verhandelten Tod ein Verschulden durch Fahrlässigkeit vorliegt, ist hier nicht zulässig. Ich gebe dem Einspruch statt. Gibt es noch weitere Fragen an diesen Zeugen?"

Mr Hoogland unternahm keinen neuen Vorstoß, sondern setzte sich. Er hatte seinen Standpunkt klargemacht.

Ich dagegen wäre jetzt gern aufgestanden und hätte den Polizisten gefragt, ob seiner Meinung nach die Umstände dieses Todes inszeniert worden sein könnten. Aber natürlich stand ich nicht auf.

„Vielen Dank, Officer“, sagte der Richter. „Sie können den Zeugenstand verlassen.“

Ein Mann mit beginnender Glatze und Tweedanzug trat in den Zeugenstand. Dr. Geoffrey Vegas, gab er an, Pathologe am John Radcliffe Hospital in Oxford.

„Nun, Dr. Vegas“, begann der Richter, „können Sie dem Gericht bitte sagen, was Sie über den Verstorbenen, Mr Roderick Ward, wissen?“

„Selbstverständlich“, erwiderte der Arzt. „Am Morgen des 13. Juli untersuchte ich die Leiche noch an Ort und Stelle und gab dann Anweisung, sie in mein Labor im John Radcliffe zu bringen.“

„Haben Sie die Leiche im Krankenhaus obduziert?“

„Ja“, antwortete Dr. Vegas. „Ich kam zu dem Schluss, dass der Tod durch Erstickung eingetreten ist, die schließlich zum Herzstillstand führte. Dazu kam es, weil der Körper zu lange unter Wasser war. Einfach gesagt, er ist ertrunken. Es war Wasser in der Lunge und im Magen – beides deutet darauf hin, dass der Verstorbene noch am Leben war, als er ins Wasser fiel.“

„Gibt es noch andere Befunde, die Sie für das Gericht als wichtig erachten?“, fragte der Untersuchungsrichter.

„Eine Blutuntersuchung ergab, dass der Verstorbene dreimal mehr Alkohol im Blut hatte, als beim Fahren auf öffentlichen Straßen erlaubt ist.“

„Danke, Doktor“, sagte der Richter. „Hat noch irgendjemand Fragen an diesen Zeugen?“

Jetzt hätte ich ihn am liebsten gefragt, ob er auch überprüft hatte, ob das Wasser in der Lunge tatsächlich aus dem Fluss kam. Konnte es nicht sein, dass der Mann gezwungen worden war, eine große Menge Alkohol zu trinken, dass man ihn woanders ertränkt und ihn, als er schon tot war, in seinen Wagen gesetzt und in den Fluss befördert hatte?

Aber natürlich blieb ich wieder schweigend sitzen.

Der Untersuchungsrichter fasste anhand seiner Notizen die Beweislage zusammen und entschied dann, dass es ein Unfalltod war, zu dem Mr Wards unmäßiger Alkoholkonsum beigetragen hatte.

Niemand widersprach, niemand glaubte, dass etwas vertuscht worden war. Niemand außer mir. Und ich bildete mir vielleicht alles nur ein.

Ich stand auf und folgte dem Mann in Jeans und Pullover aus dem Gerichtssaal. „Sind Sie ein Angehöriger?“, fragte ich ihn.

Er drehte sich um, und wieder überlegte ich, woher er mir so bekannt vorkam.

„Nein“, sagte er. „Sie denn?“

„Nein“, antwortete ich.

Er lächelte und wandte sich ab. Auf einmal wurde mir klar, wer er war. Ich hatte erst am vergangenen Freitag mit seinem Vater gesprochen. Sie hatten genau die gleiche Kopfform. Der Mann war Fred Sutton, der Sohn des alten Sutton – der mit der eingeworfenen Fensterscheibe.

ICH FOLGTE Fred Sutton nicht weiter, als er das Gerichtsgebäude verließ. Er war es nicht, mit dem ich reden wollte, sondern Mr Hoogland.

Ich erwischte ihn im Foyer.

„Entschuldigen Sie, Mr Hoogland“, sprach ich ihn an. „Ich war gerade im Gerichtssaal dabei und habe mich gefragt, wen Sie vertreten.“

Er drehte sich um und sah mich an. „Wer sind Sie denn?“, wollte er wissen.

„Nur ein Freund von Roderick Ward“, antwortete ich.

„Ich vertrete eine Lebensversicherung“, entgegnete er.

„Verstehe“, sagte ich. „Roderick Ward hatte also eine Lebensversicherung?“

„Das kann ich Ihnen nicht sagen“, antwortete der Anwalt, aber weshalb sonst hatte er hier Fragen gestellt?

„Waren Sie mit dem Richterspruch zufrieden?“, erkundigte ich mich.

„Wir haben nichts anderes erwartet“, meinte Mr Hoogland selbstgefällig.

„Sind Sie vollkommen sicher, dass der Tote in dem Wagen Roderick Ward war?“

„Bitte?“ Jetzt hatte ich seine volle Aufmerksamkeit. „Ja, natürlich. Seine Schwester hat den Leichnam identifiziert.“

„Schon, aber warum ist die Schwester heute nicht hier?“, bohrte ich weiter. „Und kommt ihr die Versicherung Ihres Klienten zugute?“

Er starrte mich an. „Was wollen Sie damit andeuten?“

„Gar nichts“, log ich. „Ich bin bloß neugierig. Wenn mein Bruder gestorben wäre, dann wäre ich zu diesem Gerichtstermin gekommen.“ Mr Hoogland brauchte nicht zu wissen, dass *ich* den Brief des Gerichts an Stella Beecher in der Tasche hatte. „Allerdings habe ich ja keinen Zugang zum vollständigen Bericht des Rechtsmediziners. Es kann ja sein, dass er bereits eine DNA-Probe genommen und sie mit der DNA in der Landesdatenbank abgeglichen hat.“

„Weshalb sollte Roderick Wards DNA da gespeichert sein?"

„Weil er vor zwei Jahren wegen Fenstereinwerfens festgenommen wurde", antwortete ich.

Mr Hoogland schlug ein Notizbuch auf und begann zu schreiben.

„Und wie heißen Sie?", fragte er.

„Ist das wichtig?", fragte ich zurück.

„Sie können nicht einfach herumlaufen und anonyme Anschuldigungen erheben."

„Ich beschuldige niemanden", sagte ich. „Ich habe nur gefragt, ob Sie sicher sind, dass der Mann in dem Wagen Roderick Ward war."

„Allein damit unterstellen Sie ja schon Betrug."

„Oder Mord", sagte ich.

Wieder starrte er mich an. „Ist das Ihr Ernst?"

„Allerdings", bekräftigte ich. „Mir ist das einfach zu glatt. Spätabends auf einer Landstraße mit wenig bis gar keinem Verkehr, Kollision bei niedrigem Tempo, Alkohol, Absturz ausgerechnet an einer tiefen Stelle des Flusses, kein Versuch, auszusteigen, Lebensversicherung. Muss ich noch mehr sagen?"

„Und was fangen Sie mit Ihrer Theorie an?"

„Gar nichts", antwortete ich. „Ich habe ja keinen Mandanten, der eine hohe Versicherungssumme auf den Tisch blättern soll."

Ich sah ihm an, dass er skeptisch war.

„Überprüfen Sie wenigstens per DNA-Test, ob der Verstorbene tatsächlich Roderick Ward war. Und fragen Sie den Arzt, ob er nachgeprüft hat, ob das Wasser in der Lunge wirklich aus dem Fluss kam."

„Sie sind aber wirklich misstrauisch", meinte er.

„Ja, bin ich", sagte ich. „Haben Sie eine Visitenkarte da?"

Er zog eine aus der Jackentasche und gab sie mir.

„Ich rufe Sie an", sagte ich im Weggehen.

„Gut!", rief er mir nach. „Tun Sie das!"

6

Ich erwachte unter Qualen. In nachtschwarzer Dunkelheit. Wo war ich?

Meine Arme schmerzten stark, alles drehte sich, und ich hatte irgendeinen Stoff über dem Gesicht, grob wie Sackleinen.

Anscheinend war ich an den Armen aufgehängt. Der ganze Rücken tat mir weh, und hinter meinen Augen pochte es. Mir war hundeelend, und der Stoff auf meinem Gesicht roch widerlich nach Erbrochenem. Was war nur geschehen? Ich versuchte mich zu erinnern, doch die Schmerzen in meinen Armen ließen keinen klaren Gedanken zu. Ich hörte mich schreien.

Abgesehen von dem lodernden Feuer in Rücken und Armen schmerzte auch mein linkes Bein. „Konzentrier dich!“, rief ich mir laut zu. Wieso schmerzt die Ferse? Weil sie auf den Boden drückt. Jetzt erst merkte ich, dass ich nicht gerade herunterhing. Mein linkes Bein war vor mir ausgestreckt. Ich beugte das Knie, setzte den Fuß auf und stellte mich hin. Der brennende Schmerz in den Schultern ließ sofort nach.

Wo war ich? Was war geschehen? Und wie war ich hierhergekommen?

Mir war schwindlig. Warum konnte ich nicht richtig stehen?

Dann fiel es mir wieder ein.

Ich versuchte, mein rechtes Bein auf den Boden zu stellen. Nichts. Meine Prothese war weg. Ich spürte, wie mir das leere Ende des rechten Hosenbeins gegen die linke Wade schlackerte, als ich das Bein hin und her bewegte.

Rücken und Schultern ging es wesentlich besser, jetzt wo ich stand, und mit tausend Nadelstichen kehrte auch langsam wieder Gefühl in meine Hände zurück. Aber das waren Schmerzen, die ich gut aushalten konnte.

Ich drehte den Kopf von einer Seite zur anderen. Durch den Stoff drang nicht ein Fünkchen Licht. Ich lauschte, konnte aber nichts hören. Ich schnupperte, aber der penetrante Gestank des Erbrochenen überdeckte fast alles. Nur ein schwacher, süßlicher Geruch kam noch durch. Ein Lösungsmittel vielleicht.

Mit den Fingern suchte ich den Raum über meinem Kopf ab. Meine Handgelenke waren fest mit einem dünnen Plastikband zusammengebunden, das wiederum an einer kurzen Kette befestigt war. Ich tastete daran entlang und kam zu einem an der Wand befestigten Ring. Er saß knapp über Kopfhöhe und hatte etwa fünf Zentimeter Durchmesser. Die Kette war mit einem Vorhängeschloss daran festgemacht.

Ich lehnte mich gegen die Wand. Etwas, das waagerecht daran entlanglief, drückte mir gegen die Ellbogen. Da ich mit den Händen nicht drankam, tastete ich durch den Stoff mit dem Gesicht danach. Die Stange lief nach links und rechts, soweit ich sie ertasten konnte, und darüber war ein schmaler Sims. Plötzlich wusste ich, wo ich war.

Ich war in einem Stall. Die Querstange und der Sims, den ich ertasten konnte, schlossen die Bretterverkleidung der Box ab, die verhindern sollte, dass das Pferd mit den Hufen gegen die Steinwand tritt. Und der Wandring war dazu da, das Pferd anzubinden oder ein Heunetz aufzuhängen.

Aber wem gehörte der Stall?

Mit ziemlicher Sicherheit war ich nicht in den Stallungen meiner Mutter. Dafür war es zu still. Selbst wenn auf dem Hof meiner Mutter eine Box leer gestanden hätte, wären Pferde in der Nähe gewesen, und Pferde machten Geräusche – auch nachts, und erst recht wenn sich nebenan jemand die Lunge aus dem Leib schreit.

Lange stand ich auf meinem einen Bein. Ab und zu lehnte ich mich gegen die Wand, doch die meiste Zeit stand ich einfach da.

Es wurde Tag. Das merkte ich daran, dass nun doch ein wenig Licht durch den dunklen Stoff drang; links von mir, wo es herkam, musste ein Fenster sein. Sonst brachte der Tag nichts Neues. Stundenlang stand ich einfach weiter da.

Ich hatte Hunger und Durst, und allmählich tat mir das Bein weh. Dazu kam, dass ich dringend pinkeln musste.

Ich versuchte erneut zu rekonstruieren, wie ich hierhergekommen war. An das Gericht und die Unterhaltung mit Mr Hoogland erinnerte ich mich noch. Was war danach passiert?

Ich war zu dem Parkhaus gegangen, in dem mein Wagen stand. Und ich hatte mich geärgert, dass jemand zwanzig Zentimeter neben meiner Fahrertür geparkt hatte, obwohl das Parkhaus fast leer war. Ich wusste noch, dass ich mich gefragt hatte, wie ich sie weit genug aufbekommen sollte, um einzusteigen. Aber bis zur Tür kam ich gar nicht.

Ich wurde niedergeschlagen und bekam ein Handtuch ums Gesicht gewickelt. Es war mit Äther getränkt. Den Geruch hatte ich sofort erkannt. Und dann war ich hier in dieser schrecklichen Lage aufgewacht.

Wer war nur zu so etwas fähig?

Mit der Zeit wuchs mein Hunger, und die Schmerzen in meiner Blase nahmen derart zu, dass ich schließlich nachgeben musste und spürte, wie der Urin warm an meinem Bein hinunterlief. Aber Durst und Erschöpfung wurden das größte Problem.

Sicher würde bald jemand kommen.

Aber ich blieb allein, und das Licht vom Fenster verschwand, als aus dem Tag meine zweite Nacht im Stall wurde.

Irgendwann ging mir schließlich auf, dass mein Entführer nicht vorhatte, seiner Geisel etwas zu essen und zu trinken vorbeizubringen. Mir wurde mit Schrecken bewusst, dass ich nicht hier war, um gegen Lösegeld freigelassen zu werden, sondern um zu sterben.

TROTZ DER SCHMERZEN im Bein schlief ich stehend ein.

Das merkte ich erst, als ich das Gleichgewicht verlor und vom Ruck der Kette an meinen Handgelenken aufwachte. Ich drehte mich mit dem Gesicht zur Wand und stand wieder auf. Mir war kalt. Ich hatte zwar einen Mantel angehabt, als ich vom Gericht zu meinem Wagen zurückgegangen war, aber den hatte man mir offensichtlich abgenommen.

Ich zitterte, doch die Kälte war die geringste meiner Sorgen.

Ich hatte entsetzlichen Durst und wusste, dass mein Körper austrocknete. In meiner Ausbildung hatte ich gelernt, dass man nur wenige Tage ohne Wasser auskommen konnte.

Zeit, mich zu retten, entschied ich. Das Wichtigste zuerst: Ich musste mich von dem Wandring losmachen. Das hörte sich einfacher an, als es war.

Ich griff hinauf zu dem Vorhängeschloss, mit dem die Kette am Ring befestigt war. Der Ring ragte aus der Wand. Ich packte ihn mit rechts und versuchte ihn gegen den Uhrzeigersinn zu drehen. Er rührte sich keinen Millimeter. Ich riss mit der Kette daran, doch der Ring rührte sich immer noch nicht. Wenn ich mich nicht von ihm losmachen konnte, würde ich verdursten.

Frustriert legte ich den Kopf auf den Sims über der Holzverkleidung. Ich war so verzweifelt, dass ich durch den Stoff der Kapuze in das Holz biss. Es bewegte sich. Ich dachte, ich bildete es mir ein, und biss noch einmal zu. Es bewegte sich eindeutig.

Ich tastete mich mit dem Gesicht weiter. Der Sims über der Holzverkleidung war etwa vier Zentimeter breit und vorn abgerundet, und dort hatte es sich bewegt. Offensichtlich war eine Blendleiste vorn auf den Sims genagelt oder geklebt.

Noch einmal biss ich in das Holz und konnte die Schneidezähne hinter die Blende bringen. Ich biss fest zu und zog sie zu mir herüber, wobei ich mich mit den Armen gegen die Wand stemmte. Die Leiste löste sich so weit, dass ich sie ganz mit dem Mund packen konnte. Ich zog erneut, und sie löste sich noch weiter.

Ich zerrte so fest mit den Zähnen, dass es mich umwarf, als die Leiste auf einer Seite ganz abging, und ich wieder an der Kette hing. Aber diesmal kümmerte mich das nicht.

Ich drückte mich mit dem linken Bein wieder nach oben. Die Leiste hing nur noch an einem Ende. Etwas links von mir war offenbar eine Verbindungsstelle gewesen.

Ich fasste das Holz mit den Zähnen und drehte den Kopf nach rechts, sodass sich das lose Ende nach oben bog. Ich konnte es schon an den Armen spüren, und schließlich bekam ich die Leiste mit den Händen zu fassen.

Jetzt lehnte ich mich mit dem ganzen Körper nach rechts und bog die Leiste nach hinten.

Krachend ging sie entzwei, sodass ich ein Stück der Leiste in den Händen hielt. Ich schob ein Ende durch den Ring und benutzte das Holz als Brechstange, wobei ich mich so schwer machte, wie es nur ging.

Der Ring bewegte sich. Ich spürte es. Ich drückte noch einmal. Er bewegte sich weiter.

Ich war so aufgeregt, dass ich laut lachte.

Der Ring hatte sich um fast hundertachtzig Grad gedreht. Erneut versuchte ich, den Ring mit den Händen zu bewegen. Er drehte sich, erst langsam, dann immer schneller, bis er schließlich aus der Wand fiel.

Ich konnte die Arme senken. Ich war meine Kette los. Wunderbar!

Etwas ungelenk setzte ich mich auf den Boden. Noch waren meine Hände zusammengebunden, aber ich freute mich ungemein, nicht mehr stehen zu müssen.

Schritt eins war geschafft. Jetzt musste ich die Kapuze loswerden und meine Hände befreien. Kein Problem, dachte ich. Ich führte die Hände zum Hals und fand die Zugschnur der Kapuze. Schließlich bekam ich den Knoten auf und riss mir den stinkenden Stoff vom Kopf. Dankbar atmete ich tief ein und aus.

Schritt zwei erledigt. Jetzt die Hände.

Es war zu dunkel, um genau zu sehen, wie sie gefesselt waren, aber durch Tasten mit der Zunge fand ich heraus, dass mein Entführer die Art Kabelbinder benutzt hatte, mit denen man Schößlinge an Pflanzstäbe bindet. Die losen Enden waren jeweils durch die Schlaufe am anderen Handgelenk, durch die Kette und wieder zurückgeführt und festgezogen worden.

Ich versuchte, den Kunststoff durchzubeißen, aber er war viel zu hart. Ich sah mich um. In der Dunkelheit zeichnete sich das Fenster als helles Viereck ab. Draußen würde ich vielleicht etwas finden, mit dem ich das Plastik durchschneiden konnte. Wie aber rauskommen mit nur einem Bein und gefesselten Händen?

Was war mit der Fensterscheibe? Konnte ich mit dem Glas vielleicht den Kunststoff durchschneiden?

War das Hinsetzen schon schwierig gewesen, so war das Aufstehen ungleich mehr Arbeit. Als ich schließlich stand, hüpfte ich an der Wand entlang zum Fenster.

Es war nicht aus Glas, sondern aus Plexiglas. Natürlich. Sonst hätten sich die Pferde verletzen können. Es waren zwei holzgerahmte Kunststoffscheiben übereinander – ein Schiebefenster. Ich stieß die untere Scheibe hoch. Frische Luft! Herrlich!

Doch schon stand ich vor einem neuen Problem. Das Fenster war von außen mit Metallstäben im Abstand von zehn Zentimetern vergittert. Ich hatte zwei Tage nichts gegessen, aber so dünn, dass ich da durchgepasst hätte, war ich noch nicht. Ich merkte, wie Panik in mir aufstieg. Ich hatte furchtbaren Durst, und draußen regnete es. Um das Maß vollzumachen, legte der Regen jetzt noch zu und trommelte nur so auf das Stalldach. Wasser überall – aber nicht einen Tropfen davon für mich.

Ich sammelte meine Kräfte und hüpfte weiter zur Stalltür. Doch natürlich war sie verriegelt. Ich warf mich dagegen, aber sie gab nicht nach.

So ließ ich mich an der Ecke neben der Tür hinuntergleiten, bis ich wieder auf dem Boden saß. Ich gab auf und legte mich schlafen.

ALS ICH AUFWACHTE, war es hell, und zum ersten Mal konnte ich meine Gefängniszelle richtig sehen. Es war eine ganz normale Stallbox mit schwarz gestrichener Holzverkleidung an den Wänden und offenem Dachgebälk.

Ich widmete mich ein weiteres Mal meinen Handfesseln. Die schwarzen Plastikbänder waren zwar dünn, aber nicht kaputt zu kriegen. Die Kette war immer noch an den Bändern befestigt. Sie war grau und sah nach verzinktem Stahl aus. Das letzte Kettenglied war noch durch das Vorhängeschloss aus Messing mit dem losgeschraubten Wandring verbunden.

Ich sah mich im Stall nach etwas Scharfem um. An der Wand gegenüber dem Fenster hing ein Lecksteinhalter, ein zehn mal zwanzig Zentimeter hoher, drei Zentimeter tiefer Metallkasten, in den man einen Salz- oder Mineralstein für das Pferd stecken konnte. Der Kasten war leer, alt und rostig.

Ich kämpfte mich vom Boden hoch und hüpfte hinüber. Wie erhofft war die Oberseite des Kastens schartig vom Rost. Ich drückte die Plastikbänder auf die Kante und sägte, indem ich die Handgelenke vor- und zurückbewegte. Die Plastikfessel am linken Handgelenk ging auf. Ich hielt mir kurz die schmerzende Stelle, dann machte ich mich daran, die Fessel am rechten Handgelenk und die noch damit verbundene Kette loszuwerden. Nach ein paar Minuten war endlich alles ab.

Schritt drei geschafft. Jetzt raus aus dem Stall!

Stalltüren werden immer von außen abgesperrt, und das war bei dieser nicht anders. Vom Fenster aus konnte ich die Schlösser gerade noch sehen. Wenn ich den Kopf drehte, sah ich die Riegel mit dem linken Auge, zwei übereinander in der unteren Halbtür, einer in der oberen. Alle drei waren vorgeschoben und umgelegt.

Wie es aussah, führte der einzige Fluchtweg nach oben.

Vom Fenster aus sah ich, dass die Stallbox, in der ich gefangen saß, zu einer ganzen Reihe gehörte, die sich nach beiden Seiten erstreckte. Die

Wände zwischen den einzelnen Boxen gingen nicht bis zum Satteldach hinauf; sie waren genauso hoch wie die Vorder- und Rückseiten, etwa zwei Meter siebzig. Zwischen Wand und Dach gab es also einen dreieckigen Zwischenraum, Platz genug, um durch die Lücke in die Box nebenan zu gelangen. Ich musste lediglich die Wand hochklettern.

Kein Problem, dachte ich. Auf dem Trainingsgelände in Sandhurst hatten wir regelmäßig viel höhere Wände überwinden müssen. Allerdings hatte ich da noch zwei Füße zur Verfügung gehabt.

Ich sah mir die beiden Mauern an. Welche Richtung?

Die Entscheidung war einfach. In der Ecke gegenüber der Tür stand schräg eine Futterkrippe aus Stahl. Sie war rund einen Meter zwanzig hoch. Ich hatte zwar nur einen Fuß, aber zwei Knie, und damit balancierte ich auf der Krippenkante und streckte die Arme die Wand hoch.

Angetrieben von dem unbedingten Willen, mich zu befreien, hievte ich mich nach oben und schwang die Beine in die nächste Box hinüber.

Drüben fiel ich der Länge nach auf den Rücken. Aber egal, ich lachte trotzdem. Dann wälzte ich mich herum und kroch auf allen vieren zur Tür.

Sie war verriegelt. Das Lachen blieb mir im Hals stecken.

Okay, dachte ich, was ist mit dem Fenster?

Auch vergittert. So wie alle anderen, wie ich mit der Nase an der Scheibe erkennen konnte.

Gut, dann also weiter. Eine dieser verdammten Stalltüren war ja wohl offen. Jetzt, da ich den Bogen raushatte, ging es leichter. Ich schaffte es sogar, ohne umzufallen. Aber die nächste Tür war ebenfalls zu. Und wenn sie alle verrammelt waren?

Mit meiner gesamten Kraft zog ich mich über die nächste Wand. Dahinter sah ich jedoch keine weitere Box, sondern eine leere Sattelkammer. Sie war natürlich auch abgeschlossen. Was sonst?

Plötzlich bemerkte ich, dass das Fenster nicht vergittert war. Und die Fensterscheibe hier war aus Glas, nicht aus Kunststoff wie die anderen. Ich zog meinen Schuh aus und hämmerte dagegen – das Glas hatte gegen einen vor Durst Rasenden keine Chance. Ich schlug es mit dem Schuh bis auf den letzten Splitter aus dem Rahmen. Die Öffnung war klein, aber groß genug, um hindurchzuklettern. Ich stieg mit dem Kopf voran nach draußen.

Was für ein herrliches Gefühl! Schritt vier beendet.

Ich hüpfte unter dem Dachvorsprung hervor und stellte mich mit zurückgeworfenem Kopf und weit geöffnetem Mund in den Regen.

Noch nie hatte etwas so gut geschmeckt.

Die Flucht aus dem Stallgebäude war nur die erste Hürde gewesen.

Ich wusste nicht, wo ich war, und konnte auf einem Bein nicht kilometerweit hüpfen. Da die Regentropfen längst nicht genügten, um meinen brennenden Durst zu stillen, legte ich mich auf den Betonboden und schlürfte wie ein Hund Wasser aus einer Pfütze. Etwas gegen den Hunger zu tun und meine Beweglichkeit wiederherzustellen waren meine nächsten Ziele.

Ich brauchte eine Krücke. Vielleicht einen Besen, den ich unter den Arm klemmen konnte, oder so etwas. Auf allen vieren kroch ich zu der Box, in der ich festgehalten worden war. Dass dort kein Besen war, wusste ich, aber ich hatte beschlossen, den Ring, die Kette und das Vorhängeschloss als Beweisstücke mitzunehmen.

Weiter zur Nachbarbox. Ich war auf der Suche nach einem Besen, entdeckte aber etwas viel Besseres. Auf dem Boden lag meine Unterschenkelprothese, zusammen mit meinem Mantel. Ich lehnte mich gegen den Türrahmen und befestigte mein Bein an der Prothese.

Die Freude, wieder auf zwei Beinen laufen zu können, war enorm. Ich hob meinen Mantel auf und zog ihn an, um mich zu wärmen. Ich schob die Hände in die Taschen und fand zu meiner Überraschung mein Handy, meine Brieftasche, meinen Wagenschlüssel und die Karte von Anwalt Hoogland.

Das Handy war aus. Ich schaltete es wieder ein, und das Display leuchtete auf. Ich überlegte, wen ich anrufen sollte. Wem konnte ich trauen?

Ich erkundete die Stallgebäude, um festzustellen, wo ich war. Die Polizei hätte mich bei einem Anruf wohl anhand des Handysignals orten können, aber ich wollte die Antwort selbst finden.

Nirgends in den Boxen waren Pferde. Und in dem großen Haus daneben keine Menschen. Alle Türen waren verschlossen. Also überquerte ich den schotterbestreuten Wendeplatz vor dem Haus und ging den Zufahrtsweg entlang. Noch war es hell genug, dass ich sehen konnte, wo ich hintrat, aber schon bald würde es finster sein.

Die Zufahrt war lang, doch dankenswerterweise etwas abschüssig. Sie endete an einem imposanten, zwei Meter hohen Eisentor zwischen zwei ebenso imposanten Steinsäulen. Das Tor war geschlossen und mit einer Kette und einem Vorhängeschloss gesichert.

Ich sah an dem Tor hoch. Musste ich wirklich noch mal klettern?

Nein. Ein kurzer Abstecher zehn Meter nach links und ich konnte über einen Lattenzaun steigen. Das imposante Tor war mehr Schau als Einbruchssicherung.

Außen an einem der Pfeiler hing ein Plastikschild. ZU VERKAUFEN stand darauf, plus die Telefonnummer eines Immobilienmaklers. Ich riss es herunter und konnte die Aufschrift darunter entziffern: GREYSTONE STABLES. LARRY WEBSTER – TRAINER.

Ich erinnerte mich, dass mir jemand von dem Stall erzählt hatte – „der Webster-Stall, oben an der Straße nach Wantage“. Demnach war ich also in Lambourn beziehungsweise nicht weit davon entfernt. Und tatsächlich sah ich in einiger Entfernung die Lichter des Dorfes.

Sollte ich meine Mutter anrufen und sie bitten, mich abzuholen, oder sollte ich die Polizei verständigen und Anzeige wegen Entführung und versuchten Mordes erstatten? Ich wusste, ich hätte das Zweite tun sollen. Es war richtig und vernünftig. Meine Mutter müsste dann eben sehen, wie sie mit dem Finanzamt klarkam.

Doch irgendetwas hielt mich davon ab, und zwar nicht nur der Gedanke, dass meine Mutter damit alles verlieren würde. Es war mehr als das. Vielleicht das Bedürfnis, selbst für meine Sache zu kämpfen, mir zu beweisen, dass ich noch kämpfen konnte. Vor allem aber wollte ich wohl eigenhändig Rache nehmen an dem, der mir das angetan hatte.

Vielleicht war es auch einfach nur verrückt, aber trotzdem steckte ich das Handy wieder ein und rief niemanden an. Ich marschierte los, auf die Lichter zu, nach Hause.

ICH LEBTE und war frei, und solange gewisse Leute annahmen, ich sei gefangen und im Begriff zu sterben, hatte ich den Überraschungsfaktor auf meiner Seite. Strategisch gesehen war Überraschung das A und O.

Auf dem Weg durch den Ort hielt ich mich im Dunkeln. Nur das verflixte Klicken meines rechten Beins war verräterisch. Wieder einmal nahm ich mir vor, verstärkt an einem lautlosen Gang zu arbeiten.

Auf der Zufahrt zu den Kauri-Stallungen blieb ich stehen.

Wollte ich wirklich, dass meine Mutter und mein Stiefvater erfuhren, was passiert war? Und konnte ich mich darauf verlassen, dass sie es nicht weitererzählten, auch nicht aus Versehen? Absolutes Stillschweigen war vielleicht entscheidend für das weitere Vorgehen. Aber ich brauchte dringend etwas zu essen und wollte mich waschen und saubere Sachen anziehen.

Im Weitergehen sah ich, dass in den Ställen Licht brannte und die Pfleger dabei waren, auszumisten und ihre Schützlinge zu versorgen. Ich machte einen Bogen ums Haus und ging rasch die Treppe zu Ian Norlands Wohnung über dem Stall hinauf. Ich ging davon aus, dass er seine Wohnung unverschlossen ließ, wenn er unten bei den Pferden war, und ich hatte recht.

Während ich darauf wartete, dass er mit den Pferden fertig wurde, plünderte ich seinen Kühlschrank. Da sich zwischen den Bierdosen herzlich wenig Essbares fand, nahm ich mit einer Flasche Milch vorlieb. Die hatte ich komplett ausgetrunken, als ich Ian auf der Treppe hörte. Ich stellte mich direkt hinter die Tür, aber er entdeckte mich, als er sie schloss.

„Verdammt, was machen Sie hier?", fragte er aufgebracht.

„Ich brauche Ihre Hilfe, Ian", antwortete ich schnell.

Er musterte mich von oben bis unten, die verdreckten, zerrissenen Kleider, den Stoppelbart. „Wie sehen Sie denn aus?", fragte er missbilligend. „Was haben Sie angestellt?"

„Gar nichts", antwortete ich. „Ich bin nur ein bisschen schmutzig und habe Hunger. Ich erkläre Ihnen alles später. Aber jetzt brauche ich Ihre Hilfe. Meine Mutter soll nicht wissen, dass ich hier bin. Wir haben uns gestritten."

„Worüber?", wollte er wissen.

„Es ging darum, wie die Pferde laufen."

Das interessierte ihn. „Erzählen Sie!"

„Dürfte ich erst mal Ihr Bad benutzen?", fragte ich. „Ich brauche dringend eine Dusche. Sie hätten nicht vielleicht was zum Anziehen in meiner Größe da?"

„Soll ich Ihnen was von Ihren Sachen holen?", fragte er. „Ihre Mutter und Mr Philips sind zu irgendeiner großen Feier nach London gefahren. Um fünf, hab ich selbst gesehen. In Galamontur. Sie sagte mir, morgen früh zum ersten Training seien sie wieder da."

Ich hätte also auch ins Haus gehen können, statt Ian zu behelligen.

„Der Wagen meiner Mutter steht aber doch in der Einfahrt", merkte ich an.

„Sie sind von einem großen dunklen Auto mit Chauffeur abgeholt worden", erklärte er. „Mrs Kauri ist anscheinend Ehrengast oder so was."

„Kommen sie heute noch zurück?"

„Das weiß ich nicht. Mir hat sie nur gesagt, dass wir uns morgen früh um halb acht sehen."

„Gut", erwiderte ich. „Ich gehe mich jetzt drüben duschen und umziehen, und Sie kaufen uns im China-Take-away was zu essen." Ich hielt ihm Geld aus meiner Brieftasche hin. „Und bringen Sie bitte auch Milch mit. Ihre habe ich leider ausgetrunken."

Er sah mich wortlos an, nahm aber das Geld.

Ich blickte auf die Uhr an der Wand. „In einer Dreiviertelstunde bin ich wieder hier, dann können wir essen und uns dabei unterhalten."

KNAPP FÜNFZIG MINUTEN SPÄTER stieg ich ein weiteres Mal die Treppe zu Ians Wohnung hinauf, nachdem ich ein langes, heißes Bad genommen hatte, um meine immer noch schmerzenden Schultern zu entspannen. Und ich hatte ein paar Sachen mitgebracht.

„Was ist denn in der Röhre?“, fragte Ian.

„Mein Säbel“, antwortete ich. „Er könnte vielleicht nützlich sein.“

„Für was?“, fragte er bestürzt. „Ich mache nichts Ungesetzliches!“

„Nur die Ruhe. Ich verlange schon nichts dergleichen.“

Er entspannte sich etwas.

„Kann ich hierbleiben?“, fragte ich und stellte meine Tasche ab.

„Ich habe aber bloß ein Bett.“

„Das macht nichts“, sagte ich. „Mir genügt der Fußboden.“

„Sie können auf dem Sofa schlafen.“

„Umso besser“, entgegnete ich. „Und wie steht's mit dem Essen? Ich habe einen Bärenhunger.“

Er servierte es auf zwei Tellern auf seinem winzigen Küchentisch, und ich haute rein. Schließlich lehnte ich mich zurück und schob mit einem Seufzer den Teller von mir.

„Menschenskind“, sagte Ian, der mit seinem Schweinefleisch süßsauer erst angefangen hatte. „Man könnte meinen, Sie hätten eine Woche lang nichts zu essen bekommen.“

„Was für ein Tag ist heute?“, fragte ich.

Er sah mich komisch an. „Mittwoch.“

War ich wirklich am Montag erst nach Oxford zu dem Gerichtstermin gefahren? Vor zweieinhalb Tagen? Es kam mir länger vor. Wie ein halbes Leben, genau gesagt. Wollte ich Ian den Grund nennen, wieso ich so einen Hunger hatte? Nicht unbedingt.

„In der Wildnis sind Restaurants rar“, sagte ich stattdessen. „Ich habe ein paar Nächte in den Downs verbracht, in einer selbst gebauten Unterkunft.“

„Bei der Kälte und dem Regen?“

„Allerdings. Ich konnte nicht mal vernünftig Feuer machen“, sagte ich. „Aber es ist ein gutes Training. Nichts härtet so gut ab wie ein bisschen Ungemütlichkeit.“

„Ihr Stahlhelme spinnt doch“, meinte Ian. „Worüber waren Sie sich denn bei den Pferden mit Ihrer Mutter nicht einig?“

„Ach, Lappalien“, ruderte ich zurück. „Und sie würde bestimmt nicht wollen, dass ich mit Ihnen darüber rede.“

„Da könnten Sie recht haben“, stimmte er mir lächelnd zu. „Erzählen Sie's trotzdem.“

„Ich habe ihr nur gesagt, dass Pharmacist nach seinem Abschneiden in Cheltenham meiner Ansicht nach nicht reif für den Gold Cup ist. Und sie sagte, ich solle mir meine Ansicht sonst wohin stecken."

Er lachte. „Das sehe ich ganz genauso."

„So?", tat ich erstaunt. „Als wir uns das Rennen hier im Fernsehen angeschaut haben, meinten Sie doch, Pharmacist käme für Cheltenham nicht infrage."

„Na ja", verteidigte er sich, „das hab ich vielleicht aus dem Moment heraus gesagt, aber es war nicht so gemeint. Wenn er mal schwach läuft, ist er ja deswegen noch kein schlechtes Pferd, oder?"

„Ich habe das meiner Mutter aber nur gesagt, weil ich dachte, Sie sehen das so. Ich werde wohl um Verzeihung bitten müssen, damit ich wieder ins Haus darf."

„Hat sie Sie bloß deswegen rausgeworfen?"

„Na ja, es kam auch noch einiges andere dazu", sagte ich. „Familienangelegenheiten und so."

Er nickte verständnisvoll. „Wollen Sie also wirklich hierbleiben?", fragte er.

„Unbedingt", erwiderte ich. „Ich geh auf keinen Fall mit eingekniffenem Schwanz heim zu Mami, sonst hab ich mein Leben lang keine Ruhe mehr."

Er lachte wieder. „Meinetwegen, aber ich muss früh raus."

„Ich will sowieso um sechs weg sein."

„Damit Sie Ihrer Mutter nicht begegnen?"

„Zum Teil. Aber fragen Sie sie doch mal, was sie meint, wo ich stecke. Das würde mich wirklich interessieren, bloß verraten Sie ihr nicht, dass ich hier gewesen bin."

„Gut, ich frag sie. Aber wo wollen Sie denn hin?"

„Dahin, wo ich die letzten Tage gewesen bin", sagte ich. „Da habe ich noch was zu erledigen."

Ich nahm meinen eingepackten Säbel mit, als ich am Donnerstagmorgen kurz nach halb sechs aus Ians Wohnung verschwand. Den Rest unseres Chinaessens und die Hälfte der Milch, die Ian am Abend gekauft hatte, nahm ich ebenfalls mit. Außerdem steckte ich mein frisch aufgeladenes Handy und die Karte von Mr Hoogland ein. Vielleicht würde ich mir die Zeit ein wenig vertreiben müssen.

Ich lief durch den noch schlafenden Ort in Richtung Wantage nach Greystone Stables zurück. Dass mein Bein jetzt nicht mehr bei jedem Schritt klackte, war eine der großen Errungenschaften des Abends bei Ian. Ich hatte die Verbindung zwischen dem Prothesenschaft und dem Fußgelenk als Problemstelle ausgemacht. Das Gelenk klackte, wenn ich mein Gewicht darauf verlegte und zwei Metallteile aufeinandertrafen. Mit einem Schraubenschlüssel und einem Gummiviereck, das Ian aus einem kaputten Stiefel schnitt, war es mir gelungen, das Klacken abzustellen. Jetzt genoss ich es, mich wieder lautlos bewegen zu können.

Das Tor war immer noch mit Kette und Schloss gesichert. Ich stieg wieder über den Lattenzaun und ging wachsam die Auffahrt hinauf. Auf halber Höhe sah ich nach dem an einen Stein gelehnten Stöckchen, das ich am Abend dort platziert hatte. Ein vorbeifahrendes Auto hätte das Stöckchen kaputt gemacht, aber es war noch da. Niemand war also über Nacht hier heraufgefahren.

Dennoch blieb ich weiter aufmerksam, als ich mich dem Haus näherte. Im Osten hellte sich der Himmel in herrlichen Blau-, Violett- und Rottönen auf. Leise versuchte ich, die Türen zu öffnen. Sie waren nach wie vor abgesperrt.

Ich ging ums Haus herum und zurück in den alten Stallhof. Am linken Ende des Stallblocks las ich zuerst die Scherben auf, die noch unter dem eingeschlagenen Fenster auf dem Boden lagen. Ich legte sie außer Sichtweite innen auf den Fenstersims.

Jetzt brauchte ich mich nur noch zu verstecken und zu warten.

In der Mitte des Stallblocks gegenüber der Boxenreihe, in der ich gefangen gewesen war, befand sich ein Durchgang. Zum Stallhof hin hatte er eine Schwingtür mit einem einfachen Fallriegel. Sie bestand aus Latten, die im Abstand von einigen Zentimetern auf einen schlichten Holzrahmen geschraubt waren.

Ich hob den Riegel an, stieß die Tür auf und passierte den Durchgang. Hinter den Ställen war ein Misthaufen, der schon so lange nicht abgefahren worden war, dass leuchtend grüne Grasbüschel daraus hervorsprossen. Der Durchgang sollte offenbar den Zugang von den Ställen zum Misthaufen erleichtern. Und er war das ideale Versteck.

Hinter den Boxen fand ich ein leeres blaues Plastikfass, auf dem ich es mir bequem machte, und so hielt ich hinter der Tür Ausschau und wartete auf die Ankunft meines Feindes.

Wie gern hätte ich mein treues SA80-Sturmgewehr mit aufgesetztem Bajonett bei mir gehabt! Stattdessen hatte ich nur meinen Säbel – den aber einsatzbereit in der Hand.

7

Ich wartete lange. Ab und zu stand ich auf und lief in dem kurzen Durchgang ein paarmal hin und her, damit die Beine durchblutet wurden.

Den Stallhof weiterhin genau im Blick, rief ich am Nachmittag um drei Mr Hoogland an.

„Oh, hallo“, begrüßte er mich. „Ich kann einige Ihrer Fragen beantworten.“

„Nämlich?“, fragte ich interessiert.

„Der Verstorbene war definitiv Roderick Ward“, sagte er.

„Aha.“

„Sie hören sich enttäuscht an.“

„Das weniger“, erwiderte ich. „Nur etwas überrascht bin ich. Wieso sind Sie sich jetzt sicher?“

„Ich habe den Rechtsmediziner gefragt. Er hat die DNA analysiert, und es steht ganz außer Zweifel, dass der Tote im Fluss derjenige war, für den wir ihn gehalten haben.“

Zumindest schied Roderick damit als Erpresser aus.

„Hat der Arzt auch bestätigt, dass das Wasser in Wards Lunge aus dem Fluss stammt?“

„Ach herrje, das habe ich vergessen zu fragen, tut mir leid.“

„Und Wards Schwester?“, fragte ich. „Haben Sie über die etwas herausgefunden?“

„Allerdings. Anscheinend ist ihr Wagen am Morgen der Gerichtsverhandlung liegen geblieben, und sie kam nicht rechtzeitig hin. Man sagte ihr, dann müsse eben ohne sie verhandelt werden, und sie war damit einverstanden.“

„Aber sie wohnt doch in Oxford“, wunderte ich mich. „Konnte sie nicht den Bus nehmen?“

„Offenbar ist sie umgezogen“, antwortete er. „Sie haben mir ihre Adresse gegeben, aber ich hab sie nicht genau im Kopf. Irgendwo in Andover.“

„Oh“, sagte ich. „Gut, danke, dass Sie nachgefragt haben. Da war ich vielleicht doch auf dem falschen Dampfer.“

„Ja, schade“, meinte er bedauernd. „Wäre eine gute Story gewesen.“

„Jaja“, meinte ich.

„Für Ihre Zeitung?“, klopfte er auf den Busch.

„Nein, ich bin kein Reporter“, gab ich zurück und lachte. „Bloß ein geborener Skeptiker. Bis dann wieder.“

Ich beendete lächelnd das Telefongespräch und schaltete das Handy aus. Und noch immer kam niemand.

Ich ass den kalten Rest meines Chinamenüs vom Vorabend und trank etwas Milch.

Warum trachtete mir jemand nach dem Leben? Denn dass man mich sterben lassen wollte, stand fest. Würden sie also überhaupt noch mal nach den Früchten ihrer Arbeit schauen? Würden sie nicht einfach annehmen, dass ich tot war?

Aber wie war das noch mal? Annahmen sind dazu da, überprüft zu werden.

Die Sonne ging kurz nach fünf unter, und mit ihr sank die Temperatur. Ich wartete weiter, aber es kam immer noch niemand.

Als das Handy neun Uhr anzeigte, entschloss ich mich, Feierabend zu machen und zu Ian zurückzukehren. Ich steckte meinen Säbel wieder in die Scheide und beides in die Pappröhre, die ich mir über die Schulter hängte.

Auf halber Höhe der Zufahrt vergewisserte ich mich, dass das Stöckchen noch am Stein lehnte. Gut.

Ich wollte gerade über den Zaun steigen, als ich auf der Straße nach Wantage die Scheinwerfer eines Wagens sah, der aus Richtung Lambourn kam. Ich dachte mir nichts dabei. Da ich es jedoch nicht für klug hielt, beim Übersteigen des Zauns gesehen zu werden, legte ich mich in das hohe Gras und wartete, dass der Wagen vorbeifuhr.

Aber er fuhr nicht vorbei. Er bog von der Straße ab und hielt am Tor. Die Scheinwerfer gingen aus, und ich sah zwar nicht, aber hörte, wie der Fahrer ausstieg.

Ich lag etwa zehn Meter entfernt still mit dem Gesicht nach unten im Gras.

Die Kette klirrte, als sie zwischen den Torstangen herausgezogen wurde. Der da gekommen war, hatte den Schlüssel für das Vorhängeschloss dabei. Es war in der Tat mein Feind.

Ich hörte das Tor leise quietschen, als es aufgestoßen wurde. Ich riskierte einen Blick, doch die offene Autotür versperrte mir die Sicht auf den zum Wagen zurückkehrenden Fahrer. Unmöglich zu sehen, wer es war.

Der Motor sprang an, und die Scheinwerfer wurden wieder eingeschaltet.

Der Wagen setzte zurück und fuhr wieder in Richtung Lambourn davon. Schnell kniete ich mich hin. Den Feind hatte ich nicht identifiziert, aber trotz der Dunkelheit meinte ich die Automarke erkannt zu haben, wenn auch nicht die Wagenfarbe.

„Und – was hat meine Mutter gesagt?“, fragte ich Ian, als ich wieder in seiner Wohnung war.

„Zu was genau?“

„Wo ich stecke."

„Ach sò. Sie meinte, Sie seien unverhofft von der Armee nach London beordert worden und sie wüsste nicht, wann Sie wiederkämen. Das hätte nicht in Ihrem Brief gestanden."

„Meinem Brief?", fragte ich überrascht.

„Ja. Mrs Kauri sagte, Sie hätten ihr geschrieben."

„Aus London?"

„Das hat sie nicht gesagt", entgegnete Ian, „aber den Brief gab's ja wohl sowieso nicht, oder?"

„Nein", sagte ich wahrheitsgemäß. „Ich habe ihr ganz bestimmt nicht geschrieben."

Aber jemand anders vielleicht.

Ich erwachte um fünf Uhr nach einer weiteren unruhigen Nacht auf Ians Couch. Es gingen mir unendlich viele Fragen im Kopf herum, deshalb blieb ich im Dunkeln liegen und dachte nach.

Warum hatte mein Feind nicht im Stall nachgesehen, ob ich tot war? Vielleicht fürchtete er sich am Ende vor dem grausigen Ergebnis seiner Tat? Das hätte ich ihm nicht verdenken können. Leichen sind nicht ohne Grund der Stoff von Albträumen.

Wenn mein Feind sich gestern Abend nach dem Aufschließen des Tors nicht die Mühe gemacht hatte, zu den Ställen zu gehen, würde er wohl kaum noch einmal wiederkommen. Demnach konnte ich es mir sparen, in dem Stalldurchgang auf ihn zu warten. Heute hatte ich sowieso etwas anderes vor.

„Andover", hatte Anwalt Hoogland gesagt.

Wieso kam mir das bekannt vor?

Der alte Sutton, dachte ich. Er wohnte jetzt in einem Pflegeheim in Andover. Und sein Sohn, Detective Sergeant Fred, war bei der Untersuchung des Todes von Roderick Ward dabei gewesen. Und die Schwester von Roderick Ward war nach Andover gezogen. Alles nur Zufall?

Um sechs hörte ich, wie Ian aufstand und unter die Dusche ging. Ich setzte mich auf und legte meine Prothese an.

„Würden Sie mir Ihren Wagen leihen?", fragte ich Ian beim Frühstück.

„Für wie lange?"

„Das weiß ich noch nicht. Zuerst muss ich Geld abheben. Und es kann sein, dass ich den ganzen Morgen unterwegs bin, vielleicht auch den ganzen Tag."

„Ich muss zum Supermarkt", sagte er. „Hab nichts mehr zu essen da."

„Dann bring ich was mit."

„In Ordnung." Er lächelte. „Ich bleib auch viel lieber hier und seh mir die Rennen in Sandown im Fernsehen an."

„Bekomme ich also Ihren Wagen?"

„Wo ist denn Ihrer?"

„In Oxford", sagte ich ehrlich. Dann log ich: „Die Zylinderkopfdichtung ist defekt. Er steht dort in der Werkstatt."

Ich nahm an, dass mein Jaguar noch in dem Parkhochhaus im Zentrum von Oxford stand, und da wollte ich ihn auch lassen. Ihn abholen hieße das Risiko einzugehen, eventuell entdeckt zu werden, und das wollte ich vermeiden.

„Gut. Sie können ihn haben. Versichert sind Sie hoffentlich?"

„Bin ich", beteuerte ich. „Und ich tanke ihn voll."

„Das wär prima." Er warf mir die Schlüssel zu.

Ich fing sie auf. „Danke."

„Kommen Sie heute Abend wieder her?", fragte er.

„Wenn ich darf", sagte ich. „Lust auf was Indisches?"

„Gute Idee. Bringen Sie mir ein Balti-Hühnchen und Naan-Brot mit."

„Okay", sagte ich. „Bis dann."

Ich schlich mich aus Ians Wohnung, bevor es hell wurde, und fuhr mit seinem klapprigen Corsa ins Dorf hinein.

IN NEWBURY war freitagmorgens um sieben erwartungsgemäß noch nicht viel los, wenn auch der Kundenparkplatz von Sainsbury's nur so von frühen Einkäufern wimmelte, die dem Wochenendansturm auf die Lebensmittel zuvorkommen wollten.

Ich parkte zwischen zwei anderen Wagen, ging aber nicht in den Supermarkt, sondern Richtung Stadtmitte.

Der Postfach-Shop in der Cheap Street Nummer 46 war montags bis freitags von halb neun bis achtzehn Uhr geöffnet.

Wenn mein Stiefvater das wöchentliche 2000-Pfund-Päckchen für den Erpresser wie üblich am Donnerstagnachmittag aufgegeben hatte, dann würde es heute im Lauf des Tages hier ankommen und zum Abholen in Postfach 116 deponiert werden.

Postfach 116 war durchs Schaufenster des Ladens gut zu sehen, und ich hatte vor, es den ganzen Tag im Auge zu behalten für den Fall, dass da jemand etwas abholte. Nur konnte ich nicht gut draußen auf dem Gehsteig rumstehen und jeden daherkommenden Kunden inspizieren. Deshalb war ich so früh nach Newbury gefahren; ich wollte gründlich die Lage erkunden.

Auf den ersten Blick gab es zwei gute Standorte, um unbemerkt das

Kommen und Gehen in Nummer 46 zu beobachten. Der erste war ein rund dreißig Meter entferntes Café, der zweite das indische Restaurant „Taj Mahal" direkt gegenüber.

Ich fand das Restaurant besser, nicht nur wegen der guten Lage, sondern weil das Fenster halb von Vorhängen verdeckt war, hinter denen ich mich problemlos verbergen konnte. Ich brauchte mir nur den richtigen Tisch zu sichern. Ein Schild an der Eingangstür verriet mir, dass sie um zwölf öffneten. Bis dahin musste ich mich mit dem Café begnügen, das in einer halben Stunde aufmachen würde: um acht.

Ich ging um die Ecke und fand eine Bank mit Geldautomat. Ich hob zweihundert Pfund ab und kaufte mir dann an einem Kiosk eine Zeitung. Nicht dass ich vorgehabt hätte zu lesen, aber ich brauchte etwas, wohinter ich mich verstecken konnte.

PUNKT HALB NEUN beobachtete ich über meine Zeitung hinweg, wie ein Mann und eine Frau die Tür des Postfach-Shops aufschlossen und hineingingen. Von meinem Platz aus konnte ich Fach 116 gerade noch sehen.

Ich trank etliche Tassen Kaffee und jede Menge Orangensaft und hoffte, als jemand durchzugehen, der den Morgen mit Zeitunglesen vertrödelte. Die Straße hatte sich im Lauf des Morgens belebt, aber bisher war niemand aufgetaucht, den ich kannte.

Zehn vor elf kam der Briefträger langsam die Straße entlang. Er schob einen knallroten vierrädrigen Wagen vor sich her und brachte einen großen Stapel Briefe und Päckchen in den Shop.

Erst in einer halben Stunde machte das Taj Mahal auf, aber hier konnte ich nicht mehr bleiben. Ich stand auf, raffte meine ungelesene Zeitung zusammen und ging hinaus. Da ich nicht einfach auf der Straße herumlungern konnte, betrat ich den Laden direkt neben dem indischen Restaurant; ein Computer- und Elektronikgeschäft.

„Kann ich Ihnen helfen, Sir?", sprach mich ein junger Mann an.

„Nein, danke", sagte ich. „Ich schau mich nur um."

„Sagen Sie Bescheid, wenn Sie mich brauchen", meinte er.

„Mach ich." Ich stellte mich vor das Schaufenster und sah konzentriert auf die andere Straßenseite. Das Schaufenster, bemerkte ich, enthielt lauter Kameras.

„Ich hätte gern eine Kamera", sagte ich, ohne mich umzudrehen.

„Selbstverständlich, Sir", erwiderte der junge Mann. „Eine bestimmte?"

„Wenn möglich eine, die ich sofort benutzen und mit der man gut zoomen kann."

„Wie wär's mit der neuen Panasonic?", bot er an. „Die hat einen achtzehnfachen optischen Zoom und ein Leica-Objektiv."

„Okay, dann nehme ich die. Und sie ist auch sofort einsetzbar?"

„Denke ich schon", sagte er. „Sie müssen ziemlich bald den Akku aufladen, aber ein bisschen Saft ist normalerweise drauf."

„Können Sie sie mir so einstellen, dass ich gleich ein paar Bilder machen kann?"

„Gern, Sir", sagte der junge Mann. „Sie nimmt direkt auf Speicherkarte auf. Möchten Sie eine dazuhaben?"

„Ja, bitte." Ich behielt den Postfach-Laden im Auge, während der junge Mann den Akku prüfte und die Speicherkarte in die Kamera einlegte.

„Soll ich sie wieder einpacken?", fragte er.

„Nein, lassen Sie nur."

Ich gab ihm meine Kreditkarte und wandte mich kurz zu ihm, um meine PIN einzugeben und mich zu vergewissern, dass ich hier kein Vermögen ausgab.

„Und lassen Sie die Kamera bitte eingeschaltet."

„Dann hält der Akku nicht lange", sagte er. „Sie ist aber ganz einfach einzuschalten bei Bedarf. Sie brauchen nur diesen Knopf zu drücken." Er zeigte es mir. „Dann halten Sie drauf und knipsen – hier." Er deutete auf einen anderen Knopf. „Den Rest macht die Kamera."

„Prima, vielen Dank", sagte ich und nahm die Plastiktüte, die er mir hinhielt.

Schnell verließ ich den Laden und ging sogleich in das indische Restaurant nebenan, nachdem ein Kellner das GESCHLOSSEN-Schild an der Tür umgedreht hatte.

„Ich hätte gern den Tisch dort", sagte ich mit einer Handbewegung.

„Aber, Sir", wandte der Kellner ein. „Das ist ein Tisch für vier Personen."

„Ich erwarte auch noch drei", sagte ich und setzte mich an den Tisch, ehe er mich davon abhalten konnte.

Ich bestellte ein Mineralwasser, und als der Kellner es holen ging, zog ich die Gardine am Fenster ein wenig zurück, sodass ich Postfach 116 genau im Blick hatte.

DAS PÄCKCHEN wurde zwanzig nach eins abgeholt, als der indische Kellner längst nicht mehr daran glaubte, dass ich zum Essen noch Gesellschaft bekommen würde.

Ich hatte gerade fertig gegessen, als ich plötzlich sah, wie jemand in den Postfach-Shop trat. Innerhalb von Sekunden hatte die Abholerin das

Postfach 116 geöffnet, den Inhalt herausgenommen, das Postfach wieder verschlossen und sich entfernt.

Aber nicht, bevor ich mit meiner Neuerwerbung kräftig drauflosgeknipst hatte.

Noch am Tisch schaute ich mir die Fotos an: Auf etlichen sah man nur den Hinterkopf, aber drei Bilder waren perfekte Nahaufnahmen. Zwei zeigten die Abholerin im Profil beim Leeren des Postfachs und eins von vorn beim Verlassen des Ladens.

Ich hatte mir natürlich zuvor schon Gedanken gemacht, wer es alles hätte sein können, aber die Frau, die mir auf dem Kameradisplay entgegenblickte, hatte nicht auf meiner Kandidatenliste gestanden. Das Gesicht auf dem Foto, die Erpresserin meiner Mutter, war Julie Yorke.

Am Samstagmorgen um neun stand ich mit Ians Wagen in einer Parkbucht auf halber Höhe der Straße nach Baydon. Dort hatte ich Stellung bezogen, damit ich bequem den von Lambourn kommenden Verkehr beobachten konnte. Ich wartete auf ein bestimmtes Fahrzeug.

Langsam gewöhnte ich mich an die unruhigen Nächte und das zeitige Aufwachen. Und an die Fragen, die mir im Kopf herumgingen. War Julie Yorke wirklich der Erpresser? Und mit wem arbeitete sie zusammen?

Es musste noch jemand anders dabei sein. Meine Mutter hatte stets von „ihm" gesprochen. Ich hatte die Flüsterstimme am Telefon selbst gehört und war mir ziemlich sicher, dass es sich um einen Mann handelte.

Ich gähnte. Mir fehlte zwar Schlaf, aber ich wusste, dass ich ziemlich lange mit ein paar Stunden pro Nacht auskommen konnte. Wieder hatte ich die Kauri-Stallungen lange vor Tagesanbruch in Ians Wagen verlassen. Ich war nach Wantage gefahren und hatte mir an einem Kiosk im Ort die *Racing Post* gekauft. Der Zeitung zufolge ließ Ewen Yorke an diesem Nachmittag sieben Pferde auf zwei verschiedenen Rennbahnen laufen: drei in Haydock Park und vier in Ascot.

Haydock lag etwa auf halber Strecke zwischen Manchester und Liverpool, also gut drei Autostunden entfernt. Ascot war wesentlich näher, und über die M4 war man in fünfzig Minuten da.

Ewen hatte auf beiden Bahnen einen Starter im ersten Rennen, und wenn er rechtzeitig zum ersten in Haydock sein wollte, musste er gegen zehn mit seinem weißen BMW die Straße nach Baydon heraufkommen, spätestens aber um halb elf.

Also saß ich da und wartete.

Um Viertel vor zehn kam ein Wagen, den ich kannte. Kein weißer BMW, sondern ein abgetakelter blauer Ford – der Wagen meiner Mutter.

Ich drückte mich möglichst tief in den Sitz, als sie vorbeifuhr, und hoffte, dass sie den Wagen in der Parkbucht nicht als den ihres Futtermeisters erkannte. Deshalb war ich auch ziemlich erleichtert, als ihr Wagen an der nächsten Biegung verschwand. Wie erwartet fuhr meine Mutter zum Pferderennen nach Haydock, wo sie Oregon für seinen letzten Lauf vor dem Rennen in Cheltenham angemeldet hatte.

Ich hielt weiter Ausschau und wartete, aber ein weißer BMW kam nicht in Sicht.

Zehn vor elf fand ich es an der Zeit, mich woandershin zu stellen. Ewens Wagen war nicht aufgetaucht, aber das hieß nicht, dass er nicht nach Haydock gefahren war, sondern nur, dass er nicht die Straße nach Baydon genommen hatte.

Ich wechselte zu einer ähnlich günstig gelegenen Einfahrt auf dem Hungerford Hill, einer anderen Ortsausfahrt von Lambourn. Wenn Ewen Yorke am Nachmittag nach Ascot wollte, würde er mit ziemlicher Sicherheit hier entlangkommen, und zwar bis allerspätestens halb eins, um sein Pferd fürs erste Rennen satteln zu können.

Fünf vor zwölf kam tatsächlich sein weißer BMW die Anhöhe herauf, und ich hängte mich an ihn dran.

Ich hatte vor, ihm in sicherem Abstand zu folgen und mich zu vergewissern, dass er wirklich nach Ascot fuhr. Wie es aussah, brauchte ich nicht groß darauf zu achten, dass ich weit genug zurückblieb, um nicht gesehen zu werden. Ian Norlands kleiner Corsa kämpfte sich Hungerford Hill hinauf, so schnell er konnte, aber Ewen Yorkes rasanter BMW war längst weg, als ich am Berg oben ankam.

Es behagte mir zwar nicht, aber ich musste mich einfach darauf verlassen, dass er tatsächlich nach Ascot gefahren war und frühestens in fünf Stunden wieder in Lambourn sein würde. Also fuhr ich wieder den Berg hinab nach Lambourn, wo ich auf dem Schotterweg vor der Haustür der Yorkes hielt.

JULIE schien überrascht, mich zu sehen, aber vielleicht nicht so überrascht, als hätte sie geglaubt, ich sei tot.

„Was machen Sie denn hier?", fragte sie verwundert.

„Sie meinten doch, ich solle Sie mal besuchen. Nun, hier bin ich."

Sie wurde etwas rot um den Hals. „Was ist da drin?", fragte sie mit einem Blick auf die Plastiktüte in meiner Hand.

„Champagner", antwortete ich.

Sie errötete wieder, und diesmal bis zu den Wangen. „Dann kommen Sie mal rein", sagte sie und hielt mir die Tür auf.

„Sehr schön“, bewunderte ich die geschwungene weiße Treppe im Flur. „Wo ist das Schlafzimmer?“

„Oh“, meinte sie kichernd. „Da hat’s aber einer eilig.“

„Wenn nicht jetzt, wann dann?“, sagte ich. „Ist Ewen zu Hause?“

„Nein“, sagte sie und kicherte wieder. „Der ist zum Pferderennen.“ Sie sog tief die Luft ein vor Erregung, sodass sich ihre Brüste unter dem dünnen Pulli hoben und senkten.

„Hol Gläser!“, befahl ich und ging die Treppe hinauf.

Sie huschte davon, während ich die letzten Stufen nahm.

„Das Gästezimmer!“, rief sie. „Links!“

Ich ging ins Gästezimmer und schlug die Steppdecke auf dem großen Bett zurück.

Sollte ich wirklich mit dieser Frau schlafen? Wollte ich es auch? Und: Ließ ich mein Bein dran, oder nahm ich es ab?

Dranlassen schien mir eindeutig besser, zumal ich gezwungen sein könnte, schnell abzuhauen.

Ich ging in das angrenzende Badezimmer, zog mich aus, ließ meine Kleider auf dem Badezimmerboden, legte mich ins Bett und zog die Decke bis zur Taille.

Julie erschien mit zwei Sektgläsern in der linken Hand und ließ den dünnen Morgenrock, unter dem sie nackt war, an der Tür fallen.

„Was hast du denn heute schon Schlimmes angestellt?“, fragte sie.

„Eine Menge“, antwortete ich und ließ den Champagnerkorken knallen.

„Wunderbar!“, rief sie.

Ganz so hatte ich mir das zwar nicht vorgestellt, aber ich spielte ein Weilchen mit und sah ihre Erregung immer mehr zunehmen. Sie kicherte und legte sich zu mir.

„Einen Moment.“ Ich stieg aus dem Bett.

„Was?“, keuchte sie. „Komm sofort wieder her!“

„Einen Moment“, wiederholte ich. „Ich muss nur schnell ins Bad.“

Sie lag mit aufgestützten Ellbogen auf dem Rücken, beide Beine aufgestellt und weit gespreizt. „Komm sofort wieder her!“, rief sie.

Unbeeindruckt ging ich ins Bad und zog meine Boxershorts an. Dann holte ich meine neue Kamera aus dem Schrank unterm Waschbecken, in dem ich sie bei meiner Ankunft deponiert hatte. Nicht nur der Champagner war in der Plastiktüte gewesen.

„Beeil dich, du Schlimmer!“, rief sie.

„Komme schon!“, rief ich zurück.

Ich trat aus dem Bad und schoss eine Aufnahme nach der anderen von ihrem nackten Körper. Sie lag noch in derselben kompromittierenden Stellung auf dem Bett, und sie hatte die Augen geschlossen, sodass sie erst nach einigen Sekunden begriff.

„Was soll das denn?“, schrie sie und zog die Decke über sich.

„Ich mache nur ein paar Fotos“, sagte ich ruhig.

„Wozu?“, rief sie wütend.

„Erpressung“, antwortete ich. „Möchten Sie mal sehen?“

Ich hielt ihr die Kamera so hin, dass sie das Display auf der Rückseite sehen konnte. Aber ich zeigte ihr nicht die Fotos, die ich gerade aufgenommen hatte, sondern das Bild, auf dem sie die Hand in Postfach 116 steckte, um das Päckchen mit dem Geld meiner Mutter herauszuholen.

SIE WEINTE. Wir waren immer noch im Gästezimmer. Ich hatte ihr den Morgenrock zugeworfen, als ich ins Bad gegangen war, um Hemd und Hose zu holen, und als ich wieder herauskam, saß sie da, die Bettdecke ganz hochgezogen. Sie sah nicht aus wie jemand, der bis zum Hals in verbrecherischen Machenschaften steckte.

„Es war nur ein Spiel“, schluchzte sie.

„Mord ist nie ein Spiel“, sagte ich, am Fußende des Bettes stehend.

„Mord?“ Sie wurde ganz blass. „Wer ist ermordet worden?“

„Ein gewisser Roderick Ward“, sagte ich, obwohl ich keine Beweise dafür hatte.

„Nein!“, heulte sie auf. „Roderick ist nicht umgebracht worden; er ist mit dem Auto verunglückt.“

Sie wusste also von Roderick Ward.

„So sollte es aussehen, ja“, sagte ich. „Wer hat ihn umgebracht?“

„Ich habe niemanden umgebracht!“, rief sie.

„Irgendjemand hat es aber“, beharrte ich. „War es Ewen?“

„Ewen?“ Sie lachte beinahe. „Ewen interessiert sich doch für nichts anderes als für seine verdammten Pferde. Und Whiskey. Tagsüber Pferde, nach Feierabend Whiskey.“

Ich hatte es schon geahnt – da sie im Ehebett keine Befriedigung fand, schaute sie sich anderweitig um.

„Wer hat Roderick Ward umgebracht?“, fragte ich noch einmal.

„Niemand. Glauben Sie mir doch! Er ist mit dem Auto verunglückt.“

„Wer sagt das?“, fragte ich.

Keine Antwort.

Ich schaute sie an. „Wissen Sie, was für eine Strafe auf Beihilfe zum Mord steht? Lebenslänglich“, versuchte ich sie einzuschüchtern.

„Ich sag doch, ich hab niemanden umgebracht.“ Sie weinte wieder.

„Glauben Sie, die Geschworenen nehmen Ihnen das ab, wenn Sie erst mal wegen Erpressung verurteilt sind? Ist Ihnen klar, dass auf Erpressung bis zu vierzehn Jahre Haft stehen?“

„Nein!“ Es war fast ein Flehen.

„O doch“, sagte ich. „Und für Beihilfe zur Erpressung genauso.“

Ich wusste das aus dem Internet.

„Wo ist das Geld, das Sie gestern in Newbury abgeholt haben?“, setzte ich neu an.

„In meiner Handtasche“, wimmerte sie.

„Und der Rest?“

„Der Rest?“, fragte sie.

„Ja, die Päckchen, die Sie in den letzten sieben Monaten Woche für Woche kassiert haben. Wo ist das ganze Geld?“

„Ich hab's nicht“, antwortete sie.

„Wer hat es dann?“

Sie mochte es mir immer noch nicht sagen.

„Julie“, erklärte ich, „Sie lassen mir keine andere Wahl, als das Foto, das ich gestern in Newbury von Ihnen gemacht habe, der Polizei zu übergeben.“

„Nein!“, heulte sie wieder.

„Aber wenn Sie mir helfen, helfe ich Ihnen auch“, sagte ich sanft. „Sonst werde ich die anderen Fotos Ewen schicken müssen.“

„Bitte nicht“, bettelte sie. „Ich kann es nicht sagen.“

„Wovor haben Sie Angst?“, fragte ich.

„Vor gar nichts.“

„Sie sagten vorhin, es sei nur ein Spiel. Nennt er das so?“ Ich hielt inne. Sie gab keine Antwort. „Hat er gesagt, Ihnen kann nichts passieren?“ Sie nickte leicht. „Jetzt ist aber was passiert.“ Sie nickte wieder, und Tränen liefen ihr übers Gesicht. „Aber Sie wollen mir nicht sagen, wer es ist? Das scheint mir nicht besonders klug. Nachher bleibt alles an Ihnen hängen.“

„Ich will nicht ins Gefängnis“, schluchzte sie. Die Worte meiner Mutter.

„Müssen Sie auch nicht“, erwiderte ich. „Wenn Sie mir sagen, wem Sie das Geld ausgehändigt haben, schickt Sie das Gericht nicht ins Gefängnis.“ Jedenfalls nicht für vierzehn Jahre.

Ich sah ihr an, dass sie immer noch nicht reden wollte. War es Angst oder Loyalität?

„Lieben Sie ihn etwa?“, fragte ich.

Immer noch schluchzend sah sie mich an. Sie nickte.

„Warum machen Sie dann *so* was?“ Ich deutete mit einer Handbewegung auf sie, das Bett. Wie eine von Liebe erfüllte Frau hatte sie sich nicht gerade verhalten.

„Gewohnheit, glaub ich“, meinte sie leise.

Schöne Gewohnheit. „Liebt er Sie auch?“, fragte ich.

„Sagt er“, antwortete sie, aber ich hörte gewisse Zweifel heraus.

„Sie sind sich aber nicht sicher?“, hakte ich nach.

„Nein.“

„Wieso um alles in der Welt schützen Sie ihn dann?“

Sie gab keine Antwort.

„Okay“, meinte ich schließlich. „Sagen Sie nicht, ich hätte Sie nicht gewarnt.“ Ich nahm mein Handy aus der Tasche und wählte die Notrufnummer der Polizei. Dann hielt ich es mir ans Ohr. Sie konnte nicht wissen, dass ich nicht auf Verbinden gedrückt hatte.

„Hallo“, sagte ich in den Hörer. „Ich möchte gerne etwas melden.“

„Okay!“, rief sie. „Okay, ich sag's Ihnen!“

„Pardon“, sagte ich in den Hörer. „Das war ein Missverständnis. Es ist alles in Ordnung. Danke.“ Ich klappte das Handy zu.

„Wer also?“, fragte ich.

„Alex Reece“, kam es zögernd.

„Was?“ Ich war ehrlich verblüfft. „Das Buchhalterwiesel?“

„Alex ist kein Wiesel“, protestierte sie. „Er ist reizend.“

Ich dachte an die Stunden, die ich an eine Stallwand gekettet verbracht hatte, und konnte ihr nicht zustimmen. „Sie und Alex Reece haben mich also zum Sterben an diese Wand gekettet?“ Auf einmal war ich sehr wütend.

Sie war sichtlich entsetzt. „Ich weiß überhaupt nicht, was Sie meinen.“

„Aber Sie haben ihm doch bei meiner Entführung geholfen!“, brüllte ich sie an.

„Hören Sie auf, Tom, Sie machen mir Angst“, bat sie. „Ich weiß wirklich nicht, wovon Sie reden. Ich habe noch nie im Leben jemanden entführt. Ich schwöre es!“

„Warum sollte ich Ihnen das abnehmen?“ Doch ich glaubte ihr. Wenn sie aber nicht mitgeholfen hatte, mich zu entführen und anzuketten, wer dann?

Julie hatte mir nur noch wenig mitzuteilen. Sie holte das Päckchen in Newbury immer nur dann ab, wenn Alex Reece verhindert war, und sie wusste noch nicht mal, wie viel Geld es enthielt. Als wir schließlich in ihre Küche hinuntergingen und ich die zweitausend Pfund aus dem Päckchen nahm, das sie in der Handtasche hatte, traute sie ihren Augen kaum.

„Zweitausend Pfund die Woche sind kein Spiel“, sagte ich zu ihr.

„Sie kann sich's doch leisten“, meinte Julie trotzig.

„Kann sie nicht. Und selbst wenn, was würde das ändern?“

„Alex sagt, es handelt sich bloß um Vermögensumverteilung.“

„Mir ist egal, was Alex sagt“, fuhr ich sie an. „Alex ist nichts als ein gewöhnlicher Dieb, und er nutzt Sie offensichtlich aus. Je eher Sie sich das klarmachen, desto besser. Sonst landen Sie noch mit ihm im Gefängnis.“

Und für mich, dachte ich, war es jetzt Zeit, nach Alex Reece zu sehen.

„Wann und wo sollten Sie Reece das Päckchen übergeben?“, fragte ich.

„Er kommt morgen wieder.“

„Von wo?“

„Gibraltar“, sagte sie. „Da ist er am Dienstag mit den Garraways hingeflogen.“

Demnach konnte er nicht derjenige sein, der am Donnerstagabend das Tor von Greystone Stables aufgesperrt hatte.

„Wann sollten Sie ihm das Päckchen also übergeben?“, fragte ich.

„Am Montag soll ich’s mit nach Newbury bringen“, sagte sie schließlich. „In der Cheap Street gibt es ein Café, da treffen wir uns immer.“

Für das, was ich mit ihm vorhatte, war das ein viel zu öffentlicher Ort.

„Wo treffen Sie sich sonst mit ihm?“, wollte ich wissen.

„Bei ihm zu Hause“, antwortete sie und wurde ein wenig rot. „In Greenham.“

Das Dorf Greenham war von dem immer weiter um sich greifenden Newbury praktisch verschluckt worden.

„Wo in Greenham?“, bohrte ich weiter.

„Was haben Sie mit ihm vor?“

„Gar nichts“, erwiderte ich. „Solange er mitspielt. Wenn er mir das Geld meiner Mutter zurückgibt, lasse ich ihn in Ruhe.“ Die Steuerunterlagen würde ich ihm auch abnehmen.

„Und wenn nicht?“, erkundigte sie sich zaghaft.

„Dann überrede ich ihn“, sagte ich lächelnd.

8

Bush Close in Greenham bestand weitgehend aus gleichförmigen modernen Fertigteilhäusern, und Nr. 16, das Haus von Alex Reece, stand ganz am Ende der Sackgasse.

Es war später Samstagnachmittag, und Julie Yorke war, als ich sie verließ, einem Nervenzusammenbruch nahe gewesen. Dabei hatte ich lediglich angedeutet, wenn sie in den nächsten sechsunddreißig Stunden versuchen würde, Kontakt mit Alex Reece aufzunehmen, wäre das für mich ein Grund, die freizügigen Fotos ihrem Mann zukommen zu lassen.

Ich hatte Ian Norlands Wagen an der Western Lane in Greenham abgestellt und war zu Fuß die paar Schritte in die Bush Close gegangen.

„Wann kommt Alex zurück?", hatte ich Julie gefragt.

„Sein Flugzeug landet morgen Abend um zwanzig nach sechs in Heathrow."

Ich blieb einen Moment vor der Haustür von Nr. 16 stehen und sah mich nach einem geeigneten Versteck für den morgigen Abend um, doch rings um die kurze Zufahrt wuchs bloß Rasen. Ich ging zu Ians Wagen zurück. Dort angekommen, entdeckte ich ein Tor, das auf eine angrenzende Wiese führte. Das Ackerland dahinter führte an den Häusern von Bush Close vorbei. Ich erkundete eine Zeit lang sorgfältig das ganze Gelände.

Schließlich sah ich auf die Uhr. Es war kurz nach halb sechs, und es dämmerte schon. Alex Reece würde frühestens am nächsten Abend um acht hier sein.

Im Schatten der Bäume lief ich an den Gärten von Bush Close entlang, bis ich wieder zu Nr. 16 kam. Schnell schwang ich mich über den niedrigen Zaun in den Garten von Alex Reece. Auch hier gab es vorwiegend Rasenflächen, sodass man sich weder in wuchernden Pflanzen verheddern noch an dornigen Rosensträuchern hängenbleiben konnte.

Leise lief ich zur Rückseite der Garage und schaute hinein. Selbst im schwindenden Licht konnte ich die Konturen eines Wagens ausmachen. Mr Reece kam also wahrscheinlich mit dem Taxi nach Hause.

Und dann würde ich ihn erwarten.

DEN SONNTAGMORGEN verbrachte ich mit Vorbereitungen. Am Samstagnachmittag, nach dem Besuch bei Julie Yorke und vor meinem Ausflug nach Greenham, war ich noch einmal im Haus meiner Mutter gewesen.

Es war niemand da gewesen. Obwohl meine Mutter und mein Stiefvater in ausreichender Entfernung in Haydock beim Pferderennen waren, hatte ich nur schnell geduscht und ein paar Sachen aus meinem Zimmer geholt.

Ian fuhr um elf zu einem Sonntagsessen bei seiner Familie. Er hatte mir versprochen, um fünf wieder da zu sein, damit ich mir noch mal seinen Wagen ausleihen konnte.

Als er weg war, legte ich die Sachen zurecht, die ich für meinen Einsatz brauchte. Einiges davon hatte ich bereits gehabt, anderes hatte ich am vergangenen Nachmittag extra in Newbury gekauft.

Ich legte meinen schwarzen Rollkragenpullover raus, eine dunkelblaue alte Jeans, eine schwarze Skimütze und dazugehörige Handschuhe, die ich zusammen mit einem Paar schwarzer Turnschuhe in einem Sportgeschäft erstanden hatte. Außerdem einen kleinen dunkelblauen Rucksack, schwarze, extrastarke Kabelbinder wie die, mit denen im Stall meine Hände gefesselt gewesen waren, einen kleinen roten Verbandskasten, drei 10 x 15-cm-Abzüge von den Postfach-Fotos, einen Eisenring, an dem mit Vorhängeschloss eine verzinkte Stahlkette befestigt war, meine Kamera und schließlich eine Rolle graues Klebeband.

Auf meinen Säbel verzichtete ich. Ich hatte ja nicht vor, jemanden umzubringen. Jedenfalls jetzt noch nicht.

ZEHN VOR ACHT ging ich neben dem Haus von Alex Reece in Stellung – auf der hinteren, dunklen Seite, weg vom Licht der einsamen Straßenlaterne. Meine dunkle Kleidung ließ mich mit der Nacht verschmelzen; nur mein Gesicht hätte auffallen können, doch ich hatte aus Schlamm eine Art Tarnfarbe improvisiert, mit der ich mich eingeschmiert hatte. Es wurde acht, und ich wartete weiter. Ein leichter Nieselregen setzte ein.

Alex Reece kam kurz vor neun nach Hause, aber er kam nicht mit dem Taxi. Isabella Warrens dunkelblauer Golf bog in hohem Tempo auf die Zufahrt. Ich drückte mich an die Hauswand und spähte um die Ecke.

Alex Reece stieg hinten aus und blieb mit einer Flugtasche in der Hand neben dem Wagen stehen. „Danke fürs Mitnehmen!“, rief er, bevor er die Tür zuwarf und einen kleinen Koffer aus dem Kofferraum holte.

Er winkte, als der Golf auf die Straße zurücksetzte und schnell wieder davonfuhr. Da Alex hinten gesessen hatte, war vermutlich noch jemand im Wagen gewesen. Jackson Warren vielleicht.

Ich sah zu, wie Alex in der Flugtasche nach seinem Hausschlüssel kramte. Gleichzeitig warf ich einen Blick auf die Straße. Niemand da. Zeit zu handeln.

Sowie er die Tür aufgeschlossen hatte, versetzte ich ihm einen harten Schlag zwischen die Schulterblätter, sodass er durch die offene Tür in den noch dunklen Flur stürzte. Ich warf mich auf ihn, und die Flugtasche rutschte quer über das blanke Parkett in die Küche.

„Wenn Sie schreien, sind Sie tot“, sagte ich ihm laut ins Ohr.

Ich drehte ihm beide Arme auf den Rücken und fesselte ihm mit den Kabelbindern, die ich in der Tasche hatte, die Hände. Danach mit zwei weiteren die Fußgelenke.

Ich stand auf und ging nach draußen, nahm Alex' Koffer von der Eingangsstufe, ging wieder hinein und schloss die Haustür.

Alex hatte sich nicht gerührt.

„ICH HABE KEINE AHNUNG, wovon Sie reden", stritt Reece die Erpressung rundweg ab.

Er lag noch auf dem Fußboden im Flur, aber ich hatte ihn auf den Rücken gedreht, damit er mich sehen konnte. Dann hatte ich seine Taschen abgeklopft, ihm sein Handy abgenommen und es ausgeschaltet. Er hatte mich sofort erkannt – trotz der dunklen Sachen, der Mütze und der Matschstreifen im Gesicht.

„Sie bestreiten also, dass Sie meine Mutter erpresst haben?", fragte ich ihn.

„Und ob!", sagte er entschieden. „So einen Blödsinn hab ich ja noch nie gehört!"

Ich hatte Ian gesagt, ich würde die ganze Nacht unterwegs sein. Ich hatte es also nicht eilig. Ich ließ Reece auf dem harten Flurboden liegen und ging in die Küche, um mir etwas zu trinken zu holen. Vom Warten draußen hatte ich Durst bekommen.

„Machen Sie mich los!", rief er aus dem Flur.

„Nein!", rief ich zurück und legte sein Handy auf der Arbeitsfläche ab.

Ich nahm eine Dose Bier aus seinem Kühlschrank und ging damit wieder in den Flur. Ich trank einen Schluck und spuckte etwas Bier neben seine Beine auf den Boden.

„Haben Sie eine Ahnung, wie lange ein Mensch ohne Flüssigkeitszufuhr leben kann?" Er starrte mich an, ohne etwas zu sagen. „Wie lange es dauert, bis die Dehydrierung zum Tod führt?"

Die Frage gefiel ihm offenbar nicht, aber er war dennoch nicht sonderlich beunruhigt.

Ich bückte mich und holte den Wandring mit der Kette und dem Vorhängeschloss aus dem Rucksack und zeigte ihm die Sachen. Sein Gesichtsausdruck verriet mir, dass er nicht wusste, woher sie kamen und was es damit auf sich hatte. Die ausbleibende Reaktion hatte ihm vielleicht das Leben gerettet. Aber wenn ich ihn auch nicht umbringen wollte – ich hatte noch was mit ihm vor.

„Sind Sie Diabetiker?", fragte ich.

„Nein", antwortete er.

„Ihr Glück."

Ich holte die rote Verbandstasche aus dem Rucksack. Darin befanden sich je zwei sterile Spritzen, Kanülen, Injektionsnadeln, Skalpelle, chirurgische Nadeln samt Faden und drei sterile kleine Beutel Kochsalzlösung zur Rehydrierung im Notfall. Ich hatte mir das einige Jahre zuvor für eine Expedition zum Gipfel des Kilimandscharo gekauft.

Ich nahm eine der Spritzen heraus und steckte eine Injektionsnadel auf. Alex sah mir zu.

„Was haben Sie vor?“ Zum ersten Mal klang er beunruhigt.

„Zeit für mein Insulin“, erwiderte ich.

Alex beobachtete aufmerksam, wie ich einen Beutel Kochsalzlösung aus der sterilen Verpackung nahm und ihn ans Treppengeländer hängte. Auf der Verpackung klebte ein Etikett mit dem fetten Aufdruck INSULIN, der ihm nicht entgangen sein konnte. Meine Frage, ob er Diabetiker sei, hatte er verneint. Er wusste also hoffentlich nicht, dass Insulin praktisch immer gebrauchsfertig in Spritzen oder in Ampullen geliefert wurde. Den überzeugend wirkenden Insulin-Aufkleber hatte ich mir am Nachmittag zusammengebastelt.

Ich zog ein winziges bisschen von der klaren Flüssigkeit in eine der beiden Spritzen auf, schob meinen Rolli hoch, kniff die Haut am Bauch zusammen, steckte die Nadel hinein und spritzte mir die Flüssigkeit unter die Haut.

„Was ist denn Insulin eigentlich?“, fragte er.

„Ein Hormon, das den Muskeln hilft, die vom Blutzucker gelieferte Energie zu verarbeiten“, erklärte ich ihm.

„Und was passiert, wenn Sie das nicht nehmen?“

„Dann steigt mein Blutzuckerspiegel so stark an, dass die Organe nicht mehr richtig arbeiten, bis ich schließlich ins Koma falle und sterbe.“ Ich lächelte ihn an. „Das würden wir ja jetzt nicht wollen, oder?“

Vielleicht wäre es ihm gerade recht gewesen, wenn ich ins Koma fallen oder sterben würde. Aber es würde nicht passieren. In Wirklichkeit war ich natürlich nicht zuckerkrank, aber mein bester Freund am Gymnasium war Diabetiker gewesen, und ich hatte tausendmal zugesehen, wie er sich Insulin gespritzt hatte. Mir die Salzlösung unter die Haut zu spritzen war harmlos.

Ich ging wieder in die Küche und hob seine Flugtasche auf. Neben ein paar anderen Dingen befand sich auch ein Laptop darin. Ich nahm den Computer heraus und schaltete ihn an. Während dieser hochfuhr, trug ich einen Küchenstuhl in den Flur und stellte ihn Alex vor die Füße.

„So“, sagte ich. „Sie müssten mir jetzt ein paar Fragen beantworten.“

„Ich antworte erst, wenn Sie mich freilassen.“

„Warten wir's ab“, meinte ich. „Die Nacht ist lang.“

Ich stand auf und kehrte in die Küche zurück. Ich ließ die Jalousie am Fenster herunter, stellte den Fernseher an und setzte mich mit Alex' Computer an den Küchentisch.

„He!“, rief er nach etwa fünf Minuten. „Wollen Sie mich hier einfach so liegen lassen?“

„Ja", sagte ich und stellte den Fernseher lauter.

„Wie lange?", versuchte er ihn zu übertönen.

„Wie lange brauchen Sie denn, bis Sie meine Fragen beantworten?"

„Was für Fragen?"

Ich ging raus in den Flur und setzte mich auf den Stuhl.

„Seit wann haben Sie ein Verhältnis mit Julie Yorke?", begann ich.

Die Frage hatte er nicht erwartet, aber er fing sich rasch wieder.

„Ich habe keine Ahnung, wovon Sie reden."

„Wie Sie meinen", sagte ich und kehrte an den Küchentisch zurück.

Im Fernsehen wurden Fußball-Highlights präsentiert, und ich drehte die Lautstärke noch weiter auf, damit Alex mich nicht auf seiner Tastatur tippen hörte.

Da der Laptop sich automatisch ins Drahtlosnetzwerk einwählte, klickte ich auf sein E-Mail-Programm und öffnete seinen Posteingang. Leichtsinnig von ihm, dachte ich, dass er kein Passwort hatte. Ich markierte sämtliche eingegangenen Nachrichten der letzten zwei Wochen und leitete sie an mein eigenes Mailkonto weiter. Dasselbe machte ich mit seinem *Gesendet*-Ordner. Man konnte nie wissen, welche Informationen sich als nützlich erwiesen.

Ich öffnete einen Ordner mit dem Namen *Rock-Konto*. Er enthielt rund zwanzig Dateien. Ich markierte sie alle, hängte sie an eine E-Mail und schickte auch sie an meine Mailadresse.

Ich klickte im Startmenü auf *Suchen* und ließ mir alle Dateien anzeigen, die das Wort „Passwort" oder „Benutzername" enthielten. Die acht Treffer hängte ich an eine neue Mail und schickte diese wieder an mich.

„Okay, okay!", kam es schließlich aus dem Flur. „Ich beantworte Ihnen Ihre Fragen."

Die Nachrichten eines E-Mail-Ordners mit Namen *Gibraltar* versendete ich ebenfalls noch an meine Mailadresse. Dann löschte ich die an mich adressierten Mails aus dem *Gesendet*-Verzeichnis, damit Alex nicht sah, dass ich sie weitergeleitet hatte. Ich klappte den Laptop zu und packte ihn wieder in die Flugtasche. Danach ging ich in den Flur und setzte mich vor Alex auf den Stuhl.

Aber ich stellte nicht wieder die gleiche Frage. „Warum haben Sie Roderick Ward umgebracht?"

Er war völlig entgeistert. „H-hab ich nicht", stammelte er.

„Wer denn sonst?", fragte ich.

„Das weiß ich nicht."

„Er ist also tatsächlich umgebracht worden", stellte ich fest.

„Nein!", heulte Alex. „Es war ein Unfall."

„Quatsch! Der Unfallhergang war viel zu abwegig. Das muss arrangiert worden sein."

„Den Autounfall meine ich nicht", sagte er. „Dass er gestorben ist, war der Unfall. Ich wollte sie noch warnen, aber es war zu spät."

„Sie? Das heißt, es sind mehrere Personen im Spiel?", fragte ich gebannt.

Er machte dicht. Ich zog ein Blatt Papier aus der Tasche und hielt es ihm hin. Er starrte ungläubig darauf.

Ich kannte den Text darauf schon auswendig. Es war der handgeschriebene Brief an Mrs Stella Beecher, Banbury Drive 26, aus Mr Horners Postkarton:

> ICH WEISS NICHT, OB DAS JETZT NOCH RECHTZEITIG KOMMT, ABER SAG IHM, ICH HABE, WAS ER WILL.

„Um was geht's da?", wollte ich wissen.

Er starrte mich stumm an.

„Sie werden meine Fragen beantworten müssen, sonst bleibt mir nichts anderes übrig, als …" Ich ließ den Satz in der Luft hängen.

„Als was?", fragte er erschrocken.

„Als Sie umzubringen", sagte ich ruhig.

Schnell packte ich seine zusammengebundenen Füße und zog ihm den linken Schuh und die linke Socke aus. Mit dem Klebeband fixierte ich seinen Fuß senkrecht an einem der Stäbe des Treppengeländers, sodass er ihn nicht mehr bewegen konnte.

„Was machen Sie denn?", schrie er und wand sich verzweifelt.

„Ich treffe Vorbereitungen", antwortete ich. „Mord will immer gut vorbereitet sein."

„Hilfe!", schrie er. Ich nahm ein Stück Klebeband und verschloss ihm den Mund.

„Also, Alex", sagte ich ruhig. „Sie scheinen sich nicht darüber im Klaren zu sein, in was für eine böse Lage Sie sich gebracht haben. Deshalb möchte ich es Ihnen erklären. Seit sieben Monaten erpressen Sie meine Mutter um wöchentlich zweitausend Pfund und verlangen von ihr, bei den Pferderennen zu verlieren. Manchmal holen Sie das Geld selbst aus dem Postfach in der Cheap Street ab, manchmal schicken Sie Julie Yorke."

Ich holte die drei Abzüge der Fotos von Julie hervor, die ich vom Taj Mahal aus gemacht hatte, und hielt sie ihm hin. Er wurde blass.

„Und", fuhr ich fort, „da Sie meine Mutter damit erpressen, dass sie nicht

Steuern zahlt, wie sie sollte, sind Sie entweder im Besitz ihrer Steuerunterlagen, oder Sie hatten Zugang dazu."

Ich holte die rote Verbandstasche wieder aus meinem Rucksack. Alex wurde noch blasser.

„Mein Problem ist nun Folgendes", sagte ich. „Wenn ich Sie freilasse, haben Sie immer noch die Steuerunterlagen meiner Mutter. Und selbst wenn Sie mir die aushändigen, wissen Sie trotzdem Bescheid."

Ich nahm die große Spritze aus der Verpackung, steckte eine neue Nadel auf und zog eine ordentliche Portion Kochsalzlösung aus dem Beutel, der noch am Treppengeländer hing.

„Sie sehen also", fuhr ich fort. „Wenn Sie nicht kooperieren, muss ich wohl oder übel verhindern, dass Sie mit dem Finanzamt sprechen."

Ich hielt die Spritze gegen das Licht und jagte einen feinen Strahl Flüssigkeit durch die Nadel.

„Ich habe Ihnen ja schon erklärt, dass der Körper, um richtig zu funktionieren, auf Insulin angewiesen ist", sagte ich. „Wenn er aber zu viel Insulin bekommt, sinkt der Glukosespiegel im Blut drastisch ab, was eine sogenannte Hypoglykämie auslöst. Die führt in der Regel zum Koma und zum Tod." Ich berührte seinen Fuß. „Und wissen Sie was, Alex? Wenn man Insulin zwischen die Zehen spritzt, dann ist der Einstich nur schwer oder gar nicht zu entdecken. Und da der menschliche Organismus selbst Insulin produziert, wäre das Insulin, das ich Ihnen spritze, in Ihrem Körper nicht zu identifizieren. Es würde aussehen, als wären Sie an Unterzuckerung und anschließendem Herzanfall gestorben."

Diese Aussage stimmte so nicht ganz. Diabetes wird heute mit rein synthetischem Insulin behandelt, und das unterscheidet sich nachweisbar von dem im menschlichen Organismus erzeugten Insulin. Aber das wusste Alex offenbar nicht.

„Also dann", ich lächelte ihn an, „zwischen welche beiden Zehen hätten Sie's denn gern?"

Es sah aus, als würde er ohnmächtig. Er verdrehte die Augen und atmete ganz flach.

„Alex!", rief ich. „Es liegt bei Ihnen. Es genügt, wenn Sie mitspielen und meine Fragen beantworten. Ist das klar?"

Er nickte.

Ich trat auf ihn zu, riss ihm das Klebeband vom Mund, machte seinen Fuß vom Treppengeländer los, zog ihn daran über den Fußboden und lehnte ihn mit dem Rücken an die Wand neben der Küchentür.

„Also los!", befahl ich. „Wer hat Roderick Ward umgebracht?"

„Seine Schwester“, erwiderte Alex.

Ich sah ihn an. „Stella Beecher?“

Er schien überrascht, dass ich ihren Namen kannte. Dann nickte er.

„Warum hat sie denn ihren eigenen Bruder umgebracht?“

„Wollte sie ja gar nicht“, sagte er. „Es war ein Unfall.“

„Sie meinen den Autounfall?“

„Nein“, widersprach er. „Er war schon tot, als er in den Fluss stürzte. Er ist in der Badewanne ertrunken.“

„Und wieso hat Stella Beecher ihn in die Badewanne gesteckt?“

„Sie wollte aus ihm rauskriegen, wo das Geld geblieben ist.“

„Welches Geld?“, fragte ich weiter.

„Das von Freds Vater.“

Ich war verwirrt. „Fred?“

„Fred Sutton“, ergänzte er.

Der Sohn des alten Sutton. Der Mann, den ich bei der Untersuchung von Roderick Wards Tod im Gericht gesehen hatte.

„Fred Sutton und Stella Beecher kennen sich also?“

„Ob die sich kennen?“ Er lachte. „Die leben zusammen!“

In Andover, fügte ich in Gedanken hinzu, direkt beim Pflegeheim des alten Sutton. Stella Beechers Umzug war also tatsächlich kein Zufall gewesen.

Es dauerte über eine Stunde, aber schließlich erzählte mir Alex, wie es kam, dass Roderick Ward tot in seinem Wagen im Fluss aufgefunden worden war.

Ward hatte den alten Sutton über Stella Beecher kennengelernt, die seit geraumer Zeit mit Fred Sutton, seinem Sohn, liiert war. Hinter dem Rücken von Fred und Stella hatte Roderick den Alten irgendwie dazu gebracht, eine Hypothek auf sein Haus aufzunehmen und das Geld in einen nicht existierenden Hedgefonds in Gibraltar zu investieren. Fred erfuhr erst davon, nachdem Ward den Stein ins Fenster des alten Sutton geworfen hatte.

„Woher wissen Sie das alles?“, fragte ich Alex. „Was haben Sie damit zu tun?“

„Ich habe mit Roderick Ward zusammengearbeitet.“

„Sie sind also in den Hedgefonds-Anlagebetrug verwickelt?“

Er wollte es erst nicht zugeben. Bestimmt wusste er davon, dass meine Mutter in gleicher Weise reingelegt worden war. Doch schließlich nickte er.

„Wer sind die Drahtzieher?“, fragte ich.

Er sah mir wieder ins Gesicht. „Halten Sie mich etwa für blöd? Wenn ich

Ihnen das sage, brauchen *Sie* mich nicht umzubringen – das erledigen *die* dann schon."

„Noch mal zurück zu Ward", fuhr ich fort. „Der Brief an Stella Beecher stammt doch von Ihnen, oder? Wie meinten Sie das, als Sie schrieben, Sie hätten, was er will? Und woher kannten Sie Stella überhaupt?"

„Ich kannte sie nicht", sagte er, „aber ihre Adresse, weil Roderick gesagt hatte, sie benutze dieselbe wie er in Oxford."

„Und um was ging es da nun? Was sollte noch rechtzeitig kommen?"

„Fred Sutton hatte Roderick und mir in unserem gemieteten Büro in Wantage die Hölle heißgemacht, uns gedroht und so weiter. Er sagte mir, er käme mit einem Haftbefehl wieder und würde mich voll drankriegen. Zehn Jahre Gefängnis, wenn ich ihm nicht die Unterlagen lieferte, aus denen hervorging, was aus dem Geld seines Vaters geworden war."

„Und wozu der Brief?", fragte ich.

„Ich hatte die Unterlagen kopiert, aber er kam sie nicht wie geplant am Montagmorgen abholen. Er wollte um acht da sein, und ich wartete. Aber er kam den ganzen Tag nicht und Roderick auch nicht. Ich dachte, die zwei hätten was miteinander ausgehandelt und dafür müsste ich den Kopf hinhalten. Eine Scheißangst hatte ich, das kann ich Ihnen sagen. Und weil ich ihn anders nicht kontaktieren konnte, hab ich ihm den Brief geschrieben."

Ich hatte mich also geirrt in der Annahme, es ginge um die Steuerunterlagen meiner Mutter, und „rechtzeitig" hatte auch nicht bedeutet vor Rodericks „Unfall", sondern vor Beantragung eines Haftbefehls. Annahmen immer überprüfen, ermahnte ich mich.

„Und woher wissen Sie, dass Fred Sutton und Stella Roderick Ward umgebracht haben?", fragte ich Reece.

„Fred erschien am nächsten Morgen und wollte die Unterlagen haben, doch ich sagte ihm, er solle verschwinden. Falls er meine, ich würde mir die Schuld an Rodericks Betrug in die Schuhe schieben lassen, sei er schiefgewickelt. Aber er sagte, Roderick sei tot und ich wäre auch dran, wenn ich ihm die Papiere nicht aushändigte."

Er unterbrach sich, um Luft zu holen.

„Also sagte ich zu ihm: ‚Ich glaub nicht, dass Roderick tot ist, ich glaub, Sie wollen mir nur Angst machen.' Er meinte darauf, zur Angst hätte ich auch allen Grund, denn sie hätten Roderick in der Badewanne ertränkt. Dann besann er sich. ‚Nein, es war ein Unfall', meinte er und dass sie ihn bloß dazu bringen hätten wollen zu verraten, wo das Geld geblieben ist. Stella hätte ihn an den Füßen gezogen, und sein Kopf sei untergegangen, und … auf einmal sei er tot gewesen. Sie hat einfach so ihren Bruder umgebracht."

„Und haben Sie Fred die Unterlagen gegeben, die er haben wollte?“, fragte ich.

„Klar“, antwortete er. „Die dürften ihm aber nicht viel genutzt haben. Das Geld ist schon ewig weg, und sie ändern ständig die Kontonummern und alles andere.“

„Sie?“, fragte ich.

Er kniff die Lippen zusammen und schüttelte den Kopf.

Aber ich hatte viel Zeit zum Nachdenken gehabt während meiner Wache in Greystone Stables und beim Imbiss in Newbury. Mein Verdacht war dabei immer mehr zur Gewissheit geworden.

„Sie meinen Jackson Warren und Peter Garraway“, sagte ich.

Er starrte mich mit offenem Mund an. Ich hatte also recht.

„Und wer ist Mr Cigar?“, fuhr ich fort.

Er lachte auf. „Den gibt es gar nicht“, erklärte er. „Das war Rodericks Idee. Alle haben ihre dicken Havannas gepafft und über den guten Witz gelacht.“

„Und die Rock-Bank Limited? Ist die auch erfunden?“

„Nein, die gibt's wirklich“, erklärte er. „Es ist nur nicht direkt eine Bank, sondern eine Holdinggesellschaft in Gibraltar. Wenn Geld reinkommt, bleibt es da eine Weile und fließt dann weiter.“

„Und wohin fließt es von der Rock-Bank aus?“

„Ich lasse es auf ein anderes Konto in Gibraltar buchen, aber da bleibt es auch nicht lange“, sagte er. „Wohin es dann geht, weiß ich nicht. Zum Schluss landet es mit ziemlicher Sicherheit auf einem Schweizer Nummernkonto.“

„Wie lange bleibt es bei der Rock-Bank?“

„Etwa eine Woche“, antwortete er. „Bis der Transfer durch ist und eventuelle Probleme ausgeräumt sind.“

Die Rock-„Bank“ Gibraltar Ltd. hatte also kein eigenes Vermögen. Kein Wunder, dass sich die Liquidatoren in London hinter die einzelnen Gesellschafter geklemmt hatten.

„Und wo kommt es her?“, fragte ich ihn.

„Von lauter Dummköpfen“, meinte er und lachte.

„Der Dumme sind gerade Sie“, sagte ich. „Sehen Sie sich an. Den klügsten Eindruck machen Sie im Augenblick nicht. Und ich wette, von dem Geld bekommen Sie auch nicht viel.“

„Mein Anteil ist groß genug“, prahlte er. „Die brauchen mich. Ich bin vereidigter Wirtschaftsprüfer. Die brauchen mich, um ihre Bilanz in Ordnung zu bringen.“

„Woher kennen sich denn Jackson Warren und Peter Garraway?“

„Das weiß ich nicht“, sagte er. „Aber sie sind alte Freunde.“

„Und seit wann kennen Sie sie?“, fragte ich.

„Seit rund vier Jahren.“

„Da fing die Sache mit dem Hedgefonds an?“

„Ja, so ungefähr.“

„Und darum ging es auch bei Ihrem Streit mit Jackson Warren an dem Abend bei Isabella?“

„Nein“, widersprach er. „Da ging’s um den anderen kleinen Schwindel von ihm und Peter.“

„Nämlich?“

Er schüttelte den Kopf. „Ich habe schon zu viel gesagt.“

„Sie befürchten, dass das Finanzamt diesen anderen Schwindel untersucht?“, fragte ich und dachte an seinen Wortwechsel mit Jackson bei dem Abendessen zurück. „Und Sie haben Angst, dass bei der Prüfung dann alles andere auch rauskommt?“

Es war geraten, aber vielleicht gar nicht so schlecht.

„Echt blöd das Ganze“, meinte er.

„Bei dem kleinen Schwindel geht es also um Steuern?“

„Hören Sie“, sagte er, statt auf meine Frage einzugehen, „ich muss jetzt dringend mal.“

Widerstrebend holte ich eine Schere aus dem Rucksack, beugte mich vor und schnitt die Plastikbänder durch, mit denen Alex’ Hände auf dem Rücken zusammengebunden waren.

„Und wenn ich jetzt abhaue?“ Er setzte sich aufrecht und rieb sich die Handgelenke.

„So doch nicht.“ Ich wies auf die Fesseln an seinen Füßen.

Er stand auf und hüpfte zur Toilette unter der Treppe. Ich hielt es zwar für unwahrscheinlich, dass dort ein Telefon war, nahm aber vorsichtshalber den Hörer des Anschlusses in der Küche von der Gabel. Man kann nicht von einem Nebenanschluss wählen, wenn ein anderer in Gebrauch ist, und sein Handy lag noch auf dem Tresen in der Küche, wo ich es hingelegt hatte.

Alex ließ sich Zeit, und ich überlegte schon, ob er vielleicht versuchte, durch das Toilettenfenster zu fliehen, da hörte ich die Spülung. Kurz darauf kam er wieder in den Flur gehüpft.

„Schneiden Sie die Scheißdinger durch“, verlangte er wütend. Offensichtlich hatte er sich nach Kräften bemüht, die Fußfesseln abzubekommen.

„Nein“, sagte ich.

„Verdammt, was wollen Sie denn noch?“, fragte er wütend.

„Ich brauche konkrete Beweise“, erwiderte ich, „für den gemeinschaftlichen Betrug – sprich den Versuch, meine Mutter um eine Million US-Dollar zu erleichtern.“

„Träumen Sie weiter“, meinte er lächelnd.

„Vielleicht sollte ich einfach Jackson Warren anrufen und ihm sagen, Sie hätten mir geraten, mich an ihn zu wenden, wenn ich wissen wollte, wo das Geld meiner Mutter ist?“

„Der würde mich schon dafür umbringen, dass ich mit Ihnen geredet habe.“

Gut, dachte ich. Es war nur zu meinem Vorteil, wenn Alex noch mehr Angst vor Jackson Warren hatte als vor mir.

Ich lief in die Küche, und er hüpfte hinter mir her.

„Hinsetzen!“, sagte ich scharf und wies auf einen der Küchenstühle.

Er zögerte, aber nach ein paar Sekunden zog er einen Stuhl unter dem Tisch hervor und setzte sich.

Ich setzte mich ihm gegenüber und fragte: „Wer ist denn auf die Idee gekommen, die Pferde meiner Mutter verlieren zu lassen?“

„Julie“, antwortete er.

„Um im Internet gegen sie wetten zu können?“

„Nein, gar nicht“, sagte er. „Sie wollte nur, dass die Pferde ihres Mannes bessere Chancen auf den Sieg haben. Er ist immer so gemein zu ihr, wenn sie verlieren.“

Amateure, dachte ich. Amateure waren das.

Die Türklingel erschreckte uns beide. Dann war ein Klopfen zu hören. Ich sah auf die Uhr. Es war ein Uhr in der Nacht.

„Sitzen bleiben!“, befahl ich. „Und seien Sie still.“

Ich ging in das vordere, dunkle Zimmer hinüber und sah durchs Fenster. Julie Yorke stand vor der Haustür. Ich trat in den Flur und öffnete ihr.

„Was haben Sie mit ihm gemacht?“, fragte Julie atemlos.

„Gar nichts.“

„Und wo ist er?“, wollte sie wissen.

„In der Küche“, sagte ich und ließ sie herein.

Als ich in die Küche kam, stand Julie hinter Alex und streichelte sein dünnes rotes Haar. Ich bemerkte, dass sie unter ihrem Regenmantel nur ein Nachthemd trug.

„Konnten Sie nicht schlafen?“, fragte ich ironisch.

„Ich musste warten, bis mein Mann eingeschlafen war“, antwortete sie. „Hierherzukommen ist ganz schön riskant für mich. Aber ich hab versucht anzurufen, und es war dauernd besetzt, und bei Alex’ Handy ging gleich die Mailbox ran.“

Ich blickte zum Tresen, wo noch der abgenommene Hörer des Festanschlusses lag, nicht weit von dem abgeschalteten Handy.

„Hab ich Ihnen nicht gesagt, Sie sollten sich nicht mit Alex in Verbindung setzen?“, fragte ich scharf.

„Sie sagten, in den nächsten sechsunddreißig Stunden“, erwiderte sie gequält. „Die waren Viertel vor elf vorbei.“

Ich hatte die Stunden nicht gezählt, aber sie offenbar ganz genau.

„Und was passiert jetzt?“, fragte Alex in die Stille hinein.

„Nun“, begann ich. „Als Erstes geben Sie meiner Mutter das erpresste Geld zurück. Über den Daumen gepeilt etwas um die sechzigtausend Pfund.“

„Träumen Sie weiter“, antwortete er. „Wir haben's bereits ausgegeben.“

„Na schön“, sagte ich, „wenn das Ihre Einstellung ist, muss ich wohl zu Jackson Warren und Peter Garraway gehen und es mir von denen holen.“

„Viel Glück dann.“ Er lachte. „Das sind die zwei größten Knauser, die ich je kennengelernt habe.“

„Ich werd's ihnen ausrichten.“

Das Lachen blieb ihm im Hals stecken.

„Und was ist mit meinen Fotos?“, fragte Julie.

„Die beweisen gar nichts“, meinte Alex. „Sie belegen nur, dass du in dem Postfach-Shop warst, nicht dass du jemanden erpresst hast.“

„Die doch nicht“, sagte Julie gereizt. „Die Fotos, die er gestern von mir gemacht hat.“

„Was für Fotos?“, wollte Alex von mir wissen.

Herrje, dachte ich, das konnte ganz schön heikel werden.

„Äh“, ruderte Julie rasch zurück. „So wichtig sind die auch wieder nicht.“

„Aber was ist denn drauf?“, fragte Alex, immer noch an mich gewandt.

Sollte ich es ihm sagen? Ihm vor Augen führen, was für eine Frau sie war? Oder konnten mir die Fotos später noch als Druckmittel gegen Julie dienen?

„Es sind nur ein paar Schnappschüsse von gestern Nachmittag, vorm Haus der Yorkes. Um festzuhalten, wie sie reagiert, wenn ich ihr die Bilder aus Newbury zeige. Bei dieser Gelegenheit habe ich ihr auch verboten, sich während der nächsten sechsunddreißig Stunden bei Ihnen zu melden.“

Julie sah erleichtert aus, und Alex schien mit der Antwort zufrieden zu sein. „Was passiert denn jetzt?“, fragte er.

Es war eine gute Frage. Ich dachte daran, Julie nach dem „anderen kleinen Schwindel“ von Warren und Garraway zu fragen – dem Steuerbetrug –, überlegte aber, dass ich von ihr vielleicht mehr erfuhr, wenn Alex nicht dabei war.

„Na, ich weiß nicht, was Sie beide vorhaben“, sagte ich, „aber ich fahr jetzt nach Hause und schlafe.“ Und lese Alex’ E-Mails, dachte ich.

Ich nahm meinen „Insulin“-Beutel vom Treppengeländer, warf mir den Rucksack über die Schulter und ließ die zwei Turteltauben in der Küche allein. Ich zog die Haustür hinter mir zu, ging aber nicht die Straße hinunter, sondern zum Küchenfenster an der Rückseite des Hauses.

Die Jalousie dort hatte ich extra nicht ganz runtergelassen, und jetzt drückte ich die Nase ans Fenster und schaute hinein. Alex und Julie waren wirklich nicht besonders diskret. Ich nahm meine Kamera aus dem Rucksack und schoss durch die Scheibe gut zwanzig Bilder von ihnen, wie sie sich küssten und wie er die Hände unter ihren Mantel schob. Der Zoom meiner Leica-Linse hielt alles fest.

Schließlich zerschnitt Julie die Plastikfesseln an Alex’ Füßen, und sie gingen Händchen haltend aus der Küche, vermutlich hinauf ins Schlafzimmer.

Trotzdem kehrte ich noch nicht zu Ians Wagen zurück. Ich ging ein Stück die Straße entlang, bis ich zum weißen BMW der Yorkes kam. Ich probierte, ob die Tür aufging, aber sie war abgeschlossen. Also setzte ich mich auf den Gehsteig, lehnte mich gegen die Beifahrertür und wartete.

Warten und Nachdenken schienen im Moment meine Hauptbeschäftigungen zu sein.

Ich fürchtete schon, Julie bliebe die ganze Nacht bei Alex, doch etwa eine Stunde nachdem ich gegangen war, sah ich sie auf mich zukommen.

Ich zog mich am Türgriff hoch, blieb aber unter Fensterhöhe geduckt, damit Julie mich beim Näherkommen nicht entdeckte. Als sie noch knapp zehn Meter entfernt war, entriegelte sie über die Fernbedienung die Türen, und die Blinklichter leuchteten kurz auf. Als sie die Fahrertür öffnete, um einzusteigen, tat ich das Gleiche auf der Beifahrerseite, und wir kamen im selben Moment nebeneinander zu sitzen, als die Türen zuschlugen.

Erschrocken wollte sie gleich wieder aussteigen, doch ich hielt ihre Hand am Lenkrad fest.

„Nichts da“, kommandierte ich. „Fahren Sie einfach.“

„Wohin denn?“, fragte sie.

„Egal“, sagte ich mit Nachdruck. „Los jetzt. Zuerst mal raus aus der Straße.“

Julie ließ den Wagen an und bog am Ende der Straße rechts ab Richtung Newbury, nach Hause. Ein paar hundert Meter fuhren wir schweigend.

„Okay“, sagte ich. „Stopp.“

Sie hielt am Straßenrand.

„Können Sie uns nicht in Ruhe lassen?"

„Warum sollte ich?", rief ich aus. „Meine Mutter hat Ihnen in den vergangenen sieben Monaten über sechzigtausend Pfund hingeblättert, und ich finde, dafür darf ich von Ihnen schon ein bisschen was verlangen."

„Aber Alex hat Ihnen doch gesagt, dass wir's ausgegeben haben", erwiderte sie.

„Wofür?", fragte ich.

Sie lachte. „Koks natürlich. In rauhen Mengen. Und Champagner, literweise. Nur vom Feinsten, versteht sich."

Mir dämmerte, dass sie in der Stunde, die sie bei Alex gewesen war, einem von beiden zugesprochen haben musste. Da sie keine Fahne hatte, tippte ich aufs Koks.

„Weiß Ewen, dass Sie Kokain nehmen?", fragte ich.

„Witzbold", sagte sie. „Ewen würde Kokain nicht mal erkennen, wenn man es ihm unter die Nase reiben würde. Was nicht vier Hufe und eine Mähne hat, interessiert ihn kein Stück."

„Dann erklären Sie mir doch mal, wie Jackson Warrens und Peter Garraways kleiner Steuerbetrug läuft."

„Die Mehrwertsteuermasche, meinen Sie?"

„Ja", bestätigte ich und wartete gespannt auf ihre Antwort.

Sie zögerte ein wenig, setzte aber schließlich zu einer Erklärung an. „Wussten Sie, dass Pferdebesitzer die Mehrwertsteuer auf Trainingsgebühren erstattet bekommen?"

„Meine Mutter hat so was mal erwähnt", antwortete ich.

„Und auf ihre anderen Unkosten auch, soweit sie unter Betriebsausgaben fallen, also Transportkosten, Telefongebühren und Tierarzthonorare. Sogar die Mehrwertsteuer auf den Kaufpreis ihrer Pferde bekommen sie zurück."

Die Mehrwertsteuer betrug fast zwanzig Prozent. Das war eine Menge Wechselgeld für teures Pferdefleisch.

„Und worin besteht der Schwindel?", fragte ich.

„Wie kommen Sie darauf, dass ich Ihnen das verrate?", fragte sie zurück.

„Ich würde die Bilder löschen …"

Selbst in ihrem zugedröhnten Zustand erkannte sie, dass das ein guter Deal wäre.

„Versprochen?", fragte sie.

„Versprochen", antwortete ich förmlich und hob die rechte Hand.

„Garraway lebt in Gibraltar und ist im Vereinigten Königreich nicht für die Mehrwertsteuer angemeldet. Er könnte sich zwar freiwillig melden, um die Rückerstattung in Anspruch zu nehmen, aber er will absolut nichts mit dem Finanzamt hier zu tun haben, weil er ein Steuerflüchtling ist. Er lebt nur in Gibraltar, um keine Steuern zahlen zu müssen."

„Und?", ermunterte ich sie zum Weiterreden.

„Offiziell gehören Peter Garraways Pferde allesamt Jackson Warren. Jackson zahlt die Trainingsgebühren und alle anderen Rechnungen; er kauft die Pferde sogar für Garraway und lässt sich die Mehrwertsteuer erstatten. Das läuft über eine Firma namens Budsam Ltd."

„Und wo liegt da der Schwindel?", fragte ich. „Wenn Jackson sie kauft und die Gebühren bezahlt, dann ist *er* der Besitzer, nicht Garraway."

„Ja", erwiderte sie, „aber Peter Garraway erstattet Jackson sämtliche Kosten."

„Erscheint das nicht in Jacksons Büchern?"

„Nein." Sie lächelte. „Das ist der Trick dabei. Peter überweist Jackson das Geld auf ein Konto in Gibraltar, das Jackson beim Finanzamt nicht angibt. Alex findet das sehr raffiniert, weil Jackson sein Geld so ins Ausland bekommt, ohne jemals etwas von einer britischen Bank aus überweisen zu müssen, denn die sind per Gesetz dazu verpflichtet, dem Finanzamt alle Kontendaten offenzulegen."

„Wie viele Pferde besitzt Peter Garraway auf diese Art?"

„Jede Menge. Zwölf hat er bei uns und noch mehr bei anderen Trainern."

„Finanzieren die sich denn nicht durch ihre Preisgelder?"

„Aber nein", sagte sie. „Die meisten Pferde gewinnen längst nicht so viel, wie ihr Unterhalt kostet, Springpferde schon gar nicht."

„Und warum lässt sich Peter Garraway nicht mehrwertsteuerhalber im Vereinigten Königreich als Besitzer eintragen?"

„Wie gesagt, er ist paranoid, was die britischen Steuerbehörden angeht. Die versuchen schon ewig, ihn wegen Hinterziehung dranzukriegen. Er zählt die Tage, die er hier verbringt, und er und seine Frau fliegen sogar in getrennten Flugzeugen, damit sie bei einem Absturz nicht beide umkommen und dann seine Familie hier für die Erbschaftssteuer rangezogen wird. Er lässt sich auf keinen Fall eintragen. Alex findet das dumm. Er hat ihnen gesagt, dass damit das Mehrwertsteuerproblem ohne Risiko gelöst wäre, aber Garraway stellt sich taub."

Ich sperrte die Ohren auf.

Hatte nicht Archimedes mal gesagt, mit dem richtigen Hebel würde er die Welt aus den Angeln heben? Vielleicht hatte ich jetzt den richtigen Hebel, um das Geld meiner Mutter unter dem Felsen von Gibraltar hervorzuholen.

Ich musste mir nur noch überlegen, bei wem ich ihn ansetzte und wann.

9

Den Großteil der Nacht verbrachte ich im Büro meiner Mutter und lud Alex' Dateien, die ich an meine E-Mail-Adresse geschickt hatte, auf meinem Laptop herunter.

Mit Ians Schlüssel war ich durch die Küche ins Haus gekommen. Ich begnügte mich mit dem Licht des Computerbildschirms und hinterließ alles genau so, wie ich es vorgefunden hatte. Warum ich es immer noch für nötig hielt, meine Anwesenheit vor meiner Mutter zu verbergen, wusste ich selbst nicht, aber vor allem wollte ich ihr im Augenblick nicht erklären müssen, was passiert war. Außerdem war es für mich vielleicht auch sicherer, wenn sie nicht wusste, wo ich war.

Nachdem ich mich von Julie zu Ians Wagen hatte zurückbringen lassen, war ich damit zu Greystone Stables hinaufgefahren. Meine beiden „hölzernen Wachposten" waren kaputt. Irgendjemand war oben am Stallhof gewesen; jemand, der jetzt wusste, dass ich nicht tot war; jemand, der vielleicht noch mal versuchen würde, mich umzubringen. Aber dazu musste er mich erst mal finden.

Ich hatte unruhig geschlafen, und Ian ließ mich weiterdösen, als er Montag früh um halb sieben zur Arbeit in die Ställe ging.

Bei seiner Rückkehr gegen Mittag hatte ich sämtliche heruntergeladenen Informationen von Alex auf meinem Laptop gelesen. Das meiste war uninteressant, aber es fanden sich auch einige Kostbarkeiten darunter und drei überaus nützliche Informationen.

Eine davon war, dass Alex nicht nur der Buchhalter der Rock-Bank Ltd. war, sondern auch eine Unterschriftsvollmacht für das Bankkonto der Firma besaß. Und: Ich hatte alle Passwörter und Benutzernamen, die man brauchte, um online auf das Konto zugreifen zu können.

Außerdem gab es noch zwei E-Mails über mich, die Jackson Warren zornig an Alex Reece geschickt hatte, eine noch am Abend des Essens bei Isabella. „Verdammt noch mal, wie kommen Sie dazu, vor Thomas Forsyth so offen zu reden?", hatte Jackson geschrieben, kurz nachdem er an dem Abend hinausgestürmt war. „Seine Mutter gehört zu denen, die schwer in unsere kleine Abzocke investiert haben. Halten Sie verdammt noch mal den Mund – verstanden?"

Die zweite Mail war etwas zurückhaltender, aber nicht weniger direkt. Jackson hatte sie um 17 Uhr am Tag des Rennens in Newbury verschickt –

nach Scientifics „versehentlichem" Sieg: „Thomas Forsyth hat mir heute Nachmittag gesagt, dass er sich mit Ihnen in Verbindung setzen will. Ich werde dafür sorgen, dass er das nicht kann. Sollte er jedoch an Sie herantreten, ehe ich meine Vorkehrungen getroffen habe, sind Sie hiermit aufgefordert, NICHT mit ihm zu sprechen. Das ist von allergrößter Wichtigkeit, gerade auch angesichts des für kommende Woche geplanten Abschlusses."

Ich wusste nur zu gut, welche Vorkehrungen Jackson dann getroffen hatte, um mich an einem Gespräch mit Alex zu hindern – meine Schultern schmerzten immer noch. Aber um welchen Abschluss war es gegangen?

„Was machen die Pferde?", fragte ich Ian, als er sich auf das braune Sofa plumpsen ließ und den Fernseher anschaltete.

„Denen geht's gut", sagte er mit einem gewaltigen Seufzer.

„Und wo brennt's?", fragte ich. „Schwerer Tag gewesen?"

„Das können Sie laut sagen."

Ich schwieg. Wenn er wollte, würde er es mir schon erzählen.

Er wollte.

„Als ich die Stelle hier übernommen habe, dachte ich, es läuft mehr auf Assistenztrainer raus als bloß auf Stallmeister. Mrs Kauri hat so was jedenfalls angedeutet."

„Und?", half ich nach.

„Und gar nichts", fuhr er fort. „Ich habe mich bloß geirrt. Sie hat keinen Assistenten, weil sie nichts abgeben kann – an niemanden. Im Gegenteil, sie behandelt mich genauso wie die Stallburschen, die frisch von der Schule kommen. Sie gibt den Leuten Anweisungen, die eigentlich ich geben sollte. Ich habe das Gefühl, meine Autorität wird untergraben, und komme mir unnütz vor."

Davon kann auch ich ein Lied singen, dachte ich. Konnte ich zumindest, bis ich daheim ausgezogen und zur Armee gegangen war. Mir schien, Ian war schon auf der Suche nach etwas anderem. Ein Jammer. Ich hatte ihn bei der Arbeit mit den Pferden erlebt, und das machte er unverkennbar gut. Wenn Ian Norland ging, wäre das ein trauriger Tag für die Kauri-Stallungen.

„Haben Sie sich schon umgehört?", fragte ich.

„Spannend wäre für mich ein Stall, der neu aufgebaut werden soll", sagte er plötzlich lebhaft. „Ist noch etwas hin, aber ich halte mir die Option offen. Erzählen Sie bloß Ihrer Mutter nichts davon. Sie würde in die Luft gehen."

Da hatte er recht. Sie forderte unbedingte Loyalität von allen, die mit ihr zu tun hatten, aber sie gab wenig zurück, und das würde sich auch nicht mehr ändern.

„Was für ein Stall?"

„Man munkelt, dass ein Trainer aus dem Ort einen zweiten Stall aufmachen will und dafür einen Assistenten braucht."

„Welcher Trainer?"

„Ewen Yorke", antwortete er. „Anscheinend kauft er Greystone Stables."

Dann würde er wohl am Sattelkammerfenster eine neue Scheibe einsetzen müssen.

DIE KONTOAUSZÜGE der Rock-Bank Gibraltar Ltd. waren sehr aufschlussreich.

Ich hatte am Nachmittag die von Alex' Computer heruntergeladenen E-Mails noch mal gelesen und ebenso die Dateien aus dem Ordner *Rock-Konto*. Nicht wenige Nachrichten waren an oder von einem gewissen Sigurd Bellido, dem Chefkassierer des Geldinstituts in Gibraltar, bei dem die Rock-Bank Ltd. ein Konto hatte, und drehten sich um Geldein- und -ausgänge. Seltsamerweise wurde immer wieder das Befinden von Mr Bellidos Schwiegermutter erörtert.

Als ich mich gegen zwei Uhr früh im Büro meiner Mutter zum Onlinebanking anmeldete, sah ich, dass sich die mit Mr Bellido besprochenen Überweisungen in den Kontoumsätzen widerspiegelten.

Wie Alex gesagt hatte, ging regelmäßig Geld ein, vermutlich von den „Anlegern" im Vereinigten Königreich, und wanderte acht Tage später weiter. Wenn Alex recht hatte, verschwand es schließlich auf einem geheimen Schweizer Nummernkonto von Garraway oder Warren.

Ich schaute mir insbesondere die Transaktionen der Vorwoche an, um einen Hinweis auf den von Jackson in seiner Mail erwähnten „Abschluss" zu finden.

Es waren zwei große Einzahlungen verbucht. Beide in US-Dollar, einmal eine Million, einmal zwei Millionen. Noch ein paar Dumme, dachte ich, die sich hatten verleiten lassen, in einen nicht existierenden Hedgefonds zu investieren. Zu der Einzahlung über die zwei Millionen gehörte ein Name – Toleron. Ich wusste, dass ich den Namen von irgendwoher kannte, aber da ich nicht gleich darauf kam, tippte ich ihn bei Google ein.

TOLERON PLASTICS erschien in großen roten Lettern auf dem Bildschirm, darunter in etwas kleinerer Schrift EUROPAS GRÖSSTER ABFLUSSROHRHERSTELLER. Mrs Martin Toleron war die etwas langweilige Dame gewesen, die bei Isabellas Abendessen neben mir gesessen hatte, und wahrscheinlich würde sie jetzt bald merken, dass ihr erfolgreicher Mann doch nicht so ein toller Geschäftsmann war, wie sie angenommen hatte. Fast tat sie mir leid.

Ich spürte Mr Martin Toleron noch ein bisschen nach. Fast alle Treffer bezogen sich auf den Verkauf seines Unternehmens an einen Konzern im vergangenen November, durch den sein Privatvermögen angeblich um mehr als hundert Millionen Dollar gewachsen war. Da tat mir seine Frau schon nicht mehr so leid. Sie konnten sich's leisten, hätte Alex gesagt.

Am frühen Dienstagmorgen, während meine Mutter in den Downs ihren Pferden bei der Arbeit zusah, lieh ich mir noch einmal Ians Wagen aus und fuhr zu Mr Martin Toleron.

Dem Internet zufolge wohnte er in Hermitage, einem Dorf wenige Kilometer nördlich von Newbury, und wo genau, fand ich ohne Weiteres heraus, als ich im Dorfladen nach dem Weg fragte.

Martin Tolerons Haus war ziemlich protzig, so wie es zu einem Großindustriellen passte. Ich hielt vor dem großen schmiedeeisernen Tor und drückte auf den Knopf der Sprechanlage.

„Hallo?", ertönte eine Männerstimme aus dem Lautsprecher.

„Mr Toleron?", fragte ich.

„Ja." Er hörte sich ein wenig gereizt an.

„Mein Name ist Thomas Forsyth", sagte ich. „Ich würde Sie gern –"

„Nein, tut mir leid", unterbrach er mich. „Unangemeldeten Besuch empfange ich nicht. Auf Wiedersehen." Mit einem Klicken verstummte die Anlage.

Ich klingelte noch einmal. Da nichts passierte, drückte ich den Knopf ein drittes Mal, aber viel länger.

Schließlich meldete er sich wieder. „Was wollen Sie?"

„Sagt Ihnen Rock-Bank Limited, Gibraltar, etwas?", fragte ich rasch.

Es war kurz still, bevor er antwortete. „Wie war noch Ihr Name?"

„Thomas Forsyth."

„Warten Sie", erwiderte er. „Ich komme runter."

Ich wartete, und bald darauf erschien ein beleibter kleiner Mann, der über die Zufahrt auf mich zukam. Von Isabellas Abendessen her erinnerte ich mich dunkel an ihn, auch wenn wir nicht miteinander gesprochen hatten.

Martin Toleron blieb drei Meter vom Tor entfernt stehen. „Was wollen Sie?", fragte er. „Sind Sie vom Finanzamt?"

Komische Frage, fand ich. „Nein“, sagte ich. „Sie und ich waren vorige Woche auf derselben Dinnerparty, bei Jackson und Isabella Warren. Ich würde mich gern mit Ihnen über Rock-Bank Limited und das Geld, das Sie dort in Gibraltar angelegt haben, unterhalten.“

„Wieso wissen Sie überhaupt davon?“, fragte er.

„Ich glaube, es wäre besser, wenn wir uns darüber im Haus unterhalten.“

Das fand er offensichtlich auch, denn er nahm einen kleinen schwarzen Kasten aus der Tasche und drückte eine Taste. Das Tor öffnete sich, während ich wieder zu Ians Wagen ging.

Ich parkte auf der Schotterzufahrt vor der modernen Backsteinvilla.

„Kommen Sie mit in mein Büro“, sagte Martin Toleron und führte mich an der prächtigen Eingangstür vorbei zu einer kleineren. Ich folgte ihm in einen großen, eichengetäfelten Raum mit dazu passendem Schreibtisch und Bücherregalen dahinter.

„Nehmen Sie Platz“, sagte er bestimmt, indem er mir einen der beiden Sessel zuwies, und zum ersten Mal spürte ich etwas von dem Selbstbewusstsein und der Entschlossenheit, die ihm im Geschäftsleben sicher zustattengekommen waren. Ich nahm mir vor, Martin Toleron als Freund zu gewinnen, statt ihn mir zum Feind zu machen.

„Worum geht's?“ Er setzte sich in den anderen Sessel.

„Soviel ich weiß, haben Sie vor Kurzem einen großen Geldbetrag als Hedgefonds-Anlage an die Rock-Bank Limited in Gibraltar überwiesen.“

Ich machte eine Pause, aber er sagte nichts.

„Und ich habe Grund, anzunehmen“, fuhr ich fort, „dass besagter Investmentfonds in Wirklichkeit gar nicht existiert und dass Sie um Ihr Geld betrogen werden sollen.“

„Warum erzählen Sie mir das?“, fragte er.

„Ich dachte nur, es wäre gut, wenn Sie's wissen, damit Sie nicht noch mehr investieren. Ich bin der Sohn eines anderen Opfers. Ich hatte gehofft, Sie besäßen vielleicht Informationen, die mir helfen könnten, dieses Geld zurückzubekommen.“

„Was für Informationen?“, fragte er.

„Na ja“, sagte ich. „Meine Mutter ist, mit Verlaub, alles andere als ein Finanzgenie, und dass sie sich übers Ohr hauen lässt, ist nicht verwunderlich, aber bei Ihnen …“ Ich überließ es ihm, den Satz zu beenden.

Er stand auf, ging zum Schreibtisch, ergriff einen großen weißen Briefumschlag und warf ihn mir zu. Der Umschlag enthielt einen Hochglanzprospekt, der für ein „einmaliges Investitionsangebot“ warb. Ich blätterte ihn durch. Er war sehr überzeugend, jedenfalls hatte man den Eindruck, dass er von einem seriösen Unternehmen kam.

„Wieso halten Sie das für Betrug?“, fragte er.

„Ich weiß bereits von zwei Fällen, bei denen das ganze über Rock-Bank Limited investierte Geld flöten gegangen ist. Beiden Anlegern wurde mitgeteilt, dass der betreffende Hedgefonds bankrottgegangen sei. Ich habe aber Grund zu der Annahme, dass der Fonds gar nicht existiert hat und das Geld einfach gestohlen wurde.“

Ich sah den Prospekt noch einmal durch.

„Sehr professionell gemacht“, kommentierte er. „Gibt genau die richtigen Informationen und Sicherheiten.“

„Haben Sie denn irgendwas davon überprüft?“, wollte ich wissen.

Er gab keine Antwort, aber seinem Gesichtsausdruck nach zu schließen wohl nicht.

„Warum ist denn Ihre Mutter nicht zur Polizei gegangen?“, fragte er. „Dann wäre vielleicht eine Warnung rausgegangen.“

„Sie konnte nicht“, sagte ich, ohne das näher zu erläutern.

Ich dachte über seine merkwürdige Frage am Tor nach, ob ich vom Finanzamt sei. „Mr Toleron“, sagte ich, „verzeihen Sie die Frage, aber werden Sie erpresst?“

Genau wie bei meiner Mutter war nicht das Geld Martin Tolerons größte Sorge, sondern der mögliche Gesichtsverlust – in seinem Fall, weil er sich hatte täuschen lassen. Wenn ich gedacht hatte, er wäre dankbar für meinen Hinweis, dass er Betrügern aufgesessen war, hatte ich mich geirrt. Indirekt bot er mir sogar Geld dafür an, dass ich die Sache nicht publik machte.

„Natürlich mache ich das nicht publik“, sagte ich.

„Alle, die ich kenne, würden es verbreiten“, meinte er mit einem Seufzer. „Mit Wonne würden sie’s dem meistbietenden Revolverblatt verkaufen.“ Er mochte ein höchst erfolgreicher Unternehmer gewesen sein, und er war zweifellos steinreich, aber offenbar hatte ihm das alles herzlich wenig echte Freunde eingebracht.

Erpresst wurde er nicht, doch er gab zu, dass ihm vor Kurzem jemand Geld hatte abnötigen wollen, weil er auf einer Steuererklärung fälschlich angegeben habe, nicht im Vereinigten Königreich wohnhaft zu sein.

„Ich habe ihn zum Teufel gejagt, aber es hat mich viel Zeit und Geld gekostet, das zu bereinigen. Eine Steuerprüfung wäre wirklich das Letzte, was ich will.“

„Betrügen Sie denn?“, fragte ich.

„Natürlich nicht“, sagte er. „Ich bewege mich nur am Rand des Erlaubten, versuche hier und da was zu drehen.“

„Mit der Mehrwertsteuer?“

„So ist es. Wendet sich Ihre Mutter deshalb nicht an die Polizei, weil sie erpresst wird?“

Ich nickte nur, als wäre ich wie meine Mutter der Meinung, dass man etwas, das man nicht ausspricht, auch nicht direkt zugibt.

„Kannten Sie einen gewissen Roderick Ward?“

„Kommen Sie mir bloß nicht mit dem“, stieß er hervor. „Seinetwegen hätte mich das Finanzamt fast drangekriegt.“

Ich fragte mich, wie ein Großindustrieller an so einen windigen Typen geraten konnte.

„Wie haben Sie ihn kennengelernt?“, fragte ich.

„Er war eine Zeit lang mit meiner älteren Tochter zusammen. Immer wieder kam er hier an und erzählte mir, wie ich noch mehr Steuern sparen könnte. Hätte nie auf den Dreckskerl hören sollen.“

„Wissen Sie, was aus ihm geworden ist?“, fragte ich.

„Hab gehört, er ist tödlich mit dem Auto verunglückt.“

„In Wahrheit ist er ermordet worden.“

Er war überrascht, aber nicht entsetzt. „Gut, dass er weg ist, sage ich!“ Er lächelte zum ersten Mal, seit ich bei ihm war. Aber dann verschwand das Lächeln auch schon wieder. „Moment mal“, sagte er. „Ist Ward nicht im vorigen Sommer gestorben?“

„Ja“, antwortete ich. „Im Juli.“

„Wer nimmt mich denn dann jetzt aus?“

„Wer hat Ihnen die Anlage empfohlen?“

„Wie kommen Sie darauf, dass sie mir empfohlen worden ist?“

„Niemand investiert, weil ihm ein Prospekt in den Briefkasten flattert. Jedenfalls keine zwei Millionen Dollar. Irgendwer muss Ihnen davon erzählt haben.“

Er schien etwas erstaunt, dass ich den genauen Betrag seiner Anlage kannte.

„Haben Sie die Zahl von Jackson?“, fragte er.

„Jackson Warren hat Ihnen also den Fonds empfohlen“, schloss ich aus seiner Frage. „Das ist die Antwort – Jackson Warren bestiehlt Sie, zusammen mit Peter Garraway.“

Er glaubte es nicht. Ich sah ihm die Skepsis an. „Warum sollte er?“, fragte Toleron. „Jackson Warren hat selbst einen Haufen Geld.“

„Vielleicht weil er es anderen stiehlt?"

„Machen Sie sich nicht lächerlich!"

„Nein, das tue ich nicht. Ich beweise es Ihnen. Haben Sie eine Internetverbindung?"

„WIE SIND SIE denn da rangekommen?" Martin Toleron war verblüfft, als ich die jüngsten Transaktionen der Rock-Bank Ltd. auf den Bildschirm meines Laptops holte.

„Fragen Sie lieber nicht", meinte ich.

Er sah mich prüfend an, wandte sich aber, ohne nachzuhaken, wieder dem Bildschirm zu.

„Wer ist der andere Anleger?", wollte er wissen.

„Ich hatte gehofft, das könnten Sie mir sagen."

„Ich habe keine Ahnung. Über den Fonds habe ich nur mit Jackson Warren gesprochen. Er sagte mir, er habe dort vor längerer Zeit Geld angelegt und sei sehr zufrieden damit. Ich habe ihm geglaubt, und ehrlich gesagt haben Sie mir bisher noch keinen konkreten Grund geliefert, das nicht auch weiterhin zu tun."

Ich öffnete eine der E-Mails aus Alex Reeces Posteingang von der Vorwoche: „Alex", stand da, „die zwei Millionen von unserem Abflussrohrbauer dürfen wir in der kommenden Woche auf dem Konto erwarten. Sorgen Sie bitte dafür, dass das seinen Weg geht, und schicken Sie die übliche Annahmebestätigung. Die Provision wird Ihnen fristgemäß überwiesen. JW"

„Das beweist nicht, dass es sich um Betrug handelt", sagte Toleron.

„Vielleicht nicht direkt", meinte ich. „Aber hat Jackson Warren Ihnen gegenüber je erwähnt, dass er den so heiß empfohlenen Fonds selbst betreibt?"

„Nein, das hat er nicht."

„Muss er aber wohl, wenn er Annahmebestätigungen an Investoren versenden lassen kann." Ich gab ihm Zeit, das zu verdauen. „Genügt Ihnen das als Beweis? Sonst habe ich noch mehr."

„Zeigen Sie her!", verlangte Toleron.

Ich holte eine E-Mail von Alex Reece an Sigurd Bellido, den Chefkassierer in Gibraltar, auf den Schirm, in der es um eine Überweisung ging: „Sigurd, bitte buchen Sie die eine Million Dollar, die vorige Woche aus UK auf dem Konto von Rock-Bank Ltd. eingegangen ist, auf das übliche Zweitkonto bei Ihrer Bank um. Ich hoffe, mit Ihrer Schwiegermutter geht es gesundheitlich bergauf. AR"

Martin Toleron las über meine Schulter hinweg. „Das beweist noch gar nichts."

„Nein", gab ich zu. „Aber schauen Sie hier."

Ich klickte eine weitere Mail aus Alex' *Gibraltar*-Ordner an, geschrieben von Alex an Jackson Warren am selben Tag wie die vorige: „Jackson, ich habe SB (und seine Schwiegermutter) instruiert; das Geld sollte noch heute zum Weitertransfer auf Ihrem üblichen Konto eingehen. AR"

„Was soll das immer mit dieser Schwiegermutter?", wollte Toleron wissen.

„Keine Ahnung", gab ich zu. „Aber sie taucht in sämtlichen Mails an SB auf – das ist Sigurd Bellido, der Hauptkassierer, der die Transfers in Gibraltar vornimmt. In seinen Antworten erwähnt er sie komischerweise nie."

Toleron überlegte kurz. „Vielleicht ist es ein Code, der beweisen soll, dass der Überweisungsauftrag wirklich von diesem AR kommt."

„Alex Reece", sagte ich.

„Habe ich den nicht auch bei dem Abendessen kennengelernt? So ein Rothaariger?"

„Genau der", erwiderte ich. „Etwas schräger Typ. Er ist Jackson Warrens Buchhalter, steckt aber bis zu den Ohren mit drin."

„Warren kann sich aber doch denken, dass er mir suspekt wird, wenn der Fonds bankrottgeht und ich mein ganzes Geld verliere."

„Dann entschuldigt er sich eben für den schlechten Anlagetipp und sagt, er hätte selbst eine ganze Stange Geld verloren, und wenn man den Zeitungsberichten über den Verkauf Ihres Unternehmens glauben darf, können Sie den Verlust sogar leichter wegstecken als er."

„Was in der Zeitung steht, darf man nicht glauben", sagte er. „Aber ich weiß, was Sie meinen. Gerade weil es eine relativ kleine Anlage ist, habe ich mich darauf eingelassen. Ich kann's mir leisten, sie in den Sand zu setzen. Was natürlich nicht heißt, dass ich das wirklich wollte."

Wie schön für ihn, so reich zu sein, dass zwei Millionen Dollar eine „relativ kleine" Investition waren und dass er es sich darüber hinaus noch leisten konnte, sie zu verlieren.

„Dann brauchen wir ja nur diesen Alex Reece aufzufordern, SB in Gibraltar zu mailen, dass er das Geld schön wieder dahin überweisen soll, wo es herkam." Martin Toleron grinste mich an. „Dann habe ich mein Geld zurück. Dürfte nicht allzu schwer hinzukriegen sein, oder?"

Es hörte sich zwar einfach an, aber ich war mir nicht sicher, ob Alex Reece da mitspielen würde.

„Ich weiß was Besseres", sagte ich. „Wir selbst könnten SB eine fingierte Mail von Alex Reece schicken."

„Aber dazu brauchen wir das Passwort für Reeces E-Mail-Konto."

Jetzt war es an mir, ihn anzugrinsen. „Wer sagt denn, dass ich das nicht schon habe?"

10

Die E-Mail an Sigurd Bellido war gegen halb zwölf fertig:

> Sigurd,
> es gab eine Verwechslung bei uns, und ich muss die letzten beiden Zahlungen an das Konto der Rock-Bank Ltd., die am Donnerstag und Freitag voriger Woche eingegangen sind, rückgängig machen. Bitte überweisen Sie baldmöglichst vom Konto der Rock-Bank Ltd. bei Ihrer Bank (Kto.-Nr.: 01201030866):
>
> US$ 2 000 000 an Barclays Bank PLC, SWIFT Code BARCGB2LBGA, Zweigstelle Belgravia, zur weiteren Gutschrift an Mr Martin Toleron, Kto.-Nr.: 81634587.
>
> US$ 1 000 000 an HSBC Bank PLC, SWIFT Code HSBCGB6174A, Zweigstelle Hungerford, zur weiteren Gutschrift an Mrs Josephine Kauri, Kto.-Nr.: 15638409.
>
> Bitte tätigen Sie diese Überweisungen sofort. Ich hoffe, die Genesung Ihrer Schwiegermutter geht zügig voran. Vielen Dank, AR.

Martin Toleron und ich hatten sämtliche Überweisungsaufträge in Alex Reeces *Gibraltar*-Ordner durchgesehen und ihre Sprache wie auch ihren Aufbau eingehend studiert.

„Meinen Sie, es funktioniert?", fragte Martin.

„Vielleicht", sagte ich. „Zu verlieren haben wir ja nichts."

„Ich schon", meinte er. „Für mich geht's um zwei Millionen Dollar."

„Die haben Sie schon verloren, aber so bekommen Sie sie vielleicht wieder. Aber ob die Bank so eine Menge Geld anstandslos zurücküberweist?"

„Eine Antwortmail kommt bestimmt", sagte Martin.

„Mit Sicherheit."

Bei der Durchsicht des E-Mail-Verkehrs zwischen SB und AR hatten wir ein Muster erkannt. Alex schickte den Auftrag jeweils gegen Mittag. Sigurd quittierte umgehend per Mail den Empfang und bat um Auftragsbestätigung. Die wiederum kam dann sofort von Alex und enthielt eine Bemerkung nicht über Sigurds Schwiegermutter, sondern über das Wetter in England.

„Sind Sie bereit, um SBs Antwort abzufangen?", fragte Martin.

„Absolut“, erwiderte ich. „Ich habe mich bereits in Alex Reeces Konto eingeloggt.“

„Haben Sie die Antwort parat?“ Er trat vor Nervosität von einem Fuß auf den anderen, während er hinter mir stand.

„Beruhigen Sie sich, Martin“, sagte ich. „Es ist zwei Minuten vor zwölf.“ Ich klickte auf *Senden*, und die Nachricht verschwand vom Bildschirm. Jetzt gab es kein Zurück mehr.

Während wir warteten, lud ich die Webmail-Seite immer wieder neu. Auf der Computeruhr wurde es zwölf Uhr eins. Ich lud die Seite nochmals neu. Nichts. Ich zwang mich zur Ruhe und zählte bis zehn, ehe ich wieder auf *Aktualisieren* klickte. Immer noch nichts. Ich begann von vorn zu zählen, diesmal bis fünfzehn, doch wieder kam nichts.

Die Antwort traf neun Minuten nach zwölf ein, als ich längst alle Hoffnung aufgegeben hatte.

„Alex, ich habe Ihre Anweisungen erhalten. Wer soll die Transferkosten tragen? SB.“

Ich hatte die Rückantwort sendefertig, ergänzte sie aber noch schnell:

„Sigurd, ich habe Ihre Empfangsbestätigung erhalten und bestätige die Anweisungen. Bitte stellen Sie die Transferkosten den Empfängern in Rechnung. In Großbritannien naht glücklicherweise der Frühling, und allmählich steigen die Temperaturen. AR.“

Ich klickte auf *Senden*, und die Nachricht verschwand vom Schirm. Anschließend löschte ich unsere Spuren vom Server, damit sie nicht auf Alex’ Computer erschienen, wenn er seine Mails abrief.

Nachdem ich die Webmail-Seite noch vierzig Minuten lang im Auge behalten hatte, ging ich davon aus, dass SB keine Rückfragen mehr stellen würde.

„Meinen Sie, es klappt?“, fragte Martin.

„Was denken Sie?“, fragte ich zurück.

„Eigentlich nicht. Das ging viel zu einfach.“

„Ja“, sagte ich. „Fast so einfach, wie Sie sich die zwei Millionen Dollar haben abnehmen lassen.“

MARTIN rief seine Bank an und bat darum, umgehend telefonisch verständigt zu werden, wenn ein hoher Betrag auf seinem Konto einging. Meine Mutter hingegen würde einfach abwarten müssen, ob die Million auf ihrem Bankauszug erschien.

„Rufen Sie mich an, wenn Sie was hören“, sagte ich, als wir uns auf der Zufahrt die Hand gaben.

„Keine Sorge, mach ich“, meinte er lächelnd. „Das war ein ziemlich unterhaltsamer Morgen, muss ich gestehen. Viel aufregender, als ich es in letzter Zeit gewohnt bin.“

„Fehlt Ihnen die Unternehmertätigkeit?“, fragte ich.

„Ob mir die fehlt?“, rief er aus. „Ich trage Trauer!“

„Aber Sie haben doch so viel Geld.“

„Ja“, sagte er unglücklich. „Aber was fange ich mit meiner Zeit an? Soll ich's zählen?“

„Warum haben Sie Ihre Firma verkauft?“

„Ich bin achtundsechzig, und meine beiden Kinder interessieren sich nicht fürs Geschäft, schon gar nicht für die Rohrbranche. Denen ist das viel zu langweilig. Aber mir hat's Spaß gemacht. Morgens um sieben war ich in der Fabrik in Swindon, und oft bin ich erst abends nach zehn weg. Es war richtig gut.“

„Hatte Ihre Frau nichts dagegen?“, fragte ich.

„Kann schon sein“, meinte er lachend. „Aber sie shoppt auch gern und viel bei Harrods.“

„Was machen Sie denn dann in Zukunft? Fangen Sie was Neues an?“

„Nein.“ Er seufzte. „Ich glaube nicht. Ich werde meine Frau wohl öfter zu Harrods begleiten.“ Die Aussicht auf die vermehrten Einkaufsbummel mit seiner Frau stimmte ihn offenbar auch nicht froh.

„Kaufen Sie sich ein paar Rennpferde“, sagte ich. „Da kann man prima eine Menge Geld loswerden, habe ich gehört, und Spaß machen kann's auch.“

„Tolle Idee“, meinte er. „Das könnte ich tatsächlich tun.“

„Und“, sagte ich, „ich weiß sogar, wie Sie die ganze Mehrwertsteuer sparen können.“

Wir lachten beide schallend.

Wie ich gehofft hatte, gingen Martin Toleron und ich als Freunde, nicht als Feinde auseinander.

MARTIN rief mich um Viertel nach drei auf dem Handy an, als ich auf Ians Sofa vor mich hin döste, mit einem Auge bei den Pferderennen im Fernsehen.

„Haben Sie von der Bank gehört?“, fragte ich, sofort hellwach.

„Das nicht“, sagte er. „Aber Jackson Warren hat gerade angerufen.“

„Wow!“, entgegnete ich. „Und was sagt er?“

„Er wollte mir weismachen, die Bank in Gibraltar hätte sich vertan und aus unerfindlichen Gründen die zwei Millionen Dollar auf mein Konto zurückgebucht. Dann hat er mich gefragt, ob ich meine Bank anweisen könnte, das Geld noch einmal nach Gibraltar zu überweisen."

„Und was haben Sie geantwortet?"

„Ich habe meine Überraschung darüber zum Ausdruck gebracht, dass er mich anruft, mir sei nicht klar gewesen, dass er mit der Verwaltung des Fonds zu tun hat. Ich hätte gedacht, er sei einfach ein zufriedener Anleger."

„Und dann?"

„Dann wollte er mir erzählen, der Fondsmanager habe ihn nur angerufen, weil er gewusst habe, dass wir befreundet sind. Ich bin ein bisschen ärgerlich geworden. Er könne mich mal, habe ich gesagt. Ich würde nirgendwo mehr investieren, wo er die Finger drin hat, schließlich habe er mich bewusst irregeführt. Und außerdem würde ich den Vorgang der Finanzmarktaufsicht melden."

„Das hat ihm bestimmt nicht gefallen."

„Nein", bestätigte Martin. „Er hat mir sogar gedroht. Er hat mir gesagt, wenn ich zur Finanzmarktaufsicht ginge, würde mir das leidtun. Ich habe ihn gefragt, was er damit meint, aber er hat nur geantwortet: ‚Denken Sie darüber nach.' Und von Ihnen scheint er auch nicht sonderlich angetan zu sein. Er hat mir glatt vorgehalten, Sie und ich wollten ihn aufs Kreuz legen. ‚Müssen Sie gerade sagen', hab ich ihm geantwortet."

„Hat er gefragt, ob Sie wissen, wo ich bin?", erkundigte ich mich.

„Mich gefragt?" Martin lachte. „Er hat verlangt, dass ich's ihm sage. Ich meinte nur, ich hätte keinen Schimmer."

„Wie gut ist Ihr Tor gesichert?", fragte ich.

„Warum?" Jetzt klang er doch ein wenig beunruhigt.

„Ich halte Jackson Warren für sehr gefährlich", erklärte ich ernst. „Einmal hat er schon versucht, mich umzubringen, und ich bin sicher, er würde es ohne Zögern wieder tun. Halten Sie also Ihr Tor gut geschlossen, und seien Sie auf der Hut."

„Das werde ich", sagte er und legte auf.

Wurde es jetzt Zeit, die Polizei einzuschalten und auf die steuerlichen Konsequenzen zu pfeifen? Aber was hätte ich sagen sollen? „Also, Officer, Mr Jackson Warren hat versucht, mich umzubringen, indem er mich in einem verlassenen Stall an die Wand gekettet hat, damit ich verdurste, aber ich konnte entkommen und melde mich erst jetzt, acht Tage später, bei Ihnen, weil ich zwischenzeitlich in Tarnkleidung durch Berkshire geschlichen bin, einen Mitarbeiter Mr Warrens überfallen und mit Spritze und falschem Insulin bedroht und die widerrechtlich von ihm erlangten Informationen dazu genutzt habe, eine Million Dollar von Mr Warrens Firma in

Gibraltar auf das Privatkonto meiner Mutter in Hungerford überweisen zu lassen.“

Irgendwie konnte ich mir nicht vorstellen, dass daraufhin die Polizei sofort zu Jackson stürmen und ihn festnehmen würde. Wahrscheinlich landete ich eher beim Psychiater, und dann wüsste Jackson genau, wo ich war.

Ich hielt es für sicherer, mich nicht zu rühren, bis die Lage sich beruhigt hatte.

Konnte man sich derart irren? Man konnte.

Das erste Anzeichen dafür, dass etwas gefährlich schiefgelaufen war, war ein lautes Klopfen an Ians Wohnungstür, das mich aus dem Schlaf riss. Ich machte das Licht an und sah auf die Uhr. Es war halb zwei morgens.

Ich schnappte mir mein Hemd und ging zur Tür.

„Wer ist da?“, rief ich.

„Derek Philips“, kam die Antwort. Mein Stiefvater.

Ian trat verschlafen aus seinem Schlafzimmer.

„Was ist denn hier los?“, fragte er und kniff die Augen zusammen.

„Es ist mein Stiefvater“, antwortete ich ihm.

„Dann machen Sie doch auf.“ Aber dann zwängte er sich an mir vorbei und schloss selbst auf.

Derek fiel beinahe ins Zimmer, als die Tür aufging. „Gott sei Dank!“, sagte er. Dann sah er mich. „Was machst *du* denn hier?“

Ich überging die Frage. „Was ist los, Derek?“

„Deine Mutter!“, rief er sichtlich verzweifelt. „Sie ist entführt worden! Von zwei Männern. Sie wollten eigentlich zu dir.“

Sowohl Derek als auch Ian sahen mich vorwurfsvoll an.

„Wer waren die zwei?“, fragte Ian ihn.

„Das weiß ich nicht“, antwortete Derek. „Sie hatten Skimützen auf, aber besonders jung kamen sie mir nicht vor.“

„Wieso?“

„Wegen der Art, wie sie sich bewegt haben“, sagte Derek.

Ich meinte unterdessen schon genau zu wissen, wer sie waren. Zwei verzweifelte Männer in den Sechzigern, die sich das Geld zurückholen wollten, das ich ihnen abgenommen hatte. Aber wo steckte Alex Reece?

„Bist du sicher, dass sie nur zu zweit waren?“, fragte ich.

„Ich habe nur zwei gesehen“, antwortete Derek.

„Was genau ist passiert?“, fragte ich.

„Irgendwie sind sie ins Haus gekommen und standen auf einmal im Schlafzimmer. Der eine hat mich mit einer Schrotflinte angestoßen, damit ich aufwache." Er war den Tränen nahe, und ich begriff, welche Angst er und meine Mutter ausgestanden haben mussten. „Sie wollten zu dir, aber wir haben ihnen gesagt, wir wüssten nicht, wo du bist."

Dass ich meiner Mutter nicht gesagt hatte, wo ich mich aufhielt, hatte mir also wahrscheinlich einen Besuch der zwei Maskierten erspart. Doch um welchen Preis?

„Aber warum haben sie Josephine mitgenommen?", fragte ich, doch ich kannte die Antwort bereits. Sie gingen davon aus, dass ich zu ihnen kommen würde, wenn sie meine Mutter hatten. „Haben sie gesagt, wo sie sie hinbringen?"

„Nein. Nur dass du schon wüsstest, wo sie ist."

„Haben Sie die Polizei verständigt?", fragte Ian.

„Keine Polizei!", rief Derek. „Sie haben mich gewarnt: ‚Ein Wort zur Polizei und Josephine ist tot.' Ich solle dich anrufen." Er blickte zu mir. „Aber ich hatte ja keine Ahnung, wo du warst. Ian zu fragen war das Einzige, was mir einfiel."

Ich wüsste schon, wo sie ist, hatten die Kidnapper zu Derek gesagt. Und ich wusste es tatsächlich.

Ich näherte mich Greystone Stables nicht über die Zufahrt, sondern aus der entgegengesetzten Richtung über das hügelige Farmland und durch den Wald oberhalb des Stalls.

Kurz vor dem Waldrand hielt ich an und ging auf mein linkes Knie runter. Ich sah auf die Uhr. 3.42 Uhr. Die windstille Nacht war herrlich klar, mit einem wunderschön funkelnden Sternenhimmel. Der Mond wanderte rasch zum westlichen Horizont zu meiner Linken hinab. In etwa vierzig Minuten würde er ganz untergehen, und dann war eine Weile tiefschwarze Nacht. Ich mochte die Dunkelheit. Sie war mein Freund.

Im letzten Mondlicht studierte ich die Anlage des verlassenen Hauses und der Stallungen unter mir. Ich sah kein Licht und keine Bewegung, doch ich war sicher, dass meine Mutter hier war.

Ich hatte Derek und Ian in der Wohnung zurückgelassen. Mein Stiefvater hatte sich eine Flasche Brandy aus dem Haupthaus geholt, an der er sich festhalten konnte, und Ian hatte genaue Anweisungen von mir bekommen, unter anderem die Polizei zu rufen, wenn er bis halb sieben nichts von mir gehört hatte.

Beide hatten mir mit wachsendem Interesse und Erstaunen bei den Einsatzvorbereitungen zugesehen. Als Erstes hatte ich meine dunklen Sachen angezogen. Dann packte ich die Ausrüstung in meinen kleinen Rucksack:

Kabelbinder, Schere, Klebeband, Erste-Hilfe-Set, die Kette mit dem Vorhängeschloss, eine Taschenlampe, Streichhölzer. Diesmal nahm ich ein scharfes Tranchiermesser aus Ians Küche mit, das ich griffbereit zuoberst in den Rucksack legte. Außerdem borgte ich mir ein Fernglas aus dem Büro meiner Mutter, und zu guter Letzt hatte ich den Säbel aus der Pappröhre und der Scheide genommen.

Nun blickte ich erneut durch das Fernglas meiner Mutter und suchte unten bei den Gebäuden nach Licht oder Bewegung, aber da war immer noch nichts.

Das Mondlicht hatte merklich an Kraft verloren. Ich sah noch ein letztes Mal durchs Fernglas – und da war's: eine Bewegung, vielleicht nur ein zur Entkrampfung ausgestrecktes Bein, aber dennoch eine verräterische Bewegung. Irgendjemand wartete auf mich in der Baumreihe rechts vom Haus. Von dort aus hatte derjenige die Zufahrt und die Straße bestens im Blick.

Aber wo war sein Komplize?

Ich stand auf und lief über das Gras. Erst schlüpfte ich durch den Zaun, der die Stallgebäude von der dahinter liegenden Koppel trennte, dann ging ich an dem Misthaufen hinter dem Durchgang vorbei, der mir in der Vorwoche als Versteck gedient hatte.

Ich drückte mich an die Stallmauer hinter dem Durchgang, schloss die Augen und horchte. Nichts. Überzeugt, dass sich dort niemand versteckt hielt, trat ich in den Gang. Ganz langsam bewegte ich mich voran, indem ich mich mit den Händen und dem linken Fuß vortastete. An der Schwingtür schaute ich durch eine der breiten Lücken zwischen den Holzlatten.

Nach dem dunklen Durchgang wirkte der Stallhof direkt hell. Ich zog die Lattentür vorsichtig auf und betrat den Hof. Reglos blieb ich stehen und horchte wieder auf Atemgeräusche, doch es war nichts zu hören. Ich sah auf die Uhr. Es war 4.47 Uhr.

In achtzehn Minuten, genau um 5.05 Uhr, würde ein Wagen durch das Tor von Greystone Stables fahren und auf der Zufahrt anhalten. Dann würde der Fahrer einmal hupen und mit laufendem Motor genau fünf Minuten da stehen bleiben, bevor er umkehrte und wieder davonfuhr. Zumindest würde das alles passieren, wenn Ian Norland meine schriftlichen Anweisungen gewissenhaft befolgte.

Begeistert hatte ihn der Plan nicht gerade, aber ich hatte ihm versichert, dass ihm keine Gefahr drohte, wenn er die Autotüren geschlossen hielt. Auch da hatte ich den Mund mal wieder ziemlich voll genommen.

Langsam und lautlos bewegte ich mich im Inneren des Stallgevierts nach rechts und blieb dabei in den dunkelsten Schatten des Dachüberhangs. Wo war meine Mutter? Ich tastete nach den Riegeln an den Stalltüren. Alle waren fest geschlossen. Aufmachen würde ich vorerst keinen, weil das sicher nicht ohne Geräusch ging.

Es wunderte mich nicht, dass die von mir zerbrochene Scheibe am Sattelkammerfenster noch nicht ersetzt worden war. Ich steckte den Kopf durch die Öffnung, kniff die Augen zu und horchte.

Ich hörte ein Wimmern. Meine Mutter war tatsächlich hier. Die Laute kamen von links. Sie war in einer Box auf derselben Stallseite wie ich damals. Vielleicht war sie in derselben, in der ich gefangen gehalten worden war.

Wieder sah ich auf die Uhr: 4.59 Uhr.

Ich zog Kopf und Schultern aus der Fensteröffnung, glitt langsam an der Boxenreihe entlang und zählte die Türen. Ich blieb vor der vierten Box stehen. Die nächste war die, in der ich gefangen gewesen war.

Ich verharrte regungslos und wartete, lauschte, zählte die Sekunden – und bezweifelte schon, dass Ian noch kam. Ich war schon bei der dritten Minute, als ich die Hupe hörte, ein zwei Sekunden langes Hupen. Braver Junge.

Sofort tat sich was am Ende der Stallreihe, keine zwanzig Meter von dort, wo ich stand. Jemand hatte still dort gesessen, aber jetzt hörte ich ihn deutlich in Richtung Haus davongehen, und seine Schritte knirschten auf dem Schotter des Wendeplatzes. Er rief jemand anders die Frage zu, was da los sei, doch die leise Antwort kam von zu weit weg. Ich verstand sie nicht.

Schnell trat ich zur nächsten Stallbox und schob die Riegel zurück. Die Tür ging auf. „Mum?“, fragte ich leise in die Dunkelheit.

Ich hörte sie wimmern, aber von noch weiter links.

So rasch, wie ich mich traute, glitt ich an den Boxen entlang, schob vorsichtig jeweils den Riegel an der oberen Halbtür zurück und rief sie leise. Sie war in der vorletzten Box, unweit der Stelle, wo der Posten gesessen hatte. Als ich die Stalltür öffnete, konnte meine Mutter mir zwar nicht antworten, machte sich aber mit einem erstickten Geräusch bemerkbar.

„Psst!“, machte ich. Es war stockfinster in der Box. Ich zog einen meiner schwarzen Wollhandschuhe aus und tastete mit der linken Hand umher, bis ich sie fand.

Ihr Mund war zugeklebt, und sie war mit den gleichen Kabelbindern an Händen und Füßen gefesselt, wie die Entführer sie für mich genommen hatten. Zum Glück war sie nicht stehend an einen Wandring gekettet, sondern saß in Türnähe auf dem harten Boden.

Ich legte vorsichtig meinen Säbel ab, dann streifte ich den Rucksack von den Schultern und machte ihn auf. Mit Ians Tranchiermesser zerschnitt ich mühelos die Plastikfesseln.

„Sei bitte ganz leise!“, flüsterte ich meiner Mutter ins Ohr. Es schien mir ratsam, das Klebeband auf ihrem Mund zu lassen, bis wir außer Hörweite waren. Ich half ihr hoch und wollte mich bücken, um Rucksack und Säbel aufzuheben, da drehte sie sich um und schloss mich in die Arme. Sie drückte mich so fest, dass ich kaum noch Luft bekam. Und sie weinte. Ich wusste nicht, ob vor Schmerzen, Angst oder Freude, aber ich spürte die Tränen auf meinem Gesicht.

„Mum, lass mich los!“, konnte ich ihr nur zuflüstern. „Wir müssen hier raus.“

Sie ließ mich los, hielt sich aber noch an meinem Arm fest. Ich schüttelte sie ab und warf den Rucksack über die rechte Schulter. Als ich mich erneut bückte, geriet ich aus dem Gleichgewicht und trat mit dem gefühllosen rechten Fuß gegen den Säbel. Er rutschte mit einem metallischen Rasseln über den Boden, das mir in der kleinen Box schrecklich laut vorkam, draußen wahrscheinlich aber keine drei Meter weit zu hören war.

Aber war draußen jemand im Umkreis von drei Metern?

Ich hob den Säbel auf und führte meine Mutter zur Tür.

Ians fünf Minuten mussten inzwischen längst um sein, und ich hoffte, er war sicher auf dem Weg nach Hause, um dort auf meinen Anruf zu warten und die Polizei zu alarmieren, falls etwas schiefging. Aber wo, fragte ich mich, steckten meine Feinde?

Meine Mutter und ich traten zur Stalltür hinaus auf den Hof, wobei sie sich an meinen linken Arm klammerte, als wollte sie ihn nie mehr loslassen.

Niemand schrie, niemand kam angelaufen. Aber meine Feinde lauerten bestimmt irgendwo. Zeit zu verschwinden.

Wir waren halb über den Stallhof, auf dem kürzesten Weg zum Durchgang, da erfassten uns die plötzlich eingeschalteten Scheinwerfer eines dicht am Haus stehenden Wagens. Derjenige, der da drin saß, konnte uns nicht übersehen.

„Lauf!“, befahl ich meiner Mutter, doch Laufen gehörte selbst in Lebensgefahr nicht zu ihren Stärken. Es waren vielleicht knapp zehn Meter bis zur Tür des Durchgangs, aber ich war mir keineswegs sicher, ob wir das rechtzeitig schaffen würden. Ich stieß sie vor mir her, während hinter mir die Hölle losbrach.

Geschrei und rasche Tritte auf dem Schotter vor dem Haus.

Dann gellte ein Schuss – und noch einer.

Schrotkörner trafen mich in den Rücken, brannten in Genick und Schultern, doch das meiste bekam mein Rucksack ab. Der Schütze war zu weit entfernt, um Schlimmeres anzurichten, aber er kam näher.

Ich stieß die Schwingtür auf und schob meine Mutter in den Durchgang. „Bitte, Mum!“, sagte ich eindringlich zu ihr. „Geh hier durch, und versteck dich irgendwo dahinten.“

Aber sie ließ meinen Arm nicht los. Sie konnte sich vor lauter Angst nicht rühren.

Wieder krachte ein Schuss, und eine Ecke der Tür zersplitterte hinter uns. Das war schon näher – viel zu nahe sogar. Der Schütze war jetzt nahe genug, um uns töten zu können.

„Komm!“, sagte ich so ruhig wie möglich zu meiner Mutter. „Wir müssen raus hier.“

Mit Nachdruck löste ich ihre Hand von meinem Arm und hielt sie dann in meiner, während ich sie förmlich durch den Gang auf die andere Seite schleifte. Dort zog ich meine Mutter hinter den Misthaufen. Zwischen der Rückseite des Stalls und der dahinter liegenden Scheune war ein schmaler, nach oben offener Zwischenraum.

„Geh da rein“, sagte ich in ruhigem Befehlston, „und leg dich mit dem Gesicht auf den Boden!“

Ich merkte, wie wenig sie davon hielt, aber widersprechen konnte sie nicht, da ihr Mund noch zugeklebt war. Sie zögerte.

„Mum!“, drängte ich. „Bitte! Sonst müssen wir sterben.“

Es war gerade so hell, dass ich die Angst in ihren Augen sehen konnte. Da fasste ich eine Ecke des Klebebands, das ihr den Mund verschloss, und zog es ab.

„Mum!“, sagte ich erneut. „Bitte geh jetzt.“ Ich küsste sie sanft auf die Stirn, schob sie dann aber entschieden in die Lücke hinein.

„O Gott“, murmelte sie verzweifelt. „Hilfe!“

„Es wird alles gut werden“, versuchte ich sie zu beruhigen. „Leg dich hier hin.“

Sie legte sich flach auf den Bauch. Ich zog ein wenig altes Stroh aus dem Misthaufen und deckte sie damit zu, so gut es ging.

Ich ließ sie allein und kehrte zum Ende des Durchgangs zurück. Derjenige, der geschossen hatte, hatte ihn noch immer nicht betreten, aber ich sah, dass der Wagen um die Stallgebäude herumkam und die Scheinwerfer bald genau dahin leuchten würden, wo ich gerade stand. Ich trat in den Durchgang.

Die Autoscheinwerfer waren Glück und Unglück zugleich. Sie halfen mir, indem sie mir den Standort wenigstens eines meiner Gegner anzeigten, und gleichzeitig beeinträchtigte die Helligkeit mein Nachtsichtvermögen.

Deshalb schien der Durchgang jetzt noch dunkler als zuvor, doch ich rief mir die Position sämtlicher Hindernisse in Erinnerung und konnte ihnen mühelos ausweichen. Wieder drückte ich das Gesicht gegen die Tür und spähte zwischen zwei Latten hindurch in den Stallhof.

Jackson Warren stand mitten auf dem Hof und sprach mit Peter Garraway. Beide hielten ihre Schrotflinten wie Leute, die damit umzugehen wussten. Da die beiden auf dem Hof waren, saß wohl Alex Reece am Steuer des Wagens.

„Geh du hintenrum!“, sagte Jackson gerade zu Garraway. „Scheuch ihn auf. Ich bleib hier, falls er den Durchgang nimmt.“

So wie es aussah, nahm Garraway ungern Befehle entgegen. „Geh du doch hintenrum, und ich warte hier“, erwiderte er.

„Herrgott noch mal!“, meinte Jackson gereizt. „Von mir aus. Dann behalt die Tür im Auge, und wenn er rauskommt, schieß!“

Jackson Warren ging in Richtung des Wagens davon, und ein nervös wirkender Peter Garraway blieb allein auf dem Hof zurück.

Reece hatte inzwischen mit dem Wagen die Ställe umrundet, und ich sah, wie das Licht seiner Scheinwerfer das Ende des Durchgangs streifte. Das war nicht gut, so konnten sie mich in die Zange nehmen und von beiden Enden des Durchgangs angreifen.

Rasch sah ich noch einmal durch die Latten zu Peter Garraway. Er hielt seine doppelläufige Flinte jetzt in der rechten Armbeuge. So würde kein Soldat die Waffe halten – denn dadurch war sie nicht sofort einsatzbereit.

Ich stieß die Durchgangstür auf und lief direkt auf ihn zu, die Spitze des Säbels auf sein Gesicht gerichtet.

Schnell hob er sein Gewehr hoch, aber nicht schnell genug. Als er anlegen wollte, war ich schon bei ihm und schlitzte ihm mit der Säbelspitze den Jackenstoff und die Haut am rechten Arm auf. In derselben Bewegung knallte ich ihm mit voller Wucht den Handschutz des Säbels auf die Nase. Er schlug der Länge nach auf den Boden und ließ die Flinte fallen.

Ich stellte mich über ihn und hob den Säbel hoch wie ein Matador, der zum Gnadenstoß ausholt. Garraway rollte sich zusammen, schlang die Arme um den Kopf und winselte und zitterte wie ein verängstigtes kleines Hündchen.

Ich beugte mich vor, nahm sein Gewehr an mich und ließ ihn da liegen, zitternd wie Espenlaub. Schnell überquerte ich den Hof in Richtung Haus. Der Säbel hatte seine Schuldigkeit getan. Ich warf ihn in das Dunkel hinter dem Stallgebäude und nahm die Flinte in beide Hände.

Einen Plan hatte ich nicht, doch irgendwie musste ich Jackson Warren weg von meiner Mutter zu mir her locken.

Ich klappte das Gewehr auf. In den beiden Kammern befand sich je eine Patrone. Also hatte ich nur zwei Schuss. Die mussten beide sitzen. Ich klappte den Verschluss wieder zu und entsicherte die Flinte.

Um Jackson und Alex von meiner Mutter weglocken zu können, musste ich meinen Standort preisgeben. Die Scheinwerfer beleuchteten noch immer die Rückseite des Stalltrakts bis zum Misthaufen, doch ich stand etwa vierzig Meter davon entfernt, dort, wo die Zufahrt in den Wendeplatz vorm Haus mündete. Von da aus konnte ich den Wagen gut sehen. Wie sollte ich nur die Aufmerksamkeit auf mich ziehen?

Ich brachte die Flinte in Anschlag und feuerte eine meiner kostbaren Patronen auf den Wagen ab. Aus dieser Entfernung würde die Patrone die Karosserie nicht durchschlagen, allenfalls eine Scheibe zertrümmern. Aber Alex Reece würde den Schuss hinterm Steuer hundertprozentig mitbekommen.

Ich hörte Jackson schreien. Jetzt wussten sie genau, wo ich war, und da kam auch schon der Wagen auf mich zu.

Ich blieb bewusst etwas länger stehen – gerade so lange, dass die Scheinwerfer meinen Rücken erfassten. Dann tauchte ich wieder in den dunklen Schatten des Hauses. Ein Schuss fiel, aber da war ich bereits um die Ecke und außer Gefahr.

Gut, dass ich am Donnerstag zuvor die Lage eingehend erkundet hatte. Ich wusste, dass der betonierte Fußweg an der Außenwand ganz um das Gebäuderechteck herumging und ein kleines Tor weiter hinten das einzige Hindernis war.

Im Nu war ich wieder an der Vorderseite des Hauses, doch jetzt hinter dem Wagen, dessen Scheinwerfer noch immer dahin leuchteten, wo ich noch vor Sekunden gestanden hatte. Im Scheinwerferlicht sah ich Jackson mit schussbereiter Waffe auf die Ecke zuschleichen.

Plötzlich öffnete sich die Tür auf der Fahrerseite des Wagens, und Alex stieg mit dem Rücken zu mir aus, um Jackson zu beobachten.

Ich schob mich langsam vorwärts. Alex hätte mich bestimmt gehört, wenn der Wagenmotor nicht gelaufen wäre. So aber blieb ich unbemerkt.

Er trug ein weites Sweatshirt und eine dicke Strickmütze.

Ich hob die Flinte und drückte ihm die Doppelmündung auf die bloße Haut unter dem linken Ohr.

„Eine Bewegung und Sie sind tot!“, sagte ich herrisch. Doch statt zu gehorchen, drehte er sich um. Und als ich sein Gesicht sah, erkannte ich meinen Irrtum.

„Hallo Tom“, sagte Isabella.

Ich war sprachlos und nahm das Gewehr runter.

„Du? Wieso denn das?“, fragte ich.

„Es tut mir so leid“, war ihre Antwort.

„Hast du das Tor aufgeschlossen?“

Es schien sie zu wundern, dass ich das wusste, aber sie nickte. „Jackson war in Gibraltar.“

Ich hatte an dem Abend einen VW Golf gesehen und mir wohl nicht eingestehen wollen, dass es Isabellas Wagen gewesen war.

„Warum bist du mir denn nicht zu Hilfe gekommen?“

Ich spürte das ganze Elend jener zwei Tage im Stall wie eine Welle durch meinen Körper fließen.

Sie schaute auf ihre Füße. „Weil ich vorige Woche noch gar nicht wusste, dass du da warst. Das habe ich erst heute Abend erfahren, als ich Peter davon reden hörte und er meinte, es könne doch nicht wahr sein, dass du entkommen bist.“ Sie schluckte. „Jackson hat mich am Donnerstag zu Hause angerufen und nur gesagt, ich soll das Tor aufschließen.“

Ich hätte ihr gern geglaubt, aber warum fuhr sie dann heute Abend den Wagen? Als ahnungslos konnte sie sich jetzt, wo Warren und Garraway hier mit ihren Flinten herumliefen, nicht mehr hinstellen.

„Weshalb bist du hier?“, fragte ich. „Warum tust du das?“

Sie sah zu Jackson. „Weil ich ihn liebe“, antwortete sie.

Auch ich blickte zu Jackson, der sich noch immer auf die Hausecke zubewegte, ohne zu ahnen, dass ich hinter ihm stand, neben dem Wagen. Auf einmal wünschte ich mir nichts mehr, als ihn zu erschießen – Rache nehmen für das, was er uns allen in seiner Gier angetan hatte. Ich nahm das Gewehr hoch und legte an.

„Nein!“, schrie Isabella und packte den Doppellauf mit beiden Händen.

Jackson drehte sich nach dem Lärm um, konnte aber im blendenden Scheinwerferlicht schwerlich etwas erkennen. Dennoch kam er auf den Wagen zu.

Ich stieß Isabella zu Boden und legte erneut auf Jackson an, aber ich hatte nicht mit der Entschlossenheit seiner Frau gerechnet. Sie umschlang meine Knie und warf mich auf den Schotter.

Ein künstliches Bein hat den großen Nachteil, dass man damit nur schwer wieder aus der Horizontalen hochkommt, weil sich das Knie nicht richtig beugen lässt. Ich drehte mich auf den Bauch und zog das gesunde Bein unter mir an, doch Isabella war schneller als ich. Sie stand bereits wieder und nahm mir die Flinte mit einem kräftigen Tritt aufs Handgelenk ab.

Aber Isabella richtete die Waffe nicht auf mich, sondern lief einfach damit los, während ich noch dabei war, mich am Griff der Wagentür hochzuziehen.

Ein Schuss fiel – ganz nahe.

Ich drehte mich rasch um und sah Jackson auf eine Gestalt zulaufen, die im Scheinwerferlicht reglos am Boden lag und deren langes blondes Haar ohne die Mütze bereits in einer sich rasch ausbreitenden Blutlache schwamm.

Jackson Warren hatte Isabella erschossen.

Er fiel neben ihr auf die Knie und warf sein Gewehr auf den Schotter. Mit ein paar Schritten war ich bei ihm, hob seine und Isabellas Waffe auf und entlud die Zweitläufe. Für diese Nacht war genug geschossen worden.

Jackson hob den Kopf, um mich anzusehen.

„Ich dachte, Sie wären das", sagte er. Es hörte sich an wie eine Entschuldigung – als wäre es in Ordnung gewesen, wenn er mich erschossen hätte. Er drehte sich wieder um und barg den Kopf seiner leblosen Frau im Schoß. „Ich hatte ihr doch gesagt, sie solle im Wagen bleiben. Dann sah ich jemanden mit einer Flinte laufen." Er hob wieder den Kopf, und ich sah Tränen in seinen Augen. „Ich habe einfach angenommen, dass Sie es sind."

Er hätte sich vergewissern sollen.

Epilog

Drei Wochen später war Pharmacist am Schlussberg in Cheltenham der Schnellste und gewann mit einer Halslänge Vorsprung den Gold Cup. Das war der zweite Erfolg dieses Nachmittags für die Kauri-Stallungen, nachdem Oregon das Triumph-Hurdle-Rennen gewonnen hatte. Meine Mutter strahlte.

Auf der Pressekonferenz nach dem Gold Cup gab sie zur Verblüffung der anwesenden Reporterschar bekannt, dass sie sich mit sofortiger Wirkung vom Rennsport zurückziehe.

„So scheide ich aus dem Sport aus: auf dem Höhepunkt", erklärte sie. „Ich übergebe die Zügel der nächsten Generation."

Ich stand hinten im Raum und sah zu, wie gelöst sie die Fragen der Reporter beantwortete. Das war die Josephine Kauri, die alle kannten: selbstbewusst und Herrin der Lage.

Ich glaube, glücklicher als an diesem Tag habe ich sie nie erlebt. Etwas anders hatte es ausgesehen, als ich damals in Greystone Stables wieder zu ihrem Versteck kam – da war sie verängstigt, erschöpft, dem nervlichen und körperlichen Zusammenbruch nahe.

Doch seit jener grauenhaften Nacht hatte sich viel geändert; zum Beispiel war kein Imageverlust mehr zu befürchten und auch keine Festnahme wegen Steuerhinterziehung. Nicht dass der leitende Beamte des Finanzamts etwa nicht verstimmt gewesen wäre. Er war empört. Aber nicht annähernd so empört, wie er mit Sicherheit gewesen wäre, wenn wir ohne unseren Scheck zur Abgleichung sämtlicher Steuerschulden zu ihm gekommen wären.

Martin Toleron hatte ein wenig gezaubert und ein Team von Buchhaltern beauftragt, das Chaos zu sichten und etwas Ordnung und Klarheit in die Finanzen meiner Mutter zu bringen. Keine geringe Leistung.

„Es ist das Mindeste, was ich tun kann", meinte Martin nur dazu.

Also waren am vergangenen Montag meine Mutter, Derek und ich nicht nur mit einem Scheck über weit mehr als eine Million Pfund Steuernachzahlung zum Termin beim Finanzamt in Newbury erschienen, sondern hatten auch noch komplett aufgearbeitete Geschäftsbücher mitgebracht und eine Reihe eidesstattlicher Erklärungen, aus denen hervorging, warum und wieso die Steuern nicht rechtzeitig gezahlt worden waren.

Über eine Stunde hatten wir beim Leiter des Finanzamts gesessen, während er schweigend unsere Unterlagen durchging.

„Sehr ungewöhnlich", meinte er dann. „Wirklich sehr ungewöhnlich."

Der Betrag auf dem Scheck hatte die ganze aus Gibraltar zurücküberwiesene Million Dollar verschlungen sowie jeden Penny, den wir drei zusammenbringen konnten, dazu gehörten auch Dereks ISAs, der Erlös aus dem Verkauf der antiken Lieblingsmöbel meiner Mutter und meine kompletten Ersparnisse mitsamt der Entschädigungszahlung, die ich vom Verteidigungsministerium erhalten hatte.

„Halten Sie das wirklich für klug?", hatte mich Martin Toleron gefragt, als er davon erfuhr.

„Nein", war meine Antwort. „Aber was bleibt mir anderes übrig?"

„Sie können mir helfen, ein paar Rennpferde zu kaufen", hatte er erwidert.

„Und *das* halten Sie für klug?"

Wir lachten, aber es war ihm völlig ernst damit, und er hatte bereits einen Agenten mit der Suche nach einem erstklassigen jungen Steepler beauftragt.

„Irgendwie muss ich das Geld ja ausgeben", hatte er gemeint. „Da gönn ich mir doch lieber was, und Rennbahnbesuche sind allemal besser, als wenn ich einmal die Woche mit meiner Frau zu Harrods gehe."

Insgesamt verbrachten meine Mutter, Derek und ich fast drei Stunden im Finanzamt, bis der Beamte alles durchgelesen hatte.

„Nun also, Mrs Kauri", wandte er sich an meine Mutter, „wir vom Finanzamt sind überhaupt nicht erbaut von Menschen, die ihre Steuern nicht rechtzeitig zahlen. In Anbetracht der vorliegenden eidesstattlichen Erklärungen und der von Ihnen geleisteten Nachzahlungen haben wir jedoch beschlossen, fürs Erste nicht gegen Sie vorzugehen. Und schließlich", jetzt stand der Mann mit einem Lächeln auf, „ist es mir eine Ehre, Sie kennenzulernen. Ich bin ein großer Bewunderer von Ihnen und habe im Lauf der Jahre auf so manchen Ihrer Sieger gewettet."

Damit war es offiziell: Auch Finanzbeamte konnten menschlich sein.

DIE PRESSEKONFERENZ nach dem Rennen war noch immer im Gang, und meine Mutter schien sie vollauf zu genießen.

„Nein, ich bin keineswegs krank", sagte sie und wies Gordon Rambler von der *Racing Post* mit einem Blick in seine Schranken. „Ich gehe in Rente, nicht ins Jenseits." Sie lachte, und die Leute lachten mit ihr.

Nein, dachte ich, meine Mutter musste wirklich nicht sterben, aber Isabella hatte sterben müssen. Die Rettungssanitäter versuchten noch, sie zu reanimieren, aber sie hatte bereits viel zu viel Blut verloren.

Seltsamerweise trauerte ich trotz allem, was geschehen war, um Isabella. Ich hatte nicht gelogen, als ich ihr mit zehn Jahren gesagt hatte, dass ich sie liebe. Das tat ich immer noch.

Verständlich, dass die Polizei nicht sonderlich angetan war von den nächtlichen Umtrieben in Greystone Stables. Ich hatte sie unmittelbar nach dem Schuss auf Isabella übers Handy verständigt, und sie war zusammen mit dem Rettungswagen eingetroffen und hatte erst einmal alle festgenommen.

„Bei einer Entführung hätten wir sofort gerufen werden müssen", sagte man mir dann auf der Polizeistation Newbury mit kaum verhohlenem Ärger darüber, dass ich die Sache selbst in die Hand genommen hatte.

Alex Reece wollte mit Warrens und Garraways Aktivitäten zur Wiederbeschaffung des Geldes anscheinend nichts zu tun haben und hatte sein Heil in der Flucht gesucht. Wenige Stunden vor Beginn der Schießerei in Greystone Stables hatte er sich in Heathrow in einen Jumbo der British Airways nach New York gesetzt.

Unvorsichtigerweise hatte er aber zuvor seinen Koffer nicht richtig sauber gemacht und war bei seiner Ankunft am Kennedy Airport einem Drogenspürhund des US-Zolls vor die Nase gelaufen. Jetzt wurde er beschuldigt, Kokain in die Vereinigten Staaten eingeführt zu haben, schmorte im New Yorker Gefängnis Rikers Island vor sich hin und wartete darauf, dass dem Auslieferungsersuchen aus Gibraltar wegen Betrugs stattgegeben wurde.

Garraway indes hatte gesungen wie ein Kanarienvogel und hatte die ganze Schuld auf Jackson Warren geschoben, mit dem Erfolg, dass seine Anwälte ihn in puncto Entführung und Freiheitsentzug auf Kaution freibekamen. Allerdings wurde sein Reisepass einbehalten, und wie mir der Leiter des Finanzamts inoffiziell mitteilte, freute sich die Steuerbehörde auf den Tag, an dem Peter Garraways unfreiwilliger Aufenthalt im Vereinigten Königreich ihn automatisch zum britischen Steuerbürger machen würde. Der Beamte hatte sich breit grinsend die Hände gerieben. „Seit Jahren sind wir hinter ihm her", meinte er. „Und jetzt kriegen wir ihn."

„WER ÜBERNIMMT denn nun die Trainingslizenz?" Gordon Rambler war es, der meiner Mutter auf der Pressekonferenz in Cheltenham die unvermeidliche Frage stellte.

„Mein Sohn", verkündete sie lächelnd. „Mein Sohn Thomas Forsyth wird künftig die Kauri-Pferde trainieren."

Ein wenig schnappten sie da schon nach Luft, selbst die abgebrühtesten Rennsportreporter.

„Und", ergänzte meine Mutter, „unterstützen wird ihn dabei Ian Norland, mein bisheriger Stallmeister, der zum Trainerassistenten befördert worden ist."

„Dürfen wir annehmen", sagte Gordon Rambler, als er sich wieder gefasst hatte, „dass Sie ihnen, wenn nötig, noch mit Rat und Tat zur Seite stehen?"

„Natürlich", meinte sie mit einem breiten Lächeln.

Aber einfach annehmen sollte man gar nichts.

Abschied von einem der meistgelesenen englischen Krimiautoren

Dick & Felix Francis

Dick Francis, geboren am 31. Oktober 1920, lernte schon als Kind im Rennstall seines Vaters reiten und trat als Kinderstar bei Reitturnieren auf. Bis Mitte der 1950er-Jahre war er einer der bekanntesten englischen Jockeys. Ein Sturz im Jahr 1956 beendete seine erfolgreiche Pferdesport-Laufbahn – und war der Startschuss für seine zweite Karriere: Mit 36 Jahren begann Dick Francis zu schreiben. Seine spannenden Thriller, zu deren begeisterten Lesern stets die Queen gehörte, spielten hauptsächlich im Pferderennmilieu und wurden in über 35 Sprachen übersetzt. Beinahe alle seiner 45 Bücher landeten auf den Bestsellerlisten, der Autor wurde mit Auszeichnungen überhäuft und war Ehrendoktor der Tufts University in Boston. Am 14. Februar 2010 starb Dick Francis auf Grand Cayman.

Sein Erbe hat der 1963 geborene Felix Francis angetreten, der jüngere von Dick Francis' beiden Söhnen. Als Kind hatte er sich ebenso leidenschaftlich für Pferde begeistert wie sein Vater, das Reiten jedoch mit 13 Jahren wegen eines Hüftleidens aufgeben müssen. Lange Zeit arbeitete er als Physiklehrer, ehe er als Schriftsteller in die Fußstapfen seines Vaters trat. Während er zunächst viel Recherchearbeit übernahm, fungierte er bei den letzten Kriminalromanen von Dick Francis als Koautor, so auch beim vorliegenden Roman *Kreuzfeuer*. Felix Francis beschrieb in einem Interview die gemeinsame Arbeit als sehr harmonisch: „Ich hatte solches Glück, ihn zum Vater zu haben! Wir sind immer gut miteinander ausgekommen und haben uns nie gestritten." Felix Francis hat vier Kinder, zwei eigene und zwei Stiefkinder, und lebt mit seiner Frau in England.

Cleo

HELEN BROWN

Katzen sind nicht etwas, was man „kriegt". Sie tauchen im Leben eines Menschen auf, wenn sie gebraucht werden, und sie haben einen Auftrag, den man anfangs vielleicht gar nicht versteht. So wie Cleo.

Auswahl

Wir werden keines der Kätzchen mitnehmen", sagte ich, während ich unseren Kombi um eine brezelförmige Kurve manövrierte. „Wir werden sie nur ansehen."

Die Straße zu Lenas Haus wand sich durch Hügel, die man überall sonst auf der Welt Berge nennen würde. Hinter dem Haus nichts außer ein paar Schaffarmen und ein steiniger Strand.

„Du hast aber gesagt, dass wir ein Kätzchen kriegen", jammerte Sam auf der Rückbank, dann wandte er sich Hilfe suchend an seinen Bruder. „Stimmt doch, oder?"

Normalerweise glich die Rückbank einer Ringkampfarena. Zwischen den beiden Brüdern, der eine fast neun und der andere sechs, lief immer das gleiche Spielchen ab. Sam provozierte Rob mit einem verstohlenen Rippenstoß, den dieser mit einem Tritt erwiderte, und das Ganze endete schließlich mit Tränen und gegenseitigen Beschuldigungen. Diesmal waren sie jedoch einer Meinung, und meine Rolle war die des Feindes.

„Ja, das ist gemein", fiel Rob mit ein. „Du hast es versprochen!"

„Ich habe nur gesagt, dass wir eines Tages *vielleicht* ein Kätzchen kriegen. Und Rata würde es bestimmt nicht gefallen, wenn plötzlich eine Katze im Haus wäre."

„Doch, Golden Retriever mögen Katzen", erwiderte Sam. „Das habe ich in meinem Haustierbuch gelesen."

Es hatte keinen Sinn, sie daran zu erinnern, wie oft Rata schon im Gebüsch verschwunden war, um einer unglücklichen Katze hinterherzujagen.

Ich war nicht der Typ für Katzen. Und mein Mann Steve schon gar nicht. Wenn mich Lena kürzlich in der Spielgruppe nur nicht so angestrahlt hätte, als sie mich fragte: „Wollt ihr nicht ein Kätzchen?" Lena war eine gertenschlanke Schönheit mit einem ziemlich eigenwilligen Lebensstil. Mit nicht einmal zwanzig war sie von Holland nach Neuseeland ausgewandert und hier eine erfolgreiche Malerin geworden, die sich in ihren Porträts stets auch mit politischen Themen wie Rassismus, Kampf der Geschlechter oder Religion auseinandersetzte. Sie hatte drei Kinder und war eine wahre Künstlerin. Wenn sie das mit dem Kätzchen nur nicht so laut gesagt hätte – und das auch noch vor den Kindern!

„Toll! Wir kriegen eine Katze!“, hatte Sam gerufen.

„Toll! Toll!“, echote Rob und hüpfte auf und ab.

ZWEI JUNGEN GROSSZUZIEHEN war schwerer, als ich mir das als Schulmädchen, das seine Kenntnisse über Kinder aus der Babyshampoo-Werbung im Fernsehen bezog, vorgestellt hatte. Frisch verheiratet, war ich mit 19 schwanger geworden und hatte bei dem Gedanken an Babys, die nachts aufwachten, gelächelt. Ich war sicher, das taten nur die Babys anderer Leute. Nach Sams Geburt wurde ich rasch eines Besseren belehrt. Aber in diesen letzten Wochen des Jahres 1982 ging es mir ganz gut. Ich hatte zwei wunderbare Jungs – und lassen Sie es mich so sagen: ich war schon seit Monaten nicht mehr mit einem rasch übers Nachthemd geworfenen Mantel im Supermarkt gewesen.

Wir lebten in Wellington, das für zwei Dinge bekannt war – schlechtes Wetter und Erdbeben. Wir hatten es geschafft, in dem Vorort Wadestown ein Haus zu finden, das uns beidem aussetzte: einen Bungalow, der an einem gewundenen Weg auf halber Höhe einer Klippe direkt über einer Verwerfungslinie stand. Kleinere Beben waren so häufig, dass wir es kaum noch registrierten, wenn wieder einmal die Wände zitterten und die Teller klapperten. Es hieß, in der Gegend von Wellington sei längst wieder ein großes Erdbeben fällig, wie das aus dem Jahr 1855, als ganze Landstriche im Meer verschwunden waren.

Unser Häuschen klammerte sich jedenfalls an den Hügel, als rechnete es damit, dass etwas Schreckliches passieren würde. Mit seinem Giebeldach, der dunklen Holzverschalung und den Fensterläden hatte es etwas Märchenhaftes. So idyllisch das Haus war – wer auch immer es erbaut hatte, musste an eine Familie von Bergziegen gedacht haben. Es gab keine Garage, nicht einmal einen Stellplatz vor dem Haus. Man konnte es nur erreichen, indem man das Auto an der Straße stehen ließ, die weit oberhalb unseres Dachfirstes vorbeiführte, und sich Einkaufstaschen und Kindersachen unter die Arme klemmte. Für den Rest sorgte die Schwerkraft, die einen auf einem wilden Zickzackkurs zum Gartentor brachte.

Wir waren jung, und daher war das an Sonnentagen, wenn der Hafen blau und flach wie eine Flunder dalag, kein Problem. Wenn aber von Süden her antarktische Winde wehten und uns den Regen ins Gesicht peitschten, wünschten wir, wir hätten ein vernünftigeres Haus gekauft. Aber dass wir zu Fuß in nur zwanzig Minuten in die Stadt kamen, war natürlich eine tolle Sache. Wenn wir in Richtung Stadt aufbrachen, zog uns eine unsichtbare Kraft die zweite Hälfte des Zickzackwegs hinunter. Wir blieben nur stehen, wenn wir den Blick genießen wollten. Vor uns erhoben sich kahl und steil die amethystfarbenen Hügel. Dass wir an dieser Schönheit teilhaben durften, begeisterte mich jedes Mal aufs Neue.

Eine alte Fußgängerbrücke aus Holz spannte sich über die Hauptstraße. Von dort aus gingen wir entweder hinüber zur Bushaltestelle oder wir setzten unseren Abstieg zum Parlamentsgebäude und zum Hauptbahnhof fort. Etwas ganz anderes war der Rückweg von der Stadt nach Hause. Er dauerte doppelt so lange und erforderte die Lungenkapazität eines Bergsteigers.

Am Zickzackpfad herrschte eine strikte gesellschaftliche Zweiteilung. Es gab eine „richtige" Seite mit großen zweistöckigen Häusern und Gärten, die sich am Toskana-Stil orientierten. Und eine „falsche" Seite, wo einstöckige Häuser wie hingewürfelt am Rand der Klippe standen. Die Leute von dieser Seite hatten eher Unkrautsammlungen als Gärten.

Ganz oben – auf der richtigen Seite – ragte Mr Butlers graues Haus wie eine Burg in die Höhe und demonstrierte seine Überlegenheit nicht nur gegenüber seinen Nachbarn, sondern gegenüber der ganzen Stadt. Unterhalb von Mr Butlers Burg gab es, dem Hafen zugewandt, ein zweistöckiges Haus. Sein Besitzer, Rick Desilva, besaß eine Plattenfirma. Es hieß, seine Frau Ginny sei mal Fotomodell gewesen.

Unsere Seite des Zickzackpfads war auf Einzelgänger spezialisiert und auf Leute, die sich eine Zeit lang einmieteten, bevor sie ein weniger exponiertes, leichter zugängliches und weiter von der Verwerfungslinie entferntes Haus fanden. Im Häuschen neben uns wohnte Mrs Sommerville, eine pensionierte Lehrerin. Sie gehörte zu den wenigen Dauerbewohnern der „falschen" Seite. Der langjährige Umgang mit Heranwachsenden war ihrem Aussehen nicht förderlich gewesen: Sie machte ständig den Eindruck, als wäre sie gerade beleidigt worden. Mrs Sommerville war einmal bei uns erschienen, um sich zu beschweren, dass unser Hund ihren Kater Tomkin terrorisieren würde, ein großes getigertes Tier mit einem ebenso säuerlichen Gesichtsausdruck wie seine Besitzerin.

Ich schrieb von zu Hause aus eine wöchentliche Kolumne für *The Dominion*, die Morgenzeitung von Wellington. Steve arbeitete als Funker bei einer der Fährlinien, die die Nord- und die Südinsel miteinander verbanden, und hatte abwechselnd eine Woche Dienst und eine Woche frei. Wir hatten uns auf einer Schiffsparty kennengelernt, als ich 15 war. Er arbeitete für die *New*

Zealand Shipping Company, damals eine Linie, die Butter und Lammfleisch von unseren Farmen um die halbe Welt nach Großbritannien brachte. Mit seinen zwanzig Jahren war er in meinen Augen alt und weise und das exotischste Wesen, dem ich jemals begegnet war. Seine Haut war blass und er hatte samtweiche Hände. Ich war wie verzaubert von seinen blauen Augen, die unter langen Wimpern hervorleuchteten. Da er Engländer war, ging ich davon aus, dass er mit einem der Beatles verwandt war. Er roch nach Dieselöl und Salz, dem Geruch der großen, weiten Welt, die ich unbedingt kennenlernen wollte.

Wir hatten uns drei Jahre lang geschrieben. In Rekordzeit hatte ich die Schule und einen Journalistenlehrgang abgeschlossen (mit durchwegs mittelmäßigen Noten) und war danach sofort nach England geflogen. Steve war buchstäblich der Mann meiner Träume – in den drei Jahren, in denen wir in brieflichem Kontakt standen, hatten wir uns nur zwei Wochen von Angesicht zu Angesicht gesehen. Seine Eltern waren von seiner grobknochigen Freundin aus den ehemaligen Kolonien nicht gerade begeistert.

Vier Wochen nach meinem 18. Geburtstag heirateten wir auf dem Standesamt Guildford. Der gelangweilte Standesbeamte hatte beim Herunterleiern seines Textes den Teil mit den Ringen vergessen. Mein frisch Angetrauter streifte ihn mir nach der Zeremonie auf der Veranda über den Finger. Es regnete. Zu Hause in Neuseeland brach Verzweiflung aus; meine Eltern erkundigten sich über Möglichkeiten, die Ehe annullieren zu lassen, jedoch vergeblich.

Etwa zwei Wochen nach der Hochzeit starrte ich die Klobrille in unserer Mietwohnung an und dachte, dass sie geputzt werden müsste. Da wusste ich, dass die Heirat ein Fehler gewesen war. Allerdings hatten wir so viele Leute mit unserem Gang vor den Traualtar schockiert, dass ich jetzt nicht so schnell einen Rückzieher machen konnte. Wenn ich nicht weglaufen wollte, blieb mir nur ein Ausweg: eine Familie gründen. Steve gab widerstrebend nach. Er hatte mir von Anfang an klargemacht, dass Kinder nicht sein Ding waren.

Sam wurde im Dezember geboren. Bevor er auch nur den ersten Atemzug tat, drehte er seinen Kopf zu mir und starrte mich aus seinen riesengroßen blauen Augen an. Ich dachte, ich würde vor Liebe platzen. Sam wurde mir überreicht. Ich küsste ihn auf die Stirn und öffnete vorsichtig seine winzige Faust. Die Lebenslinie seiner Handinnenfläche war tief und extrem lang.

Eltern zu sein, hatte Steve und mich einander nicht nähergebracht, im Gegenteil. Zweieinhalb Jahre nach Sam kam Rob auf die Welt. Dann ließ sich Steve einen Termin für eine Vasektomie geben, ohne mich nach meiner Meinung gefragt zu haben. Er ließ sich einen Bart wachsen, was damals schwer in Mode war, und zog sich dahinter zurück. Wenn er nach einer Woche auf See nach Hause kam, wurde er bei jedem zerbrochenen Teller wütend.

Ich wurde lauter, dicker und unordentlicher. Zeiten, in denen wir über Trennung sprachen, wechselten sich ab mit Zeiten, in denen wir uns aneinanderklammerten und um der Kinder willen hofften, dass es besser werden würde. Denn an unserer Liebe zu ihnen gab es keinen Zweifel.

„ALSO, Jungs", sagte ich, als ich vor Lenas Haus hielt. „Macht euch keine falschen Hoffnungen. Wir sehen sie uns nur an."

Lena öffnete die Haustür und die Jungen rannten ins Haus. Ich entschuldigte mich für ihr schlechtes Benehmen, aber Lena lächelte nur und hieß mich willkommen in ihrem beneidenswert stillen Haus.

„Wir wollten nur kurz vorbeischauen, um …", erklärte ich, als sie mich in ihr Wohnzimmer führte. „Oh, die Kätzchen! Ach, sind die süß!"

In der Ecke unter einem Regal lag eine schlanke bronzefarbene Katze. Sie sah mich mit hellbraunen Augen an. An ihren Bauch schmiegten sich vier winzige Nachkommen. Zwei von ihnen hatten einen zarten bronzefarbenen Flaum, die anderen beiden waren dunkler. Eines war ganz besonders klein, geradezu mitleiderregend.

„Sie haben erst vor Kurzem die Augen geöffnet", sagte Lena. „In zwei Monaten sind sie groß genug, dann können sie in ihr neues Zuhause."

„Können wir eins haben, bitte, *bitte*!", bettelte Sam.

„Bitte!", wiederholte sein Bruder.

Die Katzenmutter hatte etwas. Wie selbstsicher und anmutig sie war! Sie war kleiner als üblich, hatte aber ungewöhnlich große Ohren. Wie zwei Pyramiden ragten sie über ihrem dreieckigen Gesicht in die Höhe.

„Sie ist eine reinrassige Abessinierin", erklärte Lena. „Ich habe eigentlich wie ein Luchs aufgepasst, aber vor einiger Zeit ist sie verschwunden und blieb zwei Nächte lang weg. Wir haben keine Ahnung, wer der Vater ist. Ein Streuner wahrscheinlich."

Eine Abessinierin. Von der Rasse hatte ich noch nie gehört.

„Es gibt Leute, die behaupten, dass die Abessinier direkte Abkömmlinge der im alten Ägypten verehrten Katzen sind", fuhr Lena fort. „Es ist nur noch eines der Kätzchen zu vergeben – das kleinere von den schwarzen."

Ich hatte bereits entschieden, dass mir die schwarzen besser gefielen.

„Die Kleine scheint einen ziemlichen Lebenswillen zu haben", sagte Lena. „Aber das ist auch kein Wunder, sonst hätte sie nicht überlebt. Während der ersten Tage haben wir befürchtet, dass sie es nicht schafft, aber sie hat nicht aufgegeben."

„Es ist also ein Mädchen?", fragte ich vor lauter Verliebtheit in das kleine Kätzchen schon etwas begriffsstutzig.

„Ja. Wollen Sie sie mal nehmen?"

Ich lehnte dankend ab, weil ich Angst hatte, dem zarten Ding etwas zu brechen. Statt in meine legte Lena das kleine Bündel in Sams Hände. Er hob das Kätzchen in die Höhe und strich mit der Wange über das Katzenfell. So vorsichtig und zärtlich hatte ich ihn noch nie erlebt.

„Ich hab doch bald Geburtstag ...", sagte er. Ich ahnte, was als Nächstes kam. „Ich will keine Party und auch kein Geschenk. Ich wünsch mir nur eins zum Geburtstag. Dieses Kätzchen."

„Wann hast du denn Geburtstag?", fragte Lena.

„Am 16. Dezember. Aber ich kann auch schon früher feiern."

„Ich möchte eigentlich nicht, dass die Jungen von ihrer Mutter getrennt werden, bevor sie völlig selbstständig sind", erwiderte Lena. „Das hier wird erst Mitte Februar so weit sein, fürchte ich."

„Das macht nichts", sagte Sam. „Ich kann warten."

Meine Söhne wussten genau, dass sie jetzt am besten den Mund hielten. Weitere Debatten waren sinnlos. Wie sollte ich ein Lebewesen zurückweisen, das so entschlossen war, sich nicht unterkriegen zu lassen?

„Wir nehmen sie", sagte ich und konnte aus irgendeinem Grund nicht aufhören zu lächeln.

„Das ist nicht gerecht!", heulte Rob. „Er kriegt eine Katze *und* eine Superman-Digitaluhr zum Geburtstag!"

Als ich den Bananenkuchen aus dem Ofen holte, verbrannte ich mir die Hand und unterdrückte einen Fluch. Ich blickte auf den Hafen hinunter. Steve und ich hofften wohl beide, dass sich unsere Differenzen durch diese wunderbare Aussicht in Wohlgefallen auflösen würden – diesen Blick aufs Meer, eingerahmt von himmelwärts strebenden Hügeln. Wen kümmerte es da schon, dass der Bungalow zwanzig Jahre zuvor von einem Irren „renoviert" worden war, der ein Holz verwendet hatte, das im Grunde nur eine bessere Pappe gewesen war? Steve war bereit, das Renovierte zu renovieren, solange es nicht allzu viel kostete. Sein neuestes Projekt, die Farbe von sämtlichen Türen und Sockelleisten zu entfernen, damit man wieder die Holzmaserung sah, war ohrenbetäubend.

„Kannst du bitte etwas leiser sein?", rief ich den Flur hinunter.

„Geht nicht!", brüllte Steve zurück. „Das Ding hat keinen Lautstärkeregler. Es ist eine *elektrische* Schleifmaschine."

„Sam muss noch acht Wochen auf das Kätzchen warten", erklärte ich Rob und hielt meine Hand unter das kalte Wasser. „Außerdem bin ich sicher, dass du zu deinem nächsten Geburtstag auch eine Superman-Uhr kriegst."

„Sam spielt überhaupt nicht mehr Superman“, sagte Rob. „Er liest nur noch Bücher über Geschichte und so.“

Das stimmte. In Sams neuer Phase kamen keine Comic-Helden mehr vor. Dennoch hatte er an diesem Morgen die Güte gehabt zu lächeln, als er sein Geschenk ausgewickelt hatte.

Die Schleifmaschine zeigte endlich Erbarmen und hörte auf zu kreischen. Ein über und über mit Farbstaub bedeckter Steve erschien in der Tür, über Nase und Mund eine Atemschutzmaske, auf dem Kopf eine Bademütze.

„Du siehst lustig aus, Daddy“, sagte Rob. „Wie ein großer weißer Schlumpf.“

„Es geht nicht.“ Steve seufzte. „Die Farbe klebt auf dem Holz fest. Ich muss die Türen wegbringen. In der Stadt gibt es eine Firma, die stecken sie in ein Säurebad.“

Angelockt von dem Geruch nach frisch gebackenem Bananenkuchen schlenderte Sam in die Küche. Rata trottete hinter ihm her. Wenn es je eine Seelenverwandtschaft zwischen einem Jungen und einem Hund gegeben hatte, dann zwischen diesen beiden. Als wir Rata bekommen hatten, war Sam knapp zwei Jahre alt gewesen. Die beiden waren praktisch zusammen aufgewachsen und die engsten Freunde.

Ich weiß nicht mehr, wann genau Rata beschlossen hatte, als Hüterin über alle im Haus lebenden Menschen zu wachen – vielleicht bei Robs Geburt. Sie hütete ihn wie ihren Augapfel. Ich erinnere mich, wie Rob sich immer, selig an seiner Milchflasche nuckelnd, an sie gelehnt hatte. Ratas Herz war größer als der Pazifische Ozean. Ich hoffte, dass in diesem Herzen auch noch ein kleiner Fremder mit Fell Platz finden würde.

„Hast du dir schon einen Namen für das Kätzchen ausgedacht, Sam?“, fragte ich.

„Es könnte Blackie heißen“, kam Rob ihm zu Hilfe.

Sam bedachte seinen kleinen Bruder mit einem ungnädigen Blick. „E. T. ist ein schöner Name.“

„Neiiin!“, jaulte Rob auf. „E. T. ist ein schrecklicher Name!“

Rob hatte sich immer noch nicht ganz von dem Film „*E. T.*“ erholt.

„Warum denn?“, fragte Sam. „Das Kätzchen sieht doch ein bisschen aus wie E. T., mit den Glubschaugen. Aber lange nicht so unheimlich wie der E. T., den ich gestern im Badezimmer gesehen habe. Er ist noch da, aber du darfst ihn auf keinen Fall ansehen, Rob. Wenn er dich dabei ertappt, frisst er dich auf …“

„Hör auf, Sam!“, warnte ich ihn. Aber Rob rannte schon aus der Küche, die Finger in die Ohren gesteckt.

Sam setzte sich auf einen Küchenstuhl und begutachtete seinen Kuchen. Wenn er nicht gerade seinen Bruder ärgerte, war Sam ein eher nachdenklicher Junge. Ich fragte ihn, ob er mir beim Dekorieren des Kuchens helfen wolle. Er sagte, ein paar Gummibärchen als Deko würden reichen.

Sam hatte Wort gehalten und zu seinem Geburtstag nur seinen Freund Daniel eingeladen, der um die Ecke wohnte. Er behauptete, er hätte keine Lust mehr „auf diese großen Partys, wo alle rumspinnen".

Ich löffelte die Glasur auf den Kuchen und tropfte eine große, zittrige „9" darauf. Sam drückte ein paar Gummibärchen in die klebrige Masse.

Als er zu mir aufsah, verdunkelten sich seine saphirblauen Augen. Plötzlich wirkte er alt und weise. Diesen Ausdruck hatte ich in letzter Zeit öfter an ihm bemerkt.

„Es ist eine gute Zeit, um zu leben", sagte er und hielt Rata unter dem Tisch heimlich Gummibärchen hin.

„Es ist eine *tolle* Zeit, um zu leben", verbesserte ich ihn.

„Ich bin neidisch auf Opa. Als er gelebt hat, wurden die ersten Autos gebaut und sie haben angefangen, mit Flugzeugen rumzufliegen. Er hat mitgekriegt, wie sie in den Städten Strom und Kinos bekommen haben. Das muss ganz schön aufregend gewesen sein."

„Stimmt, aber wenn du mal alt bist, dann wirst du noch größere Veränderungen erlebt haben. Dinge, die wir uns jetzt noch nicht einmal vorstellen können. Du wirst einmal zu deinen Enkeln sagen können: Ich hatte eine der ersten Superman-Digitaluhren überhaupt."

Er sah auf seine Uhr und verzog den Mund zu einem diplomatischen Lächeln. „Das war vorher ein Witz, als ich sagte, dass ich die Katze E.T. nennen will", gestand er und kratzte mit einem Teelöffel die letzten Reste der Schokoladenglasur zusammen. „Ihre Mutter sieht wie eine ägyptische Königin aus. Ich finde, wir sollten sie Cleopatra nennen. Abgekürzt Cleo."

„Cleo", wiederholte ich. „Das ist ein schöner Name."

„Ich werde mich ganz viel um Rata kümmern, damit sie nicht eifersüchtig auf das Kätzchen wird. Gestern habe ich zweimal ihr Fell gebürstet. Wir haben viel darüber gesprochen. Sie wird Cleo mögen. Tiere wissen viel mehr als Menschen. Wenn wir Menschen öfter auf die Tiere hören würden, dann würden wir nicht so viel falsch machen."

Sam hatte schon als Baby eine enge Beziehung zu Tieren gehabt. Unsere Spaziergänge führten uns meistens an Plätze, an denen es Tiere gab. Von seinem Kinderwagenthron aus winkte er mit seinen pummeligen Ärmchen allen Hunden und Katzen zu, die unseren Weg kreuzten. Eines Tages deutete er auf eine Möwe, die über unseren Köpfen kreiste, und sagte sein erstes Wort – „Dogel!".

Er nutzte den ihm angeborenen schrägen Humor, um seine Grenzen auszuloten. Spinner, der er war, warf er sich an seinem achten Geburtstag angezogen in die volle Badewanne und bestand darauf, den ganzen Tag über eine Affenmaske und die dazu passenden Fellfüße zu tragen. Seine Lehrer fanden ihn allerdings nicht so lustig, wobei sich keiner von ihnen beschwerte, als er mit acht Jahren schon wie ein 13-Jähriger lesen konnte. Bei all seiner Friedfertigkeit hatte er durchaus einen eigenen Willen, sodass er zum Beispiel die Haare ganz kurz geschnitten haben wollte, als andere Jungen sie sich eifrig wachsen ließen.

Ich liebte jeden Teil seines Körpers, besonders die vermeintlichen Unvollkommenheiten: die Narbe über seiner linken Augenbraue, wo er als Zweijähriger gegen die Kante des Couchtischs gestoßen war; die Ecke, die ihm an einem Schneidezahn fehlte (Dreiradunfall), die kleinen Flecken, die seine Augen manchmal so weise wirken ließen. Ohne all das wäre er makellos gewesen, ein Engel, viel zu perfekt für diese Welt. Da ich Sam und seine Clownerien kannte, wusste ich nicht recht, wie ich den Ernst, mit dem er seinen neunten Geburtstag beging, deuten sollte.

Es klopfte an der Haustür. Sam und Rata trotteten den Flur hinunter, um aufzumachen.

Daniel schien sofort zu begreifen, dass das ein bewusst bescheiden gehaltener Geburtstag war. Die drei Jungen saßen am Küchentisch, Rata hatte strategisch geschickt Posten darunter bezogen. Ich knipste ein paar Fotos, während das Geburtstagskind seine neun Kerzen anzündete. Alle wirkten merkwürdig ergriffen und ernst.

Die Fotos, die ich Wochen später vom Fotolabor abholte, waren sehr dunkel. Die Küche war an diesem Nachmittag von Sonnenlicht durchflutet gewesen, aber Sam war in Dunkelheit gehüllt, nur sein Umriss schimmerte golden.

Verlust

Am 21. Januar 1983, nach dem Frühstück, rauften die Jungs in ihren Schlafanzügen im Wohnzimmer miteinander, Rata spielte Schiedsrichter, und Steve hob die Badezimmertür aus ihren Angeln. Das war die letzte Tür, die in der Stadt ins Säurebad sollte. Wir mussten zu viert anpacken, um sie im Kombi zu verstauen. Es war Januar – und das hieß in Neuseeland Sommerferienzeit. Die Jungen waren braun gebrannt, ihre Haare von der Sonne ausgebleicht. Im Gegensatz zu mir wollten die beiden unbedingt den mysteriösen Säurebademeister kennenlernen. Sie quetschten sich neben die Badezimmertür auf die Rückbank des Autos.

Steve ließ mich auf dem Weg in die Stadt bei meiner Freundin Jessie aussteigen, die sich gerade von einer Grippe erholte. Mit einem Lächeln verabschiedete ich mich bis nach dem Mittagessen von ihnen.

Wie eine viktorianische Romanheldin räkelte sich Jessie in ihrem weißen Nachthemd auf der Decke und genoss nach Kräften ihre Rekonvaleszenz. Wir aßen Suppe, plauderten und lachten über unsere Kinder. Ihre Jungen waren älter als unsere, besuchten die Highschool und probten gelegentlich den Aufstand. Ich überlegte, dass es nicht mehr lange dauern würde, bis auch Sam und Rob mich mit solchen Mätzchen unterhalten würden.

Irgendwo im Haus klingelte ein Telefon. Jessies Mann Peter ging dran. Als er ins Schlafzimmer trat, wirkte er blass und nervös. Der Anruf war für mich.

Wer sollte mich bei Jessie anrufen? Es wusste doch kaum jemand, dass ich hier war. Verwirrt ging ich in die Diele und nahm den Hörer auf.

„Es ist furchtbar", hörte ich Steve sagen. „Sam ist tot."

Seine Stimme hallte in jeder Zelle meines Körpers wider. Er klang gefasst, fast normal. „Sam" und „tot" waren zwei Wörter, die nicht zusammengehörten. Ich nahm an, dass er von einem anderen Sam sprach.

Steves Worte schlugen wie Artilleriefeuer in meinem Kopf ein. Sam und Rob hatten unter der Wäscheleine eine verletzte Taube gefunden. Sam hatte darauf bestanden, sie zum Tierarzt zu bringen.

Steve war gerade dabei gewesen, das Mittagessen vorzubereiten. Er hatte den Jungen gesagt, dass sie den Vogel selbst zum Tierarzt bringen müssten. Sie hatten ihn in eine Schuhschachtel gelegt und den Zickzackpfad hinuntergetragen. Dann waren sie über die Fußgängerbrücke zur Bushaltestelle an der Hauptstraße gelaufen. Jeder Fußgänger, der weiter den Hügel hinuntergehen will, muss zwangsläufig die Hauptstraße überqueren, um den Fußweg gegenüber zu erreichen. Es war gefährlich, die Straße zu überqueren, und es gab kein Schild, das den Autofahrern signalisierte, das Tempo zu drosseln.

Als die Jungen dort ankamen, war gerade ein Bus vorgefahren, der auf dem Weg nach oben war. Rob sagte zu Sam, er glaube, es sei besser zu warten, bis der Bus weitergefahren war, und erst dann die Straße zu überqueren. Doch Sam, voller Ungeduld, weil er den Vogel zum Tierarzt bringen wollte, war hinter dem stehenden Bus auf die Straße gerannt. Er wurde von einem Auto erfasst, das hügelabwärts fuhr.

Ein Teil meines Bewusstseins spaltete sich ab. Von der Decke in Jessies Haus sah ich zu, wie ich dort unten in der Diele stand und schrie und heulte. Mein Kopf fühlte sich an, als würde er jeden Augenblick explodieren. Am liebsten hätte ich ihn gegen die Glasscheibe in der Haustür geschlagen, damit der Schmerz endlich aufhörte. Mein Leben war vorbei. Wie ein

Akkordeon zog sich die Zeit zusammen. Wir warteten auf Steve und Rob. Ich lehnte den angebotenen Tee und Schnaps ab, betrachtete das durch das Fenster sickernde Licht und hörte zu, wie tief aus meiner Kehle das Brüllen aufstieg. Ich versuchte mich Robs wegen zusammenzureißen. Das arme Kind hatte genug mitgemacht. Aber mein Körper und meine Seele widersetzten sich. Ich hatte mich in ein brüllendes Tier verwandelt.

Als sie dann da waren, sahen sie aus wie zwei Gespenster, ein trauriger Mann, vornübergebeugt, als hätte er einen Bauchschuss erhalten, an der Hand ein traumatisiertes Kind. Steves Gesicht war völlig ausdruckslos und starr, sein Blick leer wie der einer Marmorstatue. Rob schien sich gänzlich in sich selbst zurückgezogen zu haben. Ich ging in die Knie und nahm den Sohn, der uns geblieben war, in die Arme. Wie sollte er jemals darüber hinwegkommen?

Er wand sich aus meiner Umarmung. Er erzählte, dass er versucht habe, Sam vom Überqueren der Straße abzuhalten, um zu warten, bis der Bus weitergefahren war, aber Sam habe nicht auf ihn hören wollen. Seine letzten Worte zu Rob waren: „Sei still."

Als wir wie betäubt zum Auto stolperten, fragte Rob, ob er Sams Superman-Uhr haben könnte. Im ersten Moment war ich schockiert, sagte mir dann aber, dass er erst sechs Jahre alt war.

Die Straße entrollte sich vor uns wie ein langes schwarzes Band. Ich hasste diese Stadt mit ihren Hügeln und gewundenen Straßen. Ich wollte nicht zurück in unser Haus. Ich konnte den Zickzackpfad und den Anblick von Sams Sachen nicht ertragen. Als Steve fragte, ob ich die Fußgängerbrücke sehen wollte, schrie ich. Er nahm den langen Weg nach Hause, sodass wir sie nicht unterqueren mussten.

Anschuldigungen schossen wie Flammen aus meinem Mund. Ich brüllte Steve an, warum er die Jungen nicht zum Tierarzt gefahren hätte. Er habe das Essen fertig machen müssen, erklärte er. Blind vor Wut warf ich ihm vor, sich mehr für das Mittagessen als für seine Söhne zu interessieren. Ein weniger überhitzter Teil meines Verstandes wusste, dass diese Vorwürfe ungerecht und irrational waren.

Steve erinnerte mich daran, dass Sam nicht zu bremsen war, wenn er sich etwas in den Kopf gesetzt hatte. Wir wüssten doch beide, welchen Narren Sam an Tieren gefressen habe – *hatte*. Steve erklärte, er hätte mit dem Notarztwagenfahrer gesprochen und der hätte ihm gesagt, selbst wenn Sam dank irgendeinem Wunder seine schwere Kopfverletzung überlebt hätte, dann hätte er den Rest seines Lebens nur noch dahinvegetiert.

Tot. Wenn unser Sohn tot war, dann hatte ihn jemand umgebracht. In mir schäumte es, ich suchte verzweifelt nach jemandem, dem ich die Schuld geben konnte. Einem Mörder, der bestraft werden konnte. Ich bastelte mir im Kopf einen Filmbösewicht zusammen, einen Mann voller Hass, der schon viele Verbrechen begangen hatte. Es sei eine Frau gewesen, erzählte Steve, eine Frau in einem blauen Ford. Sie war nach der Mittagspause auf dem Weg zurück zur Arbeit. An ihrem Auto war wohl fast nichts zu sehen. Nur ein kaputter Scheinwerfer. Ein kaputter Scheinwerfer für das Leben meines Kindes? Ich würde sie umbringen.

Rata begrüßte uns an der Tür, fragend sah sie mit schief gelegtem Kopf zu uns auf. Ich umschlang heulend ihren Hals. Sie ließ den Kopf hängen, zog den Schwanz zwischen den Beinen ein und sank auf den Boden. Mir fielen Sams Worte wieder ein. *Tiere wissen viel mehr …*

Meine Hände zitterten, als ich den Hörer abnahm, um den schlimmsten Anruf meines Lebens zu tätigen. Meine Mutter klang unbekümmert, als sie sich meldete. Diese Nachricht ließ sich nicht schonend beibringen. Ihr geliebter Enkelsohn war gestorben. Ich hörte, wie sie Luft holte. Ihre Stimme wurde hohl. Der kleine Teil in mir, der die Welt noch wahrnahm, war erstaunt, wie gefasst sie reagierte. Sie gehörte einer abgehärteteren Generation an, die durch das Grauen des Zweiten Weltkriegs Strategien zur Bewältigung schlimmer Verluste entwickelt hatte. Sie unterbrach mein Schluchzen und erklärte, dass sie sich sofort auf den Weg machen würde.

Ich band Rob die Superman-Uhr ums Handgelenk und warf mich auf Sams ungemachtes Bett, in dessen Laken und Decke noch immer die Form seines Körpers eingeprägt war. Ich wühlte mich in seine Kleidung, hörte seine Stimme in meinem Kopf. Steve führte mich ins Wohnzimmer und überredete mich, ein Glas Brandy zu trinken.

Eine gute Stunde später standen zwei junge, verlegen aussehende Polizisten vor unserer Haustür. Sie sagten, dass die Taube noch lebe, und fragten uns, was wir damit machen wollten. Wie konnte ein Vogel ein größeres Recht auf Leben haben als unser Kind? Steve erklärte ihnen, sie sollten die Taube zum Tierarzt bringen, so wie Sam es gewollt hatte. Dann sagten die Polizisten noch, dass einer von uns die Leiche im Leichenschauhaus identifizieren musste. Steve nahm es auf sich und ging mit ihnen.

Aschfahl kam er zurück. Sam sehe aus wie immer, sagte er. Wunderschön. Bis auf die Wunde an der Schläfe würde man ihm nichts ansehen. Es war nur eine kleine Wunde. Er hatte Sam eine Haarlocke abschneiden wollen, aber er hatte die Schere vergessen. Ich sehnte mich nach der Haarlocke, aber Steve war völlig fertig. Ich konnte kaum von ihm verlangen, dass er noch einmal zum Leichenschauhaus fuhr.

Dann stand Mum vor unserer Tür. Ein dreifaches Gewicht lastete auf ihr. Zu ihrer eigenen Traurigkeit kam auch noch die Sorge um uns, das wusste ich. Nach der fünfstündigen Fahrt musste sie außerdem müde sein. Aber sie straffte die Schultern und reckte das Kinn in die Höhe. „Ich habe gerade eben einen wunderschönen Sonnenuntergang gesehen", sagte sie. „Ein Feuerwerk in allen Rot- und Goldtönen. Das war bestimmt Sam."

Wahnsinnig vor Schmerz empfand ich ihre Worte als Gefühllosigkeit. Wie konnte sie ihren Enkel nur mit einem Sonnenuntergang gleichsetzen?

Während sie ihre Koffer auspackte, traf der Bestattungsunternehmer ein und erkundigte sich nach Sams Maßen. *Hatte er keinen eigenen neunjährigen Sohn, nach dem er sich richten konnte?* Für Kinder wählte man bevorzugt weiße Särge, sagte er. *Gab es etwa Modetrends bei Toten?* Ich würde keinen Gottesdienst ertragen. Nicht wenn ich Sams wegen mit Gott so hart ins Gericht gehen musste. Eine kurze Rede am Grab würde genügen. Der Bestattungsunternehmer gab sich nicht einmal Mühe, seine Missbilligung zu verbergen.

Kaum war der Bestattungsunternehmer verschwunden, kam der Kaplan. Er erklärte uns, dass er noch nie ein Kind begraben hätte. Wir sagten, dass wir in derselben Lage seien. Als er uns fragte, was wir wollten, hätte ich am liebsten gebrüllt: „Was ist das für eine Frage? Wir wollen unseren Sohn zurück!" Allerdings war er mit einer schrecklichen Aufgabe betraut worden. Noch war ich genug bei Verstand, um Mitleid mit ihm zu empfinden. Ich bot ihm an, ein Gedicht aufzuschreiben, das er am Grab vorlesen könnte.

Unsere Hausärztin traf ein und verschrieb mir Schlaftabletten.

Steve erwähnte, dass er Rob die Superman-Uhr wieder weggenommen hätte – es sei ihm nicht richtig vorgekommen, sie so schnell weiterzuschenken. Ich protestierte, aber er versicherte mir, dass Rob es verstand.

Rata legte sich auf die Schwelle zum Zimmer der Jungen. Rob wollte nicht in dem Zimmer, das er sich mit Sam geteilt hatte, schlafen. In seinen Augen stand das blanke Entsetzen, als er uns erklärte, dort würde ein Drache wohnen. Steve trug seine Matratze in unser Schlafzimmer und legte sie in die Ecke unter das Fenster. Unsere erste Nacht ohne Sam. Ich hätte nie gedacht, dass ich einschlafen könnte, aber das Unterbewusste kappte wie mit einer scharfen Klinge die Verbindung zur Wirklichkeit.

Als ich am nächsten Morgen die Augen öffnete, hörte ich eine Drossel rufen. Einen Moment lang wiegte ich mich in der Vorstellung, es sei alles völlig normal. Dann schlug die Erinnerung an die Ereignisse des vergangenen Tages über mir zusammen und stürzte mich in bodenlose Verzweiflung.

Für Steve war es nicht leichter. Einige Tage nach dem Unfall wachte ich unter einem Sturzbach von Steves Tränen auf. Er hatte noch nie in meiner

Gegenwart geweint. Ich hätte mich ihm zuwenden, ihn umarmen sollen, aber so schnell schaltete ich in meinem halb wachen Zustand nicht. Ich war verwirrt und hilflos und bat ihn, aufzuhören. Ich hätte nie gedacht, dass er meine Bitte wörtlich nehmen und seine Trauer mir gegenüber ab diesem Moment nie mehr offen zeigen würde.

Im Haus war ein ständiges Kommen und Gehen, Dutzende von Leuten strömten ins Haus. Einige von ihnen wussten nichts anderes, als Plattitüden oder Bibelzitate von sich zu geben. Die einzigen Worte, die mir etwas sagten, stammten von Shakespeare: „Die Zeit ist aus den Fugen". Es gab Besucher (vor allem Frauen), die behaupteten, sie könnten nachempfinden, wie ich mich fühlte. Sie verstiegen sich zu den schlimmsten Taktlosigkeiten: „Ich würde so etwas nicht überleben." Als sie sagten, es wäre ihnen „genauso ergangen", als ihr Vater/Hund/Onkel starb, hätte ich sie schlagen können. Wieder andere blickten schweigend aus dem Fenster zum Hafen hinunter.

Phil Whaanga, ein Maori-Freund von der Journalistenschule, stand auf einmal vor der Tür und umarmte mich, mehr nicht. Wir hatten uns nie besonders nahe gestanden, aber in dieser Umarmung lag mehr Trost als in den unzähligen Worten, die ich mir in den letzten Tagen hatte anhören müssen. Phil stammte aus einer Kultur, die weniger Angst vor dem Tod hatte, und meinte nicht, sich über die Widersinnigkeit des Schicksals auslassen zu müssen. Dafür war ich ihm dankbar.

Die meiste Zeit aber saß ich auf dem Sofa und strich über die Narbe an der Stelle, wo ich mir beim Backen von Sams Geburtstagskuchen die Hand verbrannt hatte. Ich konnte einfach nicht akzeptieren, dass die Narbe noch da war und er nicht.

EINIGE TAGE nach der Beerdigung sagte ich meiner Mutter, dass es wieder ginge. Sie nickte skeptisch und kletterte in ihren Kombi.

Steves Mutter rief von England aus an. Ich seufzte nur, als ich hörte, dass sie einem Auftritt des berühmten Mediums Doris Stokes beigewohnt hätte. Doris Stokes hatte sie offenbar auf die Bühne geholt und erklärt, sie habe eine Botschaft von Sam. Sam ließe uns ausrichten, so Doris, es ginge ihm gut. Ich nickte ungeduldig, als Steve mir davon berichtete. So etwas erzählte doch jedes Medium. Doris beschrieb dann die merkwürdige Anstalt, in der sich Sam nun befand. Wie ein Internat, nur viel lustiger. Ich wollte gerade einen hämischen Kommentar abgeben, als Steve noch etwas hinzufügte. Seine Mutter hatte erklärt, sie habe keine Ahnung, was Doris gemeint haben könnte, aber vielleicht würden wir es ja verstehen: Sam habe gesagt, es sei in Ordnung. Rob könne die Uhr behalten.

Der Eindringling

Mein Vater erzählte oft von der Nahtod-Erfahrung, die er als junger Mann auf einem Operationstisch gehabt hatte. Er sei durch einen Tunnel aus funkelndem Licht emporgeschossen, an dessen Ende einige wunderbare Leute auf ihn gewartet hätten. Er sei überglücklich gewesen, dort zu sein, aber dann sagte eine sanfte Stimme: „Es tut mir leid, aber du musst zurück."

Als er durch den Tunnel zurück in die gewöhnliche Welt gewirbelt wurde, sei das die größte Enttäuschung seines Lebens gewesen, berichtete er. Diese Erfahrung hatte ihn offen gemacht für alles Übersinnliche, das nichts mit der „Kirche", wie er es nannte, zu tun hatte.

Mein Vater starb während der Pause eines Konzerts, auf das er Mutter und mich mitgenommen hatte, als die Kinder noch klein gewesen waren. Er hatte gerade sein Lieblings-Violinkonzert von Bruch gehört, drehte sich zu mir und sagte: „Also, die Akustik hier ist wirklich großartig." Plötzlich sackte ihm das Kinn auf die Brust und er stöhnte laut auf. Ich legte meinen Arm um seine Schulter und fragte, ob alles in Ordnung sei. Er hob den Kopf, blickte zu einem Punkt über der Bühne und lächelte verzückt. Dieses Mal sagte derjenige, der am Ende des Tunnels wartete: „Nun komm!", und Dad folgte der Stimme, ohne zu zögern.

Für uns war es ein Schock, aber für meinen Vater hätte es keinen schöneren Tod geben können. Er war bereit gewesen zu gehen. Zu wünschen, er möge wiederkehren, wäre im Grunde egoistisch gewesen. Aber bei Sam war es etwas anderes. Ich suchte nach Hinweisen, dass Sam noch unter uns weilte. Doch wenn sich ein Vorhang bauschte, erklärte ich mir, dass irgendwo eine Tür geöffnet worden sein musste. Ein Schatten an der Wand hatte die Form von Sams Kopf, war aber letztlich wohl nur der Zweig eines Farns.

Niemals. Sam würde niemals erwachsen werden und den Rausch der ersten Liebe erfahren, die Freude über die Geburt seiner eigenen Kinder. Die Worte wirbelten in meinem Kopf herum, bis ich schließlich zu dem Panoramafenster ging – das nicht ins Säurebad gebracht werden konnte, weil es fest in das Haus eingebaut war – und mit einem kleinen roten Farbabkratzer darüber herfiel. *Niemals, niemals*, bis mein Handgelenk schmerzte und meine Finger bluteten. Steve führte mich schließlich sanft von dem Fenster weg. Mein besessenes Kratzen war für ihn verstörend.

Die wenigen Male, die ich mich hinauswagte in die Welt, hatte ich keine Skrupel, Wildfremden mein Unglück anzuvertrauen. „Mein Sohn ist gestorben“, erklärte ich der Frau hinter dem Postschalter. „Er ist vor drei Wochen überfahren worden. Er war erst neun.“ Die Frau erblasste und sagte, das täte ihr leid. Dem Kassierer in der Bank erzählte ich es auch. Vielleicht gab es einen guten Grund dafür, dass Trauernde früher ein Jahr lang Schwarz trugen. Es war ein Hinweis darauf, dass diese Menschen ziemlich labil waren.

Wir versuchten, wieder ein normales Leben aufzunehmen. Erschöpft von meinem Heulen und Zetern, packte Steve, der selbst schwer an seiner versteckten Trauer trug, zwei Wochen nach dem Begräbnis seine Tasche und machte sich wie ein Schlafwandler auf den Weg, um eine Woche auf See zu verbringen.

Einige Tage später klopfte es an unserer Haustür. Ich verbarg mich im Dämmerlicht am Ende des Flurs und versuchte die Gestalt hinter der Milchglasscheibe auszumachen. Die Silhouette schien zu einer Frau zu gehören. Rob sah vom Küchentisch auf, an dem er gerade mit seinen neuen Legosteinen eine Raumstation baute. In den letzten Wochen war er mit Spielzeug und Kleidung regelrecht überschüttet worden. Rata blieb auf der Schwelle zum Zimmer der Jungen liegen und spitzte ein Ohr. Sie war untröstlich und rührte sich seit dem Unfall kaum noch vom Fleck, hob nicht einmal mehr den Kopf.

„Wir machen einfach nicht auf“, flüsterte ich. „Sie wird gleich wieder gehen.“

Ein weiterer Besuch war so ziemlich das Letzte, was wir brauchen konnten. Ich war innerlich völlig taub und erschöpft und fühlte mich außerstande, ein Gespräch zu führen. Wieder würde ich die Geschichte erzählen müssen. Nein, ich würde die Tür nicht öffnen. Gerade als ich mich in die Sicherheit der Küche zurückziehen wollte, klopfte die Gestalt erneut. Rata sprang bellend auf. Das war seit Sams Tod das erste Mal.

Jetzt blieb mir nichts anderes mehr übrig. Die Tür nicht zu öffnen wäre unhöflich gewesen.

Ich schob meine Finger unter Ratas Halsband und drückte auf die Klinke. Die anmutige Silhouette gehörte zu Lena. An ihrem langen, schlanken Arm hing ihr Sohn Jake, der im selben Alter wie Rob war.

Die meisten Leute hatten ihre Kinder zu Hause gelassen. Mit Ausnahme von Robs ein, zwei engsten Freunden hatten sich bislang keine Kinder zu uns getraut. Verständlicherweise. Schon der Tod seiner Großeltern überfordert ein Kind, um wie vieles mehr gilt das für den Tod eines Gleichaltrigen. Ich war mir meiner Reaktion auf die Kinder anderer Leute auch noch nicht sicher. *Warum hat dein Kind das Recht zu leben und meines nicht?*

Lenas Sohn starrte erst mich an, dann Rata, die fröhlich in die Höhe sprang, um sich aus meinem Griff zu befreien.

„Möchtest du Rob besuchen?", fragte ich das Kind schnell, falls Lena doch vorhatte, die üblichen Plattitüden von sich zu geben. „Er baut gerade eine Stadt auf dem Mond."

Jake stand da, ein kurzes Lächeln erschien auf seinen Lippen.

Lena beugte sich über ihre Schultertasche – einen geräumigen Patchwork-Beutel, extravagant und bunt. Sie griff hinein und beförderte ein kleines Lebewesen mit riesigen dreieckigen Ohren und schwarzem Fell heraus. Seine Augen standen wie zwei Glasmurmeln hervor. Vier unglaublich niedliche Pfoten ragten durch Lenas Finger.

„Wir wollten euch das Kätzchen bringen", sagte Lena und lächelte mich unverwandt an.

„Sams Kätzchen!", rief Rob und kam aus der Küche angerannt.

Rata bellte laut und befreite sich aus meinem Griff. Sie sprang an Lena hoch und warf sie beinahe um.

„Sitz, Rata!", knurrte ich. Ich packte den Hund wieder am Halsband und zog ihn ins Haus.

„Mach dir keine Sorgen, altes Mädchen", sagte ich zu Rata und tätschelte sie. „Das regeln wir schon."

Rata schien zu begreifen, dass es nur eine vorübergehende Unannehmlichkeit darstellte, in die Küche verbannt zu werden. Das Kätzchen gehörte nicht in unser Haus. Es stammte aus einer anderen Zeit, da war Sam noch bei uns. Ein Tierkind mit all seinen Bedürfnissen würde mich völlig überfordern. Zumal ich gerade als Mutter eines neunjährigen Menschenkindes versagt hatte. Wie sollte ich ein so winziges, verletzliches Wesen großziehen? Lena musste den Eindringling wieder mitnehmen. Das würde sie bestimmt verstehen.

Gerade als ich an der Haustür ankam, legte Lena, in goldenes Licht getaucht, die kleine Katze in Robs Hände.

„Jetzt gehört sie dir", sagte sie mit sanfter Stimme.

„Es tut mir leid, Lena …", setzte ich an.

Aber dann sah ich Robs Gesicht. Er blickte hinunter auf das Kätzchen und fuhr mit einem Finger über seinen Rücken, und dabei entdeckte ich etwas, von dem ich gedacht hatte, es wäre für alle Zeiten von dieser Erde verschwunden: Robs Lächeln.

„Willkommen zu Hause, Cleo", sagte er.

Als Rob mit der kleinen Katze im Haus verschwand, wandte sich Lena zum Gehen. Panisch packte ich sie am Ellbogen.

„Da ist etwas, das Sie wissen müssen", platzte ich heraus. „Ich bin eigentlich gar nicht der Typ für Katzen, vermutlich passen Hunde einfach besser zu uns."

Lena seufzte: „Es ist ein ganz besonderes Kätzchen. Aber wenn Sie keine Katzen mögen …“

„Ich habe nicht gesagt, dass ich Katzen nicht *mag*“, fiel ich ihr ins Wort. „Ich weiß nur nicht, wie man sie versorgt.“

„Ach, Katzen sind ganz pflegeleicht. Man muss die Kleine nur ein, zwei Tage im Haus behalten, damit sie sich eingewöhnt. Sie können mich jederzeit anrufen, wenn Sie irgendwelche Fragen haben. Und wenn Sie es sich anders überlegen, können Sie sie mir auch zurückbringen. Sie braucht nur ein bisschen Liebe.“

Liebe. Wie leicht einem dieses Wort von den Lippen ging. Viel leichter als Worte wie „Lasagne“ oder „Lass mich endlich in Ruhe“. Mein Herz war mir aus der Brust gerissen und in tausend Stücke zerfetzt worden. Wie sollte es da in der Lage sein, etwas für ein Wesen zu empfinden, von dem ich völlig vergessen hatte, dass wir es aufnehmen wollten?

Lena lächelte und verschwand zusammen mit Jake. Ich könnte Rob ein, zwei Tage mit dem Tier spielen lassen, überlegte ich, und es dann der Fürsorge eines katzenfreundlicheren Haushalts überlassen.

Rata seufzte laut hinter der Küchentür.

„Keine Sorge!“, rief ich der alten Hündin zu. „Wir regeln das schon.“

Rob hatte sich in eine Ecke des Wohnzimmers verzogen und schmuste mit dem Kätzchen in seinem Arm.

Sam hatte wieder einmal einen guten Blick bewiesen. Mit seinem übergroßen Kopf und dem Hals, der dünner war als ein Staubsaugerrohr, sah das kleine Ding E. T. viel ähnlicher als einer Katze. Für jemanden, der kein Katzentyp war, bot der Mangel an Fell eindeutig zu große Einblicke in die Katzenanatomie. Ich versuchte, über die halb durchsichtigen Hautfalten hinwegzusehen, die über seinem Brustkorb lagen. Das Kätzchen würde furchtbar viel fressen und wachsen müssen, um all die leeren Hautsäcke zu füllen. Doch selbst dann war die Wahrscheinlichkeit, dass es halbwegs passabel aussehen würde, gleich null.

Wenigstens die Färbung war durchgehalten. Angefangen bei den Krallen über die Pfoten bis hin zu den Schnurrhaaren war es pechschwarz. Die Augen waren glänzende grüne Spiegel, die eigentlich nicht zu einer Katze gehörten. Sie mussten einem Wesen aus einer anderen Welt gestohlen worden sein.

Rob strich dem Kätzchen mit seinem Finger über die Stirn und es sah bewundernd zu ihm hoch. Und plötzlich war es gar nicht mehr hässlich. Die beiden sahen aus wie ein Werbespot aus den Fünfzigerjahren.

„Sam hatte recht“, sagte er und überreichte mir Cleo vorsichtig. „Tiere können wirklich sprechen. Hör mal. Sie knurrt.“

Womöglich war es ihr Fliegengewicht in meiner Hand, die Zerbrechlichkeit ihrer Gliedmaßen oder die Weichheit ihres Fells, jedenfalls füllte sich meine Brust plötzlich mit irgendetwas Butterweichem.

„Das ist kein Knurren", erklärte ich. „Sie schnurrt."

Einen kurzen Moment überwältigte mich der Anblick des unschuldigen, von gigantischen Ohren überschatteten Gesichts. Dieser Winzling von Katze besaß die Frechheit, einfach so, ohne Entschuldigung in unser Leben zu platzen. Nicht nur das, sie schien auch noch zu erwarten, dass sich alles zum Besten wenden würde. Sie war so klein, so hilflos. Und hatte keine andere Wahl, als uns zu vertrauen.

Cleo steckte lässig eine ihrer kleinen Pratzen aus und gähnte, wobei sie ein bonbonrosa Maul, gesäumt von gefährlich aussehenden Zähnen, präsentierte. Die verblüffenden Augen starrten mich mit einem Ausdruck an, der nicht so ganz zu ihrer Verletzlichkeit passen wollte. Der unerschütterliche Blick sagte alles. Aus ihrer Sicht begegneten wir einander auf Augenhöhe.

„Du musst mal ihre Ohren anfassen", sagte Rob. „Sie sind ganz weich."

Cleo senkte den Kopf und schmiegte sich in meine Hand. Ihre Ohren glitten wie kostbare Seide durch meine Finger.

Auf einmal leckte mir Cleo über den Handrücken, und das war ähnlich überraschend wie der erste Kuss. Ein Teil von mir wollte sie festhalten und nie wieder hergeben. Aber lieben heißt letztlich verlieren. Der Vertrag, den man bei der Ankunft jedes Haustiers stillschweigend abschließt, bedeutet, dass es wahrscheinlich vor einem sterben wird. Je mehr man sie liebt, desto schmerzhafter wird man ihren Verlust empfinden. Wenn ich Cleo mein Herz öffnete, dann wäre das so, als würde ich ein ohnehin schon wundes Organ auf ein Rollfeld legen und Flugzeuge zur Landung einladen.

„Mal sehen, wie sie läuft", meinte ich und setzte das Kätzchen auf den Boden. Wir sahen ihr zu, als sie wie ein aufziehbares Blechspielzeug über den Teppich wackelte. Sie verwendete ihr Schwänzchen als Steuerruder und stakste auf den Gummibaum zu.

Ich war nie ein Fan des Gummibaums gewesen. Wir hatten ihn von den Vorbesitzern unseres letzten Hauses geerbt. Mit seinen großen, wachsartigen Blättern hatte er eine unzerstörbare und irgendwie humorlose Präsenz. Als ich den Gummibaum in einen hässlichen orangefarbenen Plastikeimer pflanzte, gab ihm das neuen Auftrieb. Es wuchsen ihm frische dunkelgrüne Blätter, und er schickte unheimliche Fühler los, die um Bilderrahmen und über Vorhangschienen krochen. Mein Versuch, ihn mit einer Heckenschere zu beschneiden, endete damit, dass er die Kommode überwucherte.

Cleo blieb etwa einen Meter vor dem orangefarbenen Eimer stehen, duckte sich und musterte mit der Entschlossenheit eines Löwen, der sich an eine Antilope heranpirscht, ihre Beute – ein Blatt, das von einem der unteren Äste baumelte. Vor Anspannung leicht zitternd wartete sie auf den Moment, in dem das Blatt nicht aufpasste. Als sie überzeugt war, dass das Opfer in seiner grenzenlosen Dummheit irgendwelchen Blattgedanken nachhing, griff sie es mit Ingrimm an und bohrte ihre Zähne in sein überraschtes Fleisch.

Dann passierte etwas ganz Erstaunliches. Es setzte mit einem Laut ein, der zunächst fremd erschien, einem leisen Gurgeln, dem so etwas Ähnliches wie ein Schluckauf folgte. Unsere Münder öffneten sich, das weiche Innere unserer Kehlen zog sich krampfartig zusammen. Es war Lachen. Rob und ich *lachten*. Das erste Mal seit Wochen gaben wir uns der einfachsten und komplexesten Heilmethode hin, die die Menschheit kennt. Die Trauer hatte mich so tief in ihren Abgrund gezogen, dass es einen Jungen, sein Kätzchen und einen Gummibaum brauchte, um bei mir eine für die menschliche Gesundheit entscheidende Grundfunktion wieder in Gang zu bringen. Das Grauen der letzten Wochen verschwand für einen Moment. Wir lachten.

Das Blatt war doppelt so groß wie Cleo und fest mit dem Ast verbunden. Jedes Mal, wenn sie ihren grünen Gegner mit den Krallen festzuhalten versuchte, entglitt er ihr und federte wieder frech gen Himmel.

„Die Kleine traut sich was", sagte ich.

Plötzlich hielt die Katze inne und setzte sich auf die Hinterbeine. Mit einem diktatorischen Miauen sah sie zu uns hoch. Cleo hatte keine Lust mehr, uns zu unterhalten. Sie wollte hochgehoben und gestreichelt werden. Ein schmerzliches Heulen aus der Küche erinnerte uns daran, dass es Zeit für Cleo war, die Dame des Hauses kennenzulernen.

Außer sich vor Freude, aus dem Küchengefängnis befreit zu werden, schien Rata meinen Würgegriff um ihr Halsband gar nicht zu bemerken.

„Da ist jemand, den wir dir vorstellen möchten", sagte ich. „Du musst ganz vorsichtig sein."

Rata wusste genau, wo es hinging. Wie ein Düsenboot mit einem Wasserskifahrer im Schlepptau zog sie mich ins Wohnzimmer, wo Rob am Fenster stand und Cleo besorgt unter sein Kinn drückte. Rata sah die Katze und spannte jeden Muskel an. Cleo riss die Augen auf, bis sie wie zwei Riesensmaragde aussahen. Sie sträubte ihr Fell, um sich doppelt so groß zu machen, aber selbst das hätte nicht einmal genügt, um einen Chihuahua zu beeindrucken. Sie machte einen Buckel und legte die Ohren flach. Gerade als ich dachte, es könnte nicht mehr schlimmer kommen, gab Rata ein Bellen von sich.

Jedes normale Tier hätte sich in Robs Armen versteckt, aber Cleo verengte ihre Pupillen zu Stecknadelköpfen und blitzte Rata gefährlich an. Dann riss sie das Schnäuzchen auf, legte zwei Reihen kleiner Dolche frei – und fauchte.

Rob, Rata und ich erstarrten. Cleos Fauchen war beängstigend urtümlich, ein Fauchen, das keinerlei Widerspruch duldete. Rata wand sich in ihrem Halsband, dann ließ sie sich auf ihr Hinterteil fallen. Sie machte einen enttäuschten und verwirrten Eindruck.

Dann begann ich zu begreifen. Ich hatte die Signale, die Rata ausgesandt hatte, die ganze Zeit über missverstanden. Sie hatte Lena an der Haustür begrüßen, nicht angreifen wollen, als sie sie angesprungen hatte. Und gerade eben hatte sie aus freudiger Erregung geknurrt und das Kätzchen mit ihrem Bellen zum Spielen auffordern wollen.

„Es ist okay“, beruhigte ich Rob. „Bring Cleo her.“

Rob kam, Cleo in den Armen, zögernd zu uns herüber. Rata sah mit einem so sanften, freundlichen Ausdruck zu dem Kätzchen hoch, als wäre sie Mutter Teresa.

„Rata hat nichts gegen das Kätzchen“, erklärte ich. „Sie weiß nur nicht, wie sie sich mit ihm anfreunden soll. Setz Cleo auf den Boden, mal sehen, was sie macht.“

Rob setzte Cleo ab. Die Katze stand auf allen vieren und blinzelte. Rata legte den Kopf zur Seite, stellte die Ohren auf und winselte leise. Als Cleo schließlich bei Ratas Vorderpfoten angelangt war, blieb sie stehen und musterte das Monsterhundegesicht, das über ihr in der Luft hing. Dann drehte sie sich einmal um die eigene Achse und rollte sich wie eine Raupe zwischen Ratas gigantischen Pfoten zusammen.

Unsere Hündin bebte vor Freude darüber, dass sie als Kindermädchen akzeptiert worden war. Seit die Jungen Babys gewesen waren, hatte ich sie nie mehr so voller Mutterliebe gesehen. So, wie sie unsere Kinder immer beschützt hatte, war mir klar, dass ich ihr auch das Kätzchen bedenkenlos anvertrauen konnte. Rata wusste, was mit Sam geschehen war. Ein Tätscheln und ein beruhigendes Wort von uns schienen ihr nur für einen kurzen Moment Trost zu verschaffen. Aber das Kätzchen hatte die alte Hündin wieder zum Leben erweckt. Als ich ihr Halsband losließ, entrollte sich ihre Zunge. Ohne auch nur zu zucken, ließ es unser kleiner Neuankömmling zu, dass er liebevoll vom Schwanz bis zur Schnauze abgeleckt wurde.

„Wo schläft Cleo heute?“, fragte Rob.

„Wir bereiten ihr in der Waschküche ein Bett.“

„Das geht nicht!“, widersprach Rob. „Sie vermisst bestimmt ihre Brüder und Schwestern. Sie wird Albträume haben. Ich werde bei ihr schlafen.“

Seit dem 21. Januar hatte Rob die Wörter „vermissen" und „Bruder" nicht mehr in ein und demselben Satz gebraucht, nur die Superman-Uhr blieb wie festgewachsen an seinem Handgelenk. Tagsüber bot Rob die überzeugende Vorstellung eines Kindes, das ein völlig normales Leben führte. Nachts war es jedoch etwas anderes. Geplagt von Albträumen von einem Monster, das ihn in einem Auto jagte, wälzte er sich auf seiner Matratze in unserem Schlafzimmer im Schlaf hin und her.

„Für uns drei und die Katze ist es zu eng im Schlafzimmer", erklärte ich. „Sie kann zusammen mit mir in meinem alten Zimmer schlafen."

Das Zimmer, das sich Sam und Rob geteilt hatten, war noch immer verwaist. An einem Nachmittag, der irgendwie surreal war, hatten wir Sams Kleider und Spielzeug in Tüten verstaut und zu einem Sammelcontainer auf dem Schulgelände gebracht. Danach strich Steve das Zimmer sonnengelb. Ich nähte Schlumpfvorhänge und hängte ein Micky-Maus-Poster an die Wand. Steve baute ein Bett und malte es rot an. Ich kaufte bunte Bettwäsche. Aber alles half nichts, Rob war nicht dazu zu bewegen, das Zimmer wieder zu beziehen.

Rob machte an diesem Abend in seinem neuen/alten Zimmer einen beinahe ebenso verwirrten Eindruck wie die kleine Katze. Ein beißender Geruch nach frischer Farbe lag in der Luft. Die Bettwäsche leuchtete neonfarben. Das neue Laken war glatt und kalt.

„Bist du sicher, dass keine Monster im Zimmer sind?", fragte er.

„Absolut. Ich habe auch unter dem Bett nachgesehen."

„Kannst du noch mal schauen?"

„Also gut", antwortete ich und beugte mich hinunter, um erneut die Staubflusen zu begutachten, die sich dort vor dem Staubsauger versteckten.

„Und hinter den Vorhängen?"

Ich schob den Vorhang zur Seite. Das erste Mal lag in den funkelnden Lichtern der Stadt ein Hoffnungsschimmer.

„Keine Monster", bekräftigte ich. „Und jetzt schlaf gut, mein Liebling." Ich streichelte ihm über den Kopf und küsste seine Stirn, sog den köstlichen Geruch seiner Haut ein. Ich weiß nicht, ob er ahnte, wie sehr mein Leben von ihm abhing. Hätte er mich nicht gebraucht und mir nicht ein Beispiel für Mut gegeben, hätte ich wohl der Handvoll Schlaftabletten und dem Glas Brandy zum Hinunterspülen nicht widerstehen können.

Ich legte ihm das Fellknäuel in die Armbeuge. Er und Cleo hatten viel gemeinsam. Wenn eine Frau ihren Mann verliert, wird sie zur Witwe. Kinder werden Waise genannt, wenn ihre Eltern sterben. Soweit ich wusste, gab es keine Bezeichnung für jemanden, der um einen Bruder oder eine Schwester trauerte. Wenn es ein solches Wort gegeben hätte, dann hätte es auf den Jungen und die kleine Katze gepasst. Von Geburt an war ihr Leben erfüllt gewesen von unbeholfenen Umarmungen, spielerischen Raufereien, dem Lärm und der Körperwärme ihrer Geschwister. Nun, auf brutale Weise ihrer Geschwister beraubt, waren beide verloren, aber trotzdem tapfer und voller Leben. Im Grunde blieb ihnen gar nichts anderes übrig, als darauf zu vertrauen, dass am nächsten Morgen die Welt wieder in Ordnung käme.

Erwachen

Aua! Hilfe!“ Ich schreckte aus dem Schlaf. Ein wildes Tier hieb seine Krallen in meine Haare.

„Das ist nur Cleo“, beruhigte mich Rob kichernd.

Cleo? Wie konnte sich ein kleines Kätzchen innerhalb weniger Stunden in einen Frauen fressenden Panther verwandeln?

„Nimm das Vieh weg!“, rief ich.

Rob befreite Cleo aus meinen Haaren und setzte sie auf den Boden. Kaum hatten ihre Pfoten den Teppich berührt, war sie auch schon zurück aufs Bett gesprungen, um wieder über meine Haare herzufallen. Ich jaulte vor Schmerz auf. Das befriedigte Schnurren der Katze brachte mein Trommelfell zum Erzittern.

Kaum hatte ich die Katze ein zweites Mal auf den Boden gesetzt, hüpfte sie erneut zurück aufs Bett. Es war mir ein völliges Rätsel, wie ein so kleines Tierchen das Mehrfache seiner Körpergröße mit einem Satz überwinden konnte. Ich seufzte und warf sie ein drittes Mal aus dem Bett. Mit Augen, die wie Neonschilder leuchteten, sprang sie ein drittes Mal zurück. Sie schien das Ganze für ein Spiel zu halten und nahm keinerlei Rücksicht darauf, dass wir uns mitten in einem Trauerprozess befanden.

„Neiiin!“, wimmerte ich und benutzte das Kissen als Versteck. Doch das Kissen half auch nicht weiter: Cleo kroch einfach darunter. Ich setzte sie erneut auf den Boden, sie sprang wieder hoch. Rauf. Runter. Rauf. Runter.

Wäre Steve zu Hause gewesen, hätte ich ihn als menschlichen Schutzschild benutzen können. Ich hatte ihm unseren Neuling am Telefon haarklein beschrieben. „Du wirst sie lieben!“, hatte ich gesagt. Aber er machte keinen besonders begeisterten Eindruck. Ich freute mich nicht gerade auf seine Reaktion, wenn er von der See zurückkehren würde.

Lustlos rollte ich mich aus dem Bett und schlüpfte in meinen Morgenmantel. Als ich schläfrig in die Küche schlurfte, merkte ich, dass etwas an mir zog. Cleo hing am Gürtel meines Morgenmantels wie Tarzan an einer Liane.

„Böses Kätzchen!“, sagte ich, pflückte sie von meinem Gürtel und setzte sie auf den Boden. Sie sprang auf meine Hüften, hieb ihre Krallen in mein Fleisch und erwischte den Gürtel mit ihren Zähnen.

Das Tier von meinem Oberschenkel zu entfernen tat mehr weh als jede Heißwachs-Enthaarung. Offenbar verstand die junge Katzendame nur eine Sprache: Strenge. Ich wickelte den Gürtel um meine Taille und ging mit Würde weiter. Cleo flitzte los und drängte sich geschickt zwischen meinen Knöcheln durch. Ich stolperte über sie, verlor das Gleichgewicht und schaffte es gerade noch, mich an einem Wandbehang festzuhalten, sonst wäre ich auf ihr gelandet.

Das Kätzchen hatte sich auf den Rücken gerollt, eine Pfote angewinkelt, und fixierte mich mit einem verletzten Gesichtsausdruck. Ich fühlte mich furchtbar schlecht, weil ich ihr wehgetan hatte. Gerade als ich mich bücken wollte, um sie hochzunehmen, sprang der kleine Fellball auf und lief davon. Erleichtert folgte ich ihr – bis sie mich wieder zum Straucheln brachte.

Sam hätte gewusst, wie sie zu bändigen war. Ich konnte ihn beinahe sehen, wie er sich über sie beugte, die Hand nach ihr ausgestreckt …

Ich rannte ins Badezimmer, den einzigen Ort, an dem ich allein weinen konnte, und schloss die inzwischen zurückerhaltene säurebehandelte Tür. Rob musste nicht noch mehr Tränen und Verzweiflung von Erwachsenen sehen. Ein Schluchzen drang aus meiner Kehle. Ich versuchte, es zu unterdrücken, lehnte die Stirn gegen die kalten blauen Fliesen und umklammerte meinen Bauch. Meine Brustmuskeln taten weh. Das Fassungsvermögen der menschlichen Tränenkanäle erstaunte mich immer wieder. Wie viele Wassereimer konnte ein Augenpaar füllen? Kaum war ich zu der Überzeugung gelangt, dass ich das Kontingent eines ganzen Lebens verbraucht hatte, floss eine weitere Tankwagenladung über meine Wangen. Die Vorstellung, meinen Körper zu verlassen und dem Schmerz zu entfliehen, kam mir plötzlich allzu verführerisch vor. Ich machte das Badezimmerschränkchen auf und hielt die Flasche mit Schlaftabletten gegen das Licht. Jede einzelne der Tabletten hinter dem braunen Glas war ein verlockendes Versprechen. Ich schraubte den Deckel ab.

Da öffnete sich die Badezimmertür einen Spalt. Mist, ich hatte sie nicht richtig geschlossen. Als ich nach unten blickte, sah ich eine schwarze Pfote den Spalt entlanggleiten. Cleo kam herein, tappte über die Fliesen und verlangte miauend, von mir hochgenommen zu werden. Mit einem Seufzen stellte ich die Tabletten zurück in den Schrank und schloss ihn leise. Cleos unverfrorenes Auftauchen im Badezimmer erinnerte mich an meine Verantwortung. Ich hatte kein Recht, aufzugeben, wenn ein Junge und ein Kätzchen jemanden brauchten, der sich um sie kümmerte, bis sie selbstständig waren. Ich nahm Cleo auf den Arm und schluchzte in ihr Fell. Es schien ihr nichts auszumachen. Schnurrend kuschelte sie sich an meinen Hals und sah mich mit so viel Zuneigung an, dass ich fast bestürzt war. Mit einer solch bedingungslosen Liebe hatte mich niemand mehr angesehen, seit meine Kinder Babys gewesen waren. Ich riss mich zusammen und setzte sie auf den Boden. Munter sprang sie davon, und ich machte mich auf die Suche nach Rob.

Das Haus hatte in der Nacht eine Verwandlung durchgemacht. Der Flur war zu einem Schlachtfeld geworden. Auf dem Teppich lagen leere Plastiktüten verstreut, dazwischen einzelne Socken von Rob und Steve. Die Küchenjalousien waren auf halbem Wege hängen geblieben und ließen sich weder nach unten noch nach oben bewegen. Die Zugschnüre waren durchgekaut worden. Im Wohnzimmer waren die Haufen von Beileidskarten zu Boden geflattert. Der Gummibaum war umgestürzt und seine Blätter baumelten über Sofa und Sofatisch. Aus dem Eimer hatte sich eine kleine Erdlawine über den Teppich ergossen. Sie wurde gekrönt von drei winzig kleinen braunen Häufchen.

„Wo ist Cleo?“, brüllte ich und hob eine Decke hoch, die ich mit viel Liebe für Rob gestrickt hatte. Ich hatte Monate dafür gebraucht. Als ich sie an die Brust drückte, segelten drei halb zerkaute Quasten auf den Boden.

Rata lag auf ihrem Schlafplatz im Durchgang und klappte nur müde ein Ohr um. Rob zuckte mit den Schultern. Da erklang ein Scheppern aus der Küche. Ich marschierte über den Linoleumboden, um Cleo den Krieg zu erklären. Das Geräusch von zu Bruch gehenden Tellern war zu hören. Rob öffnete die Klappe des Geschirrspülers. Cleo bemerkte es nicht einmal, so begeistert turnte sie zwischen den Tellern vom Vorabend herum. Als Rob dann seinen Arm in den Geschirrspüler streckte, schoss Cleo zwischen seinen Beinen hindurch und flitzte davon. Diese kleine Katze war unkontrollierbar.

Wir verfolgten sie durch den Flur, sprangen über Socken und Supermarkttüten, aber vergebens, Cleo war verschwunden. Wir blieben stehen und lauschten. Außer unserem keuchenden Atem war nichts zu hören.

Ich linste durch den Türspalt in Robs Zimmer. Dort lag sie zusammengerollt auf dem Kissen. Sie miaute leise, streckte sich und gähnte hinreißend.

Rob schlich vorsichtig auf sie zu. Cleo riss die Augen auf. Sie funkelte uns an, legte die Ohren zurück und peitschte mit ihrem Schwanz den

Kissenbezug. Sie sprang auf und flitzte durch das Zimmer. Rob warf sich auf den Boden, um sie zu packen, aber Cleo schlüpfte durch seine Hände, sprang auf das Bücherregal und kletterte mit ausgefahrenen Krallen den Schlumpfvorhang hoch außer Reichweite.

So schnell konnte ich gar nicht schauen, wie sie auf meiner Schulter gelandet war, um von dort aus wie von einem Sprungbrett auf den Boden zu hüpfen. Sie raste wie eine Irre durch das Zimmer.

Das konnte auf Dauer nicht gut gehen. Wir waren nicht mehr Herren im eigenen Haus. Cleo war in unsere Mauern eingedrungen und hatte uns zu Gefangenen gemacht. Sie mochte ja winzig sein, aber ihre Persönlichkeit war die eines Mammuts. Zugegeben, die Schwierigkeiten, die sie uns machte, lenkten uns von unserem Schmerz ab. Nur fühlte ich mich im Moment diesem kleinen Kraftpaket einfach nicht gewachsen.

„Wo ist Cleo nur wieder?“, murmelte ich vor mich hin, nachdem ich den Gummibaum wieder aufgerichtet und die Häufchen entsorgt hatte. Das Einzige, was noch mehr Nerven kostete als ihre Anwesenheit, war ihre plötzliche, unerklärliche Abwesenheit.

Rob entdeckte sie im Schrank unter der Spüle, wo sie im Abfalleimer saß und Kartoffelschalen fraß.

Ich ertrug dieses Tier keine Minute länger und überredete Rob deshalb, das Haus für ein, zwei Stunden zu verlassen. Er willigte nur unter der Bedingung ein, dass wir zu einer Zoohandlung fuhren.

Wir schlichen uns um die verstreuten Plastiktüten herum zur Haustür. Da erwachte die Einkaufstüte, die der Tür am nächsten lag, zum Leben und gab ein furchterregendes Heulen von sich. Dann grub ein Miniaturpanther seine Zähne in meinen Knöchel.

Rob nahm einen Strumpf und wedelte damit vor Cleo herum. Sie war sofort wie gebannt. Als Rob ihn ans andere Ende des Flurs warf, setzte sie ihm eifrig nach. Rasch schlüpften wir aus der Haustür und liefen schnell zum Zickzackpfad. Kurz bevor wir ihn erreichten, drehte ich mich – wie von einer unsichtbaren Macht gezogen – zum Haus um und erblickte unser Kätzchen, wie es uns von Robs Fenster aus nachsah.

DIE ZOOHANDLUNG war eine wahre Schatzhöhle voller Quietschbälle und Gummiknochen – Ratas Paradies. Rob zog mich auf die andere Seite des Ladens und zeigte mir ein kissenartiges Ding, von dem er meinte, es würde sich ausgezeichnet als Bett für Cleo eignen.

Sogleich kam eine Verkäuferin auf uns zu und empfahl uns einen Sack mit Trockenfutter. Auf dem Weg zur Kasse überredete sie uns noch zu einem

Sack Katzenstreu und einer passenden Plastikkiste. Ich wollte kein Kätzchen. Steve würde mir garantiert einen Vogel zeigen, wenn er nach Hause kam und sah, wozu Cleo imstande war. Warum kauften wir also dieses ganze Zeug? Rob stellte sich auf die Zehenspitzen und schob das Katzenbett auf die Theke. Die Frau strahlte Rob an und fragte ihn, wie denn sein Kätzchen hieße. Mit roten Backen verkündete er stolz den Namen. Und dann fügte er noch hinzu, es sei die beste Katze der Welt.

DAS LEBEN war kompliziert. Ich nahm den langen Weg nach Hause am Botanischen Garten vorbei, wo ich früher immer mit den Jungen Enten gefüttert hatte. In jeder Ecke von Wellington gab es herzzerreißende Erinnerungen an unser vergangenes Leben. Die Stadt war ein einziges Mausoleum.

Aber unser Heim war nicht länger ein Rückzugsort von der Welt. Das Kätzchen hatte das Kommando übernommen und es in Cleos Reich umgewandelt. All die Kollateralschäden der letzten Nacht warteten darauf, beseitigt zu werden. Nicht zu vergessen das Zerstörungswerk, das sie womöglich in unserer Abwesenheit angerichtet hatte.

Vielleicht mussten wir gar nicht nach Hause zurück. Wir könnten einfach immer weiterfahren, bis wir auf die Autobahn kamen, die um den Hafen nach Norden führte. Ich könnte alles hinter mir lassen, das Haus, die Katze, die brüchige Ehe und die Freunde mit ihrem quälenden Mitleid. Wir würden aufs Land nach New Plymouth fahren, wo ich aufgewachsen war, und bei meiner Mutter unterkriechen.

Doch New Plymouth und ich schienen nicht mehr zusammenzupassen. Immer wenn ich zu Beerdigungen oder Geburtstagen zurückkehrte, stellten mir die Leute die gleiche Frage: „Was schreibst du gerade?"

Ich hätte das, was ich tat, niemals als „schreiben" bezeichnet. Ich erzählte Leuten, deren Leben ähnlich unvollkommen war wie meines, einfach nur Geschichten von mir, damit wir gemeinsam darüber lachen konnten. Die Leser meiner Kolumne waren wie Freunde für mich. Ich hatte mich so sehr daran gewöhnt, in meinen wöchentlichen Kolumnen über persönliche Dinge aus meinem Leben zu berichten, dass es mir normal erschien, auch von Sams Tod zu sprechen. Als ich auf meinem Bett saß und über die Ereignisse dieses schrecklichen Tages schrieb, während meine Tränen auf die Reiseschreibmaschine fielen, wäre mir nie in den Sinn gekommen, dass mir daraus eine Quelle des Trostes erwachsen würde. Hunderte von Leuten schickten mir Briefe und Karten und bewiesen damit, zu welcher Herzensgröße völlig Fremde imstande waren. Ich erfuhr viel Mitgefühl in diesen Briefen, einige davon von Eltern, die wie ich ein Kind verloren hatten.

Vorsichtig parkte ich das Auto dicht an dem Lehmabbruch oberhalb des Zickzackpfads. Unter uns reckten sich die grauen Bürotürme der Stadt in die Höhe, die Fenster glänzten in der Sonne. In einem davon saß die Frau, die Sam auf dem Rückweg von der Mittagspause getötet hatte. Bald musste sie vor Gericht erscheinen und gestehen, dass sie betrunken gewesen oder zu schnell gefahren war.

Hinter den Bürotürmen und über die Hügel hinweg an Lenas Haus vorbei lag der Friedhof, auf dem Sam begraben war. Noch ein Stück weiter nutzten Familien die letzten Sommertage und vergnügten sich am Strand. Jungen stürmten in die Brandung, ihre Haut leuchtete hell zwischen den Wellen. Einige von ihnen waren Freunde von Sam. Ich wollte sie und ihre Mütter nie mehr wiedersehen.

Rob kletterte aus dem Auto, er wollte Cleo ihr neues Bett zeigen. Ich folgte ihm, beladen mit Katzenstreu und Plastikklo.

Als ich den Schlüssel umdrehte, hüpfte ein winziger Panther durch den Flur auf uns zu. Er gab fiepende Willkommensrufe von sich, von denen jeder mit einem noch höheren Ton endete: *Wo wart ihr? Warum habt ihr so lange gebraucht? Habt ihr mir etwas mitgebracht?* Cleo stellte sich auf die Hinterbeine und rieb das Kinn an unseren Händen. Ihr Schnurren sagte uns, dass alles vergessen und vergeben sei. Nun, da wir zurückgekommen waren, strahlte die Sonne wieder von einem leuchtend blauen Himmel herunter. Ich war wie verzaubert. Wie war ich nur auf die Idee gekommen, sie wegzugeben? Wir brauchten sie fast so sehr wie sie uns.

Doch kaum schob ihr Rob das Leopardenfellbett hin, machte Cleo einen Buckel und streckte laut fauchend ihren Schwanz in die Höhe. Das Katzenbett musste so bedrohlich sein wie der Leopard, den es imitierte. Mit ausgefahrenen Krallen fiel sie es an und hieb mit den Hinterbeinen darauf ein, um dann blitzschnell unter dem Sofa zu verschwinden. Cleo kam erst wieder hervor, als ihr Feind sich in die Waschküche zurückgezogen hatte.

Jeder Schatten war ein potenzieller Angreifer. Kein Strumpf im Haus war vor ihr sicher. Sie verschleppte sie aus Schlafzimmern, Schuhen und dem Wäschekorb, wobei sie sie immer mit Bedacht von ihren Partnern trennte. Die Socke wurde durchs Haus geschleift, in die Luft geworfen und unter Einsatz sämtlicher Krallen erbarmungslos gefoltert, bis sie sich tot stellte.

Ich bekam Kopfweh, als ich das Chaos aufräumte.

„Wage es bloß nicht!“, rief ich, als Cleo auf das Tischchen im Flur sprang und mit ihrer Pfote vorsichtig an eine große Vase mit einem Strauß Fingerhut klopfte. Sie sah, dass ich es ernst meinte. Sie senkte ihre Pfote und sprang gehorsam auf den Boden. Ich kann nicht behaupten, dass ich stolz darauf bin, aber in diesem Moment empfand ich tiefe Befriedigung. Ich fand es aufregend, dass ein fast wildes Tier meinem Befehl gehorchte, und schwebte in die Küche, um den Wasserkocher einzuschalten.

Die Wände erzitterten von einem lauten Knall. Ich rannte zurück in den Flur. Blumenstängel flogen durch die Luft, gefolgt von der Vase, aus der sich in einem hohen Bogen Wasser ergoss. Auf dem Wasserfall surfte eine Gestalt, alle viere weit von sich gestreckt. Ich rief Rob zu, er solle ein paar Handtücher holen. Ich nahm mich des tropfnassen Teppichs an, während Rob die Katze abrubbelte. Zum ersten Mal überhaupt meinte ich so etwas wie Beschämung an ihr erkennen zu können.

Heilerin

Steve kam nach einer Woche auf See nach Hause, gerade rechtzeitig, um das Chaos zu sehen, das unser neues Kätzchen verursacht hatte. Während er aufräumte, stand ich an der Küchentheke und sah zu, wie eine Möwe den Aufwind an der Klippe nutzte und vorbeiglitt. Der Vogel wandte die scharfe Spitze seines Schnabels zu mir. Finster funkelten wir uns an.

Die Seemöwe drehte ab und stieß zum Fähranleger am Hafen hinunter. Seit unser älterer Sohn in seinem weißen Sarg auf dem Hügel hinter Lenas Haus begraben worden war, waren fünf Wochen vergangen. Wir hatten das Grab ein paar Mal besucht. Nur fand ich auf der windumtosten Kuppe, auf der sich der Makara Cemetery mit seinen ordentlich aufgereihten Grabsteinen befand, keinen Trost. Meine Tränen benetzten das Gras, als ich vor dem Grab kniete und etwas von Sam an diesem Ort zu finden versuchte. Aber in den knorrigen Büschen, die sich gegen den Wind stemmten, war nichts von ihm. Genauso wenig in den Wolken, die über den Himmel irrten. Oder in den blökenden Schafen. Sam passte nicht in diese Ödnis.

Äußerlich glichen wir den Leuten, die wir noch vor gut einem Monat gewesen waren. Wir fuhren dasselbe Auto, kauften in demselben Supermarkt ein. Aber meine Organe fühlten sich an, als wären sie mit Stahlwolle geschrubbt worden.

Das neue Schuljahr hatte angefangen, aber wir hatten beschlossen, Rob noch ein paar Wochen zu Hause zu behalten. Er sprach kaum jemals von Sam, aber nach wie vor trug er jeden Tag die Superman-Uhr.

Auch wenn ich es nur ungern zugab, Cleo half mir über vieles hinweg. Sie schien es zu spüren, wenn ich den Boden unter den Füßen verlor. Dann schob sich ihre Pfote zwischen einem Türspalt durch und sie sprang auf mein Bett oder setzte sich vor mich hin, ohne dass sie etwas gefordert hätte. Sie schnurrte leise und wartete geduldig darauf, dass ich wieder zu mir kam.

Selbst ihre Zerstörungslust schien einen Zweck zu haben. Sie zwang uns dazu, uns mit dem Hier und Jetzt auseinanderzusetzen. Sie platzte fast vor Zuneigung – sie war das Leben selbst, reine Energie von der Spitze ihres Schwanzes bis zu den Enden ihrer Schnurrhaare. Damit hatte sie mehr von Sam als der Wind und der Himmel über dem Friedhofshügel.

Nur Steve war offenbar anderer Meinung. Ich wusste, was er dachte, sobald er Cleo sah: Chaos.

Eines der vielen Dinge, in denen wir uns unterschieden, war unser Verhältnis zu Chaos. Beim Anblick eines Stapels alten Papiers und längst vergessener Kleidungsstücke hat man manchmal die erstaunlichsten Einfälle. Steve dagegen hätte man für einen Absolventen der Zen-Schule für Ordnungsfanatiker halten können. Zu Beginn unserer Ehe gab ich mir alle Mühe, sein Bedürfnis nach einer makellosen Umgebung zu befriedigen. Es dauerte Jahre, bis mir klar wurde, dass es egal war, wie sauber und aufgeräumt das Haus in meinen Augen wirkte, Steve würde es anders sehen. Jedes Mal, wenn er nach Hause kam, vollzog er dieselbe Prozedur: Er jagte den Staubsauger durchs Haus und schrubbte die bereits eine halbe Stunde zuvor von mir geschrubbte Arbeitsplatte in der Küche.

Staubsaugen war an diesem Tag wegen der nassen Teppichzotteln unmöglich gewesen, er musste sich also mit dem Zusammensuchen von Socken und Plastiktüten zufriedengeben. Gerade als ich damit anfangen wollte, wie sehr Rob das Kätzchen mochte, verschwand Cleo in Steves Seesack, um gleich darauf mit einer schwarzen Socke zwischen den Zähnen wieder aufzutauchen. Sie warf ihre Beute hoch in die Luft und hüpfte hinterher. Mitten in der Luft erwischte sie sie mit den Vorderpfoten und zischte davon.

Normalerweise brauchten wir zwei Tage, bis wir uns wieder an seine Vorstellung von einem Haushalt gewöhnt hatten. Sein Ärger über meine Unfähigkeit, die Unterwäsche korrekt zusammenzulegen, traf auf meine Gereiztheit darüber, dass er darauf bestand, die Töpfe zu kontrollieren, nachdem ich sie gespült hatte. Das unerwünschte Kätzchen würde ein harmonisches Familienleben noch schwieriger machen.

Irgendwo hatte ich gelesen, dass 75 Prozent der Ehen nach dem Tod eines Kindes in die Brüche gingen. Ich fing langsam an zu verstehen, warum so viele Beziehungen zerbrachen. Steve verspürte ebenso großen Schmerz wie ich, aber bei ihm drückte er sich anders aus, mehr nach innen. Sein Blick wanderte in diesen Tagen unruhig umher, von den Gardinen zum Teppich und von dort zum Gummibaum. Nur nie zu meinen Augen. Als er mich fragte, ob ich mit zum Gericht gehen würde, weigerte ich mich. Schon allein die Vorstellung war zu viel. Hätte ich den Mut aufgebracht, mitzugehen, wäre das für unsere Ehe besser gewesen. Wir waren damals beide höchst trostbedürftig und verfügten gleichzeitig über keine Reserven, um dem anderen zu helfen.

Rob rief uns ins Wohnzimmer, wo er über Cleo kauerte. Er warf Steves Socke durch das Zimmer. Cleo jagte hinterher, fing sie mit den Zähnen, trottete zurück zu Rob und ließ sie vor seine Füße fallen. Dann setzte sie sich brav neben ihn und blickte erwartungsvoll zu ihm auf.

„Seht ihr? Sie kann apportieren!"

„Nur Hunde können apportieren", widersprach Steve.

„Versuch es doch selbst", entgegnete Rob.

Zögernd warf Steve die Socke in die Luft. Cleo schoss davon und holte sie, wobei sie sie dieses Mal vor meinen Füßen ablegte.

Das Kätzchen sorgte dafür, dass es gerecht zuging beim Sockenwerfen. Sie wollte, dass die ganze Familie an dem Spiel teilnahm.

„Cleo kann Strumpfball spielen!", sagte Rob.

Cleos Begeisterung war grenzenlos. Wir drei starrten gebannt auf das kleine drahtige Wesen, das um sein Sockenopfer herumtänzelte. Ich war fast erleichtert, als die Socke unters Sofa rollte. In den fünf Zentimeter hohen Spalt zwischen Sofa und Boden würde sich Cleo garantiert nicht quetschen können. Aber sie drückte ihr Hinterteil flach auf den Boden und schob sich unter das Sofa. Die Stille war zermürbend. Sie musste dort unten feststecken. Sekunden später erschien eine einzelne schwarze Pfote hinter der Rückenlehne des Sofas, gleich darauf eine zweite. Ein Gesicht kam zum Vorschein, die Augen halb geschlossen, die Ohren klebten am Schädel. Triumphierend hielt sie die Socke in der Schnauze.

DIE SONNE schimmerte wie ein gigantisches Tigerauge, das hinter den Hügeln versank. Ich streifte eine Kaschmirjacke über und begann, Hühnerbrust für ein Risotto klein zu schneiden.

Cleo hob schnüffelnd die Nase. Maunzend folgte sie mir auf Schritt und Tritt durch die Küche. Ich nahm sie hoch, drückte sie an meine Brust und setzte mich auf einen Küchenstuhl. Gierig streckte sie sich nach dem Hühnchen, bis sie meine teure Kaschmirjacke wahrnahm. Sie kaute an der Wolle um den mittleren Knopf herum.

Ich machte sie von meiner Jacke los und setzte sie entschlossen auf den Boden. Cleo sprang zurück auf meinen Schoß. Ich packte sie erneut, um sie von meinem Schoß zu werfen, als mich ein plötzlicher Schmerz durchzuckte.

Sie hatte ihre Fangzähne in meinen Daumen versenkt. Laut schimpfend stillte ich das Blut mit einem Küchentuch. Steve beeindruckte meine Wunde überhaupt nicht.

Beim Essen wurde die Falte zwischen Steves Augenbrauen immer steiler, als Cleo demonstrierte, dass sie Worte wie „Runter vom Tisch!“ nicht akzeptierte.

Ich schnappte Cleo und sperrte sie in der Waschküche ein.

„Sie hasst es da drin“, heulte Rob.

„Sie macht uns das Leben zur Hölle!“, brüllte ich, außer mir vor Wut.

Aber es ging nicht nur um Cleo, sondern auch um die gerichtliche Untersuchung am nächsten Morgen. Steve würde dieser Frau gegenübertreten. Die Polizei würde ihre Schuld beweisen. Sie würde ins Gefängnis gehen. Ich würde endlich akzeptieren müssen, dass Sam tot war.

Plötzlich fing ich am ganzen Leib an zu zittern. Mein Atem kam nur noch stoßweise. „Ich halt das nicht mehr aus! Sie muss zurück zu Lena!“

Rob starrte auf sein Risotto und schluckte die Tränen runter. „Du. Bist. So. Gemein.“

Ich sprang auf und rannte ins Schlafzimmer. Dort warf ich mich laut schluchzend aufs Bett. Ich wusste, dass Rob recht hatte. Ich *war* gemein. Und ich hatte mich nicht mehr im Griff. Eine schlechte Mutter, eine Versagerin als Ehefrau, überhaupt, ein unnützer Mensch. Ich sehnte mich danach, dass mich der Schlaf in seinen Mantel hüllte.

Stattdessen berührte eine Kinderhand meine Schulter. „Sie mag dich doch, Mummy“, flüsterte er. „Hör mal.“ Ein Fellknäuel schmiegte sich an meinen Hals. Das rhythmische Schnurren dröhnte in meinen Ohren. Es war wie das tiefe ewige Geräusch von Wellen an einem Strand – das Geräusch, das ein Kind im Mutterleib vernimmt.

Angeblich hat das Schnurren einer Katze eine große Wirkung auf den menschlichen Körper. Anhand von Tests ließ sich nachweisen, dass Schnurren Stress reduziert, den Blutdruck senkt und die Heilung von Muskel- und Knochenverletzungen unterstützt.

Cleo rieb ihren Kopf an meinem Kinn, sah mich mit mütterlicher Sorge an und versetzte mir zu meiner Überraschung einen sanften Stupser mit ihrer feuchten Nase. Das musste ein Katzenkuss gewesen sein. Sie legte eine zierliche Vorderpfote auf mein Gesicht. Ich nahm die Pfote zwischen meine Finger, streichelte sie und sah zu, wie die Krallen sanft ausgefahren und wieder zurückgezogen wurden. Die Ballen an ihren Pfoten waren weich. Als wir so „Hand in Hand“ dalagen, stellten wir eine Verbindung her, die ohne Worte auskam.

Stunden später wachte ich auf, Cleo eingekeilt zwischen den Laken, ihr Kopf neben meinem auf dem Kissen. Während sie gleichmäßig atmete, fragte ich mich, ob wir nicht immer so geschlafen hatten, Mensch und Katze, Seite an Seite, seit Anbeginn der Zeiten.

Göttin

„Du magst Cleo doch, oder?", fragte Rob am nächsten Morgen beim Frühstück.

Ich öffnete das Küchenfenster. Die abgenagte Zugschnur wehte in der Brise. Steve hatte schon seine Krawatte umgebunden und machte sich auf den Weg zum Gericht.

„Ja." Ich seufzte.

„Das ist gut, weil sie dich nämlich auch mag."

„Na klar", sagte ich und lächelte ein wenig.

„Nein, Mummy. Sie mag dich *wirklich*!", erklärte er. „Das hat sie mir gestern Nacht gesagt."

„Das ist nett, mein Schätzchen", erwiderte ich. „Und jetzt iss deinen Toast auf."

„Sie hat mir noch viele andere Sachen gesagt. Sie sagt, sie stammt aus einer alten Familie von Katzenheilern."

Mit dem armen Kind war tatsächlich die Fantasie durchgegangen.

„Das hast du geträumt?", fragte ich.

„Es war anders als ein Traum. Sie hat gesagt, dass sie mir dabei helfen will, Freunde zu finden."

In meiner Familie hatte es schon immer Sonderlinge gegeben, aber sich mit einer Katze zu unterhalten, war zu viel. Wenn in der Schule bekannt würde, dass Rob mit seinem Haustier redete, würde er dafür im besten Fall Hohn und Spott ernten.

„Das tut sie bestimmt", sagte ich, legte meinen Arm um seine Schulter und küsste sein Ohr. „Aber davon wollen wir erst einmal niemandem sonst etwas erzählen."

„Du wirst Cleo nicht zu Lena zurückbringen, oder?", fragte er.

Ich ging vor ihm in die Hocke, legte meine Hände auf seine Schultern und musterte sein ernstes Gesicht. Ich spürte seine Verunsicherung. „Nein, Rob. Wir behalten sie."

Aus seinen Schultern wich die Spannung. Er musste mich nicht ansehen, damit ich wusste, dass er lächelte.

Die Zeiger der Küchenuhr schleppten sich durch den Vormittag. Die Anhörung dauerte länger als erwartet. Offenbar brauchte es seine Zeit, bis alle Beweise gegen die Frau vorgetragen worden waren.

Ich trank eine Tasse Kaffee. Dann noch eine.

Steve kam kurz vor zwölf zurück. Hohläugig stand er im Flur.

„Wie sieht sie aus?“, fragte ich und war selbst über die Härte in meiner Stimme überrascht.

„Warum bist du so wütend, Mummy?“, fragte Rob.

„Ich bin nicht wütend“, sagte ich mit kalter, rauer Stimme.

Rob spürte, dass etwas nicht stimmte, und ging in sein Zimmer.

„Und?“

„Keine Ahnung“, seufzte Steve und rieb sich müde die Augen. „Ganz normal …“

Ich nahm ihn ins Gebet. Sie hatte braune Haare. Sie arbeitete für das Gesundheitsamt. Sie trug eine marineblaue Jacke. Er konnte sich nicht mehr erinnern, ob sie eine Brille hatte. Sie hatten sich im Gerichtssaal kaum angesehen. Sie hatte traurig gewirkt, sich aber nicht entschuldigt.

„Wie alt ist sie?“

„Mitte dreißig, schätze ich.“

„Muss sie ins Gefängnis?“

Sein Blick wanderte über meine linke Schulter und er schüttelte langsam den Kopf.

„Sie müssen sie doch wegen irgendetwas verurteilen. Wenigstens zu einer Geldstrafe!“

Seine Stimme klang ruhig und freundlich. „Es war ein Unfall. Sie hätte ihn niemals rechtzeitig sehen können, wie er hinter dem Bus plötzlich auf die Straße rannte. Es war nicht ihre Schuld. Es war ihr kein Fehlverhalten nachzuweisen.“

Wenn Sams Tod tatsächlich ein Unfall gewesen sein sollte und die Frau nichts dafür konnte, dann gab es niemanden, dem ich die Schuld geben konnte. Ich hatte kein Recht, sie zu hassen. Man könnte womöglich sogar von mir erwarten, dass ich ihr vergab. Aber mein Herz zog sich zu einem kleinen harten Klumpen zusammen. Sollten ihr doch die Götter vergeben.

Kaum hatte meine alte Schulfreundin Rosie gehört, dass wir eine Katze bekommen hatten, war sie nicht mehr zu bremsen. Bei ihrem ersten Anruf konnte ich sie noch abwimmeln. Aber ein paar Tage nach der gerichtlichen Untersuchung überwand sie die unsichtbaren Mauern um unser Haus.

„Armes kleines Cleo-Kätzchen“, säuselte sie und musterte Cleo durch ihre riesige rote Brille. „Musst bei lauter Leuten wohnen, die überhaupt nichts mit Katzen anfangen können, hm?“

Rosie war ein Katzentyp der Extrasorte. Sie hatte sechs Streuner aufgenommen, die sie Scruffy, Ruffy, Beethoven, Sibelius, Madonna und Doris nannte: eine sechsköpfige Gaunerbande auf vier Pfoten, die im ganzen Haus einen unverkennbaren Ammoniakgestank verbreitete. Wenn sie nicht gerade dabei waren, mit anderen Streunern zu raufen und Mülltonnen zu plündern, durchstreiften sie mordend die heimische Tierwelt.

„Sie ist nicht gerade eine Schönheit, was?“, fuhr Rosie fort. „Ich habe schon Golfbälle gesehen, die mehr Fell hatten. Und dann diese Augen. Sie sind irgendwie … glubschig.“

„Niemand ist vollkommen“, erwiderte ich. „Außerdem ist sie ja noch nicht ganz ausgewachsen.“

„Hm“, sagte Rosie zweifelnd. „Halb Abessinier, oder? Bekannt für ihre Liebe zum Wasser und zu erhöhten Punkten. Gibst du ihr Vitaminzusätze?“

„Klar“, log ich und wechselte schnell das Thema. „Möchtest du sie mal Strumpfball spielen sehen?“ Ich ließ Cleo eine Socke vor der Nase baumeln. Cleo tat so, als hätte sie keinen Schimmer, was das sollte.

Rosie schüttelte den Kopf. „Katzen spielen nicht Fangen“, sagte sie und griff nach ihrer roten Handtasche. Rosie verhielt sich seit Sams Tod kein bisschen anders als sonst. Sie war so angenehm diktatorisch und lustig wie immer.

„Die kannst du bestimmt brauchen“, sagte sie und schob mir zwei zerlesene Bücher zu. Die *Kinderstube der Kätzchen* und *Deine Katze und ihre Gesundheit*. „Ach ja, und das hier ist vielleicht auch ganz nützlich.“

Meine herrische, verrückte, liebe Rosie. Im tiefsten Herzen war sie ein guter Mensch. Warum sonst sollte sie mir zusammen mit den Katzenbüchern kommentarlos *Über den Tod und das Leben danach* von Elisabeth Kübler-Ross überreichen?

Ich hatte von den fünf Phasen des Sterbens gelesen, die Kübler-Ross beschrieben hatte, um Menschen den Umgang mit ihrer Trauer zu erleichtern. Vieles davon erkannte ich wieder.

1. Nichtwahrhabenwollen. Noch immer sah ich Sam um Straßenecken rennen und lachen. Jede Woche träumte ich mehrmals, alle hätten beschlossen, vor mir geheim zu halten, dass Sam noch am Leben war. Ich raste durch labyrinthische Krankenhausgänge, bis ich ihn in einem abgedunkelten Zimmer fand, wo er an Maschinen angeschlossen dalag. Er drehte seinen Kopf und starrte mich mit seinen blauen Augen an, genau wie damals nach seiner Geburt. Dann wachte ich jedes Mal mit rasendem Herzen auf, das Kissen nass geschwitzt.

2. Zorn. Beim Anblick von Frauen, die einen Ford Escort fuhren, nein, eigentlich bei allen Frauen, die Auto fuhren, und auch beim Anblick von Sams Schulfreunden, die die Unverschämtheit besaßen, noch zu leben, kochte jedes Mal schreckliche Wut in mir auf. Wenn ich nur mit Sicherheit gewusst hätte, dass diese Zornesphase vorüberging.

3. Verhandeln. Im Badezimmer oder im Auto führte ich manchmal einseitige Verhandlungen mit Gott, bei denen ich ihn aufforderte, die Uhr zurückzudrehen und dafür zu sorgen, dass der 21. Januar anders verlaufen würde. Als Gegenleistung würde ich alles tun, was er forderte.

4. Depression. Das Wort konnte den Ozean der Melancholie nicht fassen, auf den ich immer weiter hinaustrieb. Er hatte kein Ufer. Er hatte keinen Grund. An manchen Tagen kämpfte ich darum, an der Oberfläche zu bleiben. An anderen Tagen trieb ich reglos wie ein abgebrochener Weidenzweig auf dem Wasser dahin. Es war einfach lächerlich, dass Kübler-Ross glaubte, diesen Zustand mit den Begriffen „Phase“ und „Depression“ beschreiben zu können. Und dann auch noch davon auszugehen, dass es eine letzte Phase gebe, die der:

5. Akzeptanz. Nie, *niemals* kämen mir die Worte über die Lippen, dass es in Ordnung ist, wenn ein wunderschöner neun Jahre alter Junge stirbt. Kübler-Ross hat außerdem ein paar Phasen übersprungen, unter anderem Schuldgefühle, Selbsthass, Hysterie, Hoffnungslosigkeit, Paranoia, peinliche öffentliche Bekenntnisse, das heftige Verlangen, die Autotür aufzureißen und sich auf die Straße zu werfen.

Ich dankte Rosie für die Bücher und blätterte durch *Deine Katze und ihre Gesundheit*. „Weißt du, Rosie, wir geben uns Mühe. Wir werden sie nicht umbringen, das hoffe ich wenigstens …“

„Hör gar nicht hin, Cleolein“, blubberte Rosie und presste die Katze zwischen ihre großen weichen Brüste. „Das süße, kleine Kätzchen kann jederzeit zur lieben Tante Rosie kommen und bei ihr wohnen.“

Cleo wand sich, um in der nächsten Sekunde die Ohren flach anzulegen, die Zähne zu entblößen, zu fauchen und Rosie eine Pfote über die Wange zu ziehen.

„Aua!“, brüllte Rosie.

„Tut mir leid!“, sagte ich und tupfte das Blut an ihrer Wange mit einem Küchentuch ab. „Das hat sie bestimmt nicht so gemeint …“

Rosie starrte grimmig auf Cleo. „Diese Katze … *deine* Katze … hat Flöhe! Sieh dir das doch an“, sagte sie und zeigte mir Cleos Bauch. „Das nenne ich einen heftigen Befall! Diese Katze braucht ein *Bad*.“

Wir benutzten das Waschbecken als Badewanne, ein mildes Menschenshampoo und ein Gästehandtuch.

Unser Kätzchen entspannte sich in meinen Händen. Cleo war fasziniert von dem Wasser, und beobachtete erwartungsvoll, wie es in dem Becken glitzerte, als schwämme ein Goldfischschwarm darin herum. Vielleicht hatte Cleo die berühmte Wasserliebe der Abessinier geerbt und würde das Bad sogar genießen.

Ich senkte sie ins Wasser und massierte Babyshampoo in ihr Fell. Bald war sie unter einem Schaumberg begraben.

„Jede Katze braucht hin und wieder ein Bad", sagte Rosie.

Plötzlich gab Cleo ein urtümliches Jaulen von sich. Es war ein erschreckender Laut, der sofort und unvermittelt alle meine Mutterinstinkte wachrief, genau wie das Weinen eines Kindes. Mit Grauen musste ich mit ansehen, wie sie in meinen Händen schlaff wie ein Waschlappen wurde.

„Nimm sie raus! Nimm sie *raus*!", bellte Rosie.

Ich hob das winzige Wesen aus dem Wasser, dessen Kopf und Beine leblos hin und her baumelten. Ich riss Rosie das Handtuch aus der Hand und wickelte die leblose Gestalt hinein.

„Es tut mir so leid, Cleo!", jammerte ich, während ich sie abrubbelte und mit ihr ins Wohnzimmer lief. Ich stellte die Gasheizung an und hielt Cleo so nah wie möglich daran, wobei ich sie die ganze Zeit wie besessen massierte.

Rosie stand drohend über uns. „Das Wasser war zu kalt. Womöglich war es auch das falsche Shampoo …"

„Ich habe sie umgebracht, Rosie!", rief ich schluchzend.

So würde von nun an also mein Leben aussehen. Was auch immer ich anfasste, es würde unter meinen Händen verkümmern und sterben.

Plötzlich, zu meinem großen Erstaunen, gab der Lumpen auf meinem Schoß ein Niesen von sich. Ein Schauer lief durch den winzigen Körper. Cleo hob den Kopf, erhob sich unsicher und schüttelte sich beleidigt.

„Cleo! Du bist wieder da! Ich glaub's nicht!"

Das Kätzchen fixierte mich mit Augen so groß wie Untertassen und leckte dann meinen Finger ab. Zutiefst erleichtert rubbelte ich ihr kostbares Fell, bis es fast trocken war. Seit der Geburt meiner Söhne hatte ich nicht mehr diese überschwängliche Freude empfunden.

„Gut, dass sie neun Leben hat", erklärte Rosie. „Eins ist weg, da bleiben nur noch acht. Die arme Kleine wird in diesem Haus jedes einzelne brauchen können."

Nachdem Rosie gegangen war, küsste ich Cleo, dankte ihr, dass sie ins Leben zurückgekehrt war, und drückte sie fest an meine Brust, um sie zu wärmen. Von diesem Tag an bestand ein Übereinkommen zwischen Cleo und mir. Baden war strikt auf Vögel beschränkt.

Cleo erwies sich als gute Lehrmeisterin. Das erste Mal in meinem Leben hatte ich ein Wesen wiederbelebt.

„Bist du sicher, dass du das hinkriegst?“, fragte ich und schloss die Box mit Robs Pausenbroten.

Die Schule hatte Verständnis dafür gezeigt, dass wir Rob noch ein paar Wochen zu Hause lassen wollten. Es war sein zweites Schuljahr, das heißt, er kannte die meisten Kinder seines Jahrgangs. Dennoch erschien mir der Gedanke an seinen ersten Tag in der Schule ohne Sam irgendwie bedrohlich. Sam hatte ganz selbstverständlich zum Schulalltag von Rob gehört. Wenn es auf dem Pausenhof zu Rangeleien kam, hatte sich der ältere Bruder immer schützend vor den jüngeren gestellt. Jeder, der Rob angriff, bekam es mit Sam zu tun.

Ich schloss die Knöpfe an seinem neuen Hemd. Ein Cowboyhemd mit geflügelten goldenen Pferden, die über einen weißen Hintergrund flogen. Das Hemd war diskussionswürdig, aber Rob liebte es.

„Was mach ich, wenn einer kommt und mich hauen will?“

Das Herz rutschte mir in die Hose.

„Das wird keiner tun“, erwiderte ich und hoffte inständig, dass ich recht behielt.

„Pass gut auf Cleo auf“, sagte er.

Ich zuckte zusammen, als es laut an meinem Fenster klopfte. Es war Ginny Desilva, das Glamourgirl vom Zickzackpfad.

„Halloho!“ Ginny trug eine goldfarbene Vinyljacke, falsche Wimpern, riesige Ohrringe und einen Pferdeschwanz, der hoch oben an der Seite ihres Kopfs saß. Ginny hielt einen Jungen, der ungefähr in Robs Alter war, an der Hand. Unter den in alle Richtungen abstehenden Haaren spitzte ein koboldhaftes Gesicht hervor.

„Das ist Jason!“, rief Rob bewundernd. „Er gehört zur Cool-Gang.“

Das Einzige, was noch cooler war als die Cool-Gang, waren die Cool-Gang-Eltern. Es waren ausschließlich Ärzte, Anwälte und Architekten, die reihum Tennismatches organisierten. Ginny und ihr Mann Rick waren das Traumpaar unter den Cool-Gang-Eltern, weil Rick eine eigene Plattenfirma hatte.

„Hallo“, begrüßte ich die beiden.

„Toll! Ein Kätzchen!“, rief Jason, bevor seine Mutter und ich auch nur Gelegenheit hatten, die üblichen Höflichkeitsfloskeln auszutauschen. „Du hast mir überhaupt nicht gesagt, dass du ein Kätzchen hast, Rob!“, sagte Jason. „Ist das niedlich!“

„Sie heißt Cleo“, erwiderte Rob und reichte sie stolz Jason. „Ihr Vater war keine Hauskatze. Ihr Vater war ein wilder Kater.“

„Jason ist ganz verrückt nach Katzen.“ Ginny lachte, während wir zusahen, wie Jason das Kätzchen in seine Halsbeuge legte. „Ich habe gehört, dass Rob dieses Jahr in derselben Klasse wie Jason ist. Jason hat sich gefragt, ob Rob Lust hat, heute zusammen mit ihm zur Schule zu laufen, nicht wahr, mein Schätzchen?"

Jason nickte, was allerdings ein wenig pflichtbewusst wirkte.

„Das ist sehr nett, aber wir wollten eigentlich mit dem Auto fahren", entgegnete ich und wurde mir im selben Moment bewusst, wie abweisend und undankbar das klang. Was war eigentlich mit mir los? Vor noch gar nicht so langer Zeit hatte man mich für eine warmherzige, freundliche Frau gehalten. „Sollen wir Jason mitnehmen?"

Natürlich würde sie ablehnen und wir könnten jeder wieder unser eigenes Leben führen.

„Das wäre reizend", erwiderte Ginny und fixierte mich mit ihren braunen Augen, die unerwartete Wärme ausstrahlten. „Ciao-ciao!"

Ich sah Ginny hinterher, die wie eine Erscheinung aus einem Punkrock-Magazin davonschlenderte, und hatte das Gefühl, hereingelegt worden zu sein. Die Frau musste verrückt sein. Oder wirklich sensibel. Woher sonst sollte sie wissen, dass man mit traumatisierten Menschen am besten ganz normal redete?

„Die ist so niedlich!", sagte Jason und wiegte das schwarze Bündel in seinen Armen. „Hast du ein Glück!"

Es war das erste Mal seit einer halben Ewigkeit, dass jemand das Wort Glück in Zusammenhang mit unserer Familie gebrauchte.

„Sie hat gern Freunde", erwiderte Rob.

Ich spitzte die Ohren. Rob erinnerte sich an den Traum, in dem Cleo versprochen hatte, ihm bei der Suche nach neuen Freunden zu helfen.

„Darf ich nach der Schule rüberkommen und mit ihr spielen?", fragte Jason.

„Klar!", antworteten wir wie aus einem Munde.

KINDER STRÖMTEN durch das Tor, noch immer voller Geschichten aus den Sommerferien. Sams Tod war sicher an jedem Küchentisch ein Thema gewesen. Würden die Kinder Rob mit Aufmerksamkeit überhäufen oder würden sie ihn schlicht ignorieren, weil sie nicht wussten, was sie sagen sollten?

Rob und Jason kletterten aus dem Auto.

„Ich hol dich um halb vier ab", sagte ich.

„Nicht nötig", meinte Jason. „Wir gehen zusammen nach Hause, oder, Rob?"

Gehen? Eine Straße überqueren? Mir wurde ganz anders. Aber Jason und Ginny hatten recht. Je früher Rob wieder ein ganz normales Leben führen konnte, vielleicht sogar neue Freundschaften schloss, desto leichter würde alles für ihn werden. Sie hatten mir ihre Hilfe in der überzeugendsten Form zuteil werden lassen – Großzügigkeit in Form von Taten statt Worten.

Ich kramte eine alte Einkaufsliste aus meiner Handtasche und zeichnete auf der Rückseite ihren Heimweg genau auf. Ich nahm Rob das Versprechen ab, nicht über die Straße zu laufen, bevor er sicher war, dass sämtliche Autos weit genug weg waren. „Und …“ Aber Rob war schon halb durch das Schultor durch und lachte über etwas, das Jason gesagt hatte. Jason schlenderte neben ihm her, drehte sich um, winkte und legte einen Arm um Robs Schulter.

Mit Cleo auf dem Arm wartete ich an diesem Nachmittag auf dem Zickzackpfad. Rob und Jason sollten etwa zwanzig Minuten brauchen. Dann waren sie jetzt sieben Minuten zu spät. Ein Felsblock senkte sich auf mein Herz. Dann erklang Jungengelächter das Tal herauf. Ein Teil des Gekichers stammte eindeutig von meinem Sohn. Ich sah, wie zwei Jungen um die Ecke bogen.

„Wie war's?“, rief ich Rob zu.

„Gut“, antwortete er. Die Fröhlichkeit in seiner Stimme klang echt.

Jasons Augen leuchteten auf, als er Cleo sah. „Komm, wir bringen ihr bei, wie man jagt!“, rief er und ließ den Schulranzen in unserem Flur fallen, so, als fühlte er sich schon ganz zu Hause. „Haben Sie ein Stück Papier und ein bisschen Wolle?“

Rob, Cleo und ich sahen zu, wie Jason ein Zeitungsblatt zusammenknüllte und einen roten Wollfaden daran befestigte.

„Schau, Kleine“, flüsterte Jason und zog an dem Faden. „Da ist die Maus! *Fang!* Dort rennt sie!“

Eine Pfote schoss nach vorn. Jason zog an dem Faden. Cleo duckte sich, rutschte mit dem Hinterteil hin und her und versuchte ihr Ziel zu hypnotisieren. Die Jungen lachten, als sich Cleo auf den Papierball stürzte und ihn zwischen den Vorder- und Hinterpfoten hin und her schubste.

„Da, jetzt du“, sagte Jason und reichte Rob den Wollfaden. „Halt ihn höher.“

Cleo versteckte sich wie eine Attentäterin hinter dem Gummibaum. Als der Papierball über ihren Kopf hinwegflog, sprang sie in die Höhe und packte ihn mit Zähnen und Vorderpfoten. Ohne ihre Beute loszulassen, segelte sie durch die Luft und sah Beifall heischend zu uns auf.

Noch mehr beeindruckten Jason allerdings Cleos Fähigkeiten als Strumpfballspielerin. Bald kam er uns täglich besuchen, während ich im Gegenzug nach und nach Bekanntschaft mit der Glitzerwelt von Ginny Desilva machte. Als ich das erste Mal durch die grüne Hecke trat und über den weißen Kiespfad auf das Haus zuging, kam ich mir wie eine ungezogene Göre vor, die aus einer Erziehungsanstalt abgehauen war. Die Gardenienhecke verströmte einen betörenden Duft. Ein Springbrunnen plätscherte.

„Nur hereinspaziert, Herzchen!", rief Ginny, als sie die Haustür aufriss. „Sie kommen gerade rechtzeitig für ein Glas Blubberwasser."

Vor Ginny war ich noch nie jemandem begegnet, mit dem es die normalste Sache der Welt war, nachmittags um vier Champagner zu trinken. Ich bewunderte ihr weißes Ledersofa und die Stahlskulptur, die wie ein Strommast in einer Ecke ihres Wohnzimmers aus dem Boden wuchs.

Nach ein, zwei Stunden bei Ginny sah die Welt schon viel besser aus. Als die Straßenlampen flackernd ansprangen, ging ich nach Hause, um Abendessen zu kochen.

WÄHREND die Tage kürzer wurden, entdeckte Cleo die Sorte Fressen, die sie fortan am liebsten mochte. Dank Jason hatte sie ihre wilde Seite kennengelernt. Sie durchstreifte die Blumenbeete und folgte allem, was sich bewegte. Ihrem ersten erfolgreichen Feldzug fiel eine Gottesanbeterin zum Opfer, die sie auf dem Fensterbrett in Robs Zimmer entdeckte. Cleo trieb ihr Spielchen mit dem armen Ding, ließ es erst in dem Glauben, es könnte entkommen, um dann erneut darüber herzufallen.

Zu meinem Schreck arbeitete sich Cleo rasch zu Mäusen und Vögeln hoch und legte die kopflosen Leichen auf unserer Fußmatte vor der Haustür ab. Ich schaufelte unzählige Gräber im Garten. Cleo schien folgendes Motto zu haben: Das Leben ist hart, aber das macht nichts, weil es auch toll ist. Man muss es nehmen, wie es ist, man darf bloß nicht glauben, dass es ein Zuckerschlecken wird. Diejenigen, die schlimme Zeiten durchgemacht haben, können oft die guten mehr genießen und sind weise genug, zu erkennen, dass die guten Zeiten nicht nur gut, sondern großartig sind.

Ich fragte mich, ob ich jemals stark genug sein würde, um ihrem Beispiel zu folgen.

Loslassen

Der Herbst hatte Einzug gehalten und der Stechginster färbte die Hügel rund um den Hafen golden. Eines Morgens rechte ich Blätter in unserem Garten zusammen, als ich plötzlich eine außergewöhnliche Katze auf Mrs Sommervilles Dach entdeckte. Einen Moment lang verschlug es mir den Atem, so anmutig und schön war sie. Mit angelegten Ohren und leicht in die Höhe gereckter Nase starrte sie auf den nächsten Baum, in dem sich wohl ein potenzielles Mittagessen verbarg.

Mich überkam Neid auf den Menschen, der ein solches Tier sein Eigen nannte. Sie war zwar genauso schwarz wie Cleo, aber anders als diese musste sie einen ellenlangen Stammbaum vorweisen können. Neben einer solchen Katze sah Cleo aus, als wäre sie gerade aus der Kanalisation von Kalkutta gekrochen. Ich wollte gerade das Rechen aufgeben und ins Haus gehen, um mir eine Tasse Tee zu gönnen, als ich ein vertrautes Miauen hörte.

„Cleo!“, rief ich und sah zu ihrem Lieblingssonnenplatz zwischen dem Unkraut hinüber. Die schwarze Katze auf Mrs Sommervilles Dach starrte mich neugierig an.

„Schau du nur, du verwöhntes, hochnäsiges Ding!“, knurrte ich zu ihr hinauf. „Nicht jeder kann aussehen wie die Königin von Saba.“

Die Katze gähnte und erhob sich mit einer fließenden Bewegung. Ich sah zu, wie sie an der Regenrinne entlanghuschte und im Geäst des nächsten Baums verschwand. Dann glitt sie mühelos den Baumstamm hinunter und sprang freudig miauend auf mich zu.

„Cleo?“, fragte ich und nahm sie verwundert auf den Arm. „Mein Gott, wann bist du denn zu einer solchen Schönheit geworden?“

Ich war den Sommer über so sehr mit meiner Trauer beschäftigt gewesen, dass ich gar nicht mitbekommen hatte, wie sich unser magerer Kümmerling mit den paar armseligen Fellbüschelchen in eine umwerfend schöne Katze verwandelt hatte.

Ich trug sie zur Veranda, setzte mich auf die Stufe und nahm sie auf meine Knie. Entzückt rollte sie sich auf den Rücken und strampelte mit den Beinen in der Luft. Sie liebte diese für Katzen unübliche Position. Oft schlief sie in dieser Haltung ein.

Ich streichelte sie. Cleos Ohren waren kühl und glatt. Auf der Wölbung zwischen Ohren und Augen war das Fell etwas weniger dicht, aber das hatte irgendwie Stil. Ihr Schwanz, der wie eine Schlange aussah, besaß fast ebenso viel Charakter wie Cleo selbst. Wenn sie morgens aufwachte, lag er neben ihr, und bevor sie nachts einschlief, wickelte er sich heimlich um sie. Jedes Mal wenn sie über ihre Schulter sah, war er da und huschte ihr wie ein Schatten hinterher. Die meiste Zeit betrachtete Cleo ihren Schwanz als Spielkameraden. Sie konnten ganze Nachmittage damit verbringen, sich gegenseitig auf dem Teppich zu jagen, bis sie schwindlig zusammenbrachen.

Cleo weckte eine noch nie da gewesene Zärtlichkeit in Rob. Er war immer der Kleine gewesen, derjenige, auf den alle aufgepasst hatten. Jetzt war er das erste Mal für ein Lebewesen verantwortlich, das schwächer als er selbst war, und er entwickelte eine sanfte, liebevolle Seite. Er wuchs an seiner Aufgabe, sich um seine niedliche Katze zu kümmern, sie zu füttern, ihr Fell zu kämmen und mit ihr zu schmusen. Voller Bewunderung beobachtete ich, wie er sich in der Schule einen neuen Platz eroberte und eine kleine Schar neuer Freunde den Weg zu uns fand.

Unsere Liebe zu Cleo wurde glühend erwidert. Wenn jemand ein Buch las, legte sich Cleo zwischen ihn und das Buch. Sie war erstaunt, wenn der Lesende sie hochhob und vorsichtig hinter dem Buch wieder absetzte.

Wann immer wir weggingen, folgte uns von Robs Fensterbrett aus ihr anklagender Blick. Kaum war die letzte Regenjacke den Zickzackpfad hoch verschwunden, sprang sie auf, um geheimen Katzengeschäften nachzugehen. Aber immer wenn wir zurückkamen, saß Cleo wieder wartend am Fenster. Sie schien über einen eingebauten Radar zu verfügen, der ihr verriet, wenn wir im Anmarsch waren. Dann tänzelte sie in den Flur, um uns zu begrüßen. Und derjenige, der sie auf den Arm nahm, wurde mit einem Kuss ihrer feuchten, niedlichen Nase belohnt.

Wenn Hunde sprechen könnten, hätte Rata uns sicher viel zu erzählen gehabt. Sie betrachtete einmal einen Strang loser Fäden am Sofa mit einem traurigen Blick und seufzte, so, als wollte sie sagen: „Was will man schon von einer Katze erwarten?“ Aber immer wenn Cleo sich an den Bauch der Hündin kuschelte, wurde sie mit feuchten Retriever-Küssen bedacht, und alles war vergeben. Wir waren einfach alle hingerissen von ihr.

In demselben Maße, wie die Liebe zu unserer kleinen Katze wuchs, öffneten wir auch einander unsere Herzen und vergaben den Fremden, die wir nach Sams Tod geworden waren. Wir fühlten uns zunehmend wieder wie eine Familie, und noch einmal durchdrang Hoffnung und Zärtlichkeit unsere Ehe. Eines Abends kam Steve hinter seiner Zeitungsbarrikade hervor, sah mir in die Augen und sagte: „Du siehst so furchtbar traurig und schön aus.“ Seine Worte überwanden die eisige Distanz zwischen uns und wärmten uns.

Verletzlich wie zwei Austern ohne Schale, machten wir uns in unseren dicken Wintermänteln auf den Weg ins Kino, unsere erste „Verabredung“, seit sich unser Leben so radikal verändert hatte. Der Film nahm mich so sehr gefangen, dass ich, wie ich zunächst überrascht, dann schuldbewusst feststellte, ein paar Minuten nicht an Sam gedacht hatte.

Bald darauf suchte Steve einen Spezialisten auf, um sich über die Aussichten einer Rückoperation seiner Vasektomie zu informieren. Es ging uns nicht um einen Ersatz für Sam. Den zu finden war unmöglich, so viel war uns klar. Aber unser Haus und unsere Herzen wirkten so leer. Man warnte ihn, dass es ein komplizierter mikrochirurgischer Eingriff mit minimalen Erfolgsaussichten sei, gerade einmal zehn Prozent.

Oft wenn ich einen blauen Ford Escort sah, flammte Zorn in mir auf. Noch war mir der Gedanke nicht gekommen, dass das Geschehen am 21. Januar das Leben dieser Frau fast genauso sehr zerstört haben könnte wie unseres. Oft fragte ich mich, was genau an diesem Tag passiert war. Als Sam auf der Straße lag, war Rob den Zickzackpfad hinaufgelaufen, um Steve zu holen. War sie aus dem Auto gestiegen, um sich um das sterbende Kind zu kümmern?

Doch der Anblick einer kleinen Katze, die den Flur hinuntersprang, konnte meine Laune augenblicklich bessern. Cleo hatte uns mit so viel Liebe überschüttet, dass uns gar nichts anderes übrig blieb, als diese Liebe zu erwidern. Sie hatte sich als jüngstes und fröhlichstes Familienmitglied einen Platz in unserem Leben nach Sam erobert. Vielleicht findet sich das wichtigste Heilmittel weder in Büchern, Tränen oder in der Religion, sondern in der Wertschätzung der kleinen Dinge – einer Blume, des Geruchs von feuchtem Gras. Mir half die Zuneigung einer Katze, wieder Ja zum Leben zu sagen.

Der erste Winter, der auf Sams Tod folgte, war besonders hart. Eine Schneedecke senkte sich über die Hügel um den Hafen. Der Wind verfing sich in unseren Mänteln, wenn wir den in einen reißenden Sturzbach verwandelten Zickzackpfad hinuntereilten.

Ich übte es regelrecht, wieder unter der Fußgängerbrücke durchzufahren. Das erste Mal schaffte ich es nur, indem ich mich auf einen dreieckigen Ausschnitt des Hafens in der Ferne konzentrierte und dabei den Atem anhielt. Als ich das nächste Mal langsam den Hang hinauffuhr, ließ ich meinen Blick einen kurzen Moment zu der Bushaltestelle wandern, wo Sams Fuß auf die Straße getreten hatte.

Zögernd spitzte der Frühling mit gelben Blüten hervor. Um Sams letzte Schritte nachzuvollziehen, zwang ich mich, den Zickzackpfad hinunterzugehen und die verwitterten Holzbretter der Fußgängerbrücke zu betreten. In der Mitte blieb ich stehen und sah auf die Straße hinunter. Es war ein völlig banales Stück Asphalt. Keine Flecken, keine Löcher oder Unregelmäßigkeiten. Nichts, das darauf hinwies, dass hier ein Junge sein Leben verloren hatte. Ich gab es auf, die Straßen nach Mittdreißigerinnen mit oder ohne Brille und marineblauen Jacken abzusuchen.

Mit dem herannahenden Sommer galt es, einige grauenvolle erste Male hinter uns zu bringen: Sams zehnten Geburtstag, bald gefolgt von dem ersten Weihnachten ohne ihn, dann jährte sich sein Todestag zum ersten Mal.

Rob hatte sich wieder in seinen Schulalltag hineingefunden. Steve und ich waren zwar nicht gerade frisch verliebt, aber wir hatten einige unserer Unterschiede akzeptiert, sodass wir besser miteinander auskamen. Cleo erinnerte uns daran, dass das Leben viel zu tiefgründig war, als dass man es zu ernst nehmen sollte, wenn sie wieder einmal hinter einer Tür hervorsprang.

Mit Jasons und Ginnys Beistand brachten wir einen weiteren Winter hinter uns. Vor allem die Abende nach der Schule, als die Tage kürzer wurden, genossen wir. Dann trafen Ginny und ich uns im Garten, um mit einem Gläschen Blubberwasser den Tag ausklingen zu lassen, während wir den Jungen dabei zusahen, wie sie vorm Schlafengehen ihr letztes bisschen Energie aufbrauchten.

Ginny verblüffte mich mit dem Geständnis, nicht nur Hebamme zu sein, sondern auch noch ein naturwissenschaftliches Studium zu absolvieren. Sie lieh mir Ohrringe, unter anderem ein Paar lange, neonorangefarbene Plexiblitze. Ginny brachte mir bei, wie man falsche Wimpern richtig befestigte und dass man vor Plateausohlen keine Angst haben musste. Sie wurde zu der Freundin, von der ich immer geträumt hatte – eine kluge und freundliche Frau mit umwerfendem Humor, die mit der beinahe unheimlichen Fähigkeit begabt war, zufällig immer dann aufzutauchen, wenn man sie brauchte.

Rob und Jason verband ihre innige Liebe zu Cleo. Eines Tages befanden sie, es wäre an der Zeit, dass sie Junge bekam. Als ich ihnen erklärte, dass sie sterilisiert war, waren sie entsetzt.

„Das ist *echt* gemein!“, rief Jason empört.

„Wisst ihr“, sagte ich, „eine Katze kann drei- oder viermal im Jahr Junge kriegen. Nehmen wir an, es sind fünf Junge pro Wurf, dann wären das zwanzig Junge, die Cleo innerhalb eines Jahres bekäme. Stellt euch nur mal zwanzig Kätzchen vor, die durch unser Haus turnen!“

Rob fand die Vorstellung toll. Als ich fragte, wo sie alle schlafen sollten, erwiderte Jason, dass er zumindest eines der Kätzchen mit zu sich nehmen könnte.

„Dann blieben immer noch neunzehn Katzen“, sagte Ginny. „Und es würde nicht lange dauern, bis die auch alle Junge bekämen. Am Schluss hättet ihr Hunderte und Tausende von Katzen, Rob.“

„Wahnsinn!“, rief Rob.

Cleo hatte offenbar plötzlich dieselbe schlechte Meinung über mich wie die Jungen. Sie wand sich in meinen Armen und wollte runtergelassen werden, dann stolzierte sie mit der Grazie einer Naomi Campbell über den Rasen davon. Vielleicht hätte ein so schönes Tier wie Cleo es tatsächlich verdient, die Welt mit Nachkommen zu bevölkern.

„Du hättest sie Babys kriegen lassen sollen!“, schimpfte Rob und drehte sich um. „Komm, Jason, wir gehen graben.“

Die Jungen teilten inzwischen nicht nur ihre Liebe zu Cleo, sie hatten auch andere gemeinsame Interessen entwickelt, zu denen ausgedehnte Grabungen in einer Ecke unseres Gartens gehörten. Tag für Tag zogen sie Steves Hacke und Schaufeln unter dem Haus hervor. Graben war offenbar ein wichtiger Initiationsritus für Männer. Kein Mensch wusste – auch die Jungen nicht –, zu welchem Zweck sie das Loch eigentlich gruben. Es wurden immerzu neue Erklärungen dafür gefunden. Eine Zeit lang buddelten sie einen Tunnel, bis sie sich fragten, ob sie vielleicht zu nah am Erdkern wären. Ein paar Tage später änderten sie ihre Strategie und beschlossen, nach der Schatztruhe zu suchen, die Captain Cook auf seiner letzten Reise mit ziemlicher Sicherheit genau an dieser Stelle vergraben hatte – wir wohnten schließlich in der Cookstraße. Wieder ein paar Tage später entdeckten sie einen alten Matratzenrost unter dem Haus, schleppten ihn zu dem Loch, legten ihn darüber und hatten damit ein Trampolin.

Wenn er über und über verdreckt, zufrieden und mit geröteten Wangen vom Graben kam, fragte ich mich, ob es für Rob eine Art Therapie war, tonnenweise Erde umzuschichten. Cleo ging auf andere Weise damit um, wenn das Leben mal wieder tat, was es wollte. Sie verzog sich auf einen erhöhten Punkt. Als Ginny und ich den Weg hinuntergingen, um die Erdarbeiten der Jungen zu inspizieren, blieb meine Freundin plötzlich stehen und deutete auf unser Dach. Ganz oben auf dem Kamin machte ich eine bekannte Silhouette aus. Reglos wie eine Statue hob sie sich gegen den orangefarbenen Himmel ab.

„Glaubst du, sie sitzt da oben fest?“, fragte Ginny.

Das Hinaufklettern musste Cleo Spaß gemacht haben, nur der Rückweg schien ein Problem darzustellen, selbst für eine so bewegliche Katze.

„Warum passiert so etwas eigentlich immer nur dann, wenn Steve auf See ist?“, jammerte ich. Auf der Suche nach einer Leiter stapfte ich ums Haus.

Ich lehnte die Leiter an die Hauswand und sah zum Himmel. Zwei schwarze Ohren hoben sich gegen den Sonnenuntergang ab. Nach den ersten Sprossen wurde mir plötzlich furchtbar übel. „Keine Angst, Cleo. Ich hol dich da runter“, beruhigte ich sie tapfer.

Endlich erreichte ich das Ende der Leiter, schob mich aufs Dach und kroch auf den Kamin zu. Cleo schüttelte gelangweilt den Kopf. Sie machte einen Buckel und gähnte. Ohne Zögern glitt sie vom Kamin auf das Blechdach, von wo aus sie auf einen Baum sprang und den Stamm hinunterrutschte.

Als ich endlich wieder festen Boden unter den Füßen spürte, machte ich drei Schritte und übergab mich in eine Hortensie.

„Warum hast du nicht gesagt, dass du Höhenangst hast?“, fragte Ginny.

„Habe ich normalerweise auch nicht so schlimm. So übel war mir das letzte Mal, als ich … schwanger war.“

ALS STEVE DIE NEUIGKEIT ERFUHR, breitete sich ein Lächeln auf seinem Gesicht aus. Er nahm es mit zur See und hatte es noch, als er eine Woche später zurückkam. Dann schien es uns sicher genug zu sein, um es Rob zu sagen, und sein Strahlen stellte selbst die Sonne in den Schatten.

Er gab sogleich eine Bestellung für einen kleinen Bruder auf. Es müsse ein Junge werden, sagte er, weil es in unserer Familie nur Jungen gebe. Ich stimmte ihm zu und versprach ihm, mein Möglichstes zu tun. Dann rannte er den Zickzackpfad hinauf, um Jason davon zu berichten, der es natürlich umgehend Ginny erzählte, die mir ihre Dienste als Hebamme anbot, wenn es so weit war.

Meine Schwangerschaft versetzte mich in einen Zustand ständiger Überempfindlichkeit und rasenden Hungers. Ich entwickelte eine Obsession für Profiteroles, Cleo für Profiterole-Creme. Jeden Morgen wartete sie auf meine Rückkehr von dem Feinkostgeschäft, als schwarze Silhouette vor der Buntglasscheibe neben der Eingangstür. Gemeinsam trotteten wir hinein, sanken auf den Fernsehsessel und rissen die Papiertüte auf.

Das Katzenvokabular verfügt über kein Wort für Schuldgefühl. Katzen quälen sich auch nicht damit, dass sie nicht genug arbeiten. Für sie ist Lethargie eine Lebenskunst. Ich liebte es, faul in dem halb renovierten Häuschen herumzuhängen und bei einer Katze Nachhilfe im Chillen zu nehmen. Ich schaltete einen Gang herunter, ließ mich treiben, versuchte, in mich hineinzuhören. Mein Körper verlangte dringend nach Ruhe, nicht nur wegen der Schwangerschaft, sondern auch weil ich Kraft für eine tiefer gehende Form der Erholung sammeln musste. Schamlos verschliefen wir halbe Tage, genossen ein Schläfchen am Nachmittag und eines am Vormittag. Während des fünften und sechsten Monats machte es sich Cleo auf der Spitze der Erhebung gemütlich, den Kopf bequem für ein paar Streicheleinheiten positioniert. Als ich so zusammen mit Cleo im Sessel hing, verspürte ich plötzlich das dringende Bedürfnis nach Wolle zwischen meinen Fingern. Da mich das Stricken von spinnwebartiger Babykleidung überforderte, kaufte ich drei Knäuel dicker blauer Wolle und ein Paar grobe Stricknadeln und machte mich daran, Rob einen simplen Schal zu stricken.

Das eintönige Klappern von Stricknadeln ist in etwa so beruhigend wie der Herzschlag. Während ich die Wolle um die Nadeln schlang und Masche um Masche strickte, dachte ich an Sam. Durch eine Masche stechen, Faden holen, abheben, locker lassen … Faden holen, abheben, *locker lassen* … Wenn ich das zehntausend oder eine Million Mal machen würde, könnte das vielleicht irgendwann auch meine Seele: *loslassen.*

Jeder Moment war eine Masche in einem größeren Gewebe, das langsam wuchs, verbunden mit dem Leben, das wir zuvor mit Sam gehabt hatten, aber doch auch ganz anders. Ich wickelte den Haushalt mit demselben Gleichmut ab wie ein Wollknäuel. Jeden Morgen stapften Rob und Jason durch die Dämmerung den Weg zur Schule hinunter und kehrten zurück, wenn der Tag sich schon wieder seinem Ende zuneigte. Diese in sich tröstenden Kreisläufe mit ihren tausendfältigen Anfängen, Mitten und Enden verwoben sich zu so etwas wie einem normalen Leben.

Ich fragte mich, warum wir eigentlich unbedingt unser Haus renovieren mussten. Selbst der zottlige Teppich nervte mich nicht mehr. Steve reagierte vollkommen anders. In jedem Zimmer stank es nach frischer Farbe. Er riss die fleckige blaue Badewanne mit den geschmacklosen goldfarbenen Armaturen heraus und stellte sie auf dem Rasen in unserem Vorgarten ab. Ginny meinte, wir könnten doch einen Seerosenteich mit Goldfischen daraus machen. Was für eine wunderbare Frau!

Cleo und ich fanden Gefallen an Mozart. Cleo schien insbesondere den zweiten Satz des Klarinettenkonzerts in A-Dur zu mögen. Wenn der Klarinettist die Luft in flüssiges Gold verwandelte, zog Cleo ihre Augen zu silbrigen Schlitzen zusammen und schnurrte zur Begleitung. Als ich dieses Musikstück hörte, war ich überzeugt, dass selbst die tiefste Traurigkeit in Schönheit verwandelt werden kann.

Ersatz

Jede Zelle in meinem Körper rief: „Es ist ein Junge!“ Die Art, wie er mir in die Rippen trat, hatte etwas eindeutig Männliches. Wir redeten über Namen. Joshua vielleicht. Sicher nicht Samuel, wenn, dann höchstens als zweiten Namen.

Jedem, der es hören wollte, erklärte ich, dass das neue Baby kein Ersatz für Sam war. Es würde eine eigene Persönlichkeit besitzen und nur ein wenig von seinem spitzbübischen Humor haben und seine Augen vielleicht und den Grasgeruch seiner Haut. Aber egal, wie sehr das Baby Sam ähneln oder sich von ihm unterscheiden würde, mit ihm wären wir jedenfalls wieder eine vierköpfige Familie. Ich würde Joshua Samuel alles über den Bruder erzählen, den er niemals kennenlernen würde. Ein gewisses Gleichmaß würde wieder in unser Leben einkehren.

Steve gestattete sich jetzt öfter ein Lächeln. Er zog los und kaufte eine funkelnagelneue Wiege, die praktischerweise mit einem geschlechtsneutralen gelben Satinband geschmückt war. Während ich meine Hand über das Satinband gleiten ließ, fragte ich mich, wie es eigentlich sein mochte, ein Mädchen großzuziehen. Wie Jungen funktionierten, wusste ich. Man brauchte in erster Linie viel Kraft – vor allem fürs Herumrennen und fürs Brüllen. Jungen sind direkt, eindeutig, was ihre Gefühle betrifft. Sie haben zu ihren Müttern eine spezielle Bindung.

Rata war hocherfreut, als das Auto meiner Mutter oben am Zickzackpfad hielt. Meine Mutter war gekommen, um „auszuhelfen", bevor das Kind geboren wurde. Über die Länge ihres Aufenthalts hatten wir nicht gesprochen, aber wahrscheinlich würde er wie üblich nicht länger als ein paar Tage dauern. Mum und ich liebten uns von ganzem Herzen, aber wir waren beide ziemliche Sturköpfe und neigten zum Drama. Normalerweise gerieten wir uns nach ein paar Tagen in die Wolle.

Als meine Mutter aus ihrem Wagen stieg, stellte sich Rata auf die Hinterbeine, legte ihr die Vorderpfoten auf die Schultern und leckte ihr mit ihrer riesigen Zunge das Gesicht ab. Mum ging unter Ratas Gewicht beinahe in die Knie, strahlte aber. Sie war schon immer ein Hundemensch gewesen und Rata war ihr absoluter Lieblingshund. Jetzt kam Rob an die Reihe, der seine Ärmchen um ihren Bauch schlang. Rata führte unsere kleine Prozession den Zickzackpfad hinunter an. Mittlerweile kam meine Mutter gleich nach Rob in Ratas Liebesgunst.

Nachdem Mum ihre Tasche im Gästezimmer ausgepackt hatte, überreichte sie mir ihr Geschenk, ein Meisterstück – eine blendend weiße Decke, die sie mit so feiner Wolle und so dünnen Nadeln gestrickt hatte, dass man sie durch ihren Ehering hätte ziehen können. Es war die ultimative Babydecke.

Seit dem Tod meines Vaters verbrachte meine Mutter ihre Abende in der Gesellschaft von einem Paar Stricknadeln vor der Flimmerkiste. Diese Babydecke war mit so viel Liebe und Detailversessenheit gestrickt worden, dass eine ganz besondere Kraft von ihr auszugehen schien. In solch einer Decke war ein Schutzzauber für das Kind mit eingewoben.

„Sie ist wunderschön!", rief ich. „Der Kleine wird sie lieben."

„Woher weißt du denn, dass es ein Junge wird?", fragte sie.

„Das habe ich im Gefühl. Komm, wir probieren mal aus, wie sie sich in der Wiege macht“, sagte ich und führte sie und Rob in das Schlafzimmer. Ich breitete die Decke aus und wollte sie über die Miniaturmatratze legen.

„Halt!“, rief Mum.

Ich erstarrte mitten in der Bewegung. In der Wiege war eine zusammengerollte schlafende Katzenprinzessin zu sehen. Eines von Cleos Ohren zuckte, dann öffnete sie gelangweilt ein Auge.

Mum versuchte sie mit einem lauten „Schsch!“ zu verscheuchen. Cleo legte die Ohren an und fauchte.

„Das macht nichts, Nana“, sagte Rob. „Cleo liegt nur zur Probe in dem Bett vom Baby. Sie will sehen, ob es auch bequem genug ist.“

„Es gibt nur einen Platz, wo Katzen hingehören“, erklärte Mum, packte Cleo um den Bauch und trug sie zur Haustür. „Draußen!“

Cleo schüttelte sich ungläubig, als sie sich plötzlich auf der Veranda wiederfand. Zurück in der Küche, füllte Mum den Wasserkocher, Rata ergeben zu ihren Füßen.

„Diese Katze wird das Baby ersticken“, sagte sie.

Durch das Fenster sah ich, wie Cleo sich ausgiebig und hingebungsvoll das Fell leckte. Offensichtlich plante sie etwas.

„Katzen und Babys passen einfach nicht zusammen“, fuhr meine Mutter fort. „Katzen verteilen überall ihre Haare. Davon kriegen Babys Asthma. Katzen haben keine Geduld. Sie versetzen dem Baby einen Hieb und zerkratzen ihm das Gesicht. Katzen sind nicht wie Hunde, nicht wahr, Rata? Sie sind eifersüchtig …“

„Cleo ist nicht eifersüchtig“, sagte Rob. „Cleo freut sich auf das Baby. Sie sagt, dass es ein großes Glück ist.“

Mum warf mir einen besorgten Blick zu. „Was meinst du damit, sie *sagt*?“, fragte sie Rob. „Denkst du vielleicht, die Katze redet mit dir?“

„Nein“, ging ich schnell dazwischen. „Er hat nur öfter mal von Cleo geträumt.“

„Er hat schlimme Dinge durchgemacht“, zischelte sie mir zu. „Findest du nicht, dass er ein bisschen sonderbar geworden ist?“

„Er ist überhaupt nicht sonderbar geworden“, widersprach ich.

„Offen gestanden begreife ich sowieso nicht, warum du dich mit einer Katze abgibst, wo du doch einen Hund wie Rata hast“, fuhr sie fort. „Rata ist … sie ist fast wie ein Mensch. Und das Beste ist, wie sie einem zuhört. Hast du nicht auch schon bemerkt, dass Rata mir immer genau zuhört?“

Mir wurde es eng ums Herz. Wie hatte eine so starke und kraftvolle Frau wie meine Mutter sich plötzlich in eine alte Dame mit welligem grauem

Haar und Gleitsichtbrille verwandeln können? Die spitzen Schuhe mit Pfennigabsätzen, ohne die sie früher nie auf die Straße gegangen war, waren gegen Gesundheitsschuhe aus weichem Leder getauscht worden, die ihr mit ihren Hammerzehen keine Schwierigkeiten machten. Sie suchte Gesellschaft, Schutz und ein Paar Ohren, die ihr zuhörten.

Während ich den Tee einschenkte, ging Mum mit Rata im Gefolge den Flur hinunter zu unserem Schlafzimmer. Sie brauchte ebenso sehr Trost wie wir, wenn nicht sogar noch mehr. Großeltern leiden doppelt – sie trauern um das verlorene Enkelkind und sie leiden mit ihrem unglücklichen erwachsenen Kind, dessen Traum von einer glücklichen Familie gestorben ist.

„Das darf doch nicht wahr sein!“, brüllte Mum.

Ich folgte ihr ins Schlafzimmer. Cleo hatte es sich erneut in der Wiege bequem gemacht.

„Diese Katze ist eine Strafe!“, schimpfte Mum, packte Cleo und trug sie erneut nach draußen. „Du wirst in Zukunft deine Schlafzimmertür immer geschlossen halten müssen.“

Der Kampf um die Wiege setzte sich noch die nächsten Tage fort. Cleo versäumte nie eine Gelegenheit, sich in ihrem neuen Bett niederzulassen, und Mum versäumte es nie, sie wieder hinauszuwerfen.

Die Spannungen zwischen Katze und Großmutter machten mich langsam wahnsinnig. Als ich einmal nicht einschlafen konnte, stand ich gegen Mitternacht auf und zog in der Dunkelheit den Handrasenmäher unter dem Haus hervor. Es beruhigte mich ein wenig, im Mondlicht den Rasen zu mähen.

„Du wirst wohl langsam unruhig?“, fragte Mum am nächsten Morgen. „Dann kann das Baby nicht mehr lange auf sich warten lassen. Du solltest endlich diese Katze loswerden.“

Ich gab es auf. Mum kündigte ihre Abreise an, wie immer hatte ihr Besuch nicht lange gedauert. Als sie die Tasche in ihrem Auto verstaute, wirkte sie plötzlich wieder sehr zerbrechlich, eine einsame alte Frau in einem braunen Mantel. Unter dem wachsamen Blick von Rata, deren Schwanz auf Halbmast stand, umarmten wir uns kurz.

„Pass auf dich auf“, flüsterte ich.

„Du auch“, sagte Mum.

Die Fahrt dauerte fünf einsame Stunden. Jemandem, für den Sprechen ein Lebenselixier war, musste allein schon die Aussicht darauf wie Folter vorkommen. Aber meine Mutter klagte nie.

„Was hältst du davon, wenn Rata eine Weile mit zu dir kommt?“, fragte ich. „Ich habe mit Rob und Steve darüber gesprochen und sie wären einverstanden.“

Mums Rücken straffte sich, und auf einmal sah sie zehn Jahre jünger aus. „Wir würden prima miteinander auskommen, meinst du nicht, Rata?"

Rata sah bewundernd zu ihr auf und bellte freudig.

Mum holte einen ihrer selbst gestrickten grünen Teppiche vom Rücksitz und legte ihn auf den Beifahrersitz. Rasch sprang Rata auf den Sitz und wartete, dass meine Mutter den Motor anließ. Die Frau mit den silbernen Haaren und der Hund mit dem goldenen Fell gaben ein schönes Paar ab, wie sie da die Straße hinauffuhren.

Ich winkte ihnen zum Abschied hinterher und verspürte plötzlich einen stechenden Schmerz – seltsam, aber vertraut. Aufregend und beängstigend zugleich. Ein neuer Mensch bereitete sich auf seine Ankunft vor.

Unruhe ist ein sicheres Zeichen dafür, dass eine Katze in die Wehen kommt. Beim Menschen ist das nicht anders. Ich hatte mich geirrt, als ich dachte, dass der Wiegenkrieg verantwortlich für meinen Mondscheinausflug mit dem Handrasenmäher war. Mir hätte klar sein müssen, dass mein Körper den Befehl bekommen hatte, für das große Ereignis einen Gang höher zu schalten.

„Hallo? Ist dort das Krankenhaus? Hören Sie, ich glaube, es geht los. Wehen? Na ja, sehr heftig sind sie noch nicht – sie kommen vielleicht im Abstand von fünf Minuten … Was meinen Sie damit, ich soll mich hinlegen und versuchen zu schlafen? Wie soll ich schlafen, wenn gleich mein Kind zur Welt kommt? Ich soll mich beruhigen und eine Tablette nehmen? Machen Sie Witze?"

„Hier ist die Tablette", sagte Steve. „Jetzt versuch noch ein bisschen zu schlafen."

„Ich glaube, wir sollten Ginny anrufen. Sie weiß, was zu tun ist."

„Sie sind bei der Verleihung irgendeines Rockmusik-Preises. Sie sind gegen Mitternacht zurück. Falls wir vorher schon ins Krankenhaus fahren sollten, kommt Ginny einfach nach. Jetzt versuch noch ein bisschen zu schlafen."

„Wie viel Uhr ist es?"

„Bist du immer noch nicht eingeschlafen? Es ist halb elf."

„Die Wehen haben vor sieben Stunden eingesetzt. Ich glaube, wir sollten ins Krankenhaus fahren."

„Die wollen dich dort nicht."

„Sie werden uns wohl kaum wegschicken, wenn wir erst mal vor der Tür stehen, oder?"

In der brandneuen „gemütlichen" Entbindungsstation des Krankenhauses legte ich mich in die Badewanne, keuchte, stieg wieder aus der Wanne, lief hin und her. Ich kroch wie ein Tier herum, ging wie eine Eingeborene aus dem Amazonasgebiet in die Hocke, aber nichts half. Die Wehen wurden zwar immer unerträglicher, aber ernst machten sie nicht.

Die Ärztin tauchte gegen Mitternacht auf und legte sich im Nebenzimmer schlafen. Ich langweilte alle, inklusive mich selbst. Am liebsten wäre ich heimlich von der Liege geklettert und in die Nacht hinaus verschwunden.

Ich wollte zwar eine natürliche Geburt ohne Schmerzmittel, entwickelte aber eine gewisse Anhänglichkeit an eine Maske, die süßlich riechendes Stickoxydul verströmte. Ich werde nie verstehen, warum das Zeug Lachgas heißt. Es passiert nichts auch nur annähernd Komisches, außer dass man anfängt, mit Micky-Maus-Stimmen zu reden.

Dann tauchte die Ärztin wieder auf und sagte, dass sie die Fruchtblase sprengen würde. Plötzlich glitt eine schimmernde weiße Katze in den Raum und beugte sich über mich. Ihre wunderschönen glänzenden Augen blickten mich an. Ginny!

„Das machst du sehr gut!“, schnurrte sie in mein Ohr. „Man kann den Kopf schon sehen. Das Baby hat ein Büschel schwarzer Haare. Bei der nächsten Wehe musst du ganz fest pressen.“

Ein lauter Schrei erfüllte den Raum. Winzige lila Beine und klitzekleine Füßchen waren von einer rotblauen Schnur umschlungen. Kleine geballte Hände, die aussahen wie rosa Kamelien. Augen in einem Gesicht, so weise wie das eines Gurus und so frisch wie der Morgen, irrten unter einem Schopf dunkler Haare neugierig umher. Ich hatte niemals jemanden gesehen, der so überzeugt wirkte, am richtigen Ort gelandet zu sein. Das Baby. *Unser* Baby! Eine Woge der Liebe stieg in mir auf und überflutete das Kind.

„Sie ist wunderschön“, sagte Ginny und legte sie in meine Arme. „Wie soll sie heißen?“

Ein Mädchen war das Letzte, was ich erwartet hatte. Meine Sehnsucht nach einer Tochter war so tief gewesen, dass ich Angst gehabt hatte, sie jemandem einzugestehen, insbesondere mir selbst. Schon dass das Kind ein Mädchen war, zeugte davon, dass es nicht vorhatte, ein Ersatz für Sam zu werden.

„Lydia“, sagte ich. „Nach der Mutter meines Vaters. Ich habe sie nie kennengelernt, aber alle sagen, dass sie eine starke Frau war.“

„Lydia“, wiederholte Ginny zärtlich. „Mögest du sicher und leichtfüßig auch durch die Regentage des Lebens kommen.“ Als sie ihren improvisierten Segen sprach, bemerkte ich zum ersten Mal, dass Ginnys Augen voller Weisheit glänzten, wie die von Cleo.

ROB HATTE RECHT GEHABT. Cleo war kein bisschen eifersüchtig auf das Baby. Klaglos räumte sie die Wiege – sie schien zu begreifen, dass Lydia eine wertvolle Ergänzung unseres Haushalts darstellte. Wann immer sich das Baby rührte, ob um zwei, halb vier oder Viertel nach vier morgens, hörte man die vierbeinige Gestalt miauen, als habe sie in gespannter Erwartung dieses Spaßes nur ein kleines Nickerchen gehalten. Dann sprang Cleo auf den Schaukelstuhl, um sich zu der kuschelig warmen Mutter-Kind-Einheit zu gesellen. Manchmal kauerte sie sich auf die Rückenlehne des Stuhls und sah laut schnurrend mit riesigen durchscheinenden Augen auf uns hinunter. Wie eine Wächterin erhob sich Cleo über uns und umhüllte uns mit Liebe und den mythischen Schutzkräften der Nacht.

Lydia umklammerte meine Finger mit ihren Händchen und schien ganz genau zu wissen, dass sie dort war, wo sie hingehörte. Ich konnte kaum glauben, dass es sie nie gegeben hätte, wenn Sam nicht vor zweieinhalb Jahren gestorben wäre. Noch immer trauerte ich um ihn und suchte in der Form ihres Kopfes und ihrer Augen Ähnlichkeiten mit ihm. Doch Lydia war entschlossen, allein um ihrer selbst willen akzeptiert zu werden. Überschäumende Freude kann tiefe Trauer nicht auslöschen. Aber man kann beides gleichzeitig empfinden.

Wieder wurde es Winter. Die stürmischen Südwinde peitschten eiskalten Regen durch die Cookstraße und fielen tosend über die Stadt her. Als der Wind endlich nachließ, verzogen sich die Hügel schmollend unter eine dicke Wolkendecke.

Die ganze Stadt verkroch sich in sich selbst. Für die Zeiten, in denen das Wetter den Einwohnern das Leben schwer machte, gab es hier mehr Lesezirkel, Abendschulen und Theatervorstellungen pro Kopf als in jeder anderen Stadt Neuseelands.

Sechs Wochen nach Lydias Geburt wurde Rob neun. Die Aussicht auf diesen neunten Geburtstag weckte völlig irrationale Ängste in mir. Würde die Zahl Neun all unseren Kindern Unglück bringen?

„Wie möchtest du denn feiern?“, fragte ich Rob eines Morgens.

„Am allerliebsten“, antwortete er, während ich die Luft anhielt, „hätte ich eine Pyjamaparty mit Jason und Simon und Tom und Andrew …“

„Eine große Party also?“, fragte ich und stellte mir vor, wie das Haus von fröhlichem Lachen und Schreien erfüllt sein würde. „Prima Idee!“

„Darf ich Daniel und Hugo und Mike auch einladen?“

„Natürlich!“

Am Morgen seines Geburtstags weckten wir Rob und überreichten ihm ein kleines, in rotes Papier eingewickeltes Päckchen mit blauer Schleife.

Die Superman-Farben. Er war entzückt, als er entdeckte, dass Cleo seine Glückwunschkarte mit einem Pfotenabdruck in blauer Fingerfarbe unterschrieben hatte.

„Wow!“, rief er freudestrahlend. „Eine echte Casio-Digitaluhr!“ Bevor wir auch nur „mit vielen Funktionen“ sagen konnten, hatte er sie schon aus ihrer Schachtel befreit und um sein Handgelenk gelegt.

„Die ist echt toll!“, rief er begeistert. „Seht mal, sie ist sogar beleuchtet! Wenn man diesen Knopf hier drückt, weiß man auch im Dunkeln, wie spät es ist.“

Er vertiefte sich in die Gebrauchsanweisung und erklärte uns dann, dass die Uhr praktisch alles konnte, außer ins All fliegen.

„Das ist das schönste Geschenk, das ich jemals bekommen habe“, seufzte er und nahm die Superman-Uhr von seinem Nachtkästchen. „Aber ich kann keine zwei Uhren auf einmal tragen.“ Er rieb mit dem Daumen über das Glas der Superman-Uhr.

Plötzlich fühlte sich mein Hals an wie zugeschnürt. Wie hatten wir nur so unsensibel sein können?

„Ich mag die Superman-Uhr wirklich gern …“

Natürlich. Es war viel zu früh für ihn, den Trost und die Verbindung zu Sam, die die Uhr ihm bot, aufzugeben.

„Keine Sorge, Rob“, beruhigte ich ihn. „Wir bringen die Casio zurück in den Laden und tauschen sie gegen etwas anderes um.“

„Nein! So habe ich das nicht gemeint“, widersprach er und schüttelte ernst den Kopf. „Also … glaubst du, Sam würde es etwas ausmachen, wenn ich seine Uhr in meine Schublade lege?“

Der harte Klumpen in meiner Kehle löste sich augenblicklich auf und ich zog Rob an mich und streichelte ihm über die Haare. „Das würde Sam sicher überhaupt nichts ausmachen“, sagte ich und schluckte Tränen des Stolzes hinunter. „Im Gegenteil, wahrscheinlich würde er sagen, dass du jetzt alt genug für eine Uhr für große Jungs bist.“

Am Abend dieses Tages strömten kleine Jungen in Schlafanzügen den Zickzackpfad herunter. Rob empfing sie im Haus, er hatte sich fein gemacht mit seinem knallroten Bademantel und der brandneuen Digitaluhr.

Das Haus füllte sich mit lärmenden, wild herumturnenden Jungen. Die Wände zitterten. Kartoffelchips wurden in den Teppich getreten. Würstchen flogen durch die Küche. Früher hätte ich bei so einer Gelegenheit einen Nervenzusammenbruch bekommen. Jetzt nicht mehr. Kricket im Flur? Was bedeuten schon ein, zwei zerbrochene Wandlampen?

Mir war gar nicht bewusst gewesen, wie viele Freunde Rob in den zweieinhalb Jahren seit Sams Tod gewonnen hatte. Der schüchterne jüngere Bruder hatte sich zu einem extrovertierten und beliebten Jungen entwickelt. Ich weinte fast vor Dankbarkeit und Achtung für ihn.

Ich hatte vorgehabt, Lydia und Cleo in ein Zimmer am anderen Ende des Hauses zu bringen, wo es ruhiger war. Aber sie fanden die vielen Besucher überaus interessant. Ich überließ die beiden der Runde. Cleo adoptierte sogleich Simon, einen rothaarigen Katzenliebhaber, und verbrachte den Großteil des Abends auf seinem Schoß, von wo aus sie gelegentlich eine Scheibe Schinken klaute. Lydia begrüßte unsere Gäste mit dem huldvollen Lächeln von Queen Mum beim Bad in der Menge.

Die Jungen spielten „Reise nach Jerusalem“. Regen prasselte gegen die Fenster. Ein Trommelwirbel ging auf unser Dach nieder. Gerade als ein Blitz den Himmel erhellte, pochte es an unsere Haustür. Vor der Tür stand ein alter Zauberer, der eine falsche Nase und eine Brille trug und in der Hand einen großen Koffer hielt. Er schenkte dem Sturm keinerlei Beachtung, als wäre der nichts als ein Theatereffekt. Der Mann musste um die achtzig sein. Der Zauberer brachte Seile dazu, länger zu werden, und ließ tintenfleckige Schals in einer Pappschachtel verschwinden, wo sie sich selbst reinigten. Die Jungen hatten bestimmt nicht vorgehabt, sich beeindrucken zu lassen, aber jetzt blieb ihnen einfach nichts anderes übrig.

Gegen Ende seiner Vorstellung zauberte der alte Mann einen Zylinder aus seinem Koffer. Er bat das Geburtstagskind, mit einem Zauberstab dreimal darauf zu klopfen. Zur größten Verwunderung aller holte er eine wild flatternde weiße Taube heraus. Cleo schoss plötzlich über den Boden und sprang in die Luft, um sich den Vogel zu schnappen. Der alte Mann stolperte nach hinten. Steve packte Cleo und trug sie aus dem Zimmer, während ich dem Zauberer auf die Beine half.

„Wow! Das ist die beste Party, auf der ich je war!“, rief einer der Jungen, als der Zauberer den Vogel einfing und in die Küche brachte. Die anderen stimmten ihm laut johlend zu und bedachten den alten Mann mit heftigem Applaus. Er trank noch schnell einen Tee, dann packte er seinen Koffer und begab sich wieder in den Sturm hinaus.

Irgendwann legten wir Robs Lieblingssong auf: „*Let's Dance*“ von David Bowie. Mit Lydia auf der Hüfte wirbelte ich herum, bis mir die Füße wehtaten. Das Zimmer pulsierte vor Freude. Seit der Geburt von Sam war ich nicht mehr auf einer solchen Party gewesen – nein, noch nie. Ich hatte seither nicht nur viele Tränen geweint, ich hatte auch ganz andere Vorstellungen davon gewonnen, was wichtig ist und was nicht. Die Jungen waren für mich keine wandelnden Katastrophen mehr, die über unser Mobiliar hereinbrachen. Im Gegenteil: Ein paar zusätzliche Kratzer konnten dem Sofatisch nur guttun. Wir lachten. Wir tanzten. Wir lebten.

EINIGE WOCHEN nach Robs Geburtstag erhielt ich einen Anruf von Jim Tucker, dem Chefredakteur einer Zeitung. Er wollte eine neue landesweite Zeitung namens *The Sunday Star* herausbringen und fragte mich, ob ich nicht Lust hätte, als Feature-Redakteurin zum Team dazuzustoßen. Jim versprach mir flexible Arbeitszeiten. Nur über eine Sache würde er nicht verhandeln: Wenn ich den Job wollte, müsste die ganze Familie sechshundert Kilometer weit in den Norden nach Auckland ziehen. Das Herz klopfte mir bis zum Hals, als ich Jim dankte und ihn um ein paar Tage Bedenkzeit bat.

Lautlos schlich sich Cleo in die Küche und sah mich mit halbmondförmigen Augen an. Ich hob sie hoch und fuhr ihr durch das seidige Fell. Wir hatten viele gute Freunde in Wellington. Rob ging gern in seine Schule. Lydia war noch so klein, dass sie den Wechsel kaum mitbekommen würde, aber ich würde mich für die Zeit, in der ich arbeitete, um ein gutes Kindermädchen kümmern müssen. Und was war mit Cleo? Katzen sind bekannt dafür, dass sie stärker an einem Ort verwurzelt sind als Menschen. Nicht zu vergessen der Job. Nach zehn Jahren, die ich in einem öden Vorort gefristet hatte, hatte ich das, was ich auf der Journalistenschule gelernt hatte, sicher vergessen. Ich würde bestimmt vor aller Augen versagen.

Ich liebte Wellington. Andererseits war eine größere, wärmere Stadt auch nicht zu verachten. Manchmal fragte ich mich, ob unser Häuschen auf einer Verwerfungslinie des Unglücks stand und jedem, der in ihm wohnte, Leid brachte. In der Zeit nach Lydias Geburt waren Steve und ich von Hochstimmung getragen gewesen, aber jetzt verfielen wir wieder in die alten Muster und zogen uns zurück oder waren von Groll aufeinander erfüllt.

Gestärkt durch Jims Angebot ging ich eines Morgens durch die Stadt und fühlte mich ungewöhnlich beschwingt. Valerie, eine Frau, die ich von Sams Grundschule her kannte, kam auf mich zu und setzte die mir mittlerweile allzu bekannte Leichenbittermiene auf. „Wie geht es dir?“, fragte sie mit der Stimme, mit der man mit Todkranken sprach. „Gerade neulich dachte ich an dich, als meine Großtante Lucy starb …“

Nachdem ich mir Valeries Geschichte angehört hatte (Großtante Lucy war beim Umgraben ihres Kartoffelbeetes im Alter von 97 Jahren tot umgefallen), raste ich nach Hause und schnappte mir das Telefon. „Jim? Ich nehme den Job.“

Kampfgeist

Am schwersten fiel mir bei unserem Weggang von Wellington der Abschied von Ginny. Sie stand oben am Zickzackpfad und der Wind wehte ihre Ohrringe waagerecht nach hinten.

„Es wird alles gut gehen, Herzchen", sagte sie und warf mir durch die Beifahrertür eine Kusshand zu. „Ciao-ciao!"

Rosie sagte voraus, dass unsere Katze durch den Umzug nach Norden ein Trauma davontragen würde. Aber Cleo weigerte sich, irgendwelchen Prophezeiungen Folge zu leisten. Zufrieden döste sie in Gesellschaft eines Strumpfs den größten Teil des Wegs vor sich hin.

Wir hatten ein altes Trambahnschaffner-Häuschen in Ponsonby gekauft, einem etwas heruntergekommenen Viertel im Herzen von Auckland, wo Polynesierinnen neben spielenden Kindern und Trunkenbolden, die so taten, als seien sie Künstler, über die Bürgersteige schwebten. Selbst die Graffiti waren interessant. Damals war mir das nicht klar, aber es war nur eine Frage der Zeit, bis die Espressomaschinen und ernst dreinblickenden jungen Paare hier Einzug hielten. Das Cottage war offen, lichtdurchflutet und problemlos zu erreichen, kurz, es war alles, was unser Haus in Wellington nicht war. Die großen Schiebefenster und die Holzgitter, die die Veranda wie ein Spitzenvorhang umgaben, begrüßten freundlich jeden, der vorbeikam. Innen war das Haus so geschnitten, wie man es erwartete. Von einem Flur, der zu einem offenen Wohnbereich führte, gingen drei Zimmer ab. Der rückwärtige Garten war wie für Kinder gemacht. Von einem Wintergarten hinter der Küche führten große Türen auf eine von Bänken gesäumte Holzterrasse. Unter einer Pergola, die vor lauter Trauben ächzte, gab es – oh Jubel! – einen Jacuzzi. Dahinter lag ein handtuchgroßes Stück Rasen, das genug Platz für ein Klettergerüst und ein Trampolin bot. Ein Bananenbaum winkte mit glänzenden Wedeln über den Zaun. Ich hatte das Gefühl, endlich angekommen zu sein. Steve teilte meine Begeisterung zwar nicht ganz, war aber bereit, sich auf das Wagnis einzulassen.

Rob trug Cleo in dem Korb, in dem sie während der Fahrt gedöst hatte, durch das Tor. Im Haus stellte er ihn auf dem Boden ab. Zwei schwarze Ohren erschienen über dem geflochtenen Rand, gefolgt von einem Paar Augen, schwarzen Schnurrhaaren und einer Nase. Die Augen wanderten umher. Dann verließ sie mit einem zierlichen Sprung ihr lauschiges Plätzchen und huschte wie ein Spion in feindlichem Gebiet durch das Haus. Schließlich streckte sie sich quer über den Flur aus und ließ sich die Sonne auf ihr blauschwarz schimmerndes Fell brennen. Sie schloss entspannt die Augen, während wir mit Kisten und Koffern beladen über sie hinwegstiegen.

Ich war guter Dinge, dass wir uns schnell in die neue Umgebung einleben würden, aber die Hoffnung auf einen Neuanfang für unsere Ehe zerschlug sich. Da Steve jetzt nach Wellington pendeln musste, hatten wir noch weniger gemeinsame Zeit als vorher. Wir hatten den Versuch aufgegeben, die Kluft zwischen uns zu überbrücken, und angefangen, uns jeweils eigene Freunde zu suchen. Er fand meine neuen Freunde unangenehm laut, während mir seine Freunde viel zu introvertiert waren. Er kampierte auf dem Sofa im Wintergarten. Wir redeten uns ein, dass wir um der Kinder willen zusammenbleiben könnten, nur eben ohne Sex.

Rob war auf seiner alten Schule zwar beliebt gewesen, aber mit den strengen Unterrichtsmethoden dort war er nicht besonders gut zurechtgekommen. Durch unseren Umzug nach Auckland erhielt er Gelegenheit, auf eine weniger strenge Schule zu gehen.

„Sie erwarten von dir nicht, dass du furchtbar fleißig bist. Wenn du nicht in den Töpferkurs willst, kannst du dir etwas anderes suchen wie Tanzen oder Theater. Niemand hier kannte Sam. Du musst nicht mehr der Junge sein, dessen Bruder gestorben ist. Du darfst ganz du selbst sein", versuchte ich ihm die neue Schule schmackhaft zu machen.

Die nächste Aufgabe bestand darin, jemanden zu finden, der sich um Lydia kümmern würde. Jim hatte mir zwar flexible Arbeitszeiten versprochen, aber ich wusste, dass ich mich trotzdem jeden Tag in der Redaktion sehen lassen sollte.

Ich erklärte der Vermittlungsstelle für Kindermädchen, dass ich eine Mischung aus Mary Poppins und Jungfrau Maria suchte. Die Dame dort lachte, das glockenhelle Lachen des Wiedererkennens. „Genau eine solche Frau haben wir in unserer Kartei", sagte sie. „Sie heißt Anne Marie und ist erstaunlicherweise sogar gerade frei."

Anne Marie konnte erstklassige Referenzen vorweisen. Sie war auf der prestigeträchtigen Norland Nanny School in London ausgebildet worden und hatte vier eigene Kinder großgezogen. Als sie in ihrem fleckenlosen rosa-weißen Kostüm vor unserer Tür stand, erstarrte ich fast vor Ehrfurcht. Ihre Schuhe waren weiß wie frisch gefallener Schnee. Aber der Blick aus ihren braunen Augen war liebevoll, besonders als sie Lydia sah. Lydia strahlte Anne Marie an und schlang ihre dicken Ärmchen um ihren Hals.

Einen Tag lang harrten wir ängstlich einer Antwort, dann rief Anne Marie an und teilte uns mit, sie habe sich für uns entschieden.

Es war mir gar nicht bewusst gewesen, wie sehr ich die schrägen Typen, die die Zeitungsredaktionen bevölkerten, vermisst hatte. Ich mochte besonders Mary, eine glamouröse irische Moderedakteurin, und Colin, den verführerisch melancholischen Rockmusik-Redakteur, an dem die Frauen wie Leukoplast klebten. Tina, verantwortlich für die Features, war ziemlich überspannt und bekam gelegentlich oscarverdächtige Wutanfälle. Manchmal gewährte sie uns aber auch einen Blick hinter ihre Fassade, hinter der ein großes, reines Herz pochte.

Nicole, die sich um die tägliche TV-Seite kümmerte, war schön und blond und hatte Beine wie Marlene Dietrich. Nicole hatte genau wie ich als Teenager geheiratet und steckte gerade mitten in einem Scheidungskrieg inklusive Schlacht ums Sorgerecht. Sie hatte wie alle hier ihre Macken und Verletzungen, aber wenn sie sich einmal in eine Story verbissen hatte, ließ sie nicht mehr locker. Ich bewunderte sie alle.

Mit das Tollste war, dass ich mich wieder richtig anziehen konnte. Gab es etwas Schöneres, als jeden Morgen Make-up aufzutragen und in hochhackige Schuhe zu schlüpfen? Ich fühlte mich wie Aschenbrödel, das gerade herausgefunden hatte, dass der Ball noch nicht vorbei war.

Jim und Tina verschafften mir Interviewtermine mit international bekannten Größen aus der Unterhaltungsindustrie wie James Taylor und Michael Crawford und Schriftstellern wie Margaret Atwood und Terry Pratchett. Sie schickten mich zum neuseeländischen Premierminister und sogar (unglaublich!) zu Mary Robinson, der irischen Präsidentin. Jim wollte auch, dass ich die Editorials schrieb, in denen ich die Meinung der Zeitung zu den verschiedensten Themen von Atomenergie bis Zoos vertrat.

Aber so gern ich auch in die Redaktion ging, der schönste Teil des Tages war doch immer, wenn ich meinen Schlüssel in die Haustür steckte und Cleo mit einem Willkommensmiauen auf mich zugesprungen kam.

Im folgenden Jahr gingen Steve und ich einander zunehmend aus dem Weg, wenn er zu Hause war. Als ich eines Nachmittags aus der Redaktion nach Hause kam, spitzte sich die Lage zu. Er hielt sich gerade in der Einfahrt auf. Ich erinnere mich nicht mehr genau, um welches Thema es ging, jedenfalls eskalierte die Sache und wir gerieten in Streit – dabei stritten wir uns *nie*. Plötzlich war von Scheidung die Rede. Uns beiden war klar, dass er nicht bis zum Ende seiner Tage im Wintergarten schlafen konnte. Aber es war dennoch ein Schock, als das Wort Scheidung das erste Mal fiel.

Steve sagte, am liebsten würde er das alles ohne Anwälte regeln. Er sagte, er würde in der nächsten Woche ausziehen. Wenn ich einverstanden sei, würde er das Gemälde mit den Schiffen aus der Diele mitnehmen und noch ein paar andere Dinge. Ich war schockiert, wie genau er das alles schon durchdacht hatte, obwohl er – realistisch betrachtet – dafür natürlich auch schon ein paar Jahre Zeit gehabt hatte. Er wollte die Kinder die halbe Zeit nehmen und schlug vor, über Geld später zu reden.

Ach ja, und die Katze könnte ich behalten.

Wie leer war das Haus, wenn die Kinder sich nachts nicht in ihren Betten herumdrehten und seufzten. Cleo litt augenscheinlich genauso wie ich. Sie schleppte die Socken der Kinder herum und schlief in ihren Betten. Ich erfand irgendeinen Vorwand, um die Kinder während Steves Woche zu besuchen, holte Lydia von der Vorschule ab, brachte Rob zu den Seepfadfindern.

Sams Foto strahlte mich vom Kaminsims aus an. Ein freches Grinsen. Ich dachte an die Ford-Escort-Frau. Mittlerweile hatte ich akzeptiert, dass es nicht ihre Schuld war. Ich fragte mich, was ich an ihrer Stelle getan hätte. Wäre ich in ein anderes Land gezogen und hätte mich hinter einem neuen Namen versteckt?

Auf dem Tisch der Therapeutin stand eine Schachtel Kleenex. Tränen gehörten zum Geschäft. Ich war entschlossen, die Stunde trockenen Auges hinter mich zu bringen.

„Was Sie brauchen", sagte sie und sah mich durch ihre lachsfarbenen Brillengläser an, „ist ein Neuanfang, etwas, das Ihr Selbstbewusstsein stärkt. Wissen Sie, was Ihnen wirklich guttäte? Ein One-Night-Stand."

Ihre Worte schossen durchs Zimmer und schlugen mit voller Wucht in meinem Kopf ein. „Ich soll mir also einen Mann suchen, mit dem ich nichts gemeinsam habe, den ich aber halbwegs anziehend finde und mit dem ich einfach nur so ins Bett gehe?"

Sie nickte. Die Frau musste verrückt sein. „Das wäre ein guter Anfang für den neuen Lebensabschnitt."

Sie forderte mich auf, eine Liste potenzieller Opfer zu schreiben. Aber wo sollte ich einen Mann hernehmen?

„Viel Glück", sagte die Therapeutin und lächelte, als ich meine Unterschrift unter den Scheck setzte. „Und vergessen Sie nicht: immer offen sein."

Einige Wochen darauf ergab sich dann erstaunlicherweise eine Gelegenheit. Eine alte Freundin arrangierte für mich ein Treffen mit einem kürzlich geschiedenen Geschäftsmann namens Nigel, den ich zu einem Abendessen begleiten sollte.

An dem Abend, an dem Nigel mich abholen wollte, zitterten mir vor Nervosität die Hände. Nigel war außergewöhnlich groß und trug einen blonden Schnauzbart. Außerdem stellte sich heraus, dass er allergisch gegen Katzen war. Cleo ließ sich ein paar Zentimeter von seinen Füßen entfernt nieder und fixierte ihn.

„Das Problem mit Katzen ist“, erklärte er, als ich ihm ein Weinglas reichte, „dass sie mich zu lieben scheinen.“

Cleo rollte sich auf den Rücken und wand sich verführerisch vor Nigel auf dem Boden.

„Das ist ein großes Kompliment“, sagte ich. „Sie will, dass Sie ihr den Bauch streicheln.“

„Nun, das geht wohl leider nicht“, sagte er, zog ein grünes Taschentuch mit Paisleymuster aus der Tasche und fuhr sich damit über den Schnauzbart. „Meine Allergie, Sie wissen schon. Ich glaube, ich muss gleich …“

Das Nachbeben von Nigels Niesattacke ließ die Vorhänge erzittern. Ich nahm Cleo und brachte sie ins Badezimmer. Doch kurze Zeit später huschte sie wieder ins Wohnzimmer. Auf einmal schoss sie auf Nigel zu und sprang auf seinen Schoß. Sein Gesicht nahm plötzlich einen Bordeaux-Ton an. „Ihre Katze“, flüsterte er, „hat … mich … gerade … angepinkelt.“

Nigel bestand darauf, in seine Wohnung zu fahren, um sich umzuziehen. Während er weg war, suchte ich Cleo, aber sie war verschwunden. Später entdeckte ich die Silhouette einer Katze auf dem Dach. Ihre Augen leuchteten auf mich herunter. Selbst aus der Entfernung meinte ich eine gewisse Zufriedenheit darin zu erkennen.

Am Montagmorgen bat mich Nicole aus der Redaktion um einen Gefallen. Ihr Mitbewohner wollte in ein paar Wochen heiraten. Er und seine Braut stammten aus den Vereinigten Staaten und kannten nicht genug Leute für eine richtige Hochzeitsfeier. „Wärst du so nett zu kommen?“, fragte sie mich. „Du musst auch nicht länger als eine Stunde bleiben.“

Das Paar wollte bei Sonnenuntergang auf den Stufen des Stadtmuseums heiraten. Die Sonne stand tief am Horizont, als ich den Hügel zum Museum erklomm. Als ich nach oben sah, fiel mein Blick auf das Brautpaar. Dann wanderten meine Augen weiter zu einem der Trauzeugen. Ein umwerfend gut aussehender Mann. Nicht bloß ein hübscher Kerl, sondern wirklich atemberaubend wie ein griechischer Gott. Natürlich schwul, dachte ich und bewunderte die blonde Locke über der hohen, gebräunten Stirn und die breiten Schultern, die durch den gut geschnittenen Anzug noch hervorgehoben wurden. Oder verheiratet.

Als der Trauzeuge auf mich zukam und sich als Philip mit einem „l“ vorstellte, war es um mich geschehen. Er sah einfach viel zu gut aus, um wahr zu sein. Als ich dann aber erfuhr, wem er seinen athletischen Körperbau zu verdanken hatte (der Armee, bei der er acht Jahre gewesen war) und dass er gerade in einer Bank zu arbeiten begonnen hatte, war klar, dass aus uns nichts werden konnte. Endgültig gestorben war die Sache, als er mir sein Alter verriet. Sechsundzwanzig. Er war acht Jahre jünger als ich. Unverheiratet, nicht geschieden und kinderlos kam er aus einer völlig anderen Welt als ich. Dennoch machte er einen netten Eindruck, so als wäre er nicht so schrecklich kompliziert wie die meisten anderen Männer. Den Rat der Therapeutin hatte ich auch nicht vergessen. Wenn ich genug Wein trank und niemandem davon erzählte und wenn er verrückt (oder verzweifelt) genug war, um so etwas überhaupt in Erwägung zu ziehen, dann hatte er eindeutig das Zeug zum One-Night-Stand. Ich erklärte ihm, dass ich abends nicht oft ausginge, mich aber gern zum Mittagessen verabredete, und kritzelte meine Büronummer auf eine Papierserviette. Er wirkte etwas überrascht, als ich ihm die Serviette reichte.

Am nächsten Morgen im Büro rief niemand an außer einem verärgerten Leser. Auch am nächsten Tag und die ganze nächste Woche kam der erwartete Anruf nicht. Zu Beginn der dritten Woche hatte ich Philip mit einem „l“ schon längst aus meinem Gedächtnis gestrichen. Deshalb musste er mich, als er endlich anrief, daran erinnern, wer er war und dass wir uns auf der Hochzeitsfeier kennengelernt hatten.

„Oje, das war dieser Exsoldat aus der Bank“, seufzte ich nach dem Telefonat.

„Ich muss dich warnen …“, sagte Nicole. „Abgesehen von dem Altersunterschied – er ist viel zu konservativ für dich.“

Man hatte mir schon zweimal in meinem Leben in entscheidenden Momenten Warnschilder vor die Nase gehalten, was völlig unabsehbare Folgen gehabt hatte. Das eine Mal in der Grundschule, als unsere strenge Kunstlehrerin der Klasse erklärte, wenn einer es wagen würde, seine Finger in den feuchten Ton zu stecken, dann hätte er mehr Probleme am Hals, als er sich in seinen schlimmsten Albträumen auszumalen vermochte. Und das andere Mal auf der Journalistenschule, als mir ein Dozent erklärte, dass ich als Kolumnistin keine Zukunft hätte. Während ich jetzt Nicole zuhörte, lief wieder das bekannte Kribbeln mein Rückgrat entlang. Es sagte dasselbe wie die beiden anderen Male: *Ach, meinst du? Na, mal sehen …* Also hastete ich nach der Arbeit durch den Stadtteil, der bekannt war für seine Striptease-lokale und Secondhandläden, und entdeckte das perfekte Outfit, um einen jungen konservativen Bankangestellten zu beeindrucken – einen schwarzen, bunt bestickten chinesischen Hosenanzug aus Satin. Umwerfend.

Der Kuss

Philip mit einem „l“ hatte sich verspätet. *Sehr* verspätet. Mir wurde heiß und kalt vor Wut unter meinem Chinesenjäckchen. Wenn ich daran dachte, dass ich mich seinetwegen in Unkosten gestürzt und ein neues Kleidungsstück gekauft hatte!

Ich saß auf meinem Bett und pfefferte eine der schicken Sandalen in die Ecke. Ich war zufrieden damit, meinen Alltag mit den Kindern und der Arbeit auf die Reihe zu bekommen. Die Therapeutin mit ihrem One-Night-Stand hatte doch echt eine Schraube locker. Ich hätte sie therapieren sollen, nicht umgekehrt.

Cleo hüpfte aufs Bett, quietschte kurz und schmiegte sich in meinen Schoß. *Ich bin hier, ich bin doch hier,* schnurrte sie. Ruhe umhüllte mich. Die Verletzung und die Wut schrumpften zusammen, bis sie nicht mehr größer als zwei Seifenblasen im Badewannenabfluss waren.

Ich trug Cleo den Flur hinunter. Sie sah mir erwartungsvoll zu, als ich vor dem Kamin kniete und die Scheite zu einer wackligen Pyramide aufschichtete. Als es an der Haustür klopfte, zuckten wir beide vor Schreck zusammen.

„Ich bin hier eine halbe Ewigkeit herumgekurvt“, sagte Philip, kaum dass ich die Tür geöffnet hatte. „Ich habe an der Nummer 33 in der Albany Road geklopft. Ich habe eine Weile gebraucht, bis ich herausfand, dass Sie in der *Ardmore* Road wohnen …“

Seine Augen wanderten meinen chinesischen Anzug rauf und runter, als würden sie mit den Folgen eines grauenvollen Terrorakts konfrontiert.

„Gefällt Ihnen mein Anzug nicht?“, fragte ich unvermittelt. „Ich kann auch etwas … Konventionelleres anziehen, wenn Ihnen das lieber ist.“

Philip erhob keine Einwände. Ich war zutiefst beleidigt. Ich drückte ihm Cleo in die Arme, lief in mein Schlafzimmer und schlüpfte in einen braunen Rock und eine cremefarbene Bluse. Vielleicht sollte ich froh sein, dass er ehrlich genug war, um mir zu verstehen zu geben, er würde sich lieber nicht mit mir in Kung-Fu-Verkleidung in der Öffentlichkeit zeigen.

„Nette Katze“, sagte er, als wir zur Tür gingen.

Während wir im Dunkeln saßen und uns eine fürchterlich amateurhafte Aufführung von „Die Katze auf dem heißen Blechdach" ansahen, stellte ich im Kopf eine Liste zusammen, warum dieser Mann selbst für einen One-Night-Stand völlig ungeeignet war: Er hatte keine Ahnung von Theater und war unfähig, meinen Geschmack in Sachen Mode zu würdigen. Seine Schuhe glänzten so sehr, dass man sie als Spiegel zum Augenbrauenzupfen verwenden konnte. Das gestreifte Hemd, die Cordhose, der sorgfältig ausgesuchte Ledergürtel – das alles hätte genauso gut aus dem Schrank irgendeines alten Knackers stammen können.

Aber er sah gut aus darin, das musste ich zugeben. Er roch frisch wie ein Bergwald. Seine Augen flackerten blau auf, wenn er über meine Witze lachte (vielleicht ein bisschen zu laut). Einer davon drehte sich um die dummen Angeber, die europäische Autos fuhren. Wir waren mit einem solchen Tempo ins Theater gerast, dass ich vor lauter Angst gar nicht mitbekommen hatte, in was für einem Auto wir saßen. Das ironische Zwinkern, mit dem er mir nach der Aufführung die Beifahrertür seines alten Audis aufmachte, war einfach liebenswert.

Ich konnte ihm also ruhig meine Freundschaft anbieten und ihn auf einen Tee ins Haus bitten. Da die Kinder nicht da waren, war es ungewöhnlich still im Haus. Ich streifte meine Schuhe ab und durchwühlte die Küchenschränke auf der Suche nach zwei zusammenpassenden Tassen.

Als ich mit einem Tablett mit der Kanne und den Tassen ins Wohnzimmer trat, bot sich mir ein reizender Anblick. Eine schnurrende Cleo wand sich durch Philips Beine, sprang auf seine Knie, kletterte sein Hemd hoch und leckte ihn zart am Kinn. Noch nie hatte Cleo einen Fremden so schnell in ihr Herz geschlossen.

Er fuhr mit der Hand sanft über ihren gebogenen Rücken. „Bist eine gute Katze, hm? Erzählen Sie mir doch mal von Ihren Kindern."

Ich erstarrte. Die Kinder waren verbotenes Terrain. Die Kinder waren mein Leben. Er hatte kein Recht, nach ihnen zu fragen.

„Erzählen Sie doch zuerst", erwiderte ich. „Waren Sie schon einmal verheiratet?"

Er sah mich fassungslos an. „Nein."

„Kinder?"

Er schüttelte den Kopf und lächelte mich ein wenig befremdet an.

„Dann haben Sie also gerade ein paar Probleme mit Ihrer Freundin?"

Cleo machte sich jetzt über seine Ohren her.

„Nein, wenn man einmal davon absieht, dass ich keine habe. Wie wäre es mit ein bisschen Musik?" Ohne auf eine Antwort zu warten, ging er meine

Plattensammlung durch und legte meine neueste Erwerbung und aktuelle Lieblingsplatte auf, nämlich Ella Fitzgerald und Louis Armstrong mit „*Can't We Be Friends*".

„Haben Sie Lust zu tanzen?", fragte er.

Jetzt wurde es aber wirklich ein wenig albern. Allerdings gab er vielleicht Ruhe und ging endlich nach Hause, wenn ich mit ihm tanzte. Während Ella Fitzgerald uns mit ihrer sinnlichen Stimme einhüllte, stellte ich fest, dass er ein ausgezeichnetes Rhythmusgefühl besaß (das kam wahrscheinlich vom jahrelangen Marschieren auf Exerzierplätzen).

„Wie alt sind die Kinder denn nun?", fragte er.

„Fast drei und zwölf."

Mit viel Geduld fragte er mich über sie aus – wie sie hießen, was sie an den Wochenenden unternahmen und wie sie damit zurechtkamen, dass ihre Eltern getrennt waren. Ich wechselte das Thema und wir tanzten eine Weile schweigend weiter. Er kam mir absichtlich immer näher. Die Worte der Therapeutin im Kopf, zuckte ich nicht zurück, als er sein göttergleiches Haupt zu mir herabsenkte und seine Lippen auf meine presste.

Das Zimmer verwandelte sich in ein Kaleidoskop. Cleo sah beifällig zu, als wir uns küssten. Ein magischer Kuss, weich, feucht und sinnlich. Es war perfekt, ach, mehr als das. *Es war zu perfekt!*

Nein, verdammt! So war das nicht gedacht. Bei alldem ging es doch darum, dass *ich* die Ansagen machte. Dieser halbe Teenager hatte nicht das Recht, erst mit Cleo herumzuschmusen und mich dann zum Tanzen aufzufordern. Und was die Ausfragerei über die Kinder anging …

„Sollen wir ins Schlafzimmer gehen?", fragte er mich sanft.

Ich brachte kein Wort über die Lippen. Ich, die ich durch nichts so leicht zu schockieren war, war – man konnte es nicht anders nennen – schockiert. „Es ist nicht so, dass ich dich nicht *mögen* würde …", sagte ich und trat einen Schritt zurück. „Ich würde vielleicht sogar mit dir schlafen, wenn ich dich *nicht* mögen würde. Zumindest sagt meine Therapeutin, dass ich das machen soll …"

Jetzt blickte er mich beinahe so erschreckt an, als stünde ich wieder in meinem Chinesenanzug vor ihm.

„Das Problem ist, dass ich dich zu sehr mag, um mit dir zu schlafen …"

Das gab ihm den Rest, er sah aus, so als wäre er auf einen Alliiertenstützpunkt spaziert und würde plötzlich unter feindlichen Beschuss genommen.

„Es ist ziemlich … spät … und ich weiß nicht, wie es dir geht, aber ich bin nach einer anstrengenden Arbeitswoche immer hundemüde", sagte ich.

„Darf ich dich irgendwann wieder anrufen?", fragte er mich mit gepresster Stimme, als er sein Jackett nahm und ich ihn gemeinsam mit Cleo zur Tür brachte.

„Nein, ich meine, ja. Ja. Unbedingt. Äh. Gute Nacht."

Ich schloss leise, aber bestimmt die Tür. Cleo reckte ihren Schwanz in die Höhe und stolzierte davon.

„ER HAT DICH gezwungen, dich umzuziehen?!" Nicole versuchte, ein wenig leiser zu lachen.

Ich sagte kichernd: „Er machte einen geradezu gequälten Eindruck, deshalb habe ich vorgeschlagen, mich umzuziehen."

„Hast du … hat er … versucht, einen Schritt weiterzugehen?"

„Natürlich nicht!", rief ich, wobei sich mein Gesicht plötzlich anfühlte, als befände ich mich in der Sauna. „Wahrscheinlich ist er einfach nur einsam. Ich werde ihn sowieso nicht wiedersehen. Was soll so ein Typ auch mit einer uralten, alleinerziehenden Mutter von zwei Kindern anfangen?", murmelte ich.

„Ach, der Toy Boy", sagte Nicole, während ihre Finger über ihre Tastatur flogen. „Vergiss ihn."

Ja. Das passte. Toy Boy, ein ausgezeichneter Name. Man könnte ihn in Zellophan verpacken, in eine Schachtel stecken und irgendwo verstauen.

Tina legte mir eine Liste mit Vorschlägen für Artikel auf den Schreibtisch. Arbeit. Ein besseres Betäubungsmittel gab es nicht.

Dann kam der Anruf. „Ich wollte mich für den gestrigen Abend bedanken." Der Ton war förmlich. „Ich habe mich sehr gut unterhalten. Schade, dass das Stück ein solcher Reinfall war."

Nicole nahm einen Kuli von ihrem Schreibtisch und fuhr sich damit wie mit einem imaginären Skalpell über die Kehle.

„Ich wollte dich fragen, ob du Lust hast, nächstes Wochenende mit mir essen zu gehen?", fragte er.

„Nächste Woche habe ich die Kinder", sagte ich mit kühler, vernünftiger Stimme.

„Wie steht es mit dem Wochenende darauf?", fragte er.

„Äh. Tja, also, ich glaube, da habe ich nichts vor."

Nicole starrte mich an, ich meinte fast die Pfeile aus ihren Augen schießen zu sehen. Dennoch verabredeten wir uns für Samstag, halb acht.

„Warum hast du nicht Nein gesagt?", fragte mich Nicole später.

„Ich weiß es nicht. Mir ist keine Entschuldigung eingefallen."

„Möchtest du wirklich mit jemandem ausgehen, der dich dazu gebracht hat, dich umzuziehen? Ruf ihn ein paar Tage vor eurer Verabredung an und sag, dass deine Tante gestorben ist und du nach Hause zur Beerdigung fahren musst."

Das Abendessen wurde das erste von vielen, trotz Nicoles Versicherung, die Sache hätte keine Zukunft. Ich fing an, die Gesellschaft dieses vielschichtigen Mannes zu genießen. Und ich stand vor einem Dilemma. Sollten wir den nächsten Schritt wagen, dann konnte unsere Beziehung nicht mehr als One-Night-Stand betrachtet werden. Aber auch noch andere Dinge waren zu bedenken. Eine Frau, die drei Kinder zur Welt gebracht hat, ist kaum bereit, ihren Körper der Öffentlichkeit zu präsentieren, insbesondere wenn sie sich ein Leben lang dem Gymnastik-Diktat verweigert hat. Mein Körper war einfach kein Tempel mehr. Er war ein Tastgarten für Blinde.

In einem ruhigen Moment lud Philip mich zu einem gemeinsamen Wochenende im Ferienhaus seiner Familie am Ufer des Lake Taupo ein.

„Wir können auch an einem Wochenende fahren, an dem du die Kinder nicht hast."

„Aber … wer soll dann nach der Katze sehen?"

„Cleo kann mitkommen."

So kam es, dass Cleo an einem Freitagabend ein paar Wochen später begeistert in den alten Audi sprang. Von meinen Knien aus sah sie zu, wie die Landschaft an uns vorbeirauschte. Während der Fahrt nahm der goldene Schleier, der über den Hügeln lag, zuerst eine tiefrote und dann eine schwarzviolette Färbung an.

Wir erreichten das Cottage erst am späten Abend. Die Dunkelheit senkte sich wie schwarzer Samt über uns, dafür waren unsere anderen Sinne umso geschärfter. Der Wind trug schon eine Ahnung von Schnee mit sich. Ich hörte das Geräusch von gegen das Ufer schlagenden Wellen. Vor uns zeichnete sich der Umriss des einfachen kleinen Holzhauses ab. Auch wenn ich es nicht richtig erkennen konnte, war zu spüren, dass das Haus Seele hatte.

Am nächsten Morgen sah ich mir das Haus, das seit drei Generationen im Besitz von Philips Familie war, genauer an. Es lag noch viel schöner, als ich in der Nacht vermutet hatte – die Terrassentüren öffneten sich zu einer Wiese hin, die zu einem von Steinen gesäumten Ufer hinunterführte. Der See glitzerte wie ein Saphir. Einem Traumgebilde gleich erhob sich in der Ferne eine mattgrüne Insel.

Cleo streckte sich vor einem Lagerfeuer aus Treibholz aus, während Philip und ich am Fluss entlangspazierten. Wir blieben an einer Biegung stehen, an der er sich verbreiterte und das Wasser über große Felsen rauschte. Farne beugten sich über das Ufer, um ihr Spiegelbild zu bewundern. Wenn Philip mich wirklich verstehen wollte, dann musste ich ihm irgendwann einmal von Sam erzählen. Diese Geschichte würde unsere Beziehung möglicherweise zerstören. Sich eine ältere Frau anzulachen war das eine. Nimmt man dann noch die beiden Kinder eines anderen dazu, wird die Sache schon komplizierter. Sollte Philip bereit sein, sich noch weiter vorzuwagen, dann musste er wenigstens ansatzweise nachvollziehen können, wie es war, ein Kind zu verlieren. Selbst wenn wir unser Leben lang zusammenbleiben und miteinander Kinder bekommen sollten, würde es immer einen Teil von mir geben, zu dem er sonst keinen Zugang hatte. Der Teil, der Sam liebte und um ihn trauerte.

„Ich muss dir etwas sagen“, fing ich an und starrte in die Ferne auf eine Wolke. „Rob und Lydia hatten einen älteren Bruder …“

„Ich weiß das von Sam“, erwiderte er ruhig. „Ich habe die Artikel gelesen, die du damals geschrieben hast. Die Geschichte hat mich sehr berührt.“ Er nahm meine Hand und rieb sie, um sie zu wärmen. „Erzähl mir von Sam.“

„Willst du es wirklich wissen?“

Er küsste meine Finger und umfasste sie mit seinen Händen, dann steckte er sie in die Tasche seiner Jacke. „Ja, natürlich.“

Während wir das letzte Stück am Fluss entlanggingen, hörte er sich Sams Geschichte an, die traurigen und die lustigen Seiten.

Ich hätte es Philip verziehen, wenn er zu einem der abgedroschenen Klischees gegriffen hätte. Aber er hörte mir einfach nur zu. Dafür war ich ihm dankbar.

Als wir zurückkamen, wartete Cleo im Feuerschein.

„Und diese Katze ist Teil der Geschichte“, sagte Philip und nahm sie auf den Arm. „Sie ist deine Verbindung zu Sam, oder?“

Cleo schnurrte laut, streckte eine Pfote aus und legte sie an seinen Hals. Dann gähnte sie und schmiegte sich an seine Brust. Das war der Platz, wo sie sein wollte, und ich auch.

Am Spätnachmittag fuhren wir zum Angeln hinaus, hinter uns die Kulisse der von der untergehenden Sonne quietschrosa überzuckerten Berge. Eine dicke Regenbogenforelle reichte uns dreien zum Abendessen. Wir tranken Rotwein und lachten. Wir konnten nicht viele Häkchen in der Rubrik „Gemeinsamkeiten“ machen, aber es gab eines, das wir doch gemeinsam hatten, wie Philip gleich zu Beginn bemerkte: Wir waren beide sehr eigenwillige Personen und nicht fähig oder willens, uns einer Gruppe anzuschließen, sei sie auch noch so in.

Ich merkte, dass ich im Begriff war, mich zu verlieben.

Die Zeit, die ich mit Philip verbrachte, wurde mir immer wichtiger. Ich freute mich darauf wie ein Kind, das die Tage bis Weihnachten zählt. Nach zwei Monaten, in denen wir uns immer nur heimlich getroffen hatten, fragte ich mich, wie lange ich es noch schaffen würde, die verschiedenen Bereiche meines Lebens so strikt voneinander zu trennen. Wenn er bei mir schlief und die Kinder auch da waren, weckte ich ihn vor Sonnenaufgang und sorgte dafür, dass er zur Haustür raus war, bevor ein aufmerksames Auge auf ihn fallen konnte. Was ich wirklich nicht wollte, war, dass die Kinder mit einem temporären Liebhaber zu tun hatten.

„Wann stellst du mich eigentlich endlich deinen Kindern vor?", kam dann schließlich doch die unvermeidbare Frage.

„Bald." Cleo sah von seinem Schoß zu mir her und zwinkerte.

„Irgendwann in den nächsten zwanzig Jahren?"

„Jedenfalls nicht zu Hause. Ich möchte nicht, dass sie das Gefühl haben, du wärst in ihr Territorium eingedrungen."

„In Ordnung. Dann treffen wir uns auf neutralem Boden. Es gibt da eine neue Pizzeria im Stadtzentrum."

Ich hatte mich in Philip verliebt, aber gleichzeitig wurde mir allerorten vorgeführt, dass solche Verliebtheiten wie ein Swimmingpool waren. Man stürzte sich Hals über Kopf hinein und kletterte wie ein begossener Pudel wieder heraus. Die Liebe zu meinen Kindern konnte man dagegen nur mit einem ungezähmten Tier vergleichen – wild und unbezwingbar. Wenn er in das Leben meiner Kinder platzte und sie dann mit gebrochenen Herzen wieder verließ, würde ich ihm die Beine ausreißen.

Rob zog sein Lieblings-Sweatshirt an, das mehrere Nummern zu groß war und auf dem dick und fett „USA" stand. Ich schloss die Schnallen an Lydias roten Schuhen und spuckte auf ein Taschentuch, um irgendein merkwürdiges klebriges Zeug von ihrer Wange zu entfernen.

„Versucht euch zu benehmen", wies ich sie an. „Er ist Kinder nicht gewöhnt."

„Kinder nicht gewöhnt – was ist das denn für einer?", fragte Rob. „Abgesehen davon bin ich kein Kind mehr."

Die Pizzeria befand sich unter einem Einkaufszentrum. Die rot-weiß karierten Tischdecken passten perfekt zu der auf Hochglanz polierten Registrierkasse. Das Ganze sah aus wie eine Filmkulisse, in der wir unbeholfen herumstanden und darauf warteten, für die Rolle der Gäste mit Kindern vorzusprechen.

Rob war kein süßer Junge mehr. Er hatte sich in einen 13-Jährigen mit chronisch erhöhtem Testosteronspiegel verwandelt. Er war mürrisch, schweigsam. Lydia hatte darauf bestanden, drei Perlenketten auf einmal zu tragen, und versuchte gerade ihren Saft in einem Zug mit einem Strohhalm auszutrinken. Philip wirkte ein wenig genervt von ihren Schlürfgeräuschen, die von den mit Plastikholz verkleideten Wänden widerhallten.

„Lass das sein!“, fuhr ich das Kind an.

„Warum denn? Das macht Spaß!“

„Das ist kein gutes Benehmen.“

„Aber das“, sagte sie, holte den Strohhalm aus dem Glas und ließ die letzten Tropfen auf ihren Schottenrock fallen.

Ich sah zu Philip hinüber, der die Speisekarte studierte, als wäre sie ein komplizierter Kaufvertrag.

„Hast du eigentlich keine Mutter?“, fragte Lydia und trat gegen das Tischbein, sodass das Besteck anfing zu klappern.

„Doch, das habe ich“, erwiderte er und ließ die Speisekarte sinken.

„Warum gehst du dann nicht zu ihr nach Hause?“

Schweigen. Ich erwartete, dass Philip jeden Augenblick vom Tisch aufspringen und das Restaurant verlassen würde. „Sie hat heute Abend schon was vor.“

„Das darf sie aber nicht, das musst du ihr sagen. Wir haben unsere Mutter. Du hast deine. Du kannst nicht auch noch unsere Mutter haben.“

Philips Blick fiel auf die Tischsets aus Papier, auf die verschiedene Spiele gedruckt waren. Er fragte Rob, ob er Lust hätte, Schiffe versenken zu spielen. (Nicht Schiffe versenken!, wollte ich Philip zurufen. Dafür ist Rob viel zu alt. Das ist in seinen Augen ein Spiel für Babys!) Ich hielt die Luft an und wartete auf einen Aufschrei der Empörung, der jeden Augenblick von Robs Tischseite ertönen musste.

„Ich würde lieber das hier spielen“, sagte Rob und deutete auf einen Haufen Punkte in einem Rechteck. Das Spiel sah aus, als könnte man sich darüber die Köpfe einschlagen. Jeder Spieler durfte, wenn er an der Reihe war, einen Strich zwischen zwei Punkten ziehen, um diese nach und nach zu Rechtecken zu verbinden. Derjenige mit den meisten Rechtecken hatte gewonnen. Das war die Restaurantversion von Krieg.

Um etwas zur Unterhaltung beizusteuern, las ich von der Speisekarte die Geschichte der Pizza vor.

Während des Lesens warf ich dauernd verstohlene Blicke auf die Schlacht, die zwischen den beiden wichtigsten Männern in meinem Leben stattfand. Robs Terrain breitete sich immer weiter aus. Philip kam nicht recht voran. Ein Lächeln wollte sich auf meine Lippen stehlen, aber ich unterdrückte es.

Vielleicht hatte er doch das Zeug zum Stiefvater. In seiner Cordhose und dem Rollkragenpullover sah er jedenfalls schon wie einer aus.

Die beiden Rechteckhaufen näherten sich einander. Das Spiel sah nach einem Unentschieden aus. Solange Rob nicht seiner Würde beraubt wurde, war alles in Ordnung.

Ich wandte die Augen ab, die letzten Striche konnte ich nicht mit ansehen. Ich wusste, dass es vorbei war, als ich hörte, wie zwei Stifte auf die Tischplatte geworfen wurden.

„Du hast gewonnen", sagte Rob mit einem tapferen Lächeln.

„Du hast *was*?", rief ich und drehte mich zu Philip.

„Es war bis zum Schluss ein Kopf-an-Kopf-Rennen", erklärte er und zuckte merklich zufrieden die Achseln.

Ein Kopf-an-Kopf-Rennen? Wusste er nicht, dass es so etwas nicht gab, wenn Kinder beteiligt waren, insbesondere meine Kinder? Für unsere Beziehung hatte soeben das letzte Stündlein geschlagen.

Schweigend fuhren wir nach Hause und verabschiedeten uns züchtig am Gartentor.

„Gut, dass er nach Hause geht", sagte Lydia und sprach mir damit aus dem Herzen. „Seine Mutter vermisst ihn bestimmt schon."

„Wie fandest du ihn?", fragte ich Rob, nachdem ich Cleo gefüttert und Lydia ins Bett gebracht hatte.

„Er ist cool. Ich fand ihn nett."

„Du fandest ihn *nett*? Aber er hat dich doch besiegt."

„Es nervt mich, dass Erwachsene sich immer blöd stellen, um mich gewinnen zu lassen. Die denken wohl, dass ich das nicht mitbekomme. Er hat mich wie einen Erwachsenen behandelt. Er ist echt in Ordnung. Du solltest ihn öfter treffen."

Die Stimme meiner Mutter klang brüchig, als sie anrief. Der alten Rata war es immer schlechter gegangen. Sie hatte nicht mehr laufen können. Die Tierärztin war wunderbar gewesen, eine reizende junge Frau. Sie war rot geworden, als sie und Mum die Entscheidung fällten. Mum hatte Rata gestreichelt, als es passierte. Sie war mit wedelndem Schwanz gestorben.

Videobilder von Rata liefen in meinem Kopf ab. Wie Sam und Rata durch die Brandung rennen, Rata, die den Jungen am Strand beim Graben hilft, Sam, der Treibholz ins Wasser wirft, damit sie es retten kann. Rata, die den Zickzackpfad hinunterrennt. Cleo, zwischen die riesigen Pfoten von Rata gekuschelt. Die sanfte, treue Rata.

Rob sagte fast nichts, als ich es ihm mitteilte. Wir umarmten einander. Mit dem Tod der alten Hündin war ein weiteres Band zu Sam durchschnitten. Das empfand meine Mutter wohl mit Sicherheit auch so. Ich lud sie für ein paar Tage zu uns ein, auch wenn sie es nie lange in unserem „quirligen Haushalt" aushielt.

Chaotischer Haushalt traf es besser. In den Wochen, in denen die Kinder bei mir waren, spulte ich mein Programm ab: die Kinder zur Schule bringen, Hausaufgaben überwachen, nach der Arbeit nach Hause eilen und Spaghetti kochen. Wenn sie abends im Bett lagen, arbeitete ich oft noch an einem Feature, das am nächsten Tag fällig war. Selbst fürs Fernsehen war ich zu erschöpft. Das alles funktionierte nur, weil Anne Marie geduldig Wäsche zusammenlegte, staubsaugte, Brote schmierte, Spielzeug wegräumte und tausend andere Dinge erledigte, die laut ihrer Aussage kein anderes Kindermädchen erledigte. Manchmal kam ich so erschöpft aus der Redaktion zurück, dass ich einfach auf den Boden sank und in einem Fleck Sonne schlief. Aber irgendwie brachte ich dennoch immer genügend Energie auf, um Lydia Elfenflügel zu nähen oder Rob die Zubereitung von Sushi beizubringen. Nichts war perfekt, aber irgendwie bekamen wir alles hin. Ich gelangte zu der Überzeugung, dass es eine Göttin der alleinerziehenden Mütter geben musste, die bei Bedarf Kraft schenkte. Wenn es aber eine solche Göttin gab, dann sah sie bestimmt wie eine Katze aus.

Nach dem Pizza-Abend mit Philip blieb das Telefon ein paar Tage lang still. Dann klingelte es wider Erwarten. Offenbar reichte es Philip immer noch nicht. Er lud uns alle, inklusive Cleo, zu einem Wochenende am See ein.

Als wir endlich unser Ziel erreichten und unter einer Weißbirke hielten, lag das Cottage in Nebel gehüllt da. Dass es regnen könnte, daran hatte ich nicht gedacht. Philip meinte, das würde nichts ausmachen – am See könnte man immer irgendetwas unternehmen. Cleo erinnerte sich sofort wieder an das Plätzchen und sprang erfreut aus dem Auto.

Rob schnappte sich seinen Schlafsack und ließ die Fliegengittertür laut hinter sich zufallen, als er ins Haus trottete. Philip brachte das jedoch nicht aus dem Konzept. Er schien immun zu sein gegenüber dem grauenvollen Benehmen eines Pubertierenden.

Wir trugen unsere Taschen ins Haus. Ich blieb an einer Pinnwand stehen, die mit Familienfotos bedeckt war. Gut aussehende Leute mit gesunden, strahlenden Gesichtern, die Weihnachten am See feierten. Wenn man nach den Fotos ging, waren sie alle Olympioniken. Wasserski, Tennis, Alpinski, Angeln. Es waren auch junge Frauen auf den Fotos zu sehen. Hübsche, schlanke Mädchen im Bikini, die wahrscheinlich Jura oder Zahnmedizin studierten. Das waren Mädchen von der Sorte, die Philip und seine zwei Brüder eines Tages heiraten sollten. Aber als ich Philip nach ihnen fragte, erklärte er, sie seien langweilig.

„Wie wäre es mit einer Runde Schwimmen?“, rief Philip Rob zu.

„Es regnet.“

„Ich könnte dir helfen, den Kajak startklar zu machen.“

„Zu kalt.“

Der See lag ausgebreitet wie ein zerknittertes Stück Alufolie da. Philip kniete vor dem Kamin und das Zimmer war erfüllt von einem munteren Knistern. Cleo stürzte sich auf eine Spinne und kaute darauf herum, bevor sie ihren gewohnten Platz vor dem Feuer einnahm. Sie sah durch halb geschlossene Augen zu mir auf und gähnte, als wollte sie sagen: *Mach dir keine Gedanken. Es kommt alles in Ordnung.*

„Bin in einer Minute wieder da“, rief Philip.

Ich nahm Lydia auf den Schoß und las ihr ihre Lieblingsgeschichte vor.

Philip klopfte ans Fenster und rief uns nach draußen. Der Regen hatte nachgelassen. Lydia schnappte sich Cleo und schleppte sie mit dem Kopf nach unten aus dem Zimmer. Wir öffneten die Fliegengittertür: Philip hatte ein Seil über einen der höheren Äste der Weißbirke geworfen und einen alten Reifen daran befestigt.

„Toll! Eine Baumschaukel!“, rief Lydia.

Den Rest des Tages verbrachte sie damit, zu betteln, angeschoben zu werden – auf dem Bauch liegend, die Beine in die Luft gestreckt; aufrecht sitzend, die Beine vorn durch das Loch im Reifen gesteckt; innen auf dem Rand stehend, fest das Seil umklammernd. Noch nie war mir ein Mann begegnet, der so viel Geduld für ein Kind aufbrachte, das nicht sein eigenes war.

Gegen Abend ließ der Regen so weit nach, dass Philip auf einem gemauerten Grill an der Hecke Würstchen braten konnte. Um draußen zu essen, war es zu feucht, daher deckte ich drinnen.

„Wie wäre es morgen mit einer Radtour?“, fragte Philip Rob. „Es gibt hier einige tolle Touren die Hügel rauf.“

„Nein.“

„Oder wir fahren vormittags Kajak. Ich suche eine Schwimmweste für dich raus.“

„Für dich ist das alles ja kein Problem!“, explodierte Rob. „Du hast auch nicht mit ansehen müssen, wie dein Bruder überfahren wird!“

Er sprang von seinem Stuhl auf und rauschte in das Kinderzimmer davon, während wir wie betäubt zurückblieben.

„Manchmal geht er einfach so in die Luft", sagte ich leise.

„Ich rede mit ihm", sagte Philip und stand auf.

„Nein, lieber nicht", widersprach ich.

Philip befolgte meinen Rat nicht und verschwand im Kinderzimmer. Ich konnte ihn durch die Wände leise mit Rob sprechen hören. Die genauen Worte ließen sich nicht verstehen.

„Es geht ihm gut", erklärte Philip, als er einige Zeit später wieder auftauchte. „Er will jetzt schlafen, sagt er."

Am nächsten Morgen wachten wir zum Trommelwirbel des Regens auf dem Dach auf. Lydia lümmelte in ihrem Schlafanzug herum, bis sie in einem der Schränke zu ihrer großen Freude eine Kiste mit alten Bausteinen entdeckte. Sie baute ein Schloss, während Cleo auf den Überresten einer Motte herumkaute.

„Wo ist Rob?", fragte ich.

„Weiß nicht", sagte Lydia.

Ich bekam es mit der Angst zu tun. Wenn Rob in der Nacht abgehauen war, konnte er jetzt schon über alle Berge sein.

„Sieh mal", sagte Philip, legte eine Hand auf meine Schulter und drehte mich langsam zur Terrassentür. Durch die Scheibe, über die der Regen strömte, konnte ich meterhohe Wellen sehen, die gegen das Ufer schlugen. Purpurfarbene Wolken hingen über der Insel. In der Ferne war gerade noch eine Gestalt in einem Kajak auszumachen.

Die Wellen warfen den Kajakfahrer herum und schienen ihn zeitweise ganz zu verschlingen. Dann tauchte er wieder auf, stieß das Ruder ins Wasser und steuerte sein Gefährt durch die Wellenberge hindurch. Furchtlos hielt sich der Mann in seinem Boot.

„Ihr seid doch alle verrückt hier", sagte ich. „Wer geht denn bei einem solchen Wetter raus?"

„Rob", antwortete Philip und lächelte. „Und ich muss sagen, er hält sich wirklich gut."

Ungefähr zu der Zeit, als Steve und ich uns trennten, verfeinerte Cleo ihre Jagdkünste noch weiter. Vielleicht spürte sie, dass es jetzt nur noch einen in der Familie gab, der die Brötchen verdiente, und war von meinen Leistungen diesbezüglich nicht überzeugt. Unser Haus erinnerte an die Werkstatt eines Amateur-Tierpräparators. Um den Blutstrom ein wenig einzudämmen, kaufte ich Cleo ein knallrosa Halsband mit falschen Diamanten und einem Glöckchen.

„Katzen tragen keine Halsbänder", sagte meine Mutter, die gerade zu Besuch war.

„Sie bringt zu viele Mäuse und Vögel um", sagte ich und schloss das Lederband um Cleos Hals.

Endlich einmal waren Cleo und meine Mutter einer Meinung. Die Katze schüttelte heftig den Kopf und klingelte dabei wie eine Weihnachtsglocke.

Damit begann ein regelrechter Machtkampf zwischen Cleo und mir. Jede Stunde, in der sie wach war, verbrachte sie damit, daran zu kratzen und zu nagen. Drei der falschen Diamanten fielen heraus. Irgendwann war von dem schicken knallrosa Halsband nur noch ein dünner Lederstreifen übrig.

„Ist das dein neuer Freund?", flüsterte mir meine Mutter in der Küche zu. „Ich dachte zuerst, da steht ein Polizist, als ich die Tür öffnete. Mit den kurzen Haaren und so glatt rasiert."

Ich hatte es noch nie leiden können, wenn sie ihre Meinung zu meinem Privatleben abgab. Ihre Bemerkungen waren beißend wie Rasierwasser, und der neue Mann in unserem Leben bot ihr jede Menge Stoff.

In der Redaktion war es nicht leichter. Immer neue Toy-Boy-Witze machten die Runde. Bei Philip sah es auch nicht besser aus. Sein Freundeskreis – alles schlaue, junge Leute – reagierte sehr befremdet auf diese merkwürdige Beziehung. Nach wie vor wurde er überschwemmt mit Einladungen zu Mittagessen und Partys.

Ihn näher kennenzulernen kam der Erkundung einer dunklen Höhle gleich, die zuerst trügerisch flach gewirkt hatte. Kaum grub man allerdings ein wenig tiefer, öffnete sich die Höhle zu einem riesigen Gewölbe voller seltener und wunderschöner Kristalle. Philip sah gut aus, war unterhaltsam und konnte gut mit meinen Kindern umgehen. Ich fing sogar an, die Seiten an ihm zu lieben, die mich anfangs davon abgehalten hatten, ihn ernst zu nehmen. Mich beeindruckte, dass er darauf bestand, außen zu gehen, wenn wir nebeneinander über den Bürgersteig liefen. Als Philip das erste Mal sanft meinen Arm nahm, die Seite wechselte und meine Hand durch seine Armbeuge zog, sodass ich an den Schaufenstern und er am Rinnstein entlangging, wusste ich, das war ein Mann, mit dem ich gern mein Leben verbringen würde.

Inzwischen war es uns auch ziemlich egal, ob man uns zusammen in der Öffentlichkeit sah. Das dachte ich jedenfalls. Eines Samstagmorgens fuhren wir zu viert in die Stadt, um T-Shirts zu kaufen.

„Ich will das da", sagte Lydia und hielt ein T-Shirt in die Höhe, auf der als Elfen verkleidete Teddybären zu sehen waren. Die Farbe war klar.

„Sie macht gerade die Rosaphase durch", erklärte ich Philip. „Ich kämpfe nicht dagegen an. Sonst endet sie womöglich eines Tages auf der Couch eines Psychoanalytikers und wirft mir vor, dass ich sie um einen wesentlichen Teil ihrer Entwicklung gebracht hätte."

Er lachte nicht.

„Sarah!“, rief er und lächelte breit über meine Schulter hinweg.

Ich drehte mich um. Vor einer Umkleidekabine stand eine Blondine in einem Bikini, der so winzig war, dass man ihn auch als Zahnseide hätte benutzen können. Ich kannte sie von der Fotowand in dem Haus am See.

„Philip!“, rief sie strahlend. „Wo steckst du denn die ganze Zeit? Du warst ja schon seit einer halben Ewigkeit nicht mehr auf dem Tennisplatz! Ich hab dich vermisst.“

Ich wartete darauf, dass Philip mich vorstellte, aber plötzlich schien zwischen uns eine unsichtbare Mauer zu stehen.

„Zu viel zu tun“, sagte er und trat auf sie zu. „Du weißt, wie es um diese Jahreszeit immer ist.“

„Wem sagst du das?“, rief sie, verdrehte die Augen und warf ihre goldene Mähne zurück. „Die letzten Wochen wollten plötzlich alle perfekte weiße Zähne. Aber du siehst richtig gut aus!“

„Du auch.“ Seine Stimme hallte von den Wänden wider, drang in meine Ohren, krachte von dort gegen meine Schädeldecke, raste meine Wirbelsäule hinunter und zerriss etwas in meiner Brust.

„Komm, wir gehen!“, flüsterte ich Rob zu. Ich packte Lydias Hand und schob sie aus dem Laden, Rob im Schlepptau.

Warum in drei Teufels Namen hatte ich nicht auf Nicole und meine Mutter und all die anderen gehört? Sie hatten recht gehabt. Der Toy Boy und ich gehörten zwei verschiedenen Welten an.

„Warte!“ Philip keuchte, weil er so schnell gelaufen war, um uns einzuholen. „Was ist denn los?“

Ich schickte Rob in einen McDonald's, damit er sich Pommes frites und für Lydia ein Happy Meal besorgte.

„Du schämst dich wohl für uns?“, schnauzte ich ihn an. „Warum hast du uns denn nicht vorgestellt?“

„Ich hatte nicht den Eindruck, dass dir was daran liegt.“

„Du meinst wohl, du hattest nicht den Eindruck, dass *ihr* was daran liegt?“

„Also, ich …“

„Hast du nicht mal gesagt, Sarah wäre so langweilig? Dein Gelangweiltsein hast du jedenfalls grandios überspielt.“

„Sie ist … nur eine Freundin.“

„Ach, und warum hast du dann so getan, als wären wir Luft?“

Philip starrte auf ein Neonschild über meinem Kopf. Es ließ im Sekundentakt das Wort „Verlobungsringe“ aufleuchten. Zynismus pur.

„Glaubst du, das ist alles so leicht für mich?“, brach es schließlich aus ihm heraus. „Nicht dass ich die Kinder nicht mögen würde. Ich finde sie toll. Es ist nur so, dass … Ich weiß einfach nicht, ob ich von heute auf morgen Vater sein möchte."

Als er uns zu Hause absetzte und wegfuhr, stellte ich fest, dass Cleos Halsband verschwunden war. Sie hatte es zu guter Letzt durchgekaut und sich ihre Freiheit zurückerobert.

Unter Hexen

Einer unglücklich verliebten Frau, die etwas auf sich hält, bleiben nicht viele Möglichkeiten, außer vielleicht, eine Hexe zu werden. Hexen können Flüche abwehren. Sie nehmen ihr Schicksal selbst in die Hand. Cleo war die perfekte Hexenkatze, sie konnte praktisch gleichzeitig auf einem Dachfirst und vor einem Kaminfeuer auftauchen und hatte dazu noch die ideale Farbe.

Ein Raum, in dem sich eine Katze aufhält, ist sofort viel schöner. Ihre seidige Präsenz verwandelt eine willkürliche Ansammlung von Stühlen, herumliegendem Spielzeug und leer gegessenen Tellern in einen Tempel, in dem die Seele zur Ruhe kommen kann. Wir armen Wesen bringen uns mit unseren neurotischen Versuchen, an der Vergangenheit festzuhalten und die Zukunft zu kontrollieren, ständig in Schwierigkeiten. Wir brauchen eine Katze, die uns daran erinnert, einfach nur zu *sein*.

Ihre wachsamen Augen sehen mehr als die der Menschen. Wenn eine Katze schläft, bedeckt sie ihre Augen mit einem dritten Lid, sodass ihr keine Bewegung entgeht. Eine Katze sieht alles, aber sie ist klug genug, ihre Meinung für sich zu behalten.

Es gab keinen Grund, die Therapeutin ein zweites Mal aufzusuchen. Sie hätte mir nur gesagt, dass ich es noch einmal mit einem One-Night-Stand versuchen sollte, und wir alle wussten, wie das endete. Allerdings hatte ich aus meinen Fehlern gelernt. Ich zog mich also von der Singlebörse zurück und übte mich in Abgeklärtheit. Auf Nachfrage erklärte ich, es ginge mir so gut wie noch nie. Na und? Eine Katze verliert auch nie ihr Lächeln. Aber eine Hexe hat einen hartnäckigen Stalker: die Einsamkeit. Wenn die Kinder im Bett waren, goss ich mir ein Glas Wein ein. Ich hob Cleo hoch und trug sie auf die hintere Terrasse. Dort saßen wir dann gemeinsam unter den Sternen, leckten unsere Wunden und betrachteten den Mond.

„Niemand dringt bis zum Herzen einer Hexe vor", murmelte ich und vergrub meine Nase in ihrem samtenen Fell.

Dennoch raste ich jedes Mal ans Telefon, wenn es klingelte. Er war es nie. Warum auch? Er hatte gesagt, er sei nicht „bereit“. Wenn die Leute immer warten würden, bis alles bereit ist, dann würde nie etwas passieren. Das Leben ist schließlich keine Speisekarte: Man kann nicht einfach eine Bestellung aufgeben, wenn man „bereit“ dazu ist. Ich war nicht bereit gewesen, Sam zu verlieren. Und ich fand auch nicht, dass ich bereit war, mich von Philip zu verabschieden. Seine Worte waren unbarmherzig gewesen, aber aus seinen Augen hatten Traurigkeit und Liebe gesprochen.

Ich vermisste seine Ruhe, seine Stimme, die so warm wie ein Kaminfeuer war, seine lächerlich konservative Kleidung. Seinen Geruch. Obwohl er nur selten Rasierwasser benutzte, roch er stets nach Wald. Warum sind eigentlich nur so wenige Sonette über den Geruch des Geliebten geschrieben worden? Auch Rob vermisste ihn. Philip war das dringend benötigte Vorbild gewesen. Nur hatte es sich dann leider als Fälschung erwiesen. Wie dumm ich doch gewesen war. Ich schwor mir, dass kein Mann Rob jemals wieder verletzen würde.

Aus Wochen wurden Monate.

Ich übte mich darin, eine richtige Hexe zu werden, und brachte Cleo bei, auf meiner Schulter zu sitzen. Mir gefiel der entsetzte Ausdruck auf den Gesichtern meiner Besucher, wenn ich ihnen die Tür mit einer glutäugigen schwarzen Katze auf der Schulter öffnete. Mochten die Menschen auch noch so gebildet und fortschrittlich sein, im Innersten wurden sie von ihren Instinkten beherrscht. Sie glaubten nach wie vor an Hexen. Vor gar nicht so langer Zeit hätten meine Nachbarn bei Einbruch der Dämmerung mich und meine Katze zum nächsten Scheiterhaufen geschleppt.

Mittlerweile war ich froh über den alltäglichen Irrsinn in der Redaktion. Die Mischung aus Abgabestress und Sticheleien seitens meiner Kollegen half mir über den allerersten Schmerz hinweg. Ich war froh, dass niemand, nicht einmal Nicole, sagte: „Ich hab’s dir doch gleich gesagt.“ Dafür war ich ihnen dankbar.

Ich kannte Tina zwar nicht besonders gut, aber es gab Hinweise darauf, dass auch sie eine autonome Hexe war. Vor nicht allzu langer Zeit hatte sie mich in ihr Büro gebeten und mir vorgeschlagen, mich für ein Journalistenstipendium an der Universität von Cambridge zu bewerben. Ohne mir irgendeine Chance auszurechnen, stellte ich den Antrag. Auf dem Formular wurde man aufgefordert, einen besonderen Interessensbereich anzugeben. Da ich davon ausging, nicht genommen zu werden, erfand ich ein völlig hirnrissiges Thema – Umweltforschung aus einer spirituellen Perspektive.

SEIT ICH PHILIP das letzte Mal gesehen hatte, waren sechs Monate vergangen. Ich war über die Trennung hinweg, zumindest tat ich so. Eine Hexe aus Auckland hatte sich bereit erklärt, mich zu einem Gespräch über weibliche Spiritualität in der Redaktion aufzusuchen. Offenbar brauchten Hexen genau wie alle anderen Publicity. Abgesehen von den Bergkristallen um ihren Hals und den Heftpflastern um einige ihrer krummen Zehen, die aus den Birkenstocksandalen herausschauten, wirkte sie wie eine ganz normale ältere Frau, mit deren Einkaufswagen ich im Supermarkt hätte zusammenrumpeln können. Wir lächelten uns an. Sie überraschte mich mit der Frage, ob ich ein Haustier hätte. Als ich Cleo nannte, beugte sie sich vor, was die Bergkristalle zum Klirren brachte.

„Eine schwarze Katze ist der optimale Hausgenosse für eine Hexe", sagte sie. „Sie schließt sich einer Hexe an, um ihr in psychischen und übersinnlichen Angelegenheiten zur Seite zu stehen."

„Wollen Sie damit sagen, dass Cleo mir dabei hilft, meine Träume zu verwirklichen?", fragte ich.

Die Hexe lachte, ein ganz normales Altfrauenlachen, kein Kichern. „Grob vereinfachend könnte man das so sagen."

Ein Klopfen an der Tür unterbrach uns. Es war Tina. „Tut mir leid, wenn ich störe", sagte sie. „Aber unten ist jemand, der dich dringend sprechen will."

Es war Philip.

CLEO WAR UNRUHIG. Mit zuckenden Schnurrhaaren lief sie nervös auf dem Teppich auf und ab. Rauf auf den Tisch, runter vom Tisch und wieder zurück. Als ein Auto vorbeifuhr, erstarrte sie und legte die Ohren flach an. Kaum war das Auto weg, setzte sie ihren Patrouillengang auf dem Teppich fort.

Dann ertönte endlich das Geräusch, auf das sie die ganze Zeit gewartet hatte – das Klicken des Gartentors. Freudig miauend raste sie den Flur hinunter zur Haustür. Als ich Philip die Tür öffnete, stürzte sich Cleo auf ihn und stemmte ihre Vorderbeine gegen seine Oberschenkel.

„Sie hat auf dich gewartet", sagte ich und umarmte ihn. Cleo kletterte Philips Rollkragenpullover hoch und schmiegte sich unter sein Kinn. Ein so herzergreifendes Wiedersehen hatte es nicht mehr gegeben, seit Cleopatra und Marcus Antonius Versöhnung gefeiert hatten.

Die Kinder begrüßten ihn wesentlich zurückhaltender. Lydia sah von ihrem Holzpuzzle auf. Rob tauchte aus seinem Zimmer auf und nickte höflich.

WÄHREND DIE WOCHEN in Monate übergingen, kehrten Innigkeit und Vertrauen langsam zurück. Das Band zwischen uns wurde sogar noch stärker als zuvor. Auch wenn ich versuchte, ihm nicht mein ganzes Herz zu schenken, für den Fall, dass er es wieder brechen wollte, gab es keinen Zweifel daran, dass ich Philip liebte – wie wir alle.

Eines Spätnachmittags scheuchte er uns – einschließlich Cleo – in sein Auto.

„Wohin fahren wir?“ Ich hatte Geheimnisse und Überraschungen noch nie besonders leiden können.

„Das wirst du schon sehen.“

„Was wollen wir denn im Museum?“, fragte Rob, als wir in den Botanischen Garten einbogen.

„Wart's ab.“

Philip fuhr auf denselben Parkplatz, auf dem ich bei unserem ersten Treffen geparkt hatte. Er bat uns, eine Minute im Auto zu warten, und lief die Stufen hinauf.

„Sehen wir uns die Dinosaurier an?“, fragte Lydia.

„Heute nicht“, erwiderte Rob. „Das Museum ist schon zu.“

Philip tauchte wieder auf und machte uns ein Zeichen, die Treppe hinaufzugehen. Wir kletterten aus dem Auto. Normalerweise hätte Rob Cleo auf der Rückbank gelassen, aber er schien zu spüren, dass etwas Bedeutsames geschehen würde. Er trug sie die Stufen hinauf, und ich nahm Lydia an die Hand.

Philip stand rechts vom Eingang genau an der Stelle, an der ich ihn das erste Mal gesehen hatte, einer der letzten Sonnenstrahlen fiel auf ihn.

„Da ist etwas, das ich dir gerne zeigen möchte“, sagte er und deutete auf eine der zurückgesetzten Fensternischen aus Beton tief im Schatten. In der Nische ganz hinten lag ein kleines dunkelblaues Kästchen, und in dem Kästchen befand sich ein Diamantring. Vor den Augen von Rob, Lydia und Cleo steckte er ihn mir an den Finger.

Ich bekam kein Wort heraus. Ich war viel zu beschäftigt damit, vor Rührung nicht loszuheulen.

UNTER DEN GEGEBENEN UMSTÄNDEN hielten wir eine lange Verlobungszeit für angemessen. Ohne ein genaues Datum. Das war schließlich keine normale Heirat. Es war eine Verbindung zwischen einem Mann, drei Menschen und einer Katze. Alle Beteiligten sollten sich wohl dabei fühlen.

Gerade als ich mich daran gewöhnt hatte, einen Verlobungsring zu tragen, warf der Briefträger einen bedeutsam aussehenden Brief bei uns ein.

„Die müssen verrückt sein in Cambridge!“, sagte ich und reichte Philip das Schreiben. „Sie haben mich genommen!“

Er lachte, nahm mich in seine unfassbar sehnigen Arme und erklärte, er wäre nie von etwas anderem ausgegangen. Zeitlich passte es perfekt. Philip war gerade an einer renommierten Schweizer Managementschule angenommen worden, wo er seinen MBA machen wollte. Wenn dann mein Stipendium auslief, konnten die Kinder und ich für den Rest des Jahres zu ihm nach Lausanne kommen …

Cambridge. Die Schweiz. Das war ein Ding der Unmöglichkeit. Ich würde Rob und Lydia drei Monate in Neuseeland zurücklassen müssen – und Cleo ein ganzes Jahr! Ausgeschlossen. Aber Philip drängte mich anzunehmen. Wann würde sich jemals wieder eine solche Gelegenheit ergeben? Steve und Mum waren derselben Ansicht. Mum bot an, sich im ersten Monat um die Kinder zu kümmern, und Steve erklärte sich bereit, sie in den anderen beiden zu übernehmen. Cleo sah mich unverwandt an. Wollte sie mich dazu bringen, zu gehen oder zu bleiben?

Nach meinen drei Monaten in Cambridge sollte Lydia zu uns in die Schweiz kommen. Rob wollte lieber auf seiner Highschool bleiben und uns in den Ferien besuchen. Es war ein verrückter, unrealistischer Plan, der mehr Gefahren in sich barg als ein angolanisches Minenfeld. Wir beschlossen trotzdem, es zu wagen.

Cleo half uns bei der Auswahl des Zwischenmieters, der das Haus in unserer Abwesenheit übernehmen würde. Ich war schon ein wenig verzweifelt, ob wir jemals jemanden finden würden, da kam Andrea, eine junge Ärztin mit grünen Augen und einem dunklen Lockenkopf. Sie versicherte uns, sie würde Katzen lieben. Cleo strich mit einem Buckel um sie herum, weil sie gestreichelt werden wollte. Wir nahmen Andrea.

CAMBRIDGE eröffnete mir faszinierende neue Welten, aber richtig glücklich war ich erst, als ich nach drei Monaten Lydia und Philip wieder in die Arme schließen konnte.

Während ich an den Schweizer Maßstäben, die an eine gute Hausfrau angelegt wurden, auf ganzer Linie scheiterte, quälte sich Philip durch endlos lange Stunden an der Managementschule. An einem der wenigen Tage, an denen er frei hatte, meinte er, wenn wir unser Versprechen erfüllen wollten, dann könnten wir das genauso gut in der Schweiz machen. Nachdem Schweizer Beamte wochenlang um die halbe Welt telefoniert und Faxe mit Anwälten hin und her geschickt hatten, gaben sie sich endlich zufrieden. Jeder Papierfetzen, der für die Heiratserlaubnis erforderlich war,

war unterzeichnet, gegengezeichnet und in dreifacher Form eingereicht worden.

Wir hatten die Hochzeit auf die Septemberferien gelegt, sodass Rob und andere Verwandte teilnehmen konnten. Ich kaufte mir ein cremefarbenes Kostüm und einen passenden Hut. Wir unternahmen eine Fahrt über den See nach Évian, wo wir Lydia ein festliches Kleid mit lila Schärpe und Petticoat kauften, das geradewegs aus *The Sound of Music* zu stammen schien.

Ohne parteiisch sein zu wollen, muss ich sagen, es war die schönste Hochzeit, auf der ich jemals war. Auch unser Flitterwochenende war wunderbar. Fünf Gäste, unter anderem die Brautmutter und die Kinder, begleiteten uns an das verträumte Ufer des Lago Maggiore. Das Einzige, was zu unserem Glück fehlte, war eine kleine schwarze Katze.

ICH WAR NICHT TRAURIG, als unser Jahr in der Schweiz seinem Ende zuging. Auf dem Weg nach Hause machten wir ein paar Tage Station in New York bei meinem alten Freund Lloyd. Während einer unserer Sightseeingtouren entschuldigte ich mich und verschwand in einem Kaufhaus, um einen Schwangerschaftstest zu kaufen. Zurück bei Lloyd lief ich die Treppe hinauf und schloss mich in seinem Badezimmer ein. Ich hielt den Streifen ins Licht, aber meine Hand zitterte so sehr, dass ich das Ergebnis kaum erkennen konnte. Halleluja! Die Linie war blau!

Ich war mir nicht sicher, wie Cleo uns begrüßen würde, doch mit einem freudigen Miauen sprang die Katze auf uns zu. Sie erkannte jeden von uns wieder. Katzen sind Menschen – neben vielem anderen – in ihrem Verhältnis zur Zeit überlegen. Sie sparen es sich, Jahre in Monate, Tage in Stunden und Minuten in Sekunden zu zerlegen. Katzen sind frei von der Sklaverei, jeden Moment zu messen, sich ständig Sorgen zu machen, ob sie zu spät oder zu früh sind, zu jung oder zu alt und ob Weihnachten tatsächlich schon in sechs Wochen ist, und so können sie die Gegenwart in ihrer ganzen multidimensionalen Schönheit genießen. Würde es uns Menschen gelingen, die Zeit zu vergessen, würde sich Vergnügen an Vergnügen, Möglichkeit an Möglichkeit reihen.

Nachdem wir unsere Koffer ausgepackt hatten, lockte ich sie mit einer Schüssel ihres früheren Leibgerichts – Grillhähnchen. Als sie die Hälfte gefressen hatte, sah sie zu mir auf und zwinkerte, so als wollte sie sagen: *So, so, mal wieder schwanger. Könnt ihr Menschen euch eigentlich nicht zusammenreißen?*

Ich war 38 Jahre und unterzog mich einer Reihe von Tests, die ergaben, dass das Kind gesund war. Und ein Mädchen.

Eines Nachmittags lag ich auf dem Sofa mit Cleo auf dem Bauch und rief Ginny in Wellington an. Sie gab mir die Adresse einer Hebamme namens Jilleen.

In dem Moment, als ich Jilleen die Tür öffnete, schlug das Baby einen Purzelbaum in meinem Bauch. Noch nie hatte ich einen Menschen mit freundlicheren Augen gesehen. Sie hatte ihre kleinen Hände feinsäuberlich vor dem Bauch gefaltet. Ich wusste sofort, das war die Frau, die unser Kind auf die Welt holen würde.

Und dann war es so weit: Mit knallrotem Kopf und sehr verärgert drängte sich Katharine um zwei Uhr morgens auf die Welt. Unsere Helfer (zu denen auch Anne Marie und ein Arzt aus der Nachbarschaft gehörten) strahlten zufrieden.

Es HEISST, die Zeit heilt alle Wunden. Oberflächlich betrachtet war unser Leben rundum gut. Ich war glücklich und freute mich über die Stabilität, die Philip uns allen mit seiner Liebe schenkte. Nichtsdestoweniger gab es einen Teil in unserem Leben, den Rob und ich verbargen und über den wir nur selten redeten, jedenfalls nicht im Beisein anderer.

„Manchmal habe ich das Gefühl, unser Leben zerfällt in zwei Hälften", sagte er eines Tages. „Da ist das Leben mit Sam und dann das nach seinem Tod. Es kommt mir fast so vor, als hätten beide überhaupt nichts miteinander zu tun."

Ich musste ihm recht geben. Abgesehen von einer Handvoll Freunden und Verwandten und der kleinen schwarzen Katze, die Sam vor all den Jahren für uns ausgesucht hatte, gab es nur wenig, was diese beiden Lebensabschnitte miteinander verband. Wir mochten zwar lachen, arbeiten und spielen, aber es wäre eine Lüge, zu behaupten, dass die Zeit diese Wunde geheilt hatte. Sams Tod war wie eine Amputation gewesen.

Rob wuchs zu einem großen, hübschen Kerl heran. Er war ein guter Schwimmer, und ermutigt von Philip nahm er an Triathlon-Wettkämpfen teil und segelte. Ich war zwar gelegentlich in Sorge wegen seines seelischen Befindens, aber körperlich strotzte er geradezu vor Gesundheit. Er hatte die beneidenswerte Fähigkeit, jeden Virus nach einem Tag abzuschütteln.

Nach seinem ersten Jahr an der Uni gingen Rob, Philip und ich in den Ferien einmal in das Einkaufszentrum bei uns um die Ecke. Rob wurde plötzlich blass und sagte, ihm sei nicht gut.

„Bist du etwa krank?", fragte ich. „Du bist doch nie krank."

Rob ließ sein Frühstück auf uns niedergehen. Ich nahm an, dass er einen Hamburger gegessen hatte, der nicht mehr gut war, und bald wiederhergestellt sein würde. Was für ein Irrtum. Er legte sich ins Bett und konnte mehrere Tage lang weder essen noch trinken. Sein Arzt versicherte uns, dass es nichts Ernstes sei und nicht lange anhalten würde. Aber gegen Ende der Woche wurde Rob ins Krankenhaus eingeliefert, wo man eine *Colitis ulcerosa* diagnostizierte, eine entzündliche Darmkrankheit. Es stellte sich heraus, dass Rob einen sehr schweren Anfall hatte.

Hilflos musste ich mit ansehen, wie er von Tag zu Tag schwächer wurde. Die Aussicht, noch ein Kind zu verlieren, war unerträglich.

Ein junger Chirurg in einem grünen OP-Kittel, der gerade aus dem Hörsaal gekommen zu sein schien, stand an seinem Bett. Wenn Rob nicht auf die Medikamente reagierte und sein jetzt schon angeschwollener Dickdarm einen weiteren Zentimeter zunahm, sagte er, würde der gesamte untere Abschnitt des Darms (mehr als zwei Meter) entfernt werden müssen, und das sei eine große Operation.

Rob und ich spielten seine Babyzeit nach. Ich streichelte ihm über die Haare und stützte seinen Kopf, um ihm etwas von dem abscheulichen, aber nährstoffreichen Dosengetränk einzuflößen. Ein Rosenquarzkristall auf seinem Bauch schien die Heftigkeit der Schmerzattacken zu mildern. Seine Augen leuchteten, wenn er erfuhr, dass jemand für ihn betete oder heilende Energie schickte.

Robs Zustand besserte sich langsam. Man verschrieb ihm für die nächste Zeit starke Steroide und erklärte ihm, dass sein Dickdarm irgendwann womöglich doch noch entfernt werden müsse. Als Rob endlich nach Hause entlassen wurde, war er fast zum Skelett abgemagert. Er war zu schwach, zum Parkplatz zu gehen, und wartete auf einer Bank vor dem Krankenhauseingang, bis ich das Auto geholt hatte.

Am liebsten wollte er raus an die frische Luft. Ich trug ihm einen Stuhl und eine Decke in den Garten.

„Mir war früher nie aufgefallen, wie blau der Himmel ist“, sagte er, während es sich die Katze in den Falten seiner Hose, die ihm um die Hüften schlotterte, bequem machte. „Wie stark die Farben leuchten. Die Vögel, die Insekten. Ich habe das alles für selbstverständlich genommen. Es ist ein Wunder. Ich hoffe, ich sehe die Welt immer in dieser Klarheit.“

Kaum war Rob halbwegs zu Kräften gekommen, bepackte er sein altes Auto bis unters Dach und fuhr Richtung Süden. Den ganzen Winter über fuhr er in der Nähe von Queenstown Ski, wenn er nicht gerade Kaffee in einem Café am Ort ausschenkte. Danach fühlte er sich imstande, sein Studium wiederaufzunehmen.

Eines Abends kam Philip von der Arbeit nach Hause und gab bekannt, dass er befördert worden war. Da war nur ein winziges Problem: Sein neues Büro befand sich in Melbourne, Australien.

Veränderungen

Meine Flugangst wurde durch eine neue Neurose abgelöst – Katze-im-Frachtraum-Angst. Ich redete mir gut zu. Vielleicht war sie ja nicht einmal im selben Flugzeug wie wir. Man hatte uns gesagt, dass sie womöglich erst 24 Stunden nach uns ankäme.

Als wir in Melbourne unter einem riesigen blauen Himmel ins Taxi stiegen, atmete ich erst einmal tief die trockene Luft ein. Alles an Australien war größer, zuversichtlicher, extrovertierter. Ich hoffte, wir würden uns unter der gleißenden Sonne Melbournes ein neues Leben aufbauen können.

Als das Taxi vor der von uns gemieteten Villa in Malvern, einem grünen Vorort von Melbourne, hielt, machte ich mir nach wie vor Sorgen um unsere Katze.

Seit wir vor fünf Jahren aus der Schweiz zurückgekommen waren, hatte sich vieles verändert. Rob hatte nach Beendigung seines Studiums beschlossen, in Melbourne als Ingenieur zu arbeiten. Lydia war bald ein Teenager, und Katharine kam demnächst in die Schule. Steve hatte geheiratet und eine Tochter bekommen. Meine Mutter hatte ihren Kampf gegen den Darmkrebs bald aufgegeben und war nach kurzer schwerer Krankheit gestorben. Ihre letzten Tage waren furchtbar gewesen, aber sie hatte dem Tod tapfer ins Auge geblickt. Ich vermisste unsere Telefonate, ihre stete Ermutigung, ihren Willen, allem im Leben seine guten Seiten abzugewinnen.

Aber einige Dinge hatten sich nicht geändert. So war Cleo nach wie vor unbestritten die Königin in unserer Familie.

„Da ist was vor der Tür“, sagte Rob.

Im Schatten der Veranda stand eine große Kiste. Wir traten vorsichtig näher. Hinter dem Drahtgitter sahen uns zwei vertraute grüne Augen finster an.

„Na, sieh mal einer an, wer da ist!“, rief Philip.

Die Augen blitzten ihn an, als wollten sie sagen: *Also, ihr habt euch ja wirklich Zeit gelassen!*

Gerade als wir dachten, wir hätten uns an das neue Leben gewöhnt, ereilte uns unser erster Vierzig-Grad-Tag. Meine Arme und Beine schwollen auf den doppelten Umfang an. Die Haare hingen mir in feuchten Strähnen herab. Das Herz pochte mir in den Ohren. Wir waren alle völlig fertig, aber am schlimmsten traf es Cleo. Ihr schwarzes Fell nahm die Wärme auf und verbreitete sie wie eine Zentralheizung im ganzen Körper. Sie lag wie tot auf der Seite, die Zunge hing ihr zum Zeichen der Kapitulation aus der Schnauze.

Und die ganze Zeit über wurde Rob wieder schwächer. Die Krankheit flammte immer häufiger und immer heftiger auf. An ein normales Arbeitsleben war gar nicht zu denken. Sein Gastroenterologe erklärte ihm, dass er unmöglich länger solche hohen Dosen Steroide zu sich nehmen konnte. Rob willigte ein, einen Darmchirurgen aufzusuchen.

Ich machte mir nicht nur um seine Gesundheit, sondern auch um sein Sozialleben Sorgen. Er kannte in Australien so gut wie niemanden seines Alters. Als ich das einmal Trudy, einer der Mütter aus Katharines Schule, gegenüber erwähnte, brachte sie kurz darauf ihre Nichte Chantelle mit zu uns, um sie Rob vorzustellen. Chantelle, eine hübsche junge Frau, war in ihrer Lebhaftigkeit sehr einnehmend. Merkwürdigerweise spürte ich bei ihr ein ähnliches unmittelbares Wiedererkennen wie damals bei Philip. Sie gehörte zu den Menschen, die man schnell ins Herz schloss. Chantelle nahm Rob zu einem Football-Spiel mit und stellte ihn ihrem jüngeren Bruder Daniel vor. Ich hatte den Eindruck, dass Rob sich für sie interessierte, aber auf etwas anderes als Freundschaft zu hoffen, wäre sinnlos gewesen, weil ihm ein so schwerwiegender Eingriff drohte.

Die Ursache von *Colitis ulcerosa* liegt nach wie vor im Dunkeln, wobei ich im Falle meines Sohnes den Verdacht hatte, dass die unbewältigte Trauer über den Tod seines Bruders Mitschuld hatte. Bislang gibt es außer der operativen Entfernung des Darms noch keine Therapie.

Im Krankenhaus nahmen wir den Aufzug in den achten Stock, wo ein kleiner grauer Raum auf ihn wartete. Allerdings hatte man von hier aus einen schönen Blick auf die Stadt.

„Da drüben ist wahrscheinlich Chantelle“, sagte Rob und deutete auf einen riesigen grauen Würfel. „Die Uni.“

Mein Herz zog sich zusammen. „Ich liebe dich“, sagte ich. Diese Worte drückten nur einen winzigen Bruchteil meiner Gefühle für meinen schönen, sensiblen, Katzen liebenden Sohn aus.

„Du kannst jetzt gehen“, sagte er. „Richte Cleo aus, dass ich bald wieder zu Hause bin.“

Als ich beim Verlassen der Station einen Blick zurückwarf, sah ich eine einsame Gestalt auf einem Stuhl vor einem Fenster sitzen.

CLEO UND ICH pflegten Rob nach seiner ersten Operation zwei Monate lang. Als er schon wieder ein wenig zu Kräften gekommen war, legte er sich Cleo oft auf den Bauch und ließ ihr kehliges Schnurren durch seine Wunden vibrieren. Die Heilkraft des Schnurrens von Katzen ist ein ursprünglicher Klang wie das Geräusch von Wellen, die ans Ufer branden. Die reinste Medizin.

„Erinnerst du dich, dass du als Kind immer erzählt hast, Cleo würde mit dir reden? Spricht sie immer noch mit dir?“

„Manchmal in Träumen. Inzwischen spricht sie nicht mehr in dem Sinne mit mir, sondern zeigt mir irgendwelche Sachen. Manchmal kehren wir zurück in die Zeit, als Sam noch gelebt hat. Wir laufen gemeinsam den Zickzackpfad rauf und runter. Ich glaube, sie will mir damit sagen, dass alles in Ordnung kommt.“

Die Krankheit sei auch ein Geschenk, erklärte er. „Ich habe gute und ich habe schlechte Zeiten gehabt. Aber eins kann ich dir sagen, die guten sind besser. Wenn man hartes, altes Brot gegessen hat, dann weiß man das weiche, das frisch aus dem Ofen kommt, erst richtig zu schätzen. “

Robs Körper gewöhnte sich langsam wieder an die Aufnahme fester Nahrung, auch wenn er immer noch wie der Überlebende eines Kriegsgefangenenlagers aussah. Cleo trottete ihm durch das ganze Haus hinterher, kuschelte sich in seine Decke und überreichte ihm gelegentlich ein kleines Geschenk in Form einer enthaupteten Eidechse.

In den langen Tagen, die wir gemeinsam zu Hause verbrachten, durfte ich Rob besser kennenlernen. Er hatte seine eigene Begründung dafür, dass man jede Minute des Lebens genießen sollte.

„Durch Sam habe ich erfahren, wie schnell sich Dinge ändern können. Durch ihn habe ich gelernt, dass ich jeden Moment schätzen soll. Dann ist das Leben viel aufregender und intensiver“, erklärte er.

Mein junger Philosoph im Bademantel hatte Weisheiten auf Lager, mit denen er jedem östlichen Mystiker hätte Konkurrenz machen können. Aber tief in unserem Inneren wussten wir beide, dass er dieselben Träume wie jeder junge Mensch hatte. Mehr als alles andere sehnte er sich nach Liebe und Glück.

Zwei Monate später war Rob immer noch so dürr wie ein Zaunpfahl. Aber das hielt ihn nicht davon ab, mit zwei Schulfreunden eine Abenteuerreise ins Outback zu planen. Zu sagen, dass ich mir Sorgen machte, wäre eine Untertreibung. Springflutartig stieg die Erleichterung in mir auf, als das von rotem Wüstenstaub überzogene Auto wieder in unsere Straße einbog. Mit Cleo auf dem Arm lief ich ihnen entgegen. Mein Sohn hievte sich vom Rücksitz und ließ sich von mir umarmen. Ängstlich musterte ich ihn und stellte fest, dass er kräftiger geworden war.

„Wie war’s?“, fragte ich.

„Fantastisch!"

Wir überredeten die Jungs, zum Grillen zu bleiben, bevor sie sich auf den Heimweg machten. Im Schein der Kohlenglut betrachteten wir die aufgehenden Sterne.

„Ich hatte ein erstaunliches Erlebnis in der Wüste", erzählte Rob. „Als wir eines Nachts an einer einsam gelegenen Stelle in der Nähe der Felsschluchten von ‚Katherine Gorge' zelteten, träumte ich von einer ziemlich merkwürdigen weißen Katze. Sie hatte sieben Herzen und saß am Ufer eines Binnenmeers."

„Hat sie dir Angst gemacht?", wollte ich wissen.

„Nein, sie war weise, eine Art Lehrerin. Und sie sprach mit mir."

„Oje!" Ich lächelte. „Nicht schon wieder. Was hat sie denn gesagt?"

„Sie hat mir gesagt, dass ich seit vielen Jahren von einer Katze beschützt werde, dass die Katze mich mit den richtigen Leuten zusammengeführt hat. Sie sagte, dass unsere Welt weiterhin von Traurigkeit und Schmerz heimgesucht werden würde, bis wir die wichtigste Lektion beherrschten. Um all unsere Fähigkeiten richtig nutzen zu können, müssen wir Angst und Gier durch Liebe ersetzen – um unserer selbst, der anderen und des Planeten willen, auf dem wir leben. Dann sagte die weiße Katze noch, dass meine Katzenbeschützerin mir geholfen hat, alle möglichen Arten der Liebe zu finden. Es gebe nur noch eine Art von Liebe, die sie mir beibringen könnte. Wenn ich diese Liebe entdeckt hätte, dann wäre ihre Aufgabe auf Erden abgeschlossen."

Eine Sternschnuppe schoss über den Himmel. Ich war sprachlos.

„Das eigentlich Merkwürdige kommt aber erst noch", fuhr Rob fort. „Dieser Traum war so seltsam, dass ich ihn am nächsten Morgen den Jungs erzählte. Nach ein paar Stunden stießen wir auf eine Stelle, die genauso aussah wie die Landschaft in meinem Traum. Ein Aborigine kam zu uns und klärte uns über die Gegend dort auf. Er sagte, es sei einmal ein heiliger Ort gewesen, den die Leute aufsuchten, um sich heilen zu lassen. Er deutete auf die sieben Hügel am Rand der Lagune. Solange sich irgendjemand erinnern konnte, sagte er, hätten die Einheimischen sie ‚die Katzen' genannt."

Von ihrem Aussichtspunkt auf Robs Schulter zwinkerte Cleo uns zu.

Der Umzug hatte unter anderem den Nachteil, dass wir nicht mehr auf verlässliche Freunde zurückgreifen konnten, die auf Cleo aufpassten, wenn wir in die Ferien fuhren. Daher brachten wir sie zum ersten Mal in einer Katzenpension unter. Aber nachdem wir sie aus der Katzenpension abgeholt hatten, floss aus ihren Augen eine klebrige Flüssigkeit. Sie wollte nicht fressen und fing an zu husten.

Als wir dem Tierarzt in unserem Viertel erklärten, dass sie 16 Jahre alt war, seufzte er. „Ich würde mir nicht allzu große Hoffnungen machen. Nach der durchschnittlichen Lebenserwartung einer Katze hätte sie eigentlich schon vor sechs Jahren sterben müssen."

Was für ein herzloser Tierarzt! Wie konnte er nur so etwas sagen?

Doch die Antibiotika, die der Tierarzt Cleo verschrieben hatte, zeigten Wirkung. Zu unserer großen Freude verschlang sie nach nicht einmal einer Woche wie gewohnt ihr Fressen. Ihr Fell glänzte wieder. Sie tänzelte über den Küchentisch und kletterte die Vorhänge hinauf. Cleo war so munter wie eh und je. Aber angesichts ihres fortgeschrittenen Alters beschlossen die Mädchen und ich, dass es an der Zeit für einige Umstellungen war. Cleo hatte darauf bestanden, ihre Nächte im Freien zu verbringen, um im Mondenschein über die Dächer zu spazieren. Damit war jetzt Schluss. Von nun an würde sie zu einer Wohnungskatze werden. Wir besorgten etliche unterschiedliche Katzenbetten, doch das einzige, das sie halbwegs akzeptierte, war ein braunes Polsterbett. Wir brachten es in der Waschküche unter, wohin sie sich nachts zähneknirschend zum Schlafen zurückzog und wohin wir auch ihre Fressnäpfe und ein Katzenklo stellten.

Urlaubsreisen blieben ein Problem. In eine Katzenpension wollten wir sie nicht mehr geben. Daher blieb nur ein Katzensitter, der vorübergehend bei uns einzog. Cleos erste Katzenhüterin war unsere Freundin Magnolia – und das funktionierte ganz gut. In der Folge engagierten wir stets eine Katzenhüterin, wenn wir wegfuhren. Während einer dieser Gelegenheiten fiel Cleo ein Küchenstuhl auf den Schwanz, der fortan an der Spitze einen Knick hatte. Cleos Schwanzspitze blieb zwar bis zum Schluss empfindlich, aber sie erwartete keinerlei Mitleid. Vergeben war für sie so selbstverständlich wie Atmen.

Ich musste noch immer an die Autofahrerin denken, die vor so vielen Jahren Sam überfahren hatte. Meine Wut auf sie hatte wie ein Flächenbrand in mir getobt. Wenn ich damals in der Zeitung einen Bericht über irgendwelche Eltern las, die dem Mörder ihres Kindes vergeben hatten, war ich sicher, dass sie sich selbst belogen.

Die Zeit heilt vielleicht nicht alle Wunden, aber sie lässt die Dinge in einem anderen Licht erscheinen. Ich hatte endlich akzeptiert, dass Sams Tragödie auch die der Fahrerin war. Nach all der Zeit fühlte ich mich endlich imstande, dieser Frau zu begegnen, so sich jemals die Gelegenheit dazu ergeben sollte. In einem Interview für eine Zeitschrift hatte ich erklärt, ich sei bereit zu einem Gespräch. Ich wollte meine Arme um sie legen, den Schmerz anerkennen, den sie all die Jahre empfunden haben musste, und ihr sagen, dass ich ihr vergeben hatte. Ohne Wenn und Aber.

Auf dieses Interview hin erhielt ich einen Brief, wenn es auch nicht der war, den ich erwartet hatte.

> Liebe Helen,
> meine Frau zeigte mir den kürzlich erschienenen Artikel über Sie und drängte mich, Ihnen zu schreiben. Es hat uns sehr betroffen gemacht, als wir lasen, welch schwere Zeit sie nach Sams Tod durchmachen mussten.
>
> Ich weiß nicht, ob es ein Trost für Sie ist, aber ich kam kurz nach dem Unfall an die Unfallstelle. Die Fahrerin des Wagens war nicht da, und ich nahm an, dass sie Hilfe holen gegangen war. Mein Kollege lief die Straße hinunter, um den Verkehr aufzuhalten, und ich blieb bei Sam – er war ohne Bewusstsein und ich bin überzeugt, dass er nicht leiden musste. Ich bin überzeugt, dass er starb, während ich bei ihm war, also noch bevor die Polizei und die Sanitäter eintrafen, die übrigens alle sehr mitfühlend und rücksichtsvoll waren.
>
> Als die Polizei sagte, dass wir nicht mehr gebraucht würden, fuhren mein Kollege und ich weg. Ich war so mitgenommen von dem Geschehen, dass ich kaum ein Wort herausbrachte, als ich an diesem Abend nach Hause kam. Was für eine grauenvolle Verschwendung der Tod dieses kleinen Jungen doch war – auch wenn es keinen Schuldigen in dem Sinne gab.
>
> Ich habe damals hin und her überlegt, ob ich Sie anrufen sollte, entschied mich dann aber dagegen, da ich ein Fremder für Sie war und Ihnen nicht zu nahe treten wollte. Ich weiß bis heute nicht, ob es richtig war. Dieser Artikel lässt mich jedenfalls glauben, dass es Ihnen etwas bedeutet, wenn Sie wissen, dass Sam nicht allein war – daher mein Brief, und wenn ich Sie damit auch nur ein klein wenig trösten kann, dann würde mich das sehr freuen.
>
> Mit herzlichen Grüßen
> Arthur Judson, Christchurch
>
> PS: Ich habe Ihre Kolumne über die Jahre stets mit großem Vergnügen gelesen.

Ich las den Brief wieder und wieder. Als ich die Ereignisse dieses Tages aus der Perspektive eines anderen Menschen durchlebte, eines Fremden, der jedoch ein großes Herz hatte, war ich zutiefst erschüttert. Ich konnte nicht hoffen, dass mein Antwortbrief meine Dankbarkeit auch nur annähernd ausdrückte. Sein Schreiben schenkte mir mehr Ruhe, als ich mir durch ein Treffen mit der Verursacherin des Unfalls hätte erhoffen können. Ich hüte diesen Brief bis zum heutigen Tage wie einen Schatz. Das Wissen, dass Sam nicht allein und nicht unter Schmerzen gestorben ist, hat mich sehr getröstet.

Die Welt muss voll mit stillen Helden wie Arthur Judson sein, Menschen, die stehen bleiben, wenn irgendwo ein Unfall geschehen ist, auch wenn es einfacher wäre weiterzugehen; die ihren eigenen Seelenfrieden aufs Spiel setzen, um einem Menschen den größten Trost zu spenden, den er überhaupt erfahren kann – nicht allein zu sterben. Dann verschwinden sie spurlos, wie Engel.

KATHARINE war mit ihren 13 Jahren das letzte unserer Kinder, das noch zu Hause wohnte, und sie wurde zu Cleos Pflegerin.

Cleo litt unter einer altersbedingt steifen Hüfte, einem Phänomen, mit dem auch ich mich langsam anfreunden musste. Sie hörte auf, Strumpfball zu spielen, behielt aber eine alte Sportsocke von Rob in ihrem Bett. Sie sprang nicht mehr auf die Küchentheke. Auch meine schmerzenden Knie brachten mich dazu, einen Bogen um Treppen zu machen, wenn ein Aufzug in der Nähe war.

Wir beide hatten so viel durchgemacht, aber auch mit uns selbst Frieden geschlossen. Gemeinsam entdeckten wir das gut gehütete Geheimnis, dass alte Katzen trotz der einen oder anderen Unannehmlichkeit noch Freude am Leben haben.

Cleo und ich beschlossen, von nun an pingelig mit dem Essen zu sein. Ich entwickelte eine verhängnisvolle Leidenschaft für Schokolade, am liebsten die aus der Schweiz mit siebzig Prozent Kakao. Cleos Fixierung auf Essen nahm noch mehr zu. Schon wenn sie aus der Ferne das frisch gegrillte Hühnerfleisch roch, verwandelte sie sich in eine sabbernde Irre.

„Und wie erging es unserer armen kleinen Cleo?“, fragte Rosie, als sie mich eines Tages ohne jeden Grund anrief.

„Ach, der geht's gut.“

„Ja, sie ist jetzt an einem glücklicheren Ort“, seufzte sie.

„Nein, Rosie. Ich meine gut im Sinne von gesund und munter.“

„Sie *lebt noch*?! Du machst wohl Witze! Wie alt ist sie denn?“

„Dreiundzwanzig.“

„Aber warte mal, das entspricht ja … 161 Menschenjahren. Bist du sicher, dass es dieselbe Katze ist?“

„Völlig.“

Bald darauf feierten Philip und ich in einem Restaurant unseren 14. Hochzeitstag.

„Ich werde nie den Abend vergessen, als du uns in die Pizzeria eingeladen und Rob bei diesem Spiel besiegt hast. An diesem Abend hättest du es beinahe vermasselt. Ich hätte dir fast den Laufpass gegeben.“

„Ach ja?“, erwiderte er mit einem Zwinkern. „Ich erinnere mich vor allem an Cleo, die im Haus herumstolziert ist, als würde es ihr gehören.“

„Es hat ihr gehört. Nicht viele Leute hätten uns so genommen, wie wir sind“, erwiderte ich. „Eine acht Jahre ältere alleinerziehende Mutter von zwei Kindern.“

Rob hatte einmal gesagt, Philip sei für uns so etwas wie ein Sechser im Lotto. Ich hatte Philip immer dafür bewundert, wie viel Liebe und Verantwortung er für unsere drei Kinder empfand und dass er dabei keinen Unterschied zwischen Katharine, seiner leiblichen Tochter, und den anderen beiden machte. Sie erwiderten seine Liebe im gleichen Maß. Ich konnte mich glücklich schätzen, so viele Jahre mit einem so besonderen, großmütigen Mann verbracht zu haben.

„Hoffentlich nicht wieder die Arbeit?“, fragte ich, als er sein piepsendes Handy aus der Tasche zog.

„Es ist Kath“, flüsterte er mit todernstem Gesicht, während er ihrem aufgeregten Gestammel zuhörte. „Wir müssen nach Hause. Cleo hatte einen Anfall.“

Der Tierarzt trat aus dem Operationszimmer und bat uns hinein. Trotzig stand Cleo auf dem Stahltisch, während er sie abtastete. Er diagnostizierte Nierenversagen und eine Schilddrüsenfehlfunktion.

„Wie lange wollen Sie es noch hinauszögern?“, fragte er mit völlig ausdrucksloser Stimme.

Ich hatte seine Worte vernommen und auch verstanden, brachte jedoch keine Antwort über die Lippen.

„Gut, ich werde sie ein paar Stunden zur Beobachtung hierbehalten, sodass Sie und Ihre Familie sich mit dem Gedanken ans Einschläfern Ihrer Katze vertraut machen können“, sagte er.

Als wir wiederkamen, war der Tierarzt freundlicher. „Sie hatte den ganzen Tag über keinen Anfall mehr. Sie hat zwar nichts gefressen, aber ihre Vitalfunktionen sind gut und ihr Herz ist stark. Für ihr Alter ist sie in erstaunlich guter Verfassung. Sie hat doch noch etwas Leben vor sich.“

Das Leuchten seiner Augen sagte alles. Mochte sie auch hinfällig sein, dennoch hatte sie ihn für sich eingenommen. Den ganzen Heimweg über schnurrte Cleo.

Wir lebten auf geborgte Zeit, aber eines hatte ich durch Sams Tod gelernt: Unsere Zeit ist immer nur geliehen. Ich rief Rob in England an, um ihn auf den neuesten Stand zu bringen.

„Ich habe gerade versucht, dich anzurufen, aber es war besetzt“, sagte er.

„Klar, weil ich gerade *deine* Nummer gewählt habe“, erwiderte ich.

„Man hat mir eine Stelle als Ingenieur in Melbourne angeboten. Die Sache hört sich richtig gut an. Ich werde Weihnachten wieder zu Hause sein.“

NICHT LANGE NACH ROBS RÜCKKEHR stand eines Tages unverhoffter Besuch vor unserer Tür. Ein groß gewachsener, dunkelhaariger junger Mann, der wie eine Mischung aus Brad Pitt und Johnny Depp aussah. Aus dem Milchgesicht Jason aus Robs Kindertagen am Zickzackpfad war ein sympathischer junger Mann geworden. Er küsste mich auf beide Wangen. Einen Moment lang war ich sprachlos. Es rührte mich, dass er so gute Erinnerungen an uns hatte und viele Jahre später höchstpersönlich bei uns auftauchte.

„Sagen Sie bloß, Cleo ist noch am Leben!“, rief er.

„Gerade so noch“, erwiderte ich. Ich rief Rob an und verabredete mich mit ihm in einem Café unweit seiner Arbeitsstelle. Ich sonnte mich darin, mit zwei jungen Männern, die wie Rockstars aussahen, im Café zu sitzen.

„Weißt du, was meine lebhafteste Erinnerung ist?“, fragte Jason.

„Das Graben!“, riefen Rob und er wie aus einem Munde.

Ich sagte: „Die Hacke hätte ich euch wahrscheinlich wegnehmen müssen. Heute würde ich mir eine Anzeige dafür einhandeln.“

„Aber darum ging es doch gerade“, sagte Jason. „Das Ganze hatte etwas Gefährliches und Männliches an sich. Erinnern Sie sich noch an den Tag, als wir diesen alten Lattenrost fanden? Wir legten ihn über das Loch und benutzten ihn eine Zeit lang als Trampolin. Dann fing das Rumgehüpfe an, uns zu langweilen, und wir nahmen ihn weg und gruben weiter.“

Ich hatte ein etwas schlechtes Gewissen, dass die Jungen keine Erinnerungen daran hatten, wie ich ihnen Mandarin oder Gregorianische Gesänge beibrachte. Andererseits hatte das Graben womöglich einen Anteil daran, dass sie zu so weisen jungen Männern geworden waren.

Erneuerung

Cleos Fell wurde dünner und roch ein bisschen wie eine ägyptische Grabstätte. Sie überlegte es sich gut, bevor sie ihre arthritischen Gelenke dazu zwang, auf ein Sofa zu springen. Unsere greise Katze war keine Schönheit mehr, aber unsere Liebe zu ihr wuchs mit dem Wissen, dass die gemeinsame Zeit bald zu Ende gehen würde.

Die rechte Hälfte ihres Gesichts schwoll eines Tages stark an. Ich hüllte sie in eine Decke und brachte sie wieder zum Tierarzt.

„Hm", brummte er. „Ein Abszess am Zahn. Ich könnte ihr den Zahn ziehen, aber sie ist so schwach, dass sie die Operation wahrscheinlich nicht überleben würde."

Er riet zum Naheliegenden, sanftmütiger dieses Mal, während er ihr über den Rücken streichelte. Er schickte uns nach Hause, damit wir darüber nachdenken konnten. Katharine stimmte mir mit tränenüberströmtem Gesicht zu, es sei das Beste. Philip half uns, Cleo für ihren letzten Gang zum Tierarzt in ihre Decke zu hüllen.

„Es ist an der Zeit, altes Mädchen", sagte der Tierarzt und ließ eine feine Nadel in ihre Pfote gleiten. Er ging so sanft dabei vor, dass sie nicht einmal zuckte. Während wir Abschied nahmen, rollte sich Cleo zu einer Mondsichel zusammen. Ihr Kopf sank zur Seite. Dann war sie weg. Wir trugen sie nach Hause. Philip grub ein Loch unter dem Lorbeer im Vorgarten und küsste sie auf den Kopf, bevor er sie in das Loch legte.

„Sie gehörte länger zu der Familie als ich", seufzte er.

Cleo war beinahe 24 Jahre unser Familienoberhaupt gewesen. Mit ihrer Hilfe waren Wunden geheilt, von denen ich nicht gedacht hatte, dass sie jemals heilen würden. Vielleicht war ihre Aufgabe jetzt erledigt und der Trauerprozess abgeschlossen, sodass wir von nun an ohne sie auskämen. Nur ließ sie uns mit einer neuen Art Trauer zurück. Plötzlich verstand ich auch, warum die alten Ägypter ihre Augenbrauen abrasierten, wenn in einer Familie eine Katze starb.

Alle möglichen Leute erkundigten sich, wann wir uns eine neue Katze anschaffen würden. Eine Freundin nahm mich mit in eine Zoohandlung. Ich glaubte, dass jedem Kätzchen, das ich dort sah, eine Aufgabe bevorstand: Menschenherzen mussten geheilt und Lektionen über das wahre Wesen der Liebe erteilt werden. Nicht eines war darunter, das ich nicht gern hochgenommen und sanft an meine Brust gedrückt und gewärmt hätte. Aber an diesem Tag wollte ich keines davon mitnehmen.

Katzen sind nicht etwas, das man „kriegt". Sie tauchen im Leben eines Menschen auf, wenn sie gebraucht werden, und sie haben einen Auftrag, den man anfangs vielleicht gar nicht versteht. Ich hätte so bald nach Sams Tod sicher kein Katzenjunges gewollt. Aber Cleo brachte uns bei, loszulassen, zu lachen und uns am Riemen zu reißen, wenn nötig.

Als wir dem Leben wieder zu vertrauen begannen, passierten wahrhaft magische Dinge. Genau zum richtigen Zeitpunkt tauchten so wunderbare Menschen wie Ginny, Jason, Anne Marie und Philip auf. Cleo überwachte jede dieser Begegnungen, und manchmal machte es fast den Eindruck, als hätte sie sie arrangiert. Diese Menschen und viele andere haben uns geholfen, über den Verlust von Sam hinwegzukommen, und dafür bin ich ihnen dankbar. Wobei ich nicht so anmaßend sein und behaupten möchte, dass wir wirklich darüber hinweg sind. Wir haben uns verändert, sind gewachsen. Sam, sein Leben und sein Tod werden immer Teil von uns sein. Zorn wich irgendwann der Vergebung, und Jahre später erfuhr ich mit ungeheurer Erleichterung, dass Sam nicht allein und verängstigt gestorben war. Ich stellte fest, dass es Superman tatsächlich gab. In unserem Fall war sein Name Arthur Judson.

JAHRELANG bin ich bewusst nicht zu unserem Zickzackpfad in Wellington zurückgekehrt. Ginny war sensibel genug, das zu verstehen, und übte nie irgendwelchen Druck auf mich aus, sie zu besuchen. Wir trafen uns in anderen Teilen Neuseelands oder in Australien, Hauptsache, es wurde ein guter Sauvignon serviert. Aber irgendwann war meine Neugier stärker als meine Angst. Ich bereitete mich innerlich darauf vor, dass mich herzzerreißende Bilder überfallen würden, während das Mietauto den Hügel nach Wadestown hochschnaufte. Die Straße führte ein Stück geradeaus, dann verjüngte sie sich und wurde zur Fußgängerbrücke hin, die nach wie vor wie ein Galgen über dem Graben hing, noch steiler. Als wir sie passierten, stürmten alle möglichen Eindrücke gleichzeitig auf mich ein. Die Treppe zur Brücke, der Straßenrand, wo Sam sich vor all den Jahren zu seinem Bruder umgedreht und gesagt hatte: „Sei still!" Der raue Asphalt, über den sein Blut geflossen war. Es drückte mir das Herz ab. Warum nur setzte ich mich all dem aus?

Die Häuser auf unserer Seite schienen alle einen farbenfrohen neuen Anstrich erhalten zu haben, und die Gärten machten einen gepflegteren Eindruck als früher. Überrascht sah ich, dass der Zickzackpfad am Ende der Straße verschwunden und durch eine langweilige Straße ersetzt worden war, die pfeilgerade den Hügel hinunterführte. Ich stand oben und starrte auf die Stadt.

„Ein Glas Blubberwasser, Herzchen?", fragte eine vertraute Stimme. Ginny und ich umarmten uns. Ihre Lachfalten und grauen Strähnen machten sie nur noch schöner.

Gemeinsam gingen wir die neue Straße hinunter. Ich vermied es, mich zu unserem ehemaligen Bungalow umzudrehen. Der Dschungel um das Haus der Desilvas war verschwunden, aber es wirkte genauso heiter wie ehedem. Nachdem sie nun schon fast dreißig Jahre hier lebten, gestand Ginny, seien sie und Rick zu so etwas wie festen Größen in der Nachbarschaft geworden. Die Butlers waren vor zehn Jahren weggezogen und Mrs Sommerville war mittlerweile in das große Lehrerzimmer im Himmel übergewechselt.

„Und unser altes Haus?“, fragte ich vorsichtig.

„Eine Zeit lang haben ein Football-Spieler und seine Freundin darin gewohnt“, sagte Ginny. „Dann kamen Leute, die es renovieren wollten, aber sie haben aufgegeben. Seither ist es vermietet. Von oben hat man einen guten Blick darauf, erinnerst du dich?“

Ich folgte ihr langsam die Treppe hinauf, beruhigt von dem Gedanken, dass Ginny schon wissen würde, was zu tun war, wenn ich zusammenbrach. Ich erkannte unseren alten Bungalow fast nicht wieder. Der Vorgarten mit dem von Vergissmeinnicht gesäumten Fußweg war verschwunden und an seiner Stelle befand sich jetzt eine riesige Betonfläche, die groß genug war, um als Abstellplatz für zwei Autos zu reichen. Keine Trecks mehr mit den Wocheneinkäufen im strömenden Regen zur Haustür. Das dunkle Holz war weiß gestrichen, genauso wie die rustikalen Balken, die dem Haus einmal „Charakter“ verliehen hatten. Das Haus wirkte kleiner, bescheidener. Robs Fenster, an dem Cleo immer gesessen hatte, sah unverändert aus, und auch das Dach hatte noch dieselbe Schräge, aber dennoch war es nicht mehr unser Haus.

Ich hatte mich dagegen gewappnet, von Bildern aus der Vergangenheit überwältigt zu werden. Als ich dann aber gemeinsam mit Ginny auf das alte Haus schaute, verspürte ich ein unerwartetes Gefühl von Leichtigkeit und Frieden. Unser Leben auf dem Zickzackpfad war verblasst wie ein altes Foto. Das Einzige, was zählte, war das Heute.

CLEO HINTERLIESS UNS über ihren Tod hinaus überall Spuren von sich. Schwarze Haare hafteten an unserem Bettzeug und unserer Kleidung. Ganz hinten im Gefrierschrank fand ich einen Beutel gefrorenes Katzenfutter. Als ich das Hundebett, das Cleo nicht gewollt hatte, unter dem Haus hervorzog, überkam mich das dringende Bedürfnis, Rob anzurufen. Es war natürlich besetzt bei ihm.

„Hast du versucht, mich anzurufen?“, fragte ich ihn, als ich endlich durchgekommen war.

„Nein, ich habe mit Chantelle telefoniert. Sie ist wieder in Australien.“

„Mit ihrem Freund?“

„Sie hat sich von ihm getrennt.“

Nach dem Tod ihres Bruders Daniel war die Freundschaft zwischen Rob und Chantelle enger geworden. Sams Verlust hatte Rob so sehr geprägt, dass er Chantelles Trauer gut verstehen konnte. Sie gehörten jetzt beide zu dem namenlosen Klub derer, die einen Bruder verloren hatten. Es dauerte kein Jahr und sie zogen zusammen, planten ihre Hochzeit und diskutierten darüber, was für eine Katze sie in ihren Haushalt aufnehmen wollten. Eine British Blue vielleicht oder auch eine Siamkatze.

Als sie einmal im Haus von Chantelles Tante Trudy übernachteten, die sie vor mehr als zehn Jahren miteinander bekannt gemacht hatte, bestand die dort lebende Burmakatze darauf, in ihrem Bett zu schlafen.

„Ich werde den Teufel tun und mir eine von diesen Rassekatzen ins Haus holen", erklärte Rob am nächsten Tag. „Die Katze hat die ganze Nacht auf mich eingeredet und gesagt, ich solle aus ihrem Bett verschwinden."

„Was läuft da eigentlich zwischen dir und Katzen?", fragte ich.

„Keine Ahnung. Schätze mal, das hat mit Cleo zu tun."

Ich lächelte bei der Erinnerung an den sechsjährigen Rob, der sein winziges neues Kätzchen im Arm hielt, und daran, wie er dank ihrer Hilfe das erste Mal nach Sams Tod allein in seinem Zimmer schlafen konnte, wie sie in seinen Träumen mit ihm gesprochen und ihm zu neuen Freunden verholfen hatte. Cleo, unsere Katzengöttin, hatte fast ein Vierteljahrhundert auf Rob aufgepasst, sie hatte viele seiner Geburtstagspartys beaufsichtigt und ihn während seiner Krankheit gepflegt. Noch immer übte sie von ihrem Ruheplatz unter dem Lorbeer ihren Einfluss auf uns aus.

Sollten er und Chantelle sich eine Katze anschaffen, sagte Rob, dann müsste es eine stinknormale Hauskatze sein. Mich würde es nicht wundern, wenn es irgendeine Kreuzung mit einem winzigen bisschen Abessinier wäre.

„Cleo half mir, den Schmerz zu vergessen.“

Helen Brown

Helen Brown, in Neuseeland geboren und aufgewachsen, studierte Journalismus und wurde anschließend Zeitungskolumnistin. Nach dem Scheitern ihrer ersten Ehe lebte und arbeitete sie eine Zeitlang im neuseeländischen Auckland, ehe sie mit ihrem zweiten Ehemann Philip und ihrer jüngsten Tochter Katherine 1997 nach Australien zog. Von dort aus schreibt sie weiterhin für ihre Leser in Neuseeland, wo sie bereits mehrfach als „Beste Kolumnistin des Jahres“ ausgezeichnet wurde.

Bis Helen Brown die sehr persönliche Geschichte von Cleo niederschreiben konnte, brauchte sie mehr als zwei Jahrzehnte. Erst dann verstand sie, dass das schwarze Kätzchen in ihr Leben getreten war, um sie zu heilen. „Kommt drüber hinweg“, war eine der Katzenweisheiten, die Browns trauernde Familie mit der Zeit von Cleo lernte, „das Leben ist viel zu kurz, lebt einfach den Moment so wie ich, nur das Jetzt verheißt Glück!“

Dabei wollte sie diese Katze anfangs gar nicht, gibt Brown offen zu. „Sie brachte mich zur Raserei, spielte uns dauernd dumme Streiche“, erinnert sie sich. „Sie war das Leben selbst, reine Energie von der Spitze ihres Schwanzes bis zu den Enden ihrer Schnurrhaare.“ Doch schließlich merkte die Autorin: „Mit ihrer Vitalität hatte Cleo mehr von Sam als der Himmel über dem Friedhofshügel.“

Cleo, mittlerweile ein internationaler Bestseller, umspannt beinahe 26 Jahre von Helen Browns Leben. Die authentische Schilderung aller Höhen und Tiefen führt sie letzten Endes zu einer wichtigen Erkenntnis: Jedes Ende ist immer auch ein Anfang.

DER GEWÄHLTE
Originalausgabe: *The Chosen One*
erschienen bei Harper Collins, London

SOLANG DIE WELT NOCH SCHLÄFT
Gekürzte, genehmigte Sonderausgabe für Verlag Das Beste GmbH, Stuttgart

Erschienen im List Verlag

KREUZFEUER
Originalausgabe: *Crossfire*
erschienen bei Michael Joseph, London

CLEO
Originalausgabe: *Cleo. How an uppity cat helped heal a family*
erschienen bei Arena/Allen & Unwin, Sydney
Lizenzausgabe mit Genehmigung des Paul Zsolnay Verlags, Wien

Übersetzer
Der Gewählte: Rainer Schmidt
Kreuzfeuer: Malte Krutzsch
Cleo: Andrea Stumpf

Illustrationen und Fotos
Der Gewählte:
Einband, S. 4 (oben), S. 6/7: Getty Images/Daniel Hurst Photography; S. 8: Getty Images/Dan Moore
Solang die Welt noch schläft:
Einband, S. 4 (unten), S. 168/169: Getty Images/101cats; S. 170: Getty Images/SSPL
Kreuzfeuer:
Einband, S. 5 (oben), S. 348/349: Getty Images/Digital Vision; S. 350: iStockphoto.com/DNY59
Cleo:
Einband, S. 5 (unten), S. 490/491: Getty Images/Picture by Tambako the Jaguar; S. 492: iStockphoto.com/peeterv

Autorenfotos
Sam Bourne (Einband, S. 167): Jörg Steinmetz
Petra Durst-Benning (Einband, S. 347): privat
Dick & Felix Francis (Einband, S. 489): Adrian Houston/Idols
Helen Brown (Einband, S. 591): www.corn.at/Deuticke

Die ungekürzten Ausgaben von „Der Gewählte“, „Solang die Welt noch schläft“, „Kreuzfeuer“ und „Cleo“ sind im Buchhandel erhältlich.